COLLECTION SÉRIE NOIRE

Créée par Marcel Duhamel

SÉBASTIEN RAIZER

L'ALIGNEMENT DES ÉQUINOXES

nrf

GALLIMARD

Suivez l'actualité de la Série Noire sur les réseaux sociaux :
https://www.facebook.com/gallimard.serie.noire
https://twitter.com/La_Serie_Noire

à Aurélien Masson,
the Godfather.

Yeah, you know the story of the viper
It's long and lean with a poison tooth
Well, they're hissing under the floorboards
Hanging down in bunches from my roof

NICK CAVE & THE BAD SEEDS,
Jack the Ripper

PREMIÈRE PARTIE

LA FILLE SAMOURAÏ

> La pureté parfaite peut être atteinte en faisant de sa vie le vers d'un poème écrit d'un trait de sang.
>
> MISHIMA YUKIO

L'expérience de la terreur

(1)

Et soudain il s'était rendu compte que cela faisait longtemps qu'il était seul.

Il s'était aussitôt demandé depuis combien de temps exactement, mais n'avait obtenu aucune réponse. Tout est perdu, c'est ce que son instinct lui avait dit, avec une clarté irrévocable. Simplement ces trois mots : tout est perdu. Le reste était incompréhensible.

Le temps ne s'était pas arrêté. Il avait disparu, aspiré dans une autre dimension, une déclinaison du néant qui le privait de ses perceptions et brouillait ses pensées.

Puis le gamin avait levé les yeux et avait tourné lentement la tête pour regarder autour de lui. Enfin, il s'était forcé à respirer à nouveau.

Au moins, les apparences étaient en ordre. Aucune anomalie immédiate de ce côté-là. Chaque chose était à sa place, rien n'était brisé ou renversé, ni même déplacé. Aucune trace du cataclysme. Tout avait l'air étrangement normal. Même l'absence d'odeur. Et l'absence de bruit. N'y avait-il pas une infime musique, étouffée de silence ? Une minuscule mélodie de piano ? Juste une légère vibration ordonnée, qui flottait dans l'air ? Non. Il n'y avait vraiment rien.

Le monde était soudain froid, vide et indifférent. Dépouillé de tout ce qu'il en connaissait. Hors de portée.

Pourtant, par une étrange manifestation de son instinct de survie, il se mit subitement à prier que le cataclysme n'ait eu lieu qu'à l'intérieur de son être. C'était possible.

Le silence était particulièrement étrange et singulier. Il vibrait. Le gamin sentait le silence vibrer. Et la disparition du monde allait l'engloutir et le disperser. Voilà ce qu'il allait se passer, maintenant.

Il fut saisi d'angoisse. Depuis combien de temps est-ce que le monde avait cessé d'exister parce qu'il ne s'en était pas soucié ? Il lâcha la petite fenêtre aux volets rouges qu'il serrait dans la paume de sa main froide et moite, abandonna son jeu de construction en bois. Il se demanda ce qu'il était en train de faire avant. *L'anxiété lui vrilla les entrailles comme un foret de glace. Il sentit la panique frapper ses tempes à coups sourds, des ondes immenses qui se propageaient à l'infini. Il se mit debout. Cela fit un peu refluer la terreur.*

Il fit le tour du salon à grandes enjambées silencieuses, ombre du fantôme de lui-même. Son esprit tournait à toute vitesse, passant en revue toutes les hypothèses, toutes les explications, toutes les situations – quand bien même il avait déjà compris qu'il ne retrouverait pas la véritable réalité du monde par son seul esprit, et que lorsque ses yeux la lui révéleraient, il découvrirait tout autre chose que ce qu'il avait pu imaginer.

La maison était vide. Et tout était en place. Mais rien n'était normal. Il y avait eu un cataclysme, et il le savait.

Il restait la cave. Il hésita en haut des escaliers en se mordant l'intérieur des joues. Il descendit une marche. Puis une autre. Arrivé en bas, il avait le goût métallique et salé du sang plein la bouche. Il ne contrôlait plus ni ses pulsations cardiaques, ni ses pensées. Sauf une, qu'il essayait de maintenir en vie de toutes les ressources de sa volonté : parfois, il suffisait d'allumer la lumière pour que le monde redevienne le monde. Ou d'ouvrir la porte.

Lorsqu'il posa la main sur la poignée froide, il eut l'impression que le métal absorbait massivement sa fièvre. Du moins, une bonne partie.

La cave était sombre et pleine du froid de février. Sur la droite, il vit une lumière pâle en provenance du cellier, calma sa respiration, avala sa salive mêlée de sang. Aucun bruit. Ici aussi, toute chose était apparemment à sa place, sauf cette source de lumière, fixe et silencieuse.

Le monde était une pulsation sourde. Le gamin savait qu'il s'approchait de son cœur noir. Et qu'il n'avait pas le choix.

La porte du cellier était ouverte et la lumière qui en provenait dessinait un encadrement sur le sol. C'est là qu'il se tint debout pour constater qu'il s'était réellement produit une chose terrible.

Le monde n'était plus du tout le monde.

Le monde était devenu un cauchemar pendant qu'il l'avait laissé disparaître.

À cause de son inadvertance, le monde était devenu la mort.

Elle pendait depuis le plafond du cellier, grotesque et terrifiante, à côté d'un jambon à l'os.

Lorsque sa bouche se tordit en un hurlement muet, le gamin fut soudain sauvé. Car il comprit qu'évidemment, il en allait tout autrement.

Ce n'était pas du tout ça.

Sa terreur l'avait complètement trompé.

Il n'avait pas oublié le monde, il ne l'avait pas abandonné au règne de la mort.

C'était tout autre chose.

Il s'était oublié lui-même, et il était tombé tout au fond des abysses infernaux de lui-même, et ses cauchemars étaient devenus le monde.

Voilà ce qu'il s'était vraiment passé.

Cela expliquait tout.

Et cela sauvait le monde de la chose terrible, immobile, froide, et morte.

0

(Gimme Shelter)

Quand il en avait le temps, il arrivait à Wolf de chercher sur le réseau global des informations hors du commun, car il avait l'impression qu'elles lui parlaient du monde de façon intelligible, quand bien même elles étaient tout à fait absurdes et complètement falsifiées – comme le reste, se disait-il.

Il y avait l'histoire prétendument véridique de Bart le Zombie, le chat revenu d'outre-tombe à moitié putréfié, et présenté comme le patient zéro de l'épidémie mondiale de morts-vivants.

La singularité révèle l'ensemble, aurait dit Silver.

Étrangement, lire l'histoire d'un type qui venait de nager quatre mille quatre cents kilomètres dans le Mékong rendait le chaos planétaire plus accessible. D'autant que des années plus tôt, presque dans une autre vie, Wolf avait repéré les rives pleines de pièges du Mékong, lors d'une mission, et personne à sa connaissance n'aurait eu l'idée de se mêler à ses eaux boueuses et violentes, encombrées de carcasses de bateaux rouillées, de mines archaïques et de contrebandiers. Mais c'était une autre histoire.

En outre, Wolf se servait de ces anecdotes bizarres pour rendre compte des affaires en cours à son supérieur, sans bien savoir si celui-ci goûtait l'ironie des parallèles et des synchronicités tordues, ou le prenait pour un demeuré. Sans doute un peu les deux.

Mais en cette fin d'après-midi, rien de particulier ne retint son attention sur les sites d'informations. Aussi décida-t-il d'aller aux nouvelles à la salle de pause. Alors qu'il passait devant la première cellule de garde à vue, une voix haineuse l'interpella.

« Hé enculé, file-moi une clope, s'te plaît. »

Wolf s'arrêta net et sourit. Puis il se tourna vers le type enfermé. La trentaine, sec et nerveux dans des fringues de sport informes, l'œil noir, et manifestement à moitié abruti.

« Allez, une clope, quoi. Tranquille.

— Ils te laissent pas fumer ? Sérieux ?

— Tu parles. Race de merde. »

Wolf jeta un œil vers le bureau du responsable des gardes à vue. Rien à signaler. Le couloir était désert. Il tendit la main pour actionner le verrou massif de la porte en Crystalite.

« Recule. »

Le type obtempéra en reniflant nerveusement. Wolf entra.

« Tu m'as pas vu, tu fumes près de l'aération, OK ? Le détecteur marche pas.

— OK », dit le type, soudain plus impatient qu'incrédule.

Il suivit du regard la main droite de Wolf tandis qu'il la tendait vers la poche arrière de son pantalon, à la recherche d'un paquet de cigarettes imaginaire, et ne vit donc pas arriver le crochet du gauche qui fusa comme un éclair vers la pointe de son menton. Il y eut un bruit sec et mat de dents et d'os entrechoqués. Le type s'effondra mollement.

Wolf le laissa dans la position où il s'était écroulé, referma la porte et le verrou, et en poursuivant son chemin vers la salle de pause, se félicita de lui avoir balancé un aperçu de la notion de vulnérabilité.

Et de la fragilité de toute chose, aurait ajouté Silver.

*

Karen Tilliez secoua doucement le bâtonnet d'encens pour éteindre la flamme qui vacillait à son extrémité, puis le ficha dans le brûleur disposé sur son petit autel shintô. Le *kamidana* contenait également trois petits récipients avec des grains de riz noir crus, de l'eau et du sel. Un modeste vase offrait des fleurs encore fraîches, et des petits carrés de papier comportant des oracles étaient savamment pliés sur des cordelettes tressées. Le fond du *kamidana* était tapissé de papier de riz affichant des *kanji* calligraphiés au pinceau.

Agenouillée, les yeux fermés, ses longs cheveux châtain clair remontés en un chignon qui dévoilait la finesse de sa nuque et de ses oreilles, elle médita de longues minutes, la conscience pleinement déployée au travers des trois niveaux de la loi de l'alignement.

Puis, pleine de la force de ses esprits familiers, elle ouvrit des yeux sereins, salua les dieux, se leva et fit des exercices très lents avec un sabre en bois. Elle maniait le *bokken* avec douceur et fluidité dans la lumière gazeuse de fin d'après-midi, vêtue d'un tee-shirt en jersey de coton blanc qui épousait ses formes athlétiques, et du large *hakama* noir qu'elle réservait à la pratique du *iaidô*. Elle répéta plusieurs fois diverses techniques séculaires de combat, précise et concentrée.

L'exercice terminé, elle rangea le sabre en bois sur son support et s'inclina respectueusement pour saluer la mémoire de Miyamoto Musashi et des grands maîtres de l'art du katana. Musashi était le plus grand combattant qu'ait connu le Japon, et Karen s'imaginait souvent visiter le sanctuaire qui lui était dédié, à Kyôto. Tous les jours, elle relisait des passages de l'un de ses ouvrages majeurs, *Le Traité des Cinq Roues*, qui s'appelait *Go rin no sho* dans son édition originale. Une fois révérée la mémoire de celui dont elle avait fait son maître, elle alla se doucher avec un soin tout particulier, presque excessif. C'était un rituel qu'elle avait mille fois perfectionné.

Lorsqu'elle fut tout à fait prête, elle revint dans le salon et se concentra pour visualiser un grand cercle de purification en herbe de sang japonaise. Une fois le *chinowa* bien établi devant elle, Karen le traversa en faisant une boucle à gauche, puis une deuxième boucle à droite, une troisième à nouveau à gauche, avant de le franchir définitivement.

Puis elle frappa deux fois dans ses mains et s'inclina lentement.

Le rituel était achevé.

Bien sûr, elle savait de quel sabre elle allait se servir, mais elle refit tout de même l'ensemble du processus mental qui l'avait menée vers ce choix. Il s'agissait d'un wakizashi de l'époque d'Edo. Une lame de taille moyenne forgée au XVIIIe siècle.

Lentement, elle le souleva de son support et observa les fines peintures décoratives qui ornaient son fourreau laqué. Du pouce, elle dégagea le *saya* du *tsuba* et fit coulisser la lame tranchante comme un rasoir, effilée et vivante comme la foudre faite acier. Son regard suivit la ligne de trempe jusqu'au *kissaki*, la pointe polie comme un miroir.

« Le moment, c'est maintenant, et maintenant, c'est le moment », récita-t-elle.

D'un léger mouvement du poignet, elle fit jouer la lumière sur la lame.

« La Voie du samouraï réside dans la mort. »

*

Silver rentrait des Assises, où elle était allée écouter les réquisitions de l'avocat général au procès d'une mère qui avait tué sa fille de dix-huit ans. Le magistrat avait insisté sur la relation fusionnelle imposée par la mère, et suggérait une grave psychopathologie incestuelle pour expliquer son geste fatal. Elle avait préféré tuer sa fille plutôt que de s'en voir dépossédée.

Elle n'a jamais accouché, se dit Silver en préparant un thé dans sa cuisine silencieuse. *Elle a préféré avorter de ses propres mains, dix-huit ans plus tard. Ce qui n'était manifestement pas le bon moment.*

Silver alla dans le salon de son appartement, qu'elle avait décoré de *yant* magiques du Laos, et réfléchit à cette situation, se demandant jusqu'à quel point elle était archétypale de la condition humaine.

Quand même..., songea-t-elle. *Cinquante-sept coups de couteau éplucheur double tranchant dans le visage et dans la gorge de sa propre fille. C'était beaucoup. Principalement dans les globes oculaires et dans la bouche.*

Silver comprenait mal ce qu'impliquait le statut de parent. Elle se dit que cela devait immanquablement transformer le monde en une vaste folie plus ou moins douce.

Que les enfants étaient des plaies à vif ouvertes sur la folie du monde.

1

Mardi 18 février, 22 heures 19

Le mardi 18 février à 22 heures 19, le centre d'information et de commandement du 20e arrondissement relaya l'appel d'un équipage de police-secours vers l'état-major de la préfecture de police de Paris, et sur décision du parquet, l'opérateur de la centrale radio alerta à son tour la Brigade criminelle du 36, quai des Orfèvres, car c'était d'un homicide dont il était question.

C'était une nuit baignée de rafales humides en provenance de l'ouest, et à quelques centaines de kilomètres de là, les côtes vivaient la sixième ou la septième tempête majeure de l'année – il avait cessé de compter, peu sensible à l'obsession dominante de tout réduire en chiffres, en données et en statistiques de l'apocalypse. *En artefacts d'explications*, dirait Silver. *Personne ne connaît l'algorithme du chaos. Il est donc tout à fait ridicule de simuler le contraire*. Il pouvait presque entendre sa voix.

À en croire les infos, c'était une simple question de responsabilité politique que de faire d'une tempête un événement socialement correct et acceptable. Il ne supportait plus ces conneries, cette mascarade frénétique qui détruisait la réalité comme un cancer. Aussi avait-il arrêté d'écouter, lire et regarder les médias, à l'exception des singularités absurdes et révélatrices qu'il cherchait sur Internet. Tout comme il avait cessé de compter les tempêtes. Mais il observait la beauté de leur violence pure dans un état contemplatif de sincère admiration.

Il avait également abandonné le compte des heures de paperasse. Les procès-verbaux, les retranscriptions d'audition, les avis au parquet, les comptes-rendus de confrontations, les mille et cent notifications, copies conformes et autres éléments de la procédure occupaient les trois quarts du temps d'un flic. En général, il s'y attelait sans réfléchir, droit au but, se réjouissant même de déployer un effort clair, net et précis, focalisé sur la seule chose digne d'intérêt à ses yeux : le quart de son temps restant. L'investigation, l'enquête, l'interpellation, l'action. La *manifestation de la vérité*. L'éradication des ombres. *Search & Destroy*. Le cœur plein de napalm, comme disait la chanson.

Les dossiers mort-nés s'accumulaient. Le jeune type poignardé dans les jardins du Trocadéro. Meurtre gratuit, opportuniste, futile, parfait dans son genre. Au milieu de la foule comme en plein désert. Ni piste, ni témoignage, ni motif, ni indices. Rien. Ça aurait pu se passer aux antipodes ou sur la face cachée de la lune, ou ne pas se passer du tout, c'était du pareil au même. À part qu'il avait ramassé un macchabée en plein 16e arrondissement.

« Aucun effort ne sera épargné pour retrouver l'auteur de ce crime lâche et odieux », assurait le ministère aux médias. Des mots. Toujours les mêmes. Automatiques. Convenables et convenus. De la poudre aux yeux, analgésique, à la demande, en quantité illimitée. Commencez par m'enlever ces entraves pseudo-morales, se disait-il, faites sauter l'arsenal juridique qui protège les raclures. Ouvrez les cages. Lâchez les fauves.

Luc Hackman quitta un instant la paperasse, se leva de son siège et s'approcha de la fenêtre. Derrière l'image de son bureau qui se reflétait sur le double vitrage, il observa la dérive des lourds nuages sombres, dont la lumière des quais éclairait le ventre violet foncé, noir, électrique.

Rive gauche, les phares diffus des voitures longeaient la Seine invisible, sous le vent, vers l'ouest. Les rafales nerveuses étouffaient les bruits des moteurs. Moins de dix ans plus tôt, il se battait en position avancée, dans une jungle saturée d'humidité, à des milliers de kilomètres de là. Le danger était permanent et la mort haletait chaque jour à ses oreilles. Charger, armer, épauler, viser, fournaise tropicale, charger, armer, épauler, viser. C'était toujours dans ce monde-là qu'il espérait vivre. Un monde héroïque. Sans paperasse. Où chaque mot valait son pesant de vie.

Il jeta un œil à son reflet sur la vitre. Un mètre quatre-vingt-cinq pour quatre-vingt-cinq kilos de muscles, naturellement taillé comme une bête de combats libres. C'était en partie ce qui lui avait valu son surnom, Wolverine, assez vite raccourci en Wolf. L'instinct animal, le solitaire dans la meute, en plus de la ressemblance physique et de l'homophonie entre son nom et celui de l'acteur qui jouait Wolverine au cinéma. Wolf – le loup. Son surnom et son caractère, c'était tout ce qui l'avait suivi depuis le Centre national d'entraînement commando jusqu'au 36, quai des Orfèvres, malgré les sursauts chaotiques de son parcours. Wolf, Luc Hackman – il ne savait pas vraiment lequel était la cicatrice ou le fantôme de l'autre.

Un monde héroïque… La réalité du moment, c'était qu'il ne trouvait pas les ressources nécessaires pour se concentrer sur la paperasse en cours. Encore un dossier mort-né. Il s'agissait du procès-verbal d'un pendu qu'il avait eu le jour même, à midi. Un type de dix-sept ans qui avait laissé un mot avant de se passer la corde au cou dans une piaule infecte d'un centre de réinsertion blindé de came misérable, de sexe sordide et d'armes improbables, surtout dangereuses pour leur utilisateur. Le mot du gamin, griffonné en lettres majuscules et approximatives, disait : « ALLÉ TOUS CREVÉ. JIHAD ! » Dans des situations aussi douteuses, c'était la Crim qui vidait les poubelles.

Décidément, le Jihad était à la mode dans ce monde où la mort était la dernière grande aventure qui ne discriminait personne, où l'extrême nihilisme tenait à la fois lieu de destin et de revanche sociale. Mais comme tout le reste, même la mort s'était vidée de sa substance, s'était dégradée, bradée, décrépie. Et pourtant, Luc Hackman les comprenait, ces gamins. Il n'avait pas été recruté dans les commandos pour rien, pratiquement au même âge. Et on ne l'avait pas surnommé Wolf sans raisons.

Aussi, à 22 heures 19, lorsqu'il reçut l'information de l'état-major au sujet d'un homicide, il eut l'espoir que Wolf, aux prises avec la violence pure des instincts humains extrêmes, prenne à nouveau le pas sur Luc Hackman, OPJ à la Brigade criminelle, perdu dans une société vide, faussement lisse et réellement insensée. Passer d'un monde à l'autre contenait une promesse rarement tenue, et il n'était plus vraiment sûr de le faire avec la même facilité qu'à ses débuts. Mais les ressorts héroïques étaient intacts.

Les rafales de pluie qui s'écrasaient contre la façade étaient peut-être de bon augure, après tout. Peut-être que cette sixième ou septième ou centième tempête de l'année apportait de quoi transformer le napalm en adrénaline.

« Je fonce. Tu me mets en ligne directe », lança-t-il au planton tout en assurant le holster de son SIG-Sauer à sa ceinture, après avoir dévalé les quatre étages en coup de vent. Perrin, qui était en double écoute sur l'appel de l'état-major, ouvrit la bouche, secoua légèrement la tête et renonça à exprimer la moindre remarque. Un homme seul et désarmé pouvait arrêter un char, à condition qu'il y ait des caméras. Le planton était seul à cette heure, mais malgré la vidéosurveillance, il n'osa s'interposer.

« Je m'occupe de Silver », ajouta Wolf en marquant un contretemps devant la double porte automatique. « Envoie la scientifique. »

Perrin referma la bouche. Hackman avait disparu.

Les hôpitaux et les commissariats, avec quelques autres endroits comme les asiles d'aliénés, les clubs sadomasochistes, les cabinets ministériels et les alcôves des hautes sphères de la finance mondiale, étaient les sanctuaires d'une réalité parallèle, strictement imperméable à l'essentiel de la population. Le commissariat avait cet avantage sur tous les autres de pouvoir étendre son territoire d'action à peu près partout, à peu près légalement, et en général, impunément. C'est ce que se disait Wolf en quittant l'île de la Cité par le pont d'Arcole pour remonter la rive droite en longeant les quais. Les nuages semblaient s'être encore alourdis et le vent sifflait contre l'habitacle de la Mégane. Il se contorsionna pour sortir son téléphone portable et du pouce, il déverrouilla l'écran et appela le seul numéro classé dans ses favoris.

« Wolf », souffla une voix douce et fluide, moins de trois secondes plus tard.

« Silver. Dis-moi que tu t'ennuyais.

— Sans toi, toujours, lieutenant », répliqua-t-elle d'une voix qui laissait deviner un sourire.

« Désolé de perturber ton astreinte, mais on a un homicide. Rue de Bagnolet, numéro 78. Je suis en route. T'as besoin que je te fasse le taxi ?

— Rue de Bagnolet. Pas la peine. Je te rejoins. Vingt minutes. »

L'intonation si particulière de la voix de Silver confirmait son pressentiment. Il enfonça un peu plus l'accélérateur.

Les gyrophares signalaient le numéro 78 depuis la rue des Orteaux. Le véhicule du SMUR et la voiture des flics bloquaient la moitié de la rue, fouettée de rafales froides qui chassaient les rares curieux attirés par le clignotement caractéristique des lumières bleues dans la nuit luisante. Wolf se gara le long des potelets d'acier en même temps qu'un camion de pompiers, en se demandant ce qu'il venait faire là – l'un d'eux devait avoir reçu une information erronée, et il croisa les doigts pour que ce ne soit pas lui.

Le portail de l'entrée du 78 était encadré par deux boutiques dont les volets métalliques étaient couverts de tags indéchiffrables. Pressant le pas, Wolf tendit sa carte de réquisition au premier pompier qui sortit du camion.

« J'ai un Delta Charlie Delta. Et vous? » demanda-t-il en jetant un coup d'œil à l'immeuble de quatre étages situé en retrait.

« Un ou plusieurs individus blessés par arme blanche », répondit le jeune type en ajustant les sangles de son sac d'intervention.

« OK », dit Wolf. « Techniquement, on est blessé avant d'être mort. Même si les deux étapes sont parfois très rapprochées dans le temps. Allons voir lequel de nous deux est venu pour rien. »

Il franchit le portail et s'engagea dans le corridor formé par les deux boutiques. Au fond, la porte de l'immeuble était ouverte. Des bruits de pas et de voix venaient d'en haut. En quelques foulées, Wolf était au premier étage.

Un Indien dans la quarantaine, pantalon gris et chemise orange, était sur le palier de gauche. Il tentait de tempérer les cris de panique de sa famille et de la contenir dans l'appartement, tout en donnant des explications précipitées à l'agent de police-secours, lequel lui répétait patiemment de se calmer.

Wolf sortit à nouveau sa carte et entra dans l'appartement de droite. Il repéra le salon sur la gauche, au fond du couloir : c'était là le point chaud, le cœur vibrant de la scène.

« On préserve les traces et indices », commença un flic en lui barrant le passage au milieu du couloir.

Visiblement, il s'agissait du chef de bord de l'équipage police-secours. Wolf eut le temps de saisir un bref aperçu du salon : assez peu de meubles, lumière halogène trop vive, plafond teinté à la fumée de cigarette, une vague forme humaine allongée au milieu de la pièce, deux médecins autour, deux autres silhouettes, sans doute des flics. Instantanément, il enregistra le caractère singulier de l'ensemble. Il lui fallut plusieurs secondes pour décrypter cette première impression.

Ce faisant, il remarqua deux choses. D'abord, ce qui reliait le corps et la tête du type allongé par terre, c'était une flaque de sang d'environ un mètre cinquante de diamètre.

Le corps était sur le dos, jambes tendues, bras légèrement écartés, un corps tout à fait normal dans un jean délavé et un polo noir à manches longues, des chaussettes et des espadrilles noires. Une tache sombre au niveau de l'entrejambe. Couché, en position de repos. Inerte.

Mais la tête, posée dans l'axe du tronc cérébral, presque au milieu de l'impressionnante flaque de sang, était *debout*. Elle avait les yeux ouverts, la bouche fermée, et regardait droit devant elle. Comme si la mort avait figé son expression aussi sûrement qu'une photo l'aurait fait un millième de seconde avant qu'elle ne soit séparée du corps. Debout sur un vermeil soyeux, en équilibre sur la section du cou, elle avait l'air vivante. Comme dans un tour de magie. La netteté, la clarté, la précision de l'ensemble le frappèrent. Cela faisait des années qu'il n'avait vu une mort aussi pure et aussi propre. Et la mare de sang semblait épinglée au sol par un sabre, fiché dans le parquet.

La deuxième chose qu'il remarqua durant ces quelques secondes, ce fut une fille assise sur une chaise pliante, calée contre le mur de droite, entre deux flics en tenue qui attendaient, pouces glissés dans le ceinturon. Une très, très jolie fille. Sa mémoire se mit à tourner à toute vitesse et conclut qu'il ne la connaissait pas. Pourtant, cela le marqua d'une impression étrange, comme une sensation de déjà-vu, de dérapage temporel. Comme si la découverte du visage de cette fille était une invention infinie, un étrange ravissement, ou la répétition d'une prise d'otage esthétique permanente.

Il eut encore le temps de remarquer deux médecins supplémentaires dans son champ de vision, puis le chef de l'équipage police-secours, maigre et nerveux, insista pour capter son attention et lui détailler l'orthodoxie de son intervention et la stricte application de la conduite à tenir.

Wolf se sentit soudain à l'étroit dans le couloir et leva une main pour le stopper.

« Bon, très bien », dit-il en ignorant le formulaire qui détaillait l'obstacle médico-légal posé par les types du SMUR. « Pas besoin de me réciter le manuel. Je pars du principe que vous avez fait votre boulot, OK? Tu me présentes? », demanda-t-il en désignant du menton le corps allongé au milieu du salon.

Les deux médecins se redressèrent lorsque le flic s'effaça pour laisser passer Wolf, avant de le suivre jusqu'au cadavre. Il les salua brièvement et observa la victime.

Ce qui le frappait, c'était l'impression d'une mise en scène dans la disposition du corps et de la tête. Quelque chose de travaillé, de pensé, de précis. De terriblement naturel dans le placement des membres comme dans l'expression du visage. Sauf la mare de sang et la décapitation, tout imitait parfaitement la vie : le corps se reposait et la tête observait. On aurait dit une installation morbide dans un musée d'art contemporain. Comme ce type qui coupait des vaches ou des requins en deux, longitudinalement, avant de les exposer. Wolf se souvenait s'être dit qu'il fallait être sacrément crétin pour couper un requin en deux. Il avait nagé avec des pointes noires, des années plus tôt. Il les avait observés tandis qu'ils chassaient la carangue bleue. Bref. Cet homme, exposé là, oui, on aurait dit une œuvre d'art. Sauf les épais relents organiques. Mais la sensation générale de malaise avait l'air sciemment et précisément composée, et elle produisait un effet manifeste sur les flics et les médecins présents.

Cependant, Wolf avait la nette intuition que ce n'était pas le cas, qu'il n'y avait là aucune mise en scène. Que la mort avait frappé de façon foudroyante et inattendue. Si vite qu'elle avait figé la vie, telle quelle. Il observa rapidement la pièce. Un désordre assez classique, mais aucune trace de lutte.

« Stéphane Barres », dit le chef de l'équipage police-secours. « Le locataire de l'appartement. Apparemment décapité par… euh, par elle… »

Du pouce, il désigna la fille ravissante que Wolf avait aperçue sur la chaise pliante, encadrée par les deux flics qui commençaient à grimacer à cause des relents que dégageait le cadavre. Elle le regardait.

Dans la vingtaine, cheveux châtain clair qui serpentaient sur ses épaules fines, visage harmonieux, pâle, lèvres éclatantes, yeux verts, regard calme et fixe. Et quelque chose de moqueur dans le dessin de son sourire, de provocateur, voire de vaguement sexuel. Ses lèvres pleines étaient entrouvertes sur une dentition parfaite et discrètement carnassière. Elle portait un chemisier gris-bleu ajusté à la taille par une large ceinture de soie noire, et dont les manches trois quarts, évasées, dévoilaient la délicatesse de ses poignets et de ses doigts, qu'elle tenait entrecroisés sur un pantalon de coton noir coupe kimono.

Il se dégageait d'elle quelque chose d'aussi saisissant que l'effet produit par le corps et la tête de la victime exposée dans la mare de sang, sur le parquet. Wolf perçut tout de suite la similitude, mais ne put la nommer. Son instinct lui disait qu'il y avait *quelque chose* d'autre.

« Du monde, à part eux deux ? » demanda-t-il au chef d'équipage.

« Apparemment, non. Il faudra voir avec les voisins quand ils pourront s'expliquer clairement.

— Vous ne l'avez pas menottée ?

— Calme comme un matin de printemps. Elle était déjà assise sur cette chaise quand on est arrivés. Elle n'a rien dit. Si, elle a dit : "Bonsoir, messieurs". Très poliment, tout à fait calme et courtoise. Je vous jure. J'ai direct rappelé TN20 pour faire un compte-rendu radio. Sinon, j'ai bouclé le périmètre et préservé les traces et indices, comme je l'ai déjà...

— Oui, oui, j'ai compris », coupa Wolf, l'esprit occupé par le cadavre et par la fille. La fille magnétique, se dit-il. Deux pôles d'attraction à forte singularité. L'un mort, l'autre vivante. Deux zones de tension, très claires et très subtiles, qu'il avait l'impression d'être le seul à ressentir. Il regarda la tête décapitée et ses yeux brillants figés par la mort, parce qu'il voulait éviter ceux de la fille, pour le moment.

Le flic lui tendit les papiers d'identité de la suspecte, mais l'attention générale fut captée par des cris en provenance du palier. En quatre enjambées, Wolf s'y précipita. Les pompiers s'occupaient de la femme de l'Indien, en pleine crise nerveuse. Au même moment, les flics de la police technique et scientifique arrivaient, suivis de Silver.

Il s'écarta pour laisser passer l'équipe de la PTS et accueillit sa collègue d'un hochement de tête.

« Tu t'ennuyais à ce point au service ? » lui lança-t-elle en souriant.

« Je cherchais juste un prétexte pour te faire venir.

— J'espère pour toi que je n'ai pas traversé la tempête pour rien.

— Ça, je ne crois pas, non. Viens, je te fais visiter », dit-il en la guidant jusqu'au salon. « Un type décapité. Stéphane Barres. Apparemment par cette fille. »

Il lut les papiers d'identité que lui avait donnés le flic de police-secours.

« Karen Tilliez, vingt-sept ans. Domiciliée 6, passage de Clichy. Je n'en sais pas plus.

— Wouaw », dit Silver en découvrant le corps de Barres.

Elle fronça les sourcils et s'approcha du sabre fiché dans le parquet, au bord de la mare de sang, en prenant garde de ne pas salir ses chaussures.

« Wolf. C'est une œuvre d'art », constata-t-elle.

Il avait entendu plusieurs niveaux de signification. Elle parlait du cadavre, du sabre et de la décapitation, et il fallait le reconnaître, de la fille. Karen Tilliez.

« C'est un wakizashi », poursuivit Silver. « Plus court qu'un katana. Mais plus long qu'un tantô. Une arme faite pour les combats en intérieur, ou dans les espaces réduits, comme les forêts.

— De l'époque d'Edo. »

Wolf et Silver se tournèrent vers Karen Tilliez.

« Lame reconditionnée en 1940. Pour les besoins de la guerre. J'imagine que le *tsuka* devait être soit abîmé, soit jugé trop lourd, et à la place, une nouvelle poignée en bakélite a été moulée à la hâte. Je pense même que c'était un katana au départ, et que la lame a été raccourcie. »

Elle avait dit cela d'une voix profonde et égale puis, devant le silence étonné des deux flics, elle afficha un sourire limpide. Wolf nota que c'était le premier sourire qu'il voyait de la journée, à part celui de Silver.

« Cette arme est à vous ? » demanda-t-elle en se redressant.

Karen Tilliez mit ses paumes à plat sur ses cuisses, inspira lentement par le nez en pinçant les lèvres, puis dit calmement :

« Il y a des caractères japonais près du *kissaki*, la pointe, mais ceux qui ornaient la garde ont disparu quand la lame a été raccourcie. Il est donc pratiquement impossible d'en retrouver le propriétaire, même si l'on peut raisonnablement penser que la famille de forgerons qui l'a réalisé, elle, est identifiable. »

Wolf était certain d'être tombé sur quelque chose de peu commun avec cette fille étrange, et contrairement à l'équipage police-secours, qui semblait la tenir pour une secouée du bocal, il savait qu'il fallait la prendre au sérieux. Et Silver semblait partager cette intuition.

L'arrivée de la procureure mit fin aux préliminaires et glaça l'ambiance. Tirée à quatre épingles quelle que soit l'heure du jour et de la nuit, comme si elle dormait suspendue dans son dressing, Alice Chassepot salua tout le monde d'un « Messieurs-dames » résolument formel, dénué de toute chaleur. Elle balaya la pièce d'un regard où ne se lisait aucune émotion. Pure analyse. Elle ne voyait que des choses et des faits, et pas le moindre soupçon de drame, de tragédie ou de folie.

Puis elle pivota vers Wolf et Silver, les mains croisées sur le porte-documents qu'elle serrait contre son cardigan sombre. Au moins, elle a pris le temps de se couvrir, remarqua Wolf. L'hiver précédent, elle les avait rejoints au bord de la Seine pour un macchabée, à 3 heures du matin. Il avait fallu deux heures pour que le médecin légiste arrive, et elle avait mis un point d'honneur à l'attendre avec eux – bien qu'elle eût pu s'en dispenser. Deux heures debout dans le vent glacé et le crachin, en tailleur perle et en escarpins, sans ciller.

« Hackman. Schmitt.

— Stéphane Barres », dit Wolf en désignant le corps et la tête dans la mare de sang. « Karen Tilliez », ajouta-t-il en se tournant vers la fille. « Selon les premières constatations, elle l'aurait décapité avec ce sabre fiché dans le parquet. Elle n'a pas pris la fuite. Police-secours l'a trouvée là, assise sur cette chaise. Ce sont les voisins qui ont fait le 17.

— Pas de tierce personne ? » demanda la procureure, sans un regard ni pour le cadavre, ni pour la fille.

Elle avait vu le corps et la tête d'une victime, une arme, une présumée coupable, et manifestement, toutes les équipes nécessaires étaient sur place.

« On n'en est pas sûrs pour le moment.

— Appelez le légiste et placez la suspecte en garde à vue. L'enquête de flagrance ne devrait pas vous prendre longtemps. Envoyez une copie du dossier aux substituts dès que possible. Je serai à mon bureau pour réceptionner l'avis de placement en garde à vue. Disons, dans quarante minutes. »

Elle jeta un dernier regard à la victime, salua Silver et Wolf d'un imperceptible mouvement de tête, tourna les talons et s'engagea dans le couloir, où elle croisa les flics de la police technique et scientifique qui avaient fini de revêtir leur combinaison blanche. Lorsque ses escarpins résonnèrent dans les escaliers, le chef de bord de l'équipage police-secours osa reprendre la parole.

« Elle est pas croyable », souffla-t-il.

Pendant une seconde, Wolf se demanda de qui il parlait. Puis il jeta un œil à Karen Tilliez, et se rendit compte qu'elle le fixait avec une lueur fascinante dans le regard.

2

Mercredi 19 février, 6 heures 13

Le mercredi 19 février à 6 heures 13, après quatre heures de sommeil, Luc Hackman se réveilla avec l'esprit complètement envahi d'une impression aussi étrange qu'inexplicable, sur laquelle il n'aurait pu mettre de mots plus précis que : déphasage indéfinissable.

Il mit en route une pleine cafetière et tandis que l'eau bouillante gonflait la mouture et répandait ses arômes dans la cuisine, il alla dans la salle de bains se passer la tête et le visage sous l'eau froide. Cela ne changea rien à ce qu'il ressentait. Il put tout juste comprendre que c'était une manifestation inhabituelle, mais guère davantage. Il plaça les mains en coupe pour en boire quelques gorgées glacées, avant de se sécher rapidement les cheveux. Il enfila un sweater et un pantalon de jogging, puis retourna dans la cuisine et observa la cafetière électrique qui crachait et filtrait les dernières gouttes de café, presque translucides.

Des marches grincèrent dans la cage d'escalier, des pas qui s'approchèrent – vision de vieux clous tordus malmenés par le mouvement du bois sec et fendu – puis s'éloignèrent. Toujours les mêmes pas à la même heure. Il n'avait aucune idée de qui cela pouvait être, n'avait jamais vérifié par le judas, même s'il se posait la question à chaque fois qu'il croisait l'un de ses voisins.

Il se servit une tasse modèle XXL d'un café noir et coriace, qu'il alla boire sur le balcon. La porte-fenêtre métallique et ses multiples couches de peinture émirent le chuintement habituel, plus proche de la plainte que du grincement, et Hackman posa ses pieds nus sur la dalle de béton gelé. Une zone d'observation et de transition entre la nuit et le jour, le calme et le chaos, l'absence et… – et il aurait été bien en peine de dire quoi.

Il aspira quelques gorgées de café brûlant, savoura sa texture riche et pleine. La tempête avait vidé le ciel, qui passait lentement d'une gangue de silence froide et sombre à une gangue de silence froide et claire. En bas, la rue était déserte. Il but quelques gorgées de café pendant qu'il était encore bouillant, huma l'air, observa la vaste lumière limpide comme de l'eau de roche, et la ceinture atmosphérique orange sale, posée sur l'horizon.

Le monde était un grondement permanent que sa propre monotonie rendait quasiment inaudible, et dans lequel dérivaient pêle-mêle les dossiers mort-nés, sa plaque de lieutenant du corps de commandement, le poignardé du Trocadéro, le jeune pendu jihadiste, les tensions plus ou moins vives au sein des différents groupes de la Brigade criminelle, le quatrième étage antédiluvien du 36, quai des Orfèvres, le commissaire Lacroix… Et Silver. Silver, l'axe de cet immense tourbillon.

Lorsqu'il jugea que le café n'était plus assez brûlant, il posa la tasse sur la rambarde et écouta les vibrations métalliques se propager par vagues jusqu'aux balcons voisins. En bas, sur le trottoir, un marteau-piqueur attaqua violemment le macadam. Et l'alarme de la fonction radio-réveil de son smartphone se mit à sonner. La chanson “Search & Destroy” des Stooges. Le monde cessait d'être un grondement inaudible pour redevenir un chaos artificiel et forcené.

… 7, 8, 9, 10.

C'était la huitième série de dix et ni le café brûlant, ni le froid mordant de l'aube, ni la musique métallique et déchirante des Stooges n'avaient dissipé l'impression de déphasage qui flottait dans son esprit depuis le réveil. Rien de désagréable ou d'inquiétant, ni de douloureux ou d'angoissant, juste une formidable étrangeté qui rendait flous ses repères habituels et les faisait légèrement vaciller. Un peu comme un mirage, se dit-il.

Il comptait sur la morsure de l'effort, sur les muscles saturés d'acide lactique pour régler ça. Il recommença une nouvelle série de pompes inversées, les pieds surélevés sur le radiateur, mains écartées de deux fois la largeur des épaules.

Il se concentra sur ce qui peuplait le grondement du monde. Il avait maintenant un décapité. Une très, très jolie suspecte. Carrément magnétique, même. Et un sabre. Il ne se souvenait plus de son nom précis, mais en tout cas ce n'était ni un katana, ni un sabre court. Un sabre de combat intérieur, avait dit Silver. De l'époque d'Edo, avait précisé la fille. Karen Tilliez, la fille. Compter jusqu'à dix. Un sabre de combat intérieur de l'époque d'Edo. Ça avait l'air important. Sept. Huit. Neuf. Dix. Vingt-cinq secondes de récupération.

Stéphane Barres, Karen Tilliez, un wazi-machin, une mare de sang. Une fille singulière. Violemment attractive. Son visage magistral qui accueillait le monde, et son regard qui le découpait d'une lumière de jade. Il y avait quelque chose. Il ne savait pas d'où cela venait, ni pourquoi il avait cette certitude. Ce qu'il savait, c'est qu'il possédait tous les éléments de réponse, mais ne les comprenait pas, n'avait pas les moyens de les assembler pour former une représentation cohérente de la situation.

D'où est-ce que tu sors cette idée, Wolf? se demanda Hackman.

Il replaça ses pieds sur le radiateur, écarta les paumes de deux fois la largeur des épaules sur le vieux parquet, recommença à pousser, à souffler, à compter jusqu'à dix. *Et d'où vient cette étrange impression de déphasage? De déraillement imminent?* Il n'aurait pu dire si cela concernait quelque chose de déplaisant ou de pénible, si c'était en rapport avec quelque chose de sombre flottant dans son passé marécageux. Pourtant, le simple fait de ne pouvoir définir et comprendre cette impression la rendait d'autant plus prégnante. Comme un inaltérable goût métallique dans la bouche. Persistant. Rémanent.

… 7, 8, 9, 10.

La misère que tu traites à longueur de journée ne finit-elle pas par s'insinuer en toi, Wolf?

Dix séries de dix, terminé pour les pompes.

Soixante secondes de récupération.

Il se releva, plaça deux chaises dos à dos au milieu du salon, écartées de soixante-cinq centimètres. *Quelque chose est en train de mourir. Wolf? Ou Luc Hackman? Est-ce cela, cette impression étrange?* Il attaqua la première série de dix dips, les paumes calées sur les dossiers des chaises, les genoux pliés et les chevilles entrecroisées, les triceps tractant tout le poids de son corps. Brûlure garantie, souffle bruyant. *La mort de Wolf? La mort du combattant?*

Il revit alors la scène de la veille, de retour au service avec la suspecte. Le bureau comme une cage de lumière dans la nuit. Silver était en train de rédiger l'avis au parquet pour la procureure et ses substituts. Karen Tilliez répondait précisément aux questions. Née le 4 février 1987 à Melun (77). Situation familiale : célibataire. Adresse : 6, passage de Clichy, Paris, 18ᵉ. Profession : architecte.

Silver détailla l'heure, l'infraction et les motifs de la mesure (23 h 35, homicide, permettre l'exécution des investigations, etc.). Notification différée des droits : non. Examen médical : non demandé par la personne. Entretien avec l'avocat : non demandé par la personne. Assistance de l'avocat : non demandée par la personne. Observations éventuelles : nous trouvant au service, poursuivant l'enquête de flagrance, l'OPJ, signature.

… 8, 9, 10.

Vingt-cinq secondes de récupération. Malgré le bruit du marteau-piqueur et la circulation qui commençait à étrangler les rues, Hackman ouvrit en grand les deux battants de la porte-fenêtre. Couvert de sueur, il soufflait comme une forge. *Vois les choses en face, Wolf. Elle t'a fait un effet singulier. C'est elle, l'impression étrange. Ce n'est pas seulement le style si particulier qu'elle a donné à la mort. C'est davantage que cela. C'est elle, en personne.*

Il ferma les yeux, vida ses poumons, replaça ses paumes sur les dossiers des chaises et rattaqua une série de dix dips.

Mentalement, il se transporta à nouveau dans son bureau du quatrième étage du quai des Orfèvres, quelques heures plus tôt. Silver était en train de relire à voix haute l'avis au parquet de la mesure de garde à vue. La présence magnétique de Karen Tilliez, son regard, l'économie de ses gestes. Sa *simple présence*, puis toute la scène, lui parurent soudain étrangement irréelles.

... 3, 4, 5...

Hackman déployait chaque traction jusqu'à son maximum d'amplitude. Chaque fibre musculaire, des triceps aux pectoraux, était une lame de feu. Il mit ces pensées sur le compte de la singularité de la suspecte par rapport à la routine des agressions, des vols, des rixes, des cadavres abandonnés de tous, de la violence qui bouillonnait en lui...

... 7, 8, 9...

... la violence généralisée comme une nécrose, la routine de son quotidien, aux antipodes de cette fille qui donnait l'impression d'un sabre fiché au milieu d'un cours d'eau : elle est immobile et pourtant elle ne fait qu'un avec le courant, les feuilles et les brindilles s'écartent spontanément de la lame...

Tu es toi-même aux antipodes de ton quotidien, Wolf.

... comme si elle exerçait un pouvoir magnétique, une lame de sabre dans un cours d'eau, qui est elle-même le cours d'eau.

... 10.

Vingt-cinq putain de secondes de récupération.

Il avait déjà rencontré des gens comme elle. Rarement. Et toujours dans des contextes extrêmes.

Il s'efforça de souffler à fond, de plier et d'étendre lentement ses bras pour en dissiper la douleur quasi paralysante. De se vider l'esprit, d'en chasser toute pensée.

Il attendit la fin des vingt-cinq secondes et attaqua une troisième série de dix dips avec l'intention d'aller jusqu'au bout d'une seule traite, sans diversion, sans réflexion, sans rien d'autre que l'exercice de la volonté et le combat contre la douleur.

1, 2, 3…

Il se souvint avoir dit à Silver de rentrer chez elle après qu'elle avait envoyé l'avis de garde à vue via le LRPPN, qu'il restait au service pour terminer, sinon avancer dans la paperasse. Au moins en finir avec le pendu jihadiste de midi. Romain Lejosne, dix-sept ans. Écrire « ALLÉ TOUS CREVÉ » avant de se pendre. Quelle connerie. Ça n'avait même aucun sens de chercher à savoir s'il s'était réellement suicidé ou si ses potes l'avaient pendu pour un quelconque motif sordide. Ce gamin aurait dû mourir six mois plus tôt, ou allait logiquement mourir six mois plus tard. Vue depuis sa misère, la mort devait ressembler à l'Eldorado. Sous son hypocrisie insondable, perfide et détestable, la société appliquait la loi fondamentale de la survie du plus apte. Hackman avait une place de choix pour le constater. La société n'avait aucun besoin de Romain Lejosne, adolescent incontrôlable, voleur, camé, violeur, dénué de toute aptitude à la consommation de masse, définitivement incapable de s'insérer dans la grande mécanique broyeuse d'humains et génératrice de profits. Et Romain Lejosne était mort dans un pathétique bras d'honneur. ALLÉ TOUS CREVÉ. Sa disparition était un minuscule caillou jeté dans un déluge d'indifférence, et il ne ferait pas la moindre vague. Quels qu'aient été son intelligence et sa stupidité, sa sensibilité et son degré d'abrutissement, ou les raisons de son désordre intérieur. À l'échelle de la société, la mort d'un inadapté est une adaptation, une régulation systémique. Un allègement de charges. Un nettoyage de poids mort qui s'opère en permanence. Darwin est le véritable ordonnateur de ce monde, largement au-dessus de toutes les crapuleries religieuses, politiques et bancaires, qui à cette échelle constituent à peine une simple diversion. Un simulacre, se dit Wolf.

Sonnerie de son smartphone. Il était hors de question qu'il ne finisse pas sa dernière série.

… 6, 7, 8, 9, 10.

Lorsqu'il attrapa enfin l'appareil, l'écran signalait un appel manqué.

Et soudain, il se souvint très clairement des mots de Karen Tilliez : « C'est toi qui es dans une prison irrationnelle. Oublie Stéphane Barres. Oublie le wakizashi. Oublie-moi. Expédie l'affaire. Je ne ferai pas de vagues. Et tout continuera comme avant.

— Qu'est-ce que vous racontez ? » lui avait-il demandé, debout devant la cellule de garde à vue.

« Mais tu ne veux pas que tout continue comme avant. N'est-ce pas ? Je le sais. Et tu es incapable d'oublier. Je le sens. »

Cela s'était-il vraiment passé lorsqu'il était debout dans le couloir, devant la cellule ?

« Alors, apprête-toi à traverser l'enfer. Sans garantie d'en sortir. »

Tenant toujours le téléphone portable à la main, Luc Hackman essaya de se répéter ces mots. *Tu es dans une prison irrationnelle.* Et surtout de bien les comprendre. *Apprête-toi à traverser l'enfer.* Mais ils vacillaient comme un mirage. *Sans garantie d'en sortir.* Et ils finirent par disparaître complètement.

Il expira à fond. Ses bras n'étaient plus qu'une charpie de douleur. La sueur lui brûlait les yeux. Il essaya de se concentrer. Il savait que ces mots avaient existé, à un moment ou un autre. Qu'ils avaient été là, à portée d'entendement. Et qu'ils provenaient de l'impression étrange qui le hantait depuis son réveil.

« Ou depuis bien plus longtemps que cela », ajouta la voix de Karen.

Une sirène éclata dans la rue, un moteur rugit de toute sa puissance. Il alla respirer sur le balcon.

Et il se demanda s'il n'avait pas rêvé tout cela.

Cette nuit ?

Ou à l'instant, pour supporter la douleur des séries de dix ?

8 heures 15.

La voix de Silver, qui saluait quelques collègues dans le couloir, précéda son entrée dans le bureau où Hackman était concentré sur l'écran de son ordinateur.

Le ciel était clair et limpide, et un léger vent étirait indéfiniment de fins nuages sombres. C'était l'une de ces journées de février où la ville était tout à fait elle-même, sans fard et les contrastes à vif : lumière franche et crue, air sec et froid, journées qui rallongeaient. La vraie renaissance de la lumière, plus d'un mois avant le printemps calendaire. Un éclairage sous lequel il était impossible de rien cacher.

« Salut, lieutenant », déclara-t-elle en entrant, décochant à Wolf l'un de ses sourires à fendre une armure de glace, doublé d'un regard noir et pénétrant. « Quelles nouvelles ?

— Salut, Silver. Je viens d'appeler la mère du jeune pendu d'hier. Un mal de chien pour la retrouver. Et en fin de compte, il n'y avait qu'une seule chose qui l'intéressait.

— Étonne-moi », dit-elle en posant son sac.

« Elle voulait savoir comment faire pour porter plainte et si j'avais une idée du montant des dommages et intérêts qu'elle pouvait demander au centre de réinsertion », dit-il en regardant sa collègue enlever et accrocher sa veste, sans rater le moindre de ses mouvements, précis et fluides. Cinquante-deux kilos de réflexes et de souplesse, un corps qui irradiait d'une beauté laotienne que sa force de caractère portait à son point d'épanouissement optimal, tout en la préservant du monde environnant par un blindage invisible dont il estimait le rayon à deux mètres cinquante, minimum. Soit un périmètre de plus de quinze mètres carrés que personne ne se risquait à franchir sans s'exposer à un coup de bambou cinglant accompagné de la foudre de son regard noir. Et dans ces moments-là, la cicatrice sombre qui zébrait sa joue gauche ne paraissait plus une coquetterie intrigante, mais une menace inquiétante.

« Laos, chaos », souffla-t-elle.

Ce qui signifiait, dans son langage, qu'il ne fallait s'étonner de rien, ou quelque chose d'approchant.

« Ouais. Sans doute », soupira-t-il.

« À part ça ?

— Silver ? »

Elle venait de s'asseoir et glissa sa carte dans le terminal pour ouvrir sa session de travail sur son ordinateur. Elle tapa son matricule et son code d'accès, puis leva ses yeux d'onyx vers Hackman, les sourcils arqués en huitièmes de lune noire, sans avoir la moindre idée de ce qu'il voulait. Et enfin, elle comprit.

« OK, pardon, lieutenant », sourit-elle. « Je viens de passer dans le bureau de Marcus pour voir ce qu'il avait sur Stéphane Barres. Pas de famille connue.

— Comment ça ?

— Je veux dire, pas de famille connue *vivante*. Parents morts quand il avait dix-huit ans. Cancer pour l'un, accident de voiture pour l'autre. La même année. Je ne me souviens plus des détails, Marcus continue de chercher. Apparemment, il n'a rien trouvé sur le TAJ. On dirait qu'on n'échappera pas à la commission rogatoire de curriculum vitae. Bref, on passera prendre le dossier avant la perquise. Ah. Il avait aussi un frère, mort en Thaïlande, il y a plus de dix ans.

— Dope ?

— Tu plaisantes ? Un joint et c'est la prison à vie, là-bas. En général, les trafiquants sont abattus sur place. Tu dois confondre avec le sexe.

— Pas trop de risques.

— Tsunami. 26 décembre 2004. À Phuket. Toutefois, d'après Marcus, le frère de Barres fait partie des trois mille disparus, pas des huit mille morts.

— C'est tout ? Je veux dire, comme infos.

— Pour le moment », dit Silver. « Tu ferais quoi si tu te retrouvais sur une île après un tsunami, et qu'on te déclarait disparu ? »

Hackman se redressa sur son maigre fauteuil de bureau, les bras croisés, et s'humecta les lèvres.

« Ça n'a pas de sens », dit-il.

« Et pourquoi donc ?

— Parce que je ne saurais pas que j'ai été porté disparu. »

Puis il se tut et secoua la tête.

« Qu'est-ce qu'il y a ? » demanda Silver.

« Rien. La proc a désigné un avocat commis d'office pour Karen Tilliez.

— Parfait. Il arrive quand ?

— Maintenant. Enfin, normalement. »

Linh Schmitt était née Liwayway Lin Nai à Vientiane, en 1975, dans un pays qui avait connu tous les cataclysmes du vingtième siècle en un temps record, depuis le protectorat français, la domination japonaise, l'invasion viêt-minh, le tapis de bombes américain, la guerre civile, jusqu'au parti unique marxiste-léniniste en 1975, l'année de sa naissance, avec ses purges et ses camps d'internement. En 1979, l'assainissement moral diligenté par le Parti populaire révolutionnaire lao toucha ses parents, Kye et Aulii Lin Nai, d'une balle dans la nuque chacun. Liwayway, alors âgée de quatre ans, avait été placée dans un centre d'éducation idéologique au matérialisme dialectique – c'est-à-dire un orphelinat –, jusqu'à ce qu'en 1986, l'année où le Laos s'est ouvert aux « nouveaux mécanismes économiques », un oncle se fasse connaître et l'emmène vivre avec sa famille à Vang Vieng, à deux heures de route de la capitale, une petite ville montagneuse juste au nord du lac Nam Ngum. Médecin, il reprit l'éducation embrouillée de Liwayway (elle parlait le français, le chinois et un peu de russe, en plus de sa langue maternelle) en la déployant à partir de deux pôles essentiels : le redoutable muay lai lao, cousin de la boxe thaï, mais plus axé sur le combat rapproché, et le bouddhisme zen rinzaï. Sept années durant, elle engagea toute la colère et l'incompréhension qui bouillonnaient en elle dans les arcanes de l'art martial et de la spiritualité, dans la double maîtrise de son corps et de son esprit, qu'elle exigeait parfaite.

Mais malgré l'expansion significative de Vang Vieng depuis l'installation de l'armée américaine durant la guerre du Viêt Nam, le Laos restait l'un des pays les plus pauvres du monde. Aussi, en 1993, quelques mois à peine avant que Liwayway n'atteigne sa majorité, son oncle l'avait fait adopter par un couple de Français, également médecins, des amis qui venaient depuis des années travailler à l'hôpital de la ville dans le cadre d'échanges internationaux.

À dix-sept ans et dix mois, la Laotienne Liwayway Lin Nai était devenue la Parisienne Linh Schmitt. Polyglotte, experte en muay lai lao et en bouddhisme zen rinzaï, que les Japonais avaient exporté en Thaïlande lorsqu'ils l'avaient envahie en 1941, ainsi qu'au Laos, situé immédiatement au nord. Et complètement perdue. Jusqu'à ce que, officier de police judiciaire, elle devienne la collègue de Luc Hackman au 36, et qu'à elle aussi, la brigade attribue un surnom. Celui de Silver Samurai – héros de l'univers Marvel, comme Wolverine, né au Japon et à l'identité secrète. Ça faisait grosso modo l'affaire, pour une Laotienne dont on ne connaissait pas grand-chose, mais qui savait se faire craindre.

Contrairement à Wolf, le monde parallèle de la police ne posait aucun problème à Silver. Il n'était qu'une composante, arbitraire, partiale, excessive, codifiée et simplifiée du vaste monde flottant. Et il lui permettait parfois de coller des droites foudroyantes sur des tempes récalcitrantes.

« Je me demande si c'est elle », dit Silver en réfléchissant à voix haute. « Il faut une force démesurée pour couper un homme en deux aussi nettement. Et d'un seul coup, en plus. Rien à voir avec les boucheries habituelles. »

Hackman venait de lancer un tirage. Il attendit que les feuilles soient sorties de l'imprimante pour répondre.

« Elle ne l'a pas coupé en deux. Elle l'a décapité.

— C'est pareil. Ça fait deux morceaux, non ? Des maîtres de sabre te diront que couper un type de la clavicule à la hanche opposée, quand on connaît le chemin que doit suivre la lame, c'est simple comme bonjour. J'imagine que c'est pareil pour une décapitation. Le cou est le muscle le plus dense du corps humain, et tu connais le diamètre d'une colonne vertébrale. Pourtant, c'est possible. Mais elle n'est pas maître de sabre, que je sache.

— Justement. Tu n'en sais rien.

— C'est vrai », dit Silver en jetant un œil à l'imprimante. « C'est quoi ?

— Edo et wakizashi. Je cherche s'il y a un rapport particulier.

— Edo, c'était l'ultime époque des samouraïs, au Japon.

— Attends, laisse-moi le temps de lire », dit Wolf en parcourant les documents. Avant de les résumer :

« Edo était le nom de Tokyo. De 1600 à 1868, c'est le règne du shogunat Tokugawa, appelé époque d'Edo. Dictature militaire, stricte codification des lois concernant les samouraïs, fermeture du pays sur lui-même.

— Tout étranger qui posait le pied au Japon était puni sur-le-champ de la peine de mort », dit Silver.

« Bon, OK. Et le wakizashi… En fait, c'est juste un sabre. Plus court que le katana, comme tu l'as dit. Maniement plus facile dans les lieux clos. Utilisé d'une main ou comme arme de parade. Et aussi dans le seppuku rituel, pour s'ouvrir le ventre. »

Wolf regarda Silver, en se disant qu'il n'y avait rien de particulier à en conclure.

« Le sien doit être une arme de collection. Redoutable, apparemment.

— Tu as peut-être raison », dit Silver. « Elle a peut-être décapité Stéphane Barres. Le bon sabre, avec un tranchant exceptionnel, et le coup de bol du débutant. Pourquoi pas ?

— On va pas tarder à le savoir », dit Wolf en désignant maître Thierry Guedj, l'avocat commis d'office qui s'apprêtait à frapper contre la porte ouverte de leur bureau. La petite trentaine fatiguée, un corps las dans un costume sans forme ni couleur. Mais un esprit procédurier, juste et mesuré.

Hackman eut un sourire en longeant le couloir qui menait aux cellules de garde à vue : il s'était surpris à se demander s'il appréhendait d'aller chercher Karen Tilliez et de croiser son regard. Un mètre soixante-quinze et moins de soixante kilos…, s'était-il dit. Et une force volcanique, assurément. D'origine inconnue.

Il trouva la prévenue assise en tailleur sur la couchette, face à la porte en Crystalite. Avant-bras posés sur les genoux, doigts entrecroisés, elle le fixait. Comme si elle avait préparé leur confrontation, mis en scène son attitude. Elle avait la même expression que la veille, calme et puissante. Sa tenue était impeccable. Elle ne paraissait pas avoir dormi. Ses yeux étaient vifs et pénétrants, son sourire indéfinissable, avec quelque chose de carnassier et de provocateur, mais en proportions infimes. Wolf se demanda si c'était une vue de son esprit et se racla la gorge.

« Première audition. Votre avocat vient d'arriver », dit-il après avoir ouvert la porte de la cellule. « Vous pouvez vous entretenir trente minutes avec lui. »

Elle ne répondit pas, mais ne le quitta pas du regard. Puis elle se leva, ajusta son chemisier gris-bleu, ce qui était inutile puisque tout était déjà impeccable. *Et elle le sait pertinemment*, constata Wolf. *Elle veut simplement m'obliger à regarder le tissu tendu sur la finesse de ses épaules, la façon dont il enveloppe ses seins parfaits. Ou bien m'obliger à constater qu'on a découpé au ras des coutures la ceinture de soie noire de son chemisier.*

« Par ici », dit-il en désignant le couloir.

L'avocat était assis face au bureau de Silver. Une deuxième chaise était préparée pour la prévenue. La webcam qui servait à filmer l'audition était en route.

Présentations, rappel des règles de procédure.

Silver résuma les faits en respectant les étapes formelles du procès-verbal, pour mettre l'avocat au courant, mais surtout pour que tout le monde soit dans l'ambiance. Assis à côté d'elle, Wolf écoutait ses intonations asiatiques si particulières et fixait l'écran de son ordinateur qui affichait le LRPPN-3, le nouveau logiciel de rédaction de procédure.

« Vous avez été placée en garde à vue hier, mardi 18 février, à 23 heure 35, après avoir été appréhendée au 78 de la rue de Bagnolet, dans l'appartement de monsieur Stéphane Barres, que vous reconnaissez avoir tué à l'aide d'une arme blanche, en l'occurrence un sabre japonais. C'est bien ça ?

— Un wakizashi...

— De l'époque d'Edo, OK », coupa Wolf.

Comme sur un signal, leurs regards se croisèrent. L'expression carnassière des lèvres de Karen Tilliez était soudain éclatante.

« Vous n'avez pas tenté de prendre la fuite », continua Silver, « vous n'avez opposé aucune résistance à l'arrivée de police-secours, vous avez coopéré avec les officiers de police judiciaire venus sur les lieux, ainsi qu'à votre placement en garde à vue. C'est à vous que je m'adresse », dit-elle en haussant légèrement le ton.

Lentement, de façon calculée et maîtrisée, Karen Tilliez tourna un visage lumineux et un regard émeraude vers Silver.

« C'est exact.

— Pourquoi avez-vous tué Stéphane Barres ? »

La prévenue inspira lentement et profondément par le nez, le dos droit, les épaules détendues, comme une combattante concentrée sur les préliminaires d'un duel. Puis elle souffla tout aussi lentement, pleine d'une énergie contenue, spectrale.

« Il n'y a rien à en dire. »

Wolf vit Silver fermer les yeux et arquer les sourcils un instant, avant d'adresser un regard explicite à l'avocat, lequel affecta un sourire gêné.

« Bien. Le sabre – je veux dire : le wakizashi de l'époque d'Edo. Il vous appartient ?

— Oui. Je possède un certificat de propriété en bonne et due forme, ainsi qu'un certificat d'authenticité. Tous deux émanent de la préfecture de Saga, sur l'île de Kyûshû, au Japon. Je possède également tous les documents relatifs à l'exportation d'un tel objet, fournis par les autorités japonaises et validées par les douanes françaises.

— Vous avez pris des cours pour en maîtriser le maniement ?

— Oui.

— Vous pratiquez le kendo ?

— Non. »

Cette fois, c'est à Wolf que Silver lança un regard entendu.

« Le kenjutsu », précisa Karen Tilliez.

« L'art de la décapitation ? » demanda Silver.

« Littéralement, "technique du sabre". L'art du sabre des samouraïs.

— OK. Je vois. Vous êtes une samouraï ?

— En effet. »

La simplicité de la réponse souffla Silver. L'avocat toussa dans son poing. Karen sourit à Wolf.

« Puis-je avoir un verre d'eau, s'il te plaît ? » lui demanda-t-elle.

« Puis-je avoir une réponse à la question suivante : pourquoi avez-vous tué Stéphane Barres ? » intervint Silver.

La prévenue tourna à nouveau vers elle son regard vert tenace et dur comme le jade.

« Il n'y a rien à en dire. Mais apparemment, il vous faut absolument des réponses. Alors je vais essayer de vous en donner.

— Super », commenta Silver en lançant un sourire froid à l'avocat, un rictus qui voulait dire : *bonne chance.*

Mais ce fut à Wolf cette fois que Karen s'adressa :

« Je l'ai tué parce qu'il le fallait. Considère cela comme une exigence personnelle. Un impératif. Libre et absolu.

— Je n'ai pas souvenir qu'on se tutoie.

— Ah bon ? » fit-elle semblant de s'étonner. « Puis-je avoir un verre d'eau, s'il te plaît ?

— Pourquoi avez-vous tué Stéphane Barres ? » reprit Silver. « Le connaissiez-vous ? Quels étaient vos rapports ? Étiez-vous en conflit ? Vous menaçait-il ? Vous a-t-il agressée ? »

Karen Tilliez inspira lentement, en étirant puis en relâchant brièvement ses doigts, et cessa de sourire à Wolf pour regarder Linh Schmitt :

« Cela s'appelle la loi de l'alignement.

— La raison pour laquelle vous l'avez tué ? » demanda Silver en se penchant en avant, les sourcils arqués. « D'où est-ce que ça sort ? Des samouraïs ? D'un film de Kurosawa ? De *Ichi, la femme samouraï* ? Vous l'avez tué à cause… d'un principe du Moyen Âge ?

— Une loi. Une vérité naturelle. Pas un principe. Pas une règle, pas un code d'honneur, pas une croyance. Rien à voir avec les samouraïs, d'ailleurs. C'est bien plus vaste. Une… vérité naturelle, comme je viens de le dire. Une loi. Exactement comme la loi universelle de la gravitation. Mais là, c'est différent. Ça s'appelle la loi de l'alignement », répéta-t-elle en ouvrant les paumes de ses mains vers le plafond.

« Qu'est-ce que c'est que ce charabia ? » trancha Wolf en se penchant à son tour vers elle et en plongeant son regard noir dans les yeux vert gemme de la suspecte. « Tu as décapité un type et on veut savoir pourquoi. C'est simple, non ?

— C'est exactement ce que je suis en train de te dire », répondit Karen, et Wolf se rendit compte qu'il venait de se laisser prendre au piège du tutoiement. Elle marquait encore un point. Ce qui faisait deux, après le coup du chemisier dans la cellule. Elle devait jouer au go, en plus de manier le sabre, se dit-il.

« Bien. Parfait. Tu as donc tué Stéphane Barres à cause d'une loi. Quelle loi ?

— La loi de l'alignement. Je viens de le dire. Mais pas seulement. Sans doute pour la vérifier, aussi.

— On tourne en rond, là », soupira Silver. « Vous êtes en garde à vue pour meurtre, je vous le rappelle. Alors soit vous nous expliquez pourquoi vous avez décapité Stéphane Barres, et après l'audition vous profitez des conseils de votre avocat, soit je vous colle direct en préventive, avec des gouines de cent kilos et des camées. Toutes en manque, évidemment. Clair ? »

Les épaules de Karen Tilliez furent à peine secouées d'un rire contenu. Thierry Guedj, l'avocat commis d'office, voulut intervenir, mais il savait que la procédure l'en empêchait. Il devait attendre la fin de l'audition pour formuler d'éventuelles observations. Il toussa à nouveau dans son poing et réajusta sa position sur sa chaise.

Silver se laissa aller contre le dossier de son fauteuil de bureau. Elle lança un œil noir à la suspecte.

« Je vous écoute. Maintenant ou jamais. »

Karen eut un bref coup d'œil vers Wolf. Pas une fois elle n'avait regardé Guedj. Avec une économie de moyens surprenante, elle avait réussi à imposer un niveau de tension manifeste dans le bureau des OPJ.

« OK », dit-elle en soupirant. « Vous voulez *vraiment* comprendre ? »

Elle les regarda, tour à tour, avec un étrange sourire. Mais c'est à Wolf qu'elle s'adressa :

« Tu veux *sincèrement* que je t'explique ? »

Flash nocturne, flash de ses muscles en feu : *Apprête-toi à traverser l'enfer.*

Il rendit un sourire ironique à Karen et acquiesça, les sourcils arqués. *Sans garantie d'en sortir.*

« Alors, il faut d'abord comprendre ceci : le meilleur usage de la parole, c'est le silence. » Sa voix était calme et claire. Son regard était vrillé dans celui de Wolf. Elle continua :

« Il ne suffit pas de comprendre la signification de ces mots. Il est impératif de comprendre également leur puissance et leur implication fondamentales. Tout le reste est négligence. Et la négligence est une chose extrêmement néfaste. Parler, c'est s'asservir définitivement aux mots que l'on prononce. Jusqu'à sa propre vie. Il est fondamental de le comprendre. C'est pourquoi il est dit que le meilleur usage de la parole, c'est le silence », répéta-t-elle.

« Le meilleur usage de la parole, c'est la vérité », corrigea Silver.

Karen Tilliez se pencha contre le dossier de sa chaise. Les paumes de ses mains remontèrent sur le tissu de son pantalon kimono en effleurant ses cuisses. Nouveau sourire.

« OK. Ça me va. À vos risques et périls », dit-elle.

Flash de lumière blanche et floue. Durant une fraction de seconde, Wolf croit mettre le doigt sur l'impression étrange et indéfinissable qui rôde dans son esprit depuis le réveil, comme une sensation de déjà-vu qui se répète, chronique, fuyante et insaisissable. Cela vient d'un rêve qu'il a fait au cours de la nuit. Mais quel rêve ?

Et c'est un tout autre flash qui lui succède et qu'il visualise très nettement, durant une nouvelle fraction de seconde. Un souvenir qu'il tenait pour enterré depuis des lustres. Un combat à mains nues dans une usine désaffectée du nord de la France, un colosse intégralement tatoué qui se fait éclater la trachée à coups de genou. Sa première vraie rencontre avec la mort.

« Pourquoi avez-vous tué Stéphane Barres ? » répéta Silver, imperturbable.

Karen Tilliez la regarda sans rien manifester d'autre qu'une expression calme et franche. Comme si le meurtre de Barres n'était qu'un détail, un événement aussi significatif que le vol d'un moucheron dans un matin clair.

« L'autisme affectif, ça existe, chez les psys ? » demanda-t-elle.

« Je suis flic », précisa Silver. « Major du corps de commandement et d'application, pour satisfaire votre goût de la précision. Pas psy. Mais si vous dites que l'autisme affectif existe, j'imagine que ce doit être le cas.

— Vous êtes bouddhiste, n'est-ce pas ? Je ne dis pas ça parce que vous êtes asiatique. Je parle de votre nature profonde. De votre être psychique. Vous êtes bouddhiste. Mais vous n'êtes pas alignée. Dissonance spirituelle. Ne me regardez pas comme ça. Ça se voit. Enfin, moi, je le vois. C'est écrit au néon tout autour de vous. Bref, vous êtes bouddhiste, et vous devez donc avoir une compréhension de l'humain bien au-dessus de la moyenne. Ce qui n'est somme toute pas très difficile.

— Personne n'a apporté de tarte aux pommes ? » fit semblant de s'étonner Silver en regardant autour d'elle, avant de se concentrer à nouveau sur la suspecte. « On monte un club de métaphysique ou bien vous nous expliquez, pour Stéphane Barres ? C'était quoi, cette décapitation ? Une partie de Fruit Ninja grandeur nature ?

— Vive l'humour », dit Karen Tilliez en esquissant un sourire réellement amusé. « Je viens de vous le dire. Barres était un autiste affectif. Comme l'essentiel des hommes et des femmes. Mais en plus grave. Format trou noir humain. Je nourrissais à la fois son besoin de maman et son besoin de putain, pour le dire prosaïquement. Les relations humaines de base », conclut-elle en hochant la tête, comme si elle s'excusait de prononcer une évidence méprisable.

Personne ne broncha. Elle balaya une mèche de ses longs cheveux châtains aux reflets ambrés, prit une inspiration et poursuivit, d'une voix calme et claire.

« Tout cela est devenu encore plus primaire quand j'ai cessé d'avoir recours au sexe. Son désir de putain a été complètement étouffé par le besoin irrépressible de baiser maman, qui a pris des proportions hors normes. Un véritable gouffre affectif. Alors, je me suis éloignée. J'ai pris mes distances. Tant que son orgueil lui permettait de tenir debout, ça allait. Mais dès qu'il flanchait, il réclamait la chatte de maman, comme un intolérable dégénéré à l'agonie. »

Elle replaça à nouveau sa mèche de cheveux derrière son oreille, dont Wolf nota le contour idéal. Le sexe et la mort. C'était cela qu'il entendait. Et rien d'autre.

« Je n'ai donc pas eu d'autre choix que de l'éloigner définitivement. De vous à moi, il aurait dû se suicider plutôt que de renoncer à sa dignité. Mais c'est un avis personnel. Et pour être tout à fait honnête, c'était aussi une occasion pour moi de tester ma progression dans la loi de l'alignement. De la mettre en pratique à un niveau élevé. Et d'essayer mon wakizashi. Vous saviez que les samouraïs testaient leur lame en pratiquant des coupes sur les condamnés à mort ? C'était parfaitement légal. De toute façon, Barres était déjà mort.

— Vous allez passer un paquet d'années en prison », dit Silver d'un ton calme.

« Les samouraïs ne vont pas en prison », répliqua Karen, du tac au tac.

« Vous, si. Il y a des conséquences quand on décapite un homme avec un sabre.

— Les conséquences de la loi de l'alignement sont encore la loi de l'alignement. Je n'ai pas de problème avec ça. Au contraire. Cela me renforce d'autant.

— Lire Nietzsche sans goûter à la folie, ce n'est pas encore comprendre Nietzsche, n'est-ce pas ?

— Connais pas », déclara Karen Tilliez, avec une expression d'amusement teintée de dédain.

Wolf avait l'impression que plus il regardait et écoutait la suspecte, plus il la comprenait et plus il se rapprochait d'une évidence qui échappait aux mots. Tout en se disant que la situation était parfaitement insensée. D'accord, elle était terriblement belle. Magnétique et fascinante. Les faits étaient indéniables. Et cinglée à la perfection – ce qui relevait déjà de l'interprétation. Mais son instinct lui criait autre chose. Car il y avait *autre chose*. Et il ne comprenait pas de quoi il s'agissait.

Lorsque Silver finit par demander à maître Guedj s'il avait des observations à formuler, celui-ci répondit simplement « Non… » en se reculant sur sa chaise, les mains levées en signe d'impuissance.

« Bien. Après lecture faite par elle-même, madame Karen Tilliez persiste et signe avec nous le présent, il est 9 heures 52 », récita Silver.

Puis elle éteignit la webcam qui filmait l'audition.

Le soleil jetait des rayons obliques dans l'après-midi hivernal, de véritables banderilles de feu qui découpaient des ombres implacables dans les rues froides.

La circulation avait bloqué la Mégane au niveau de Bastille. Wolf relisait le premier rapport de la police technique et scientifique que Marcus leur avait apporté, une demi-heure plus tôt. Le coude gauche appuyé sur la portière, Silver faisait tinter l'ongle de son auriculaire contre sa canine. Sa main droite jouait avec le levier des vitesses.

« C'est dingue », dit Wolf en tournant les pages qu'il avait déjà lues et relues.

« C'est-à-dire ? » demanda Silver.

« Je ne sais pas trop. Je m'étais attendu à ce qu'il y ait un truc qui ne colle pas.

— Et ?

— Et tout à l'air de coller. Les empreintes, les premières analyses des traces... Marcus a dit qu'un des types de la PTS s'était entaillé deux doigts avec le sabre, simplement en le manipulant.

— C'est ça que tu trouves dingue ?

— Non », dit Wolf en refermant le dossier et en le jetant sur le tableau de bord. Il regarda la place de la Bastille et la colonne de Juillet qui grandissait lentement devant eux, son bronze vert-de-gris et son Génie de la Liberté brillant de lumière impétueuse. « Ce que je trouve dingue, c'est que je ne comprends pas ce qui ne colle pas.

— C'est que tout colle, alors.

— Non. Quelque chose me dit qu'on n'a pas le bon total. Ou alors, tu sais, qu'on a le bon total, mais par erreur. Comme quand tu te plantes deux fois dans une série d'additions et que les erreurs se compensent. » Il frappa dans ses mains et frotta ses paumes l'une contre l'autre. « Tu as le nom des Indiens ?

— Des Afghans. J'ai téléphoné. Ils sont chez eux. »

Le type attendait sur le palier. Même chemise orange que la veille, mais sur un pantalon noir satiné, cette fois. Il s'appelait Karlan

Hewad. Taille moyenne, une surcharge pondérale qui l'enveloppait d'une certaine bonhomie et qui rendait dissonante l'agitation de ses doigts et de ses yeux noirs. Tandis que Silver enlevait précautionneusement la rubalise blanc et orange, ainsi que les scellés judiciaires qui figeaient l'appartement de Stéphane Barres, Hewad, fébrile et nerveux, expliqua à Wolf qu'il était parti de Kaboul en 2002, qu'il était arrivé en France en 2004, qu'il travaillait dans l'épicerie de son cousin Patman, que sa femme s'appelait Khialay et son fils Mairanay. Il répéta deux ou trois fois chaque information, pour être sûr de bien se faire comprendre et qu'il était parfaitement en règle. Le fait que toute sa famille était sunnite, il le précisa au moins une demi-douzaine de fois. La raison qui motivait un nouveau passage des flics semblait lui échapper.

Wolf jeta à peine un œil aux papiers que l'Afghan lui tendait, se contentant d'acquiescer avec un sourire bienveillant.

« OK. Qu'est-ce que vous avez vu de particulier ? Est-ce qu'il y avait d'autres personnes ?

— Non, personne. Et aucun bruit. Je rentrais de l'épicerie de mon cousin, j'ai vu la porte ouverte, il était tard, j'ai regardé, j'ai découvert le voisin par terre, c'est tout.

— Votre femme a entendu des cris ? Des bruits de bagarre ?

— Ils dormaient. Ma femme et mon fils dormaient, c'est tout. J'ai tout de suite téléphoné. Je n'ai même pas vu la fille. Juste le voisin et… sa tête. C'est tout.

— Et les autres jours ? Avant-hier, ce week-end ?

— Rien du tout », dit le Kaboulien en levant les paumes en signe d'impuissance, épaules rentrées. « Parfois des fêtes, du monde, mais rien de spécial. Et encore, pas souvent. En fait, on ne se connaissait pas. À part bonjour, on ne s'est jamais parlé. Rien du tout.

— Vous aviez déjà vu la fille, avant hier soir ?

— J'ai à peine vu son visage quand vous l'avez emmenée. Je ne la reconnaîtrais même pas. Ma femme… Elle a peur. On a tous peur. »

Silver avait ouvert en grand la porte de l'appartement de Stéphane Barres et attendait.

« OK », dit Wolf à Hewad. « Merci. »

La mare de sang était devenue visqueuse et noire et il flottait dans l'air une subtile odeur organique. À part le corps, la tête, la prévenue et le sabre, rien n'avait bougé. Personne n'aurait imaginé qu'une douzaine de personnes avaient investi l'appartement, quelques heures plus tôt. L'endroit où avait reposé la tête de Barres, en équilibre sur la section du cou, formait une zone plus claire. La couche de sang presque circulaire, plus fine, laissait transparaître la couleur sombre du parquet et la crasse noire encastrée dans ses rainures.

Nul désordre apparent, comme l'avait déjà noté Wolf. Du moins, rien qui soit manifestement lié au meurtre. Rien de brisé ni de renversé.

Comme à son habitude, Silver aborda l'endroit à partir de l'impression générale qu'il produisait sur elle, de l'ambiance qu'elle en percevait. Se promenant au hasard, sans ordre ni méthode, guidée par son intuition et son instinct, elle jeta un œil dans la chambre – lit défait, ou jamais fait, vêtements mal rangés, vague désordre, volets apparemment fermés en permanence, relents d'air croupi.

Puis elle s'attarda dans le séjour, sur lequel Hackman venait d'ouvrir les rideaux. Un salon et une cuisine américaine. Même genre de désordre, mais en plus hétéroclite. Elle s'approcha de l'endroit où, après leur lit, les gens passent le plus clair de leur temps chez eux. Face à la télé, le canapé noir avait un air imprécisément crasseux et avachi. Debout à côté, elle observa ce que voyait une personne qui s'emmerdait devant le flot d'abrutissement pavlovien que diffusait son écran plat. Elle n'avait pas de télévision, mais était amusée à l'idée qu'un tel concentré de technologie serve à propager un interminable ramassis de bêtise. Et stupéfaite de constater que les télés continuaient à se vendre.

Elle vit une étagère sur laquelle quelques livres de littérature américaine de la seconde moitié du vingtième siècle prenaient la poussière, sous un tas de babioles et objets divers dont la seule place sensée était la poubelle. *Le Festin nu*, remarqua Silver, était rangé à côté de *Tandis que j'agonise* de Faulkner, ce qui la fit sourire. Une canette de boisson énergisante à côté d'un cadre contenant une photo. Stéphane Barres à New York, la tête sur les épaules et les deux tours encore dressées vers le ciel bleu. Une reproduction en plastique de crâne humain, dont on voyait les moulures grossières. Tout un bric-à-brac qu'elle fut lassée de regarder avant même de le détailler plus avant.

Sur les murs, quelques affiches d'expositions et de concerts. Deux cartes postales, l'une représentant un panoramique de Los Angeles, l'autre un fish eye aérien de Manhattan. Quelques DVD empilés sur le meuble télé, dont les ingrédients principaux étaient la violence et le sexe. Sur la table basse, deux cendriers pleins de mégots, dont trois joints, ainsi que deux bouteilles de bourbon bon marché. L'une presque pleine, l'autre presque vide. D'après les analyses, la prévenue était parfaitement à jeun. Pas de delirium, ni de berserk ou d'amok, donc. Plusieurs verres contenant un résidu brunâtre d'alcool évaporé. Le téléviseur éteint comme un gros œil artificiel et mort. Deux fenêtres donnaient sur le cimetière du Père-Lachaise, cinglé de rayons de soleil belliqueux.

Après avoir inspecté les toilettes et la salle de bains, Wolf jeta un œil dans les placards de la cuisine américaine. Il y trouva le même désordre flou que dans le reste de l'appartement, le même bordel flottant.

« Bizarre, non ? » demanda-t-il.

« Plutôt cohérent, au contraire », dit Silver.

« Tu as vu la prévenue comme moi. Le soin qu'elle porte à sa personne, son goût poussé pour la précision. Tu l'imagines fréquenter un putain de hippie comme Barres ?

— Le fréquenter, je n'irais pas jusque-là. Mais le tuer, oui. Je la vois assez bien faire ça, en effet.

— Ah bon ? J'avais pourtant l'impression que tu ne la prenais pas vraiment au sérieux. »

Elle pivota sur elle-même pour balayer le salon du regard à trois cent soixante degrés, les mains sur les hanches. Puis elle inspira en pinçant ses lèvres et en hochant la tête.

« Ouais », souffla-t-elle. « Une flinguée du bocal qui flingue un hippie. Je ne sais pas pourquoi, mais j'ai l'intuition que c'est aussi simple que ça. Et j'ai aussi l'impression que pour toi, ce n'est pas le cas. Et que tu la prends très au sérieux. Alors, on va chercher une raison. Crime passionnel, histoire de fric, de deal, de vengeance. Elle est peut-être juste tarée, après tout. Que sais-je. Ou un truc de harcèlement sexuel. C'est quand même ce qu'elle nous a dit de plus concret, non ? Cette histoire tordue de maman et de putain.

— J'ai l'impression que c'est autre chose. Quelque part entre les deux.

— Elle se réclame du bushido, mais elle comprend la Voie de travers, Wolf. »

L'attention d'Hackman fut alors happée par la ligne horizontale carmin plaquée sur le mur, à droite de l'entrée du salon. Une projection d'hémoglobine, nette et violente, comme en témoignait la dispersion des gouttelettes qui avaient formé le trait de sang. Dans un silence irréel, il visualisa la trajectoire du jet liquide venu s'écraser contre la tapisserie crème. De gauche à droite, son regard suivit le déploiement des gouttes. Il crut entendre le corps de Barres s'effondrer de tout son long et sa tête tomber lourdement et rouler sur le parquet, avant de s'immobiliser, debout sur le rachis cervical sectionné net, le regard encore vivant. Poursuivant la trajectoire, ses yeux rencontrèrent une autre projection de sang, plus petite mais tout aussi nette et violente. La PTS l'avait signalisée au sol, un mètre cinquante à droite de la mare principale.

« Tu te souviens, quand tu lui as demandé à quel clan elle appartient », dit-il à Silver tout en recommençant à suivre le chemin des traits de sang.

Lors de l'audition, Karen Tilliez les avait à nouveau aiguillés sur cette voie, et cette fois, Silver ne s'était pas laissé démonter et lui avait demandé à quel clan de samouraïs elle appartenait, aussi simplement que si elle lui avait demandé le nom de la rue où elle habitait. Après tout, certaines branches yakuzas fonctionnaient encore exactement selon le même mode et les mêmes codes que les samouraïs, ce qui rendait les choses un peu moins anachroniques qu'elles ne paraissaient l'être au premier abord. Avec la même expression sobre, froide et intense, Karen Tilliez leur avait expliqué qu'elle était une *rônin*, terme qui signifiait littéralement « homme-vague » et désignait un samouraï sans maître, un paria dans la société shogunale japonaise, mais qui, paradoxalement, se battait pour ses idéaux.

« Il n'existe qu'un idéal, au Japon », avait dit Silver. « C'est l'Empereur.

— Précisément », avait confirmé Karen. « Et l'Empereur, c'est la divinité. »

L'avocat Thierry Guedj avait dégluti à trois reprises et les OPJ avaient préféré en rester là, à la fois pour ne pas aggraver son procès-verbal et ne pas tomber dans le piège qu'ils pressentaient.

Wolf écarta les bras et observa l'appartement de Barres.

« C'est ça qui ne colle pas », dit-il à Silver. « Tu l'imagines fréquenter ce genre de type et d'endroit ? Alors, si tu veux mon avis, soit elle a tué Barres pour le plaisir, parce que je te rappelle qu'elle a fait allusion au fait de tester son sabre, soit il y a un truc de yak là-dessous. Un contrat, une tueuse à gages. Ou quelque chose comme ça. Les premiers yakuzas étaient des rônin, non ?

— C'est peut-être juste une secouée du bocal, Wolf. »

Flash et sensation étouffante : Hackman ressent, avec une intensité pure, l'impression de déphasage étrange et indéfinissable qui rôde en lui depuis le réveil. Il sait que cela s'est passé cette nuit. Il sait qu'il a rêvé de Karen Tilliez. Il en est maintenant certain.

Ou plus exactement, Karen Tilliez est venue le voir dans la conscience éclose de son rêve.

Il se tourna alors vers Silver, qui le regarda en fronçant les sourcils, sans même le questionner.

Mais tu ne veux pas que tout continue comme avant. N'est-ce pas? Et tu es incapable d'oublier. Je le sens.

C'était bien ce qu'avait dit Karen Tilliez.

Charger, armer, épauler, viser, fournaise tropicale, charger, armer, épauler, viser.

Et tirer.

Alors, apprête-toi à traverser l'enfer. Sans garantie d'en sortir.

3

Mercredi 19 février, 13 heures 13

« Arrête de te cacher », répéta Diane en se servant de l'allumette avec laquelle elle venait d'embraser sa cigarette pour mettre le feu aux bougies dégoulinantes qui étaient entassées sur la table basse.

« Arrête de te cacher, sale petite merde », répéta-t-elle d'une voix rauque, pliée en deux pour allumer chacune des mèches noires. « Tu ne peux pas t'en tirer. Il faut bien que tu le comprennes. Tu ne peux pas t'en tirer. Impossible. C'est aussi simple que ça. Tu ne peux absolument pas t'en tirer. »

Elle jeta le brandon carbonisé vers le cendrier, le manqua de peu, aspira et savoura la première vraie bouffée de sa Dunhill rouge, bascula la tête en arrière pour souffler vers le plafond les volutes grises et bleues que venait croiser le soleil piquant du début d'après-midi. Elle constata que les ondulations de la fumée, complexes et subtiles comme des nébuleuses galactiques, étaient sidérantes de beauté. Puis son regard accrocha les taches brunes du plafond.

« Arrête de te cacher, fils de pute ! » hurla-t-elle en serrant les poings. Le corps crispé en boule sur le canapé, elle chassa entre ses dents serrées un long gémissement plaintif et douloureux.

« Fils de pute… », miaula-t-elle avec son dernier souffle d'air.

Elle releva son visage, essuya ses yeux du revers de la main, tira plusieurs bouffées avides et inassouvies.

« OK… Tu le prends comme ça, putain de bâtard. »

Le soleil entrait directement par les fenêtres et sa lumière était impitoyable : l'eau du poisson rouge ressemblait vraiment à de la pisse croupissante, il y avait des couches de poussière plus ou moins épaisses un peu partout, des boîtes entamées ou pas de médicaments périmés ou pas, des ordonnances froissées, des saletés pointues planquées dans le tapis qui lui piquaient la plante des pieds, une fleur séchée en haut de l'étagère, une rose pâle, la tige brune et les pétales délicatement figés dans la mort. Elle s'arrêta un moment et observa la fleur. Au bout d'un moment, Diane se dit que c'était la seule chose belle qu'elle voyait.

« T'as tout foutu en l'air, enculé », grinça-t-elle.

Elle écrasa sa cigarette, se leva, marcha jusqu'à sa chambre, vêtue d'un tee-shirt trop grand et d'une petite culotte aux élastiques distendus. « Pas la peine de te cacher », dit-elle d'une voix plus douce.

Elle prit la grosse lampe de poche rectangulaire dans le tiroir de la table de chevet et retourna vers le canapé, sur lequel elle se laissa tomber.

« Parce que je sais comment te faire sortir… Alors, pas la peine de te cacher, hein ? Je sais comment te faire sortir… Regarde un peu ça… Regarde cette belle petite chatte… »

Elle plaqua sa main droite sur son sexe, serra les cuisses et fit jouer ses doigts sur sa vulve comprimée au travers du tissu de sa culotte. Ses orteils se crispaient et s'étiraient en rythme. Elle bloqua sa respiration et ferma les yeux.

« Pas la peine de te cacher, enculé ! » hurla-t-elle soudain, comme possédée par un accès de rage. Mais c'était les derniers relents de furie qu'elle évacuait, comme les derniers spasmes d'une série de haut-le-cœur.

Elle s'appliqua à masser son sexe, les yeux fermés, allongée sur le canapé. Son corps commençait à se détendre. Elle sourit.

Puis elle ouvrit le capot métallique de la lampe de poche, en retira la lourde pile de 4,5 volts et écarta les électrodes juste ce qu'il fallait.

Basculant en arrière sur le canapé, elle souleva son bassin et fit glisser sa culotte sur ses fesses, puis l'abandonna sur le tapis.

« Je vais t'avoir, fils de pute », menaça-t-elle d'une voix rauque.

Les genoux remontés vers les épaules, elle écarta les lèvres de sa vulve, de l'index et du majeur, tandis que de la main droite, elle appliquait sur son clitoris les électrodes de la pile alcaline.

« Putain, je sais que tu es là. Pas la peine de te cacher », souffla-t-elle.

Tandis que le soleil lui léchait les fesses, sa main experte manipulait lentement l'anode et la cathode, caressant ou pinçant le petit organe érectile dans une lente décharge électrique. Cela pouvait durer des heures. Tout dépendait de la pile.

*

Comme à son habitude, Meriem Drought parcourait à pied les mille six cents mètres qui séparaient son domicile de son cabinet. L'air vif brûlait ses joues rasées de près, la lumière crue dilatait ses pupilles. Il marchait d'un pas sûr et souple, suivait instinctivement la trajectoire optimale pour un maximum de fluidité et un minimum de dépense énergétique. Les passants épars, pressés, hagards, hébétés ou stressés l'indifféraient royalement. Tant que leurs déplacements restaient prévisibles, ils n'étaient que des données. Des composantes neutres. Des variables totalement dépourvues d'intérêt.

Alerte et léger, il filait sur le trottoir dans son costume gris fer porté sur une chemise bistre, l'ensemble précisément ajusté à sa taille et à sa carrure. Il achetait ses chemises chez un détaillant d'articles de golf, car leurs fibres en coton étaient tissées d'un pourcentage d'élasthanne qui permettait une remarquable souplesse (élasticité de six cents pour cent avant rupture) et un retour à la forme initiale après étirement. Ses costumes étaient taillés sur mesure par Caïd Azergue, avenue Mac-Mahon. Tissage Velvet, fil à fil, soixante-quatorze pour cent coton, vingt-quatre pour cent lin, deux pour cent élasthanne, veste droite un bouton, col classique avec revers sans boutonnière, fentes latérales, boutonnières de manches fermées, poches droites latérales passepoilées sans rabat, entièrement doublée avec deux poches, pantalon une pince et ourlet sans revers, sans poches, surpiqûres en points de sellier. Une fois le modèle posé avec les conseils professionnels du tailleur, il était devenu définitif. Drought n'en variait pas d'un iota. Et Caïd Azergue lui faisait livrer un costume complet le premier jour de chaque mois, à 8 heures du matin. S'il en possédait quantité, c'était toujours le même modèle, au plus petit détail près : le costume de Meriem Drought, psychiatre.

Lorsqu'il ralentissait pour adapter son pas au cycle alternatif des passages cloutés ou qu'un tourbillon de vent brassait l'air autour de lui, il sentait l'odeur volatile de sa cire à cheveux, l'unique effluve qui émanait de son corps – hormis le léger souffle chimique dont le passage au pressing avait imprégné les fibres de ses vêtements.

Tout en longeant l'avenue claire et dégagée, il repensa à la veille, lorsqu'il l'avait attendue à la sortie de son travail. Il était resté aux aguets, debout à l'angle de la rue du Louvre et de la rue de Rivoli, immobile au milieu du flux des piétons, des livreurs, des promeneurs, des touristes qui allaient ou venaient du musée ou du Palais-Royal. Quasiment invisible, il avait attendu en respirant l'air épais du début de soirée. Les rues étaient devenues brillantes et le froid, mordant. Circulation mécanique, foule chaotique, deux flux différents aux prédictibilités différentes, mais aisément lisibles pour lui.

C'était justement la veille, en la guettant, qu'il s'était aperçu d'un changement. Une lettre au néon de l'enseigne lumineuse s'était mise à clignoter. La lettre E. Dans un corpus d'un million et demi de caractères, la lettre E apparaît avec une fréquence d'un peu moins de quinze pour cent, s'était-il dit en vérifiant l'heure. Dix minutes d'avance. Quatorze virgule sept cent quinze pour cent exactement. Et la lettre Ë n'apparaît jamais dans ce même corpus. Ni sur aucune enseigne, d'ailleurs. Il s'était récité l'ordre décroissant de fréquence des lettres : E, S, A, I, T, N, etc. Juste pour maintenir son niveau de concentration. Après la lettre N, la distribution devenait chaotique, et ce dans les onze principales langues européennes, incluant l'espéranto. Et à partir de la lettre U, elle n'avait plus le moindre sens. Respirer et se concentrer. Uniquement ça.

Dans un corpus d'un million et demi de caractères, la fréquence d'apparition de la lettre X la place à la vingt-quatrième position. Ce qui coïncide exactement avec sa place dans l'alphabet. Ça, c'est remarquable. Un sens transversal. Un ordre supérieur. Pluriversel. Transréel. Le genre de choses qu'il ne faut jamais perdre de vue.

En analyse fréquentielle, le bigramme le plus courant est ES. Et parmi les bigrammes les plus courants, le moins courant est SE. Ça aussi, c'est remarquable. Respectivement trois virgule quinze et un virgule cinquante-cinq pour cent.

Lorsque la lettre E de l'enseigne au néon se fut définitivement éteinte, Meriem Drought avait eu une étrange impression, debout à l'écart de la foule hargneuse et incohérente. SEX sans E, c'était dérangeant. Et SX SHOP, ça ne voulait rien dire du tout.

Un vendeur de marrons s'était mis à bonimenter. Un groupe de trois hommes, sans âge, sans allure et sans avenir avait alors écarté l'épais rideau rouge cardinal de la devanture pour débouler sur le trottoir, pleins de morgue et de défiance. Ils avaient hésité quant à la direction à prendre. Une femme avec une poussette remplie de sachets de courses avait dû faire un écart pour les contourner, et ils avaient pris la direction des Halles, goguenards et médiocres.

Une poignée de secondes plus tard, c'était elle.

Levant très haut la main droite, elle a écarté le lourd rideau qui ondula comme une draperie dévoilant un chef-d'œuvre, puis a hésité un instant, théâtrale, et a fait trois pas rectilignes, le bas de son long manteau noir chaloupant autour de ses mollets. Elle s'est arrêtée, humant l'air du soir. La pénombre, les lumières brillantes et le froid semblèrent la surprendre un peu. Elle a saisi son sac à main en cuir rouge, l'a ramené devant elle et s'apprêtait à l'ouvrir quand un homme, jeune, nerveux, transparent, est sorti à son tour du sex-shop et lui a glissé quelques mots, visiblement mal à l'aise. Elle lui a répondu laconiquement en le regardant à peine, puis l'a tout à fait ignoré. Il est resté un moment debout à côté d'elle, idiot et amer. Puis il s'en est allé. Elle a coincé une Dunhill rouge entre ses lèvres impériales et a cherché son briquet dans son sac.

Lorsque Diane avait recraché la fumée en basculant la tête en arrière, Drought avait une fois de plus détaillé la grâce de son menton.

Ce souvenir de la veille le dynamisait.

Il glissait dans la rue, fluide et vif, en se disant que Diane était parfaite. Il continua son trajet quotidien, conscient que personne ne pouvait l'atteindre, le toucher, le bousculer, l'entendre ni le voir.

En arrivant à son cabinet, il désactiva l'alarme volumétrique et régla la luminosité dans la salle d'attente, où il alluma également les discrets spots à LED sous les deux tableaux d'Oskar Kokoschka, *Mann und Weib auf dem Sterbeweg* et *Der Sturm Neue Nummer*.

Dans son bureau, il déclencha l'ouverture des volets et suspendit sa veste gris fer au bois sec et patiné du perroquet. Si la décoration de la salle d'attente était cosy, celle du cabinet de consultation se résumait à du verre, du métal, du bois et du béton, les matériaux adéquats pour le travail élaboré du sexe et de la mort.

Dans la pièce attenante, qui servait de coin cuisine, de salle de bains et de dressing de secours, il alla chercher une bouteille d'eau minérale glacée. De retour dans le cabinet, il prit place dans son fauteuil de bureau et alluma l'ordinateur.

Vingt minutes avant le rendez-vous. Parfait.

*

Le clitoris engourdi par la longue séance de stimuli électriques, Diane Lempereur se déplaça sur la pointe des pieds pour se rendre sous la douche, où le jet d'eau froide lui fit l'effet d'un coup de fouet qui claqua dans tout son système nerveux, depuis sa nuque jusqu'à ses extrémités. La brûlure de son sexe était extatique, et elle mettait un temps très long à s'atténuer.

Elle se doucha, se sécha les cheveux, se maquilla, se parfuma et se vêtit avec aisance et légèreté, presque sans y penser. Elle sentait qu'elle devenait prête. Presque prête.

Dans la cuisine, elle hésita entre un verre de vin et un cachet de diazépam. Ou plusieurs. Ou pas. Était-elle vraiment prête ?

« Te voilà, toi ! » s'exclama-t-elle. « Enfin sorti ? Où est-ce que tu t'étais caché, salopard ? »

Le chat noir fila vers sa gamelle, le ventre plaqué contre le linoléum, renifla les croquettes ramollies, parut hésiter, lança un regard à droite et à gauche, avant de filer vers le couloir comme un missile sol-sol.

Diane ouvrit la bouteille de vin blanc, se servit un grand verre cylindrique à ras bord, sortit une plaquette de cachets de l'une des boîtes entamées.

Elle fuma une cigarette en regardant le verre plein et les anxiolytiques, puis observa le soleil d'hiver, impérial et éclatant. Elle décida qu'elle était prête et ne toucha ni à l'alcool, ni aux médicaments.

Puis elle se brossa les dents, prit son sac à main en cuir rouge, enfila son long manteau noir et sortit de chez elle.

Le métro avait entamé pas mal de ses forces, mais ça allait. Elle vérifia quand même dans son sac si un cachet n'y traînait pas et finalement, par une acrobatie de son esprit retors, elle fut soulagée de ne pas en trouver. Un bon signe, se dit-elle, plus pour se convaincre qu'autre chose.

Elle gravit prudemment les escaliers et déboucha sur le boulevard.

À peine cinquante mètres à marcher, en plein jour. En plein jour. Cinquante mètres. Quasiment rien du tout. Elle pouvait presque le faire sans respirer. D'ailleurs, elle apercevait déjà le cabinet. Si elle ne fermait pas les yeux, il ne pouvait pas disparaître. Si elle parvenait à garder les yeux ouverts, rien ne pouvait se volatiliser. Elle pressa le pas. Son clitoris se réveilla sous l'infime frottement du tissu de sa culotte. Des jets d'acide glacé fusaient dans ses entrailles.

Dans la salle d'attente, elle choisit la banquette rouille aux broderies vertes et rouges, comme la fois précédente.

Réussi. Elle avait réussi. Le sol et les murs étaient doux, et l'air aussi était doux. Elle avait réussi.

OK, phase deux. Elle pensa au psychiatre. À ce qu'elle n'allait pas lui dire. À ce qu'il ne fallait surtout pas lui dire, au risque que le monde implose dans un insupportable fracas glacial et dévorant. Elle respirait à peine. Elle avait peur de s'évanouir.

Ces tableaux étaient-ils accrochés là, la dernière fois ? Ce n'était pas plutôt des voiliers sur l'océan, ou quelque chose comme ça ? Des fleurs, peut-être ? Elle essaya de se souvenir de la fois précédente et sans s'en apercevoir, fut doucement happée par les tableaux. D'abord, celui de droite.

Le portrait d'un personnage et des lettres. *Der Sturm*, la tempête, en caractères gothiques au-dessus du crâne du type. *Neue Nummer*, nouveau numéro, caractères obliques entre son épaule gauche et son cou, juste au-dessus de la blessure qui entaillait sa poitrine. *OK* : sans doute la signature du peintre, en bas, à droite. Ou bien simplement : OK, tout va bien. Diane observa le tableau.

Un être humain revenu de l'enfer de métal, torse nu, crâne rasé, visage marqué, bouche, yeux et oreilles tailladés, os saillants et sourire inquiétant. Il déchire de son index droit les chairs de son flanc gauche, depuis le foie jusqu'au téton. Blessure noire, profonde. Une entaille à la fois saignante et en putréfaction. Blessure ancienne et éternelle. Permanente. Derrière lui, un horizon bouché de feu rouge projette son ombre atomique. Les fantômes des morts endurées, prisonniers du brasier. Un être éternellement dépecé, infiniment tourmenté par mille morts passées et à venir. C'était bien cela la vérité dernière de la condition humaine. Le psychiatre avait compris. Elle pouvait lui faire confiance.

« Bonjour », dit la voix affable et ferme de Meriem Drought.

Le cœur de Diane s'arrêta instantanément de battre. Elle n'avait pas entendu la porte de la salle d'attente s'ouvrir.

Crâne rasé, visage marqué, bouche, yeux et oreilles tailladés, os saillants et sourire inquiétant. La chatte ensanglantée et putréfiée. La mort permanente, sans cesse recommencée. Le monde pourri dans ses entrailles.

Non, ce n'était pas du tout ça. Le psychiatre était un bel homme, soigné et souriant. Et il avait tout compris. Elle pouvait tout lui dire, puisqu'il le savait déjà.

La chose horrible qui avait dévoré le monde et s'était réfugiée dans sa chatte.

Elle se leva en souriant et s'approcha de lui.

4

Mercredi 19 février, 14 heures 20

La ruche ne portait jamais aussi bien son surnom qu'en début d'après-midi. Allées, venues, interjections, sonneries de téléphones, bruits divers, grincements de portes et craquements de l'antique parquet. Quasiment toutes les équipes s'activaient, s'organisaient, se charriaient, mais pas trace de Silver.

« Quelles nouvelles ? » demanda Lacroix, l'air désinvolte et la voix atone. Il portait un costume écorce avec un col officier, sobre et cintré, sur une chemise rose thé. La cinquantaine, les traits fins, taillés à la serpe. Des épaules et des mains solides. La silhouette soigneusement entretenue. Un IMC inférieur à 21, estimait Wolf. S'il associait Silver à un jonc fouettant l'air, le commissaire Lacroix était quant à lui un tonfa. Ou un nerf de bœuf solidement tressé. Avec des yeux de glace, un mental de glace, et un esprit de glace. Qui n'avait pourtant jamais vécu le feu. Wolf en avait la certitude. C'était autre chose que les zones de combat qui avait modelé son apparence, son regard et son mental, son appétit pour le professionnalisme et la précision, et qui avait ciselé l'expression de son détachement et le contrôle absolu de ses émotions. Un genre de jansénisme axé sur l'ordre et l'impartialité de la justice. Lacroix était aussi froid et pur que le bleu translucide de son regard.

« Un Russe vient de se clouer les couilles sur la place Rouge, à Moscou. »

Le commissaire arqua un sourcil et un demi-sourire amusé, tout en penchant légèrement la tête vers son lieutenant.

« Il s'est mis à poil », continua Wolf. « Il s'est assis par terre et il a planté un clou de charpentier entre deux pavés. Et entre ses couilles. Devant le mausolée Lénine. Un artiste. Pour des motifs politiques pas vraiment clairs. Les flics sont intervenus et l'ont caché sous une couverture avant de le coller dans un wagon pour la Sibérie, mais des touristes et des passants ont eu le temps de prendre des photos et de les diffuser sur les réseaux. Il y a moins d'un quart d'heure que le type s'est crucifié les noix, en fait.

— Bollocks riot ? » suggéra Lacroix tout en alignant au millimètre les dossiers posés sur son bureau.

« De ce genre. Le type s'appelle Piotr Pavlenski et il a précisé, je cite : "Un artiste nu, regardant ses boules clouées au sol du Kremlin, est une métaphore de l'apathie ambiante, de l'indifférence politique et du fatalisme de la société russe contemporaine."

— Qu'est-ce que ça donne pour le meurtre du Trocadéro ? Et pour le gamin pendu ?

— La routine. On nettoie, gentiment et proprement.

— Et pour la samouraï ?

— Elle est toujours dans l'aquarium. On essaie de comprendre ce qu'elle raconte. C'est assez confus. Pas de motif clair et précis qui expliquerait pourquoi elle a coupé la tête de Stéphane Barres. Elle a l'air de s'y connaître à fond sur les samouraïs et les sabres. Elle évoque un genre de code moral bizarroïde. La loi de l'alignement. D'après elle, il s'agit de quelque chose d'évident comme le soleil et la lune, et qui explique tout. Sauf qu'on n'y comprend rien. »

Wolf n'estima pas nécessaire de préciser que Karen Tilliez n'avait pas bougé un cil ni prononcé un mot depuis sa première audition, le matin même. Elle n'avait desserré les lèvres que pour boire la bouteille d'eau minérale qu'elle avait réclamée. Totalement impassible.

Ou absente. En se rendant dans le bureau du commissaire Lacroix, quelques minutes plus tôt, l'idée d'aller vérifier si elle était bel et bien là lui avait même traversé l'esprit. Des fois qu'elle se soit tout simplement évaporée.

« D'accord. Faites-moi un dossier propre et net pour le parquet. Ça suffira pour la flagrance.

— Du sur-mesure pour Chassepot. »

Lacroix salua d'un bref coup d'œil l'allusion ironique à la procureure.

« Exact. Pas un pli, soigné et rapide. Vous intégrerez les rapports complémentaires de la PTS plus tard.

— Apparemment, Marcus rame pour trouver des trucs sur la victime. Idem pour la gardée à vue, d'ailleurs. Mais j'ai comme l'impression que ce n'est pas pour ça que vous m'avez fait venir », dit Wolf.

« Tout juste, Hackman », dit Lacroix en se redressant sur son fauteuil de bureau. « On a du sérieux. Et pas le temps d'attendre Schmitt. Vous lui ferez un topo. »

Wolf se rencogna sur sa chaise et jeta un œil à celle de gauche, vide, regrettant l'absence de Silver. Elle percevait des choses qui lui échappaient complètement. Et tout ce qu'elle en tirerait, de ce truc sérieux que s'apprêtait à lui refiler Lacroix, serait issu d'un récit de seconde main, filtré par sa propre perception des choses. Nettement plus radicale.

« Pas la peine, boss. »

Silver venait de passer l'encadrement de la porte.

« Désolée pour le retard », dit-elle en tirant la chaise vide, offrant un sourire au regard impassible de Lacroix.

Elle s'assit, fit un signe de tête à Wolf en croisant les jambes, se tourna vers le commissaire et se racla la gorge.

« Bien. Il y a sept mois », commença Lacroix en posant les mains à plat sur son bureau, « une équipe a bouclé un dossier. Gelé. Cold case. Un type retrouvé dans les escaliers de la station Arsenal, dans le quatrième.

— Une de ces stations de métro fantômes », dit Wolf.

« Fermée depuis 1939, jamais rouverte », confirma Lacroix. Il joignit les extrémités de ses doigts et regarda Hackman.

« Et ? » demanda celui-ci.

« Et c'est tout.

— Comment ça ?

— Des tas de prélèvements, de photos et d'analyses, bien sûr. Ça n'a rien donné. On n'a rien sorti.

— Comment ça se fait qu'on ne soit pas au courant ? » intervint Silver.

« Pas question que le dossier fasse du bruit. J'ai décidé de traiter ça sous cloche. Enfin, moi, le proc et le juge.

— Avec l'accord du préfet ? » demanda Wolf, curieux de savoir à quel degré hiérarchique remontaient le choix et la possibilité du secret. De la prévalence de la justice sur les lois, du degré d'indépendance du ministère public vis-à-vis de l'hyperpouvoir médiatique. Parce que ça, c'était une question qui l'intéressait sacrément.

« Bref, un type banal », poursuivit Lacroix en ignorant sa question. « La petite quarantaine, correctement sapé, pas de signe particulier. De ceux qu'on ne remarque pas. Sauf quand on le retrouve mort en bas des escaliers d'une station de métro abandonnée. Et qu'on ne parvient pas à l'identifier.

— Il avait bien un nom, une adresse, un boulot, une famille.

— Certainement », dit Lacroix en le fixant.

Wolf se résigna à attendre. Une fois que le commissaire fut certain d'avoir tout à fait capté son attention, il expliqua plus avant :

« Il devait certainement avoir tout cela. Des assurances, des comptes en banque, une mutuelle, un dossier à la sécu – enfin, probablement. Il n'est pas tombé du ciel. Et pourtant, c'est tout comme.

— Pas de papiers, pas de téléphone, j'imagine. Dépouillé.

— Plus que dépouillé. Effacé. Rayé de la carte. Pas d'empreintes digitales. Brûlées à la soude. Pas de chaussures. Les étiquettes de ses vêtements découpées. Inconnu au Canonge et au TAJ, évidemment. Pas de prothèses. Pas de tatouages. Pas de nom à entrer au fichier des personnes recherchées. La diffusion de sa photo aux services de police et de gendarmerie n'a rien donné. Et au bout d'un mois à fouiller les fichiers dentaires, les types ont lâché l'affaire.

— Comme s'il n'avait jamais existé », dit Silver, tandis que Wolf pensait : comme si on lui avait enlevé son identité. Deux conclusions qui devaient bien finir par se croiser quelque part. Il y avait là quelque chose de clair et de confus à la fois. Wolf repensa à Barres et à Karen. Il se dit que pour elle, le seul point important était la décapitation. Que Barres soit à l'état vivant ou à l'état de cadavre n'était même pas secondaire à ses yeux : c'était purement anecdotique. Barres avait existé, mais son identité avait dû être invisible pour Karen. Ça, c'était ce qu'il percevait clairement. Et la confusion venait du sentiment qu'il ne savait pas d'où lui venait cette certitude. Un pôle d'attraction étrange et flottant, mais manifeste, indéniable. Palpable et impalpable, aurait dit Silver. Ou bien : permanent et impermanent. Quelque chose comme ça. Laos, chaos.

« En quelque sorte », admit Lacroix. « Comme si on l'avait déshumanisé », dit-il en prenant un dossier sur son bureau. « Comme si on lui avait ôté son identité. Pas simplement pour le tuer. Plutôt pour lui en donner une autre. Tout effacer pour mieux le marquer. Enfin, ça, c'est mon intuition.

— C'est-à-dire ?

— D'après le légiste, il a été empoisonné. Ça, c'est la cause de la mort. OK. Mais tout le reste s'est passé *après* la mort. La soude, les empreinte, etc.

— Tout le reste ? Le rendre anonyme ? Le tueur qui efface ses traces ?

— Pas seulement. Le tueur n'avait pas besoin de faire tout ça pour effacer ses traces. Il a fait beaucoup plus que ça. L'intention était clairement de supprimer son identité pour mieux le marquer.

Lui redonner une virginité pour se le réapproprier ensuite. Quelque chose comme ça. »

Lacroix feuilleta le dossier, choisit une photo.

« Il avait un branding sur le front. Plutôt une scarification. Le légiste n'a pas tranché. Un peu des deux, en fait. Ça a donné ça », dit-il en leur tendant le cliché.

C'était une vue en macro du front de la victime. Une étoile à six branches, comme deux pointes de flèches inversées, l'une orientée vers le haut, l'autre vers le bas, jointes au milieu de leur partie concave par un genre de fleur à cinq pétales. Les quatre angles latéraux étaient plus aigus que les deux autres, mais la figure était strictement géométrique et produisait un effet déroutant. Il était impossible de mémoriser le continuum du tracé de ses segments de manière spontanée, voire de se le représenter. Les chairs de la victime, violacées, bleuies et boursouflées par la mort, étaient nettement et profondément entaillées, brûlées dans et autour de l'étoile.

« Avec quoi on a fait ça ? » demanda Silver.

« Aucune idée. Pas de résidu exploitable. À part la soude.

— De la soude ?

— Oui. Il y en avait aussi dans la blessure. Dans l'étoile.

— Ça représente quoi ?

— Aucune idée non plus », dit Lacroix en se penchant en arrière dans son fauteuil. « Jamais vu ce symbole. Ça sent le truc cabalistique, la secte d'allumés, ce que vous voulez. Mais il y a une véritable organisation autour de ce meurtre. C'est méticuleux. C'est presque parfait. Une victime impossible à identifier, c'est quasiment comme ne pas avoir de victime. Une signature indéchiffrable, pareil. Pas de motif non plus. Rien de sexuel, pas d'acharnement sadique désordonné, pas de lacérations dues à la démence ni deux cents coups de scalpel. Rien de tout ça. Juste un ou des tueurs, quelque part. Tout ça sent le psychopathe, on dirait. Au mieux, un réseau occulte d'une quelconque nature. Mais. »

Les yeux de husky de Sibérie de Lacroix, trop clairs, trop perçants, trop purs, captèrent le regard des OPJ.

« Ce "mais" signifie que nous sommes sauvés, j'imagine ? » dit Silver.

Lacroix se redressa et appuya ses avant-bras sur le bureau.

« Toujours l'histoire de l'image fixe et de l'image en mouvement. Ou de l'arithmétique. On avait le zéro, on a maintenant le un. Ou pour respecter la nomenclature de la scientifique, on avait EI-1, qui est notre John Doe, et maintenant on a EI-2 », précisa-t-il en soulevant un autre dossier qui semblait avoir été compilé pour lui seul, avant de le laisser tomber sur le plateau du bureau. La liasse atterrit avec un bruit sec.

« EI-2. EI, c'est pour "étoile intergalactique", un jeu d'un type du labo. C'est comme ça qu'on appelle une étoile qui n'appartient à aucune galaxie, d'après ce que j'ai compris. La deuxième étoile, donc, c'est elle. Deborah-Lee Henry. On a retrouvé son corps porte de la Chapelle, cette nuit. Vingt-cinq ans. Plusieurs grammes de rabla dans les veines.

— OD ?

— Non », dit Lacroix en extrayant une photo du dossier. « Du moins, pas une overdose volontaire. En tout cas, pas à en croire la même étoile à six branches taillée dans son front. À moins que l'on ait affaire à un charognard, ce que je ne crois pas.

— Pourquoi ?

— À cause du poison qui a tué l'étoilé numéro un, notre John

Doe. Sept mois plus tard, la scientifique n'a toujours pas la moindre idée de ce dont il s'agit.

— OK…

— La composition est inconnue. On ne sait tout simplement pas ce que c'est. Quel composé chimique. Au moins, ce n'est pas radioactif », dit-il avec un sourire amer. « Pour le reste, mystère. Un charognard est un opportuniste compulsif. Il ne peut pas atteindre ce niveau de méthode et de perfectionnement.

— Pourtant », dit Silver. « Ils ont tous les deux une étoile gravée dans le front, mais le premier a été empoisonné et la deuxième, overdosée. Et surtout, on lui a laissé son identité.

— À vous de jouer », dit Lacroix. Il se leva et tapota le bureau du bout des doigts. « À vous de trouver les bonnes questions et d'y apporter des réponses adéquates. Avec l'aide de Marc Sommacal », ajouta-t-il en composant un numéro sur son téléphone.

Wolf regarda de près la photo de Deborah-Lee Henry. Un visage de tox. Malgré la scarification immonde sur le front, malgré son mascara épais et flou, malgré ses cheveux peroxydés, malgré les ravages de la chasse au dragon, les traits enfin apaisés de son visage de porcelaine dégageaient encore l'humanité qui l'avait habitée. Une humanité malmenée et flétrie, mais vaillante en dépit des hurlements intérieurs qui réclamaient leur dose d'enfer. Il fut étonné de l'impression pacifiée que dégageait son visage mort. L'expression d'une force inexpugnable, d'une volonté de vivre invincible. Sauf avec l'injection de plusieurs grammes de bourrin.

« Bien. Schmitt, Hackman, Sommacal, inutile de vous présenter », dit Lacroix lorsque Marcus entra dans le bureau du commissaire.

En guise de salut, Marcus adressa un signe de tête et un sourire crispé à Wolf et à Silver. Jeune type étrange, frêle et pâle, il avait l'air fragile d'un réseau de nerfs surtendus. Cela faisait moins d'un mois qu'il avait intégré la Brigade criminelle du 36, quai des Orfèvres, en tant que lieutenant de police stagiaire, un itinéraire de carrière assez étrange pour susciter la méfiance, sinon la suspicion. Et il s'était vu attribuer un petit bureau pour lui seul, ce qui était encore moins ordinaire. Tout le monde maintenait une distance courtoise vis-à-vis de lui, en attendant d'en savoir plus à son sujet. Il avait un point commun avec Silver : personne ne s'en approchait vraiment.

« Outre son cursus impeccable à l'ENSP, Sommacal a des connaissances solides dans la gestion des informations et l'intelligence virtuelle », dit Lacroix.

Si Silver et Wolf avaient régulièrement recours à Marcus pour compléter certains points de diverses procédures, ils n'en avaient pas pour autant développé une collaboration plus cordiale que le professionnalisme ne l'exigeait. C'était désormais officialisé par Lacroix : ils allaient former une *Kameradenschaft* avec le bleu-bite nerveux et surdoué.

Le ciel se couvrait à nouveau de nuages couleur d'écume depuis l'ouest et les informations et analyses complémentaires pour développer une représentation de la personnalité de Stéphane Barres se faisaient attendre. Tout comme celles qui leur étaient nécessaires pour éclaircir le sujet Karen Tilliez. Ils voulaient des armes avant la prochaine audition. S'ils y retournaient aussi démunis que lors de la première, il ne faisait aucun doute que la suspecte jonglerait à nouveau avec leur logique et leurs questions.

Par contre, Marcus, qu'ils avaient chargé d'examiner l'intégralité et l'intégrité du dossier de John Doe, l'étoile intergalactique numéro un, revint vers eux étonnamment rapidement. Et pour cause : il n'avait rien. Rien à trouver. Aucune piste. Toutefois, il confirmait que le dossier était complet et la procédure, scrupuleuse. Il avait à nouveau procédé à des vérifications : aucun mouvement du côté des disparitions inquiétantes. L'étoilé numéro un n'était toujours personne.

« Et trouver la formule du poison revient à chercher une aiguille dans une botte de foin », ajouta Marcus.

« Tu confirmes ? » insista Wolf.

« Tout à fait », répliqua le stagiaire. « Et c'est encore pire que ça : on ne sait même pas dans quelle botte de foin chercher. On ne peut trouver le nombre d'oxydation précis, ni le marquage isotopique, ni les informations structurelles partielles, alors je vous laisse imaginer…

— Imaginer quoi ? » demanda Silver, les sourcils froncés.

« Eh bien, les métabolites du poison ne permettent pas d'identifier le composé de départ, alors on est très loin de la stœchiométrie des éléments et de la formule brute », dit Marcus.

« Mouais. Vu comme ça. »

Il y eut un silence.

« Mais rien n'est impossible », ajouta Sommacal, hésitant.

D'un geste, Silver lui fit comprendre qu'elle l'incluait dans ce qu'elle avait à dire. Elle posa la main sur le dossier que leur avait donné Lacroix et en partagea les informations essentielles :

« Pour Deborah-Lee Henry. Père canadien, Belmont Henry, dernière adresse connue à Regina, dans la province du Saskatchewan. Mère française, Émilie Briot, disparue de la circulation quelque part dans le sud de la France. Deborah-Lee, donc. Vingt-cinq ans. RSA. Domiciliée dans le 20e. Passé de tox. Cures. Rechutes. Un peu de tapin dans des boîtes glauques. Réinsertions. Le cycle infernal, comme un moteur qui tourne à vide, sans prise sur rien », résuma-t-elle. « Mais pas plus de problèmes que ça. Pas de deals ni de vols ou de plans pourris. Du moins, pas dans le dossier.

— Quelle adresse ? » demanda Wolf.

Entre l'avenue Gambetta et le boulevard Mortier, c'était un lacis de ruelles, d'impasses et de sens uniques. Hackman avait garé la Mégane à l'extrémité de la rue Chauré, devant les escaliers qui menaient à une église en pierres claires. La paroisse du Cœur Eucharistique de Jésus, lut-il.

« Elle était pas loin d'être sauvée, finalement », dit-il à Silver.

Avant de se mettre en route, ils étaient allés voir Deborah-Lee Henry au frigo. Une seule piqûre et aucune autre empreinte que celles de la victime, avait certifié le légiste. Ce qui laissait penser qu'elle fumait ou sniffait la dope, habituellement. Wolf avait regardé son beau corps bleuâtre, sa peau ornée de tatouages de mauvaise facture.

« Il y a un truc qui ne colle pas vraiment », avait remarqué le médecin. « Elle est blindée de buprénorphine.

— Subutex ?

— Quarante milligrammes. »

Soit une dose de substitut encore élevée.

« Ce qui confirme, si besoin, qu'elle ne s'est pas injecté les cinq grammes de rabla elle-même. Une nana qui se soigne ne tape pas une OD comme ça », dit-il à Silver en remontant les pavés de l'impasse de la villa Marey.

« Une nana qui se soigne ne prend pas de dope.

— Normalement », dit-il en hochant la tête. « Elle n'est plus trop censée traîner porte de la Chapelle, la nuit. C'est vrai. »

Ils passèrent devant un échafaudage et atteignirent l'immeuble tout au fond de l'impasse dans laquelle le soleil froid débusquait le moindre grain de poussière.

« Et il ne s'agit pas non plus d'un crime crapuleux déguisé en je ne sais quelle justice divine par l'archange à l'étoile de fer », dit Silver en montant les escaliers vers le premier étage. « Elle avait ses papiers, son argent, sa carte de crédit et même son téléphone.

— L'archange à l'étoile de fer. J'aime bien ça », sourit Wolf en vérifiant les numéros des appartements.

Il repéra celui qui portait le numéro 111 et au moment où il regarda la porte, une alerte immémoriale électrisa ses instincts les plus primaires. Décidément, rien au monde ne valait la pureté de cette explosion d'adrénaline. Il expira, tendit le bras gauche pour bloquer l'avancée de Silver, concentré sur ce que captaient ses sens. La porte avait été fracturée, puis refermée. Impossible de dire quand.

Est-ce que Deborah-Lee Henry vivait seule ? Ils n'avaient pas vérifié. Pas de bruit suspect. Pas d'odeur particulière. Il jeta un œil au plafond, sur les gaines qui entraient dans l'appartement. Puis il s'approcha de la porte, la paume de la main droite ouverte sur le holster accroché à sa hanche gauche. Du bout des doigts, il dégagea la sangle de sécurité.

Il jeta un rapide coup d'œil à Silver qui avait dégainé son SIG-Sauer SP2022 et le tenait à deux mains, canon vers le bas. Il plissa rapidement et simultanément les paupières pour lui signifier que tout allait bien. Il n'était jamais aussi maître de lui-même qu'en tant qu'animal, et il aimait ça. Il adorait ça. Lycanthrope, il était vivant. C'était sa nature profonde. Silver ne craignait jamais rien, de toute façon. Danger ou pas. Et c'était également dans sa nature.

Contrôlant sa respiration et son rythme cardiaque, Wolf se courba, appuya l'extrémité des doigts de sa main gauche contre la porte, prit encore cinq secondes pour écouter à l'intérieur, mais ne perçut aucun bruit de présence humaine. Juste les vibrations du compresseur d'un réfrigérateur qui se mettait en route, tout près de l'entrée. Cela constituait une première information quant à la disposition des lieux. Il poussa lentement la porte. Le chambranle fracturé craqua et une détonation venue de l'intérieur de l'appartement fracassa les panneaux de bois en une projection d'éclats pointus. Wolf défonça de l'épaule ce qu'il restait de la porte et roula à l'intérieur jusqu'à se stabiliser derrière le comptoir d'une cuisine américaine, un genou à terre, le SIG en main.

Chevrotine semi-magnum douze grains. Projectile de destruction typique, dévastateur à courte portée. Pratique et rassurant pour les novices, dangereux à cause des ricochets. À en juger par la dispersion des grains et l'état de la porte, Wolf estima le calibre à du 12/70, et la distance du tireur, à moins de trois mètres.

Le miroir sur le mur perpendiculaire au comptoir reflétait l'espace qui se trouvait immédiatement de l'autre côté. Il se retourna pour glisser un sourire à Silver, courbée contre le mur du couloir,

I'm a street walking cheetah…

puis s'écarta lentement du comptoir de la cuisine américaine pour augmenter l'angle de réflexion du miroir mural. Il vit une ombre. Il vit l'angle formé par les rayons cinglants du soleil.

… with a heart full of napalm.

Il plongea de côté, les muscles souples et dynamiques, la crosse moulée dans la paume de la main, la phalange de l'index comme un trait de communion pulsatile entre son instinct et la queue de détente, l'œil traçant la trajectoire parfaite du projectile qui fuse et déchiquette les larges feuilles de l'épaisse végétation avant de perforer les chairs avec ce son mat et humide, caractéristique, inoubliable. La fournaise lui cuit la peau. La sueur irrigue les estafilades brûlantes. Les bruits de la jungle murmurent la mort qui rôde, le danger électrique. Les odeurs d'humus, la couleur des mangues à la chair éclatante et gorgée de jus, la viscosité du sang dans la nuit… Charger, armer, épauler, viser.

I'm a runaway son of the nuclear A-bomb
I am a world's forgotten boy
The one who searches and destroys

Le mollet du type explosa en un bouquet de brume rouge avant même que Wolf ne touche le sol. Le projectile de 9x19 mm se ficha dans le plâtre du mur derrière sa jambe avec un bruit étouffé, éclatant une auréole de sang sur la toile de verre blanche. Comme une quille percutée par une boule de bowling, le type bascula, bouche ouverte, bras écartés.

Lorsqu'il comprit ce qu'il venait de se passer, le canon brûlant du SIG de Wolf s'enfonçait déjà dans sa joue. D'un coup de pied, il écarta le fusil de chasse.

La trentaine, pantalon de treillis kaki, polo noir à manches longues, joues creusées par une barbe de plusieurs jours, cheveux longs, avant-bras tatoués de lettrages gothiques. Et l'arcade gauche ouverte par un coup récent et méchant.

« Bonjour, c'est la police », dit Silver en frappant contre un morceau de porte. « Il y a quelqu'un ? On peut entrer ?

— Putain, ça fait maaaaal !!!!! »

Le type gémissait comme un veau, le visage couvert de sueur, les yeux pleins de larmes, les mains poisseuses de sang serrées autour de son mollet perforé. Wolf retira le canon de sa joue, marquée d'une brûlure ovoïde.

« Normal, une ogive de Parabellum vient de te traverser un muscle à trois cent mètres par seconde. C'est pas grand-chose, tu verras », dit-il en rengainant l'arme dans son holster. « Tu manques de pratique », ajouta-t-il en secouant la tête. « Pas bon, ça.

— Putain, mais vous êtes qui ?

— T'attendais quelqu'un ?

— J'ai ni le fric, ni la came ! Ils sont déjà passés, bordel ! Y a qu'à regarder la serrure de la porte et ma gueule. On s'est mis d'accord pour un délai. Merde, ça fait un mal de chien !

— Et Deborah-Lee Henry, tu lui as aussi fait un mal de chien ?

— Deb ? » demanda le type en ouvrant grand les yeux. « Qu'est-ce que vous lui voulez ? » Il essaya de se redresser pour s'asseoir, gémissant et haletant. « Vous êtes flics ?

— Je viens de te le dire », dit Silver qui avait fait le tour de l'appartement avant de rejoindre Wolf. « Tu la connais ?

— Évidemment », dit le type en grimaçant. « C'est ma meuf. Putain. Il me faut un médecin, tout de suite.

— Il nous faut des réponses, tout de suite. Tu attendais qui et qui en avait après Deborah-Lee Henry ?

— Je me suis mis dans la merde.

— Ça, on le sait déjà, Einstein. Tu attendais qui et qui en avait après Deborah-Lee Henry ? Dernière chance.

— Un deal pourri. Je me suis fait braquer la came. J'ai pas de quoi rembourser.

— Un type assez naze pour s'en prendre à ta meuf ?

— Quoi ?

— Quelqu'un l'a tuée, connard. Peut-être par ta faute.

— Quoi ? » répéta le type, les yeux affolés. Il se mit à parler avec un débit de mitraillette. « C'est pas possible. Elle est pas dans le coup. C'est pas elle. Vous vous plantez. C'est pas elle. Elle est pas dans le coup. »

Perrin essaya de refiler à Hackman le numéro de téléphone de Nadine-quelque chose, la mère de Romain Lejosne, le suicidé jihadiste, qui s'était déplacée pour déposer plainte. Wolf l'envoya paître. Perrin le prit mal. Wolf n'en avait rien à cirer.

Dans leur bureau du quatrième, Silver vérifia si les commissions rogatoires pour Barres et Tilliez avaient été délivrées, tandis que Wolf démontait son SIG-Sauer, vidait entièrement son chargeur, le remplissait à nouveau de quinze munitions avant de le remonter, de le glisser dans le holster et de ranger le tout dans le tiroir de son bureau.

« Je peux entrer ? »

Ils levèrent les yeux en même temps sur Marc Sommacal.

« T'es *déjà* entré, Marcus », fit remarquer Silver.

« C'est bon, reste », intervint Wolf pour dissiper sa confusion. « On fait presque équipe maintenant, non ? *Kameradenschaft*, tout ça. Il y a du nouveau ?

— Tout à fait », dit Marcus en s'asseyant sur la chaise que lui désigna Silver. « J'ai continué les recherches pour identifier le poison. La piste des métabolites ne donnait rien. La spectroscopie de l'échantillon d'urine donne une structure tridimensionnelle inconnue. La chromatographie donne une composition moléculaire incompréhensible. Alors, au lieu des produits classiques destinés à tuer, j'ai fait l'inventaire des poisons par détournement, comme des produits de nettoyage ou de bricolage dont les compositions complexes et leurs interactions chimiques avec le corps humain sont quasiment inconnues et imprévisibles, surtout en tenant compte de toutes les substances toxiques déjà présentes dans nos organismes, comme les médicaments, les antibiotiques, les conservateurs et tous les polluants industriels utilisés dans l'agroalimentaire, les métaux lourds, les insecticides, le cobalt, les…

— OK », coupa Silver.

« Eh bien, ça n'a rien donné non plus », dit-il, dépité. « Mais le poison est une neurotoxine. »

Silver et Wolf attendirent.

« Une substance qui impacte le système nerveux en agissant sur les protéines membranaires des… »

Marcus s'interrompit, fit une moue de dépit.

« D'accord. Je suis encore à contretemps. Désolé. Ça m'arrive tout le temps, pas de souci. Je ne sais pas ce qu'est cette neurotoxine particulière. Il en existe des centaines. Juste un exemple, alors. Le poisson-globe. Appelé *fugu* en japonais. Le poison est présent dans ses yeux, dans son foie et dans ses ovaires. La tétrodotoxine provoque une paralysie musculaire et la mort par arrêt respiratoire. Évidemment, le *fugu* est résistant à sa propre neurotoxine. »

Un hurlement déchira les couloirs, rauque et bestial, et il se prolongea jusqu'à ce que les poumons de la personne qui l'émettait soient vides. Puis il se répéta à l'identique, en plus aigu.

« Ferme la porte, s'il te plaît, Marcus », demanda Wolf.

« Merci », dit Silver par-dessus un troisième hurlement, mais assourdi, cette fois.

« On est allés chez Deborah-Lee Henry et on est tombés sur son petit ami. Un zonard embourbé dans des deals de came foireux. D'après lui, elle n'était plus dans le coup. Elle était stabilisée, sous Subutex, régulièrement suivie à la Maison des addictions.

— Bon », tempéra Silver. « Il admet qu'elle consommait de temps en temps, à titre récréatif, mais il insiste sur le fait qu'elle n'était plus du tout dans le circuit. Elle aurait même donné des cours de musique.

— Ce qui rend encore plus improbable sa présence porte de la Chapelle en pleine nuit. »

Dans les couloirs, les hurlements s'éloignèrent, mais ils percevaient malgré tout l'agitation qui les accompagnait.

« Tout cela réduit la possibilité de faire des liens entre l'étoilé numéro un et l'étoilée numéro deux », reprit Silver.

« Bref, le mieux, c'est que tu creuses dans toutes les directions avec tes ressources en intelligence virtuelle », conclut Wolf. « Si les autres n'ont rien eu en sept mois, je ne vois pas d'autre solution. Nous », ajouta-t-il pour Silver, « on a une deuxième audition à préparer pour comprendre pourquoi une tête s'est décollée de son tronc cérébral. »

Silver acquiesça.

« Qu'est-ce qu'il y a ? » demanda Wolf à Marcus, qui semblait ne pas comprendre.

« Lacroix… », commença Marcus. « Lacroix est au courant ?

— Attends, c'est lui qui nous pilote sur le truc. Le premier type à l'étoile, ils l'ont bossé sous cloche. On a une deuxième étoile sans rapport évident avec la première. On va pas attendre que ce soit la Voie lactée dans les caniveaux pour réagir, non ? Alors, on se passe de commission rogatoire et de proc, tu utilises les ressources que tu veux, virtuelles ou pas, homologuées ou pas, mais tu trouves quelque chose sur ce foutu poison. Ça marche pour toi ?

— Ça marche », dit Marcus. « Ça marche carrément, même », répéta-t-il en souriant.

Un poing tambourina contre la porte de leur bureau, et celle-ci s'ouvrit avant même qu'aucun d'eux n'ait eu le temps de prononcer le moindre mot.

Romènes était rouge, essoufflé, surexcité.

« Perrin ! » brailla-t-il avec une expression mêlant le cocasse et le tragique. Wolf ne sut s'il allait le voir éclater de rire ou fondre en larmes.

« Perrin quoi ?

— La gardée à vue. Elle vient… Elle vient de lui arracher l'oreille ! »

Wolf bondit de sa chaise.

« D'une seule main, comme un coup de fouet, clac ! » ajouta le brigadier à l'intention de Silver.

5

Mercredi 19 février, soirée

La pénombre enveloppait lentement la ville sans que l'agitation qui bruissait dans les rues en soit le moins du monde affectée. Au contraire, la faune s'activait davantage, accroissait sa frénésie au détriment de sa vigilance.

Pour la Vipère, c'était exactement le contraire. Son rythme cardiopulmonaire diminuait, sa vigilance augmentait, ses sens et perceptions se déployaient naturellement à mesure que la nuit prenait le pas sur le jour. Tout comme les ténèbres, la Vipère approchait imperceptiblement, en silence. Et tout comme les ténèbres, on se rendait réellement compte de sa présence à un moment bien précis : trop tard.

Il ressentait les vibrations nocturnes au travers du plancher, du plafond et des hautes fenêtres de son écozone. Debout, les yeux fermés, les jambes solides et souples, le dos droit, les épaules et les bras détendus, la nuque légèrement basculée en arrière. Sa respiration était lente, profonde, contrôlée. Le corps tout en relaxation et en perception des environnements immédiats, intermédiaires et lointains. Chaque muscle en état de tension nulle, et cependant prêt à l'action fulgurante.

L'air inspiré par son organisme formait un mouvement qui apportait des pensées très lointaines, que son esprit traitait, assimilait, triait, emmagasinait ou recrachait bien au-delà de tout horizon mental concevable. Un exercice de filtrage et de nettoyage psychique, lent, fluide, dynamique.

La Vipère en était au troisième niveau de son exercice rituel, de sa discipline écliptique.

Son être fusionnait avec les dimensions mouvantes et instables du temps, de l'espace et de la matière.

Son esprit arpentait les frontières infinies de la vie, de la mort, des réalités.

Pourtant, il n'était jamais allé jusqu'au bout. Il lui manquait encore une certaine qualité d'énergie pour franchir l'indépassable.

Située en deuxième corps de bâtiment et au dernier étage, l'écozone déclinait plusieurs teintes de gris, de marron et de vert, du très clair au plus foncé, sur différents types de matériaux. Béton ciré, céramique, tissus variés, bois, verre et acier, sur plus de cent dix mètres carrés idéalement fonctionnels qui formaient un genre de territoire total et hors du monde. Un bunker, un repaire, un asile, un refuge, un terrier, un sanctuaire. Une écozone.

La nuit était maintenant pleine. La Vipère ouvrit les yeux. Sa respiration et son pouls reprirent peu à peu un rythme physiologique normal. Il était aligné.

Il alla se doucher, puis il prit une bouteille d'eau dans laquelle il glissa un quartier de citron vert, avant de rejoindre le panopticon, l'espace d'omniscience invisible. Il contourna le plateau de verre teinté de son bureau et prit place sur le confortable fauteuil noir aux pieds et bras en bois massif.

La Vipère se connecta directement au dark web.

Plusieurs protocoles de recherche tournaient en permanence et déclenchaient des alertes par mots-clés en scannant l'intégralité des données renseignées, publiées et transférées par Internet. Faire fi de tous les pare-feu était une question d'algorithmes, donc essentiellement technique. Par contre, acquérir la puissance de calcul suffisante pour des résultats quasiment en temps réel était une question financière. La puce de calcul quantique de l'université du Michigan, premier prototype susceptible d'être fabriqué en série, avait coûté largement plus que l'écozone elle-même. Plusieurs fois le prix. Pour le grand public, elle n'existait pas encore. Et pourtant, la puce quantique était bien réelle. Serge Haroche et David Wineland avaient reçu le prix Nobel de physique en 2012 pour leurs travaux sur la stabilisation des qubits et la résolution du problème de temps de décohérence. La seule chose qui restait hypothétique concernant cette puce de calcul quantique de dix qubits, c'était la décision de sa mise sur le marché officiel. Qui n'aurait peut-être jamais lieu.

Soudain, la Vipère se crispa, comme plongé dans un bain d'acide.

Une alerte concernant l'alignée zéro. C'était le premier problème. Le second, c'était le délai de réception de l'information. Près de vingt heures. C'était tout à fait anormal. Rien n'expliquait l'errance du signal. Du moins, théoriquement. Il s'agissait donc d'une dysfonction *pratique* de signal. Il fallait impérativement en trouver la cause. C'était urgent, mais il y avait encore plus important. C'était la nature même de l'alerte concernant l'alignée zéro.

Il s'agissait d'un avis de mesure de placement en garde à vue transmis via le logiciel de rédaction de procédure depuis la Brigade criminelle à une procureure de la République, Alice Chassepot.

Le regard de la Vipère se porta directement sur la section concernant la personne placée en garde à vue. Nom : Tilliez. Prénom(s) : Karen. Date de naissance : 4/02/1987. Ces renseignements et les autres, il les connaissait par cœur. Ce qui l'intéressait davantage, c'était l'infraction qui avait justifié la mesure de placement en garde à vue. Lorsqu'il lut le mot « homicide », il sut que Karen avait opéré une mutation. Qu'elle était définitivement entrée dans l'ultra-territoire de son propre alignement. Même s'il devait garder un œil sur les conséquences, la Vipère était fier et heureux pour elle. Il n'avait jamais douté que l'alignée zéro soit autre chose qu'une réussite parfaite.

Il évoqua ses premiers souvenirs de Karen, cinq ans plus tôt. Sans leur rencontre, le jeune fille serait devenue irrémédiablement psychotique. Son extraordinaire énergie était incontrôlable, et démultipliée par ses troubles schizo-affectifs. Déjà à l'époque, son pouvoir d'attraction était hors normes. La Vipère avait même failli se laisser attendrir, l'espace d'un instant. C'est dire si Karen, l'alignée zéro, occupait une place unique dans son panthéon. La Vipère l'avait pressenti dès son intervention aux urgences psychiatriques, un dimanche soir, pour contenir une jeune femme en état de psychose. Son potentiel était évident. Il suffisait de la guider sur la Voie et de lui apprendre les règles de l'art de l'alignement. Ce qu'apparemment, elle venait de réaliser pleinement. Même s'il n'en connaissait encore ni le contexte, ni les enjeux, ni les tenants et les aboutissants.

L'officier de police judiciaire qui avait signé l'avis de placement en garde à vue était le major Linh Schmitt. La Vipère entra l'information sur le dark web.

Née Liwayway Lin Nai à Vientiane, Laos, le 20 mars 1975. Adoptée et naturalisée française le 1er janvier 1993. Domiciliée à Montreuil, 63 rue Barbès, deux-pièces de quarante-deux mètres carrés. A passé les six grades du corps d'encadrement et d'application de la police nationale avec une régularité métronomique. Excellentes notes en tir, avec une moyenne de dix-neuf cartouches sur vingt à dix mètres en moins de quarante secondes. Célibataire.

La Vipère ne trouva pas grand-chose de notable à part ces informations de base, sinon des dizaines de procédures bouclées par Silver. Peu d'interactions sociales, nota-t-il. Paiements réguliers par carte de crédit dans des restaurants végétariens. Conversions et retraits de sommes assez peu importantes en kips laotiens. Peu de vacances. Quasiment pas de voyages. Il piraterait plus tard ses boîtes mails, ses réseaux sociaux et ses bases de données administratives.

Il cartographia de la même façon son collègue, Luc Hackman, lieutenant de la Brigade criminelle, mais ne parvint pas à éclaircir la zone d'ombre qui suivait son passage dans les commandos. Pour une raison évidente : rien n'était renseigné sur le dark web. Ni sur l'Internet surfacique, *a fortiori*. Il se fit tout de même l'idée d'un bon candidat à l'alignement. Manifestement, ce type était totalement cinglé, asocial, et devait développer une énergie dantesque pour se contenir. Il trouva un début de réponse sur l'interface utilisateur d'une marque de cardiofréquencemètres. Hackman courait cinq jours par semaine, à l'aube, dans le parc des Buttes-Chaumont, et toutes ses sorties y étaient consignées. Heure, durée, vitesse, température, variations d'altitude, et divers deltas relatifs à des entraînements spécifiques. Il brûlait plus de cinq mille calories hebdomadaires, à une moyenne de douze virgule sept kilomètres par heure. La Vipère analysa tous les autres paramètres de ses courses. Non seulement leurs seuils élevés le frappèrent, mais ils étaient en outre d'une régularité digne d'une machine. Une machine de guerre, conclut-il. Une source d'énergie brute, solaire et cinglée. Un aligné en puissance.

Cédric Lacroix. Cinquante-trois ans, membre du corps de conception et de direction avec le grade de commissaire. Carrière rectiligne, la loi comme un sacerdoce. Aucune prise possible, nota la Vipère.

Il poursuivit sa cartographie.

La procureure Alice Chassepot. Psychorigide jusqu'à l'ADN. Facile de deviner sa conduite, pile dans les rails, sans surprise.

L'avocat commis d'office Thierry Guedj. Débordé, peu impliqué. Menace nulle. Prise évidente.

Le lieutenant de police stagiaire Marc Sommacal. Vingt-cinq ans. Passé de hacker. Otaku du web. Traité au Risperdal (antipsychotique R64766). Faille possible, nota la Vipère.

Les plus dangereux pourraient être Hackman et Schmitt. Il serait stratégique de les séparer. En cas de besoin, évidemment. Ce qui n'était nullement le cas pour le moment.

La Vipère ouvrit sa bouteille d'eau citronnée sur laquelle de la condensation avait perlé. Il en but quelques longues et lentes gorgées.

Surveiller et attendre.

Voilà ce qu'il convenait de faire.

6

Jeudi 20 février, 6 heures 23

Hackman avait ajouté deux répétitions à chacune de ses six séries de tractions, de pompes inversées et de dips. Tous les muscles de la partie supérieure de son corps étaient en feu.

Malgré les longs étirements qu'il avait pratiqués ensuite, soulever la cuillère pleine de muesli pour la porter à sa bouche revenait à soulever de la fonte.

Il alluma – nuit de violences au cœur de Kiev, forces antiémeutes, barricades, assaut, bombardements en Syrie, coalition internationale, exécutions – puis éteignit la radio.

Il posa son bol dans l'évier, referma toutes les fenêtres, enfila un coupe-vent par-dessus son sweater, ajusta le bracelet de sa montre GPS et descendit les escaliers à petites foulées.

Il étira ses mollets, ischios et quadriceps, le temps que le Forerunner 10 capte un signal satellite. Il jeta un œil à l'endroit où le type avait fait sauter le macadam au marteau-piqueur, la veille. Une rubalise rouge et blanc signalait une cavité rectangulaire que les passants avaient remplie de leurs déchets au cours de la journée.

Il démarra vers l'est, dans la pénombre mauve poussière.

À partir du canal Saint-Martin, il augmenta régulièrement la cadence pour atteindre un rythme soutenu, à la fois exténuant et vivifiant. Les muscles tiraient, le souffle brûlait, le corps s'éveillait.

Malgré des années de pratique, il était toujours étonné de savourer l'effet de jouvence de l'exercice, la réponse de l'esprit à la contrainte du corps. Et cette réponse avait un nom : éclaircissement. Le jour se levait sur la ville comme sur sa conscience des choses. La pensée devenait une sensation physique.

Lorsqu'il arriva au parc des Buttes-Chaumont, la grille venait de s'ouvrir et le jour commençait à poindre. Il attaqua directement la première boucle, se dépouillant de ses toxiques – doute, lassitude, appel du néant –, respirant à pleins poumons les métaux précieux produits par l'effort – plénitude physique et mentale, détermination, goût du combat. Cette hydrolyse dissipait Luc Hackman pour faire affleurer Wolf. Ses foulées s'allongeaient, sa respiration était fluide et puissante, ses muscles et son esprit pouvaient avaler des dizaines de kilomètres de bitume, sous les étoiles mourantes et les lumières de l'aube, rasantes comme des lames de sabre.

Des lames de sabre.

Il repensa à la photo de l'oreille arrachée de Perrin que Romènes lui avait montrée sur son téléphone portable. L'organe mutilé baignait dans un récipient rempli de glaçons maculés de rouge rosacé, avant de suivre son propriétaire aux urgences. La découpe des chairs était presque nette.

« D'une seule main, j'ai rien vu venir », avait répété Romènes, presque admiratif. « Un coup de fouet. Plus rapide encore qu'un coup de fouet. Clac !, et elle avait son oreille gauche dans la main. Et tu sais pas quoi ?

— Je ne sais pas quoi ? » avait demandé Wolf.

« Eh bien, Perrin regardait son oreille dans la main de la fille, comme un con, comme si son cerveau refusait de comprendre ce qu'il voyait et ce qui venait de se passer. Ça a duré vraiment longtemps, au moins trois ou cinq secondes. Remarque, j'étais pétrifié moi aussi. Je te jure qu'au début, c'est complètement débile, mais j'ai cru à un de ces tours de magie, tu vois. Jusqu'à ce que le sang coule vraiment depuis l'intérieur de l'oreille arrachée. Alors, la fille l'a jetée par terre et Perrin s'est mis à gueuler comme un putain de goret hystérique. Mais pas parce qu'il avait mal, non. Il ne gueulait pas parce qu'il avait mal. Mais parce qu'il avait peur à s'en chier dans le froc !

— Qu'est-ce que vous foutiez dans sa cellule ?

— Rien du tout. Perrin allait l'emmener aux chiottes, il m'a dit de le suivre, que je mate le morceau. Sacré morceau, ça, c'est clair.

— Et elle lui a arraché l'oreille, comme ça ?

— Comme ça. »

Wolf avait fixé Romènes avant d'insister :

« Comme ça ?

— Ouais. Perrin lui a dit : "Bouge ton cul, poulette", elle l'a regardé, elle s'est levée en souriant, elle a fait un pas en avant et clac ! Comme je t'ai dit.

— Cette fille est géniale », avait dit Wolf.

Des lames de sabre.

Il attaquait une nouvelle boucle dans le parc lorsque cela le frappa comme une évidence.

« Tu donnes cette pureté à ta victime. »

C'était la voix de Karen.

« Toutes les expériences de pureté et de volonté libre que tu as accumulées au cours de ta vie. »

C'est ce que Karen lui avait dit cette nuit, en rêve.

« Tu les donnes à ta victime. »

Il appuya ses foulées, passa en zone rouge. L'air froid lui fouettait le visage, la sueur lui brûlait le cou. Il respirait comme une forge et ses muscles pompaient comme des soufflets sauvages et inépuisables.

« Je savais exactement ce que j'allais faire », dit-elle, et dans une vision superposée aux boucles et aux arbres du parc, il regarde sa bouche pendant qu'elle parle. Autour d'elle, tout est flou et sombre, mais il voit nettement les détails de ses lèvres, de ses yeux et surtout de ses iris vert émeraude, avec des entrelacs d'or mouvants et cerclés de noir. « Mais j'avais toute latitude pour décider du comment. De la technique précise. Tu sais qu'il existe huit types de coupe de base », continue-t-elle en approchant ses lèvres des siennes, comme un fruit tendre et gorgé de vie. Il ne sait pas vraiment s'il ne peut ou ne veut pas bouger. Il sait simplement qu'il répond à son baiser voluptueux et vorace. Puis la langue de Karen glisse, disparaît, descend puis remonte sur son torse avec un sourire pervers et parfait.

« De la main gauche, je tenais le *saya* contre ma hanche gauche, le *hasaki* vers le haut, comme il se doit, et l'*omote* visible. Barres parlait et parlait, une vraie boue de mots. »

Wolf sait que le *saya* est le fourreau, le *hasaki*, le tranchant et l'*omote*, la face publique du sabre. Il ignore comment il le sait, mais cela ne l'inquiète pas. Rien de ce qui émane de Karen n'est étrange. Tout est pure évidence, comme son sexe qu'elle frotte lentement contre le sien, avide et sensuelle, précise, contrôlée, palpitante et fascinante.

« Il ne tenait pas en place, et à chacun de ses déplacements, même infimes, je visualisais toute une série de *giri* possibles. Jusqu'à ce que je comprenne que je n'en ferai qu'un seul. Un *giri*. Une seule coupe. Mais je ne savais pas encore laquelle. Ma main était en prise sur le *tsuka*, je sentais sous ma paume et sous la pulpe de mes doigts les entrecroisements et les nœuds du laçage du *tsuka maki*. Le sabre était vivant. Il faisait partie de moi, je faisais partie de lui. Tout l'espace, l'esprit, le corps, le sabre, nous ne faisions plus qu'un. Nous formions une unité parfaite. Et cette unité devait s'exprimer pour exister. Se manifester. Fusionner avec la cible », dit-elle en s'asseyant sur le bassin de Wolf. Le sexe de Karen avale le sien d'un seul mouvement, fluide et précis. Elle s'immobilise, bascule un instant la tête en arrière puis contracte son vagin avec un profond gémissement de satisfaction, muscles tendus puis relâchés, et le regarde en souriant.

« *Migi yokogiri* », dit Karen. « Coupe latérale de gauche à droite. C'était clair, limpide. J'ai attendu que toutes les phases n'en forment plus qu'une. La respiration, l'esprit, les infimes déplacements et la cible. *Hyoho niten ichi ruy*. La stratégie des deux Cieux comme une Terre. Et au moment voulu, le temps s'est arrêté. »

Wolf se rend alors compte qu'il est complètement prisonnier de la volonté de Karen. Même son désir sexuel est à la merci du sien. Il regarde les courbes parfaites de son corps souple qui ondulent en chevauchant son sexe. Il sait qu'il est hypnotisé, proie consentante et extatique d'un magnétisme qui le déroute et le subjugue. Il sait qu'il approche de quelque chose qui l'a toujours profondément fasciné et qui lui a toujours échappé. Et qu'il ne sait nommer.

« Le temps et l'espace se sont arrêtés. Tu comprends », dit-elle en donnant de violents coups de bassin, la mâchoire crispée, une main agrippée à la nuque de Wolf.

« Des pieds au poignet, tout le mouvement est effectué par l'esprit, qui maîtrise le psychique et le physique. Pense à une symphonie qui exulte. Pense à la pureté d'un matin de printemps. Pense à la beauté fugace et absolue de la mort. À une énergie qui te traverse. Tu es le fil conducteur d'un flux terrible qui laisse en toi un vide identique à la section que la lame opère sur le corps que tu sanctifies en le tuant. Pense à toutes les expériences de pureté et de volonté libre que tu as accumulées au cours de ta vie. Tu donnes cette pureté à ta victime. Pense à un orgasme. De tes entrailles jusqu'à l'étoile la plus lointaine, en passant par ton esprit », dit Karen.

Wolf entend le corps de Barres s'effondrer de tout son long et sa tête tomber et rouler sur le parquet, avant de s'immobiliser, debout sur le rachis cervical sectionné net, le regard encore vivant. Sur son front, une étoile à six branches commence à saigner. Campée sur ses jambes, à contre-jour dans la pénombre, Karen reste immobile un instant, la tête baissée vers la droite, le wakizashi en position basse, vers la droite également. Il la regarde. Elle est figée dans une grâce et une beauté telles qu'il n'en a jamais vues. Il est complètement sidéré. Il sait que la ligne de trempe de la lame du wakizashi s'inscrit dans le prolongement exact de la ligne de vie de la paume de sa main.

Les battements du temps commencent à se réveiller. Les couleurs changent. D'un geste sec du poignet, elle fait siffler la lame du sabre dans la pénombre. Les gouttes de sang qui coulent sur la lame s'écrasent au sol. C'est la deuxième projection qu'il avait remarquée, après celle du mur.

Karen relève la tête. Il voit ses épaules se soulever et s'abaisser lorsqu'elle recommence à respirer. Elle présente la pointe du *kissaki* devant l'embouchure du *saya* et rengaine la lame dans le fourreau. L'acier chante et claque lorsque le *habaki* s'immobilise contre le *koi-guchi*.

D'un pas aérien, elle va s'asseoir sur la chaise pliante, le wakizashi passé dans la ceinture de soie noire de son chemisier gris-bleu. Parfaitement calme, elle regarde droit devant elle. Ensuite, elle sourit à Wolf.

À la sortie du parc, la caméra de vidéosurveillance capta l'expression de Wolf, qui fut plus tard interprétée par la Vipère comme étant d'une bestialité pure, à la fois sereine, vorace et inassouvie.

Rue Manin, il ralentit le rythme de ses foulées, puis bifurqua vers Jaurès et fila dans le boulevard de la Chapelle. Le jour se levait franchement et derrière les bandes de nuages irisées de blanc, le ciel était froid et pur. Il croisa des camions livrant toutes sortes de produits, des bus qui se chargeaient d'employés et d'inemployés, des bouches de métro qui avalaient et recrachaient une foule ininterrompue, des voitures et des motos de plus en plus pressées, aux trajectoires de plus en plus impatientes. Il se sentait léger, ionisé, polarisé. Il aurait pu continuer à courir pendant des heures et des jours.

9 heures 31

« Pourquoi est-ce que le sabre était fiché dans le sol ? » demanda-t-il à Karen pour la deuxième fois.

Une nouvelle audition venait de commencer, dans leur bureau du quatrième étage du 36, quai des Orfèvres. Ni Silver, ni l'avocat commis d'office, Thierry Guedj, ne comprenaient l'insistance de Wolf. La gardée à vue lui opposa à nouveau un regard énigmatique, et il abandonna.

« OK, une façon symbolique de rendre les armes, sans doute », lâcha-t-il.

L'épisode de l'oreille de Perrin avait accéléré les choses. Il y avait une menace d'expertise de l'Institut psychiatrique de la préfecture de police et un redoublement des paperasses. Silver et Wolf n'avaient pas d'autre solution que de précipiter une deuxième audition pour boucler l'enquête de flagrance. Et cette fois, il leur fallait des réponses concrètes. Hackman soupira. Le fait que le sabre fût planté dans le sol ou rangé dans son fourreau et passé à la ceinture de la gardée à vue n'était qu'une question secondaire. Elle avait pu le faire juste avant l'arrivée des flics de police-secours. Ou bien cette partie du rêve ne correspondait pas exactement à la réalité.

Depuis quand est-ce que les rêves correspondent à la réalité, Wolf?

N'est-ce pas plutôt la réalité qui fait défaut aux rêves?

Il chassa ces pensées confuses et se concentra sur l'audition de la gardée à vue. Le soleil allumait des mèches claires dans ses longs cheveux châtains, faisait briller ses yeux verts comme des torches sidérales. Il regarda ce qui restait de sa ceinture de soie coupée quasiment à ras sur les coutures de son chemisier, il regarda ses lèvres rose pâle, et secoua la tête.

« On reprend », dit Silver. « Avez-vous tué Stéphane Barres ? »

Sourire énigmatique de Karen à Wolf, qui l'ignora.

« Pourquoi avez-vous tué Stéphane Barres ? » martela Silver, volontairement fastidieuse.

Wolf savait que ce n'était pas à l'usure qu'ils obtiendraient des résultats. Ce n'était pas cette carte qu'il fallait jouer.

Silver vérifia le témoin lumineux de la webcam qui filmait l'audition.

« "Le meilleur usage de la parole, c'est la vérité." Vous vous souvenez ? C'est à ce jeu-là qu'on joue, maintenant. Alors. Pourquoi avoir tué Stéphane Barres ? Drame passionnel, légitime défense, conflit financier. Au choix. Vous avez mentionné qu'il vous harcelait, n'est-ce pas ? Je vous écoute. »

Karen Tilliez acquiesça, prit une inspiration. Son expression disait qu'elle faisait un effort pour s'intéresser à la question.

« Tout le monde n'a pas les capacités pour vivre comme un zombie », dit-elle doucement. « Barres, lui, les avait. Et c'est donc comme un zombie qu'il devait mourir. Et il est mort. Cela n'a que très peu d'importance, en fait », expliqua-t-elle d'une voix calme, soutenue par un regard tout à fait sincère.

Silver constata que Karen Tilliez ne mentait pas, qu'elle mesurait ses paroles et croyait profondément en ce qu'elle disait. Cette dissonance entre la clarté qui émanait de sa personne et la réalité des faits – un type décapité par une femme renversante de grâce – nouait une contradiction en elle. Quelque chose lui échappait, mais elle ne parvenait pas à mettre le doigt dessus. Et Silver n'était manifestement pas la seule dans ce cas. Sa connexion avec Wolf était troublée. Comme si un obstacle invisible les séparait, comme si leur polarisation spontanée et naturelle était troublée.

Quant à maître Guedj, il avait l'air de ne pas vraiment suivre le fil de l'audition.

Il semblait avoir perdu tout espoir de déployer utilement ses talents, et subissait le cours de la procédure sans essayer d'en infléchir l'issue. En outre, il paraissait effrayé par sa cliente, et avait peut-être peur de perdre une oreille à cause d'un conseil inopportun. Ou peut-être pire qu'une oreille.

« Qui ? » demanda Wolf. « Qui t'a enseigné ça ? La loi de l'alignement et tout le reste ? C'est quoi, cette histoire de zombie ?

— On a tous un mentor, réel ou pas. On a tous une bible. Qu'on l'ait lue ou pas, comprise ou pas. Qu'on le veuille ou non. Qu'on en ait conscience ou non.

— Attends », dit Silver. « Où est-ce que vous nous embarquez ? Vous appartenez à une secte ? »

Karen ferma les yeux et esquissa un sourire.

« Non. Rien de tout ça. Bon, dans l'ordre. Mon mentor est Miyamoto Musashi, qui a vécu, pour vous, du 12 mars 1584 au 19 juin

1645. C'est le fondateur de l'École de la stratégie des deux Cieux comme une Terre. Ma bible est le *Kojiki*, la *Chronique des choses anciennes*. Quant au zombie, c'est quelque chose qui a l'air d'un être humain, mais en réalité, il s'agit d'un néant physique, psychique et spirituel. Et d'un effondrement affectif, dans le cas de Barres. »

Elle fit une pause, sembla hésiter, puis ajouta en guise de commentaire :

« Vous traitez les choses de peu d'importance avec une profonde gravité. Et vous avez tout à fait raison. Cette attitude est conforme aux enseignements du *Hagakure*. Car les choses de grande importance se traitent avec légèreté. Ce sont des paroles de Jôchô Yamamoto », ajouta-t-elle à l'intention de Wolf. « Bref, je n'ai fait qu'appliquer la loi de l'alignement.

— OK, on avance », dit Silver. « Il faut parfois prendre des voies détournées pour atteindre son but, n'est-ce pas ? Alors. Qu'est-ce que la loi de l'alignement ? » demanda-t-elle en pensant à la retranscription de la VidéoGav qui prendrait des heures.

« C'est une loi naturelle qui s'est toujours manifestée, mais à laquelle personne n'a jamais vraiment porté attention. Comme la loi de l'évolution des espèces. N'est-ce pas ? » dit-elle en jetant un bref regard à Wolf. « Personne n'a jamais vraiment essayé de comprendre ce que cela signifie. Ce qui est paradoxal, c'est que nous comprenons instinctivement plusieurs lois naturelles, sans qu'on ait besoin de nous les enseigner. La loi de la chute des corps, la loi de la causalité, la loi d'Archimède, un gosse les comprend tout seul, spontanément. Intuitivement, on en pressent beaucoup d'autres. La loi d'Avogadro, la loi d'absorption de la lumière, les lois d'optique, même certaines lois de probabilité, de distribution et de thermodynamique, un esprit à peu près éveillé les comprend d'instinct, sans faire d'études de physique ou de chimie. Mais, étrangement, ça n'a pas du tout l'air d'être le cas pour la loi de l'alignement, qui fait incompréhensiblement exception à l'assimilation spontanée de ces lois de base. C'est pourtant la matrice de toutes les lois, la plus fondamentale et la plus naturelle de toutes, celle qui est phylogénétiquement ancrée en nous. Et pourtant, elle ne se manifeste nulle part de façon équilibrée. Et sa négation rend le monde fou à lier. Chez les Japonais, par exemple », poursuivit Karen d'un ton détaché, « l'outil de l'alignement est la contention, et sa réalisation est pleinement spirituelle. La contention sexuelle, le *shibari*, les codes sociaux, l'*uchi-soto*, l'*omote* et l'*ura*, la notion fondamentale des multiples devoirs, impérative au-delà de l'entendement, mais surtout la stricte contention spirituelle axée sur la vénération de l'infinité des esprits shintô, de l'Empereur et de la mort. C'est parce que leur culture a été excessivement portée sur la spiritualité, du moins jusqu'à la Deuxième Guerre mondiale. Pour les Japonais, les forces de l'esprit pouvaient à elles seules permettre à l'Empire de gagner la guerre. La radio relatait avec le plus grand sérieux l'histoire de pilotes qui posaient leur avion et allaient faire leur rapport, avant de s'écrouler, le corps froid et criblé de balles. Ils étaient déjà morts depuis des heures, ils avaient succombé au cours de leur mission. L'esprit est capable de pareilles choses, pour les Japonais. Comme les samouraïs qui, décapités sur le champ de bataille, peuvent encore tuer au moins trois ennemis. L'alignement échappe à tout jugement, et bien souvent, à toute compréhension. Chez les nazis, autre exemple, l'expression de la loi de l'alignement était une pure pathologie de l'ordre, à l'échelle industrielle et métaphysique, dans une double tentative d'épuration et de connexion psychique avec des Supérieurs inconnus. Une première dans l'histoire par son ampleur, donc par ses ravages, mais une chose qui se manifeste depuis les peuplades primitives. Pour les nazis, la force et la victoire étaient complètement polarisées sur le domaine psychique. Toute la Wehrmacht se prenait pour un gigantesque égrégore. Une conscience absolue, nourrie de forces cosmiques auxquelles elle seule avait accès. Et pour les Alliés, la guerre et la victoire n'étaient qu'une question de pragmatisme, de matérialisme, d'acharnement et de domination physique. C'est ce matérialisme primaire, forcené et borné qui a gagné la guerre et soumis le monde entier à sa loi, avec les résultats que l'on connaît. »

Karen fit une courte pause, le temps de lancer un regard aux deux flics. Silver était impassible, et Wolf fit de son mieux pour le paraître également.

« Les cultures asiatiques sont les seules qui ont tenté de développer une approche homogène et cohérente de ces trois dimensions physique, psychique et spirituelle que l'Occident monothéiste a séparées, et donc tuées, pour son plus grand malheur. Chez vous, les judéo-chrétiens, c'est beaucoup plus simple : il n'y a aucun alignement. Vous êtes des erreurs métaphysiques. Des putains de hippies psychiques et spirituels. N'y voyez aucune insulte, c'est simplement un fait. Tout n'est que déni et hypocrisie, soumission rance à la peur et à la mort. Sadisme des représentants du dogme, masochisme de la masse des croyants. C'est ça, l'alignement judéo-chrétien : du sadomasochisme qui a peur de son propre nom. Une meute morbide et négative. Et vous n'avez même pas le courage d'aller jusqu'au bout. Totalement ennuyeux. Au-delà du désespoir. Toutefois, chez vous, les bouddhistes », dit-elle en regardant Silver, « c'est plus compliqué. C'est à la fois essentiellement ouvert et audacieux, mais un peu lourd aussi, avec ces mille et une hiérarchies des êtres et des éveils. Et en même temps, vous avez des propositions fulgurantes. "Face au gouffre, un pas en avant." Ça, c'est vraiment bon. Mais pourquoi ce fatras historico-métaphysique avec la vie du bouddha ? Alors que les visions zen sont acérées comme le meilleur des sabres ? Que les kôans sont de redoutables outils de destruction des certitudes crasses ?

— Demande au bouddha », répondit Silver en faisant une ironique moue d'impuissance.

Flash de fièvre : Wolf est soudain en train de revivre l'emprise sexuelle hypnotique de Karen et comprend qu'il s'est passé bien autre chose que son récit de la décapitation de Barres. Les visions surgissent du néant. Elle lui a parlé de la loi de l'alignement et du *Kojiki*. Elle lui a tout expliqué. Et il ne se souvient de rien.

Il fixa un point sur le mur de son bureau, derrière Karen, et essaya de se concentrer sur le présent.

« Les rêves rattrapent toujours la réalité. »

C'est ce qu'elle avait dit. Il en était sûr. Il entendait encore sa voix.

Les rêves rattrapent toujours la réalité.

« Quel rapport entre la loi de l'alignement et les samouraïs ? » questionna-t-il soudain d'une voix détonante.

Silver et Guedj parurent surpris. Sourire de Karen.

« Aucun. Le *Hagakure*, le livre qui arpente la voie spirituelle des samouraïs, c'est ma pratique de l'alignement », répondit-elle. Elle marqua une pause, le temps d'un sourire, puis lui demanda : « C'était bien ?

— Ça suffit, ces conneries », trancha-t-il. « Barres suivait-il la loi de l'alignement ? A-t-il failli ? Ton gourou t'a demandé de le punir ? Vous vous servez de drogues ?

— Donne-moi une feuille et un stylo », répliqua Karen d'une voix froide. La température de son corps semblait avoir chuté de plusieurs degrés. « Maintenant », ajouta-t-elle.

Wolf jeta un œil à Silver, puis se tourna vers l'imprimante et ouvrit le capot de la réserve de papier.

« Vous vous servez de drogues ? » insista-t-il.

Elle approcha sa chaise de quelques centimètres, ajusta son chemisier et cala soigneusement, du bout des ongles, le feuillet A4 sur une partie dégagée du bureau de Silver, puis appuya sur le bouton-pressoir du stylo que lui avait tendu Hackman.

« Une carte au trésor n'a plus aucune valeur, n'est-ce pas ? Une fois qu'on a trouvé le trésor. Ce que je m'apprête à vous donner est également un dédommagement pour l'oreille de votre pote. »

Puis elle s'appliqua à écrire. Le bois du plateau répercutait le roulement mat de la bille sur la feuille, qui résonnait dans la pièce.

Guedj chercha alternativement le regard de Silver, puis celui de Wolf. L'avocat abandonna toute idée de stratégie de défense, après avoir abandonné tout espoir de collaboration de la part de sa cliente.

« Voilà », dit Karen en posant le stylo. Elle se redressa. « C'est la base. La partie physique de la loi de l'alignement.

— Il y a combien de parties, en tout ? » demanda Silver.

« Trois. Physique, psychique, spirituelle. Une fois élaborées et en concordance de phase, elles n'en forment plus qu'une : l'alignement. Chacune des trois structure les autres et s'en nourrit à la fois. Une mécanique d'ensemble.

— Pouvez-vous nous lire ce que vous venez d'écrire, s'il vous plaît », dit Silver en désignant la webcam. Elle jeta un œil à Guedj, qui haussa les épaules.

Karen Tilliez prit la feuille de la main gauche et humecta ses lèvres avant de commencer à lire.

Et Wolf eut une nouvelle vision échappée de ses rêves.

Ils avaient décidé d'aller à la Maison des addictions pour en apprendre davantage sur Deborah-Lee Henry. En cours de route, Wolf suggéra de faire un arrêt pour acheter quelque chose à manger. Silver accepta, à condition que ce fût un plat à emporter de son restaurant préféré, le Blossom Bodoi. Suivant ses indications, il tourna à droite, rue de Poissy, où ils furent bloqués par une altercation entre un taxi et un autre conducteur, peut-être un taxi également, ou plus probablement un chauffeur privé, vu que l'un essayait de piquer le boulot et le pognon de l'autre, ou inversement – pour ce que cela l'intéressait… Les enjeux baissaient inexorablement, voilà ce qu'il constatait.

À l'orphelinat de Vientiane, Silver avait vu des gens se déchirer pour la carcasse d'un rat. Bec et ongles, au sens littéral. Du moins pour les ongles. Ils s'étaient déchiré le visage comme s'ils dépeçaient la carcasse du rat qu'ils convoitaient. Wolf devinait qu'elle devait trouver la plupart des choses complètement obscènes en France, mais il ne l'avait jamais entendue faire le moindre commentaire. D'après lui, elle ne prenait tout simplement pas ça au sérieux. Ce n'était ni pathétique, ni cupide ou mesquin. Juste impossible à prendre au sérieux. Inconséquent et irréel. C'est ce qu'il interprétait de son attitude. Il guettait toutes ses réactions et suivait chacun des signes de son adaptation au cours des événements. Car si, au final, ce monde lui était autant étranger qu'à elle, Silver savait s'en accommoder et s'y ajuster avec un instinct sûr et, au moins, de manière pacifique, fluide et harmonieuse. Et le plus souvent, avec une pointe d'humour tordu.

Une fois le nez du taxi – ou du chauffeur privé, il n'avait pas suivi les débats – éclaté et gonflé, chacun remonta dans son véhicule en échangeant une dernière bordée d'insultes, pour faire bonne figure, et démarra en trombe.

À bien y réfléchir, la seule chose que Silver prenait vraiment au sérieux, c'était son alimentation. Pour elle, le végétalisme relevait du bon sens pur et simple, fin de la discussion. Elle lui avait dit cela avec une expression d'évidence telle qu'il avait été convaincu sans qu'aucune autre question n'ait eu la moindre chance de paraître valide, ni la moindre explication nécessaire. Depuis, il la suivait dans n'importe quel restaurant végétalien, et il devait bien admettre qu'il se régalait à chaque fois. Il se demandait parfois si pour elle, il n'y avait pas là-dessous le souvenir d'une lutte désespérée pour le cadavre d'un rat, quand bien même ça ne changeait rien à l'affaire : il comprenait qu'elle avait parfaitement raison et que sa démarche relevait du bon sens fondamental, bien à l'écart du conditionnement de masse, sous vide aseptique.

Sous cet angle, « Laos, chaos » signifiait : « J'ai déjà vécu le futur ».

Et les sales histoires sordides de la Brigade criminelle n'avaient pas vraiment l'impact suffisant pour la déstabiliser…

C'est ce que se disait Wolf dans la voiture garée contre le trottoir, en regardant distraitement Silver régler les plats à emporter du Blossom Bodoi, un restaurant végétarien et végétalien du quartier

Mouffetard où ils allaient manger de temps en temps. Doris, la patronne lesbienne, avait accroché un grand portrait à droite du comptoir : la photo de profil d'une vache qui tournait la tête vers l'objectif et sur les flancs de laquelle était tagué en lettres vertes le slogan EAT PUSSY, NOT COW.

En entrant dans la voiture, elle lui tendit son chargement de makis qui dégageaient un parfum de coriandre et de sésame, puis elle attaqua direct :

« Je me demande si elle a agi seule ou si elle est téléguidée. »

Wolf enfourna un cylindre de riz et d'avocat enrobé d'algue avant de démarrer.

« Ha hanche quoi ?

— Si elle agit seule, je crois en ce qu'elle dit. Dans le cas contraire, elle ne fait que répéter ce qu'on lui a appris. On lui a lavé le cerveau. Et là, on a un bien plus gros problème.

— Un lavage de cerveau ? Pourquoi pas. Mais ça ne change rien.

— Ça change tout. Parce que dans ce cas, ce n'est pas elle, le problème. C'est l'étage du dessus. Elle ne serait qu'un élément d'un ensemble plus vaste, et plus cinglé que tout ce qu'on a jamais vu jusque-là…

— Elle croit en ce qu'elle dit », déclara Wolf après avoir avalé le maki. « Et moi aussi, je crois en ce qu'elle dit. Elle a agi seule.

— Qu'est-ce qui te permet de l'affirmer ?

— Une intuition.

— Wolf… », insista Silver.

« Je te jure. Une intuition. Une intuition, ce n'est pas rationnel, OK ? On parle bien de la même chose ? Alors, c'est une intuition. Elle a agi seule et elle croit en ce qu'elle dit. Et j'y crois aussi. »

Silver entama une salade qui sentait l'amande sans faire de commentaire. Elle ne put s'empêcher de penser à ce qu'avait écrit Karen Tilliez sur la feuille A4 avant de le lire à voix haute, à sa demande, face à la webcam. En l'écoutant, Silver avait été soufflée net. Il s'agissait tout simplement d'un programme de zen rinzaï, ou peu s'en fallait. Les Occidentaux auraient qualifié ça de spartiate ou d'ascétique ou d'*over straight edge* ou de totalement allumé. Et pourtant, c'était l'essence même du mode de vie que lui avait inculqué son oncle à Vang Vieng, quand elle était Liwayway Lin Nai, qu'elle vivait dans les montagnes, pratiquant assidûment le muay lai lao et la méditation, et qu'elle rêvait de trucider au nom de l'injustice, avec une violence confinant à la pureté. Il lui avait semblé entendre la voix de Karen monter depuis le plancher océanique.

« Végan », avait lu Karen Tilliez en tenant la feuille de la main gauche, dont le poignet blanc et délicat semblait hypnotiser Wolf. « Ce n'est pas exhaustif, d'accord, juste les trucs de base dont je me souviens spontanément, comme ça. Ne pas manger ni utiliser de cadavre, donc. Corps sain, esprit clair. Iaidô et kenjutsu, mais ça, ça concerne la pratique du sabre et c'est un choix personnel. Pas de toxines – tabac, alcool, autres drogues. Ne pas fréquenter quiconque a ce comportement stupide, autodestructeur et sous-évolué. Ne pas avoir de relations sexuelles. Ne pas mentir. Ni à autrui, ni à soi-même – ce qui est le plus dur, évidemment. Ne pas nourrir de désirs personnels. Ne pas être gouverné par son affect – tuer son affect, sans la moindre pitié – mais sans haine non plus. Ne pas chercher à donner ou recevoir de l'amour. Accomplir son devoir jour et nuit, s'exercer jour et nuit, progresser jour et nuit. Pour ma part », dit-elle en levant les yeux de la feuille, « j'ai choisi la Voie du *Hagakure*. C'est mon outil personnel. Mais chacun le sien. Voilà, les principes physiques de base de la loi de l'alignement. Du moins, tel que je le perçois. On pourrait ajouter : "Parole à l'acte", mais on risque d'entrer dans la sphère psychique et là, désolée, vous vous débrouillerez tout seuls. »

Silver et Wolf avaient alors décidé d'obtenir de toute urgence du parquet la commission rogatoire de curriculum vitae, quand bien même cela ne relevait pas, logiquement, de l'enquête de flagrance qu'ils menaient. Mais ils voulaient avoir le fin mot de l'histoire avant l'expiration des quarante-huit heures de garde à vue, ainsi que les coudées franches et les moyens légaux pour éclaircir le cas de la samurai girl et de sa loi de l'alignement.

Finalement, et pour des raisons tout aussi personnelles que Wolf, mais bien différentes, Silver avait rejoint le point de vue de son binôme, dont elle partageait désormais la motivation.

En attendant, ils devaient s'occuper de Deborah-Lee Henry. La Maison des addictions était nichée dans une ancienne bâtisse, jadis haussmannienne, depuis longtemps délabrée. Vue du parking, on pouvait croire qu'il pleuvait à l'intérieur. La toiture était rafistolée ici, renouvelée là, abandonnée un peu partout ailleurs. Des colonies entières de pigeons maculaient la façade dont les teintes allaient du blanc au gris foncé. Certaines fenêtres étaient récentes, d'autres étaient bouchées ou grillagées. Près de l'entrée, une femme en blouse et deux types fumaient une cigarette en tremblant dans le vent froid. La Maison des addictions donnait furieusement envie de s'envoyer une méga dose de crack.

« OK », dit Silver, qui avait poursuivi en silence sa réflexion au sujet de Karen. « J'ignore d'où te vient ta soudaine intuition, mais ça se tient. C'est cohérent avec la fille. Je la vois très bien élaborer ça toute seule, finalement. Lire des tas de livres, comme Don Quichotte. Soigner sa déjante comme la seule chose qui compte dans sa vie. La seule chose de sa vie tout court, même. Ça explique qu'elle soit si tranquille. Elle a ce qu'elle voulait. Elle a atteint son but. Même si elle est totalement cintrée, au moins elle est cohérente. Car c'est bien la seule chose qui compte, non ? »

Ils approchaient de l'entrée de la Maison des addictions lorsque Silver ajouta :

« Et tu sais quoi ? Elle m'épate, quelque part. »

L'inflexible clarté du soleil rendait la salle d'attente encore plus glauque. Murs vert maladif, chaises dépareillées, sol maculé, taché, entaillé, magazines périmés, écornés, déchirés. Il y avait quelques patients. Un type âgé, si maigre qu'il n'avait quasiment ni poids ni ombre, une jeune femme en jogging, délabrée, mal lavée, mal coiffée, mal maquillée, une autre femme avec une poussette, un type en jean et blouson de cuir qui faisait les cent pas, sur le point d'exploser. Wolf l'observait et se demandait s'il allait s'éclater la tête contre le mur ou bien massacrer à coups de pied l'un des patients, et combien de secondes il tiendrait encore avant de se déchaîner.

Tous avaient l'air dévasté, les nerfs à fleur de leur peau blafarde, l'extrémité des doigts à vif, les mains gonflées, les dents ruinées, le corps à l'agonie, les yeux en manque d'à peu près tout, mais surtout d'espoir. Combien d'entre eux allaient être retrouvés pendus comme Romain Lejosne, le gamin jihadiste ? Statistiquement, tous. Ils avaient déjà la corde au cou et ne tenaient plus que sur la pointe des ongles des pieds. Un médecin vint appeler un nom et le type qui faisait les cent pas se rua vers lui. Ils disparurent tous les deux dans le couloir.

Silver essayait de voir s'il y avait ou non un gamin dans la poussette. Wolf regardait les vieilles affiches de prévention sur les murs. Les ravages inouïs du tabac, de l'alcool et des drogues étaient clairement détaillés. C'était sans doute le seul endroit de toute la société – et il était minuscule, pour ne pas dire invisible – où ces produits portaient réellement leur nom : poison méthodique. Encore un système pratique et concret de filtrage et de nettoyage du corps social. À ce stade, les gens qui venaient en consultation à la Maison des addictions auraient eu besoin soit d'un électrochoc, soit d'un flingue chargé. Mais accompagner leur agonie, c'était… eh bien, une autre façon de voir les choses. Une *realpolitik* impuissante. Guère surprenant, se dit-il. Les mots que Karen avait prononcés lors de la deuxième audition prenaient un éclairage concret. Et cela, où que l'on regarde, pressentait-il. Dans cette salle d'attente, comme dans toute la ville.

Une femme très grande, dans la quarantaine, pantalon de toile écrue, haut blanc, cheveux courts et lunettes à montures métalliques rondes, se présenta dans l'encadrement de la porte de la salle d'attente. Silver remarqua que tous les patients, le type fantomatique et les deux femmes, avaient instinctivement levé vers elle des yeux implorant quelques grammes d'espoir. Mais c'était les deux OPJ que la diététicienne était venue chercher.

« Si vous tenez vraiment à voir le médecin addictologue, vous allez devoir patienter encore un moment », dit-elle en les guidant jusqu'à son bureau. « Ça dépend de ce que vous voulez savoir de mademoiselle Henry. Mais tous les thérapeutes partagent le même dossier, alors… »

Elle les invita à s'asseoir sur les chaises qui faisaient face à son bureau et à la fenêtre. Ils la voyaient en léger contre-jour et Wolf lui expliqua la situation. En lui présentant les principales informations et leurs liens de causalité, il eut brièvement l'impression d'être à la place des gens qu'il convoquait et auditionnait à longueur d'année.

Nathalie Vonderscher ne voulut pas croire à l'overdose de Deborah-Lee Henry. Pas une seconde. Elle fut vraiment choquée par la nouvelle de son décès – alors que chaque mois, au moins deux ou trois de ses patients étaient libérés de leur agonie en rendant leur dernier souffle. Mais cette mort-là, elle ne se l'expliquait nullement.

« Deborah était vraiment recentrée, depuis quelques mois. Je peux en témoigner parce que je l'ai vue vraiment très, très mal en point. Les rechutes, l'écroulement complet, suicidaire, la perte totale de repères… Elle a connu tout ça, et je l'ai vue durant ces moments-là. Alors, je peux affirmer que depuis quelques mois, elle allait bien. Et quelques mois, pour des gens qui reviennent de là où elle s'est perdue, c'est énorme, croyez-moi. Elle allait *relativement* bien », corrigea-t-elle avec un sourire forcé, fugace et tremblant.

Elle fit semblant de chercher quelque chose sur son ordinateur, eut un peu de mal à mettre au point son regard sur l'écran. Elle fit un effort pour respirer lentement, soupira, et se tourna à nouveau vers eux.

« Elle avait réellement franchi un cap. Mais on ne peut jamais… On n'a pas idée du… Excusez-moi. »

La diététicienne prit à nouveau le temps de se concentrer. Elle se redressa. Son regard et son attitude se raffermirent.

« Vous êtes flics et vous n'êtes pas mes patients. Je n'ai pas à vous raconter d'histoires », dit-elle en les regardant l'un puis l'autre. « Ce qu'on fait ici… ne sert à rien. Ce qui ne veut pas dire qu'on ne *fait* rien. On comprend les mécanismes psychologiques et biochimiques de l'addiction, on les explique, on écoute les gens, on suit et on enregistre leur évolution, on établit avec eux des programmes à leur portée. Mais ça ne sert à rien. Ils sont tellement flingués qu'ils n'en ont plus rien à foutre de crever. Ils ne se rendent même pas compte que les toxiques ont fait d'eux des loques humaines, dévastées tant physiquement que psychiquement. »

Silver et Wolf tendirent l'oreille.

Dévastées tant physiquement que psychiquement.

« Et spirituellement ? » demanda Wolf.

« C'est-à-dire ? Des zombies ? » dit Silver.

« Des zombies », confirma Vonderscher en les regardant, sans ciller. « Un seul stimulus qui contrôle l'ensemble du cerveau. Et tant qu'il n'est pas rassasié, ils sont au supplice. Et ils oublient. Et tout recommence.

— Il ne vaudrait pas mieux… Je ne sais pas. Mettre fin à ce cycle infernal ? » demanda Wolf.

La diététicienne fut abasourdie, faillit faire basculer sa chaise, et ses mains agrippèrent le bord du bureau avant qu'il ne soit trop tard.

Wolf soutint son regard, mais ne vit que de la haine et du dégoût dans ses yeux. Envers lui, et envers les paroles qu'il venait de prononcer.

« Il est un peu radical », tempéra Silver. « Il voulait dire par là que le martyre qu'ils souffrent est sans issue, non ?

— C'est exact », dit Vonderscher en distillant du fiel dans les yeux de Wolf. « Pour la plupart d'entre eux, c'est le cas. Ils arrivent ici bien trop tard. »

Puis elle décida d'ignorer ce flic brutal, de le rayer purement et simplement de la carte pour s'adresser exclusivement à Silver :

« Mais pas Deborah. On ne cesse de répéter les mêmes choses aux gens, qu'ils entendent mais ne comprennent pas. Ou qu'ils oublient à l'instant où ils sortent de la consultation parce que leur cerveau défoncé a aussitôt repris le dessus. On répète et on répète, mais on ne peut pas agir à leur place. La plupart tournent en rond dans la nuit, dévorés par leur propre feu intérieur, inextinguible, totalement hors de notre portée, et surtout de la leur. Et parfois, miracle, un truc accroche. Comme la main d'un noyé en pleine débâcle qui trouve soudain prise sur un rocher. C'était le cas pour Deborah. J'ignore *quoi*, j'ignore *pourquoi*, j'ignore *comment*. Peu m'importe. On ne peut jamais vraiment savoir, de toute façon. Ce serait trop facile, n'est-ce pas ? Ce qui compte, c'est qu'il y a quelques mois, elle est sortie du labyrinthe infernal, comme un éveil. Le plus dur commençait, évidemment. Mais elle avait compris, tout au fond d'elle-même. Sa consommation était sous contrôle, elle ne prenait pas de substituts…

— Pas de substituts ? Pas de Subutex ? » intervint Wolf.

« Elle ne prenait pas de substituts », poursuivit Vonderscher en évitant soigneusement de le regarder. « En tout cas, nous ne lui en prescrivions pas. C'était son choix et elle avait notre soutien, elle venait à chaque visite, suivait une psychothérapie. Le médecin addictologue vous le confirmera. L'infirmière vous le confirmera. La secrétaire vous le confirmera. Elle avait changé. Elle donnait des cours de solfège. Elle avait une raison de vivre. Elle n'a pas pu se tuer. Croyez-moi. Je connais les tox. Deborah avait réussi à remettre les pieds sur terre, au prix d'un dur combat. C'est assez rare pour qu'on s'y intéresse de près. Je lui avais donné mon numéro de téléphone. Elle ne cessait de me questionner sur l'alimentation. Elle se passionnait de spiritualité, comme beaucoup de tox abstinents, et de véganisme. Bref, la reconversion totale. Et ça lui plaisait vraiment.

— Tout de même », nuança Silver. « Vous avez beau en faire un saint tableau…

— Le portrait d'une sainte », corrigea Wolf.

« Bref, elle n'avait pas vraiment coupé les ponts. Vous parlez de consommation contrôlée, ce qui n'est pas rien.

— Quelques milligrammes ici et là pour méditer, de façon strictement déterminée et encadrée. Un processus que l'on a mis en place avec le médecin addictologue. Il vous expliquera mieux que moi le fonctionnement des neurorécepteurs, la déformation qu'ils subissent et leur degré d'appétence aux toxiques. »

Wolf pensait rêver. Il se tut.

« Soit. Le contrôle de la maladie comme thérapie. Pourquoi pas, après tout, je ne suis pas spécialiste », dit Silver. « Mais son petit ami est dans la came jusqu'au cou. Enfin, dans le deal tout au moins, et il a de sacrés problèmes. Ce n'est pas ce qu'on appelle rompre avec le milieu. Écoutez… »

Mais Vonderscher ne la laissa pas poursuivre. Depuis que Silver avait égratigné le processus thérapeutique, elle la regardait avec des yeux pleins de défiance qui annonçaient une réplique froide.

« De quel petit ami parlez-vous ? Deborah-Lee Henry vivait seule. Elle n'a jamais eu de petit ami, ces dernières années, et encore moins de petit ami dans la came jusqu'au cou. »

Comme s'il venait de recevoir une gifle cinglante, Wolf ferma les yeux pour se contrôler.

« Vous savez, l'addiction s'insinue avec une extrême discrétion, et lorsqu'on s'en rend compte, c'est toujours trop tard. Ou quasiment. Il est impossible de sortir de l'enfer en baignant dans un contexte infernal. Elle n'avait pas de petit ami junkie et ne fréquentait plus aucun junkie. »

Il sentit l'acide dégouliner le long de ses nerfs. Il expira en savourant le moment. Ce fils de pute qui lui avait tiré dessus à la chevrotine aurait très, très mal, la prochaine fois. Bien plus mal que lorsqu'une balle de neuf millimètres Parabellum lui avait traversé le mollet.

Vonderscher regarda Wolf.

Il avait un sourire bizarre.

Ils arrivèrent aux urgences en trombe.

Une coordinatrice en blouse verte lui fit un topo en l'engueulant presque, ce qu'il s'efforça d'ignorer. Le type avait prétendu ne pas avoir ses papiers, avait donné un faux nom et une fausse adresse, ce dont elle s'était ensuite rendu compte en recherchant son numéro de sécurité sociale dans les bases de données. Il avait simulé la quasi-agonie et les deux flics chargés de le surveiller en avaient eu marre de le menotter et de le remenotter à chaque changement de brancard. Où pouvait-il aller avec le mollet troué de part en part ? À peu près où bon lui semblait, du moment que les flics n'étaient pas à côté de lui. C'est ce qu'il s'était passé lors du transfert de la salle d'attente des premiers soins à la radiographie. Une infirmière avait le nez fracturé, un interne l'épaule démise. Ils n'étaient payés ni pour prendre des coups ni pour les rendre, avaient-ils dit avec colère, et encore moins pour courir après les interpellés.

« Merde ! » siffla Wolf. Il regarda la coordinatrice, une femme corpulente trop fatiguée pour son âge. Elle n'avait qu'une envie : passer à autre chose pour oublier ça. « OK », dit-il. « Merci. »

Il préféra ne pas aller secouer les deux flics censés assurer la garde du suspect. Pas dans l'immédiat, du moins.

Ils retournèrent près de la voiture, garée avec les deux roues avant plantées dans un massif de rosiers squelettique et noirci par le gel, plein de mégots de cigarettes.

Wolf ruminait en silence. Pourquoi ne pas avoir conduit lui-même le type aux urgences ? Parce qu'il était lieutenant de la Crim, pas garde-malade. Certes, en agissant ainsi, il n'avait fait que suivre la procédure. Mais il le regrettait amèrement.

« Tu crois que c'est lui, le tueur à l'étoile de fer ? » demanda Silver.

« Je crois surtout qu'on a salement merdé », grogna-t-il en composant un numéro sur son téléphone.

« Marcus », dit-il en s'adressant au répondeur de Sommacal. « C'est Hackman. Dès que tu as le message, vérifie si John Doe, l'étoilé numéro un, était végétalien. Enfin, si c'est possible. J'imagine que ça marque l'organisme d'une façon ou d'une autre. Avec le labo ou l'aide de la Pythie, je m'en cogne. Ensuite : crucial. Je vais te faire parvenir un échantillon de sang. Tu fais un putain de miracle si nécessaire, mais je veux savoir à qui il appartient. Merci. À plus. »

Puis il se tourna vers Silver :

« Tu fais en sorte qu'une équipe passe chez Deborah prélever un échantillon de sang du type pour l'apporter à Marcus. Ils en trouveront sur le mur et sur la balle qui a traversé sa jambe. »

Silver afficha un visage dénué de toute expression.

Puis Wolf ajouta, tendu :

« Il est temps d'aller faire un tour chez la samurai girl. »

En cours de route, il ne put s'empêcher de se demander si Karen Tilliez se servait de drogues contre lui. Ces visions, ces rêves, ces réminiscences sorties du néant.

Il se dit qu'il n'était pas armé contre ça.

Il sentit le sexe de Karen avaler le sien.

Il vit le regard incroyablement vivant de Stéphane Barres. Et sur son front, l'étoile à six branches qui commençait à saigner.

Alors que ça n'avait strictement aucun rapport, il s'en rendait bien compte.

Sans doute l'effet de son sang qui bouillait, de son système nerveux en manque d'adrénaline. Le degré d'appétence des neurorécepteurs, avait dit Vonderscher…

7

Jeudi 20 février, 14 heures 58

Diane Lempereur voyait des sexes partout, jusqu'à la nausée.

Sur les écrans de droite, c'était des lesbiennes classiques, des adolescentes qui se reniflaient la culotte, maman et la baby-sitter, des orgies de Californiennes plastiquées et cocaïnées qui s'enfilaient des godes gros comme des extincteurs et des plugs anaux en forme de grenades.

Toute la rangée des écrans de gauche diffusaient la palette des spécialités hétéro, depuis les tournages sordides d'Europe de l'Est jusqu'aux performances bodybuildées de Floride et d'ailleurs, en déclinant toute la gamme des fantasmes habituels.

Au fond, c'était les gays hardcore, les transsexuelles et les paraphiles, les naines, les handicapées, les octogénaires, les orgies de sperme allemandes, les déviances marécageuses, du viol de camée roumaine à la scatophilie branchée, avec toute la gamme des soumissions, des humiliations et des tortures.

Diane traversa la salle en sortant des toilettes, que les employées devaient partager avec les clients – ce qui ne manquait pas, comme fait exprès, de provoquer des problèmes. Au fond, elle bifurqua à droite et rejoignit Sam et les autres dans le salon.

Il y avait un comptoir sur la gauche, et une nouvelle table occupée par deux types, en plus des trois autres qui étaient déjà installés avant qu'elle n'aille prendre un cachet en douce. "Happy", la chanson de Pharrell Williams, tournait en boucle dans le sex-shop depuis au moins deux ans – pire que Metallica à Guantánamo, se disait Diane. Elle hésitait entre vomir et arracher les yeux de quelqu'un.

Elle ignora les types qui venaient de prendre place et fila vers un tabouret de bar à côté de Samantha – dont elle ne connaissait pas le vrai prénom. Elle commanda un verre de vin blanc en se disant que cela atténuerait les effets du cachet. Et qu'inversement, le cachet lui permettrait de mieux supporter l'alcool.

Elle détailla les types qui lui reluquaient les cuisses et les seins entre deux gorgées.

« Putain, les gueules de cons », souffla-t-elle à Samantha.

« Clap along if you know what happiness is to you », chanta sa collègue, totalement décérébrée.

Une heure et demie plus tard, après quatre clients et autant de verres de vin blanc, Diane se changeait dans le débarras de cinq mètres carrés pompeusement appelé vestiaire, au milieu des seaux d'eau croupie et des balais moisis, des étagères pleines de bric-à-brac poussiéreux, des vieux cartons de VHS zoophiles et des faux snuff.

Elle enfila son long manteau noir, se servit de son miroir de poche pour poudrer ses joues et rehausser l'éclat de ses lèvres, prit son flacon de parfum et s'en vaporisa le cou, puis rangea le tout au fond de son sac en cuir rouge. Au dernier moment, elle s'arrêta, chercha à nouveau son miroir et arrangea ses cheveux. Elle examina ses yeux. Elle se demanda si elle pouvait ou devait prendre un autre cachet. Juste la moitié d'un ? Le *pouvait*-elle ou le *devait*-elle ? Elle fut saisie de peur, de panique froide, eut la sensation d'être éjectée du cours des choses et de basculer dans le néant absolu.

Elle ferma les yeux et crispa ses paupières si fort que ses oreilles bourdonnèrent. Elle *devait* prendre un autre cachet. Pour diluer l'acide qui lui rongeait les entrailles. Pour éviter que sa tête n'explose.

Elle le *devait.* Mais ça allait s'arranger. Ça allait forcément s'arranger, d'une façon ou d'une autre.

Elle se concentra là-dessus durant le trajet en métro. Les couloirs puants et bruyants, les rames bondées ne formaient plus un monde sur le point de l'engloutir ou de disparaître, mais un refuge chaud, bringuebalant et déglingué.

Une fois propulsée à l'air libre, dans le flux de la foule, il ne lui restait que cinquante mètres à marcher. En plein jour et en pleine cohue. Les gens ne travaillent-ils donc jamais ? se demanda-t-elle. Ils passent leur temps à puer dans le métro, à se branler dans les sex-shops et à encombrer les rues ? Diane était interloquée.

Une idée la crucifia : si le psychiatre trouvait la pile dans son sac, ne serait-elle pas démasquée ? Cette grosse pile aux électrodes oxydées était la preuve irréfutable de son ignominie. Le détail révélant l'étendue de son désastre. Elle ne jouait pas franc-jeu. Elle trichait. Elle était une faussaire jusqu'à la moelle.

Elle se força à respirer.

Non, il comprendrait. Il excelle dans ce genre de choses. Il comprendrait et il expliquerait tout et il soignerait tout. Et d'ailleurs, il n'a même pas besoin de savoir ça, parce que ça lui est égal. Tout comme il ne fouillera jamais dans son sac. S'il voulait savoir, il savait déjà, de toute façon.

Elle enfonça le bouton de la sonnette d'un pouce décidé, attendit quelques secondes qui lui parurent démesurément longues, avec toute cette foule prédatrice et imprévisible dans son dos, puis le mécanisme émit un bourdonnement électrique et elle poussa enfin la porte d'entrée.

Dans la salle d'attente vide, elle prit place exactement au même endroit que la fois précédente, sur la banquette rouille aux broderies vertes et rouges.

Elle avait encore réussi. Et cette fois, elle allait triompher. Elle le sentait. Elle était sauvée.

Elle chercha dans le tableau accroché au mur la confirmation de la pertinence de son état d'esprit.

Der Sturm Neue Nummer.

Diane s'était renseignée : « Le nouveau numéro de la tempête », d'Oskar Kokoschka, était un autoportrait en Homme de douleur. Une représentation archétypale, mille fois répétée au cours de l'histoire, figurant ici la dévastation industrielle de l'humanité. Un être humain revenant de l'enfer de métal, torse nu, crâne rasé, visage marqué, bouche, yeux et oreilles tailladés, os saillants et sourire inquiétant. Il déchire de son index gauche les chairs de son flanc droit, depuis le foie jusqu'au téton. Une blessure noire, profonde. Une entaille à la fois saignante et en putréfaction. Une blessure ancienne et éternelle. Permanente. Derrière lui, un horizon bouché de feu rouge projette son ombre atomique. Les fantômes des morts endurées, prisonniers du brasier. Un être éternellement dépecé, infiniment tourmenté par mille morts passées et à venir. C'était bien cela la vérité dernière de la condition humaine. Le psychiatre avait compris. Elle pouvait lui faire confiance. C'est grâce à la mort que l'on triomphe de la vie, et que l'on revient à la vie.

« Bonjour », dit la voix affable de Meriem Drought.

Le cœur de Diane s'arrêta instantanément de battre. Elle n'avait pas entendu la porte de la salle d'attente s'ouvrir.

Crâne rasé, visage marqué, bouche, yeux et oreilles tailladés, os saillants et sourire inquiétant. La chatte ensanglantée et putréfiée. La mort permanente, sans cesse recommencée. Le monde pourri réfugié dans ses entrailles, impossible à extirper.

Non. Ce n'était pas du tout ça. Le psychiatre était bel homme, charmant, soigné et souriant. Et il avait tout compris. Elle pouvait tout lui dire, puisqu'il savait déjà tout.

La chose horrible qui avait dévoré le monde et s'était réfugiée dans sa chatte.

Elle se leva en souriant et s'approcha de lui.

« Pourquoi est-ce que vous continuez à travailler dans un sex-shop ? » demanda-t-il doucement, après un long silence.

Elle avait laissé plusieurs phrases et des dizaines d'idées confuses en suspens, et il lui avait laissé le temps. Mais lorsqu'il avait vu son corps frémir, ses lèvres et ses yeux trembler, Drought avait relancé son débit et refocalisé ses pensées avec cette question récurrente.

« Pas le choix », dit Diane avec une moue évasive et fataliste.

Drought posa lentement son stylo en argent sur le cuir vert du plateau de son bureau en merisier, puis planta un regard inflexible dans les yeux terrorisés de sa patiente.

« Tout commence par un choix », dit-il en ouvrant les paumes vers le plafond, ses longs doigts tendus.

« C'est-à-dire ? » demanda-t-elle.

Elle le fixa à son tour.

Il fallait qu'il réponde, il le fallait absolument. Elle aurait accepté mille tortures pour qu'il réponde.

« Tout. L'Univers. La vie. Le vide. La mort. L'être. Le néant. Tout commence par un choix. »

Elle se mordit la lèvre inférieure sans vraiment s'en rendre compte. Son regard cherchait quelque chose. Un tableau, une image à laquelle s'accrocher. Des voiliers sur l'océan, ou quelque chose comme ça ? Des fleurs, peut-être ? Un vent tiède qui disperse des milliers de fleurs et de pétales sur l'océan.

« Vous n'avez pas fait le choix fondamental, Diane. Celui duquel découlent tous les autres choix », dit Drought en découpant chirurgicalement chacun de ses mots.

Elle devait se laisser emporter. Il le fallait absolument. Maintenant ou jamais.

Elle se répéta mentalement la phrase de Drought, les dents toujours serrées sur sa lèvre inférieure.

Tu n'as pas fait le choix fondamental, Diane.

« Vous ne cessez de répéter les mêmes choses, les mêmes cycles de décisions et d'actes, avec de légères variations qui vous paraissent être d'énormes révolutions. Elles demandent une énergie considérable, certes. Mais ce ne sont que de légères variations dans une infinie répétition. Les choses positives comme les choses négatives. Vous les répétez sans cesse, sans vous en rendre compte. N'est-ce pas ? »

Ses dents avaient transpercé la peau de sa lèvre, et un léger filet de sang éclatant roulait depuis le coin de sa bouche vers son menton.

« C'est partout le même enfer », dit-elle, étonnée d'entendre sa propre voix. « Partout. Tout le temps. »

Il n'y avait plus de différence entre le regard de Meriem Drought et la lumière qui inondait la pièce.

« Depuis que cette sale chose est entrée en moi », dit Diane.

« Depuis que cette saloperie m'a dévasté la chatte », ajouta-t-elle.

Elle eut envie de remonter sa jupe, de poser ses pieds sur le bureau et d'écarter rageusement le fond de sa culotte pour tout lui montrer.

« Depuis que le monde est devenu cette saloperie. Le monde tout entier et ma tête tout entière. »

Elle eut envie d'arracher des deux mains les grandes et les petites lèvres de son sexe et de lui pisser dessus, d'arroser son bureau et les objets qui s'y trouvaient et d'inonder son costume et de noyer toute cette lumière.

« Ce n'est plus possible », dit-elle.

Mais c'était inutile. Il savait tout. Elle le sentait.

Meriem Drought eut un léger sourire, croisa les doigts et se pencha lentement en avant, et toutes les ombres dans la pièce bougèrent avec lui.

Il regardait à travers elle, tout au fond d'elle, et étrangement, cela la réchauffait et la rassurait.

« Je crois que c'est le moment », dit-il. « Celui du choix fondamental. Duquel découleront tous les autres choix. »

Elle fit oui de la tête, le visage ruisselant de larmes, la bouche baignée de sang.

« Voulez-vous vivre ou voulez-vous mourir, Diane ? »

Elle fit à nouveau oui de la tête.

Des voiliers emportés par le vent tiède, des voiles de pétales gonflées d'avenir, l'océan infini.

Crâne rasé, visage marqué, bouche, yeux et oreilles tailladés, os saillants et sourire inquiétant. La chatte ensanglantée et putréfiée. La mort permanente, sans cesse recommencée. Le monde pourri réfugié dans ses entrailles, impossible à extirper.

Elle avait son flingue dans la main droite, un H&K semi-automatique calibre .45 ACP, modèle compact avec huit cartouches. Elle passa la jambe gauche sur l'accoudoir du fauteuil tout en basculant son bassin vers l'avant. Elle empoigna le tissu de sa jupe de la main gauche et fourra violemment le canon dans son sexe, butant contre l'os du détroit pelvien, emportant le tissu de sa culotte dans l'orifice. La douleur n'était rien. Au contraire, elle annonçait la libération. Une deuxième secousse, plus rageuse encore, enfonça complètement dans son vagin le canon et une bonne partie du pontet. Le cran de mire lui arracha les chairs. Elle plaça le pouce sur la queue de détente et appuya, appuya encore et encore.

Le regard de Meriem Drought était pur, au-delà de tout jugement, de toute notion de bien et de mal.

D'ailleurs, elle n'avait plus mal.

« En le sachant tout en ne le sachant pas, vous avez fait le non-choix de la nuit, de la douleur, de l'angoisse, de la dégradation et de la lente pourriture », dit la voix de Meriem Drought.

Elle savait qu'il avait raison.

Mais elle ne savait pas si elle devait parler ou si ses pensées suffisaient.

« Je suis morte parce que je rêve de la réalité. C'est une preuve flagrante. Je rêve de ma vie et de la réalité normale. Et quand je suis réveillée, la réalité est folle, désarticulée, complètement insensée et foncièrement malveillante. Donc, je suis morte.

— Vous me l'avez déjà dit au téléphone, Diane.

— Je vous ai téléphoné ? Je vous ai déjà dit ça ? Quand ? Quand est-ce que je vous ai téléphoné ?

— Peu importe. Ce que je veux vous dire, c'est qu'on peut très bien replâtrer les murs et changer le papier peint pour donner une apparence de neuf et de solide. Mais quand une maison est pourrie jusqu'à l'os, il n'y a qu'une solution.

— Quelle solution ?

— Il faut la raser.

— Ma chatte ? »

Elle a son flingue dans la main droite, un H&K semi-automatique calibre .45 ACP, modèle compact avec huit cartouches. Elle passe la jambe gauche sur l'accoudoir du fauteuil tout en basculant son bassin vers l'avant. Elle empoigne le tissu de sa jupe de la main gauche et fourre violemment le canon dans son sexe, butant contre l'os du détroit pelvien, emportant le tissu de sa culotte dans l'orifice. La douleur n'est rien. Au contraire, elle annonce la libération. Une deuxième secousse, plus rageuse encore, enfonce complètement dans son vagin le canon et une bonne partie du pontet. Le cran de mire lui arrache les chairs. Elle place le pouce sur la queue de détente et appuie, appuie encore et encore.

Puis elle se lève, se campe sur ses deux jambes, arrache complètement sa jupe et laisse les lambeaux de chair et d'organes se détacher de ses entrailles et tomber par terre, avec la flaque de sang qui lui coule le long des cuisses. Le monde entier entre dans son corps à travers les tunnels creusés par les projectiles et s'écoule au travers de ses entrailles pour rejoindre l'agonie de matière organique qui pourrit entre ses chevilles.

« Ce que je veux vous dire, Diane, ce que je veux vous amener à comprendre, c'est le principe de la destruction nécessaire, utile, inéluctable et salutaire. La destruction saine et positive.

— Vous êtes cinglé, docteur.

— Vous ne le croyez pas. Écoutez-moi bien, Diane. Il y a exactement trois étapes face à une proposition de réalité que l'esprit ne parvient pas à appréhender. Elles sont, dans l'ordre : le rejet, la rationalisation délirante, puis l'adhésion. Pour passer du rejet à l'adhésion, c'est l'étape de la rationalisation délirante qui est la plus fascinante. Regardez le monde actuel. Comment voulez-vous qu'un enfant l'accepte et parvienne à faire semblant d'y vivre sans devenir complètement fou, s'il ne passe pas par l'étape de la rationalisation délirante ? Ce sont justement ceux que l'on nomme fous qui ont échoué à l'étape de la rationalisation délirante. »

Diane cessa de se mordre la lèvre. Elle se rendit compte que sa respiration s'était calmée. Mais sa cage thoracique lui faisait encore très mal.

« Vous comprenez, Diane ? Toute réalité est le fruit d'une rationalisation délirante. D'une manipulation de l'esprit par lui-même. Pour le maintien de son propre équilibre.

— J'étais dans mon appartement avec chat. Le sol bougeait. Mais chat ne remarquait rien. Il ne remarque jamais rien. Le sol ne tenait plus en place. Je n'avais plus d'équilibre. Ça arrive parfois. Je ne remarque jamais quand le sol de l'appartement bouge. Je ne le vois jamais bouger. Mais je constate qu'il a bougé. Qu'il penche de tel côté ou de tel autre. Pas beaucoup, quelques centimètres, mais en tout cas, il n'est jamais vraiment droit. Alors je me cogne tout le temps aux murs et aux portes et aux meubles. Et j'ignore ce qui le fait bouger. Je croyais que c'était lié à mes crises. Qu'en période de crise, il bougeait, comme des tremblements de terre. C'est là que j'ai compris que je n'avais aucune réalité. J'avais bien un corps et des pensées, mais ni mon corps ni mes pensées ne s'inscrivaient dans rien. Le vide, partout, le vide. Je me battais pour que mon corps et mes pensées s'inscrivent dans quelque chose de continu et de cohérent et j'avais très, très peur. Peur à en mourir sur place. Je n'ai pas de réalité. Je ne suis pas réelle. Je n'existe pas. Je suis morte et je rêve que je vis. Et c'est un cauchemar.

— Rassurez-vous, Diane. Tout existe, sauf le réel. »

Elle a son flingue dans la main droite, un H&K semi-automatique calibre .45 ACP, modèle compact avec huit cartouches. Elle passe la jambe gauche sur l'accoudoir du fauteuil tout en basculant son bassin vers l'avant. Elle empoigne le tissu de sa jupe de la main gauche et fourre violemment le canon dans son sexe, butant contre l'os du détroit pelvien, emportant le tissu de sa culotte dans l'orifice. La douleur n'est rien. Au contraire, elle annonce la libération. Une deuxième secousse, plus rageuse encore, enfonce complètement dans son vagin le canon et une bonne partie du pontet. Le cran de mire lui arrache les chairs. Elle place le pouce sur la queue de détente et appuie, appuie encore et encore.

Puis elle se lève, se campe sur ses deux jambes, arrache complètement sa jupe et laisse les lambeaux de chair et d'organes se détacher de ses entrailles et tomber par terre, avec la flaque de sang qui lui coule le long des cuisses. Le monde entier entre dans son corps par les tunnels creusés par les projectiles et s'écoule au travers de ses entrailles pour rejoindre l'agonie de matière organique qui pourrit entre ses chevilles.

Et le monde s'épuise à s'engouffrer en elle et à la dévaster, et elle recrache le monde par ses entrailles meurtries et sanguinolentes, et plus le monde s'épuise à s'engouffrer en elle, plus elle devient forte, plus les prurits glaireux qu'elle évacue se tortillent à ses pieds, se contorsionnent, s'agrègent en magma geignant et vagissant, et il ne tient qu'à elle de les faire éclater en les massacrant de la pointe de son talon.

« Rassurez-vous, Diane. Tout existe, sauf le réel », dit la voix douce, calme et caressante de Meriem Drought.

Elle regarde avec étonnement son sourire clair comme le soleil. Des milliers de pétales voguent dans le vent de l'océan.

Rassure-toi, Diane. Tout existe, sauf le réel.

Sa respiration se calme. Des larmes chaudes et joyeuses roulent sur ses joues.

Elle se promène dans la lumière, dans l'air frais, et les couleurs sont douces et fascinantes.

un feu d'écumes
des navires solaires
horizon total

Elle ne sait pas d'où cela vient, mais elle sait qu'il s'agit du poème récité par le nouveau numéro de la tempête.

Ces mots résonnent encore dans son esprit, ils possèdent une texture, une saveur, une vie, ils contiennent des secrets et des dynamiques qui leur sont propres, ils sont des organismes à part entière et ils évoluent en symbiose avec l'esprit, avec lequel ils interagissent, tout comme ils interagissent avec les choses, les êtres, le temps, les souvenirs et l'espace, celui du monde et celui de la conscience, avec les éléments réels et imaginaires.

Ils ouvrent Diane à des dimensions jusqu'alors inconnues.

un feu d'écumes
des navires solaires
horizon total

Et le nouveau numéro de la tempête, c'est elle.

Der Sturm Neue Nummer.

Diane Lempereur.

8

Jeudi 20 février, 16 heures 20

La Vipère regardait en boucle le passage de Luc Hackman, lieutenant du corps de commandement de la Brigade criminelle, devant la caméra qui surveillait la sortie ouest du parc des Buttes-Chaumont. Quatre petites secondes. Souffle profond, longues foulées, rythmées et puissantes, buste solide, épaules robustes, tête droite. Détermination, puissance, maîtrise, efficacité. Et une énergie insondable. C'est ce que dégageait le coureur que voyait la Vipère.

Les jambes allongées sous le plateau en verre fumé de l'espace panopticon de l'écozone, il manipulait les touches de commandes de l'index, méditatif. Moins de quatre secondes de vidéo, et la capture d'une énergie brute, sauvage, intacte. Mais également étrange et inquiétante.

Un mètre quatre-vingt-cinq pour quatre-vingt-cinq kilos, disaient les informations récupérées sur le dark web. Une dizaine de marathons à son actif. Et au moins autant de morts, la plupart légaux, officiels et plus ou moins discrets, plus ou moins camouflés – des statistiques dans des états de service. Mais un bon tiers d'entre eux se situaient en zone grise – des cadavres injustifiables, mais impératifs. Et à n'en pas douter, Hackman devait également être au centre d'une quantité indéfinissable d'actions mortelles en zone noire.

La Vipère fit défiler la séquence image par image, en avant puis en arrière, et la figea au moment précis où le flic jetait un œil vers l'objectif de la caméra.

Il effectua un zoom sur son regard. Le logiciel régla automatiquement le contraste et la luminosité, appliqua automatiquement des filtres de réduction de bruit et de pixellisation artificielle. C'est là que s'arrêtaient ses ressources technologiques. Pour décrypter le regard de Hackman, la Vipère n'avait que son instinct.

En tentant d'évaluer les trois degrés d'alignement de Wolf, il eut l'impression d'une lutte virtuelle, comme si chacun essayait de voir en l'autre.

Mais la Vipère ne pouvait pas hypnotiser une image. Pourtant, l'espace d'un fragment de seconde, il eut l'impression que l'inverse était possible. C'était à la fois irréel et concret, absurde et palpable.

Il expira avec un demi-sourire, puis se leva et s'éloigna de son bureau en verre teinté.

Dans l'espace nutrition de l'écozone, il lava, sécha et découpa une Granny Smith, de celles qu'il avait mises à blanchir au début de l'hiver, et il la mangea quartier par quartier en observant la texture de la lumière hivernale qui entrait par les hautes fenêtres en verre dépoli.

Puis il jeta les restes, lava le couteau, le sécha et le rangea.

De retour au panopticon, il était temps d'aborder les choses sérieuses. Il étira ses muscles longilignes, fit craquer ses vertèbres.

Il sélectionna l'album *Autobahn* de Kraftwerk, qu'il lança directement au deuxième morceau, "Kometenmelodie 1", étirements de nappes cosmiques, spectrales et sépulcrales, suivi de son jumeau "Kometenmelodie 2", éclatant d'ondes atomiques lumineuses et de lignes de fusion photoniques. Il programma la répétition du doublet. Ralf Hütter et Florian Schneider avaient composé ces morceaux en 1973, en hommage à la « comète du siècle » découverte par l'astronome tchèque Luboš Kohoutek, et qui a frôlé la Terre le 28 décembre 1973 – le jour de la naissance de la Vipère. Sa trajectoire devait l'amener à sortir définitivement du système solaire.

Grâce au dark web, il surveillait le déroulement de la garde à vue de Karen, l'alignée zéro. Il avait intercepté le procès-verbal de la première audition, rédigé par Linh Schmitt, mais ne le lut que pour l'intérêt que représentaient les détails factuels, comme l'heure, la durée, les personnes présentes, et les principaux points abordés par les deux flics. L'audition n'avait suscité aucune observation de la part de l'avocat, Thierry Guedj.

Par contre, deux VidéoGav étaient enregistrées dans le logiciel de rédaction de procédure – deux vidéos d'audition de la gardée à vue. La Vipère téléchargea l'intégralité des fichiers en quelques secondes. Le deuxième était daté du jour même. L'audition avait démarré à 9 heures 23, ce matin, constata-t-il. Le procès-verbal n'en était pas encore rédigé.

Il aurait donné cher pour voir le visage des flics lorsque Karen répondait, à 00:19:43 :

« Mon mentor est Miyamoto Musashi, qui a vécu, pour vous, du 12 mars 1584 au 19 juin 1645. »

Par contre, à 00:20:01, les mâchoires de la Vipère se contractèrent :

« Bref, je n'ai fait qu'appliquer la loi de l'alignement. »

L'ordre, se répéta-t-il, l'ordre impérieux.

Il s'affaira sur le dark web et en moins de trois minutes, la Vipère savait tout ce qu'il y avait à savoir sur la vie de Stéphane Barres. Un effondrement affectif, en effet, comme le disait Karen.

Il comprit très vite pourquoi l'alignée zéro l'avait choisi pour cible : elle l'avait tué parce qu'il n'existait déjà plus. Aucun problème. Tuer un mort, ce n'est pas un meurtre.

Mais pourquoi parlait-elle aux flics ? C'était surtout à Hackman qu'elle s'adressait, en fait. Elle semblait jouer avec lui. Pourquoi tenter de lui expliquer, de le sensibiliser ? Avait-elle également perçu quelque chose de singulier chez lui, comme l'avait fait la Vipère au cours de ses recherches dans le dark web et avec la vidéo de surveillance des Buttes-Chaumont ? Karen était extrêmement intelligente.

Elle était architecte de réseaux et savait pertinemment que la Vipère aurait accès aux enregistrements VidéoGav. C'était donc à la Vipère qu'elle s'adressait par ce biais. Pour attirer son attention sur Luc Hackman ? La question était très, très intéressante.

Il respira lentement et profondément, les yeux fermés, les jambes allongées sous le bureau de verre.

Pour attirer mon attention sur Luc Hackman, Karen ?

Il ne trouva aucun argument pour réfuter cette proposition, qui devint d'autant plus précieuse.

Par contre, pourquoi avait-elle eu *besoin* de tuer Stéphane Barres ? Ça, c'était une question.

La Vipère ferma à nouveau les yeux et revit toutes les étapes de l'alignement de Karen. Il recommença plusieurs fois, étape par étape, détaillant l'ensemble du processus auquel il avait soumis celle qui allait devenir l'alignée zéro.

Et il comprit. L'évidence de l'explication éclairait la loi de l'alignement elle-même.

L'élève avait tout simplement dépassé le maître. Karen avait porté au point le plus haut son degré d'alignement. Jusqu'à son équinoxe. L'idée était parfaitement claire, mais encore fragile. Il fallait qu'il s'y concentre et la laisse se développer toute seule.

« Merci, Karen », souffla la Vipère.

Les éléments connexes au déroulement de la garde à vue lui apprirent que la veille, en début de soirée, l'alignée zéro avait arraché une oreille au planton, Étienne Perrin. Il ne résista pas à la curiosité et utilisa le dark web pour se connecter à la base de données qui stockait les vidéos des cellules de garde à vue. En voyant les yeux de Karen découper comme deux diamants l'organe du flic tandis que sa main fendait l'air, il lut le dépassement et le vide parfaits. Il vit l'expression d'un territoire inconnu et absolu. Celui qu'il avait toujours rêvé d'atteindre.

Devançant le mouvement suivant des flics, qui était largement plus que probable, puisque contraint par le Code de procédure pénale, la Vipère se connecta à l'espace professionnel de la procureure Alice Chassepot et déclencha une demande d'expertise de l'Infirmerie psychiatrique de la préfecture de police au sujet de la gardée à vue Karen Tilliez, mise en cause dans l'homicide de Stéphane Barres, numéro de P.V. 2014/000544.

Pour plus de sécurité, la Vipère dirigea la demande d'expertise directement à l'unité des urgences de l'I3P.

Et pour éradiquer toute négligence, il se connecta à l'espace de travail de l'avocat commis d'office, Thierry Guedj, pour constater l'état d'avancement du dossier qu'il avait ouvert pour sa cliente. Rien de particulier. Procédure standard, service minimum.

00:02:17 : « Pourquoi est-ce que le sabre était fiché dans le sol ? »

00:32:51 : « Vous vous servez de drogues ? »

00:32:59 : « Vous vous servez de drogues ? »

Cela faisait partie des questions posées par Hackman qui intriguaient la Vipère. Là aussi, il aurait donné cher pour voir le visage du lieutenant. Car Karen était allée très loin. À 00:11:22 : « Les rêves rattrapent toujours la réalité. » Ni Schmitt, ni Guedj n'avaient relevé cette phrase murmurée par le lieutenant. Mais Karen, oui. Elle lui répondait par un regard complice. Elle était allée vraiment très loin. Jusqu'à la maîtrise de la psychotoxine. Sa sécrétion, son émission et son contrôle psychique. Et ce flic, cette *walking bomb* surnommée Wolf, devenait vraiment très, très intéressant pour la Vipère.

Mais il y avait quelque chose qui lui plaisait nettement moins. C'était lorsque Karen parlait de carte au trésor devenue inutile.

00:43:47 : « Il y a combien de parties en tout ? »

00:43:55 : « Trois. Physique, psychique, spirituelle. Une fois élaborées et en concordance de phase, elles n'en forment plus qu'une : l'alignement. Chacune des trois structure les autres et s'en nourrit à la fois. Une mécanique d'ensemble. »

Lorsque arriva la demande officielle d'expertise de l'I3P, la Vipère y répondit immédiatement sous le nom de Philippe Brun, médecin psychiatrique référent, et prit la procédure à son compte. Une fois les formulaires renseignés et validés, il imprima le fichier de l'Infirmerie psychiatrique, le glissa dans son porte-documents et quitta l'écozone, juste au moment où s'achevait le septième passage de "Kometenmelodie 2".

À 17 heures 30 précises, il entra au 36, quai des Orfèvres, et se présenta au planton. D'un point de vue stratégique, c'était le timing idéal. Les flics qui n'étaient ni de flagrance ni de permanence s'apprêtaient à quitter le service, et c'était un moment de flottement pour le planton, qui devait gérer tout le changement d'organisation. Un type mal dégrossi, aussi mauvais qu'abruti, jaugea la Vipère.

« Philippe Brun, médecin psychiatrique », dit-il. « Pour une expertise demandée par l'I3P. »

Romènes leva un regard vide vers les feuilles que lui tendait le type.

« Ben pour une fois, ils ont pas traîné », commenta-t-il avant de reporter son intérêt sur l'écran de l'ordinateur.

« Je viens expertiser la gardée à vue nommée Tilliez, Karen. Il semblerait qu'il y ait eu un incident.

— Tu parles », dit Romènes sans quitter son écran des yeux. « J'ai personne, moi, à cette heure-ci. Et en plus c'est pas mon poste, je suis en remplacement. »

La Vipère sourit au type, quand bien même celui-ci ne le regardait pas. Il détailla sa tenue défraîchie, son crâne mal tondu, ses ongles rongés.

« Pure routine », dit Philippe Brun. « Si on pouvait boucler ça avant 18 heures, tout le monde y trouverait son compte. »

Soudain, le planton eut l'air étrangement ravi et tourna un regard enthousiaste vers la Vipère.

« Sacrée nana. Cette tarée a arraché l'oreille du brigadier qui tenait la boutique. J'étais là. Vous auriez dû voir ça. D'un seul coup, clac !, comme un coup de fouet, et la seconde d'après, elle avait son oreille dans la main. Même pas une seconde, en fait. Elle a fait ça… instantanément », dit Romènes, les yeux brillants.

« Les compulsions psychotiques sont souvent très spectaculaires », dit le médecin psychiatrique pour encourager le planton, qui était en train de faire le tour de son bureau.

« Elle a décapité un type. Pareil, d'un seul coup. Vous avez vu les PV de GAV ?

— Juste eu le temps d'y jeter vaguement un œil. Ce n'est pas vraiment l'enquête qui m'intéresse, mais l'état psychiatrique de la mise en cause. Déterminer s'il vaut mieux pour elle être internée ou pas.

— Ouais… », dit Romènes en conduisant Philippe Brun dans les escaliers. « Ceci dit, à part la tête du type décapité au sabre et l'oreille de Perrin, elle est sage comme une image. Un ange, vraiment. »

Le planton gravit les quatre étages en silence, puis il s'arrêta net devant la porte du couloir de la Brigade criminelle et se tourna vers le médecin.

« OK, mec. On fait simple. Ni toi ni moi n'avons de temps à perdre avec ces conneries. J'ai personne, mais je te laisse jusqu'à 18 heures pour nous débarrasser de cette tarée. Tu lui signes un aller simple pour la rue Cabanis et tout le monde est content. Ça marche ? »

Philippe Brun sonda le regard du brigadier, y lut la veulerie qui le poussait à envoyer Karen dans cette infirmerie psychiatrique sordide et archaïque, un trou noir de la société dans lequel elle aurait fait un carnage. Puis il esquissa un sourire et lui tendit le formulaire de l'I3P.

« Ça vous laisse le temps de remplir cette paperasse. »

« Troisième cellule, droite », dit Romènes.

La Vipère poussa la porte et entra dans les bureaux de la Brigade criminelle. Il longea le couloir, tourna à droite, s'arrêta devant la troisième cellule et, lentement, pivota vers la surface de Crystalite.

L'alignée zéro était assise en position du lotus, le visage radieux.

Il la fixa de longues secondes, sondant son regard clair et calme, ses yeux comme deux lacs émeraude traversés d'ondes dorées.

Puis il actionna le lourd verrou d'acier, ouvrit la porte, pénétra dans la cage de béton et s'immobilisa.

« Karen. Bonjour. »

Un sourire de sérénité s'épanouit doucement sur son visage tendre et pâle, encadré de mèches châtain clair.

« *Oyabun. Aisuru oyabun. Konnichiwa.* La Vipère. Bonjour. *Anata wa agenki desu ka ?*

— Je vais très bien, merci. »

*

Tout en conduisant vers le quartier où habitait Karen, Wolf avait demandé à Silver d'essayer à nouveau de joindre Marcus, pour savoir s'il avait réceptionné l'échantillon de sang résiduel prélevé dans l'appartement de Deborah-Lee Henry, et s'il s'était mis à travailler sur les résultats du labo. Certes, cela revenait à lui mettre une certaine pression, mais autant qu'il s'habitue tout de suite à l'état d'esprit de la *Kameradenschaft*. Cependant, Silver n'obtint aucune réponse, puisque le téléphone de Marcus sonnait dans le vide.

Lorsqu'ils arrivèrent passage de Clichy, dont l'entrée était située entre un maroquinier et un opticien, le portail était ouvert. Des bourrasques froides s'engouffraient sous le porche et s'enfilaient dans la ruelle qui rejoignait le passage Lathuille et faisait un L pour déboucher rue Caulaincourt. Vieux immeubles de cinq étages, passage étroit, circulation malaisée. Plusieurs sorties, en retrait des voies principales – *D'un point de vue stratégique, je n'aurais pas mieux choisi*, se dit Wolf.

Le numéro 6 était situé en face d'un bâtiment qui faisait un angle dans la ruelle. Portes et fenêtres colmatées avec des parpaings, murs tagués avec une créativité sûre et certaine, l'endroit, visiblement abandonné, pouvait servir de zone de repli. Il se demanda si Karen y avait pensé.

La ruelle était calme, en pleine ombre à cette heure de la journée. Wolf se recula pour regarder la façade et les volets de bois blanc du numéro 6, tandis que Silver ouvrait la porte de l'immeuble avec le trousseau de clés de Karen.

La logeuse les rattrapa dans les escaliers. Silver s'identifia et en profita pour la questionner. Non, rien, il n'y avait strictement rien à dire sur la locataire du troisième, horaires réguliers, jamais de problèmes d'aucune sorte, ni même de visites.

Elle les guida jusqu'à l'appartement de Karen, puis Silver la remercia, refoula poliment toutes ses questions et lui fit comprendre que le mieux serait qu'elle dégage. Maintenant. Puis ils entrèrent.

Dans le vestibule, plusieurs paires de chaussures de ville étaient alignées, ainsi que des *geta* en bois dont les lanières étaient ornées de motifs fleuris, rouges et noirs. Au-delà de l'entrée, les rideaux blancs filtraient la lumière du jour qui posait un éclairage doux sur un séjour à l'ameublement et à la décoration japonais. Une infime odeur d'encens flottait dans l'air.

Une table basse en bois noir laqué, entourée de coussins blancs, noirs et rouges, sur laquelle étaient disposées une théière et deux tasses avec leur couvercle, une boîte à thé et quelques bougies. Ainsi qu'un ordinateur portable à la coque en aluminium.

Sur les murs étaient exposés des rouleaux de *kanji* et des estampes encadrées de fines baguettes de bois noir, ponctuées d'éventails. À même la tapisserie claire, de longs roseaux étaient peints, gris bleu et gris vert, arqués par un vent du soir. Une ombrelle blanche était déployée dans un coin, cachant un spot posé sur le parquet sombre. Wolf remarqua immédiatement les *daishô* : les paires de katana et de wakizashi sur leurs supports discrets, les lames protégées dans leurs *saya* en bois de magnolia, qui a l'avantage d'absorber l'humidité sous ses vingt-deux couches de laque destinées à le rigidifier et à l'étanchéifier.

« On dirait que ça tourne bien, l'architecture », remarqua Silver. Elle fit le tour de la pièce avant d'ajouter : « Wolf, cette fille ne nous a pas menés en bateau. Elle ne nous a pas raconté d'histoires. »

Elle fit une pause, détailla le petit autel shintô adossé au mur situé côté nord. Trois petits récipients étaient remplis de grains de riz noir crus, d'eau et de sel. Un petit vase contenait des fleurs encore fraîches, à côté d'un brûleur d'encens et d'une cordelette tressée sur laquelle étaient fixés de petits carrés de papier contenant des oracles. Le fond du *kamidana* était tapissé de papier de riz affichant des *kanji* noirs. Le tout était d'un ordre et d'une propreté extrêmes.

Silver finit par se tourner vers Wolf, les yeux grands ouverts, l'air grave.

« Cette fille *est* japonaise », déclara-t-elle. « Cette fille *est* samouraï. Alors que… c'est impossible. Elle n'est ni l'un ni l'autre. Légalement et chronologiquement.

— Tu as besoin de le dire pour en être sûre, hein ? » demanda Wolf. « Tu sais quoi ? Ça me fait exactement pareil. »

Silver ne fit aucun commentaire et fila inspecter les autres pièces.

Wolf prit le temps de s'imprégner de l'endroit, d'en respirer chaque détail. Silver avait affiché un air sérieux comme il lui en avait rarement vu. Cela confirmait son intuition – celle-là même qui lui échappait depuis une quarantaine d'heures. Une impression toujours aussi insaisissable, certes. Mais indéniable. Et de plus en plus prégnante.

L'odeur d'encens. Le calme qui émanait de l'endroit, de son ensemble comme de chacun de ses détails. Les contours sombres et flous autour du corps nu et parfaitement découplé de Karen. L'image de sa peau recouverte d'huile mélangée à des pigments noirs et blancs. Ses bras, ses épaules et ses seins, auxquels ce maquillage noir donnait un nouveau relief, étrange et fascinant. Le grand cercle rouge du soleil levant peint autour de son nombril. L'éclat de la lame de son sabre. Le rouge de ses lèvres. Le blanc de porcelaine de son visage. C'était là qu'elle l'avait – qu'est-ce qu'elle lui avait fait, au juste ? Piégé ? Drogué ? Violé ? Il secoua la tête, comme si sa vision s'était troublée sans qu'il s'en aperçoive.

Le domicile est par essence inviolable, se récita-t-il. *Les perquisitions sont une atteinte à cette inviolabilité. Elles sont donc très étroitement réglementées, peuvent donner lieu à des saisies sur tous les objets relatifs aux faits incriminés et nécessaires à la manifestation de la vérité.*

Il s'approcha de l'étagère noire dont les rayonnages auraient pu contenir trois ou cinq fois plus de livres, n'étaient les bibelots et colifichets qui s'y trouvaient rangés comme pour une exposition d'art extrême-oriental. Un *daruma* rouge, peint à la main, des amulettes et des talismans en céramique, deux brûleurs d'encens en forme de hiboux et des boîtes laquées, des petites poupées japonaises en bois, également peintes à la main, des origamis en papier de prunier, une flèche en bois rouge entourée de papier de riz. Il y avait quelques carnets savamment noués avec des rubans de soie aux couleurs claires et sobres. Et quelques livres, qui lui étaient tous inconnus. *Dogra magra*, de Kyûsaku Yumeno. *Yapou, bétail humain*, de Shôzô Numa, en trois tomes. *La Noblesse de l'échec, héros tragiques de l'histoire du Japon*, d'Ivan Morris. Plusieurs éditions de Mishima en japonais, dont il ne put identifier les titres. *No Surrender, My Thirty-Year War*, de Hirô Onoda. Un beau livre sur le kabuki. Des collections de haïkus. Tanizaki. Une photo de samouraï, jeune et résigné. Des traités sur le seppuku, le suicide rituel. Des dictionnaires franco-japonais.

Wolf eut l'impression de s'y perdre, jusqu'à ce qu'un ouvrage le ramène en territoire connu. Elle avait parlé du *Kojiki*, la *Chronique des faits anciens*. Et du *Hagakure*, qu'elle possédait en plusieurs exemplaires et en plusieurs langues, notamment en américain et japonais. Une version commentée de l'Oxford University Press et une version ancienne calligraphiée de l'université de Saga.

« Elle est végane. »

C'était Silver qui revenait de la cuisine. « Azuki, blé, soja, riz, udon, soba, du thé à ne plus savoir qu'en faire, etc. Toutes les chaussures dans le vestibule sont en cuir végétal. Pareil pour les vêtements, les sacs. »

Wolf s'approcha de l'ordinateur portable. Il jeta un œil à Silver.

« On se comprend ? » demanda-t-il.

« Tant qu'à faire une mexicaine... Autant aller jusqu'au bout.

— Et puis, c'est pas comme si c'était vraiment illégal, non ? » dit-il d'une voix grave.

Il débrancha puis enroula le câble d'alimentation, et prit l'ordinateur sous le bras.

*

Un SMS de Marcus avait prévenu Wolf qu'il s'occupait de sa demande. Hackman avait souri en lisant le mot « demande ». Aussi se rendit-il directement dans le bureau du lieutenant stagiaire, tandis que Silver allait planquer l'ordinateur de Karen dans le leur.

« Alors, qu'est-ce que tu as sur le type qu'on a levé chez Deborah-Lee ? Le faux Needle Boy qui s'est tiré de l'hôpital sur une patte. Qui c'est ?

— Le faux Needle Boy, c'est le cas de le dire », s'exclama Marcus sans quitter son écran des yeux. Cela ne faisait qu'un petit mois qu'il était là, et c'était la première fois que Wolf entrait dans son bureau, mais les murs étaient déjà couverts de graphiques, de diagrammes, de tables qui, pour lui, tenaient de l'ésotérisme ou de la Kabbale.

« J'ai eu de la chance avec le labo, ils ont pu traiter ça sans paperasses, j'ignore pourquoi.

— J'avais chargé Silver de les appeler pour les menacer de tortures laotiennes s'ils refusaient.

— Ah. OK », dit Marcus, sans savoir à quel degré il convenait de traiter l'information.

En désignant son bureau d'un geste de la main, Wolf l'invita à s'expliquer.

« Eh bien, ça a très bien marché. Pour le Needle Boy. Ils m'ont donné tout ce que je voulais. Son sang est nickel. Pas la moindre trace de quoi que ce soit. Ni drogue, ni alcool, ni tabac. Juste un peu de THC. Mais aucun métabolite de carnivore, *a priori*. Idem pour John Doe, l'étoilé numéro un. Foie, reins, etc. D'après les résultats des prélèvements faits il y a sept mois, on n'y trouve aucune trace animale.

— Putain… », souffla Wolf. « Pareil pour Deborah-Lee, hein ? On a une épidémie de végans, en même temps qu'une extinction subite et massive de l'espèce, ou quoi ?

— Et c'est pas fini. Ton Needle Boy s'appelle Antoine Marquez. Aucune adresse connue. Agitateur dans des groupuscules d'extrême droite, puis d'extrême gauche, puis dans des cercles d'allumés genre anticomplot, antigouvernement mondial occulte, paganiste, sataniste, messianiste, je te passe les moins drôles. Tu veux savoir dans quoi il milite maintenant ? » demanda Marcus en jetant un œil à Wolf.

« Tu t'attends à ce que je te réponde ?

— Un peu. Enfin, c'est du lourd. Je veux dire, c'est assez singulier », reprit le lieutenant stagiaire d'une voix plus calme. « Ça s'appelle HFS. Pour Human Final Solution. Viens voir la version française de leur site Internet. Tu vois ce bandeau sous le logo : "Human Final Solution – La Solution finale pour la sauvegarde de la planète". »

Wolf regardait l'écran, paupières plissées.

« Hm. Je vois pas bien où ils veulent en venir.

— Marquez est le représentant pour la France. Human Final Solution tient un raisonnement limpide et radical : pour sauver la planète, il faut éradiquer l'humanité.

— Tu m'étonnes ! » s'exclama Wolf. Il secoua la tête, puis se reprit :

« Bon, sérieusement, on a quoi ?

— Tout est expliqué sur leur page. Chiffres, études, statistiques, projections, articles scientifiques. Et tout un tas de références philosophiques, New Age, occultes, etc.

— Sympa. Et concrètement, qu'est-ce que ça donne ? Il faut commencer par buter les végans, les drogués, et ensuite ?

— Ils revendiquent le principe absolu de vie, qui d'après eux est un phénomène qui voyage dans l'univers depuis son origine, et dont l'espèce humaine est une erreur, une mutation monstrueuse. L'homme est le cancer du principe de vie. Pour preuve, il bousille le biotope qui lui a donné naissance, et il massacre toutes les autres formes de vie. L'homme est une saleté d'erreur et donc, pour sauver la planète, et par extension le principe universel de vie, il faut supprimer la race humaine, qui se résume à une vilaine nécrose totalement négative.

— Ça se tient, non ? » dit une voix mélodieuse tout près d'eux.

Ils levèrent les yeux sur Silver qui venait d'entrer dans le bureau de Marcus.

« T'as déjà entendu parler de trucs de ce genre ? » lui demanda Wolf.

« Ouais. Pas vraiment. Indirectement. J'en ai entendu parler, mais j'avais un doute.

— Le mouvement a pris racine aux États-Unis », précisa Marcus, les yeux rivés à l'écran. « Il s'agissait d'abord de deep ecology, par opposition à l'écologie superficielle, représentée en gros par les pitres qui prétendent incarner l'écologie sur l'échiquier politique actuel. Enfin, si je peux me permettre un commentaire perso », s'excusa Marcus qui s'était à nouveau emporté. « Juste pour vous donner une idée. Le mouvement d'écologie profonde n'a rien à voir avec cette mascarade. Il commence par cesser de situer l'homme au centre de ses réflexions, orientations et décisions. Dès 1973, Arne Næss affirme : “Aucune espèce vivante n'a davantage le droit de vivre et de s'étendre qu'une autre espèce.” Et Warwick Fox enfonce le clou : “Tous les êtres vivants sont des aspects d'une même réalité émergente.”

— Je vote pour », dit Silver.

« C'est noir sur blanc dans Wikipédia », justifia Marcus, comme pour s'exonérer de la responsabilité des informations qu'il leur donnait. « Bon, après, ça barre. Il y a la réalisation simultanée du soi personnel et du Soi du monde. Avec un S majuscule. Le grand Soi de la réalisation de l'ensemble du vivant. Je vous résume, hein. Ils vont chercher dans Parménide, Platon, Aristote, le Principe premier, l'Absolu, le Logos et le taoïsme. Ça a donné un holisme et des gourous par poignées. Un culte de la vie qui peut justifier le darwinisme social comme le nazisme. Ou bien la destruction de l'humanité pour la sauvegarde de la planète et du principe supérieur de vie.

— Laos, chaos », ponctua Silver. « Je t'en prie, continue.

— Ceci dit, la plupart des mouvements un peu hargneux sont assez cools, en fait. Révolution culturelle biotiste, défense des animaux, décroissance radicale, création de zones d'autonomie hyperconnectées, etc. Il y a bien sûr quelques allumés qui font plus de la provoc qu'autre chose. En affirmant par exemple que chaque naissance d'un enfant européen induit un coût écologique de six cent vingt aller-retour Paris-New York, et qu'il faut donc cesser de faire des enfants. Ça devient antihumaniste et totalitaire. En fait, pour sauver la planète, il faudrait un contrôle absolu et idéologiquement fasciste, tellement l'humanité est conne.

— Ça commence à m'intéresser », dit Wolf. « Il devient sympa, ton Needle Boy.

— Comme je l'ai dit, Antoine Marquez est le représentant pour la France de Human Final Solution.

— Et dire que je lui ai collé une balle à travers le mollet… Merde. On le trouve où ?

— C'est bien le problème. C'est à peu près la seule chose que j'ignore à son sujet. Il est né dans le 10e arrondissement, où il a grandi, collège, lycée, bac, études scientifiques, école d'ingénieur. Et puis, plus grand-chose. Comme s'il avait basculé dans l'underground de l'activisme. Il a vécu dans des fermes autogérées ici et là. Deux ans au Venezuela, dont six mois dans les rangs d'une guérilla qui luttait contre les orpailleurs. Il a été expulsé après l'attaque et le saccage d'un abattoir à Puerto La Cruz. Tabassage des employés, incendie de l'usine à viande. Retour en France. Ensuite, plus rien. Et puis Human Final Solution.

— Il n'y aurait pas un logo en forme d'étoile à six branches, sur leur site ? »

Marcus ouvrit tous les onglets.

« Non, désolé. »

Wolf regarda Silver.

« Bon. Attends », dit-il en contournant le bureau pour prendre place sur l'une des chaises. Il ferma les yeux, se massa les paupières et le front. Silver s'assit sur l'autre chaise et se mit à attendre en souriant à Marcus.

Les fenêtres du bureau du lieutenant stagiaire offraient sur l'amorce de crépuscule une vue différente de celle qu'il connaissait par cœur. De la poudre de feu, soufflée par le vent du soir et semblable au brun jaunâtre de la cordite, s'accrochait à des filaments de nuages sombres. Wolf inspira profondément, le regard concentré sur ses doigts entrecroisés, puis expira un long souffle rauque.

« Bien », dit-il. Il regarda Silver, puis Marcus. Et Silver à nouveau.

« Dans l'ordre. Qu'est-ce qu'on a. John Doe, l'étoilé numéro un, tué par un poison inconnu. »

Regard à Marcus.

« Une neurotoxine, que je ne connais toujours pas », confirma ce dernier. « Pas plus que je ne connais l'identité de John Doe.

— Très bien. Ensuite. L'étoilée numéro deux. Deborah-Lee Henry. Cinq grammes de bourrin dans les veines. Un faux petit ami et un faux Needle Boy, Antoine Marquez, extrémiste allumé et radical, quelque part dans la nature. Que faisait-il chez Deborah-Lee ? A-t-il tué Deborah-Lee ? A-t-il tué John Doe ? Leur a-t-il à tous les deux gravé une étoile à six branches sur le front ? Pourquoi ? Pourquoi aurait-il fait ça ? Parce que… »

Il frappa doucement dans ses mains, regarda Silver, prit une inspiration.

« Parce que John Doe et Deborah-Lee ont quelque chose en commun qui nous échappe. Ce quelque chose a motivé leur meurtre. Mais… Ce quelque chose n'a peut-être rien à voir avec Marquez. Qu'est-ce qui le liait à Deborah-Lee ? Pas la dope, apparemment. Que faisait-il chez elle ? La connaissait-il ? Même pas sûr. Si c'est le tueur, est-ce qu'il tue au hasard ? Je dirais non. Pas le bon profil. Ce qui nous ramène à la question : qu'est-ce que John Doe et Deborah-Lee ont en commun ? C'est notre seule piste, puisque Radical Marquez est introuvable. À moins de le remonter via Human Final Solution ? » demanda-t-il en lançant un regard à Marcus. « Non ? D'accord. Donc on en revient à : qu'est-ce que nos deux étoilés avaient en commun ? »

Il regarda Silver, Marcus, Silver à nouveau.

« Des objections ? Des idées ?

— Le problème, c'est que je n'ai aucun point de comparaison entre les deux », dit Marcus. « Et même si on a toutes les infos qu'on veut au sujet de Deborah-Lee, je n'ai aucune idée de ce que je dois chercher, ni dans quelle direction. Je veux bien chercher une aiguille dans une botte de foin, c'est même ma spécialité. Non seulement je n'ai aucune idée de l'aiguille, mais…

— En plus tu n'as même pas la botte de foin, je sais », coupa Wolf. Il soupira. « Concentre-toi sur la neurotoxine de John Doe, en attendant qu'on te ramène mieux. Silver ? Une idée ?

— Ils étaient tous les deux végans, apparemment. Comme…

— Exactement. Comme Karen Tilliez, non ? »

Wolf se pinça la lèvre inférieure. Il s'efforça de chasser les visions qui l'assaillaient de toutes parts. Le sol tremblait. Les choses étaient animées de mouvements vibratoires. Sauf le regard de Silver, solide comme un rocher dans la tempête, et auquel il s'accrochait.

« Bon. Tout le monde est végan. Et alors ? On ne peut rien faire de ça, n'est-ce pas ? »

Elle le regardait, attentive et soucieuse.

« Je veux dire, en l'état actuel des choses. Qu'est-ce que ça signifie ? Ça n'a aucun sens.

— Ne confondons pas tout », dit Silver.

« Bon. Autre hypothèse, alors. Si... Si John Doe et Deborah-Lee, pour des motifs qui nous échappent, mais dont on peut penser qu'ils sont d'ordres sectaires, spirituels, allumés d'une quelconque façon, révolutionnaires, bref, pour une raison ou une autre, qui nous échappe pour le moment, s'ils ont un rapport avec Human Final Solution... On peut le savoir, ça, Marcus ?

— Autant essayer de suivre la piste d'un poisson dans l'eau. L'accès à ces bases de données est ultra-filtré, ils verrouillent tout avant même de se créer la moindre adresse mail. Et ils fabriquent des façades par dizaines, pour brouiller les pistes. Les simulacres virtuels les éclatent autant que leurs propres convictions. Mais c'est possible.

— OK. Donc, si on a affaire à quelque chose du genre, on peut penser que lorsqu'ils passent à l'action, des groupuscules comme HFS commencent par jouer les vengeurs masqués. Donc John Doe et Deborah-Lee ont fait quelque chose qui ne plaît pas du tout à HFS. Autre hypothèse : ils faisaient *partie* de Human Final Solution, et une escalade dans la radicalité pousse l'organisation à faire le ménage dans ses propres rangs, comme une nouvelle colonne dissidente, une nouvelle faction qui part en vrille, un sous-groupe qui fait monter les enchères... »

Il se tut un moment, regarda Silver.

« Est-ce qu'on peut faire mieux pour le moment ? »

Elle arqua les sourcils. Ouvrit les paumes vers le plafond.

« Trouver la signification de cette étoile à six branches, trouver l'origine de la neurotoxine, trouver le rapport entre John Doe et Deborah-Lee Henry.

— Quoi d'autre ? » demanda Wolf.

« À part retrouver Antoine Marquez, je vois pas.
— Exact. On est baisés, en somme. »
Il se leva et quitta le bureau de Marcus.

La nuit tombait, les berges de la Seine étaient presque désertes et les nerfs de Wolf grésillaient d'énergie brute et intacte, non dépensée. Il était pourtant allé courir dès l'aube. Et la journée lui paraissait peuplée comme un champ de bataille anarchique, silencieuse et lourde de centaines de morts. Il respira l'air du soir et se tourna face au vent. Il essaya de se concentrer sur une chose qui lui faisait cruellement défaut, surtout maintenant : un axe autour duquel enrouler le temps. Et le reste du monde. Et toute la logique des événements, proches et lointains.

Il marcha un moment sur les pavés inégaux et eut des visions de Karen, de ses muscles brûlants. Il entendit à nouveau la détonation du fusil de chasse et les éclats de bois de la porte de l'appartement de Deborah-Lee qui explosait. Il ressentit dans son corps le recul de son SIG-Sauer qui projetait une ogive dans la jambe d'Antoine Marquez. Il revit les étoiles gravées à la soude sur les fronts des deux victimes. Il ferma les yeux et chercha à visualiser l'éclat noir du regard si pur de Silver, mais ne vit que la bouche et le sexe de Karen.

« Les rêves finissent toujours par rattraper la réalité », répète-t-elle.

Il vit, parfaitement pure et fluide, la trajectoire de son sabre-corps trancher la tête du néant-vide Barres.

« Merde… », souffla-t-il en constatant une fois de plus que Karen agissait comme une drogue sur son psychisme. Il s'efforça de se concentrer sur ce qui se trouvait immédiatement sous ses yeux. Une péniche qui remontait la Seine. Un cercle de miettes sur les pavés du quai, près de l'eau. Des pigeons. Le vent. La circulation. Le crépuscule humide. Repousser le tourbillon.

Son téléphone sonna.

« Je ne pourrais pas l'expliquer clairement », glissa-t-il à Silver dans le couloir désert, « mais je pense sérieusement qu'elle m'a drogué. »

Elle n'eut pas le temps de répondre, car ils arrivaient dans le bureau de Lacroix – et elle le soupçonna d'avoir calculé son coup pour qu'il en soit ainsi.

« Quelles nouvelles ? » questionna le commissaire en leur accordant un rapide coup d'œil, occupé à vérifier l'ordre et l'alignement des dossiers qui couvraient le plateau de son bureau.

« La NASA cherche à comprendre pourquoi Mars a perdu son atmosphère », dit Wolf.

« À ce point ? » demanda Lacroix en levant un sourcil. « Des indices ?

— Pas vraiment. Mais plus d'hypothèses qu'il n'en faut. Marcus est sur les pistes les plus sérieuses. Nous, on rame.

— On n'a que Deborah-Lee Henry comme point de départ, et aucune explication évidente », précisa Silver. « Il n'y a aucun lien manifeste entre elle et l'étoilé numéro un, puisque John Doe n'est toujours personne, en l'état.

— Et pour la samouraï ? Il ne reste pas beaucoup d'heures de garde à vue, je crois.

— Exact », reprit Wolf. « La proc ne nous a toujours pas filé de commission rogatoire. Malgré nos demandes. À sa décharge, on a largement de quoi boucler l'enquête de flagrance. Mais on n'a toujours rien compris au film. Et Karen Tilliez va se retrouver en préventive avant qu'on ait pu commencer à piger quelque chose à son histoire.

— Ça pose un problème ? » demanda Lacroix.

« Techniquement, aucun », dit Wolf.

« On a le nez sur une évidence qu'on ne voit pas », dit Silver. « Il y a un truc sous cette histoire. Un truc bien plus grand qu'on ne l'imagine et qui nous dépasse. Enfin, pour le moment. Mais on n'a aucune preuve. Juste une très forte intuition. »

Wolf se demandait s'il devait parler de la perquisition illégale qu'ils avaient faite au domicile de Karen. Tant que personne d'hostile n'était au courant, une mexicaine ne posait aucun problème. Et il se demandait jusqu'à quel point il pouvait aller avant que Lacroix ne devienne hostile. N'ayant pas de réponse immédiate, il choisit de se taire. Et c'est le commissaire qui prit les devants :

« OK. Il ne vous reste que quelques heures pour élucider ce qui vous taraude au sujet de Karen Tilliez. Je vous fais confiance. On va se passer de l'avocat commis d'office pour une dernière audition. Ça marche pour vous ?

— Évidemment ! » dit Wolf.

Silver acquiesça.

« Mais », dit Lacroix.

Il leva un index pour s'assurer leur totale attention.

« C'est votre dernière chance. »

« Qu'est-ce que tu veux dire par *drogué* ? » siffla Silver alors qu'ils longeaient le couloir.

« Pas le temps. »

« Wolf. » Elle s'arrêta de marcher pour le forcer à faire de même.

« Une seconde. On n'a même pas de plan de bataille. Tu fonces l'interroger comme ça, dans sa cellule ? Tu vas lui demander quoi ?

— Pourquoi elle a tué Stéphane Barres », dit Wolf en la regardant droit dans les yeux. « Pourquoi la loi de l'alignement justifie la décapitation au sabre de Stéphane Barres. Quels sont les niveaux psychique et spirituel de la loi de l'alignement. Voilà ce que je vais lui demander. Parce que tu vois, ça me taraude vraiment. Ça m'intéresse au plus haut point. Je dirais même : viscéralement. Il se passe quelque chose, Silver. Et on ne le comprend pas. Or, Karen Tilliez, qui est là, à quelques mètres de nous pendant les quelques heures qui lui restent avant de filer en préventive… Eh bien, Karen Tilliez a toutes les réponses. Et on va se gêner pour lui poser des questions ? »

Il y avait du défi dans le regard de Wolf. Et de la crainte dans celui de Silver.

« Ne me dis pas que tu n'es pas sensible à tout ça », insista-t-il. « Ne me dis pas que ça ne fait pas vibrer quelque chose en toi. »

Son regard faillit trembler et elle jeta un rapide coup d'œil de côté, avant de revenir à Wolf.

« C'est vrai », dit-elle. « Je dois l'admettre. Tu as raison. Mais on lui demande tout ça calmement, OK ?

— Parole. »

Ils échangèrent un sourire chargé de sens, comme ils n'en avaient pas échangé depuis longtemps, renouvelant leur complicité et leur confiance mutuelle.

Puis ils reprirent le chemin de la cellule de Karen.

Derrière la porte en Crystalite, l'alignée zéro était assise sur sa couchette en position du lotus, le corps détendu, les épaules relâchées, le menton sur le buste. Elle semblait méditer, le corps et l'esprit unis dans une harmonie immatérielle.

Pas un muscle ne bougeait dans son corps parfaitement inerte.

Elle semblait complètement ailleurs, dans une autre dimension.

Comme si son corps n'était plus qu'un reflet physique de son être.

Et pour cause.

Karen Tilliez était morte.

9

Jeudi 20 février, 23 heures 49

« Je t'emmène à Bun Awk Phansa. C'est sans discussion. »

Ils avaient pris la ligne 7 jusqu'à Maison-Blanche et il avait suivi Silver jusqu'à un restaurant asiatique à la marge du Triangle de Choisy, avec pagodes et enseignes au néon vertes. Le White Trash. C'était les seules lettres des environs en caractères romains. Et encore, les mots étaient en anglais. *Drôle de nom pour un restaurant chinois*, s'était dit Wolf. Silver lui précisa que Bou et Bounmy Rattanavan, les deux frères à la tête de l'empire Tang, étaient deux Chinois nés au Laos.

« C'est pour ça qu'ils fêtent Bun Awk Phansa. Ils sont nés à Thakhek, là où les Français ont massacré trois mille civils qu'ils ont jetés dans des puits. Mais pas de souci, c'était des civils vietnamiens.

— T'es sérieuse ?

— À ton avis ? Bref, ils ont pris l'habitude de célébrer la fête des Lumières. La fin de la saison des pluies. D'abord une fois par an, puis une fois par mois, puis, vu le succès, tous les jours.

— Et ils font de la sangria avec des yeux de farangs ?

— Presque. En tout cas, t'es pas loin. »

La salle du restaurant était immense, et à moitié vide. Elle ressemblait à une vaste cantine, simple et propre, dont les murs étaient couverts de décorations représentant la variété des cultures asiatiques.

« OK, ça a l'air d'être un peu le bordel, vu comme ça », avertit Silver, « mais je t'assure qu'on s'y retrouve. Seuls les Thaïs font le *way* avec les mains jointes devant la poitrine. Les Laotiens font le *nop*. Les Japonais ne fêtent pas le Nouvel An chinois, les Chinois ne sont pas shintoïstes et ne font pas non plus Pee may, qui est le Nouvel An bouddhiste et la fête de l'Eau, mais la fête des Lumières est célébrée partout, du Népal jusqu'en Indonésie. »

L'ensemble, dans les tons rouges, noirs, blancs et verts, produisait un effet à la fois exotique et anachronique. Bien qu'il n'y ait là qu'une cinquantaine de clients silencieux, absorbés dans leurs bols et assiettes, des éclats de voix et de musique emplissaient la salle sans qu'il pût en identifier la provenance.

Silver s'adressa en lao à un jeune serveur, pantalon noir et chemise blanche, fleur rouge en boutonnière, large sourire. Il lui désigna la porte latérale avec des gestes vifs et exagérés, puis elle lui tendit deux ou trois billets de dix mille kips. Ils se saluèrent, paumes jointes – quoi qu'elle en dise, Wolf ne voyait aucune différence entre le *nop* lao et le *way* thaï –, puis le serveur l'invita à suivre Silver. Groggy, inconsistant et perdu, il obtempéra.

Un escalier en fer noir menait au sous-sol, où ils pénétrèrent dans une salle immense, au moins deux fois plus grande que celle du restaurant. Immense, et également bondée. Débordante de fleurs en papier, de musique, de fumée, de rires et d'exclamations, d'Asiatiques aux jupes très courtes – et aux chemises ouvertes jusqu'au sternum pour les hommes.

« Wolf », dit-elle en lui tendant un verre. « Joyeuse fête des Lumières », annonça-t-elle avec solennité.

Ils trinquèrent et vidèrent leurs verres d'un trait. L'alcool était brûlant. Wolf avait l'impression qu'il le découpait en deux en suivant sa trachée, comme une hache éclatant une bûche, ou un sabre fendant un ballot de paille. De quoi faire rouler sa tête dans la poussière. Il était hypnotisé par l'image de Karen assise en position du lotus, la tête affaissée sur la poitrine. Il avait l'impression d'être encore en plein dans la toute première onde de choc de l'explosion. D'en être encore à cette toute première seconde d'incrédulité totale. L'endroit où Silver venait de l'emmener, ce White Trash improbable et exotique, lui paraissait complètement irréel. Il se demandait s'il était vraiment là. Et il se demandait aussi quand viendrait le moment du choc véritable, puis celui de l'hébétude. Et enfin, celui de la douleur et de la réalité : Karen était morte.

Il repensa à ses compagnons de mort. La différence était fondamentale. C'était des soldats qui étaient morts avec lui, et la dignité qu'ils méritaient servait de charpente morale aux survivants. Mais là, ça n'avait rien à voir. Karen n'était pas son compagnon d'armes et de mort. Karen était… Il ne savait pas vraiment ce qu'elle était, mais sa mort était insupportable.

Il avait l'impression d'être dans un rêve.

Il essaya de se secouer et regarda Silver.

« Qu'est-ce que c'est ?

— Alcool de serpent », dit-elle en glissant un billet de cinquante mille kips sur le comptoir pour payer les verres suivants.

Il leva les yeux vers les rayonnages fixés au mur, derrière le bar. Ils étaient pleins de bouteilles aux formes évasées qui contenaient un liquide ambré. Et dans ce liquide flottaient des serpents de différentes tailles et couleurs, adroitement mis en scène avec la bouche ouverte et les crochets apparents pour que leurs yeux de verre transpercent d'un air menaçant et inquiétant quiconque les regardait, depuis leur éternité d'alcool. Il savait qu'il n'oublierait jamais la vision du corps de Karen, figée dans son immortalité.

« Tous venimeux », précisa Silver tandis qu'il détaillait les serpents. « On peut mettre des scorpions, ou des lézards. Ça guérit tout. » Elle leva son verre. « À toi. »

« À toi », dit-il en passant des yeux des serpents à ceux de Linh. Il savait que tout avait basculé à la seconde exacte où il avait posé le regard sur le corps de Karen. Et il cherchait à lire quelque chose dans les yeux de Silver.

Ils trinquèrent plusieurs fois, à Bun Awk Phansa, aux serpents, à tout et n'importe quoi, à tout sauf au poignard qu'ils avaient enfoncé jusqu'à la garde dans la cage thoracique. Ils étaient déjà bien partis lorsque Silver se mit à commander des verres pour célébrer Bun Pha That Luang.

« C'est quoi ?

— Une autre fête. Bun Pha That Luang est un temple bouddhiste. Il contient un cheveu du bouddha. C'est au mois de novembre, comme la fête des Lumières.

— On est en février.

— Exact ! » dit-elle en riant. « C'est un défilé aux flambeaux. »

Elle criait presque, tant le volume de la musique et le bruit ambiant avaient augmenté. Wolf avait l'impression que le nombre de filles en jupes ultra-courtes avait doublé ou triplé, mais c'était peut-être un effet de l'alcool de serpent.

Une fille se jeta sur lui et s'agrippa à son épaule pour se prendre en photo, le visage collé contre son torse, puis s'éclipsa en lui faisant un clin d'œil. D'autres filles riaient, une main dissimulant leur bouche, l'autre tenant un smartphone.

Il se dit qu'il aurait pu les prendre toutes en même temps, comme des jouets sexuels innocents, puis il se retourna vers Silver qui tenait deux nouveaux verres, remplis à ras bord d'alcool ambré.

Il ne comprit pas les paroles qu'elle lui cria à l'oreille, mais il descendit tout de même l'intégralité de l'eau-de-vie d'une lampée rageuse. Il avait beau se trouver aux antipodes, en pleine Asie inconnue, seul Blanc dans une foule surexcitée, tout lui rappelait Karen assise en position du lotus dans sa cellule étriquée et glauque. Il la voyait partout. Et il la sentait en lui, dans son corps, dans son esprit. Et c'était peut-être sous forme de droguée psychique ou spirituelle qu'elle habitait en lui.

Il hurla à Silver qu'il allait aux toilettes, mais ne fut pas certain qu'elle le comprît, malgré son hochement de tête.

Fendre la foule prenait un temps fou, la progression était infime, il faisait attention à ne pas écraser de pieds, tandis que des épaules lui rentraient dans le plexus solaire et dans les côtes. Il opta pour la première porte qu'il trouva et déboucha dans un couloir vide.

Aussitôt refermée, la porte de secours obtura le bruit et laissa place à un silence à peine secoué par des pulsations de basse. Il longea les murs rouges, brillamment éclairés. L'alcool devait aggraver son état, car il avait l'impression que Karen le suivait. Le couloir lui rappelait les enfilades de *tori* japonais telles qu'on en trouve dans les collines qui entourent Kyôto, dans les jardins méticuleusement ordonnés des temples shintô, bien qu'il n'y eût jamais mis les pieds.

Il passa plusieurs portes, bifurqua à l'instinct et finit par remarquer une lumière au ras du sol, une lueur bleu phosphore qui émettait des crépitements continus. Il entra. C'était un salon de tatouage d'une douzaine de mètres carrés. Des néons éclairaient la peinture bleue des murs de briques. Une étagère contenait des sachets d'aiguilles, des flacons d'encres, des dermographes et des crânes humains. Une Asiatique d'une cinquantaine d'années piquait la main d'un type, assis sur un fauteuil de dentiste vert pâle et dont il ne voyait que le bras posé sur l'accoudoir. Grande, fine, jean et débardeur noir qui laissait voir les tatouages couvrant ses épaules et le haut de son buste. La femme ne leva même pas les yeux vers lui. Elle tatouait un serpent sur le dos de la main du type, totalement concentrée.

Il fit demi-tour, suivit un autre couloir et déboucha à l'arrière d'un magasin. Il lui fallut encore traverser un entrepôt avant de retrouver l'immense salle où avait lieu la fête des Lumières.

La musique était assourdissante et la foule, encore plus compacte. Il dut nager et batailler au milieu des corps et des têtes qui lui arrivaient aux épaules avant de retrouver Silver au bar. Un écran géant diffusait le concert d'un hologramme, une chanteuse qui n'était ni une enfant ni une adolescente, mais un irrésistible fantasme élaboré par une batterie de psychiatres tordus, accompagnée sur scène par de vrais musiciens. Jambes nues et interminables, longues couettes bleutées, vêtements évoquant aussi bien l'écolière dévergondée que la soubrette perverse, tout en elle hurlait EXCITATION SEXUELLE.

« T'as deux verres de retard », hurla Silver à son oreille. Et pour la première fois depuis des années, il lut dans les yeux de son amie l'expression d'une émotion qu'il n'aurait jamais imaginé la voir ressentir, et c'était de la tristesse, une tristesse profonde et dévastatrice. La cicatrice de sa joue gauche semblait avoir pris une teinte plus foncée. Il fallait arrêter de boire, il fallait partir de cet endroit.

Peut-être que quelqu'un l'a poussé dans le dos, ou peut-être que son équilibre n'était plus aussi évident que cela, ou peut-être que Silver s'est jetée contre lui. Toujours est-il qu'elle referma ses bras autour de la taille de Wolf et qu'elle serra avec une force et une vivacité telles qu'elle lui coupa presque le souffle. C'était une très mauvaise idée. Il la prit dans ses bras, posa ses larges paumes sur ses omoplates félines et la serra contre lui, un peu trop longtemps, puis la prit doucement par les épaules pour l'écarter.

Elle le dévisagea un instant et il vit une tempête dans ses yeux noirs. Elle se détourna vivement pour commander deux nouveaux verres.

Wolf sentait que la nuit commençait inexorablement à dériver vers un chaos inconscient, brut et sauvage, dans un tourbillon de flashes, de sourires aux dents éclatantes, de très courtes jupes fluo, de musique impossible et d'alcool de serpent.

Il s'efforça de veiller sur Linh – ce qui présentait également l'avantage d'éloigner Karen de ses pensées.

À un moment de la soirée, il sentit la foule du White Trash frémir comme un seul et même organisme survolté, dans lequel il était le seul farang, pour ce qu'il en savait. La musique changea. Le hard-rock sirupeux de la vocaloïde Miku Hatsune laissa la place à un genre d'hymne, fait de rythmes lents, sombres, hiératiques.

À l'extrémité du comptoir, un type torse nu, taillé comme un combattant de muay lai lao, pantalon noir et bandeau rouge sur le front, était en train de disposer sur le bois brut une collection de couteaux et de hachoirs, des fioles, des bols et des verres à liqueur. La foule était magnétisée. Le type sortit d'un panier en osier un serpent vivant de près d'un mètre, le tint à bout de bras comme pour le sanctifier, lui parla et le caressa, lui donna quelques claques pour l'exciter. Il lui trancha la tête d'un coup de coutelas si rapide que Wolf ne put voir le mouvement, mais simplement constater que le corps du serpent s'entortillait frénétiquement autour du bras de l'homme, tandis que sa tête, bouche grande ouverte et crochets sortis, s'immobilisait sur le bois du comptoir.

Pendant que le type, le reptile toujours enroulé autour du bras gauche, pressait de sa main droite la tête du serpent pour recueillir dans un verre à liqueur le venin et le sang qui en coulaient, Wolf vit Stéphane Barres, debout dans la demi-obscurité de son salon. Le wakizashi de Karen venait de trancher son cou de part en part. Il se passa un moment hors du temps avant que son corps ne commence à s'affaisser et que sa tête ne bascule en arrière et chute lourdement au sol avant de s'immobiliser sur la section du rachis cervical. Une expression de stupeur commençait à se dessiner sur son visage. Son cerveau était incapable de comprendre que sa tête s'était détachée de son corps.

Le type allongea le corps du serpent sur le comptoir et lui ouvrit le ventre de la pointe du coutelas, sur toute la longueur, pour recueillir son sang dans les rainures d'une planche à découper, puis dans un bol. Le barman qui avait servi Silver remplit les verres à liqueur d'alcool de riz et le type versa quelques gouttes de sang dans chacun d'eux. Les rythmes et les sons mats des os humains entrechoqués accompagnaient la dispersion des corolles rouges dans l'alcool translucide. Le barman distribua les verres aux autres clients, et lança un regard de connivence à Silver.

Dans un verre plus évasé que les autres, le type mélangea à l'alcool de riz les liquides qu'il avait extraits et essorés de la tête du serpent. Le barman tendit le verre à Silver. Elle le prit et se tourna vers Wolf.

« Les rayures de l'homme sont à l'intérieur, celles du tigre à l'extérieur », cria-t-elle.

« Un proverbe lao ?

— Une vérité universelle.

— Ah. Encore une ? » dit-il en grimaçant.

Il prit le verre et avala la moitié de son contenu. Le mélange d'alcool, de sang et de venin avait un goût puissant et persistant, et malgré tout raffiné, dans son genre brutal.

« Il faut croire d'une oreille et réserver l'autre », dit Silver en buvant sa part de poison.

*

L'homme sortait d'un café pour voyageurs, morne et suréclairé, et marchait sans se presser sur le trottoir brillant, les mains dans les poches, le cou rentré. La nuit était fraîche. La Vipère le suivait comme une ombre silencieuse.

Plus tôt dans la journée, il avait surveillé les activités de l'homme, qui s'appelait Lorenzo de Bradi. Cela faisait quelque temps qu'il avait découvert son adresse IPv4 secrète. Grâce au dark web, la Vipère le pistait régulièrement. Sa première adresse surfacique était irréprochable. Mais la seconde, grossièrement masquée dans des sous-réseaux, puis dans le web profond, relevait de la pure compulsion désaxée. Or, rien n'échappait à la puce quantique, patrouilleur omniscient du dark web. Par rapport au web surfacique et au web profond des initiés, le dark web était mû par le secret de la force antigravitationnelle, tandis que les premiers maîtrisaient à peine le moteur à hélice. Et les compulsions perverses de Lorenzo de Bradi étaient non seulement chroniques, mais également empiriques.

C'était la vidéo d'une sourde-muette sodomisée de force qui avait décidé la Vipère à passer à l'action. La tolérance n'avait de sens que si elle était exceptionnelle. Elle devait être à usage unique, sans quoi elle ne valait rien. Les beuglements rauques et étouffés de la fille, ses yeux révulsés de terreur, son corps tétanisé de douleur et d'incompréhension l'avaient décidé. Mais surtout, le comportement des deux hommes. Celui qui l'enculait douloureusement et celui qui filmait. Il n'avait pas identifié le second, celui qui tenait la caméra. Mais le premier, celui qui tenait la pauvre fille, c'était Lorenzo de Bradi, sans le moindre doute.

L'homme hésita devant la gare du Nord, puis poursuivit son chemin. Il bifurqua rue de Denain, dont les trottoirs étaient débarrassés des terrasses qui s'y étendaient durant la journée. Un instant, il s'arrêta pour consulter son téléphone, se dit qu'il avait le temps de rentrer tranquillement et le rempocha. Cela faisait un moment qu'il avait clairement identifié sa part sombre, et cela lui facilitait énormément la vie. C'était presque agréable. Cette part terriblement noire flottait en permanence dans ses pensées, sous contrôle et inoffensive. Sauf qu'avec le temps, elle se nourrissait d'images, agrégeait des pulsions, construisait des scénarios de plus en plus détaillés et réels. Tout allait bien, tout était équilibré. Sauf qu'à un moment, l'imagination accaparait la réalité et commençait à la dévorer. Il fallait alors agir vite. La part sombre devait redevenir désincarnée, informe, flottante, sous contrôle. Et pour cela, il n'y avait pas trente-six solutions.

De Bradi estimait donc qu'il s'en sortait plutôt bien, lorsqu'un choc fantastique le propulsa sous un porche. Il avait l'impression d'avoir été percuté par un bélier géant et il roula sur plusieurs mètres avant de pouvoir se relever et retrouver son équilibre.

Il fut plaqué contre un mur par une force telle qu'il comprit immédiatement qu'il était inutile, et même dangereux de lutter. Son corps était solidement plaqué contre la pierre froide.

« Que l'énergie se crée, c'est dans l'ordre des choses », dit la voix d'un homme au visage masqué par l'ombre d'une capuche.

De Bradi ouvrit des yeux ronds, la bouche crispée.

« Que l'énergie devienne du temps et de la matière », reprit la voix en détachant méticuleusement les mots, « c'est également dans l'ordre des choses. De même, la matière se nourrit de temps et d'énergie. Et le temps se dissout en matière et en énergie. C'est comme ça que les choses fonctionnent, et tout va bien. Cela correspond au principe de l'entropie. C'est-à-dire la deuxième loi de la thermodynamique. Mais que l'on gâche du temps, de l'énergie et de la matière en violant ce cycle parfaitement osmotique et synergique, c'est une regrettable erreur. Soit. Mais c'est une erreur fatale qui *nous* concerne. Celle qui consiste à ne mettre en pratique aucun des enseignements que la nature dispense. C'est fatal.

— Mais qu'est-ce que vous racontez ? » demanda de Bradi en étirant désespérément le cou en arrière pour écarter sa gorge de la pointe de la lame qui perçait sa fine peau blanche, juste au-dessus du manubrium sternal.

Il était soudain couvert de sueur. Les veines gonflées de ses tempes, ses yeux révulsés de terreur, ses paupières palpitantes, ses narines dilatées, ses lèvres blanches et fiévreuses composaient un masque aussi hideux que ridicule.

« On ne peut que déplorer tes habitudes immondes. Mais surtout, ton manque de discipline et de discernement. »

La pointe du couteau s'enfonça encore de quelques millimètres, très facilement maintenant que la peau était percée. L'homme émit un gémissement presque inaudible. Un piaulement de détresse.

« Il faut que je précise ? »

Un filet de sang écarlate, riche et brillant, s'épaississait sur la peau blafarde et moite.

« La sourde-muette sodomisée de force. Les petits prostitués roms, dans les toilettes des fast-foods autour de la gare du Nord. Et j'en passe. Tu me déçois terriblement. Tu me déçois au-delà du tolérable. »

Ce n'était rien d'autre qu'un constat prosaïque, mais les mots mirent plus de temps qu'il n'en fallait pour provoquer une réaction. Car Lorenzo de Bradi venait de comprendre à qui il avait affaire.

Il eut cependant le temps de cracher ce qui lui restait d'air dans les poumons et d'aspirer un soupçon de la fraîcheur du soir avant que la lame de la Vipère, d'un mouvement circulaire foudroyant, ne pénètre pleinement l'incisure jugulaire pour sectionner net l'aponévrose cervicale et l'artère carotide gauche.

De Bradi eut encore huit secondes d'oxygène disponible dans le cerveau pour scruter les yeux de la Vipère. Il n'y vit aucune volonté de compréhension, aucune tolérance, aucune empathie. Pas la moindre humanité, ni le plus petit éclat de cruauté. Juste de la glace, une glace terriblement dure et compacte qui engourdit tous ses membres au fur et à mesure que la nuit entrait en lui, avant de broyer son buste et son crâne. Il se rassura soudain en se disant que oui, c'était évident, la Vipère avait raison. Le froid absolu. Le cristal parfait. C'est exactement dans l'ordre des choses.

Il comprit l'évidence qu'il avait toujours pressentie. Soudain, il aimait profondément la Vipère.

*

La voix vocoïde de Miku Hatsune et les réminiscences visuelles du White Trash se percutaient encore dans l'esprit de Wolf et bourdonnaient dans ses oreilles, alors que son appartement était silencieux et vide.

Il était rentré chez lui avec une certitude. Karen ne l'avait pas drogué. C'était bien pire. D'une façon ou d'une autre, elle l'avait envoûté, elle avait réussi à exercer sur lui une emprise plus inextricable que n'importe quel poison. À part cela, tout était confusion dans son esprit.

Shinmen Takezô est né en 1584 dans la province de Harima. Les guerres civiles pour unifier le Japon devaient durer jusqu'en 1600, début de l'époque d'Edo. Miyamoto était le nom de son village et Musashi, une autre façon de lire les idéogrammes formant Takezô.

Petit-fils de sabreur émérite, Miyamoto remporta plus de soixante duels au cours de sa vie, la plupart avec des *bokken*, des sabres en bois, alors que ses adversaires se battaient avec de vraies lames. À Kyôto, près d'un sanctuaire, il a vaincu à lui seul une école de sabre tout entière. Il s'est bâti une réputation de sabreur foudroyant, puissant, légendaire. Les mythes et traditions abondent au sujet de sa vie et de ses faits d'armes. Avant de mourir, Miyamoto Musashi s'est retiré dans la méditation et a écrit plusieurs ouvrages, dont *Le Traité des Cinq Roues*.

Récolter des informations de base sur la vie de celui que Karen désignait comme son mentor l'avait quelque peu dessaoulé. Wolf quitta son ordinateur et les divers sites consacrés au vénérable Musashi.

Il était quasiment certain d'avoir ce livre dans les rayonnages de sa bibliothèque. L'ouvrage avait l'odeur poussiéreuse caractéristique du papier moisissant. Il fit défiler les pages, plusieurs fois.

« … votre corps prend la forme attaquante et votre esprit prend également une forme attaquante et vos mains frappent fort tout naturellement en partant du vide et à une vitesse allant s'accélérant. C'est le “sans pensée, sans aspect”, et cela est très important », lut-il.

Il reposa le livre en se disant qu'il préférait la version que Karen lui en avait donnée.

« Les rêves rattrapent toujours la réalité. »

C'est ce qu'elle avait dit. Il se le rappelait clairement. Il entendait encore sa voix. Mais il ignorait ce que tout cela signifiait, tout comme il ignorait s'il allait encore rêver d'elle. Alors qu'il ne se souvenait jamais de ses rêves, depuis des années.

L'alcool de serpent embuait encore son cerveau, mais il alla tout de même au salon boire trois grandes rasades de bourbon, directement au goulot de la bouteille qu'il gardait depuis des mois dans la vieille armoire.

Puis il but un verre d'eau dans la cuisine, alla se laver les dents et fila se coucher.

Il se releva presque aussitôt et retourna dans le salon, où il vida le reste de la bouteille en moins d'un quart d'heure.

Il rêva de deux avions de ligne qui se percutaient. En calculant la trajectoire du premier, il avait pu modifier celle du second et le dévier pour provoquer un impact frontal très précis, qui allait avoir lieu pile à l'endroit où il se trouvait. Cet endroit était à la fois son appartement, son bureau du 36, et la maison où il avait grandi. Les avions approchaient, irrémédiablement. Après la terrible déflagration et l'inondation qui suivit la collision, il fouilla les décombres et vit deux types se battre à mains nues et à mort dans la poussière des ruines. Un colosse, intégralement tatoué, se faisait éclater la trachée à coups de genou. Il était écroulé sur le dos, et sa gorge faisait des gargouillis cartilagineux tandis qu'il cherchait de l'air. Il vomissait des flots de sang et de bile. Ses yeux incrédules roulaient dans le vide.

Karen ne l'avait pas drogué. C'était bien pire.

Cette même nuit, il revit en rêve la découverte de son corps inerte. À plusieurs reprises, les mêmes images envahirent son esprit inconscient. Il s'était précipité, l'avait allongée sur la couchette de la cellule, avait cherché un souffle sur ses lèvres, une lumière dans ses yeux de jade, l'infime mouvement d'un muscle sur son visage. Karen lui souriait. Et elle était morte.

DEUXIÈME PARTIE

L'IMPÉRATRICE D'OR

> La vérité apparaît une fois que tous les mots se sont dissous. Les mots sont faits pour mentir.
>
> WILLIAM BURROUGHS

L'expérience de la terreur

(2)

Le mieux, c'est qu'il n'y ait plus rien, s'était dit le gamin.

Ni vie, ni espoir, ni illusion, ni souffrance, ni larmes, ni cette destruction systématique de mille joies éphémères. Plus de soleils spontanés et radieux. Plus de mensonges. Juste la mort. Régnante et absolue, puisque invincible.

Cela avait toujours été une option, et il l'avait toujours secrètement pressenti. Mais maintenant, cette option n'était pas simplement devenue nécessaire et inéluctable. Elle s'était également révélée évidente. Comme elle l'avait toujours été, en définitive. Elle avait juste cessé d'être une option, pour devenir la seule loi et la seule réalité.

Il n'y avait véritablement plus rien, et le gamin le savait si clairement qu'il l'acceptait comme une évidence, sans angoisse ni terreur.

Il savait qu'il était tombé tout au fond des abysses de lui-même et que ses cauchemars les plus noirs étaient devenus le monde. Pas tout à fait le monde, mais ce qui pouvait s'en approcher le plus, après le cataclysme : un simulacre de monde. Et cela valait beaucoup, beaucoup mieux que ce qu'il avait cru voir dans le cellier, sous la lumière froide, silencieuse et fixe. Cette chose terrible qui ne s'était jamais produite, puisque le monde était désormais un simulacre.

C'est comme ça que j'ai sauvé le monde, se dit-il. J'ai effacé la chose terrible en faisant du monde un simulacre total. Je me suis perdu, j'ai renoncé au monde, je me suis sacrifié, parce que la terreur est insupportable.

Tu en es bien certain ?

Oui, répondit le gamin. Sa voix tremblait comme un minuscule ruisseau après une averse de printemps.

Voilà, il n'y a plus rien d'autre qu'un simulacre de monde, ajouta-t-il. Un simulacre tranquille, à l'abri de la mort.

Et selon toi, qu'est-ce qui n'est pas un simulacre, dans ce simulacre de monde ?

Tournant la tête à gauche et à droite, le gamin regarda furtivement derrière lui, la lèvre inférieure gonflée de douleur, pincée entre ses dents.

Moi, répondit-il.

Sa voix était presque inaudible, et un grand rire rocailleux la balaya complètement.

Moi, répéta-t-il. Je ne suis pas un simulacre.

Tu en es bien certain ?

Oui. Je saigne. Je peux mourir quand je veux. Je suis seul pour toujours. Personne ne me connaît. Je ne parle à personne. Je ne suis pas contaminé par les simulacres des gens.

Prouve-le.

Le gamin répondit qu'il préférait rester enfermé à jamais dans la lumière froide, silencieuse et fixe du cellier, en compagnie de la chose terrible suspendue au plafond.

Voilà ce que je vais faire. Je vais arracher toute la réalité qui t'entoure, qu'elle soit réelle ou simulacre. Et tu seras bien obligé de devenir un être au-delà du réel et du simulacre, dans une réalité de ton choix et de ton invention.

L'enfant pensa à la solitude et à la mort, qui étaient les deux seules armées qui peuplaient désormais sa vie. Ce serait difficile. Alors il comprit qu'il venait d'entendre la voix de l'unique survie possible.

Il fallait devenir un être au-delà du réel et du simulacre, dans une réalité de son choix et de son invention. Au-delà des mots et des mensonges.

Et pour cela, il était prêt à se faire dépouiller de toute réalité. Comme il l'avait toujours secrètement souhaité, en définitive.

10

(Soul Survivor)

Charger, armer, épauler, jungle verminière infinie, charger, armer, épauler, viser, charger cent fois, épauler et viser cent fois, fournaise tropicale, équipement écrasant, la vue brouillée par la sueur, charger…

Envie de pisser.

Impression d'avoir avalé le Sahara.

De s'être fait piétiner par la Wehrmacht.

Un orchestre cannibale a joué du tambour avec ses os toute la nuit.

Le beau visage cyanosé.

La fournaise.

La transcendance sidérurgique.

Le goût du sang dans la nuit.

Le sang de l'étoile de fer à six branches.

Le beau visage cyanosé.

Les yeux des serpents dans l'alcool.

Les yeux de Linh dans la tourmente.

Au réveil, la première pensée de Luc Hackman fut d'appeler Silver pour lui demander s'ils avaient vraiment bu du sang et du venin de serpent, car il avait la certitude que sa réponse validerait ou disqualifierait bon nombre de choses et d'hypothèses – la plupart incompréhensibles, plausibles ou pas. Mais très vite, il y eut beaucoup plus urgent : vérifier si les toilettes s'étaient rapprochées depuis la dernière fois qu'il avait regardé dans leur direction, ou bien si elles étaient toujours aussi éloignées que la lune.

Il se demanda s'il aurait été ridicule ou justifié de demander l'intervention du détachement Miction spéciale de la NASA pour le transporter, en orbite de lui-même, jusqu'aux toilettes. Puis il prit le problème à l'envers : si un tel détachement existait, alors il allait de soi qu'il fallait faire appel à lui. Il se demanda combien de temps il serait nécessaire de le maintenir en orbite géostationnaire au-dessus de la cuvette pour qu'il vide complètement sa vessie. Il estima qu'une bonne demi-heure serait une durée correcte.

Il pensa à un truc qu'il avait lu au sujet de la Chine. Pour faire face à la demande énergétique insensée de l'industrie, il se construisait tellement de barrages que dans moins de cinq ans, plus aucun fleuve, aucune rivière ni aucun ruisseau du pays n'atteindrait la mer. Sa vessie lui donnait l'impression d'être la Chine, dans au moins dix ans. Excédé par tant de connerie, il se leva, stabilisa le monde autour de lui et alla dans la salle de bains en s'équilibrant contre les murs.

Tout en pissant, il repensa à une autre information qui concernait le succès de l'alcool en poudre aux États-Unis. Cocktails en sachets. Têtes de serpents en sachets. C'était sans doute possible. Même si le mot *information* recouvrait de nombreuses choses, depuis le fake totalement crétin jusqu'à la manipulation totale, en passant par le fait divers sordide. Comme cette gamine de dix-huit ans, violée et tabassée par des ados à Évry, parce que, dans leurs cerveaux protozoaires, toutes les femmes sont des putes, évidence qu'ils ont rappelée au juge qui les a mis en examen pour viol aggravé et actes de barbarie. Wolf avait une terrible envie de rappeler à leurs crânes de sous-hommes la dure sensation du béton armé. Laissez tomber la mise en examen, l'usine administrative, les avocats, les coûts aberrants. Laissez-moi les emmener faire un tour dans un entrepôt désaffecté. Si ça ne rentre pas par le cerveau, ça rentrera au moins par le système nerveux, dans la mémoire du sang et des os. Putains d'animaux dégénérés. Normalement, la nature élimine d'elle-même ce genre d'erreurs semi-vivantes. Karen avait raison en parlant de loi naturelle absolue. Même s'il ignorait encore tout de cette loi, et qu'il pressentait que le nettoyage n'en était que l'une des prémices. Ce qui lui rappela Antoine Marquez. Le capitalisme appliquait strictement les lois du darwinisme social. Lui, Wolf, était une arme. Et le système social ne se servait pas de cette arme pour éliminer ses propres déchets, mais pour les canaliser vers une poche de rétention cancéreuse. C'était absurde. Le système social n'était pas aligné. La société était une dégénérescence. La question de son écroulement n'était pas une conjecture, c'était une certitude. Et une question de temps. Et plus longtemps le système continuerait à nier son échec, plus son explosion serait violente.

Il commençait à retrouver quelques sensations de haine. Les effets de l'alcool allaient s'estomper, finalement, fussent-ils combinés à ceux du venin et du sang de serpent. Il pensa à la neurotoxine qui avait tué John Doe et à toutes les interactions qu'elle avait pu avoir avec les mille polluants industriels, alimentaires et pharmaceutiques bus, ingérés et respirés par tout un chacun à longueur de jour et de nuit. Chaque individu était un cocktail chimique instable et imprévisible, au niveau physique comme au niveau psychique. Ce qui expliquerait beaucoup de la folie dégénérative ambiante, de l'élan suicidaire de masse et de sa célébration permanente, frénétique.

Il se doucha, s'hydrata longuement, fit des étirements et multiplia les séries de dix répétitions de pompes inversées, de dips et de tractions. Il avait passé l'album *The Savage Heart* de The Jim Jones Revue, depuis le punk blues massif et rugueux de "It's Gotta Be About Me" jusqu'au blues punk à fleur de peau de "Eagle Eye Ball". Après le dernier titre, "Midnight Oceans and the Savage Heart", plus éthéré, les muscles brûlés d'acide lactique et le cerveau rincé de sainte douleur, il se rendit compte qu'il n'avait cessé, traction après traction, série après série, de ressasser les principes que Karen avait listés dans ce qu'elle appelait le niveau physique de la loi de l'alignement. Ou quelque chose comme ça.

Ne pas manger ni utiliser de cadavre.

Exclure toute toxine.

Exercer un corps sain, développer un esprit clair.

Ne pas avoir de relations sexuelles.

Chasser de sa conscience tout mensonge, toute complaisance et toute facilité.

Ne pas nourrir de désirs personnels.

Ne pas être gouverné par son affect. Tuer son affect.

Ne pas être gouverné par son ego. Tuer son ego.

Ne pas chercher à donner ou à recevoir de l'amour.

Accomplir la Voie, s'exercer et progresser jour et nuit.

Il prit une nouvelle douche et sourit en ouvrant le mitigeur. « Ne pas avoir de relations sexuelles, hein ? » pensa-t-il.

« Pas tant que l'on n'est pas complètement aligné », dit Karen. « Moi, je n'étais plus une élève, donc plus aucune interférence affective ne pouvait me nuire, pour clarifier ce à quoi tu fais allusion. »

Il grogna sous le jet d'eau chaude qui lui frappait les omoplates. Puis il se souvint d'un détail. Le visage plein de savon, il ne pouvait la voir, mais ce n'était guère important.

« Tu as dit ensuite : "On pourrait ajouter : 'Parole à l'acte', mais là on entre dans la sphère psychique." Continue. »

Karen ne répondit pas.

« Je vois », dit-il en coupant l'eau. « Le meilleur usage de la parole, c'est l'action. N'est-ce pas ? »

*

Portée par un vent d'ouest traînant, une averse menaçait dans un ciel qui n'était plus hivernal et pas encore printanier. Les nuages étouffaient les unes après les autres les tentatives de percée du soleil, déjà haut vers le sud-est. Il en résultait une ambiance halogène, atone et vaporeuse, qui se répandait dans l'appartement tiède par les fenêtres striées de poussières déposées par les pluies.

Diane sentait des larmes séchées sur ses joues brûlantes. La peau tirait un peu lorsqu'elle contractait les muscles de ses pommettes. Elle avait pleuré toute la nuit. Même durant son sommeil, croyait-elle savoir. Et maintenant, elle regardait le ciel clair et voilé, légère et souriante.

Elle comprenait qu'il s'était passé quelque chose.

Meriem Drought était vraiment un type épatant. Il avait tout compris, ce qui était déjà énorme. Mais ça ne s'arrêtait pas là. Ce n'était que le début. Non seulement il avait tout compris, mais en plus il avait su la guider vers la lumière.

Le nouveau numéro de la tempête, la nouvelle tempête, la nouvelle Diane Lempereur.

C'était maintenant.

Il ne s'était encore rien passé, mais c'était maintenant.

un feu d'écumes
des navires solaires
horizon total

Elle n'avait pas vraiment pleuré toute la nuit. Ce n'était pas exactement ça. Elle avait simplement perdu ses vieilles eaux. Son vieil océan putride s'écoulait. Enfin.

« Sale enculé de suceur de vieilles queues puantes ! » hurla-t-elle en riant.

Elle repensa au sol de son appartement qui avait tant de fois conspiré pour la faire tomber. Elle repensa au sex-shop, à des centaines de souvenirs terribles comme des entailles de verre qui rôdaient à la lisière de son esprit, et elle se dit que non, pas cette fois, cette fois ça ne se passerait pas comme ça, même la chose horrible entre toutes allait voir ce qu'elle allait voir.

« Rassurez-vous, Diane. Tout existe, sauf le réel », avait dit la voix douce, calme et caressante de Meriem Drought.

Elle ne comprenait pas encore très bien ce que cela voulait dire, mais elle savait que c'était la vérité totale et absolue. Et Meriem Drought la lui avait donnée.

Il lui restait juste à apprendre à s'en servir.

Et alors là…

« Enculé de lécheur de sperme ! » hurla-t-elle, rayonnante et exultante dans le soleil poussiéreux.

*

Au réveil, Linh Schmitt sentit lentement s'écrouler le monde onirique que son esprit avait construit autour de Liwayway Lin Nai, et lorsqu'elle comprit qu'elle ne pourrait le retenir que quelques secondes supplémentaires, étiolé et déchiré, elle l'abandonna tout à fait, soudain enhardie à l'idée d'affronter l'inéluctable, aussi virulent soit-il.

Elle se leva et s'étira puis, avec des gestes lents et prudents, prépara un thé noir très fort, longuement infusé et brûlant. Elle en but trois tasses d'affilée en se demandant si, oui ou non, Wolf l'avait appelée Karen en fin de soirée, au White Trash.

Karen, comprit-elle. C'était elle, le centre de toute l'histoire. Ou plutôt, c'était l'effet qu'elle produisait sur Wolf. Karen l'avait complètement happé dans sa galaxie aux contrastes impossibles. Et Wolf ne pouvait qu'être fasciné. Mais il ne pouvait pas comprendre.

« Putain, Silver, c'est pas du tout comme ça que ça marche. Ou que c'est supposé marcher. »

Elle se souvenait qu'il avait répété cette phrase plusieurs fois, pratiquement avec les mêmes mots, avant d'en venir aux faits. L'alcool et la musique du White Trash cinglaient ses pensées et elle se concentrait sur le regard de Wolf, comme si la fournaise qui les dévastait était la seule chose stable, le seul repère et la seule issue qui soient. Elle souhaitait qu'il parle, qu'il parle enfin, et elle le redoutait. La parole n'était pas un territoire qui leur était familier. Elle venait de recommander deux verres à liqueur d'alcool ambré.

« C'est pas du tout, pas du tout comme ça que ça marche, une personne. L'extrémité des capacités physiques, OK, je connais, on m'a entraîné pendant des années pour ça. Le contrôle de soi, pareil. Le point principal étant de ne pas tergiverser ! Esprit clair, action parfaite, j'ai quasiment subi un lavage de cerveau chez les commandos pour en arriver là… »

Ils trinquèrent en échangeant un regard fiévreux. Et il poursuivit :

« Mais cette histoire de dépassement physique, psychique et spirituel… Ton corps et ton esprit qui ne forment plus qu'une lame de sabre et ne font plus la différence entre la vie et la mort… Tu connais ça, toi ? »

Silver avait reposé son verre vide et s'était tournée vers Wolf. Enfin, le sujet était là. Après toutes ces années. Le moment était enfin là.

« Oui », dit-elle en le fixant. « On m'a entraînée pendant des années pour ça », dit-elle d'une voix intense.

Wolf ne répondit rien, se contentant de soutenir son regard.

« On m'a entraînée pendant des années pour ça, Wolf », répéta-t-elle.

Elle avait rêvé de Liwayway et il ne lui restait que des bribes de ce rêve.

Elle termina son thé noir. Elle ne voulait pas perdre les précieux fragments de ce rêve.

11

Vendredi 21 février, 9 heures 17

Les couleurs de l'image étaient un peu trop contrastées et l'éclairage artificiel donnait à la pâleur de porcelaine de son visage une teinte blafarde qui ne lui rendait pas justice, mais qui faisait ressortir ses yeux et ses lèvres comme ceux des acteurs de théâtre kabuki. Mur en béton peint, lit en béton peint, matelas en mousse gris, couverture en papier jetable gris, et la suspecte au centre, comme placée sciemment par rapport à l'angle de prise de vue. Comme si elle contrôlait définitivement tout, se dit Hackman. Jusqu'au cadrage de la caméra de surveillance. Et peut-être même jusqu'à mes pensées, songea-t-il en regardant Silver.

Le son était correct.

« Karen. Bonjour », dit l'homme, de dos. Sa voix est grave, calme et posée.

Un sourire s'épanouit lentement sur le visage de Karen Tilliez, un sourire tendre et serein encadré de mèches châtain clair.

« Qu'est-ce qu'elle vient de dire ? » demanda Wolf. « Me dis pas que c'est du japonais.

— C'est du japonais. Je ne comprends pas tout. Elle lui dit bonjour, elle lui demande comment il va. Ça, je le sais. Et au milieu, c'est du français.

— Putain. Elle le connaît et…

— Elle l'appelle la Vipère.

— Et ils savent tous les deux qu'ils sont filmés.

— Donc, à un certain degré, c'est à nous qu'ils parlent.

— Merde. Elle appelle ce type la Vipère. Vite, les pages jaunes », grinça Wolf, sarcastique.

Silver avait récupéré un double de la paperasse de l'I3P, l'Institut psychiatrique, et elle avait également fait une copie de toute la procédure sur une clé USB. Ce n'était même pas une précaution, car leur sort était scellé, mais une anticipation. Lacroix les avait logiquement convoqués dès leur arrivée, pour leur signifier officiellement la suite des événements.

« Je viens de saisir l'IGPN, comme vous vous en doutez », avait-il dit de but en blanc – ce qu'effectivement ils savaient déjà. Plus que sa démarche, Wolf appréciait la clarté qui se nichait jusque dans la voix et le choix des mots de son supérieur. L'Inspection générale de la police nationale allait chercher à les briser, vu que c'était son rôle. Certes, ils étaient solides et ils pouvaient compter sur Lacroix, mais ce n'était pas exactement ce dont ils avaient besoin pour le moment.

« Perrin va vous savonner la planche, vous devez vous y attendre.

— C'est n'importe quoi », avait commenté Wolf. « Entre nous », avait-il ajouté en regardant franchement les yeux polaires de Lacroix, « en quel honneur ?

— Elle lui a arraché une oreille.

— Perrin est un con.

— Certes. Mais un con avec une oreille en moins. Il va devoir trouver des fautifs. Et ce sera vous. »

Sur l'écran, Karen et la Vipère échangeaient un long regard. On aurait dit qu'ils n'avaient pas besoin de mots pour se comprendre. Deux animaux, sixième sens déployé, qui analysaient mutuellement leur état et leur humeur. Une mise à jour existentielle après une séparation. Elle n'avait pas quitté sa position du lotus. Lui était debout, très droit, campé sur ses jambes légèrement écartées, les mains croisées devant lui. Wolf regardait les épaules de l'homme que Karen appelait la Vipère, son port de tête, la coupe parfaite de son costume taillé sur mesure, en essayant de jauger cet inconnu manifestement redoutable, et qu'il voyait déjà comme son adversaire personnel. Qui était en plus venu le défier sur son propre territoire. Ça, c'était inédit. Dans l'audace comme dans la réussite.

« Où en es-tu ? » demanda la Vipère.

« Cent », dit Karen, le regard lumineux. « Sur les trois niveaux. »

L'homme hocha imperceptiblement la tête.

« Je n'ai jamais atteint un tel degré d'alignement », dit-il. « Bravo. »

Il y eut un moment de silence. Aucun des deux ne bougeait. On aurait dit que l'image était arrêtée. Wolf vérifia que le time-code de la vidéo de surveillance continuait bien son incrémentation, seconde après seconde.

« Je ne sais absolument pas ce que tu as prévu de faire », dit la Vipère avant d'avancer de deux pas vers Karen. La caméra le saisissait presque en entier, maintenant. Toujours de dos.

« Mais il fallait absolument que je te voie. »

Karen acquiesça subrepticement.

« Je crois que je commence à comprendre », dit-il.

Elle acquiesça à nouveau, mais Wolf ne savait absolument pas de quoi ils parlaient.

« Tu as atteint l'équinoxe. N'est-ce pas ? »

Wolf eut un flash : il joue avec l'éventail japonais couleur papier de riz de Karen, il est chez elle, tout en étant sous la douche, ce matin, chez lui, du savon plein le visage, quand il lui disait « Parole à l'acte ». La même vision mêle une infinité de choses, mais il parvient à en saisir une : Karen est morte conformément à la réalité qu'elle avait créée. Donc conformément à la réalité tout court. Pas de blâme, dirait l'oracle.

« J'ai déjà écrit mon poème d'adieu à la vie », lui dit Karen.

Mais Wolf ne se laisse pas troubler. Il sait qu'il y a quelque chose de plus important, là, presque clair et limpide dans ses pensées, et il s'efforce de figer cet infime fragment de seconde durant lequel le cerveau visite toutes les possibilités informes avant de se perdre dans l'irrationnel, pour enfin se rendre à l'évidence : la manifestation de l'intuition. Lorsqu'il en comprend la signification, il se raidit, la respiration bloquée, comme s'il venait de recevoir un crochet dans le plexus solaire.

Silver lui lance un regard qu'il ne déchiffre pas. Il voudrait arrêter la vidéo, assimiler l'information, remettre en ordre ce qui paraît incompréhensible, au lieu de quoi il la regarde en silence. Il pense confusément à une drogue, à faire une prise de sang.

Mais il ne dit rien.

C'est la Vipère qui parle à Karen, dans la cellule de garde à vue :

« Il y a trois genres de personnes. Celles qui sont avec toi, celles qui sont contre toi, et les neutres. Les neutres ne sont ni des ressources, ni des nuisances. Elles ne comptent pas. Accessoirement, elles peuvent divertir. C'est leur seule manifestation possible. Sans quoi, elles constituent une masse informe et négligeable, dont la seule fonction est de te servir de camouflage, au besoin. Ensuite, il y a tes ennemis. Ce sont les meilleurs. La catégorie bénie. En s'opposant à toi, en te contrariant et en te mettant à l'épreuve, ils te forcent à t'améliorer. Ils sont indispensables. On n'est rien sans eux. Et puis, il y a tes amis. Les plus dangereux de tous. Parce qu'ils font entrer en jeu le paramètre de la fiabilité, voire de la confiance. Si un ennemi n'est pas fiable, il devient neutre et tu trouveras toujours un nouvel ennemi à la hauteur de tes ambitions. Mais un ami qui n'est pas fiable… C'est lui le véritable ennemi, paradoxalement. La faiblesse fatale. Tu ne dois pas réfléchir. Tu ne dois pas tenter de le comprendre. Tu ne dois montrer aucune empathie. Aucune humanité. Car un ami non fiable déroge à tous les principes élémentaires et n'a, de fait, plus rien d'humain. Tu dois simplement l'éliminer et réparer sa faillite. Sans quoi tu es toi-même mort, car son échec est devenu le tien. »

Silver avait le net pressentiment que la Vipère ne parlait pas à Karen. Ou plutôt : pas seulement à Karen.

« Je ne suis pas une amie non fiable », dit-elle.

« Non, Karen », répondit la Vipère. « Tu es l'alignée zéro. Tu es l'ennemie exceptionnelle. Celle qui doit m'amener à me surpasser. »

Karen restait assise en position du lotus. Le type qu'elle appelait la Vipère parlait en penchant parfois la tête vers la gauche, légèrement. De temps en temps, Karen entrecroisait les doigts et étirait les bras, paumes vers l'avant, tête basculée en arrière, puis la penchait doucement pour détendre sa nuque. Mais le plus souvent, l'image semblait fixe. Les seuls mouvements étaient les battements de ses paupières. Puis l'homme s'en alla. Et l'image montrait seulement Karen assise en position du lotus.

Cela durait, durait, et connaissant le dénouement, la vidéo devenait insupportable. Elle ne montrait pourtant rien, à proprement parler. Une jeune femme assise en position du lotus, seule dans une cellule de garde à vue. Immobile et terriblement magnétique. Silver accéléra le défilement des images. À part la vitesse d'incrémentation du time-code, cela ne changea quasiment rien, tant Karen paraissait absorbée dans un état de sidération méditative. Puis elle se leva, comme portée par le souffle d'une explosion, et Silver repassa à une vitesse de lecture normale.

Karen fit quelques flexions, lentement. Quelques torsions du buste, quelques étirements, comme une danseuse de butô, une chorégraphie minimaliste du corps obscur et de l'âme limpide.

Ensuite, elle se rassit exactement dans la même position, balaya ses mèches châtain clair à pleines mains, regarda la caméra et pencha la tête pour faire un clin d'œil à l'objectif.

Elle prit le temps d'assurer la position de ses chevilles, de ses jambes, de son bassin, de son dos, de ses épaules et de sa nuque. Elle posa sa main droite, paume vers le haut, sur la paume de sa main gauche. Elle ferma les yeux. Le time-code continua à tourner dans le vide et le silence.

Au bout d'un moment, son menton s'affaissa sur son buste.

Et ce fut tout.

Silver accéléra à nouveau le défilement de la vidéo.

Comme dans un vieux film en noir et blanc, on voyait Wolf bondir sur le cadavre de Karen et le coucher en position latérale de sécurité, avec mille attentions.

« J'ai déjà écrit mon poème d'adieu à la vie », dit Karen.

Il lui saisit le poignet gauche, cherche son pouls, palpe sa carotide.

Il lui demande quelque chose d'inaudible.

« L'alignement est l'axe du monde », dit-elle. « L'axe de ta relation à l'univers. »

Wolf prend le visage de Karen entre ses mains.

« Face au gouffre, un pas en avant », dit-elle.

Silver avait appelé un médecin pour qu'il vienne constater le décès. Un type dans la cinquantaine, méticuleux et détaché. D'après ses premières constatations, la gardée à vue était morte par autoasphyxie. Il avait détaillé son analyse à voix haute, mais sans s'adresser à personne en particulier. Selon lui, l'hypoxémie avait été prolongée jusqu'à l'hypoxie complète, sans le recours au moindre objet de strangulation ou d'étouffement. Elle n'avait pas avalé la couverture en papier, ni ses vêtements. Il était impossible de se pendre dans la cellule, sans ceinture ni soutien-gorge – que l'on n'avait pas eu besoin de lui faire enlever lors de son placement en garde à vue, puisqu'elle n'en portait pas. Il avait juste fallu découper la ceinture de soie noire cousue à son chemisier. Il n'y avait pas de fuite de monoxyde de carbone. À la fin de ses constatations, le médecin eut l'air éberlué d'une personne qui se rend soudain compte qu'elle est au fond d'une impasse.

Karen avait tout simplement cessé de respirer. Ce qui impliquait une force de volonté qui dépassait l'entendement. Même inconsciente, sa résolution et sa détermination avaient continué de cadenasser son diaphragme et d'empêcher la circulation de l'air. Cela dépassait également l'expérience du médecin, lequel posa un obstacle médicolégal sur le certificat de décès. Dès lors, Lacroix ne pouvait faire autrement que de saisir l'Inspection générale de la police nationale, afin qu'une enquête administrative soit diligentée pour rechercher les causes de la mort et déterminer la responsabilité des flics. Et une autopsie serait pratiquée pour tenter de découvrir une pneumopathie chronique, une anémie, une intoxication, une cardiopathie congénitale, une insuffisance cardiaque.

Une autopsie qui, au final, ne révélerait rien de tout cela puisque, Wolf le savait pertinemment et Silver l'admettait elle aussi, Karen Tilliez était morte parce qu'elle l'avait décidé. Mais ça, ils n'étaient que tous les deux à pouvoir le comprendre.

« Elle l'a appelé *oyabun* », dit Silver tandis qu'ils marchaient sur les trottoirs du boulevard Saint-Michel, dans une lumière tiède et soyeuse.

Marcus avait envoyé un SMS à Silver dès que les types de l'IGPN s'étaient présentés dans le bureau de Lacroix, et ils s'étaient éclipsés par le parking, à pied.

« Ça veut dire père, ou chef absolu, en japonais.

— Chez les yakuzas ?

— Oui », confirma Silver.

L'agitation urbaine avait quelque chose de ouaté, d'étrangement calme et presque agréable. Ils marchèrent jusqu'au Blossom Bodoi sans plus échanger un mot.

Il était encore tôt et Doris commençait à peine à dresser les couverts pour le déjeuner.

Silver choisit une table le long du mur gauche, à l'écart de la photo de la vache et de son slogan EAT PUSSY, NOT COW, qui ornait le mur du fond, à droite du comptoir.

« On n'est pas pressés, à ton rythme », dit-elle à Doris qui venait s'occuper de leur table et leur lister les plats du jour.

« Comme tu veux. D'ici une petite demi-heure, ça devrait aller. La cuisinière a préparé des champignons farcis. Sautez dessus, il n'y en aura pas pour tout le monde.

— OK. Je prends une option. »

Wolf écoutait distraitement leur conversation tout en renvoyant pour la deuxième fois le même SMS à Marcus : « Cherche sur toutes les caméras du bâtiment le visage du type qui est venu voir la mise en cause dans sa cellule. Et dans la rue. Partout. » Puis il dévisagea Doris, pris d'une subite inspiration en l'écoutant détailler la recette du seitan farci aux cèpes et aux châtaignes. Il attendit le moment opportun pour l'interrompre :

« Dis-moi, Doris. Tu as des clients… militants, j'imagine ? »

Elle se figea et le regarda en levant les sourcils.

« Bien sûr. Je dirais… tous. Avec plus ou moins de, comment dire, de véhémence. Mais ils sont tous militants, de fait. L'industrie agroalimentaire a tellement cadenassé les comportements que le simple fait de mentionner que tu es végétarien te fait passer pour un allumé. Alors, tu dois bien faire un peu de pédagogie et casser quelques clichés bien épais. On a quand même des années de lavage de cerveau bien épais derrière nous.

— OK. Et je suppose que certains se regroupent, forment des associations pour échanger des infos, défendre leur point de vue. Parmi ceux-là, est-ce que tu as entendu parler de mouvances extrêmes ?

— Genre *go green or go dead* ? »

Doris était manifestement une militante qui prenait très à cœur son engagement. Sans quoi elle ne se serait pas assise sur la chaise de la table voisine après l'avoir placée au milieu de l'allée.

« Oui. Comme dans tout ce qui est singulier, j'imagine. La plupart font œuvre de bon sens, mènent un combat pour une alimentation saine et raisonnée, ce qui est déjà un sacré challenge. Mais inévitablement, certains, dont la nature est un peu extrême, trouvent là un terrain de combat radical. Justement parce que le sujet est extrême. Il y a des crudivores, des légumistes, des bouffeurs de graines et je t'en passe. Tous ne sont pas allumés, loin de là. Mais j'en connais quelques-uns qui affirment que l'humanité peut, et donc doit, se nourrir d'air et de lumière.

— Sérieux ?

— Bien sûr. Les vibrations cosmiques des photons, un truc comme ça. L'énergie de l'espace intersidéral, que notre corps doit réapprendre à assimiler. Pourquoi ?

— Est-ce qu'il y a des mouvances politiques ? Des activistes ? Du genre baston et commandos ?

— Pourquoi tu me demandes ça ? Oui, il y en a forcément, puisque le végétarisme ou le végétalisme ou le véganisme, c'est une vision complète du monde et de la vie. Donc, forcément, il y a des gens qui interviennent sur tous les terrains. Politique, notamment, même si c'est parfaitement inutile, puisque les pouvoirs publics sont eux-mêmes cadenassés par le fric des lobbies de l'industrie. Tout comme les médias. Mais de façon plus concrète, certains saccagent des abattoirs, ou projettent de le faire. Il y a des conférences toutes les semaines sur le sujet. La plupart sont vraiment très intéressantes, mais certains vont te parler d'un complot mondial contre la santé, en y mêlant le lobby juif ou l'islamisme radical ou le déclin de l'Europe ou je ne sais quoi encore. C'est une poudrière, ce sujet. Tu y trouveras tout, n'importe quoi, et son contraire. Et aussi des manipulations à n'en plus finir. Alors que je te rappelle qu'au départ, on ne parle que de *manger de façon saine et raisonnée*, hein. Comme partout, il y a inévitablement une marge qui a complètement dévissé. Remarque, c'est pareil dans le camp d'en face. L'industrie agroalimentaire ne t'empoisonne pas seulement le corps, mais aussi l'esprit. Ils paient des gens pour répandre de sales idées, du style : le gouvernement occulte mondial intoxique les gens en leur faisant manger du tofu. Paranoïa genre *Soleil vert*, tu vois. Le film *Soleil vert*, où les gens mangent des cadavres sans le savoir. Ça se passe en 2022. Eh bien, on en est arrivés là, en un sens. Et ça, ça peut mettre des gens de chez nous en colère. Très en colère. Moi la première, d'ailleurs.

— OK. Pour aller droit au but : est-ce que des gens pourraient tuer pour cette cause ? »

Doris regarda Wolf, perplexe.

« Évidemment », dit-elle. « Des gens en tuent d'autres pour moins de vingt euros, non ?

— Est-ce que tu aurais entendu parler d'un groupe particulièrement radical ? Du style élimination du genre humain pour sauver la planète ? Human Final Solution, ça te dit quelque chose ?

— Est-ce que je suis en garde à vue ?

— Laisse tomber », intervint Silver. « Tu crois que Human Final Solution tient ses assemblées générales au Blossom Bodoi ? » ajouta-t-elle en regardant Wolf.

« Je vois ce qu'il veut dire », reprit Doris. « Il n'a pas tort. Ça existe, ces groupes. Forcément. Parce qu'au fond, le sujet est explosif. Si chacun comprenait les enjeux, si chacun triait ce qu'il met dans son assiette, et donc dans son corps, et donc dans son esprit, ça ferait d'une pierre deux coups, de façon imparable. Un, le système s'écroule. Deux, la planète a peut-être une chance. »

Doris venait manifestement d'exprimer sa pensée profonde. Silver et Wolf acquiescèrent en silence.

« Ceci dit », ajouta-t-elle, « c'est pas demain la veille. Tous les activistes un peu enragés passent leur temps à se tirer dans les pattes, à se dézinguer à coups d'articles soi-disant scientifiques, plus abracadabrants les uns que les autres. Imprécations apocalyptiques, insultes, menaces, méli-mélo complotiste paranoïaque, etc. Et certains sont vraiment, vraiment pétris de haine. Alors oui, pour répondre à ta question, ça m'étonnerait pas que certains décident de régler ça de façon radicale. »

Elle se leva et rangea sa chaise.

« Marrant d'en arriver là en partant d'une idée toute simple, non ? »

Elle avait l'air dépité.

« Je vais vous chercher votre bouteille d'eau », ajouta-t-elle avant de s'éloigner.

« Et si t'as quelque chose contre la gueule de bois », lança Silver.

Doris se retourna pour lui faire signe, pouce levé.

Wolf consulta l'écran de son smartphone. Silver fit de même.

« Convocation officielle de l'IGPN pour audition », dit-elle.

« On a bien fait de se barrer. Je supporte pas ces crevures », grinça Wolf.

Doris apporta la bouteille d'eau et une soucoupe contenant quatre cachets, puis elle s'éclipsa discrètement.

« Comment elle sait qu'on a picolé ensemble ?

— Végétalisme », dit Silver, comme si c'était l'évidence même. Elle regarda Wolf droit dans les yeux. « La façon dont tu te nourris se répercute dans tout ton corps. Une alimentation saine te permet de reprogrammer tout ton organisme, et de ramener à la vie une infinité de perceptions sensorielles et intellectuelles. Plutôt intuitives, en fait. Tu récupères l'intégralité de tes sens animaux. Comme moi. Comme Doris. Elle sait qu'il y a une forte tension sexuelle entre nous. Donc elle devine qu'on a picolé ensemble. »

Wolf déboucha la bouteille d'eau et commença à remplir leurs verres.

« Tu te fous de ma gueule ? » demanda-t-il.

Silver délogea un cachet de son emballage, le posa entre ses lèvres et but une gorgée d'eau.

« À ton avis ? »

Il comprit que cela voulait dire oui. Et non. Laos, chaos.

« Et on ne couche pas ensemble, d'abord.

— Ah. Ça, c'est parce que je ne veux pas », lança-t-elle avec un sourire.

Wolf préféra ne pas relever. Ç'aurait été idiot et inutile d'argumenter, même si ce n'était pas aussi simple que ça. Silver lui fit un clin d'œil, puis se leva et se dirigea vers les toilettes. Wolf regarda sa silhouette évoluer avec grâce dans le jeu des vitres et se dit qu'ils faisaient décidément bien la paire. Une paire d'autistes asociaux et incapables de communiquer. Ils ne parlaient jamais de leur passé, même s'ils en connaissaient les contours. Et rarement de sexe, sinon sous forme ironique. Il savait qu'elle avait été élevée dans un orphelinat de la capitale du Laos, puis par un oncle médecin, à la campagne, où elle avait étudié le bouddhisme zen rinzaï et la version lao de la boxe thaï, avant une adoption de circonstance par des amis de son oncle. Et lui, que lui avait-il dit de sa vie ? Rien. Une brute élevée dans la violence et dans la mort, voilà l'image qu'elle avait de lui. Qu'elle aurait de lui, s'il n'y avait pas cette complicité silencieuse et bienveillante entre eux.

En sortant des toilettes, Silver souriait et marchait vers leur table de son pas aérien. Elle est vraiment fascinante, songea-t-il pour la énième fois.

« Donc, elle l'a appelé *oyabun*, comme chez les yaks », dit-il pour se raccrocher à quelque chose de sérieux.

« Une samouraï décapite un type », dit-elle en avalant une olive. « Un psy de l'I3P vient l'expertiser en cellule. Elle se suicide.

— Un faux psy qui s'appelle la Vipère.

— Et qui lui déblatère des trucs de cinglé. Le gourou de la loi de l'alignement, c'est lui. Il n'y a pas d'autre explication logique. Attends », dit-elle en s'essuyant les doigts avec la serviette en papier avant d'activer l'écran de son smartphone.

Attendre, se dit-il. Il n'en pouvait plus d'attendre. Cela faisait des mois, des années qu'il attendait. Des éternités qu'il recyclait la misère du monde en paperasses inutiles, et puis maintenant, il y avait Karen. *Tu es dans une prison irrationnelle. Et tu ne veux pas que tout continue comme avant. Tu es incapable d'oublier. Je le sens.* C'était les premiers mots qu'elle lui avait dits.

Quand allait-il raconter à Silver son entrevue avec la mise en cause, dès le premier soir de son placement en garde à vue ? Et pourquoi ne l'avait-il pas *déjà* fait ?

« Ya-ku-za », dit Silver en lisant son écran. « Huit-neuf-trois. Une main perdante dans un jeu de cartes japonais. Tiens… Certains samouraïs, démobilisés durant la paix Tokugawa, à l'époque d'Edo, sont devenus des *kabuki-mono*. Des fous. Ils erraient, sans maître, et pratiquaient le *tsujigiri*, qui consistait à tester l'efficacité de leur sabre sur des passants. Écoute ça. Elle nous a parlé du *gokudô* ? La Voie extrême. Le *ninkyôdô*, la Voie chevaleresque, est identique pour les samouraïs et les yakuzas. "Tu n'offenseras pas les bons citoyens." J'en passe, hein. "Tu ne voleras pas l'organisation. Tu ne te drogueras pas. Tu devras obéissance à ton supérieur. Tu accepteras de mourir pour le père ou de faire de la prison pour lui. Tu ne devras parler du groupe à quiconque. En prison tu ne diras rien."

— Écoute », dit Wolf. « La clé de tout ça… Je veux dire, si on veut comprendre… »

Il s'arrêta le temps de décrypter le regard de Silver.

« Je sais », continua-t-il. « Notre boulot n'est pas de comprendre. Et on a déjà l'IGPN sur le dos. Question : dans le cas présent, peut-on honnêtement faire autrement que d'aller jusqu'au bout et de comprendre ? Je veux dire, pas en tant que flics. Merde aux flics. En tant qu'êtres humains. Est-ce qu'on peut faire autrement ? La proc ne nous lancera jamais aux basques de la Vipère. Un décapité, une mise en cause suicidée, l'IGPN récupère les emmerdes, c'est-à-dire nous, et point barre, ça lui suffit à l'aise, elle a autre chose à foutre. Mais pas nous. Il n'y a pas si longtemps, je ramassais un gamin pendu de dix-sept ans et toi tu partais avec un légiste sur le cadavre d'un bébé de deux ans. Merde. Je veux la Vipère et je veux la loi de l'alignement. »

Silver remplit les deux verres d'eau pétillante, puis posa la bouteille et fixa Wolf.

« Pareil », dit-elle.

« J'en étais sûr. Donc. Karen et la loi de l'alignement peuvent nous mener à la Vipère. Mais ce n'est pas tout. Il y a la piste du faux psy dont la Vipère s'est servi pour aller voir Karen en garde à vue, aussi. Et il y a plein d'hypothèses. Est-ce que la Vipère a envoyé Karen tuer Barres ? Quels sont les liens entre ces trois-là ? Combien de gens comme Karen ont été formés par la Vipère ? Combien d'initiés à la loi de l'alignement, comme Karen ? Qu'est-ce que Barres vient faire là-dedans ? Et surtout… »

Il s'interrompit, fit jouer ses doigts sur la table et regarda la rue, les passants et le ciel maussade.

Silver attendit, mais elle savait ce qu'il allait dire.

« Surtout », continua-t-il en prenant une inspiration, « *pourquoi* est-ce que Karen s'est suicidée ? »

Il regarda à nouveau la rue.

« Pour éviter la prison ? Je n'y crois pas une seconde. Pourquoi les samouraïs se suicident ? Tu sais que lors du seppuku, ils s'ouvrent le ventre avec la lame du wakizashi ? Ils se suicident à la mort de leur maître. Du moins, jusqu'à ce qu'un décret shogunal l'interdise, en 1696. Ils se suicident pour laver un déshonneur. J'ai trouvé quatorze types de seppuku, mais je ne sais pas combien s'appliquent exclusivement aux samouraïs. Et parfois, le suicide est une récompense, comme pour les fameux quarante-sept rônin. Mais il y a une autre question que je n'arrive pas à éviter. »

Wolf fixa son regard dans les yeux de Silver, et comprit qu'elle pensait exactement la même chose.

« Est-ce qu'elle l'avait prévu depuis le départ ? » dit-elle.

« Exactement. »

Elle hocha la tête et soupira. Ils ne dirent rien pendant un moment.

Puis Silver eut besoin de relancer leur échange. Elle ne voulait pas rester sur des questions qui ressemblaient à des impasses.

« Et les deux étoilés ? » demanda-t-elle.

— Ça, c'est notre enquête officielle. Ce qui tombe très bien pour échapper à l'IGPN. Pour justifier qu'on n'est jamais au 36 à répondre à leurs questions vicelardes. »

Le smartphone de Wolf vibra. Lorsqu'il le saisit pour consulter l'écran, il s'attendait à découvrir une réponse de Marcus. Mais ce n'était pas le cas. Ses muscles se raidirent. Il leva un sourcil, puis regarda lentement autour de lui. Quelques personnes étaient entrées dans le Blossom Bodoi et s'étaient réparties sur trois tables. Deux couples et un groupe de quatre femmes, auxquelles Doris détaillait les spécialités du jour.

Il posa le smartphone entre leurs verres et fit pivoter l'écran vers Silver. Il s'agissait bien d'un SMS. Mais il n'était pas envoyé par Marcus. Silver le lut :

NI FLEURS, NI COURONNES.

LA VIPÈRE.

12

Vendredi 21 février, 12 heures

« OK », dit Meriem Drought d'un ton sec qu'elle ne lui connaissait pas. « On passe à autre chose. »

Elle le regarda manipuler une télécommande et les lames métalliques des persiennes effectuèrent une légère rotation sur leur axe. L'intensité de la lumière extérieure diminua dans la pièce, ce qui lui permit de distinguer plus nettement le psychiatre, jusque-là enveloppé d'un contre-jour vaporeux.

Il reposa la télécommande et la gratifia d'un sourire.

« Tu vois, Diane », reprit-il, « on en arrive enfin à la situation que j'ai pressentie dès la première fois que je t'ai vue. Et que je n'ai cessé d'attendre depuis. De t'attendre toi, en fait. Attendre que tu sois prête. Que tu sois morte. Que tu sois libérée. »

Il la regarda avec une franchise qui ruina toutes ses réticences. Un rayonnement de pure bonté d'âme, voilà ce qu'elle ressentit, et cela déclencha une alerte au fond de son être.

« Vois-tu, Diane, tout le monde n'a pas les capacités nécessaires pour vivre comme un zombie. Vivre en répondant à des stimuli de base, comme la faim et le sommeil, qui sont des paramètres concrets de préservation. Ou comme l'amour et la sécurité, qui sont des foutaises totalement aléatoires et vides de sens. Tu n'as pas les capacités nécessaires pour vivre selon la règle numéro un qui garantit la survie de l'organisme social et des individus qui le composent : la peur. La peur de sortir de la norme, aussi bête, bornée et insipide soit-elle. La peur d'être isolée, alors que la solitude est une jouvence, une bénédiction et une véritable liberté. Tu es incapable de faire toutes les choses futiles et insensées que la société exige de toi en échange d'une place insignifiante, d'une illusion de vie insignifiante et d'une gratification insignifiante. Tu es incapable de te soumettre à la peur. Tu en es incapable parce que tu es saine, désaxée et désordonnée. Tu es une élue de la loi de l'alignement. Et pour la première fois de ta vie, tu vas avoir une opportunité qui n'est pas une soumission et qui n'est pas un renoncement, mais une réalisation et une libération absolues. Qui pourrait décliner cette opportunité ? Personne. Qui cherche désespérément cette opportunité ? Tout le monde. Qui est apte à la loi de l'alignement ? Très peu de gens. Les tordus, les désaxés, les désordonnés, car ils sont purs, fous de douleur et exempts de peur. Tu n'as pas les capacités nécessaires pour vivre comme un zombie. Indiscutablement. Mais tu en possèdes d'autres, que tu ignores encore. Pour le moment. Veux-tu les découvrir ? »

Diane cherchait à mettre des mots sur les alertes qui s'étaient déclenchées en elle. Elle se demanda si elle inventait les paroles qui atteignaient sa conscience, car elles correspondaient exactement à ce qu'elle avait toujours rêvé d'entendre, sans le savoir. C'est bien cela, se dit-elle. C'était cela, la révélation en laquelle elle avait toujours cru, confusément. Ne trouvant rien de précis à opposer à Drought, elle chercha à manifester une indocilité à laquelle elle ne croyait déjà plus. Elle s'humecta les lèvres, puis se lança.

« J'ai repensé à ce que vous m'avez dit, l'autre fois. Au sujet de la répétition de la même erreur. En fait, je croyais qu'avec un élan approprié, on pouvait oublier. Changer. Se transformer. Qu'un élan, le bon élan, pouvait suffire. Avec la volonté de tout changer, une bonne fois pour toutes. Le bon élan et un bon paquet de détermination. C'est une erreur. J'y ai cru, pendant des années, mais c'est une erreur. On ne change pas les choses tordues. On les balance au feu.

Tout au plus, on peut se faire croire qu'on change leur reflet. Mais on dépense une énergie folle, c'est finalement un processus destructeur et il faut à chaque fois le répéter de façon plus destructrice encore pour toujours se retrouver dans un état plus difficilement supportable, encore plus intolérable qu'avant. La sortie du labyrinthe donne exactement sur le même labyrinthe. »

Meriem Drought entrecroisa les doigts, allongea les jambes sous son bureau en merisier.

« C'est vrai, jusqu'à un certain point. Or, nous nous trouvons précisément à ce *certain point.*

— On ne change pas les choses tordues. On les balance au feu. Et on voit ce qui reste.

— Et qu'est-ce que tu en déduis ? Qu'est-ce que cela t'apprend ?

— Que le cœur de la réalité, c'est l'enfer pur », dit sèchement Diane.

« Du moins, quand on croit à l'idée de réalité », ajouta-t-elle.

Meriem Drought afficha un imperceptible sourire.

« Bien », dit-il. Il plongea son regard dans les yeux de Diane, à la fois calmes et brûlants. « La loi de l'alignement s'exerce sur trois niveaux. Physique, psychique, spirituel. Concernant les deux premiers, tu es complètement niquée, Diane. Alcool, tabac, anxiolytiques, alimentation nocive. Il faut évidemment arrêter ça immédiatement. Ce sera facile, je te guiderai. Ton corps est une formidable machine, un véhicule, un moyen de transport, au sens littéral comme au sens allégorique. Sur le plan psychique, tu es dévastée, mais vierge. Comme si tu venais d'être électrochoquée. Commotionnée, mais pas abîmée. Presque neuve. Idem sur le plan spirituel : tu es pleine d'énergie informe. En un mot, tu es rare. »

Diane ressentit quelques picotements dans ses extrémités. Comme si des fourmis blanches grouillaient sous sa peau, dans les chairs de ses doigts, de ses mains, de ses pieds, de ses chevilles. Elle inspira profondément, comme après des spasmes de larmes, sauf qu'elle n'avait pas pleuré, et elle éprouva une réelle sensation de plénitude au fur et à mesure que ses poumons se gonflaient d'air neuf.

« En résumé, la loi de l'alignement est comparable à une mécanique céleste. Les trois niveaux, physique, psychique, spirituel, évoluent selon leur dynamique propre, tout en se nourrissant les uns des autres, en se complétant les uns les autres. Chacun les porte en soi depuis sa naissance, et la société qui te déforme et te contraint détruit les sphères psychique et spirituelle et t'enchaîne à la sphère physique, qui se réduit à un esclavage matérialiste. On te fait croire que c'est par ce biais que tu réaliseras ton potentiel psychique et ton potentiel spirituel. Par le fétichisme matérialiste. Or, rien n'est plus faux. Peut-être que dans quelques décennies, s'il y a encore quelques cerveaux en état de marche, on percevra cette réduction de l'humain, cette amputation, comme on regarde aujourd'hui les traites négrières, les chambres à gaz ou les purges staliniennes ou que sais-je encore. Mais probablement pas. Nous ne serons sans doute que quelques alignés éphémères dans le grand projet EQUINOX. À moins de trouver une solution radicale, à grande échelle. Mais ce n'est pas encore mon propos. Pour l'instant, je te parle des trois dimensions de la loi de l'alignement. Physique, psychique, spirituelle. Elles sont indissociables et évoluent d'un même mouvement. Une fois réalisés, et ce sera une première découverte, les trois niveaux de perception sont en phase et communiquent de façon fluide, depuis le domaine des sensations physiques jusqu'aux dimensions métaphysiques. Tout cela constitue une expérience très réelle et très concrète, qu'il faut vivre pour comprendre. »

Il fit une pause, le regard toujours plongé dans celui de Diane.

« Le cerveau conscient traite sept segments d'informations par seconde. L'inconscient en traite onze millions. La loi de l'alignement te donne accès à ces onze millions de segments d'informations par seconde. Tu sentiras les ondes de l'espace lointain comme le vent qui entre par la fenêtre. Tu verras la vérité transparente dans chaque être vivant. Ça, c'est beaucoup moins agréable. Car les gens sont pourris de l'intérieur, depuis leur fondement jusqu'aux mots qui sortent de leur bouche. »

Les colonies de fourmis blanches conquéraient son corps et elles étaient bienveillantes. Relaxantes, même. Et la voix de Drought était agréable, quoi qu'il dise. Ses mots aussi étaient bienveillants, relaxants et conquérants.

« Ça commence dès l'enfance. Cette torsion. Ce gauchissement de l'esprit. La découverte du monde laisse les enfants perplexes, et cette perplexité est une immense richesse, car elle leur permet de dépasser de très, très loin l'apprentissage formel, en interrogeant sans cesse le pourquoi du comment. Leur capacité de découverte, d'interrogation et d'émerveillement, ferait naturellement d'eux des êtres alignés, libres et autonomes. Ce qui est évidemment parfaitement intolérable pour le corps social. Hors de question. Alors que les enfants ne font que découvrir et amalgamer une loi naturelle. Mais le corps social ne le permet pas. Le corps social doit éduquer, dresser et punir. Par mille moyens plus retors, plus pervers et plus cruels les uns que les autres. Ce n'est pas que le corps social soit mauvais en soi. C'est juste qu'il est soumis à une loi stupide, primaire, insensée et morbide. Et qu'il fait tout pour t'amalgamer à son marasme et à sa lamentable autodestruction. Car c'est bien là son but, ce vers quoi il se précipite en s'imaginant qu'il s'agit d'un assouvissement : la mort. S'y précipiter en masse dans l'idée folle de s'y soustraire. L'humanité est une absurdité. L'être vivant a connu une formidable évolution, mais le corps social est resté au stade protozoaire. En tant qu'organisme, l'humanité baigne dans une soupe de protéobactéries. Et c'est exactement ce que tu deviens si tu te contentes de répéter et de reproduire ce qu'on te dicte. La réplique d'un zombie. »

Le psychiatre laissa les mots pénétrer l'esprit de Diane, s'y ancrer, s'y développer et prendre le contrôle de sa conscience.

« En fait, ce gauchissement de l'esprit constitue une mécanique simple, et elle se met en place très tôt. Avec le jeu des chaises musicales, par exemple. Si excitant et si anxiogène pour les gamins. On t'apprend très vite qu'il y a des chanceux et des baisés, et on t'apprend à te réjouir dans la peur et à te moquer des baisés. À en rire. À les exclure. Mille jeux t'apprennent à vaincre dans la médiocrité, à tricher, à mentir, à manipuler, à dissimuler et à tuer. Pour ta propre sécurité et ta propre survie. Quelle différence avec le comportement d'une protéobactérie ? Aucune. On t'apprend à vivre entre la peur et le sadisme. »

Diane affichait un visage éthéré et la lumière du soleil donnait à son regard une expression vorace. Les colonies de fourmis blanches vibraient en elle comme les reptations sensuelles et hypnotiques d'une lente et profonde vague qui brassait dans son corps l'ancien et le neuf, le mort et l'indestructible.

« Retrouve ta pureté d'enfant, tes vrais instincts humains et animaux. Retrouve ce qui a détruit l'enfant en toi, et broie-le à ton tour. Tu commenceras alors à trouver la voie de ton alignement », dit Drought.

Il manipula quelques touches du clavier de l'ordinateur portable posé sur sa droite. Une onde sonore, sans origine, emplit peu à peu le cabinet.

« Diane. Pose-toi la question des conditions de la pureté et de la perfection absolues, et tu découvriras le comment. Du moins, tu commenceras à fabriquer le comment. Le cerveau possède des qualités plastiques stupéfiantes. Illimitées. Sa plasticité lui permet de créer en permanence des quantités inimaginables de connexions neuronales. La volonté et le désir façonnent le cerveau. Le cerveau façonne le psychisme. Le psychisme façonne le spirituel. Le spirituel est une expansion infinie du territoire physique. Cela ne s'arrête jamais. La voie de l'alignement est infinie, et ses frontières sont également infinies. »

Diane écoutait la voix de Drought mêlée aux mélodies de cristal qui se déployaient à partir de l'onde sonore primordiale. Elle connaissait cette musique. Impossible de dire où elle l'avait entendue, ni ce que c'était.

« Nous pouvons faire une chose inédite : façonner nous-mêmes notre cerveau. Donc, tout le reste également. Depuis la réalité immédiate jusqu'à l'univers tout entier, depuis la naissance du temps jusqu'à l'infini du temps. Cela ne dépend que de ton énergie. Comme une comète. Nous pouvons créer notre propre alignement, entretenir une parfaite fluidité physique, psychique et spirituelle, et nous fondre dans le secret de l'univers. Tout en respirant ici et maintenant. »

Drought lut la captation totale dans les yeux de Diane, et il baissa légèrement le volume de "Kometenmelodie 2" avant d'en programmer l'itération infinie.

« Tu n'as pas de vie, Diane. Il faut bien comprendre ça. Tu n'as pas de vie propre. »

Elle ne pouvait plus bouger. Les fourmis blanches possédaient complètement son corps et parlaient dans son corps, ou bien parlaient à son corps, ou à son cerveau, elle n'aurait su le dire. Elle n'en ressentait aucune gêne, ni trouble, ni inquiétude. C'était bon. C'était agréable. Cela se produisait enfin.

« Tu n'as pas de vie propre, Diane. Il faut renoncer à cette idée matérialiste et morbide. Elle t'enferme dans la prison irrationnelle de l'ego et de la mort. Ta vie, c'est ce que tu fais, pas ce que tu crois être. Tu n'es personne. Tu es ce que tu fais. Tu es la somme de tes actes. Tu n'es pas ce qu'on te fait croire que tu es, tu n'es pas qui tu prétends être, ni ce que tu prétends faire. Les actes. Karen l'a immédiatement compris. Karen était l'alignée zéro. Toi, tu es l'alignée élue. Je l'ai pressenti à la seconde où je t'ai vue, Diane. Les actes. Nous sommes nos pensées transformées en actes. Rien d'autre. Nous ne sommes pas nos paroles, nous ne sommes pas nos fantasmes irréels, irréalisés et irréalisables. Nous ne sommes pas le reflet social de notre ego. Nous ne vivons pas dans une publicité, en vérité. Ça, c'est ce qu'on te fait croire depuis toujours. Mais c'est juste une illusion du monde presque parfaite. Nous ne vivons pas dans une publicité pour parfum, Diane. Nous vivons dans l'infini de l'univers.

Nous ne sommes pas dociles, insensés, terrorisés, stupides et parfumés. »

Elle éclata de rire. Un rire bref et sonore, qui se fondit dans les mélodies de Kraftwerk comme une étoile dans l'immensité cosmique.

« C'est drôle ? » demanda le psychiatre. « Ta vie dépourvue de choix, ta vie de déclassée. Ton appartement triste. Ton poisson rouge qui flotte dans ses excréments et ses restes de nourriture pourrie. La pellicule fétide qui recouvre ton monde. Tes allocations et les billets pleins de foutre que tu ramasses au sex-shop. C'est drôle, ça aussi ? Tu vis ainsi parce qu'on te l'ordonne. Depuis toute petite, on t'a inculqué la peur et la servilité, on t'a appris à remercier poliment pour une vie de merde. Diane. Il faut tout abandonner. Tout faire sauter. Et en premier, ta représentation branlante des choses et de toi-même. Il faut te mettre en marge de tout ce que tu sais, de façon radicale et indiscutable. Face au gouffre, un pas en avant. Tu dois devenir surhumaine. Ou morte. À toi de voir. »

Les colonies de fourmis blanches étaient devenues d'immenses vagues qui formaient un océan parallèle animé par la musique, et les mots de Drought étaient à la fois des courants acides et des mouvements atmosphériques formidables. Elle voulait qu'il continue de parler.

« Au cours de sa croissance, une chenille passe par quatre ou cinq mues », dit la voix du psychiatre, qui résonnait dans tout le cabinet. Diane le voyait dans son costume gris fer et son impeccable chemise bistre, de l'autre côté du bureau en merisier dont le plateau était tapissé de cuir vert. Son regard était intense et hypnotique, mais ses lèvres ne bougeaient pas, il se contentait de sourire et elle entendait sa voix. Elle se rendit compte qu'elle ne sentait plus son corps, ni les fourmis blanches. Elle était devenue l'océan.

« Et malgré ces quatre ou cinq mues, la chenille reste toujours une larve. C'est ce qu'on pourrait appeler tes crises majeures. Ensuite, il se passe deux choses. La larve se transforme en nymphe, et la nymphe se transforme en imago. C'est la mue imaginale, celle qui permet d'atteindre le stade final de développement de l'individu. En psychanalyse, l'imago est ton prototype inconscient. Le devenir qui est en toi et auquel tu ne peux te soustraire sans basculer lentement et sûrement sur la pente d'abord douce, puis très abrupte, de la folie mélancolique, puis morbide. Tout comme la chenille ne peut pas se soustraire à son devenir de papillon. À moins de pourrir de l'intérieur. À moins de se détruire. C'est la différence entre nous et la chenille : elle a le bon sens naturel de suivre le cours spontané des événements au lieu de se contraindre et de se gauchir. Une autre différence, c'est que la plupart des chenilles humaines s'acharnent à répéter jusqu'à la mort leurs mues larvaires. Parce qu'elles sont vides, curetées par la peur et la contrainte du corps social. L'imago, c'est le devenir innommable qui est en toi et auquel tu ne peux pas te soustraire. Et je suis là parce que j'ai vu ton devenir, Diane. Ton imago. C'est pour ça que nous sommes là. »

Diane sait déjà ce que Meriem Drought est en train de dire, et pourtant une part consciente d'elle-même semble le découvrir.

« J'ai connu un traumatisme, comme tout humain, et laisse-moi te dire une chose : heureusement qu'il m'a tué. Heureusement qu'il m'a dévasté et tué sans me laisser la moindre possibilité de me raccrocher à quoi que ce soit. J'ai pu découvrir les infinis degrés de la réalité, de l'espace et du temps. Je suis vivant et aligné parce que je suis mort. La mort m'a synchronisé avec la vie véritable, fondamentale et éternelle. Je perçois le temps, l'espace, la matière, l'énergie et les événements comme peu de gens les perçoivent. Exactement comme toi, Diane, tu peux, et donc tu dois parvenir à les percevoir. Tu n'as pas davantage le choix qu'une chenille. C'est soit la transcendance par la destruction, et ensuite l'alignement, soit la souffrance permanente, unidimensionnelle, stupide et stérile. Je te reconnais une chose : tu es bel et bien en enfer. Mais tu es également sur le point d'en sortir. »

C'était donc ça, ce qui vibrait en elle depuis tout ce temps, et qui se manifestait maintenant : l'accès à un territoire infini et absolu. De tout son corps et de tout son esprit, elle était à la fois la population entière des fourmis blanches, l'océan universel, et les mots de Meriem Drought.

« Est-ce qu'une chenille peut refuser de devenir un papillon ? La chenille est *déjà* le papillon. Le papillon est déjà dans la chenille. C'est le même être, fondamentalement. Sauf, et c'est là que c'est passionnant, sauf que ces deux êtres n'ont strictement rien à voir. Rien en commun. Ça, c'est capital. La chrysalide, ou la nymphe, est le stade intermédiaire entre la larve et le papillon. Tu le dis toi-même : tu n'as plus de réalité. Et sais-tu ce qu'il se passe tout d'abord quand la larve, la chenille donc, entame sa mue imaginale ? Elle perd la tête, Diane. Littéralement. Elle perd la tête. Sa tête se décroche et tombe. Ensuite, tout son système respiratoire se transforme, devient étonnamment complexe, d'un raffinement structurel et géométrique à peine concevable. Ses ailes poussent, et cætera. Alors que la larve ne possédait aucun protosystème biologique de ce genre. Ni proto-poumons, ni proto-ailes. Absolument rien de ce genre. De nouveaux organes se créent à partir de rien, Diane. Rien au niveau physique et biologique. Tout est dans l'esprit. Tout part de l'esprit, et revient à l'esprit. L'esprit du papillon est dans la larve, et cela suffit à le rendre réel. On passe très concrètement d'un insecte primaire et rampant, sensible à deux ou trois stimuli de base du monde extérieur, à un être vivant capable de voler, incroyablement sophistiqué et raffiné. Et tu sais quoi ? L'organisme humain a saisi cette transformation métaphysique, de façon intuitive. Mais sans jamais s'y aventurer, ni l'expérimenter. Ni la réaliser entièrement, évidemment. Toi qui aimes les cimetières au point d'habiter en face d'un champ d'os et d'âmes, cela correspond à une sortie du tombeau. C'est l'âme libérée de son enveloppe charnelle, de la prison de son ego et de la torture de ses traumas. Et, bien sûr, libéré des médiocres et cruelles injonctions de l'organisme social. En t'alignant, tu alignes évidemment le monde entier. Au Japon, cette libération, c'est l'image de la femme. C'est aussi le symbole du feu et de l'âme des guerriers. »

C'était donc cela, se répétait l'esprit de Diane. L'absolu existait. Aussi simplement que cela. Aussi évidemment. Et grâce à Meriem Drought.

« L'imago est le potentiel de l'être réalisé, qui ne dépend que de ton imagination et de ton courage. Moi, par exemple, je suis une vipère. Je suis LA Vipère. Et toi, qui es-tu, Diane ? Je le sais, mais cela n'a aucune importance. La seule chose qui compte, c'est que toi, tu le saches. Que tu l'admettes. Que tu le réalises. Que tu aies le cran de le devenir totalement. Sinon, c'est la consomption dans la souffrance, le martyre inutile. »

Elle eut un sursaut et ressentit soudain un besoin de repères. Quelques repères. Ce qu'elle faisait, où elle était, dans l'espace et dans le temps. Oui, c'était la voix de la Vipère qui parlait de la part sombre.

Qui disait en ce moment même :

« Notre cerveau est capable de traiter sept segments d'informations par seconde. Notre inconscient en traite onze millions. La loi de l'alignement consiste en un exercice permanent de fluidité physique, psychique et spirituelle, qui te permet d'accéder à ces onze millions de segments d'informations par seconde. De déverrouiller l'infini inépuisable de ton être. »

Meriem Drought manipula quelques touches du clavier de l'ordinateur posé sur sa droite. Il venait de lancer la lecture de "Kometenmelodie 2" de Kraftwerk, et une onde sonore sans origine emplit peu à peu le cabinet. Il en programma l'itération infinie.

13

Vendredi 21 février, 13 heures 20

Ils avaient pensé aller chez Hackman et y installer un quartier général alternatif. Ils pouvaient y établir une connexion fiable avec Marcus et les réserves de Wolf devaient pourvoir à la consommation de thé noir de Silver. Selon sa vision zen rinzaï des choses, il était harmonieux de mener les affaires grises en zone grise, mais surtout, de ne pas explorer dans une enceinte officielle un sujet qui ne l'était pas. Elle y aurait perçu un genre de perversion, de dénaturation. Or, elle pressentait que le sujet n'en supporterait aucune. Wolf partageait ce sentiment, mais l'endroit où organiser la traque de la Vipère lui importait peu, tant qu'il était avec Silver et que le reste du monde ne s'en mêlait pas.

Cependant, poser l'ancre dans son appartement signifiait fuir l'IGPN, et prendre le risque de cramer leur couverture, qui était l'enquête officielle sur les étoilés, John Doe et Deborah-Lee Henry. Légalement, la mort de Karen Tilliez enclenchait l'extinction de l'action publique concernant le meurtre de Stéphane Barres. Techniquement, il n'y avait plus d'affaire. Les agents de l'IGPN allaient enquêter à charge, comme toujours, et remettre un rapport à la procureure, Alice Chassepot, qui rendrait une décision dans un délai de six mois. Ou pas. Ce qui, pratiquement, leur laissait le temps de se concentrer sur la Vipère. Et il y avait un autre inconvénient de taille : ils n'avaient pas l'ordinateur de Karen. Or, c'était un élément qu'ils tenaient pour fondamental, et qui était censé leur fournir toutes les pistes dont ils manquaient cruellement pour traquer la Vipère et remonter jusqu'à lui. Il était toujours là où Silver l'avait planqué après leur retour de la mexicaine qu'ils avaient effectuée dans son appartement : dans le dernier tiroir de son bureau.

Ils décidèrent donc de faire les choses dans l'ordre, et de jouer à fond la carte de la procédure, qui était aussi leur meilleure couverture : continuer l'enquête sur John Doe et Deborah-Lee Henry, que Lacroix filtrait et coordonnait avec le parquet, répondre à la convocation des enquêteurs de l'IGPN, en profiter pour récupérer l'ordinateur de Karen, faire le point avec Marcus, à la fois sur les étoilés et sur la Vipère. Ensuite, ils aviseraient.

« On n'est pas censés aller interroger Philippe Brun », fit remarquer Silver.

« Le psychiatre de l'I3P ? » dit Wolf tout en réfléchissant. « Pas la peine. Marcus peut le faire à notre place. Au pire, il prétextera… Non, vu ses notes à l'ENSP et son cursus, il ne peut rien prétexter du tout, ni méconnaissance du Code de procédure pénale ni quoi que ce soit. On va lui demander de lui passer un coup de fil, ni vu ni connu. Tout simplement.

— OK. Je l'appelle », avait convenu Silver en sortant son portable. « Marcus n'est pas censé bosser sur la Vipère », souffla-t-elle avant que le stagiaire ne décroche.

« Personne n'est censé bosser sur la Vipère », dit Wolf. « Il n'y a pas de Vipère. Du moins, officiellement. »

Marcus ne les avait pas attendus pour se mettre au travail.

« Impossible d'extraire une image exploitable du visage du mystérieux visiteur de Karen Tilliez à partir des enregistrements des caméras de vidéosurveillance », avait-il d'emblée annoncé à Silver. « D'autant que celles du rez-de-chaussée et des escaliers ne fonctionnent pas. En fait, si, elles fonctionnent, mais le problème se situe au niveau informatique. Le relais avec la base de données ne se fait pas.

— Tu peux répéter ? » avait-elle demandé en actionnant le haut-parleur de son smartphone pour que Wolf l'entende.

« Le faux psy qui est venu examiner Tilliez. La Vipère. Rien d'exploitable. On n'a que les caméras du quatrième étage. En longeant le couloir, il se cache le visage avec son porte-documents. Il sait où sont les caméras. C'est Romènes qui l'a conduit jusqu'au quatrième et qui s'est occupé de signer la paperasse de l'I3P, mais il n'a rien à me dire. Les types de l'IGPN le rendent nerveux. Tout le monde se cache derrière son ombre, ici. Sauf Lacroix, bien sûr. Bref, d'après Romènes, il s'agit d'un type tout ce qu'il y a de banal. Mais il a insisté sur son costard, qui était soigné. Il ne se souvient même plus de la couleur de ses cheveux. Très approximativement de sa taille. Corpulence moyenne. Dans les trente ou quarante ans. Il ne peut même pas être précis à ce sujet.

— OK, merci », dit Wolf en se penchant vers l'appareil de Silver, qui couvrait les bruits de la rue avec sa main en coupe autour du micro. Puis il se gratta le menton et ajouta :

« Pourquoi tu dis le *faux* psy ?

— Parce que ce n'est pas Philippe Brun qui est venu expertiser Karen Tilliez. Enfin, expertiser, si l'on veut. »

Le ciel restait largement voilé, mais le soleil faisait quelques apparitions fulgurantes et un léger vent balayait les papiers d'emballage et les sacs plastique sur les trottoirs du boulevard. Wolf se contenta d'écouter la suite. Il se demandait dans quelle mesure ils pouvaient se permettre de faire des remous autour de cette question, mais Silver le devança, mettant fin à ses tergiversations.

« Tu peux appeler le vrai psychiatre de l'I3P, celui qui était censé venir l'examiner ? » demanda-t-elle.

« C'est fait », répondit Marcus. « Philippe Brun n'est au courant de rien et n'a jamais reçu de demande d'expertise de la part de l'Infirmerie psychiatrique.

— Piratage intégral ?

— Pas vraiment. C'est ce à quoi j'ai pensé au départ, mais non.

C'est plus subtil en fait. Une réelle demande d'expertise émane de l'I3P, et une réelle réponse de Philippe Brun, médecin psychiatrique, a été retournée à l'I3P. Au niveau des serveurs, tout est nickel. Indécelable.

— Sauf que ?

— Sauf que personne n'est au courant de rien. Ce n'est pas le personnel de l'I3P qui a répercuté la demande d'expertise, laquelle n'émane pas du parquet. En résumé, il est impossible de dire *où* elle est allée, ni d'*où* vient la réponse. En tout cas, elle ne vient pas de l'ordinateur de Philippe Brun. Tout ça aurait été avalé puis régurgité par un trou noir, ce serait exactement pareil. Ou un système de dérivation invisible, une intrusion avec effet miroir, tout à fait indécelable, puisqu'il n'y a pas de procédure de double contrôle dans les systèmes de…

— Donc la Vipère est un caïd en informatique », cria Wolf dans le smartphone de Silver pour interrompre Marcus.

« Exact. En faisant abstraction de toute la partie technique, ça revient à ça. Je continue les recherches », conclut Marcus.

« On arrive », dit Silver avant de couper la communication.

Ils quittèrent l'appartement de Wolf sans plus discuter de l'affaire, et se mirent en route pour le 36. Chacun ruminait ses impressions en silence. À un moment du trajet, Wolf cherchait à mettre des mots sur ses pensées et se tourna vers Silver, observant un instant son profil qu'il connaissait par cœur, et qui pourtant le surprenait par sa grâce à chaque fois. Le dessin de son front, de son nez, ses mèches noires et le galbe de ses lèvres. Il était sincèrement content d'être avec elle et se dit, une fois de plus, que pour rien au monde il ne voudrait faire équipe avec qui que ce soit d'autre.

Elle savait qu'il l'observait à la dérobée mais ne dit rien, et le laissa faire, quand bien même il était à sa gauche, quand bien même il voyait sa cicatrice. Lorsqu'un sourire naquit irrésistiblement sur ses lèvres, Wolf se racla la gorge et détourna le regard.

Elle se rendit la première dans le bureau annexé par les deux types de l'IGPN, un réduit en fond de couloir qui eût plus logiquement servi de débarras que de bureau. Mais deux ou trois ans plus tôt, Lacroix avait réussi à persuader deux brigadiers d'y faire entrer un panneau de bois et deux tréteaux, une rallonge de ligne téléphonique, un vieux combiné réchappé du recyclage et une lampe articulée. Pas de stores, une simple vitre peinte en blanc, zébrée d'écailles, d'éraflures et de croûtes. Silver n'avait pas souvenir que ce cagibi eût jamais servi.

Il n'y avait que deux chaises de part et d'autre du bureau en mélaminé à la teinte bouleau, couvert d'encoches sombres. Silver déduisit que des deux bœuf-carottes, celui qui restait debout, l'épaule appuyée contre la fenêtre, jouerait le gentil enquêteur, tandis que celui qui prenait place en face d'elle serait le salopard chargé de la faire craquer. Elle sourit en pensant aux méthodes staliniennes du Parti populaire révolutionnaire lao, qui enfermait des gens arrêtés au hasard, les affamait et les torturait jusqu'à ce qu'ils avouent une dizaine de monstruosités imaginaires, après quoi, sans la moindre enquête, ils étaient jugés coupables et rééduqués sur-le-champ, à l'aide d'une balle dans la nuque. Staline avait eu l'intention de développer ce procédé à l'échelle industrielle pour purger la grande Russie de tout élément faible. Ceux qui avaient assez de résistance pour ne rien avouer constitueraient une nation socialiste d'acier. Alors, en comparaison, ces deux fonctionnaires de la police des polices et leur petit jeu de dupes…

Elle attaqua le méchant de but en blanc en vérifiant scrupuleusement son identité, son ordre de mission, la demande du commissaire Lacroix, et toute la paperasse afférente.

Pendant ce temps, Wolf se rendit dans le bureau du commissaire, qui était vide, puis se dirigea promptement vers celui de Marcus.

« Je comprends pas. Moi aussi, je viens de recevoir une convocation de l'IGPN », annonça le lieutenant stagiaire, louchant entre l'écran de son ordinateur et le document qu'il venait d'imprimer.

« Normal », souffla Wolf. « Ils vont interroger tout le monde. C'est ta première fouille rectale, j'imagine. Tu leur lâches rien. Ils jouent uniquement sur ta crainte d'avoir dérapé d'un millimètre, par inadvertance. Sur ta crainte d'avoir dérapé, et pas sur des preuves que tu as dérapé. C'est important de ne pas l'oublier. Méfie-toi surtout de celui qui joue le gentil enquêteur. Celui-là, tu ne l'écoutes même pas. Et l'autre bœuf-carottes, celui qui menace et vitupère, dis-toi bien qu'il bluffe de A jusqu'à Z. Ils n'ont strictement rien. Imagine-toi qu'ils parlent de quelqu'un d'autre, si tu as peur de te laisser accrocher.

— Merci pour les conseils. Bon. Le sceau de Salomon », déclara Marcus en faisant basculer au premier plan l'une des fenêtres ouvertes sur l'écran de son ordinateur.

« Ah. On avance », dit Wolf. « Ça me manquait un peu, les bonnes nouvelles, ces derniers temps. Je t'écoute », ajouta-t-il, en tirant l'une des deux chaises pour y prendre place.

« Le sceau de Salomon, c'est l'étoile à six branches la plus connue. Un hexagramme de la géométrie sacrée. Deux triangles équilatéraux entrecroisés, qui représentent l'interpénétration de l'esprit et de la matière. Septième siècle avant notre ère. Hormis le côté symbolique, je ne vois pas de rapport évident, car ça ne ressemble pas à notre étoile, qui est bien particulière. »

Wolf soupira.

« Fais pas chier, Marcus. T'avais laissé entendre qu'il s'agissait d'une bonne nouvelle, non ?

— OK. Pardon. C'est le côté symbolique qui compte, tu vois ? Interpénétration esprit-matière. Mais pour la forme, ça part dans tous les sens, si je puis dire. Et pareil pour la signification. On passe du sceau de Salomon à exactement tout et n'importe quoi. Regarde celle-là : une étoile à six branches d'un groupe occultiste canadien. Une autre, légèrement différente, pour une marque de tee-shirts et de lunettes de soleil chinoises. Encore une autre pour un groupe de death metal lituanien. Et une autre pour la pochette de cet album de deep electro. Une autre encore pour cette organisation luciférienne. Encore une autre sur la page d'accueil de ce site d'informations alternatives. Des étoiles à six branches, autant que tu veux, tu secoues ton ordinateur il en tombe des caisses pleines, mais jamais exactement celle que nous cherchons, avec la fleur à cinq pétales au milieu. Le seul point commun entre toutes ces étoiles, à mon avis, c'est la symbolique esprit-matière. »

Wolf siffla et se frotta les yeux. Il regarda le jeune stagiaire et se dit que si celui-ci était une arme, ce serait un virus. Un virus informatique.

« Et donc ? Rien d'exploitable dans tous ce fatras, c'est là où tu veux en venir ?

— Non. On a un cadre. On est dans le domaine sacré, ésotérique, métaphysique, symbolique, occulte. La vieille opposition esprit et matière, ou leur communion impossible. La bonne nouvelle, c'est que notre étoile est très particulière, par rapport aux autres. Ce qui signifie que si on la trouve quelque part, c'est le jackpot assuré.

— OK, je vois l'idée. Et le poison de John Doe ? Tu en es où ?

— Rien de plus qu'hier.

— Une neurotoxine hallucinogène, c'est possible ? » demanda Wolf. « Quelque chose qui… dérègle ta perception des choses. Qui transforme la réalité. Des visions, des hallucinations auditives, des réalités parallèles, de l'hypnose, des trucs comme ça. Un perturbateur psychique ?

— Tu veux dire, une drogue ?

— Oui, quelque chose comme ça. Dédoublement du réel, le grand truc.

— Je n'ai pas creusé dans ce sens, mais a priori, les métabolites n'indiquent aucune présence de composés opiacés.

— Une drogue synthétique ? »

Marcus arqua les sourcils vers le haut et le coin des lèvres vers le bas, les mains ouvertes, en signe d'impuissance.

« Toutes ces ressources… », dit Wolf. « Toute cette intelligence… Et on n'a rien du tout ?

— Ton faux Needle Boy, Antoine Marquez, il finira bien par bouger sur la toile. J'ai mis en place une procédure de recherche complète à partir de tous les éléments qu'on a. C'est le principe de la toile d'araignée : il n'y a plus qu'à attendre. Mais c'est vrai que pour le reste… John Doe : pas d'identité et neurotoxine inconnue. Deborah-Lee Henry : des tas d'indices et aucune piste. À part un allumé, quelque part dans la nature avec le mollet troué.

— Les seules choses que le tueur a laissées, ce sont des énigmes. Complètement muettes. »

Wolf regarda Marcus, puis les diagrammes, les graphiques et les impressions de tableur qui tapissaient les murs de son bureau. Il se leva et se dirigea vers la porte, puis se retourna :

« Il nous faut absolument quelque chose sur les étoilés. Et vite.

— Je vais chercher du côté d'une neurotoxine hallucinogène. Tu vas où ?

— Me faire cuisiner par les bœuf-carottes. »

Il repassa devant le bureau de Lacroix, toujours vide, fit un détour pour aller chercher un café sans passer devant les cellules de garde à vue, et en revenant vers son bureau, il croisa Silver qui lui fit un clin d'œil.

« Je récupère l'ordinateur de Karen et je t'attends chez toi », lui souffla-t-elle. « Enfin, si tes clés sont toujours dans la poche intérieure droite de ta veste. »

Sans s'arrêter, il leva sa tasse de café de quelques centimètres, comme pour trinquer, ce qui laissa à Silver la seconde nécessaire pour glisser sa main dans ladite poche et attraper son porte-clés du bout des doigts, après quoi il continua tranquillement son chemin vers le cagibi de l'IGPN. En cours de route, il s'efforça de chasser

Karen de ses pensées. Et il constata que c'était tout bonnement chose impossible.

« J'ai vu de la lumière, je suis entrée », dit Silver lorsque Wolf referma derrière lui la porte d'entrée de son appartement.

« Tu as raison, fais comme chez toi. *Mi casa es tu casa* », dit-il en enlevant sa veste.

« Marcus m'a appelée, il y a cinq minutes. Il a du nouveau au sujet d'Antoine Marquez. Je ne pourrais pas tout te répéter dans les détails, mais il est question d'une toile d'araignée qui sert de système de veille. Ça concerne Human Final Solution. D'après Marcus, Antoine Marquez se sert d'un brouilleur de proxy, je crois, qui masque sa localisation derrière des adresses IP aléatoires, que plein d'internautes sur la planète mettent en commun. »

Debout à l'entrée du salon, Wolf l'écoutait, et il se rendit compte que tout au fond de lui-même, il était en train de prier pour que Silver lui annonce qu'ils tenaient enfin une piste solide.

« Le résultat », continua-t-elle, « c'est que chaque activité de Human Final Solution sur le réseau est artificiellement localisée à plein d'endroits différents. Mais Marcus en a enregistré des séquences entières et finalement, il est tombé sur une adresse IP récurrente. Enfin, presque une adresse. La localisation d'une antenne-relais, quelque chose comme ça. HFS se connecterait depuis le 20e arrondissement. Il me rappelle dès qu'il en sait plus. »

Wolf adressa un hochement de tête à Silver et soupira.

« On dirait qu'on commence enfin à accrocher quelque chose. »

Elle s'enfonça dans le dossier du canapé, allongea ses jambes et étira ses bras. Il s'assit sur le pouf marocain, de l'autre côté de la table basse, et jeta un œil à l'ordinateur portable de Karen posé sur le plateau de verre, tout en saisissant l'anse de la bouilloire pour remplir la tasse que lui avait sortie Silver.

« Je l'ai mis en charge », dit-elle. « Avec un câble que m'a filé Marcus. »

Il souleva sa tasse, souffla sur les volutes de vapeur en la regardant droit dans les yeux.

« Il n'y a pas d'ordinateur », dit-il avant de boire une gorgée de thé noir brûlant.

Silver ne manifesta aucune incompréhension. Elle attendait.

« Il n'y a pas d'ordinateur avant que tu saches quelque chose. »

Malgré le chaos qui s'annonçait, et dans lequel ils s'apprêtaient à plonger ensemble, il trouvait incroyable de pouvoir faire confiance à cette fille. Bien sûr, il y avait son pouvoir d'attraction magnétique, la magie de sa beauté et de sa sensualité asiatiques, sa part sombre, manifeste et inquiétante, sa cicatrice sur la joue gauche, mais c'était à autre chose qu'il pensait. Même au cœur du feu, la confiance qui le liait à ses compagnons d'armes, pour solide qu'elle fût, était pondérée par un plan B. Jamais les mots *solitude* et *mort* n'avaient de sens plus aigu que dans ces moments-là. On protégeait son binôme parce qu'il nous protégeait, et inversement. La sécurité de l'équipier était une extension de sa propre sécurité. Avec Silver, cela n'avait rien à voir. Le mot *confiance* était une évidence qui les dépassait tous les deux. Il avait conscience que chacun occupait chez l'autre une place unique. Justement parce qu'ils n'en avaient jamais parlé. Et donc jamais eu besoin de mentir.

Il but une nouvelle gorgée de thé noir et jeta un œil à la coque d'aluminium de l'ordinateur posé entre eux. Le métal scintillait, exempt de toute rayure. Il ignorait jusqu'où Silver était prête à aller. Ce qu'elle pouvait endurer était manifestement très important, mais avait forcément une limite, qu'il aurait été bien en peine de situer. Depuis qu'il la connaissait, elle traversait le cours des événements, aussi sordides et violents soient-ils, avec une étonnante légèreté et une capacité d'adaptation hors normes. *Apprête-toi à traverser l'enfer*, dit Karen. *Sans garantie d'en sortir*. La pugnacité et l'endurance de Silver devaient correspondre à l'étendue et à la profondeur de sa part sombre. Après tout, elle était souple comme une liane et cinglante comme un fouet de jonc tressé.

Il s'aperçut qu'elle le regardait avec un air à la fois énigmatique et joueur.

« On est là pour une dégustation de thé, en fait ? » dit-elle.

Il s'esclaffa et sentit la tension baisser d'un cran.

Puis il posa sa tasse et entrecroisa les doigts, les avant-bras sur les genoux.

« "Les rêves rattrapent toujours la réalité." C'est la dernière chose qu'elle m'a dite. »

Moue de Silver.

« Quand ?

— Deuxième audition. Vérifie sur la VidéoGav.

— OK. Les rêves rattrapent toujours la réalité. La dernière chose qu'elle t'a dite. Parfait. Et la *première* chose qu'elle t'a dite ? » demanda Silver, regard noir et sourire ambigu.

Il n'était même pas étonné de sa réaction et de sa prescience, constata-t-il en la regardant replacer une mèche de cheveux derrière son oreille.

« Premier soir », commença-t-il. Il s'éclaircit la gorge. « Juste après son placement en GAV. Tu as envoyé l'avis de garde à vue à la proc et je t'ai dit de rentrer chez toi, vu que tu étais d'astreinte, et moi de permanence. J'avais le pendu jihadiste à terminer, ce gamin qui avait conclu sa vie par "ALLÉ TOUS CREVÉ". Bref. Elle m'a appelé depuis sa cellule. Le responsable des GAV n'était pas là. Il était une heure du mat' ou un peu plus. Forcément, j'y suis allé. Et c'est là que tout a commencé. »

Silver le regarda prendre sa tasse, détailla chacun de ses gestes, ainsi que ses regards et sa respiration, et tout ce qu'elle lut en lui confortait son intuition de départ. Karen avait ouvert une brèche dans l'armure à quadruple blindage de Wolf. D'une façon ou d'une autre, elle s'y était introduite et lui avait retourné le crâne. La samouraï était comme ses maîtres : elle possédait réellement un pouvoir psychique. Silver regarda Wolf reposer le thé noir sur la table en verre.

« Qu'est-ce qui a commencé ? » demanda-t-elle calmement.

« Tout. Les rêves. D'abord, je n'ai pas bien compris, mais peu à peu, ça s'est mis en place. Elle est venue dans mes rêves. Elle a passé du temps avec moi, dans mon cerveau.

— C'est le principe des rêves, non ?

— Non ! Pas ces rêves-là, Silver. Ces rêves-là… » Il hésita, puis trouva ses mots, qu'il jeta comme de la mitraille. « Ces rêves-là se substituent *intégralement* à la réalité. Ce ne sont pas des rêves, tu vois ? Mais des réalités complètes, entières. Avec leur propre temps, leur propre espace, en tout point identiques aux nôtres, aux repères que l'on a ici et maintenant. Sauf que ce n'est pas notre réalité. Comme si elle m'avait entraîné dans un monde parallèle. Je rigole pas. Et ça ne se produit pas que la nuit. Ça peut se produire n'importe quand. Ce qui m'a fait dire, au début, que j'étais peut-être en train de tout rêver. Que la veille et le sommeil s'étaient inversés dans mon esprit. Fatigue psychologique, quelque chose comme ça. Ou bien que d'une façon ou d'une autre, elle avait réussi à me droguer.

— Je sais.

— Ha », dit-il en la fixant soudain avec une expression de méfiance. « Tu sais. Très bien.

— Je pratique ça depuis que je suis gamine », dit-elle doucement.

« OK, parfait. On est sauvés. Est-ce que la Vipère a utilisé Karen de la même façon que Karen m'a utilisé moi, en rentrant dans mon esprit ? Est-ce qu'il s'agit d'un genre de lavage de cerveau ? D'une drogue ? Elle ne m'a pas touché, je ne suis même pas entré dans sa cellule, aucun contact.

— Qu'est-ce qu'elle t'a dit ?

— Je crois qu'elle a lu en moi, quelque chose comme ça. Tu sais quoi ? Son sabre n'était pas la plus terrible de ses armes, en fin de compte. Elle m'a dit d'oublier l'affaire, d'oublier le sabre, d'oublier Stéphane Barres, et de l'oublier, elle. C'était incompréhensible. Ça n'avait pas de sens, tu vois », dit-il en regardant Silver, les yeux grands ouverts. « Et puis elle a dit quelque chose qui a résonné en moi, qui correspondait pile aux choses auxquelles j'étais en train de penser. Il faut que je te dise de quoi il s'agit. Je pensais à cette bagarre, dans un hangar désaffecté. Un combat à mains nues. Avec deux arbitres et un médecin. Enfin, pas exactement un médecin, plutôt un type qui avait suivi une formation chez les sapeurs-pompiers. Ça a mal fini. L'autre combattant avait dans les trente ans. Un colosse tatoué des pieds à la tête, dans les cent kilos de barbaque. Aucune arme à part son propre corps, et aucune règle. C'était mon premier combat. Je crois que je suis devenu fou. J'ai perdu le contrôle. Je l'ai tué à coups de genou. Dans la gorge. »

Silver l'écoutait en silence. Elle le voyait trembler légèrement de l'intérieur, et exercer une forte volonté pour rester maître de lui-même.

« J'avais dix-sept ans. L'âge de Romain Lejosne, le gosse jihadiste qui venait de se pendre le jour même. Bref. Je pensais à ça, et à toutes les répercussions que ça a eu sur ma vie, jusqu'à aujourd'hui. Sur mon état d'esprit et ma façon de voir les choses. Violente, radicale. Et Karen m'a dit : "Tu ne veux pas que tout continue comme avant, et tu es incapable d'oublier. Alors apprête-toi à traverser l'enfer. Sans garantie d'en sortir." Plus tard dans la nuit, elle m'a… je ne saurais trop expliquer ce qu'elle m'a fait. Si je te dis ça, Silver, c'est parce qu'au fond de moi-même, je pense sincèrement que tu peux me comprendre. Un viol psychique, je crois. Et physique. On a vraiment baisé. Et elle m'a raconté plein de choses. Elle m'a tout expliqué, en fait. Sans vraiment me parler. Un mélange de mots et de sensations, de visions, de trucs comme ça. Je n'ai pas tout compris, mais elle m'a tout expliqué. Tout est en moi, et je n'ai qu'à le retrouver. Sauf que je ne sais pas du tout comment on fait. Je ne sais pas comment m'y prendre pour ce genre de choses. Tu vois ?

— Très bien », dit Silver d'une voix douce.

« Elle m'a parlé de l'art du sabre. Je l'ai vue, Silver, je l'ai *vue* décapiter Barres. J'étais là. Et tu sais quoi ? C'était magnifique. C'était pur. Karen savait pour le colosse tatoué. Elle m'a expliqué ce que c'était réellement, de tuer quelqu'un. Elle m'a fait comprendre que c'était une œuvre d'art, loin, très loin de toute notion d'amour et de haine. Tu comprends ce que je dis ou je dévisse complètement ?

— Je comprends parfaitement, Luc.

— OK. Je me souviens qu'elle a dit : "Ta victime n'est plus qu'une illusion. Ta lame la découpe aussi facilement qu'un mirage ou un flocon de neige. En fusionnant avec ton corps, la ligne de trempe du sabre est la prolongation exacte de la ligne de vie de la paume de ta main." Des trucs comme ça. »

Le smartphone de Silver vibra. « Lacroix », souffla-t-elle avant de décrocher.

Wolf était toujours absorbé par ce qu'il voulait dire à Silver, et n'écouta la communication que d'une oreille, sans rien y comprendre. Il but une gorgée de thé noir et lorsqu'elle eut raccroché, il poursuivit.

« Elle m'a expliqué l'essence de la loi de l'alignement. Enfin, je crois. »

Silver pressa ses paumes l'une contre l'autre, prit une inspiration et se détendit.

« OK. Je comprends. Tout cela ressemble assez à des choses qui me sont familières. Mais pas ici. Plutôt dans le sanctuaire zen de Vang Vieng. »

Elle but les dernières gouttes de sa tasse, puis la serra dans ses mains un instant, avant de la reposer sur la table et de regarder Wolf dans les yeux.

« Wolf, tu as tout en toi. Voilà ce que ça signifie. Elle t'a transmis quelque chose et tu dois le comprendre. Tu dois laisser ton esprit le comprendre. Oublier la peur, oublier tout enjeu.

— Ouais. Face au gouffre, un pas en avant. Ça aussi, elle l'a dit pendant l'audition. »

Il inspira et souffla lentement.

« Tout ce qu'on cherche est aussi dans son ordinateur », dit-il en désignant d'un coup d'œil la coque d'aluminium.

« On doit filer au 36.

— En quel honneur ?

— Aucune idée, Lacroix n'a pas précisé.

— Niet. On doit allumer cet ordinateur et comprendre ce qu'il y a dedans. Ça au moins, c'est des trucs auxquels je peux faire confiance sans douter de ma propre existence et de ma propre réalité », dit-il en lui lançant un sourire. Puis il déplia l'écran et alluma la machine, dont les composants de silicium émirent d'imperceptibles vibrations.

Plus tard, dans la circulation épaisse et désordonnée qui triplait la durée de leur trajet vers le quai des Orfèvres, ils assimilaient peu à peu les informations qu'ils venaient de découvrir. Les nuages s'étaient compactés en une couche d'étain patiné et de chrome fondu, le ciel était clair et doux. Karen Tilliez était bel et bien architecte, ainsi qu'elle le leur avait dit. Sauf que son ordinateur ne contenait aucun logiciel pour tracer des plans et des modélisations en trois dimensions. Car elle était architecte de réseaux, et travaillait pour une petite société d'informatique, apparemment assez pointue. Le bureau de son ordinateur contenait un dossier au nom de cette boîte, Kindread, et une ribambelle de sous-dossiers archivés par date. Silver avait vérifié le nombre d'utilisateurs référencés, en plus de l'administratrice. Il y avait un compte d'invité, désactivé et anonyme, et un compte standard baptisé A0.

« Quelles nouvelles ? » demanda Lacroix en leur faisant signe de refermer la porte de son bureau.

Ils restèrent debout face au commissaire, assis derrière ses dossiers impeccablement alignés. Wolf prit la parole :

« Des chercheurs américains ont réussi à implanter de faux souvenirs chez des souris. Ou *dans* des souris. Je ne sais pas comment on dit. Dans la conscience ou l'esprit des souris. Dans leur microcaboche, en tout cas.

— Et ?

— À partir de deux événements indépendants vécus par les animaux, ils ont réussi à manipuler leur mémoire, et à créer un faux souvenir. Des chercheurs du MIT, des pionniers de l'optogénétique. Il s'agit d'activer artificiellement des populations spécifiques de neurones, grâce à une protéine génétiquement modifiée.

— Karen Tilliez ? » questionna Lacroix.

« C'est compliqué », résuma Wolf en penchant la tête. Le commissaire regarda Silver et s'adressa à elle :

« Vous avez trouvé ce que vous cherchiez ? Cette chose évidente qui vous taraudait ?

— C'est compliqué », confirma Silver.

Lacroix leva les deux mains en faisant la moue.

« Faux souvenirs ou pas, manipulation de la mémoire ou pas, pour ma part, je ne peux que m'en tenir à l'extinction de l'action publique. Et je dois aussi surveiller l'IGPN. Et pour John Doe ? Deborah-Lee Henry ? Marcus me dit que ça rame.

— Ça rame. On a la piste d'un allumé, Antoine Marquez, activiste de Human Final Solution, dont le but revendiqué est l'extinction du genre humain…

— Pour sauver la planète », précisa Silver.

Lacroix prit un dossier sur son bureau et le leur tendit.

« Avec ça, vous devriez ramer beaucoup plus vite. »

Ils s'assirent afin de le consulter.

Lorenzo de Bradi, trente-neuf ans, domicilié au Pré-Saint-Gervais. Marié, un enfant. Développeur informatique dans la sécurité militaire. Spécialisé dans la veille stratégique. Fiché à la Brigade de répression du proxénétisme et à la Brigade de protection des mineurs. Artère carotide et veine jugulaire tranchées net.

Une photo de la police technique et scientifique montrait son visage exsangue, sa bouche déformée par un rictus macabre, ses yeux éteints, une étoile à six branches scarifiée dans la chair de son front.

Et pas n'importe quelle étoile : celle dont le tracé piégeait la logique géométrique, et qui possédait une fleur à cinq pétales en son centre.

« Il a été retrouvé dans une ruelle près de la gare du Nord », dit Lacroix. « Pas de soude, cette fois-ci. Les empreintes digitales n'ont pas été effacées. Il a tous ses papiers sur lui. Rien d'autre à signaler à part l'égorgement. Sauf ses deux testicules éclatés. Apparemment post mortem. De la purée de couilles dans le falzar. »

Il s'enfonça contre le dossier de son fauteuil, entrecroisa les doigts et considéra les deux officiers, l'un après l'autre, d'un air grave.

« Avec trois étoilés, vous allez pouvoir commencer à vous y retrouver, non ? Ou bien il vous faut toute une constellation ? »

14

Vendredi 21 février, après-midi

« Retrouve ta pureté d'enfant, tes vrais instincts humains et animaux, supérieurs à tout ce que tu es devenue, à tout ce que tu crois être. Ce sont eux qui ranimeront ta lumière originelle. Retrouve ce qui a détruit l'enfant en toi, et broie-le à ton tour. Tu commenceras alors à arpenter la voie de ton propre alignement. »

Plus elle se les répétait, moins Diane comprenait les mots du psychiatre. Elle se souvenait très précisément que Meriem Drought lui avait également dit :

« Notre cerveau est capable de traiter sept segments d'informations par seconde. Notre inconscient en traite onze millions. La loi de l'alignement consiste en un exercice permanent de fluidité physique, psychique et spirituelle, qui te permet d'accéder à ces onze millions de segments d'informations par seconde. De déverrouiller l'infini inépuisable de ton être. »

Plus elle y pensait, plus elle se disait qu'elle était devenue complètement conne. Que son cerveau, bousillé par la souffrance, l'alcool et les anxiolytiques, était devenu un organe flasque, inerte, dont les nerfs et les réseaux neuronaux étaient complètement cramés. Elle se demanda ce que c'était, le langage. Le cerveau comme de la chair de poisson mort, flasque et malodorante. Elle se demanda ce que c'était, un segment d'informations. Elle se demanda si elle était même capable d'en traiter ne serait-ce qu'un seul. Alors, onze millions…

Elle éclata de rire.

« Chat ! » hurla-t-elle. « Putain d'enculé de chat ! Je vais t'attraper, je vais te dépecer, je vais te casser le crâne à coups de marteau et te bouffer le cerveau tout chaud et tout cru ! À pleines dents ! »

Elle serra entre ses doigts la pile de 4,5 volts avec laquelle elle s'était engourdi le clitoris, en se disant que c'était son cerveau qu'elle aurait dû électrostimuler, puis elle la jeta de toutes ses forces en direction de l'aquarium.

Le bloc compact rebondit contre le mur en y taillant une belle encoche, puis fit éclater la boule de verre qui dispersa dix litres d'eau crasse et d'excréments sur le tapis rouge foncé.

Pour la première fois depuis longtemps, le poisson orange pâle s'agita frénétiquement entre les petits cailloux sales, les bouts de verre, les restes de paillettes nutritives. Son corps mou et inconsistant, recouvert d'une couche visqueuse et brillante, en état de décomposition superficielle, clapotait sur le tapis détrempé.

Diane constata qu'il n'était pas mort, contrairement aux apparences, puis avala nerveusement le reste de la boîte d'anxiolytiques, comme si sa vie en dépendait.

À son réveil, comateuse, elle chercha le poisson orange pâle. Il ne restait que sa tête blanchie, posée sur la table basse, juste à côté du canapé dans lequel elle avait sombré. Les yeux et les branchies avaient disparu, et le reste puait atrocement. Elle se redressa, empoigna le goulot de la bouteille et but de longues gorgées de vin blanc sec, avant d'allumer une cigarette. Elle souffla quelques bouffées vers le plafond en savourant les effets apaisants et revigorants de l'alcool. Elle n'avait plus d'anxiolytiques. C'était déjà ça. De fait. D'achevé. D'auto-amputé, se disait-elle.

Elle pensa aller se doucher, mais préféra recommencer à se

masturber. Elle invoqua tous les démons, mais ils ne parvinrent pas à la faire jouir. Encore un signe de victoire, se dit-elle.

Broie-le à ton tour. Broie-le à ton tour.

C'était ça, la libération. Tout détruire. Raser la maison jusqu'à ses fondations méphitiques, et cureter plus profond encore. Creuser jusqu'à s'enfoncer dans l'épaisse couche de soufre pur, jaunâtre et acide, et plus puissant que le feu.

Elle termina la bouteille de vin avec une autre cigarette, puis encore une autre.

Elle se demanda quoi faire et répondit : fumer tranquillement.

Un lent gonflement emplit sa poitrine, des sueurs froides recouvrirent sa colonne vertébrale en même temps que son sang se mit à bouillir, et elle sentit un spasme monter des profondeurs de la terre jusqu'à son cerveau. Elle crut mourir, mais le spasme s'estompa avant d'atteindre sa conscience. Elle ne fut pas soulagée pour autant, car elle pressentait que ce n'était que partie remise. Il ne s'agissait que des prémices. Au moins, le sol n'avait pas bougé, cette fois.

Elle vit le chat glisser la tête hors de la chambre. Il avait senti la secousse, lui aussi. Comment s'appellent les secousses avant un tremblement de terre ? se demanda Diane. Celles d'après, ce sont les répliques. Mais celles d'avant ? Merde, se dit-elle, il n'y a pas de secousses *avant* un tremblement de terre. Ou bien si ? Chat ? Approche.

Le chat resta immobile, les yeux fixés sur Diane.

« Est-ce que tu comprends que je ne comprends pas ce que tu penses ? Tu penses : quand manger gamelle. Tu penses : pipi armoire secret. Sale con. »

À moitié allongée sur le canapé, elle écrasa la paume de sa main droite sur son sexe et urina dans sa culotte en poussant un long râle.

Que mon corps disparaisse dans les égouts, emporté par des litres de foutre, se dit-elle.

Elle se redressa dans l'urine soudain froide, alluma une nouvelle cigarette et but une autre gorgée de vin blanc au goulot.

Techniquement, c'était lui. Le monstre qui produisait la chose horrible. Mais véritablement, ce n'était pas lui. C'était l'alcool.

Elle vida le restant de vin encombré de particules de sulfite en suspension, qui se collèrent à sa langue et à son palais.

« Ça aussi, c'est fait. Achevé », dit-elle en jetant la bouteille qui roula sur le tapis, puis sur le linoléum. Le chat la regarda jusqu'à ce qu'elle s'immobilise puis d'un bond, il retourna se cacher.

Pourtant, techniquement, c'était lui, se dit-elle. C'est toujours lui. Le monstre qui a créé toutes ces horreurs.

Il allait forcément revenir. Et il fallait forcément qu'elle le tue.

Retrouve ta pureté d'enfant, tes vrais instincts humains et animaux, supérieurs à tout ce que tu es devenue, à tout ce que tu crois être. Ce sont eux qui ranimeront ta lumière originelle. Retrouve ce qui a détruit l'enfant en toi, et broie-le à ton tour. Tu commenceras alors à arpenter la voie de ton propre alignement.

Dont acte.

Elle se leva, attendit quelques secondes que le malaise passe, se dirigea vers la chambre. Elle ouvrit l'armoire, se mit debout sur le lit pour retirer du compartiment supérieur le sac de couchage et les draperies qu'elle n'avait jamais transformées en rideaux, malgré mille résolutions.

« C'est toi qui vas disparaître dans les égouts, immonde raclure, emporté par des litres de foutre froid », dit-elle.

Lorsqu'elle saisit le carton, le sol se disloqua et elle reçut le couvercle en pleine figure. Elle n'eut même pas le temps de hurler et se retrouva allongée sur le lit.

Puis son cœur se remit à battre, plutôt douloureusement.

Le chat sembla hésiter, paralysé par les mêmes tremblements que Diane. Il fila dans la salle de bains.

Elle sortit le H&K USP compact semi-automatique calibre .45 ACP de la boîte en carton, le soupesa, enroula ses doigts autour de la crosse, laissa le métal se réchauffer dans la paume de sa main. Vu le poids, le chargeur devait être plein. Pourtant, elle eut quand même un doute et approcha le canon de ses narines. Ça sentait la graisse et l'acier, pas la cordite. Ni la cyprine, ni le sang.

Dans le salon, elle baissa les stores, plongeant la pièce dans une demi-pénombre. Elle poussa la table basse et le petit buffet pour faire de la place au canapé qu'elle fit pivoter jusque dans l'alignement du couloir, afin de pouvoir surveiller la porte. Quelques objets tombèrent durant la manœuvre. Elle n'y accorda aucune attention. Ce n'était rien à côté de l'aquarium explosé, de l'odeur de marée qui suintait du tapis, de la tête de poisson blanchie sur la table basse.

Elle s'assit en tailleur sur le canapé mouillé d'urine. Sa culotte aussi était froide, ainsi que le bas de son tee-shirt de l'armée.

Pile dans l'axe de la porte. Elle verrait la poignée tourner, elle le verrait entrer. Car forcément, il allait revenir. C'était son heure. Elle le savait plus et mieux que tout le reste. Et forcément, elle allait le tuer.

Elle renifla à nouveau le canon du H&K. Ça sentait la graisse et l'acier. Elle engagea une cartouche dans la chambre.

Et se tint immobile.

Seul son cœur battait.

Le reste du monde était immobile.

Sauf lui. Parce qu'il était en route, affamé de la chose horrible, avide de s'en repaître à nouveau.

Elle se souvint qu'elle avait mis de l'eau à chauffer dans la bouilloire. Tant pis. Impossible d'aller l'éteindre. Le métal allait fondre et étouffer la flamme. Le gaz allait se répandre dans tout l'appartement et lorsqu'il ouvrirait la porte, elle attendrait qu'il avance et presserait la queue de détente du Heckler & Koch. La détonation ferait exploser l'immeuble. Et ce serait parfait.

« Tu sais quoi, chat ? Je suis peut-être dans la cave de l'unité spécialisée d'un hôpital psychiatrique, en ce moment même. Pendant que je te parle. Pendant que je l'attends, ce fils de pute. »

Diane se racla la gorge. Elle réfléchit à ce qu'elle venait de dire et secoua la tête.

« C'est ce que le psychiatre a dit. Je suis peut-être dans la cave de l'unité spécialisée d'un hôpital psychiatrique, sanglée aux barreaux d'un lit de démence. J'y suis peut-être toujours. Seul mon délire m'en croit sortie. Tu n'existes sans doute pas, chat. Désolée pour toi. »

Elle regarda son paquet de cigarettes et se demanda si elle avait le temps d'en allumer une avant que la porte de son appartement ne s'ouvre et que la guerre commence.

« Tu as raison, je ne dois pas penser à des choses pareilles. C'est un piège qu'il me tend pour mieux me terrasser à nouveau. On réglera la question plus tard. On retournera dans l'hôpital psychiatrique et on fouillera toutes les caves et on vérifiera que je ne suis sanglée dans aucun lit. »

Diane fit passer le Heckler & Koch dans sa main gauche et se pencha pour attraper la télécommande. Elle alluma la télé. Il y avait un documentaire sur les écoles primaires en Finlande où les enfants apprenaient le codage informatique.

« Je voudrais bien savoir ce qu'ils codent. Excuse-moi, chat, mais il faut que je parle. Est-ce qu'ils apprennent à coder le réel ? Ce serait bien, ça. Ce serait bien de programmer le réel. Je m'amuserais sacrément. Au lieu du contraire. Au lieu d'être programmée par le réel. »

« Tu veux dire : au lieu d'être programmée par ce qui a tué l'enfant en toi. »

Diane entendait la voix de Meriem Drought.

Retrouve-le et broie-le.

Elle changea de chaîne, au hasard. C'était un documentaire sur le poison. Sur le venin, sur les toxines, sur les médicaments.

Elle serra la crosse du H&K dans sa main droite, pressa la carcasse de l'arme chaude contre son ventre, et jeta un bref coup d'œil dans le couloir. Elle pensa suspendre une petite cuillère ou une ampoule à la clenche, à l'aide d'un fil ou d'une ficelle. Cela la préviendrait au cas où il entrerait alors qu'elle serait distraite ou assoupie. OK, parfait, se dit-elle. Mais cela le préviendrait, lui aussi. Et il saurait que cette fois, il était attendu.

Elle se leva et marcha, pieds nus, jusqu'à la porte. Elle se rendit compte qu'elle était complètement défoncée. Elle n'avait jamais pris autant de médicaments d'un seul coup. Ni d'alcool. Elle ouvrit la serrure. Puis la referma et alla jusqu'aux toilettes. En voyant la lunette baissée sur le siège, l'envie de vomir la quitta instantanément. Elle ne baissait *jamais* la lunette. Ce qui signifiait qu'il était donc *déjà* entré. Il était *déjà* là. Et elle n'avait rien vu. Il était entré pendant qu'elle s'était assoupie, avant que le spasme ne la réveille. Il ne pouvait pas s'être glissé dans l'appartement à un autre moment. C'était impossible. Elle ferma les paupières, très fort, et cessa de respirer. Elle avait laissé le semi-automatique sur le canapé.

Son instinct prit les commandes. Elle attendit environ une minute, puis tira la chasse d'eau, fit couler de l'eau dans le lavabo comme si elle se lavait les mains, et retourna sur le canapé. Le H&K était toujours là. Elle s'assit sur le coussin humide et froid et fit semblant de regarder le documentaire. Il fallait faire comme si de rien n'était. Étrangement, elle n'avait pas peur. Elle se leva et fila dans la cuisine. Le gaz était éteint et la bouilloire était posée à côté de l'évier. Un instant plus tard, elle était de retour avec une bouteille de vin blanc, moelleux cette fois, et une boîte de médicaments qu'elle venait de récupérer dans la poubelle. La boîte était vide, mais il ne pouvait pas le savoir. Elle ouvrit la bouteille, but au goulot, alluma une cigarette et augmenta le volume sonore du documentaire.

Puis elle se dit qu'il devait l'entendre. Forcément. Il était là, tout près, quelque part, il la guettait et il attendait le meilleur moment pour passer à l'attaque.

« Ça, c'est quelque chose, chat. Le venin. C'est un truc terrible. En fait, ça sert à contrôler l'esprit de tes proies. Comme des parasites encéphaliques, mais en beaucoup plus développé. Du codage pur, en quelque sorte. Comme en Finlande. Par exemple, leurs conneries sur le temps ou la réalité. Ça, c'est du venin première classe. Du codage de première bourre. Niveau mondial. Tu sais qu'il existe des *mammifères* venimeux ? »

Nouvelle gorgée de vin.

« Tu sais quoi, chat ? Tout ce qui est concevable *est*.

« Voilà la réalité, chat. »

Soudain, elle se sentit comme soulagée, détendue. Elle écrasa sa cigarette, but une lampée à la bouteille et alluma une autre Dunhill rouge.

Il était caché et il l'espionnait depuis la chambre, sur la droite. Ou depuis la cuisine ou le placard, sur la gauche. Ou depuis la penderie du couloir, en face. Il était passé par les toilettes où il avait abaissé la lunette qu'elle gardait toujours levée. Un signe laissé là, en évidence. Pour la torturer, manifestement. Mais ça ne marchait pas. Elle le sentait. Elle devait et elle voulait le tuer, lui vider le chargeur dans le ventre, défoncer les chairs de son ventre avec les huit cartouches de calibre .45.

« Car mon ventre à moi est dévasté, rempli de foutre mort », dit-elle.

« J'appelle Khader et je lui dis va te faire foutre sale enculé je viendrai plus jamais travailler dans ton sex-shop de merde. »

Elle reposa le téléphone, regarda l'écran jusqu'à ce qu'il passe en mode veille et ne sait pas si elle a vraiment appelé le gérant du sex-shop.

« Saloperie de poison finlandais », dit-elle.

Sa cigarette tomba sur le tapis. Elle but une gorgée de vin et en alluma une autre.

« C'est ça, l'enfer, chat. L'expérience et le cauchemar incompréhensibles. L'enfer n'a jamais enfoncé ses doigts poisseux et acides dans tes yeux et dans ta chatte. Tu ne t'es jamais fait saillir comme un putain d'animal d'abattoir. »

Elle n'écoutait plus la télé. Les yeux rivés sur la porte, elle se pencha en avant, le H&K coincé entre les cuisses. Elle alluma une cigarette et but une gorgée de vin blanc moelleux et tiède.

Elle sentit un nouveau spasme monter des entrailles de la terre. Elle crut dégueuler tous ses organes d'un seul coup, mais non. Le spasme resta bloqué au niveau de son ventre, puis il se mit à grossir.

Elle continua à parler à chat, ce qui était la meilleure diversion contre le spasme, et contre l'homme qui avait détruit l'enfant en elle, et qui allait passer à l'attaque d'un instant à l'autre.

« Tu sais, chat, le psychiatre a beaucoup insisté sur le temps. Aligner le temps physique, le temps psychique et le temps spirituel, par exemple. Alors tu sais quoi, chat, j'ai tapé *temps* sur Google. Ça te fait même pas rire. Normal, t'es vraiment trop con. Tu taperais *dieu* ou *l'univers avant l'univers* sur Google, toi ? Essaie un peu, pour voir. »

Cette fois, elle parvint à écraser sa cigarette dans le cendrier.

« Alors. Temps. Écoute, abruti. Temps. Concept développé par l'homme pour appréhender le changement du monde. *Concept développé par l'homme pour appréhender le changement du monde*. OK. Mais ils ne disent pas comment appréhender le concept du temps, et ils ne précisent même pas que le temps n'existe pas. Concept développé par l'homme pour appréhender le changement du monde. C'est dingue. Alors que tout le monde sait que le monde se multiplie mille fois par seconde. Et ils disent : le questionnement s'est porté sur la nature intime du temps. *Le questionnement s'est porté sur la nature intime du temps*. Chat, c'est vraiment… des putains de psychopathes. »

Diane écrasa sa cigarette, but une gorgée de vin, vérifia le niveau de la bouteille, alluma une nouvelle cigarette. Elle remarqua que la télé était éteinte et les fenêtres, ouvertes.

Elle était trop défoncée pour avoir peur. Cependant, elle se sentait extraordinairement lucide.

Elle continua son exercice de diversion, ce qui était la meilleure chose à faire en attendant l'attaque de l'homme qui avait détruit l'enfant en elle.

« Tu vois, le temps est l'une des mille stratégies retorses qu'ils mettent en place pour nous faire croire qu'il existe une réalité.

« Et dans cette réalité, chat, il y aurait, t'entends, il y aurait le *passé*, qui n'existerait plus, et le *futur*, qui n'existerait pas encore, séparés par le *présent* qui n'existe pas du tout. Putains de pervers. Enculés moites. Sadiques. »

Elle fit tomber sa cigarette entre ses cuisses, eut du mal à la récupérer, tenta d'aspirer plusieurs fois à travers le filtre mouillé.

« Si jamais tu es une machine à enregistrer mon encéphaloscanner pour le transmettre aux Supérieurs inconnus, chat, et d'ailleurs je ne t'en veux pas une seule seconde de m'espionner, tout ça doit bien avoir un sens, finalement, donc, tu peux leur transmettre ceci : seul, *seul* le présent existe, il existe à l'infini et se multiplie à l'infini et contient tous les passés réels et ré-imaginables et tous les futurs réels et pré-imaginables, et tout ça forme le présent. Le présent est multiple, plastique, autonome, vivant. Il est la pure manifestation perpétuelle de tout ce qui est et de tout ce qui peut être. Tu noteras que je n'ai pas encore éclairci les différents cloisonnements de tout cela, ni leur variabilité de perméabilité, ni les niveaux spatiaux, matériels et perceptifs du présent. La réalité est mille et indivisible.

« Transmets mon encéphaloscanner, chat. »

Elle n'entendit pas la porte d'entrée exploser. Du moins, pas tout de suite.

Elle se rendit compte de l'attaque bien trop tard.

C'est seulement après quelques minutes qu'elle comprit que la porte avait explosé. Elle était en train de se demander pourquoi les choses ne se passaient pas comme d'habitude, lorsqu'elle comprit ce qui s'était passé.

Son premier réflexe fut de continuer à parler à chat, pour tenter de stabiliser la réalité du moment.

« Écoute bien, chat. L'idée de réalité est une toxine codée qui transforme l'humanité en colonies de zombies. »

Seulement ensuite, elle fut terrorisée en se rendant compte que l'attaque avait eu lieu.

Elle sentit alors l'immense spasme exploser en elle, et tout le reste avec.

La voix de Meriem Drought dit encore :

« Apprête-toi à traverser l'enfer. Sans garantie d'en sortir. »

Et le temps disparut.

Elle ne pouvait pas lutter.

Elle devait absolument s'enfuir.

15

Vendredi 21 février, 16 heures 53

En fin d'après-midi, le pâle soleil de l'hiver déclinant avait finalement repris le dessus et révélait la fine couche de poussière qui s'était déposée sur les endroits inusités de leur bureau. Wolf la détaillait de temps en temps, en essayant de trouver un semblant de concentration. La commission rogatoire de curriculum vitae concernant Lorenzo de Bradi ne s'était pas fait attendre, et ils s'étaient d'ailleurs mis au travail dès la fin de leur entretien avec Lacroix, qui leur avait logiquement confié l'affaire de l'étoilé numéro trois.

La série John Doe, Deborah-Lee Henry et Lorenzo de Bradi n'était plus une simple couverture, une affaire routinière pour masquer leur véritable enjeu, qui était la traque de la Vipère. Le trio des étoilés constituait désormais davantage qu'un défi : techniquement, c'est à partir de trois meurtres espacés dans le temps que l'on considère avoir affaire à un tueur en série. Lacroix s'était fixé la mission titanesque de convaincre le préfet de tenir les médias à l'écart. Du moins, le plus longtemps possible. Sans quoi, les règles du jeu changeraient radicalement et la partie prendrait une nouvelle configuration. L'exposition médiatique chamboulerait complètement le contexte, car la réaction du tueur aux projecteurs et à la focalisation de l'attention sur ses faits et gestes était imprévisible. Immanquablement, il modifierait sa stratégie – à supposer qu'il en ait une – pour expliciter son message, qu'il soit ésotérique, psychopathologique ou messianique – pour autant qu'il en ait un. Au pire, il pouvait se mettre à improviser une mission apocalyptique de toutes pièces, simplement pour exciter les médias. Les cas étaient multiples et presque toujours singuliers, malgré d'évidents points communs. Rendre l'affaire publique pouvait soit compliquer les choses en le rendant encore plus insaisissable et incompréhensible, voire le pousser à changer de zone géographique, ou même à s'expatrier, soit au contraire le rendre nerveux, imprécis et maladroit, donc précipiter sa chute, avec une ou deux victimes de plus à son actif. Dans tous les cas, c'était un coup de poker que ni Lacroix, ni les OPJ ne voulaient tenter. D'un autre côté, le commissaire avait déjà réussi à garder l'affaire John Doe sous cloche, sept mois plus tôt – même au sein de son propre service. Les questions de Wolf à ce sujet n'en étaient que plus nombreuses. Surtout lorsque Lacroix avait ajouté, avec un demi-sourire énigmatique :

« Faites-moi confiance. La hiérarchie connaît mieux que personne la valeur du silence. »

Cette remarque, *presque* anodine, eut pour Wolf l'effet d'un révélateur. Cela faisait trop longtemps qu'il étudiait la question. Il lui revint instantanément en mémoire plusieurs cas de meurtres non élucidés, que lui et Silver avaient toujours eu le plus grand mal à confronter avec d'autres cas, à grande échelle, sans parler d'un balayage comparatif et à l'échelle nationale avec les disparitions inquiétantes dont les dossiers n'avaient jamais été refermés. Lacroix aurait très bien pu garder dans un coffre pendant une éternité le cold case de John Doe, l'étoilé numéro un. Au bout de sept mois, cela faisait déjà longtemps que l'affaire n'avait plus la moindre existence du point de vue de l'enquête criminelle. Et en une fraction de seconde, il lui parut soudain évident qu'à un certain niveau hiérarchique, il existait une entente, un concordat du silence pour que des meurtres en série restent des meurtres isolés. Voire de simples disparitions. Il en allait de la paix sociale, du sommeil des agneaux. À un certain degré officiel, le choix avait été clairement fait : il n'y avait pas de tueur en série en activité sur le territoire national. Wolf se demanda combien de psychopathes profitaient de cette omerta politique pour réaliser leurs fantasmes morbides. La Vipère n'était de toute évidence pas le seul. Cinq ? Dix ? Davantage ? Hackman comptait bien le savoir un jour.

Et en pensant à cela, il comprit que lui, Silver et Marcus venaient de franchir plusieurs étapes d'un coup dans les rapports de confiance qui les liaient à Lacroix. Ils bossaient à la fois officiellement et officieusement sur une affaire aussi sulfureuse que détonante. Un tueur en série. Ce qui était interdit pas les consignes ministérielles.

Ils avaient commencé par récupérer les dossiers que la Brigade de répression du proxénétisme et la Brigade de protection des mineurs avaient constitués sur Lorenzo de Bradi. Leur seule particularité, c'est qu'ils étaient chargés. À part ça, les procès-verbaux concernaient des infractions certes sordides, mais banales. Ils y lurent tout de même une certaine gradation au fil des ans, le dossier de la BPM se chargeant plus vite que celui de la BRP. D'abord, des prostitués des deux sexes, dans des contextes de plus en plus avilissants, puis des jeunes Roms, qui n'avaient jamais accepté de déposer plainte. Le type du quai de Gesvres qui leur avait transmis le dossier avait précisé, fataliste : « On en a des dizaines comme ça. Revenez quand vous voulez. »

Et ensuite, tout s'était accéléré. Ils avaient commencé par aller voir la femme de De Bradi, puis Lacroix leur avait demandé d'organiser une réunion discrète et Doris avait passé un coup de fil inattendu à Silver.

Et pendant tout ce temps, une part de la conscience de Wolf était polarisée sur les scalpels qui fouillaient l'anatomie de Karen Tilliez. Sa famille, avec laquelle elle n'entretenait plus aucun contact depuis des années, s'était montrée soudain très impatiente de disposer du corps. Comme si cela pouvait leur permettre de se réapproprier tout ce qui était perdu, de rattraper tout ce qui n'avait pas eu lieu.

La nécropsie était inutile, d'une part parce que, malgré l'obstacle médico-légal posé par le médecin, sa mort n'avait rien de suspect : elle avait purement et simplement décidé de mourir par auto-asphyxie ; et d'autre part, parce que Karen n'était plus dans son corps, aussi sublime soit-il malgré l'arrêt des fonctions vitales. Et pour cause : elle était dans l'esprit de Wolf. Une part vivante d'elle habitait dans son psychisme. Il en était persuadé. Et il en allait de même pour la Vipère, par voie de conséquence directe. Wolf les portait en lui, même s'il n'avait encore qu'une idée très intuitive de la psychotoxine qui ordonnait ce vaste mouvement d'ensemble.

Avalon de Bradi avait reçu la visite de deux autres OPJ plus tôt dans l'après-midi, qui s'étaient contentés de lui remettre une convocation pour le lendemain matin. Wolf ne comprit pas cette interférence, apparemment ils s'étaient montrés un peu courts sur les explications et les détails de la procédure, mais la femme de l'étoilé numéro trois ne s'était pas montrée particulièrement curieuse. Elle fit entrer Silver et Wolf d'un geste lourd de fatigue et de fatalisme. Ils se demandèrent si elle était soulagée d'être veuve, ou défoncée aux benzodiazépines. En tout cas, sa robe-fourreau noire ne laissait planer aucun doute : elle cultivait sa plastique et son sex-appeal, la première assidûment et le second, à outrance.

« Ava », précisa-t-elle avec un solide accent anglais lorsqu'ils s'assurèrent de son identité. « Il n'y a que ma mère qui m'appelle Avalon. Quand elle m'appelle... »

Wolf jeta un dernier coup d'œil dans le quartier avant d'entrer : c'était une maison propre et banale dans une rue calme et banale, avec des voitures chères et banales, un voisinage discret et banal, des gosses clonés par les médias, banals et démonstratifs dans leur vacuité.

Silver eut immédiatement une intuition : elle savait. Avalon de Bradi savait pour les turpitudes sexuelles de son mari. Et davantage encore : elle participait. Pas à toutes ses frasques, mais à d'autres, sans doute mieux acceptées socialement. C'était manifeste : elle était sexuellement compulsive et névrosée.

Ils la suivirent dans le salon. Décoration coûteuse et standard, impersonnelle. Comme si cela ne valait pas la peine d'y consacrer plus de temps qu'il n'en fallait pour consulter un catalogue de design intérieur de luxe.

« Que puis-je faire pour vous ? » avait-elle demandé en s'affalant sur le sofa en cuir couleur tabac, alors qu'ils restaient debout dans le salon. Tous deux perçurent les différents niveaux de signification, surtout ceux exprimés avec subtilité par son langage corporel. Wolf leva les sourcils avec un sourire en coin et Silver demanda où était leur fille.

« Sa grand-mère la récupère après l'école, le vendredi. On devait passer un week-end tranquille. Enfin… façon de parler, n'est-ce pas ? »

Elle cultivait savamment son accent anglais pour donner une texture et une saveur très particulières à ses mots.

« Le décès de votre mari ne semble pas vous affecter outre mesure », fit remarquer Wolf.

Avalon de Bradi se mordit la lèvre inférieure et bascula la tête vers la droite comme si elle venait de recevoir une gifle. Les mèches de ses cheveux lui fouettèrent le visage et ses ongles crissèrent sur le cuir sombre. Puis, avec une lenteur théâtrale, elle présenta un visage ambigu aux deux flics.

« *Mari* est un bien grand mot. Cela fait longtemps qu'il n'est plus mon mari, pour tout vous dire. Ce qui ne signifie pas que sa mort me laisse insensible. Et puis, qu'est-ce que la tristesse et les larmes viendraient changer à la situation ? Nous avons partagé certaines choses durant des années, nous avons acquis une maison, développé nos carrières respectives, eu un enfant… Et le temps passe, et les gens changent, et maintenant nous partageons d'autres choses. Enfin, partagions. Et d'autres choses se faisaient chacun de son côté. Comme tous les couples, n'est-ce pas ?

— Vous savez sans doute qu'en pareil cas, le conjoint est le premier suspect.

— Restez sérieux, je vous prie.

— Est-ce que ses… ses centres d'intérêt particuliers lui ont posé d'autres problèmes que judiciaires ? Chantage, vengeance, manipulation, menaces ?

— Comment le saurais-je ? Ce que nous faisons chacun de notre côté ne regarde que nous. Vous n'êtes pas mariée, madame ? Alors laissez-moi vous apprendre une chose, histoire de vous faire gagner du temps. Au bout de quelques années, les seuls sujets de discussion d'un couple concernent l'école de la gamine, les factures de la cantine et du périscolaire, les mensualités des impôts, de la taxe foncière, l'évolution du rendement des différents placements et, avec un peu de chance, l'endroit où chacun va aller passer ses vacances, et à quelles dates. »

Elle les regarda tour à tour, superficiellement, puis se leva, s'excusa et fit claquer ses talons en direction de la cuisine.

Silver allait intervenir, mais Wolf s'interposa.

Moins d'une minute plus tard, lorsque Avalon de Bradi reparut, il adressa un bref clin d'œil à sa collègue.

« Je vais rentrer en Angleterre », déclara-t-elle, ragaillardie et presque vindicative. « Je veux que ma fille grandisse à Londres. Pouvez-vous me dire la procédure à suivre pour en finir avec cela, s'il vous plaît ?

— Vous en serez avisée à l'issue de l'enquête », dit Wolf.

« Faites au mieux. Comment puis-je vous être utile ?

— En fournissant une réponse à la question de ma collègue. Des ennemis, des menaces, des chantages ?

— Pas à ma connaissance.

— Un comportement qui sortait de l'ordinaire, au cours des derniers jours ?

— Rien de remarquable.

— De nouvelles fréquentations, ces dernières semaines ? Des changements inhabituels dans son emploi du temps ?

— Non…

— Une séparation en vue ? Un événement majeur ?

— Pourquoi voulez-vous qu'on se sépare ? On vit en parallèle sans se gêner le moins du monde.

— Très bien. Il nous faut son ordinateur, ses agendas, etc. Il a un bureau personnel, ici ?

— Suivez-moi », dit Avalon de Bradi en ignorant la commission rogatoire que lui tendait Silver.

Avec un sourire, celle-ci invita Wolf à passer en premier à la suite de la jeune veuve, et il ne se gêna pas pour observer la partie de son fourreau qui gainait ses fesses et laissait deviner, par transparence, la ligne verticale sombre qui ondulait au rythme du claquement de ses talons sur le faux marbre.

Au fond du couloir, il émit le vœu qu'elle bifurque vers les escaliers ajourés, et son souhait fut exaucé. Marche après marche, un parfum coûteux et capiteux lui envahit les narines et, n'eussent été les circonstances, ce que percevaient ses yeux se serait très vite transformé en désir purement animal. À l'étage, elle s'arrêta devant une pièce sombre vers laquelle elle tendit la main.

« Voilà », dit-elle. « Prenez ce que vous voulez. Tout ce qui peut vous être utile, et même tout ce qui pourrait vous faire plaisir. Je ne souhaite rien garder, de toute façon. »

Moins de vingt minutes plus tard, Silver et Wolf étaient de retour dans le salon, où Avalon de Bradi buvait un rhum sur le sofa couleur tabac. Ils emportaient un ordinateur portable et un disque dur externe, deux clés USB et un agenda, qui de toute évidence n'avaient rien de professionnel.

« Prévenez-moi au cas où sa mort ne serait pas exclusivement due à ses activités personnelles », dit-elle.

« Vous voulez dire, si par exemple on découvre que les coupables sont les gamins roms qu'il payait pour des fellations, des sodomies et des vidéos, et qu'ils voudraient s'en prendre également à vous ? » cingla Silver.

Avalon de Bradi arqua un sourcil agacé et la fixa un instant.

« Exactement », répondit-elle.

« Encore une chose », dit Wolf. « Est-ce que votre mari suivait un régime alimentaire particulier ? »

La femme prit une inspiration agacée, posa son verre de rhum sur la table basse et haussa les épaules.

« Pas à ma connaissance. Mais il en a parlé. Plusieurs fois. Il parlait de tout changer. Son mode de vie, son alimentation, ses centres d'intérêt. Faire un grand ménage. Il disait avoir besoin de pureté, de révélation, d'harmonie supérieure, ce genre de trucs que disent les gens qui sont toujours à deux doigts du burn-out. Mais je ne crois pas que cela ait dépassé le stade des intentions. Pour ce que j'en sais, en tout cas. »

De retour au quatrième étage du 36, quai des Orfèvres, une convocation pour une nouvelle audition des enquêteurs de l'IGPN les attendait.

« Ils sont où, les bœuf-carottes ? » demanda Wolf à Romènes.

« À l'hosto. Ils interrogent Perrin.

— Génial. Garde les convocs et donne-les-nous la prochaine fois que tu nous verras. »

Ils passèrent devant le bureau vide de Lacroix et décidèrent de se rabattre vers celui de Marcus. Vide également. Ils y déposèrent l'ordinateur, les clés USB et le disque dur externe de Lorenzo de Bradi, avec un mot d'explication.

Pas d'autre solution que d'aller bosser dans leur bureau, au risque de se faire coincer par les types de l'IGPN à leur retour de l'hôpital.

« Je fais la paperasse, tu creuses Avalon et l'agenda ? » proposa Wolf.

« Elle a l'air de t'inspirer, tu seras plus efficace », dit Silver en allumant son ordinateur.

« Affaire conclue. »

Les recherches sur Avalon de Bradi furent rondement menées. Née Swanson, Londonienne pur jus, famille installée dans le luxueux quartier de Knightsbridge depuis des générations, London School of Economics & Political Science, début de carrière dans une banque prestigieuse et soudain, fracture. Exil à Paris, mariage, installation au Pré-Saint-Gervais. Nouvelle vie, nouvelle banque. Rien de plus.

Tandis que Silver renseignait les différentes étapes de la procédure sur le logiciel de rédaction, Wolf se surprit à regarder les nuages embrasés par le soleil rasant. Depuis combien de temps était-il hypnotisé par ce spectacle immense qui évoluait avec une lenteur infinie, mêlant les couleurs du charbon et de la houille à celle de l'acier en fusion ? Il n'en avait aucune idée. Sans doute quelques secondes à peine. Ce qui était suffisant pour qu'il repense aux hauts-fourneaux de son enfance, à l'entrepôt désaffecté et au colosse mort qui le hantait depuis des années. Silver était la première personne à qui il en avait parlé. Par association, il entendit les balles fuser et déchiqueter l'épais feuillage de la jungle. Un autre genre de fournaise. Toujours la même présence de la mort. Qu'est-ce que la bouche et les yeux verts entrelacés d'or de Karen faisaient à l'extrémité de cette chaîne de souvenirs ?

Le téléphone de Silver le tira de sa stupeur éveillée.

« SMS de Lacroix », dit-elle. « Bizarre…

— Quoi, bizarre ?

— Il me demande d'organiser une réunion *discrète*.

— Quand ?

— Ce soir. »

Aucun des deux ne parla durant un moment, assimilant l'information. Lacroix n'avait jamais agi de la sorte. Au contraire, il était apprécié – ou détesté, le plus souvent – justement parce qu'il ne prenait ni détours ni gants quand il avait quelque chose à dire. Silver et Wolf constituaient à eux deux la totalité du camp qui l'appréciait, parce qu'en plus d'être direct, Lacroix était objectif, jamais impliqué personnellement, strictement professionnel. Froid comme la glace et aimable comme une porte de prison, selon ses détracteurs – qui faisaient également partie de ceux à qui il était douloureux de reconnaître leurs propres lacunes.

« White Trash, c'est assez discret ? » demanda Silver.

« Perfect. 21 heures 30 ?

— C'est parti. »

Ni elle ni lui ne posèrent toutefois la question qui leur brûlait les lèvres : pourquoi cette réunion *discrète* ?

Au lieu de quoi, Wolf demanda :

« Pourquoi est-ce que c'est toujours à toi qu'il envoie des SMS ? »

Mais Silver n'eut pas le temps de répondre. Cette fois, c'était un appel.

« Doris », chuchota-t-elle en décrochant.

« De mieux en mieux. »

Une réunion discrète, se répéta-t-il, tandis que Silver parlait au téléphone. Les affaires de tueurs en série resserraient vraiment les liens. Surtout quand elles n'étaient pas censées exister.

Moins de cinq minutes plus tard, ils fonçaient dans la rue Saint-Jacques, rapports de vitesses serrés, moteur rugissant et slalom brutal.

Ils furent ralentis par la densité de la circulation en arrivant dans le Quartier latin, décidèrent d'abandonner la Mégane et de foncer à pied vers le Blossom Bodoi.

À une vingtaine de mètres du restaurant, ils stoppèrent, reprirent leur souffle en marchant lentement et en examinant la salle. Elle était pleine. Des tables de deux ou quatre personnes, la serveuse et Doris qui voltigeaient entre elles, les avant-bras chargés d'assiettes.

Ils échangèrent un regard et prirent la direction de l'entrée. Wolf tint la porte ouverte pour Silver, prêts à jouer avec un plaisir et un amusement certains le couple de sortie le vendredi soir. Ils longèrent l'allée centrale en détaillant discrètement la clientèle, sans plus.

« Madame, monsieur, bonsoir », leur dit Doris lorsqu'ils atteignirent le comptoir. « Vous avez réservé ?

— Non », dit Silver.

« D'accord. Il va y avoir un peu d'attente. Je vous offre un apéritif au bar, si vous voulez. Ou bien vous préférez repasser d'ici vingt minutes ? »

Ils firent semblant de se concerter du regard.

« Allons pour un apéritif.

— Avec ou sans alcool ? Kombucha, vin blanc... J'ai un jurançon de 2012 en ce moment. Bio, évidemment », dit Doris en contournant le comptoir. Elle décrocha deux verres à pied et les posa sur le bois verni. « Les deux types à gauche de la porte », souffla-t-elle. Wolf se retourna discrètement. « Celui qui est de face. C'est lui qui n'arrête pas de parler de votre truc d'éradication, Human Final Solution. Jamais vu ici. L'autre non plus, d'ailleurs.

— Merci », glissa Silver. « Vin blanc pour moi. »

C'était un type dans la trentaine, propre sur lui, chemise noire, cravate noire, montures de lunettes noires, cheveux brillants de gel, complètement absorbé dans les propos qu'il tenait à son vis-à-vis qui, de dos, hochait la tête en enfournant des cuillerées de mousse au chocolat au tofu soyeux.

« Pareil », dit Wolf en se retournant. « Sec, s'il te plaît. »

Doris leur servit deux verres et ajouta :

« Vous avez du bol. Ils sont les prochains à partir. » Puis elle leur adressa un sourire très professionnel avant de retourner dans les cuisines.

Wolf prit son verre et le leva.

« Joyeux anniversaire, chérie. »

Silver eut un sourire de connivence.

« Hé ! » justifia-t-il. « Autant jouer le jeu à fond, non ?

— Ouais », dit-elle en levant son verre. « Une gentille soirée d'anniversaire avec une douce baise romantique en rentrant à la maison. Ça nous changera de tes soirées devant la télé et des miennes à chercher des aventures sur Internet. À ta santé, mon amour. C'est si délicat de ta part de me faire la surprise de cette soirée. »

Ils trinquèrent et goutèrent le jurançon.

« Il ne ressemble pas à Antoine Marquez », dit Wolf. « Je veux dire, par son allure générale. Ils n'appartiennent pas au même troupeau. L'autre non plus. Remarque, c'est logique. Ils n'ont pas intérêt à se distinguer ni à porter des tee-shirts estampillés ÉRADICATION DE L'HUMANITÉ s'ils veulent faire leurs affaires tranquillement.

— C'est le genre de type à se balader avec de la soude et une étoile en acier dans une mallette, à ton avis ? » demanda Silver en regardant la photo de la vache et son logo EAT PUSSY, NOT COW.

« Je crois pas. Remarque, Ted Bundy avait une tronche de gendre idéal. Un vrai play-boy. Et il se faisait des fellations avec des têtes de femmes décapitées qu'il gardait dans son congélateur. Il les passait à l'eau chaude sous la douche d'abord, pour pas choper des engelures à la…

— Wolf.

— OK. Joyeux anniversaire, mon amour. »

Leur cible leva une main, héla la serveuse et lui commanda deux cafés.

Silver et Wolf continuèrent à badiner un moment, jusqu'à ce que Doris passe devant eux avec le terminal de paiement.

« Votre table va se libérer d'ici une minute », annonça-t-elle avec un sourire.

Les deux types finirent par se lever, enfiler leur veste et quitter le Blossom Bodoi en longeant le trottoir vers la droite.

Silver et Wolf attendirent trente secondes avant de sortir à leur tour. Le duo avait traversé et remontait tranquillement vers la rue Mouffetard, une vingtaine de mètres plus haut. Silver continua sur le trottoir de droite, et Wolf laissa passer un vélo avant de traverser et de se glisser derrière eux. L'animation du vendredi soir lui permettait de les suivre à moins de dix mètres de distance, en toute discrétion. Place de la Contrescarpe, les deux hommes se séparèrent. Le deuxième type bifurqua à gauche, et leur cible continua rue Mouffetard. Wolf se rapprocha. Une fois sur ses talons, il le doubla et, un mètre plus loin, pivota vers lui :

« Bonsoir, monsieur. Police nationale, contrôle d'identité. Veuillez… »

Le type se rua en arrière et démarra un sprint. Qui fut stoppé net au bout d'un mètre cinquante environ par le poing de Silver qui percuta violemment sa tempe gauche avec un claquement net et mat, après une trajectoire en arc de cercle fulgurante. Il s'affala comme une poupée de chiffon, instantanément vidé de toute tension musculaire et nerveuse, les yeux roulant comme des billes désordonnées dans leurs orbites. Les flics sortirent leur plaque, mais les passants détournaient déjà le regard et se dispersaient comme s'ils fuyaient un foyer de gale ou de maladie infectieuse particulièrement contagieuse.

« … présenter vos papiers », compléta Wolf. Assis sur le trottoir, l'homme eut un instant d'hébétude complète, puis il essaya de stabiliser son équilibre d'une main tout en se frottant le visage de l'autre, pour retrouver ses esprits. Les lumières de la nuit semblaient danser dans son crâne, et il avait du mal à mettre sa vision au point.

« Je suis médecin !

— Vos papiers d'identité », martela Silver.

« Ma femme est avocate.

— On t'a pas demandé ton livret de famille, abruti. Tes papiers », s'impatienta Wolf.

Toujours assis, l'homme sortit son portefeuille de sa veste en regardant tour à tour les deux flics. Wolf s'en saisit et le tendit à Silver, qui commença à l'examiner. Trop lentement à son goût : il voyait, à son regard arrogant, que le type reprenait confiance en lui et qu'il n'allait pas tarder à se montrer vindicatif.

« Pierre Couvreur », lut Silver. « Docteur en médecine, gynécologue.

— Vous n'avez…

— Pas le droit ? » coupa Wolf. « Ça dépend à quel film tu penses. Celui-là, tu l'as déjà vu ? » demanda-t-il en dégainant son SIG pour appliquer l'extrémité du canon sur le front du médecin. « Les étoiles et la soude, c'est pile à cet endroit, non ? »

Le type se mit à bredouiller. Ses capacités de résistance s'étaient soudain totalement dissoutes.

« Ton téléphone. »

Wolf le récupéra et le passa également à Silver.

« Human Final Solution », dit-il.

En un quart de seconde, la lueur qui passa dans les yeux du gynécologue le trahit. C'était une lueur dans laquelle on lisait, aussi clairement que si elle émanait d'une enseigne au néon : « Et merde… »

Il baissa la tête, puis leva un regard plein de morgue :

« Où est l'article 78 du Code de procédure pénale par lequel le procureur autorise le recours à la force publique ? »

Ce fut au tour de Wolf de baisser la tête en soupirant. De la main gauche, il attrapa le type par l'encolure de la chemise, le souleva et le poussa contre la lourde porte cochère qui se trouvait à sa gauche. Seulement ensuite, il actionna l'ouverture automatique et le poussa à l'intérieur. Puis son coude gauche vint s'écraser dans l'orbite du gynécologue, et l'arrière de sa tête heurta le mur.

« Ça, c'est la force publique. »

Le médecin gémit en étouffant des insultes et porta les mains sur son arcade qui commençait déjà à gonfler.

« Et ça, c'est la nouvelle version de l'article 78 du Code de procédure pénale délivré par le proc », dit-il en appuyant le canon du SIG-Sauer sur son front et en actionnant la culasse pour faire monter une cartouche dans la chambre. « Human Final Solution. Je l'applique de suite, cette solution finale, en ce qui te concerne ?

— Ma femme est avocate !

— Mon frère est schizophrène et il se prend pour moi. Et moi, je suis complètement cinglé.

— Non », dit Silver. « C'est l'inverse. Ton frère est psychotique. C'est toi qui es schizophrène.

— Ah. Exact. Je confonds tout le temps. Human. Final. Solution.

— Je connais pas ! » cria le médecin, plié en deux, qui tentait de se protéger derrière ses mains tendues.

« Antoine Marquez. Human Final Solution », répéta Wolf d'une voix lente et ferme.

« Putain…

— Ah. Tu vois ? Antoine Marquez. Human Final Solution.

— OK. Je veux un accord », dit le type, essoufflé.

« Antoine Marquez. Human. Final. Solution.

— Vous êtes complètement hors procédure !

— Ce serait la première fois qu'un suspect bouffe le trottoir par accident, à ton avis ? Antoine Marquez. Human. Final. Solution. »

Le gynécologue baissa ses mains, tourna la tête de côté, inspira et expira à fond.

« OK. Il est venu à mon cabinet. J'ai flippé parce que je l'ai reconnu. Il m'avait déjà abordé. Après une réunion. Il n'était pas censé savoir qui j'étais, ni rien savoir à mon sujet.

— Quelle réunion ? »

Le type soupira, puis tourna un regard rogue vers les flics.

« AIR. Action Identité Radicale. C'est pas contre moi qu'il faut vous battre, les gars.

— OK, je vois le genre », dit Silver.

« Antoine Marquez. Human Final Solution », reprit Wolf.

« Ce gars est venu dans mon cabinet. Ce qui veut dire qu'il m'avait pisté ou qu'il s'était procuré des informations sur moi, d'une façon ou d'une autre. J'ai joué le jeu, je ne pouvais rien faire d'autre. Je l'ai écouté », dit le médecin, la paume de sa main comprimant le gonflement de son arcade. « J'ignore s'il s'appelle Antoine Machin. Mais il m'a questionné sur le dosage de l'eau du robinet en hydrochlorure de quinacrine. Pour stériliser les populations qui en consomment. Du moins, les femmes. Pauvres et immigrées de préférence. Il voulait polluer les réserves des 18e, 19e et 20e arrondissements, puis les banlieues, Aubervilliers, Saint-Denis, etc. Je l'ai questionné à mon tour. C'est là qu'il m'a parlé de Human Final Solution.

— Et forcément, tu t'es dit que ta petite milice d'Action Identité Radicale pouvait avoir des buts communs avec HFS, voire même utiliser ces allumés à votre profit ?

— J'y ai pensé. Mais c'est tout. J'y ai seulement pensé. Je lui ai dit que je devais faire des recherches pour répondre à la question du dosage du produit par mètre cube.

— Antoine Marquez fait également partie de AIR ?

— Non ! Nos réunions sont semi-ouvertes. Nous faisons passer l'information dans les milieux sensibles à nos positions. Nous repérons des têtes. Ensuite, nous trions, nous testons, nous évaluons. Et seulement après plusieurs semaines, nous intégrons de nouveaux membres. Ce taré de Human Final Solution ne cadre pas du tout avec le profil qui nous intéresse. Je vous l'ai dit, l'idée de l'utiliser m'a traversé l'esprit. Un peu comme une bombe sale. Mais c'est tout. Nous n'avons rien fait. Je n'ai rien fait, strictement rien fait, qui tombe sous le coup de la loi.

— Pas encore, mais ça pourrait se produire très vite. Je veux Antoine Marquez, et tu es en contact avec Antoine Marquez. Tu vois l'équation ? Ou tu veux encore sentir le coup de la loi ?

— Conneries... », dit le gynécologue avec un mauvais sourire. « Je l'ai simplement croisé...

— On le trouve où, Antoine Marquez ?

— En l'occurrence, c'est lui qui me trouve. Mais il a mentionné le nom d'un cybercafé. Dans le vingtième.

— Et ce nom est ? » demanda Silver.

Il leur restait plus d'une heure et demie avant le rendez-vous au White Trash. Largement le temps d'aller garer la Mégane dans le parking souterrain du 36 et de rejoindre le Triangle de Choisy à pied. Wolf demanda deux fois à Silver si elle était sûre que le téléphone de Pierre Couvreur ne contenait rien. Deux fois, elle confirma que les mails, SMS, hangouts, ainsi que sa navigation récente et ses contacts ne donnaient aucune piste explicite vers Marquez ou HFS.

« Qu'est-ce que tu penses de cette histoire de stérilisation par l'eau du robinet ?

— Rien.

— Comment ça, rien ? » insista Wolf.

« Des tarés », éluda Silver avec un geste de la main.

« Mais encore ?

— Je sais pas. J'y crois pas, c'est tout. Comment te dire… C'est comme tous ces types qui ont complètement dévissé, chacun dans leur catégorie. Que ce soit la politique, la théorie du complot, Human Final Solution, même des végétaliens extrêmes ou tous ces groupes qui mélangent tout et qui ne se rendent même pas compte qu'ils carburent aux fantasmes paranoïaques… Ils sont tellement loin de l'idée de réel qu'ils sont totalement incapables d'organiser la moindre action dans le monde réel. Ce ne sont que des mots. Donc des fantasmes. De la mythomanie obsessionnelle et compulsive.

— Ouais. Je vois l'idée. Mais on a quand même trois macchabées avec une étoile à six branches tatouée à la soude sur le front. Ou bien, tu vas me dire que ça non plus, ce n'est pas réel ? Les macchabées aussi sont des mythos, en fait ? »

Silver ne répondit pas et tourna la tête pour observer la circulation et les lumières nocturnes. L'asphalte brillait de blanc, de jaune et de rouge. Les mouvements de la ville étaient fluides.

Au bout d'un moment, il s'éclaircit la gorge et dit :

« Merde, Silver. C'était censé être drôle. »

En entrant dans la salle de restaurant suréclairée du White Trash, Wolf sentit soudain une terrible fatigue s'abattre sur ses épaules et se répandre dans son système nerveux. Il n'arrivait pas à assimiler l'information qui lui disait que c'était la veille que Silver l'avait emmené là pour fêter Bun Awk Phansa. Une part de son esprit résistait. Il s'était passé plus de choses en trois jours qu'il n'en avait vécues durant le mois écoulé. Et peut-être même durant toute l'année écoulée. L'image du beau visage cyanosé de Karen lui noua les tripes.

Le serveur les reconnut et salua Silver en laotien. Wolf le salua d'un signe de la tête. Il y avait beaucoup plus de monde que la veille. Le même genre de musique montait du sous-sol, mais les clameurs de la foule étaient beaucoup plus fortes. L'effet du vendredi soir, se dit-il. Le serveur les guida jusqu'à une table de quatre personnes, tout au fond de la salle. Wolf n'eut aucune idée de ce que commanda Silver. Il espérait juste que ce ne soit pas de l'alcool de serpent, ni de riz, ou ni quoi que ce soit.

Ils prirent place, dos au mur, pour surveiller l'entrée. Le serveur revint avec deux grands verres, qui contenaient du thé au lait de soja et des boules translucides de tapioca.

« Normalement, c'est un dessert », précisa Silver.

« Pas de problème. Laos, chaos, comme on dit. »

À 21 heures 30 précises, Lacroix et Marcus entrèrent ensemble dans la salle de restaurant du White Trash. Wolf fut intrigué. Certes, ils avaient tous les deux des tendances psychorigides très nettes qui les empêchaient d'arriver à 21 heures 29 ou 21 heures 31. Mais il décela en eux un genre de complicité qu'il n'avait pas remarquée jusque-là.

« La même chose », dit Lacroix au serveur en désignant les verres de Silver et de Wolf. Le commissaire et le lieutenant stagiaire prirent place, et Lacroix lança son habituel : « Quelles nouvelles ?

— On a découvert une araignée acrobate dans le désert », dit Wolf. « Au milieu de rien, elle peut prendre la fuite à une vitesse stupéfiante. Elle enchaîne les flips, les sauts de mains, enfin, de pattes, les rondades et les saltos dans tous les sens. Et comme elle a huit pattes, il est impossible de prévoir dans quelle direction elle va disparaître.

— Mais on a le nom d'un cybercafé du vingtième qu'il faut mettre sous surveillance », ajouta Silver. « On vous donnera la description du type.

— Il s'agit de qui ? » interrogea Lacroix.

« Antoine Marquez, l'allumé de Human Final Solution. Le type qu'on a trouvé chez Deborah-Lee Henry, et qui s'est barré de l'hôpital avec le mollet transpercé.

— OK. Je vais coller une surveillance sur le cybercafé en question. »

Le serveur déposa les deux autres thés aux perles de tapioca, et tenta de présenter le menu en français. Aucun d'eux ne parvenait à débrouiller les quelques mots sur lesquels il trébuchait et Silver mit fin à son calvaire en commandant quatre laap au seitan.

« Qu'est-ce que c'est ? » demanda Marcus.

« Des protéines de blé, des légumes, des herbes, des piments. Un régal.

— Tu peux lui faire confiance », ajouta Wolf.

« Excellent choix », dit Lacroix en jetant un œil autour de lui. Contrairement à la salle en sous-sol, il y avait quelques tablées de farangs dans le restaurant. « C'est exactement ce qu'il nous fallait », ajouta-t-il. Puis il regarda Silver et Wolf. « Éteignez vos portables. »

Il était parfaitement sérieux, aussi calme et précis qu'à l'accoutumée. Marcus resta impassible. Seuls Silver et Wolf eurent l'air surpris. Ils sortirent tout de même leur smartphone et s'exécutèrent. Lacroix se laissa aller contre le dossier de sa chaise et leur adressa un sourire amène.

« Marcus vous expliquera. Bien. L'IGPN.

— On a été entendus en début d'après-midi », dit Silver. « Ils nous cherchent des poux, mais on est propres. »

Lacroix eut une brève moue dubitative, histoire de rappeler une évidence : Personne n'est propre.

« Ils veulent une deuxième audition », précisa Silver.

« Ce n'est pas vous, le problème », expliqua Lacroix. « Ils ont interrogé Guedj, l'avocat commis d'office, et Perrin. »

Il s'interrompit le temps que le serveur dispose les quatre assiettes fumantes et odorantes devant chacun d'eux. Silver passa une commande en lao qui leur échappa complètement.

« C'est une eau minérale qui a un goût de rivière », expliqua-t-elle. « Guedj et Perrin ? L'avocat apathique et le boulet de service ? Bon appétit.

— D'après Perrin, vous n'avez pas respecté certaines règles concernant la garde à vue. Karen Tilliez n'était pas menottée durant ses déplacements dans le service, par exemple.

— Conneries », souffla Wolf.

« Nous le savons parfaitement », reprit Lacroix. « Mais les bœuf-carottes ne vont pas se gêner pour en faire leur miel. Perrin est un guignol, mais Guedj est encore plus tordu. Il soutient que vous avez exercé une pression psychologique démesurée sur sa cliente au cours de ses deux auditions, incompatible avec l'état de choc dans lequel elle se trouvait.

— Cet abruti la défend maintenant qu'elle est morte, alors qu'il s'est contenté de faire acte de présence avant, pendant et après les auditions. Vous n'avez qu'à regarder les VidéoGav.

— Je ne suis pas là pour vous reprocher quoi que ce soit », précisa Lacroix en se penchant imperceptiblement en avant pour les fixer de son regard clair, l'un après l'autre. Puis il poursuivit d'une voix feutrée :

« Perrin et Guedj vont servir la soupe à l'IGPN. Ces types vont faire un rapport à charge en vous faisant passer pour des brutes totalement arriérées, ce qui est l'exact contraire de l'image que la hiérarchie veut donner de la police.

— De gentils fonctionnaires compatissants qui aident les vieilles dames à traverser et sermonnent avec tact, psychologie et empathie les malfrats, les tueurs, les violeurs, les tarés asociaux en tout genre », ironisa Wolf.

La réaction de Lacroix le décontenança. Le commissaire posa sa fourchette, s'essuya les lèvres avec sa serviette, et dit :

« Exactement. »

Il y eut un flottement. Wolf essaya de capter les ondes de Silver pour s'assurer qu'il interprétait correctement les paroles de son supérieur.

« Donc. Les étoilés. On en est où ? John Doe ?

— J'étudie le fugu », intervint Marcus, qui n'avait quasiment rien dit jusque-là. Wolf arqua les sourcils. Décidément, le lieutenant stagiaire adoptait rapidement des manières pleines d'assurance, assez éloignées du comportement du jeune type pâle et nerveux que Silver et lui avaient l'habitude de croiser à la Brigade.

« En fait, ton intuition était correcte », continua-t-il en regardant Wolf. « John Doe a été tué par une neurotoxine qui est aussi un hallucinogène. Ce qui veut dire que concrètement, le type a non seulement eu conscience que ses muscles respiratoires et son cœur se paralysaient lentement, mais en même temps, il est parti dans un trip cosmique mortel. Enfin, c'est une façon de parler.

— Et ensuite, il a été dépouillé de sa personnalité, de son identité, de qui il était. Avant d'être marqué d'une étoile à six branches, qui n'a aucun sens pour nous. Et Deborah-Lee Henry ? » demanda Lacroix.

« Junk en voie de réhabilitation », intervint Silver. « Mais junk quand même. Et en voie de réinsertion sociale, également.

— On a la piste d'Antoine Marquez », compléta Wolf.

« Et Lorenzo de Bradi ?

— Délinquant sexuel. Confirmé par sa femme. Et par son deuxième agenda. Des trucs à moitié cryptés, des rendez-vous pour ses plans sordides, des identités loufoques et des codes pour des sites et des forums de porno extrême.

— OK », dit Lacroix. « Quel est le point commun ? »

La posture de Marcus, bras croisés sur la table devant son assiette vide, indiquait le retrait. Il n'était pas de la partie. La question piège s'adressait à Silver et à Wolf. Hackman sonda les yeux bleu glace de Lacroix. Et Silver se lança :

« Vous voulez dire, à part l'étoile gravée à la soude sur leur front, j'imagine ? »

Le commissaire acquiesça.

« Concrètement, un tueur en série. Un redresseur de torts ? » tenta Wolf. « Un justicier, un archange de la mort à l'étoile d'acier, pour reprendre ton expression », dit-il en jetant un œil à Silver.

« Dans l'ordre, les victimes sont : un inconnu complet, une camée, un malade sexuel. C'est ce qu'on a, non ? Et qu'est-ce qui nous manque ?

— De quoi les relier entre eux.

— Et donc », ajouta Silver, « de quoi les relier au tueur.

— Voilà, nous y sommes », dit Lacroix. « C'est là que Marcus entre en scène. Mais d'abord, il faut que nous soyons bien d'accord sur un point. »

Le serveur vint débarrasser leurs assiettes et Marcus demanda à Silver de commander un alcool laotien. Wolf n'eut alors plus aucun doute : le lieutenant stagiaire était bien plus qu'un lieutenant stagiaire. Et Silver commanda une bouteille de lao-lao.

« C'est assez fort », expliqua-t-elle. « Distillé à partir de riz gluant fermenté dans de la levure.

— Officiellement », dit Lacroix, « on a un cadavre inconnu, une overdose, un crime crapuleux. Que de la misère ordinaire, trois événements disparates. Ça, c'est ce qui est officiel, et tout le monde s'en contrefout. Parfait. Et il faut que cela reste comme ça. Hors de question de nous taper un plan média avec un tueur en série. »

Le commissaire chercha du regard l'assentiment de Silver et de Wolf. Ce qu'il obtint aussitôt. Puis il continua.

« Maintenant, passons aux choses sérieuses. Marc Sommacal,

Marcus, a été coopté par mes soins. Sans quoi, vous vous doutez qu'il n'aurait pas été nommé lieutenant stagiaire au 36, quand bien même ses notes à l'ENSP sont exceptionnelles. Comme je vous l'ai dit, c'est un as de la gestion des informations et de l'intelligence virtuelle.

— Hacker », dit Marcus en regardant Silver et Wolf. « Ce n'est pas seulement un don, c'est aussi une malédiction. Voire une maladie. Pour faire court, je paie ma dette. J'ai fait sauter quasiment tous les réseaux et tous les serveurs possibles. Mais sans aucune cupidité, jamais. Juste pour le défi. »

Le serveur apporta quatre verres à liqueur et la bouteille de lao-lao. Silver le remercia et fit le service.

« Par exemple », continua Marcus, « je n'ai pas eu besoin de l'ordinateur de Lorenzo de Bradi, ni de ses clés USB et du disque dur que vous avez laissés sur mon bureau pour trouver ses vidéos gore. La dernière en date est le viol d'une jeune femme sourde et muette. Je vous passe les détails. Ses pseudos m'ont suffi pour retracer toutes ses activités sur Internet. La BRP et la BPM l'avaient dans le collimateur. Il allait être arrêté sous peu. Autre exemple : ton téléphone a été piraté, Wolf. »

Hackman reposa le verre à liqueur qu'il s'apprêtait à porter à ses lèvres et regarda Lacroix, puis Marcus.

« C'est pour ça que vous envoyez tous les SMS à Silver, j'imagine. Pourquoi ne pas me l'avoir dit plus tôt ?

— Parce que cela implique d'autres choses », intervint le commissaire. « Nous ne sommes pas censés avoir accès à ces informations. Vous avez entendu parler du web profond ? C'est un crypto-réseau totalement anarchique et incontrôlable, le pendant exact du web surfacique que tout le monde utilise. Légalement, nous ne sommes pas censés nous en servir. Or, Marcus sait parfaitement s'en servir. Ce qui pose une question.

— Quelles libertés prend-on avec la loi, quand la loi est dépassée par les événements.

— Exact. Luc. Linh. Marc. Wolf. Silver. Marcus. Que des surnoms. Pour tenir à distance la réalité sordide de votre métier, ce qui est tout à fait compréhensible. Certaines circonstances exigent le port d'un masque. Pour agir dans l'ombre. Car certaines choses ne peuvent se faire que dans l'ombre. N'est-ce pas ? »

Wolf sentit son intuition se confirmer. Silver restait impassible.

« Bien que nécessaires et justifiées, certaines choses ne peuvent pas se faire au grand jour. Balzac a résumé *La Société du spectacle* un siècle et demi avant que le livre ne soit écrit, et en une seule phrase, dans *La Rabouilleuse*, où il écrit : "Tout pouvoir, pour rester pérenne, se doit d'être occulte." Le reste n'est que comédie. Et pour ce qui nous concerne, cette comédie s'appelle le Code de procédure pénale, et sa représentation, tout comme son script, deviennent de plus en plus pathétiques. »

Le commissaire leva son verre rempli de lao-lao, et les trois autres l'imitèrent.

« Wolf. Silver. Marcus. Je suis Big Jim, et je codirige une petite organisation informelle et paradoxale. Et vous venez de nous rejoindre », ajouta-t-il à l'intention de Silver et de Wolf, avant d'avaler son verre d'un trait. Ce que firent également les trois autres.

« Que vous le vouliez ou non, vous venez de nous rejoindre », reprit-il. « Je vous connais depuis assez longtemps maintenant. Rien de bien méchant, rassurez-vous. Notre mission est exactement la même. Seulement, plus les contraintes des procédures s'alourdissent, plus nous les allégeons. Marcus vous expliquera. C'est grâce à lui que nous pouvons être opérationnels. Et à ses talents d'otaku du web profond. Nous conservons la même chaîne de responsabilités, depuis le terrain jusqu'au parquet. Moi, je suis l'interface, en quelque sorte. Nous allons droit au but, et nous nous dotons de moyens équivalents à ceux que possèdent ceux que nous pourchassons, quand bien même la loi aurait dix décennies de retard et ramerait dans le sens contraire à notre mission. Ce qui, en fait, est clairement le cas, ne nous y trompons pas. Bientôt, c'est nous qui aurons besoin de l'assistance d'un avocat pour faire notre travail, et pas les types qu'on arrête. »

Silver remplit à nouveau les quatre verres. Qu'ils sifflèrent cul sec. Wolf n'en croyait pas ses oreilles. Il avait envie de hurler son exultation. Il fit signe à Silver de lui resservir du lao-lao.

Lacroix leur raconta qu'à ses débuts à la Criminelle, vingt ans plus tôt, dans un arrondissement de Marseille, les vieux de la vieille mettaient les prévenus récalcitrants dans un caddie de supermarché, leur collaient un casque de mobylette sur la tête et balançaient le caddie dans les escaliers. Et personne ne trouvait rien à y redire.

« Bref, l'époque n'est plus à la rigolade », conclut-il avec un sourire en tendant son verre vide à Silver, qui servit une tournée générale.

« Ton téléphone a été piraté », dit Marcus à Wolf. « C'est forcément la Vipère qui t'a envoyé ce SMS, NI FLEURS, NI COURONNES.

— Concrètement, on fait quoi ?

— Tu creuses principalement Karen Tilliez et la Vipère », dit Big Jim. « Silver, tu couvres Wolf et tu creuses principalement les étoilés. Vous vous organisez comme vous voulez tous les trois. Je mets une surveillance sur le cybercafé pour Antoine Marquez. Marcus est votre atout, à tous les deux. Je veux être au courant de tout, en permanence, pour être capable de tout justifier, à tous les niveaux. C'est le prix à payer pour retrouver un minimum de liberté de mouvement. C'est moi qui serai l'interlocuteur exclusif de la proc et du parquet. Confiance absolue et obligatoire, dans les deux sens.

— Je vote pour », dit Wolf en levant son verre.

Les trois autres l'imitèrent en échangeant un regard.

« Dont acte », dit Big Jim.

« Dont acte », confirmèrent-ils.

16

Vendredi 21 février, 22 heures 13

Les ondes sonores de "Kometenmelodie 2" vibraient dans l'air ionisé de l'écozone. En plus du puissant purificateur, la Vipère avait fait installer un filtrage par plasma. Chargé d'ions négatifs et débarrassé de toute particule nocive, l'air possédait les qualités des franges océaniques et la pureté adéquate à la diffusion des mélodies cosmiques de Kraftwerk. Un troisième système, de diffusion celui-là, avait également été mis en place, mais il ne servait que rarement. En fait, il n'avait encore jamais été utilisé. Il était principalement destiné aux cas d'urgence. Et personne d'autre que la Vipère n'avait jamais pénétré son écozone.

Il avait passé des heures attelé au panopticon. Toute la procédure concernant Karen était désormais regroupée en un seul dossier, depuis son avis de placement en garde à vue jusqu'à l'obstacle médico-légal, en passant par les deux auditions et la vidéo de la visite du pseudo-médecin psychiatrique de l'I3P. C'était l'une des premières choses qu'il avait vérifiées : son repérage via le dark web s'était révélé correct et on ne distinguait son visage sur aucune caméra du 36, quai des Orfèvres, ni de ses abords immédiats. Cela revenait à traverser un champ de détecteurs laser sans déclencher aucune alarme, mais son étude préalable des lieux, des angles et des volumes s'était révélée très précise et sa mémoire, totalement fiable. Étrangement, les bases de données ne contenaient aucune image de rez-de-chaussée. Une défaillance du système qui lui facilitait la tâche.

Il avait également piraté l'ordinateur des deux enquêteurs de l'IGPN, Faber et Jednak, et s'était accaparé les notes qui leur serviraient à rédiger leur rapport. Sans surprise, l'attitude de Perrin, le planton, était épaisse et veule : il s'échinait à lister des points de détail auxquels personne ne prêtait attention, dans le but évident de charger Hackman et Schmitt, alors qu'il mentionnait à peine la mise en cause. Comme s'il avait complètement oblitéré de son esprit que c'était Karen qui lui avait arraché l'oreille. À sa décharge, il était téléguidé par Faber et Jednak, dont le but avoué était de tacler les deux officiers.

Dans ce même prérapport, l'attitude de l'avocat commis d'office était plus surprenante. Autant il s'était montré transparent lors des auditions et avait suivi une ligne de défense minimaliste, pour ne pas dire inexistante, autant face aux deux enquêteurs de l'IGPN, il révélait toute la roguerie et la duplicité de son caractère. Il accusait Hackman et Schmitt de harcèlement moral et de pressions psychologiques, et aidait les deux bœuf-carottes à extraire des passages des auditions pour étayer ses allégations captieuses.

La Vipère passa la pulpe de son majeur gauche sur la bague en acier chirurgical de sa main droite, en scrutant la photo de Guedj qui figurait sur la page d'accueil de son site professionnel. Ce qui n'était jamais vraiment bon signe.

Il ferma les yeux, se concentra pendant plusieurs cycles respiratoires.

Il fallait bouger.

Il sélectionna et lança la lecture du titre "Klingklang" de l'album *Kraftwerk 2*, puis se plaça au centre de l'écozone et commença ses minutieux mouvements d'étirements musculaires et d'assouplissements articulaires. La musique et le tai-chi le relaxaient conjointement. Après une quinzaine de minutes de méditation, son rythme cardio-pulmonaire était synchronisé sur celui du titre "Atem" – qui signifiait « souffle » en allemand. Il avait l'impression d'arpenter le fond des océans, ou les confins du cosmos. Il n'y avait aucune différence.

Il repensa longuement à Karen et convoqua tout ce que son psychisme avait enregistré d'elle.

Lorsque commença "Strom" – « électricité » – la Vipère ouvrit les yeux. Il avait complètement renouvelé son alignement.

Il alla se doucher, puis enfila une chemise neuve et l'un des costumes que le pressing avait livrés dans l'après-midi. Il s'assura que la teinte gris fer n'avait pas subi de virage chimique lors du nettoyage. Pareil pour la chemise bistre. Il vérifia son allure générale dans le grand miroir scellé à la porte d'entrée, activa les alarmes de l'écozone et sortit.

Il rejoignit la place du Colonel-Fabien à pied et s'engagea sur le boulevard de la Villette. Il navigua entre les éclats de tension propres aux fins de semaine, lorsque la pression sociale évacuait son trop-plein. Il se sentait moins en milieu hostile lorsque les rues étaient électrisées d'une part animale. Alerte et fluide, il longea les boulevards de Belleville et de Ménilmontant, puis contourna le cimetière du Père-Lachaise par le sud-ouest avant de remonter la rue de Bagnolet. C'était dans cette rue que Karen avait réalisé l'un des plus hauts points de son alignement. Il ne résista pas à la curiosité de pousser jusqu'au numéro 78.

De l'autre côté de la rue, la Vipère scruta le bâtiment, encadré par deux boutiques dont les volets métalliques étaient couverts de tags indéchiffrables. C'était là que l'alignée zéro avait décapité Stéphane Barres d'un coup de sabre. Après un moment d'observation, il traversa et se campa devant la porte d'entrée pour essayer de capter les vibrations résiduelles de l'équinoxe de Karen.

Les yeux fermés, la respiration lente et profonde, la nuque légèrement basculée en arrière, il visualisait la scène. Toute l'énergie venait du premier étage. Exactement comme une étoile devenue trou noir émet encore des rayonnements lumineux, en périphérie du champ gravitationnel de son centre aveugle. Et c'était précisément ce centre aveugle qui attirait la Vipère. Karen était allée si loin…

Il ouvrit les yeux et examina le premier étage. L'appartement de gauche était éclairé d'une lumière jaune qui filtrait par les rideaux ocre. Celui de droite était plongé dans la pénombre. Les volets étaient ouverts. La Vipère sentait que c'était là qu'il s'était passé quelque chose d'unique. À cet endroit précis, une singularité psychique avait marqué le territoire spatio-temporel. Une rencontre fantastique entre la matière sombre et la lumière de l'univers connu.

Où diable l'alignée zéro avait-elle trouvé l'énergie nécessaire pour se propulser aussi loin ?… Il n'y avait qu'une façon de le savoir, et la Vipère en avait parfaitement conscience. Il le savait depuis longtemps. Bien avant que Karen ne passe de l'état d'étoile à celui de trou noir, d'ailleurs. Il savait que la réponse se trouvait au zénith de son propre alignement.

La lumière s'alluma dans la cage d'escalier et le vitrage supérieur de la vieille porte d'entrée en bois se découpa dans la pénombre. La Vipère inspira l'air frais du soir et revint sur ses pas, en direction du boulevard de Charonne.

Moins de deux cents mètres plus loin, il bifurqua vers la droite et s'engagea dans la partie de la rue de la Réunion qui donnait sur l'entrée sud-est du cimetière du Père-Lachaise. Tout était calme. Il poussa la porte d'entrée et emprunta les escaliers jusqu'au cinquième étage, sans allumer la lumière. Le couloir était plus sombre, laissant à ses pupilles le temps de s'acclimater à la pénombre, la Vipère avança lentement jusqu'à la dernière porte. Il laissa passer encore deux minutes avant d'en crocheter la serrure à l'aide de son parapluie tubulaire. Puis il entra et referma la porte derrière lui.

Il demeura un moment immobile sur le seuil. L'appartement était saturé d'une atmosphère chargée d'alcool éventé, de fumée de cigarette, de renfermé et de souffrance. Ainsi que d'une touche de vieille marée. Dans la pénombre, il entendit une série de légers chocs mats qui approchaient, puis un miaulement de détresse, un faible appel qu'il connaissait bien, émis depuis les profondeurs d'une effroyable solitude. Lorsqu'il fit un pas en avant, le chat s'enfuit en un éclair. Il ouvrit en grand les deux fenêtres du salon, respira l'air frais qui s'engouffra dans l'appartement, observa le panorama des toits et des lumières nocturnes durant plusieurs minutes.

Puis il tira les rideaux en laissant les fenêtres ouvertes, et actionna enfin l'interrupteur. La lumière éclata dans la pièce. Le spectacle était désolant. Il se mit au travail.

Après avoir rempli deux sacs-poubelle de soixante-quinze litres, il ouvrit un journal sur le tapis et y regroupa les débris de verre de l'aquarium, ainsi que les petits cailloux. Il dégagea la table basse, écarta l'étagère, roula le tapis et le descendit dans le local du rez-de-chaussée par les escaliers, où il le balança dans un container. Il fit un second voyage pour les sacs-poubelle.

Il épousseta et remit chaque meuble et chaque objet à leur place, leur redonna un semblant de lustre avec des lingettes imprégnées, passa l'aspirateur dans le salon, la chambre, la cuisine et la salle de bains, et remit de l'ordre dans chaque pièce avant de laver les sols. Dans la cuisine, il nettoya la vaisselle sale et les deux gamelles du chat, celle qui contenait des croquettes ramollies et celle qui contenait un mélange d'eau et de croquettes en décomposition. Dans la chambre, qu'il aéra également, il changea les draps et fourra la literie sale dans la machine à laver, qu'il mit en route. Puis il retourna dans le salon avec un petit bol de croquettes. Pas une fois, il n'avait revu le chat.

En s'asseyant sur le canapé, il éprouva une sensation d'humidité. Il passa la main sur les coussins, la porta à ses narines, se figea et souffla un juron. Il lui fallut trois allers et retours pour descendre le canapé et les coussins dans la cave. Il nettoya à nouveau le sol à l'endroit laissé vacant par le canapé et y disposa les deux fauteuils clubs qui se trouvaient dans la chambre. Et s'assit à nouveau avec le bol de croquettes.

Au bout d'un quart d'heure, le chat ne s'était toujours pas montré.

La Vipère posa le bol par terre et entreprit de fouiller les étagères. Dans un nouveau sac-poubelle, il fourra les paquets de cigarettes vides, les boîtes de médicaments entamées. Idem pour la salle de bains et la chambre. Dans le tiroir de la table de chevet, il resta médusé devant une collection de piles de 4,5 volts. Il décida de toutes les jeter.

Dans la cuisine, il chassa jusqu'à la dernière bouteille d'alcool, y compris la flasque de rhum censément destiné aux pâtisseries. Puis il alla vérifier l'armoire à pharmacie, et se débarrassa de tout ce qui contenait de l'alcool, flacons de désinfectant et de parfum.

De retour dans le salon, il constata que quelques croquettes étaient dispersées à côté du bol. Il reprit place sur l'un des fauteuils clubs et considéra longuement le plateau de la table basse, sur laquelle il avait posé le pistolet qu'il avait trouvé sous les coussins pleins de pisse du canapé.

Il s'agissait d'un Heckler & Koch semi-automatique, modèle USP calibre .45 ACP. La Vipère dégagea le chargeur. Il manquait deux munitions. Et il y avait deux impacts de balle dans le mur. Il alla les inspecter, et constata qu'ils étaient récents.

En fouillant l'appartement à la recherche d'une boîte de cartouches, il fit l'archéologie de Diane Lempereur. Carnets, poèmes, cassettes de Siouxsie & the Banshees et compilations de new-wave anglaise, objets fétiches oubliés, grains de poivre et jeux de tarot, boîtes en carton colorées, médaillons, bijoux, toutes choses jadis investies d'une énergie affective et magique, désormais abandonnées aux cendres du temps. Tout un bric-à-brac, mais aucune photo d'elle, ni de qui que ce soit d'autre. Et pas la moindre boîte de cartouches.

Sur sa lancée, la Vipère alluma l'ordinateur de Diane, entra le nom d'utilisateur et le mot de passe, navigua au hasard dans l'historique, jeta un œil aux différentes destinations qu'elle avait recherchées sur des agences de voyages en ligne, aux objets qu'elle avait repérés sur des sites de vente de mobilier et de décoration, aux robes qu'elles avait ajoutées à son panier sur des boutiques virtuelles, sans jamais rien acheter.

Il consulta alors son compte en banque. Il n'y transitait que les prestations sociales auxquelles elle avait droit, et des retraits mensuels équivalents. Elle possédait également un crédit revolving bien entamé. Il fit un virement conséquent de l'un de ses propres comptes vers ceux de Diane, puis éteignit l'ordinateur.

À l'oreille, il devina la présence du chat. En se retournant lentement, il vit l'animal avaler des croquettes à toute vitesse. Avec d'infinies précautions, la Vipère l'amadoua et finit par l'attraper sans trop l'effrayer.

Il passa un long moment à le caresser, assis dans l'un des fauteuils, jusqu'à ce que le chat ronronne, puis s'endorme.

Le cœur de l'animal battant sous ses doigts, il repensa à tout ce que Diane lui avait dit au sujet de l'appartement. Le sol qui bougeait, les meubles qui la frappaient, les fenêtres qui s'ouvraient ou se fermaient toutes seules, les lumières qui s'allumaient ou s'éteignaient spontanément, les terreurs sexuelles, les fantasmes d'écartèlement et de putréfaction. Les effets secondaires des médicaments n'expliquaient pas tout, même mélangés à de l'alcool. Il se rappela le premier internement d'urgence de Diane Lempereur, qui avait donné lieu à leur rencontre.

Le chat bougea, bâilla et étira ses pattes avant de lécher la main de la Vipère avec sa langue râpeuse. C'était en fait une belle petite chatte noire aux yeux d'ambre, au squelette délicat, guère plus lourde que la masse de ses poils.

Drought repensa à toute la chaîne d'événements qui s'étaient déroulés depuis sa rencontre avec Diane, aux urgences psychiatriques. Il s'imprégna de son lieu de vie jusqu'à avoir la confirmation définitive de son intuition première. Diane était idéalement cinglée et parfaitement vierge. Tellement perturbée, décalée et déphasée que le monde n'avait jamais eu aucune prise sur elle. Elle était intérieurement désordonnée au point d'être une singularité de la loi de l'entropie à elle toute seule. Au point d'être l'attracteur étrange ultime dans un univers géré par le second principe de la thermodynamique.

Elle était l'élue de la loi de l'alignement.

La Vipère remplit les gamelles de la chatte d'eau et de croquettes fraîches, laissa une lampe allumée, glissa le H&K contre ses reins et referma la serrure à l'aide du parapluie. Sans allumer la minuterie, il rejoignit la rue.

Le dernier signal émis par le téléphone de Luc Hackman le situait aux abords du Triangle rouge, dans le 13e arrondissement. C'était là qu'il s'était déconnecté du réseau. La Vipère descendit l'avenue Philippe-Auguste jusqu'à la place de la Nation, traversa la Seine par le pont de Bercy et fila tout droit jusqu'à la place d'Italie. Il bifurqua avenue de Choisy, et peu après avoir croisé la rue de Tolbiac, il ralentit. La géolocalisation du dernier point d'émission de signal du smartphone de Hackman n'était pas très précise. Une dizaine de mètres, guère plus. Peut-être même vingt. Or, tous les commerces se valaient, en cela qu'ils étaient presque tous susceptibles d'accueillir les OPJ au cours de la soirée. À n'en pas douter, c'était Linh Schmitt qui avait guidé le lieutenant dans le quartier asiatique. L'agitation y était plus feutrée, indirecte. Ils devaient se trouver dans un rayon d'une vingtaine de mètres, grand maximum. En supposant qu'ils soient encore là.

De toutes les enseignes, l'une attira l'attention de la Vipère, parce que c'était la seule à être rédigée en anglais. The White Trash. Juste de l'autre côté de la rue, sur la droite. D'instinct, il sut qu'ils étaient là. Et en traversant, il se demanda ce que lui-même faisait là. Quelle logique justifiait sa présence. Sa conscience ne le savait pas clairement, mais son instinct supérieur était pleinement aux commandes. C'est alors qu'il reconnut les deux hommes qui sortaient du restaurant à ce moment précis. Il atteignit l'autre trottoir et se dirigea vers un vendeur ambulant.

Cédric Lacroix, commissaire du corps de conception et de direction à la Brigade criminelle. Marc Sommacal, lieutenant stagiaire. Ils marchaient côte à côte et en silence.

Ce n'était pas logique. Leur présence ici n'était pas normale. La Vipère balaya la rue du regard, dans les deux sens. Aucune trace de Hackman ni de Schmitt. Il ne les avait donc pas ratés. Ils devaient toujours être à l'intérieur. La Vipère sut alors sans l'ombre d'un doute ce qu'il faisait là : c'était un avertissement inconscient. Il y avait un danger. Et ce danger venait de prendre forme et réalité au cours d'une réunion secrète entre les deux OPJ, leur supérieur et le génie de l'intelligence virtuelle.

La Vipère se tourna vers le vendeur ambulant et regarda ce qu'il pouvait acheter. Il fallait gagner du temps, rester invisible jusqu'à la sortie de Hackman et de Schmitt. Du coin de l'œil, il regarda le commissaire et le stagiaire qui s'éloignaient d'un pas tranquille.

La preuve qu'il s'agissait d'une réunion secrète, se dit la Vipère en poursuivant son analyse et ses déductions, c'est que Hackman a coupé son téléphone portable. Tout comme les autres, vraisemblablement. Sommacal a sans doute identifié l'intrusion. Logique. Le court-circuit de l'Infirmerie psychiatrique et la fausse expertise de Philippe Brun n'avaient pas pu échapper à un hacker de sa trempe.

Il balaya du regard l'étal devant lui, ne parvint pas à identifier ce qui y était présenté. Il remarqua une grosse bouilloire et la désigna du doigt en faisant un signe de la tête.

Cependant, raisonna la Vipère, aussi génial soit-il, Sommacal n'avait aucune chance de pénétrer, voire ne serait-ce qu'identifier ou déceler l'existence du dark web. Certes, il devait être à l'aise dans le web profond, le réseau invisible, mais le dark web ne pouvait pas être à sa portée. Il était hors de question pour l'université du Michigan de laisser savoir qu'elle avait vendu une demi-douzaine de puces quantiques, même aux plus affûtés des geeks. *Surtout* aux plus affûtés des geeks. Sans quoi ils deviendraient tous frappés de démence compulsive et s'envoleraient pour Ann Arbor où ils feraient le siège des laboratoires de l'université en hurlant et en s'arrachant les cheveux et les yeux. Et sans puce quantique, pas de dark web. Sans la vitesse et la puissance d'une demi-douzaine de qbits minimum, impossible de réaliser la somme astronomique de calculs combinatoires qui effaçait instantanément n'importe quel blindage d'algorithmes cryptographiques. Malgré son nom, le dark web était clair et lumineux. Il réduisait à néant toute l'opacité du web surfacique. Tandis que le web profond, bien plus souple, mettait tout de même un temps fou à briser les serrures, le dark web les supprimait d'entrée de jeu. Ce qu'on voulait, on l'obtenait. Ce n'était plus qu'une question d'imagination.

Mais tout de même, la Vipère savait maintenant que les OPJ étaient sérieusement sur leurs gardes.

La Vipère tendit un billet de cinq au vendeur et prit le gobelet fumant que celui-ci lui tendait.

Restait à comprendre pourquoi son instinct d'aligné l'avait conduit ici, se dit-il en soufflant sur le gobelet, dont le contenu brûlant dégageait une odeur agréable, à la fois fleurie et terreuse, presque fermentée.

Il tourna le dos au restaurant dès qu'il vit Schmitt en pousser la porte, suivie par Hackman.

Le liquide brûlant avait un goût de litchi et de pierre à fusil. Il en but une autre gorgée. Il sentait Silver et Wolf approcher, derrière lui.

Vingt secondes plus tard, les OPJ le doublaient. La Vipère les regarda s'éloigner, pas à pas, et soudain Hackman se retourna vers lui, sourcils froncés, saisi d'une intuition fugace. Le regard de la Vipère, impénétrable et fuyant, se tourna vers le vendeur, auquel il adressa un sourire.

La Vipère pivota vers le White Trash, tournant complètement le dos aux flics. Les secondes s'écoulèrent. Il ne se passa rien. Lorsqu'il jeta brièvement un œil dans leur direction, il constata que Silver et

Wolf traversaient la rue, cinquante mètres plus loin. Il resta sur le même trottoir et les suivit. Au niveau de la place d'Italie, ils s'engagèrent dans le boulevard de l'Hôpital.

Tout en les pistant, et en prenant soin d'éviter les éclairages publics, la Vipère repensa à Karen. L'alignée zéro et son sabre. Il imagina la dextérité avec laquelle elle le maniait. Une extension d'elle-même, aussi précise et illimitée que s'il s'agissait d'une création de son esprit. Il visualisa l'énergie tellurique convoquée par Karen et qui s'engouffrait dans son corps, s'y amassait jusqu'à ce que sa conscience déclenche le mouvement, que l'énergie se déploie depuis ses chevilles jusqu'à son bassin, emmenant avec elle la puissance de la terre entière, donnant à son buste une souplesse de rotation stupéfiante, et à son bras une fluidité et une vitesse qui emmenèrent la lame de son sabre sectionner net le tronc cérébral de Barres. Le point de rencontre spatial et temporel de la vie et de la mort était aussi le point de convergence de toute cette énergie. Voilà jusqu'où Karen était allée.

L'équinoxe de l'alignée zéro.

La Vipère sourit. L'alignée zéro. Comme le chasseur zéro, le surnom donné aux Mitsubishi A6M5 modèle 52 des kamikazes japonais, ces bombes volantes que les pilotes eux-mêmes appelaient Ôka, fleur de cerisier, symbole de la pureté et de l'évanescence. Libérant instantanément l'énergie de deux cent cinquante kilos de trinitrotoluène. Largement de quoi envoyer une tête en orbite, sourit encore la Vipère.

Silver et Wolf passèrent le pont d'Austerlitz, puis stoppèrent un peu plus loin. Il les observa tandis qu'ils échangeaient quelques mots, et Schmitt se dirigea vers la gare de Lyon, tandis que Hackman continuait à pied vers la place de la Bastille.

La Vipère choisit de le suivre, largement au-delà de la distance de sécurité. Mais même là, il percevait les vibrations de son énergie dans le transfert de forces qui animait chacun de ses pas.

C'était une énergie de la même nature que celle de Karen. Tellurique. Profonde. Potentiellement illimitée.

Par association d'idées, il lui revint à l'esprit l'adage que les kamikazes avaient emprunté à l'un des plus fameux samouraïs de l'histoire, et que l'alignée lui avait mentionné :

Le Mal ne peut l'emporter sur la Vérité
Ni la Vérité vaincre la Loi
La Loi ne peut l'emporter sur la Force
Ni la Force vaincre le Ciel

L'application de géolocalisation de la Vipère émit une alerte. Le téléphone de Hackman venait de se reconnecter au réseau.

Il décida d'arrêter là sa filature. Il avait compris ce que son instinct l'avait amené à chercher. Tout avait commencé avec Karen. C'était elle qui avait repéré le potentiel de Wolf et qui avait multiplié les signaux à son intention pour qu'il le repère également.

Karen, la première, avait compris qui était Wolf.

C'était l'aligné alpha. Et c'était de son énergie dont la Vipère avait besoin pour atteindre l'équinoxe de son alignement.

Hackman était le pendant masculin de Diane.

Mais ça, Karen ne pouvait pas le savoir. Pourtant, elle lui faisait là le plus somptueux des cadeaux.

Dans la nuit froide et claire, la Vipère bascula la tête en arrière et observa les quelques étoiles qui brillaient à la verticale exacte de sa position.

Il expira profondément, ferma les yeux et sourit.

Il entra le numéro de téléphone de Thierry Guedj dans l'application de géolocalisation, ainsi que son numéro de carte SIM.

Il fallait fêter ça. Et s'amuser un peu.

17

Samedi 22 février, 6 heures 08

Diane flottait dans des courants d'air frais et c'était agréable, mais parfois il y avait des turbulences, des secousses, et soudain le noir complet, des éclats de lumière, des barreaux métalliques et des sangles, de la terreur, de la rage, de la furie et de l'impuissance. Et tout disparaissait.

Et puis tout recommençait.

L'apaisement, la panique et la terreur, les entraves et les chaînes, son corps furieux qui se débattait avec une rage douloureuse, des éclats de lumière et des bourdonnements étouffants, et tout disparaissait.

Parfois, il y avait également des moments incompréhensiblement calmes et stables.

Elle n'avait aucune idée de la réalité ni de l'endroit dans lesquels elle se trouvait, et étrangement, cela ne suscitait en elle aucun trouble. Elle était la première surprise par sa sérénité. Cela n'avait d'ailleurs guère d'importance, car elle sentait qu'il était en train de se passer des choses autrement plus éminentes. Fondamentales. Essentielles. Élémentaires. Substantielles. Elle n'aurait su dire. Elle le sentait, c'est tout.

Puis tout recommença et cette fois, certaines choses se fixèrent. Elle était dans un lit et de la lumière venait de sa gauche. Une lumière diffuse et contrariée par les bandes blanches qui opacifiaient la vitre. D'épaisses sangles maintenaient ses poignets et chevilles aux barreaux métalliques du lit. Des menottes psychiatriques. C'était donc ça. Des souvenirs lui revenaient. Elle avait vécu ce rituel sacrificiel et immémorial au cours duquel ses mains s'étaient couvertes de sang chaud, rouge, épais et brillant. À qui appartenait ce sang ? D'où venait-il ? Elle regarda ses mains, tendit et écarta ses doigts. Elles n'étaient plus collantes ni poisseuses. Elles étaient propres, blanches et fines.

Elle perçut un bruit animal à sa gauche.

C'était un type, vieux et gros, d'une nudité obscène, le corps couvert de plaques jaunes et rouges, de veines vertes, de stries bleutées, de zones épidermiques en putréfaction, comme son poisson orange pâle. Un vieil homme massif, sanglé sur un lit à barreaux, identique au sien. Qui était ce sale type ? Celui de la chose immonde ? Celui sur lequel elle avait tiré ? Elle avait vidé le chargeur de son Heckler & Koch, finalement ? La vision de ce gros corps immonde lui rendit sa propre condition atroce et dégoûtante. Pourtant, le calme domina.

Elle repensa aux paroles de Meriem Drought et vit sa silhouette, crâne rasé, visage marqué, bouche, yeux et oreilles tailladés, os saillants et sourire inquiétant. Ses mots étaient clairs et fluides, sa voix douce et chaude.

« Sais-tu ce qu'il se passe lorsque la larve entame sa mue imaginale ? Sais-tu ce qu'il se passe, Diane ? Elle perd la tête. Littéralement. Elle perd la tête. Sa tête se décroche et tombe. Tout est dans l'esprit. Tout part de l'esprit et revient dans l'esprit. L'esprit du papillon est dans la larve, et cela suffit à le rendre réel. »

L'imago. C'était l'expérience éminente, fondamentale, essentielle, élémentaire et substantielle qu'elle venait de vivre. Le devenir innommable auquel on ne peut pas se soustraire. À moins de pourrir de l'intérieur. Et elle avait failli pourrir de l'intérieur. C'est ce qu'il se passe quand on ne sait pas, quand on ne comprend pas, quand personne n'explique. Mais heureusement, Meriem Drought était intervenu.

« Je t'ai parlé de la plasticité du cerveau et de la création permanente de connexions neuronales. Ton esprit façonne ton cerveau. Ton cerveau multiplie ton esprit », dit la voix du psychiatre.

Elle tourna la tête, mais ne vit que le gros homme nu. Une sonde urinaire pleine de sang sortait de son sexe rabougri. Il lui parlait d'une voix rocailleuse et discordante, douloureuse et désagréable.

Il lui disait qu'il possédait un avion personnel à l'aéroport de Moscou, mais qu'il n'avait pas de voiture pour y aller, et que si elle voulait bien l'emmener jusqu'à Moscou, il lui donnerait beaucoup d'argent et qu'une fois dans son avion, ils pourraient se sauver où ils voulaient et boire du champagne.

Elle tourna la tête vers la lumière du dehors.

« L'être n'est pas le mode de l'individu, mais du chaos. Nous sommes tous le même chaos. L'élargissement de la conscience qui ouvre vers l'alignement dépasse l'individu. Si l'individu ne procède pas à une négation totale, à un effacement absolu et définitif de lui-même, il n'échappera pas à la médiocrité et n'atteindra jamais l'alignement. »

Diane acquiesça aux paroles de Meriem Drought. Puis elle ferma les yeux.

DESTROY IS NOT NEGATIVE. YOU MUST DESTROY TO BUILD. Elle se souvenait de ça, également. Un slogan écrit quelque part. Mais elle ne se rappelait ni où ni quand elle l'avait lu.

Il lui suffisait d'attendre, maintenant.

Calmement.

Tout était déjà là.

Le mode de l'être n'est pas l'individu, mais la frontière infinie.

Elle se répéta cela.

Le mode de l'être n'est pas l'individu, mais la frontière infinie.

*

La Vipère s'était réveillé aux aurores. Après ses exercices physiques et méditatifs d'alignement, il avait développé une idée très précise quant à la façon dont les choses devaient s'organiser.

D'abord, Hackman. En lecture normale, puis image par image, il regarda à nouveau la séquence filmée par la vidéosurveillance du parc des Buttes-Chaumont qui montrait le lieutenant en train de courir. Puis il récupéra et tria les images prises par les caméras du quatrième étage du 36, quai des Orfèvres. Celles qui le montraient devant la cellule de Karen, le mercredi 19 février à 00 heure 19, la nuit de son interpellation, étaient particulièrement intéressantes. Tout comme les séquences où il emmenait Karen pour l'auditionner et celles où il la ramenait en cellule.

La Vipère visionna à nouveau les VidéoGav pour déterminer dans quelle mesure les réponses sibyllines de Karen s'adressaient à lui. Dans quelle mesure elles lui désignaient Wolf, et quels étaient les messages qu'il avait éventuellement ratés.

Durant près de deux heures, il laissa ces images imprégner son esprit.

Puis il lança encore la lecture de ce chaos diamantaire qu'était l'album *Kraftwerk 2* et il effectua un nouvel exercice d'alignement. Lorsque démarra la chanson “Strom”, ses intuitions se cristallisèrent. Il n'avait désormais plus aucun doute. Ce n'était plus une option, une suggestion, ni une intuition, mais une certitude. Luc Hackman était le candidat idéal à l'alignement, et Karen l'avait compris. Luc Hackman était un fantastique noyau d'énergie pure. Le pendant masculin de Diane Lempereur. La Vipère sentait son propre destin vibrer sous sa peau et dans chacune de ses cellules. Il sentait son propre temps rayonner autour de lui, le passé comme le futur. La Vipère tenait son aligné alpha. Et à travers lui, son propre équinoxe. Ça aussi, c'était une certitude. Davantage : une évidence.

Ce qui étonnait la Vipère lorsqu'il étudiait les dossiers auxquels se consacraient Schmitt et Hackman, c'est qu'ils semblaient se concentrer sur Daniel Atlan, qu'ils appelaient John Doe ou l'étoilé numéro un, ainsi que sur Deborah-Lee Henry et Lorenzo de Bradi. Ils s'intéressaient également à un inconnu dénommé Antoine Marquez.

Il en eut la confirmation en parcourant les fichiers contenus dans l'ordinateur de Marc Sommacal. C'était l'affaire des étoilés qui les occupait principalement, alors qu'il était évident, surtout dans le comportement de Hackman, que c'était Karen qui le perturbait le plus. Signe d'un défaut d'alignement manifeste, songea la Vipère.

Ce qui lui convenait parfaitement, car les étoilés constituaient une diversion idéale, pour ce qui le concernait. C'était un très, très long détour sur le chemin que les flics empruntaient en croyant parvenir jusqu'à lui.

Il se pencha sur l'état d'avancement de leur enquête et examina les dossiers de chacun d'eux.

Les communications du commissaire Lacroix à la procureure faisaient étrangement état de trois meurtres distincts, sans lien entre eux. Daniel Atlan, l'inconnu qu'ils appelaient John Doe, avait officiellement été tué par un poison inconnu, alors que Marc Sommacal l'avait identifié comme étant une neurotoxine doublée d'un puissant hallucinogène. Cette information n'avait pas été transmise à la procureure. Deborah-Lee Henry était une ancienne toxicomane, soi-disant morte d'overdose porte de la Chapelle, point barre, mais son meurtre avait en réalité mené Silver et Wolf sur la piste d'Antoine Marquez, agitateur de Human Final Solution, groupuscule obscur qui militait pour l'éradication de l'humanité afin de sauver la planète. Lorenzo de Bradi, délinquant sexuel multirécidiviste, avait prétendument été tué par l'une de ses proies alors que la BRP était sur le point de l'arrêter.

Ça ne collait pas. D'abord, parce que l'étoile gravée sur leur front n'apparaissait nulle part. Aucun document transmis par Lacroix au parquet n'en faisait mention. Et si les flics cachaient des faits à la procureure et au ministère public, cela voulait dire qu'ils enquêtaient hors procédure – du moins partiellement. Que conspiraient-ils?

Quelle était la part sombre que ces quatre-là cachaient à leur hiérarchie ? La Vipère n'en avait aucune idée, et ne trouva aucun moyen d'élucider la question. Peut-être que les flics eux-mêmes n'en avaient aucune idée. C'était possible. Mais cela n'expliquait pas leur réunion secrète.

Toutefois, dans l'immédiat, il avait une affaire plus urgente à régler.

Il quitta le DaaS – Desktop as as Service – dédié à la Vipère, se déconnecta du dark web pour revenir à l'Internet surfacique et se connecter à l'espace de travail professionnel de Meriem Drought.

Le service des urgences psychiatriques de l'hôpital Sainte-Anne l'avait alerté durant la nuit au sujet de l'une de ses patientes, Diane Lempereur. Une équipe du SAMU était intervenue sur un appel des voisins qui l'avaient trouvée, errante, délirante et à moitié nue, près des grilles du cimetière du Père-Lachaise. Elle avait aussitôt été prise en charge par le Centre psychiatrique d'orientation et d'accueil de l'hôpital Sainte-Anne.

Meriem Drought signala la prise en main du dossier de sa patiente, envoya ses références et annonça sa visite pour 11 heures.

*

Le vieux type immonde avait arraché sa sonde urinaire et des infirmiers avaient accouru. Il s'était mis à crier des choses incompréhensibles. Les deux autres en blouse vert clair l'avaient sanglé avant de manipuler son lit et de le faire rouler vers la porte. Puis ils avaient disparu dans le couloir, et les hurlements s'étaient peu à peu éloignés.

Diane s'était retrouvée seule, dans le calme de la lumière claire.

Elle remarqua que les sangles qui entravaient ses poignets n'étaient plus là. Elle bougea ses jambes, et constata qu'elles étaient également libres. Une infirmière vint prendre sa température, sa tension, noter ses paramètres physiques et lui poser des questions banales.

Diane sentait que la conscience de son propre corps avait pris une nouvelle dimension. Elle savait qu'on lui avait fait ingérer quarante milligrammes de Valium. Elle savait que la perfusion fichée dans son bras droit servait à la réhydrater. Elle sentait que ses organes triaient, filtraient et évacuaient les toxines. Elle sentait son corps se recomposer et renaître.

Au-dessus des bandes opaques qui barraient la vitre, elle regardait la cime d'arbres sombres ployer et lutter contre de lourdes rafales de vent. Les nuages défilaient comme des navires perdus. Elle était au chaud et au calme. Il y avait une odeur légère et indéfinissable. Il suffisait d'attendre, maintenant. Tout était déjà là. Depuis toujours.

un feu d'écumes
des navires solaires
horizon total

La Vipère avait raison : elle avait maintenant complètement accès à son corps, et d'une façon inédite. Elle le sentait différent, neuf, profondément intact. Ses sensations étaient démultipliées. Elle était curieuse et impatiente de vivre la suite des événements. Elle était forte. La Vipère avait absolument raison.

Plus tard, l'infirmière revint pour lui apporter un plateau sur lequel étaient disposés un bol de café trop léger, un petit pain mou et une capsule de confiture à la fraise, qu'elle se força à avaler pour faire bonne mesure, après que l'infirmière eut retiré sa perfusion et redressé son lit. Elle avait faim, certes, mais pas de ce genre de choses.

Elle repensa à ce qui avait constitué sa vie. Elle repensa à la chose horrible qui avait commencé à tout détruire en elle, il y avait si longtemps. Et elle remercia sincèrement la chose terrible. C'était grâce à elle que toutes ces horreurs cauchemardesques l'avaient menée là où elle était maintenant. C'était grâce à elle que cette force sombre et indestructible, qui avait failli la dévaster, s'était finalement amalgamée à son être profond. Pour la tuer, la transformer, et la faire renaître. Bien sûr, elle avait tout perdu. Bien sûr, elle était morte. Ce qui était finalement sa plus grande chance. Et elle avait vaincu. Grâce à la Vipère. La force sombre et indestructible, c'était elle, désormais. *Der Sturm Neue Nummer.* Elle s'en souvenait parfaitement. Elle se souvenait de tout. Du soleil de chaque été, du vent de chaque printemps, de la morsure de chaque hiver. Depuis des décennies.

Elle souleva ses draps. Elle était nue sous une blouse vert pâle. Elle étira ses membres, enleva le pansement au creux de son avant-bras droit. La perfusion avait provoqué une ecchymose rouge. Elle se leva. Sous la douche, elle pleura, cracha et urina. Puis elle se lava soigneusement, se rinça et se lava à nouveau, resta de longues minutes immobile sous le jet d'eau qui emportait toutes les salissures, depuis sa nuque jusqu'à ses orteils, en passant par son anus et son sexe.

Après s'être séchée, elle chercha ses vêtements. Il n'y en avait pas trace. Dans le tiroir de la table de chevet ergonomique, il n'y avait que ses papiers et son trousseau de clés. Elle retourna dans la petite salle de bains et observa longuement son corps nu. Elle arracha le bracelet d'identification qui ceignait son poignet. Puis elle se sécha les cheveux.

Ne pouvant se résoudre à remettre la blouse de l'hôpital, elle se recoucha, nue sous les draps tièdes et adoucis par l'usure, presque soyeux.

Il suffisait d'attendre, maintenant.

Le territoire de l'être n'est pas l'individu, mais la frontière infinie.

Elle observa la cime d'arbres sombres ployer et lutter contre de lourdes rafales de vent. Les nuages défilaient comme des navires perdus. Elle était au chaud et au calme.

Plus tard, des infirmiers firent entrer un autre lit dans la chambre. Un type inconscient était couché dessus, avec une perfusion dans le bras et un pansement sur le visage. Ils l'installèrent à côté d'elle, tirèrent le rideau de séparation et s'en allèrent sans un mot.

Cela commençait à bien faire. Il fallait qu'il commence à se passer quelque chose.

De l'autre côté du rideau, le type se mit à gémir. Elle l'entendit s'agiter, puis hurler. D'autres hurlements déchirèrent le couloir, accompagnés de bruits violents.

Elle regarda la cime des arbres.

Il fallait qu'elle sorte de là. Chat devait avoir faim et peur.

Et surtout, le monde était toujours impuni. La force sombre et destructrice, c'était elle, désormais. Et elle en était l'impératrice.

Plus tard encore, on rajouta un troisième lit, près de la porte. Le premier type avait cessé de hurler. Elle se dit qu'ils devaient les remonter des sous-sols et des caves infernales, au fur et à mesure que leur état s'améliorait.

C'est en pensant à cela que la vérité se révéla à elle dans toute son insupportable splendeur. Oui, elle était *bel et bien* dans la cave d'un hôpital psychiatrique, sanglée à un lit de démence. Elle le savait. Elle l'avait toujours su. Elle avait toujours eu raison, depuis le début. Tout s'expliquait. Elle était bel et bien *morte*. Mais c'était fini, tout cela. Ce serait bientôt fini. C'était déjà fini. Elle avait déjà changé. N'avait-elle pas rêvé que, terrée dans les profondeurs poussiéreuses et sombres de la cave de l'hôpital, une main noire s'était approchée d'elle, avait pénétré au plus profond d'elle sans lui faire de mal, juste entre ses seins, et avait réglé son mécanisme intérieur ? Oui, c'était bien ce qu'elle avait rêvé, et c'était bien ce qu'il s'était passé. Cette main noire, douce et habile, avait pénétré son corps pour régler avec précision son mécanisme intérieur invisible. Elle le sentait de tout son être. Le reste n'était plus qu'une formalité. Et le monde n'allait pas rester impuni, désormais. Car elle en était l'impératrice.

un feu d'écumes
des navires solaires
horizon total

Cette fois, c'était deux infirmiers accompagnés d'un médecin qui entrèrent d'un pas rapide dans la chambre où elle se trouvait. Elle aurait pu être une turbine sur une chaîne de montage, c'eût été exactement pareil : ils parlaient d'elle comme si elle n'était pas là, ou comme si elle ne les entendait pas, ou ne parlait pas leur langue, ou était complètement catatonique ou conne. Ou comme si elle était morte.

L'un des deux infirmiers lut au médecin les paramètres physiologiques relevés par l'aide-soignante. Le médecin posa des questions et hocha la tête en écoutant le résumé de l'internement de l'objet Diane Lempereur. L'autre infirmier dit que son psychiatre était en train de régler la procédure de tutelle. Qu'il était au secrétariat et qu'il ne devrait pas tarder. Que d'ailleurs, il était là.

Tous les trois se tournèrent vers la porte, qui était cachée à Diane par le rideau de séparation. Elle entendit la voix de la Vipère dire bonjour et se présenter, et le type du lit à côté recommença à hurler tripes et boyaux et à s'agiter comme s'il voulait désosser le lit à barreaux métalliques, au point que les deux infirmiers n'eurent d'autre choix que de le faire sortir.

« Meriem Drought. Je suis le psychiatre de mademoiselle Lempereur », dit-il en s'avançant vers le médecin en lui tendant la main. Sourire chaleureux, regard empathique, costume impeccable. « Je viens de finir les papiers pour le placement sous tutelle administrative. L'option avait été retenue il y a quelques mois, déjà.

— Bien », dit le médecin. « D'accord. Pour ce qui nous concerne, c'est terminé. Donc, soit c'est l'Unité post-urgences…

— Soit je prends le relais. Tout est OK de ce côté », répéta le psychiatre.

Le médecin fit une moue dubitative, rappela la posologie du traitement administré à la patiente et s'en alla.

Meriem Drought pivota lentement vers le lit pour offrir à Diane un visage souriant. Toujours ce costume impeccable, remarqua-t-elle. Même la lumière filtrée par les bandes opaques de la vitre semblait s'efforcer de le mettre en valeur.

« Diane. Bonjour.

— La Vipère », dit Diane, rayonnante. « Bonjour.

— Je me suis permis de fouiller dans ton armoire », dit-il en déposant sur le lit un sac de vêtements.

« Ouais. On dirait que ça ne se fait pas trop, de se balader nue dans la rue. »

Elle eut le flash de ses mains brillantes dans la nuit et agrippées aux grilles du portail du cimetière, superposé au flash d'un homme monstrueux, surexcité et incontrôlable. Son estomac se vrilla, son esprit sembla perdre l'équilibre.

Lorsqu'ils entrèrent dans l'appartement, le soleil poudrait d'or les fibres des rideaux blancs. Pelotonnée sur l'un des fauteuils clubs, la chatte sortit de son sommeil, leva la tête, bâilla et émit un miaulement aigu.

« Wouaw », fit Diane.

« J'ai fait ce que j'ai pu », dit Drought. « J'ai viré toutes les toxines, y compris dans ton réfrigérateur, et j'ai fait des courses. Bon, c'est loin d'être parfait, mais c'est un bon début. À toi de t'occuper de la suite. »

Diane observa le salon, puis alla jeter un œil dans les autres pièces.

« Merci », dit-elle en revenant avec une bouteille d'eau minérale. « Un verre ?

— Non », dit la Vipère en prenant place dans le fauteuil libre. Diane souleva précautionneusement la chatte et s'assit à son tour en installant l'animal sur ses genoux.

« Bien. Qu'est-ce qu'on fait, maintenant ? »

La Vipère sourit en ouvrant largement les paumes de ses mains. Il dit très doucement :

« Tu es libre. Tu n'as plus peur. Invente-toi. »

Diane se pencha pour dévisser le bouchon de la bouteille, la chatte sauta sur le linoléum et entreprit de se lécher les coussinets. Elle remplit un verre et reposa la bouteille. Les bulles produisaient un léger pétillement dans l'appartement lumineux et silencieux.

« Je crois que je ne me souviens plus de rien », dit-elle. « Ou de pas grand-chose. Les grandes lignes. Et encore.

— Ton esprit se souvient. Laisse-le faire. Laisse la loi de l'alignement se développer en toi. Même si tu n'en as pas encore conscience, tu le portes déjà en toi. Comme tout le monde, d'ailleurs. Sauf que chez toi, l'alignement des trois dimensions vitales est désormais libre de s'exprimer. Déverrouillé. Débridé. Mais surtout », dit Drought en levant un index. Il attendit que Diane le regarde avant de poursuivre. « N'oublie pas que la loi de l'alignement se construit sur trois niveaux, et qu'aucun d'eux n'admet la moindre négligence. Le reste se fera tout seul. Tu t'inventeras toute seule. Et tu seras la plus forte et la plus puissante de tous. Je le sais depuis le début », ajouta-t-il.

Ils ne dirent plus un mot pendant un moment. Diane s'imprégnait de l'ensemble de la situation. Puis, elle pencha la tête sur le côté et fronça les sourcils. Elle attendit que la Vipère l'interroge du regard, puis demanda :

« La plus puissante de *tous* ? »

Il se rencogna dans le fauteuil et croisa les doigts.

« Au fait, je t'ai également débarrassée de ton pistolet. Dans la Seine. Mais je n'ai pas trouvé la boîte de cartouches.

— Je n'en avais pas. Je l'ai acheté tel quel, avec le chargeur plein. »

Diane se pencha pour saisir le verre dont les bulles avaient constellé le plateau de la table basse. Elle regarda les minuscules gouttelettes scintillantes, puis but une gorgée.

« De *tous* ? » insista-t-elle.

« Oui », dit la Vipère en expirant. « Je vais te tenir compagnie un moment. Je vais te raconter l'histoire de ta vraie famille. »

Ces simples mots eurent un effet hypnotique sur l'esprit de Diane. Comme si quelque chose qu'elle avait toujours su, ou subodoré, était sur le point de lui être révélé. Comme si l'accès à la vérité essentielle des choses lui donnait également accès à sa vérité propre. Elle but lentement son verre d'un trait et le reposa sur la table basse.

« Je t'écoute », dit-elle.

« Je veux bien un verre d'eau, finalement », dit Meriem.

Puis il lui raconta l'histoire de Karen Tilliez, de Daniel Atlan, Deborah-Lee Henry, Lorenzo de Bradi : ils avaient accepté l'enfer pour s'en libérer, ce qui était la seule voie possible et le premier pas vers l'alignement. Il lui raconta la réussite exceptionnelle de Karen, l'alignée zéro. Celle qui était allée le plus loin de tous, lui compris.

Il lui raconta également les échecs patents de Daniel Atlan et des autres, que la Vipère avait dû supprimer parce qu'ils s'étaient révélés impossibles à aligner.

« Une part de Daniel Atlan, la part dominante, refusait de tuer son affect et son ego, refusait de renoncer à des désirs personnels. Comme un cheval stupide qui se cabre devant un obstacle. Pire : il s'y vautrait avec délectation. Il ne luttait pas avec suffisamment de détermination et de conviction. Et l'ennemi prenait le dessus et écrasait tout le reste. Être aligné à quatre-vingt-dix-neuf virgule neuf pour cent est un échec complet, Diane. On est aligné à cent pour cent, ou on disparaît. Mais dans le cas de Daniel Atlan, je sais que c'est encore pire. Ce salopard pervers et narcissique prenait l'alignement comme un déguisement. Atlan était vraiment cinglé, il avait vraiment une incapacité atavique à simuler la comédie sociale, et cela le ramenait systématiquement à la contemplation malsaine et pathologique de lui-même. Ça bousillait tout. Son entourage ne le prenait pas plus au sérieux qu'un débile profond. Alors qu'il était extrêmement intelligent. Et la spirale infernale ne cessait de s'accélérer et de s'amplifier. Ce n'était plus tenable. Il fallait y mettre un terme. On meurt par là où on a péché, n'est-ce pas ? Alors que je reste persuadé qu'il aurait fait un aligné exceptionnel. S'il avait réellement réussi à dépasser son aveuglement. Mais je débutais, alors, et j'ai sous-estimé le poids de sa pathologie. La Vipère ne pouvait rien faire de bon, avec lui. »

Il sourit à Diane et entrecroisa ses doigts. Puis il poursuivit :

« Mais Daniel Atlan n'a pas pris la loi de l'alignement au sérieux. Il s'en est servi pour contrôler sa part sombre. Pas pour la dépasser.

Comme je viens de le dire, être aligné à quatre-vingt-dix-neuf virgule neuf pour cent est un échec complet.

— Et Deborah-Lee Henry ? Et Lorenzo de Bradi ?

— Pour des raisons différentes. Mais tous les trois, Daniel, Deborah-Lee et Lorenzo ont échoué sur le plan physique. C'est apparemment le plus dur à maîtriser, même si c'est le plus simple à énoncer. Il semblerait que les deux autres dimensions, psychique et spirituelle, s'enchaînent naturellement une fois qu'on est devenu maître de son corps. C'est-à-dire de son esprit. Ce qui est tout à fait logique, finalement. »

Meriem Drought s'interrompit pour boire le verre d'eau que lui avait servi Diane.

« Il faut que je te détaille ces trois dimensions », reprit-il.

« OK », dit Diane, tout en caressant la chatte revenue se blottir sur ses cuisses.

« Comme la Vipère vient de le dire, la partie physique est la plus simple à énoncer, mais la plus difficile à mettre en œuvre, apparemment. J'ignore ce qu'il a manqué aux trois autres, et j'ignore pourquoi Karen y est parvenue sans problème. Toujours est-il que cette dimension physique repose sur un principe de propreté et de clarté, pour ne pas dire de pureté. Pas de cadavres, pas de toxiques. Corps sain, esprit clair. Exercice permanent, progression permanente. Pas de relations sexuelles, pas de mensonges, pas de désirs personnels, pas d'ego, pas d'affect, pas d'amour. Rien de nuisible, en somme. Ton corps est ton esprit, ton esprit est ton corps.

— OK », dit Diane.

« Une fois que tu es libérée de la prison de l'ego et de la peur, tu es capable de vivre et de mourir avec la même volonté farouche. Tu entres alors dans la dimension psychique. Qui pourrait se résumer par l'adage suivant : “Parole à l'acte”. Tu développes un accès à une mémoire absolue, que l'on appelle eidétique, ainsi qu'à une mémoire infinie, que l'on appelle phylogénétique. Tes capacités cognitives et tes capacités de communication non verbale se trouvent démultipliées.

Tu découvres des langages jusque-là inconnus. Tu perçois et comprends des dizaines de vibrations vivantes. Tu as accès à des ressources physiques et mentales insoupçonnées. Tu maîtrises tout l'espace dans ses quatre dimensions.

— Quatre ? » coupa Diane.

« Bien sûr », répondit la Vipère. « Le temps est la quatrième dimension de l'espace. Tu verras, tout communique. Espace, temps, matière, esprit, être et non-être. Tu apprendras à appréhender aussi bien hier que demain ou l'éternité. Et parfois même, le présent. »

Le psychiatre s'arrêta pour se resservir un verre d'eau. Il remplit également celui de Diane. Puis il parut réfléchir, choisir ses mots, et il finit par capter son regard avec une intensité effrayante. Il y avait une lueur démente et orgastique dans ses yeux.

« L'alignement est l'axe du monde, Diane. C'est l'axe de ta relation à l'univers. »

Elle hocha la tête en silence.

« Dis-toi bien que tu as fait le plus dur : tu as fait le dernier pas qui te séparait du gouffre, des abysses de toi-même. Tu as détruit tes peurs fondamentales. N'oublie jamais ça, Diane. »

18

Samedi 22 février, 10 heures 25

Wolf buvait une tasse de café brûlant sur le balcon de son appartement, observant le soleil fondu dans l'épaisseur des nuages diaphanes, dont la langueur contrastait avec l'agitation et les bruits qui montaient de la rue. Les multiples vendeurs qui s'étaient installés sur les trottoirs lui rappelèrent que c'était samedi matin. Il observa leur manège avec curiosité, le ballet des acheteurs et des curieux. La hauteur lui permettait de remarquer mille tractations qui échappaient aux passants.

Cela faisait des semaines, voire des mois ou davantage qu'il n'avait pas dormi aussi longtemps et profondément. Il avait le sentiment d'émerger après un intense voyage dans des territoires denses, obscurs et peu fréquentés.

Dans la cuisine, il alluma la radio et fouilla les placards en écoutant des experts et des spécialistes qui avaient tout compris sur tout et n'étaient d'accord sur rien, puis il referma les placards et éteignit la radio.

En descendant les marches en bois des escaliers, il s'amusa à faire grincer les clous qui avaient du jeu.

Dans la rue, l'air était tiède et les chalands produisaient une joyeuse animation. Il acheta du muesli aux fruits secs, du lait de soja et des oranges, puis remonta dans son appartement prendre son petit déjeuner.

Il consulta son smartphone. La batterie était à plat et la chanson des Stooges ne l'avait pas réveillé à l'heure prévue. Peu importe, le sommeil avait été nécessaire. Il s'en rendait maintenant compte.

Il lava la vaisselle, mit de l'ordre, alla brancher le téléphone sur son chargeur, sans le rallumer. Puis il se servit une nouvelle tasse de café et s'installa sur la table de la cuisine avec l'ordinateur de Karen.

Il jeta un œil au dossier Kindread, qui était le nom de la société d'informatique pour laquelle elle travaillait, et qui contenait des documents professionnels auxquels il ne comprit quasiment rien.

Puis il ouvrit une session sur le compte de l'administrateur nommé A0 et ce fut seulement à ce moment qu'il réalisa que pour la première fois, il n'avait pas rêvé de Karen. Ou que Karen n'était pas venue dans son inconscient, ni n'avait superposé sa propre réalité à la sienne. Par réflexe, il pensa appeler Silver, mais il n'aurait su quoi lui dire. Et en outre, son téléphone n'était ni chargé, ni en service.

L'ouverture de la session A0 requérait un nom d'utilisateur et un mot de passe. Il essaya Miyamoto, puis Musashi, et encore Shinmen Takezô, le premier nom du maître revendiqué de Karen.

Il tourna la tête vers la fenêtre, observa la lumière claire en respirant tranquillement. Il se rendit compte que cette fois, c'était lui qui convoquait Karen dans son territoire personnel. Sur son champ de bataille, à lui, Wolf.

Il tapa samuraigirl. Rien. Puis Gorin-no-sho, le titre japonais du *Traité des Cinq Roues*, le testament spirituel de Miyamoto. Puis samurai garu, qui signifiait « la fille samouraï ». Bingo.

Pour le mot de passe, il tapa sans hésiter le nom de la bible de Karen. *Kojiki. La Chronique des choses anciennes.*

Et le monde virtuel de Karen s'était alors ouvert devant lui. Et dans son territoire à lui.

Le bureau pivota et afficha un fond d'écran sombre. C'était la photo en noir et blanc d'un samouraï en armure et casque, agenouillé devant un autel shintô, les mains sur les cuisses, en train de se recueillir, le dos très droit. Son katana était posé à côté de lui, sur les larges lames du parquet foncé. Les parties métalliques de son armure, de son casque et de ses gants brillaient dans la pénombre, de même que le *saya* et le *hamon* de son sabre. L'ensemble révélait une pureté et une esthétique raffinée qui n'avait rien à voir avec le talent de cadrage et de prise de lumière de la photographie. Cela venait de bien au-delà. Malgré la pénombre, chaque détail était net, chaque lueur et chaque brillance étaient à leur place et formaient un tableau abstrait à l'intérieur même de la photo du samouraï en armure.

Un dossier contenait des images de costumes de théâtre kabuki. Un autre, baptisé *hana-fuda*, rassemblait des jeux de cartes japonais dessinés par Karen. Un troisième recensait des articles de presse en *kanji*. L'élément nommé *hentai shinri* était rempli de représentations érotiques et pornographiques japonaises. Les images, artistiques jusque dans leur crudité, et dotées d'un fort pouvoir d'obsession, étaient classées par thèmes et par photographes. Les culottes, la honte, les poupées, les jouets, l'eau, la violence, les sécrétions, les détails anatomiques… L'imagination n'y connaissait ni limite, ni tabou. Le sadomasochisme, la mort et l'humiliation se chargeaient d'une indéniable puissance sexuelle, comme si la mise en scène les propulsait vers la pureté de leur essence même, au lieu de les alourdir et de les écraser.

Une photo, rangée à part, reproduisait la page d'un livre. Wolf lut le début du premier paragraphe :

« Au Japon, le péché originel, ce n'est pas le sexe, c'est la mort. Au Japon, les morts sont partout autour de nous, y compris dans l'air que nous respirons. Selon les croyances shintô, quand une femme (ou un homme) meurt, son esprit va de Konoyo – le monde visible – à Anoyo – le monde invisible, un royaume des âmes si proche du nôtre qu'il permet aux défunts de cohabiter avec les vivants. »

Il retourna boire une tasse de café sur le balcon. En bas, trois flics en tenue discutaient avec un chaland. Le ciel s'était épaissi. Il avait l'impression de découvrir une nouvelle dimension de l'intimité de

Karen. Ce qui était bel et bien le cas. Si proche du nôtre qu'il permet aux défunts de cohabiter avec les vivants… Et si la psychotoxine de Karen contenait en elle tout son univers psychique, se demanda-t-il. Et si c'était justement cet univers psychique qui se superposait au sien ?

Hackman alla chercher son téléphone et le mit en marche. Il y avait un appel manqué de Silver. Il la rappela.

« Salut, lieutenant. Tu as eu mon message ?

— Salut, Silver. Sans doute, mais pas écouté. Qu'est-ce que ça disait ?

— Marcus a besoin de l'ordinateur de Karen, est-ce que je peux…

— Justement, j'étais en train de regarder ce qu'il y a dedans, j'ai trouvé ses codes », dit Wolf en retournant s'asseoir devant la table de la cuisine. « Bien sûr que tu peux passer… »

Il s'arrêta en pleine phrase, les yeux éberlués et la bouche ouverte. Il ne croyait pas ce qu'il voyait. Tous les fichiers et dossiers encore ouverts un instant plus tôt avaient disparu, le fond d'écran montrant le samouraï en armure avant la bataille était en train de pivoter sur lui-même, signe que la session était en cours de fermeture.

« Merde…

— Qu'est-ce que tu dis ?

— Merde !

— Wolf.

— L'ordinateur de Karen. Sa session A0, pour alignée zéro, j'imagine, vient de se fermer à l'instant. Il me demande à nouveau des codes. Attends. Nom d'utilisateur, samurai garu. Merde. J'ai dû me planter. Je recommence. Une seconde », dit-il en posant le téléphone sur la table. Il activa le haut-parleur et retapa très précisément la série de lettres.

« C'est pas possible, c'est avec ce code que j'ai ouvert la session, tout à l'heure. »

Il réfléchit à toute vitesse, l'esprit en feu.

« Me dis pas que…

— Que quoi ?
— Elle est architecte de réseaux, hein ?
— Et alors ?
— Mon téléphone. Les connexions. Tout ce cirque de connexions. Mon téléphone. C'est la seule différence entre tout à l'heure et maintenant. Attends. »

Il entra son propre nom d'utilisateur sur l'ordinateur de Karen, Wolverine, ainsi que son mot de passe. Le bureau pivota et une nouvelle session s'ouvrit. Sauf qu'il s'agissait de sa session personnelle, affichant le même fond d'écran que son téléphone.

Il dit à Silver d'une voix froide :

« L'ordinateur de Karen est en train de se reconfigurer à partir des données contenues dans *mon* smartphone.
— Je crois que je ne comprends pas, Wolf.
— L'ordinateur de Karen », répéta-t-il d'une voix blême. « Il est en train de se réinitialiser à partir de toutes les données personnelles de mon smartphone. »

Un peu moins d'une demi-heure plus tard, il entendit Silver frapper à sa porte d'entrée. Un coup, trois coups, trois coups. Il se leva du canapé sur lequel il s'était affalé pour échafauder mille scénarios tordus, et alla lui ouvrir.

« L'eau doit encore être chaude », dit-il en l'invitant à s'installer dans le salon. « J'arrive. »

Silver posa son sac, enleva sa veste et prit place sur le canapé à sa place habituelle, sous le tableau coloré qui représentait vaguement un bouquet de fleurs, ramené par Wolf d'un pays dont elle avait oublié le nom, peint par un macaque ou un chimpanzé ou un lémurien surdoué.

« Je n'ai jamais vu ça », dit-il en revenant avec la bouilloire, deux tasses et du thé noir. « Curieux d'entendre ce que Marcus va nous en dire.
— Qu'est-ce qui s'est passé ? » questionna Silver.

« Rien. Exactement ce que je t'ai dit. J'ai essayé d'éteindre l'ordinateur, OK, d'éteindre mon téléphone, OK, de rallumer l'ordinateur. Nada. Il s'ouvre toujours sur ma session. Même ma boîte mail est configurée. Mes dernières navigations. Les photos que j'ai prises avec le téléphone. L'étoile d'acier sur le front des macchabées... Tout est sur l'ordinateur, désormais. Et tout ce qui appartenait à Karen a disparu.

— Pas pour Marcus. Il nous retrouvera forcément quelque chose.

— Je n'en parierais pas ma dernière chemise », dit Wolf. « N'oublie pas qu'elle était architecte de réseaux. Sa session A0 est peut-être perdue à jamais, autodétruite par une procédure de sécurité ou quelque chose comme ça.

— Qu'est-ce que tu as eu le temps de voir avant de rallumer ton téléphone ?

— Des trucs plutôt perso », dit-il en faisant infuser le thé noir.

Silver attendit, patiemment. Il hocha la tête et lui raconta ce qu'il avait vu.

« Des recherches sur tout ce qui touche aux sabres de collection. Même des genres d'argus. En japonais et en anglais. Des contacts aux États-Unis. Des fichiers PDF de livres anciens sur la pratique du kenjutsu et de l'iaidô. Et aussi sur l'École de la stratégie des deux Cieux comme une Terre. Je ne me souviens plus des termes japonais. Des textes d'historiens. Des reproductions très anciennes du *Hagakure*. Des trucs comme ça. »

Il fit un geste évasif. Constatant qu'il n'était pas dans les intentions de Wolf de lui tendre sa tasse, Silver se servit elle-même.

« Et puis ?

— D'autres trucs. Sur le Japon, le sexe et la mort. »

Silver reposa sa tasse avant même de goûter le thé.

« OK », dit-elle calmement. « Voilà ce qu'on va faire. Je vais apporter l'ordinateur à Marcus. S'il parvient à récupérer quelque chose, je lui demande de faire une copie et je te la rapporte. En attendant, repose-toi. »

Elle enfila sa veste et se leva.

« J'ai dormi au moins huit heures », tenta-t-il. « Peut-être même neuf. »

« T'es pas en état, Wolf. Repose-toi. Je te tiens au courant de ce que Marcus trouvera. »

Il n'eut pas envie de la contredire. Ni d'expliquer quoi que ce soit.

« L'ordinateur est sur la table de la cuisine. »

Lorsque Silver referma la porte derrière elle, il se sentit soudain très seul. Beaucoup plus seul qu'il ne l'aurait imaginé.

Silver n'avait pas encore atteint la rue qu'il regrettait déjà de ne pas l'avoir accompagnée. Il était trop tendu pour se reposer et pour réfléchir tranquillement, et trop fatigué pour aller courir ou faire une séance de musculation.

Il se leva, fit quelques pas et décida que le mieux qu'il puisse faire, dans l'immédiat, était de boire les deux tasses de thé, la sienne et celle que Silver n'avait pas touchée.

Il se dit qu'il aurait aimé être capable d'aller se promener dans les rues, de se laisser déambuler jusqu'au parc, en marchant tranquillement pour une fois, d'y emprunter des chemins au hasard, guidé par les formes des arbres et les odeurs végétales. Il aurait aimé être capable de se promener au hasard, de croiser des gens, d'aller boire un café dans un endroit où il n'avait jamais mis les pieds, d'acheter un ou deux tee-shirts, ou des chemises, même sans en avoir le goût ni le besoin, d'aller au cinéma, de traîner dans une librairie, puis de rentrer à pied, et d'apprécier ça, même sous la bruine qui s'était mise à tomber. Il aurait aimé avoir en lui cette légèreté. Mais ce n'était pas le cas. Loin s'en fallait. Je ne l'ai d'ailleurs jamais eue, constata-t-il. Et ça ne m'a jamais manqué, essaya-t-il de se persuader.

Il se força tout de même à sortir et marcha jusqu'au minuscule square de Clignancourt. La bruine se transforma en pluie et les odeurs de végétaux et de poussière montèrent du sol. Il s'assit sur le dossier d'un banc et regarda le ciel, pourtant lumineux. Il sentait qu'il portait en lui toutes les paroles de Karen. Et que l'âme de Karen était sensible depuis le monde visible dans lequel il errait, le cœur plein de napalm.

Il doutait que Silver fût déjà arrivée mais appela tout de même Marcus pour lui exposer la situation.

« J'allais justement t'appeler », dit Sommacal. « Lacroix vient de me transmettre un message de Klein, qui plante devant le cybercafé de Marquez. Et qui nous a informés à l'instant que ta cible vient d'arriver.

— Parfait, je fonce. Envoie-moi ses coordonnées exactes sur mon téléphone. Silver est déjà là ?

— Non. Il me faut l'ordinateur…

— De Karen, je sais. Elle est en route pour te l'apporter. J'ai pu jeter un œil à la session nommée A0 avant que le système ne se reconfigure à partir des données de mon téléphone. C'est cette session-là qu'il faut repêcher. A0. Tu as déjà vu un truc pareil ?

— Je regarde ça dès qu'elle arrive. Ça peut être plein de trucs différents. Enfin, pas plein, mais j'ai hâte de voir ça.

— C'est pas la session professionnelle Kindread qui nous intéresse. C'est la session A0 », insista Wolf.

« Entendu. Je te laisse, voilà Silver qui arrive. Non attends, je te file l'adresse, comme ça c'est réglé. Rue du Télégraphe. Métro Télégraphe. Planet Connect. Numéro 9. À plus. »

Il était au pire endroit qui soit pour rejoindre le 20e arrondissement en métro. Un instant, il pensa réquisitionner un taxi, et peu importait le degré de persuasion nécessaire pour arriver à ses fins. Il réfléchit. Même avec le canon du SIG-Sauer appuyé dans le cou, le klaxon enfoncé et l'accélérateur collé au plancher, un chauffeur de taxi mettrait un temps fou. C'était samedi, à l'heure de la pause de midi. Il courut vers un plan de métro, l'examina en trois secondes et fila vers le boulevard Barbès. La première station de la ligne deux était à moins d'un kilomètre. Finalement, il n'était pas trop fatigué pour faire du sport. Son corps réagit aussitôt et il parcourut les neuf cents et quelques mètres en moins de quatre minutes. Il s'engouffra dans les escaliers de la station Barbès-Rochechouart et ses vœux furent exaucés : une rame était sur le point de partir. Il était encore dans le couloir lorsqu'il entendit la sonnerie de fermeture des portes retentir et il compta ses foulées. Il paria sur cinq. Mais c'était sans compter sur le type qu'il n'avait pas vu surgir du quai. Un Noir massif qu'il percuta de plein fouet. Wolf le saisit par les épaules pour le retenir, mais le type était si costaud qu'il recula à peine d'un pas ou deux. Il n'eut pas le temps de réagir que Hackman l'avait déjà contourné pour s'élancer dans son sprint final.

En une dernière foulée désespérée, il bondit dans la rame alors que les portes étaient en train de se refermer. Une chance sur deux de les coincer et de perdre encore plus de temps. Il atterrit sur la plateforme, se récupéra en attrapant la barre en aluminium et stoppa à quelques millimètres d'une ravissante jeune femme.

Les autres passagers le regardèrent tandis que le métro démarrait. Il leur sourit comme un abruti. Car c'était exactement ce dont il avait l'air.

Il vérifia son trajet sur le plan. Rejoindre la ligne onze à Belleville, jusqu'à Télégraphe. Pour se rendre à Planet Connect. L'ironie des noms le fit sourire. Il entra l'adresse du cybercafé sur son smartphone pour visualiser le plan précis du quartier. Ce qui le fit nettement moins sourire, ce fut de constater que les réservoirs de Belleville se trouvaient à deux pas du cybercafé. Empoisonner les réservoirs avec de l'hydrochlorure de quelque chose, c'était bien ce dont avait parlé Pierre Couvreur, le gynécologue. L'hypothèse lui parut un peu lâche, mais il cliqua tout de même sur un lien pour en savoir plus. Le réservoir avait été remplacé par deux châteaux d'eau. La piste d'Antoine Marquez prenait une drôle de tournure. Est-ce que tous les étoilés étaient impliqués dans ce plan dément ? Son instinct lui disait que non. Et décuplait son envie d'entendre ce que Marquez avait à lui en dire.

Il sortit à la station Télégraphe puis descendit la rue du même nom vers le cybercafé Planet Connect. Un mélange d'immeubles anciens et récents, un bureau de tabac à l'enseigne rouge, un salon de coiffure à l'enseigne bleue. Le numéro 9 était juste un peu plus loin, plutôt sombre et anonyme. En face, légèrement en retrait du trottoir, il y avait un carré d'arbustes et de pelouse, des escaliers qui plongeaient vers des parkings. Il repéra Klein en train de fumer une cigarette sur un banc, une boîte de bière à la main. Jean, blouson noir, rangers, une allure de punk des années 80 qui n'avait pas viré sa cuti malgré la cinquantaine approchante. Mais qui était devenu flic à la Crim.

« Géniale, ta couverture.

— Salut. De quelle couverture tu parles ? » plaisanta Klein de sa voix grave. « J'ai repéré ton type. Il y a presque une demi-heure. »

Wolf lui serra la main, échangea quelques phrases et s'assit sur le banc, à côté du brigadier. Il détailla le cybercafé. C'était le rez-de-chaussée d'un immeuble en briques rouges de trois étages. Un ancien restaurant indien, comme le suggérait la devanture sur laquelle on avait simplement ajouté une banderole autocollante qui disait Planet Connect. La salle était divisée en deux parties. Sur la gauche, juste après l'entrée, il y avait un petit comptoir, puis une série de tables et de banquettes rouges qui avaient manifestement constitué le mobilier de la salle de l'ancien restaurant. Des clients buvaient de grands verres de thé au lait, penchés sur leur ordinateur portable personnel. La partie droite de la salle était occupée par des bureaux simples et fonctionnels, apparemment récupérés dans une école ou dans la salle de réunion d'une administration quelconque. Des rangées d'ordinateurs plutôt vétustes, en tout cas visiblement bricolés, accueillaient des gamins surexcités qui se dézinguaient virtuellement à l'AK-47 et au fusil à pompe, ainsi qu'une faune interlope qui trafiquait Dieu sait quoi.

« Regarde les clients assis à la table juste derrière le comptoir », dit Wolf. « Ils sont en train de bouffer. Les cuisines tournent encore.

— Exact », dit Klein.

« Où est Marquez ?

— Au fond, à droite. De dos, avec la casquette.

— OK. Tu entres et tu vas vers les chiottes, pour bloquer la sortie par les cuisines. Trente secondes après toi, j'entre et je serre Marquez.

— C'est parti », dit Klein en posant sa bière sur le banc. Il tira une dernière taffe sur sa cigarette et l'envoya rouler sur le trottoir d'une pichenette, puis se dirigea vers le cybercafé.

Trente secondes après l'entrée de Klein, Wolf quitta le banc à son tour, traversa la rue et poussa la porte de Planet Connect. Il jeta un œil au type qui tenait la boutique, un Oriental trapu, occupé avec son téléphone derrière le comptoir, puis regarda Klein qui, depuis le fond de la salle, désigna Marquez du regard. Wolf s'approcha en analysant toutes les réactions possibles du type, ainsi que les options de fuite que lui permettait la configuration des lieux. Plus il approchait, plus les chances de Marquez se réduisaient. Il était de trois quarts dos, mais Wolf vit ses tatouages sur ses avant-bras, ses mèches qui dépassaient de sa casquette, son tee-shirt kaki informe. Une alerte bizarre le fit hésiter. Il approcha encore d'un pas et fronça les sourcils. Le type n'était pas Marquez. Il avait senti quelque chose et s'était retourné. Certes, il ressemblait à Marquez, avait la même allure, la même corpulence, fréquentait le même cybercafé que Marquez, mais il n'était pas Marquez. Wolf en fut certain une fois qu'il eut regardé plus en détail son visage et ses tatouages.

Ses épaules s'affaissèrent. Il soupira et se tourna vers Klein en croisant les poignets, mains ouvertes, pour lui faire signe de lâcher l'affaire. Puis il retourna vers le comptoir.

Le gérant leva les yeux de son téléphone. Wolf le jaugea et constata qu'il ne s'agissait pas d'un type qu'il fallait embrouiller. Plutôt du genre qui en avait largement vu son compte et que plus grand-chose n'effrayait. Il décida de jouer cash et sortit sa plaque.

« Le client à la casquette et au tee-shirt kaki, juste là. »

Le type ne quitta pas le regard de Wolf et resta impassible, sans dire un mot.

« Je cherche son jumeau, celui qui boite à cause d'une balle de 9 millimètres que je lui ai collée dans le mollet gauche. Le reste, je m'en fous complètement », dit-il en soutenant les yeux froids du type.

Wolf savait pertinemment que le gérant était en train de sonder la détermination de son regard, et il lui laissa le temps de prendre une décision. Finalement, celui-ci soupira puis, sans un mot baissa les yeux vers le comptoir. Il écrivit quelque chose sur un carré de papier et le posa devant Wolf. Il le lut. *2 Tourelles.* Le type reprit le papier, le froissa et le glissa dans sa poche.

« Deux bières, deux plats du jour, deux cafés… », énuméra-il d'une voix lente, en jetant un œil vers Klein et en tapant sur les touches de son téléphone. « Ce qui nous fait… Vingt euros tout rond. »

Wolf sourit et soupira en jetant un œil à son collègue, toujours au fond de la salle. Il secoua la tête, prit un billet de vingt dans son portefeuille et le glissa sur le comptoir.

« J'espère que la viande n'est pas avariée », dit-il au gérant en lui lançant un regard entendu. Que ce dernier ignora.

Klein le rejoignit sur le trottoir tandis que Wolf remontait vers le bureau de tabac qui faisait l'angle avec la rue du Borrégo.

« Qu'est-ce que ça donne ? »

Hackman regardait les deux hauts réservoirs d'eau, en se demandant comment il était possible d'y accéder sans se faire repérer. Le bâtiment de la Direction de l'environnement jouxtait les châteaux d'eau.

« 2, rue des Tourelles. C'est tout près.

— Chez Marquez ?

— Selon le gérant. T'es calibré ?

— Toujours. Mon vieux Manurhin.

— Parfait. Parce que la dernière fois que j'ai croisé Marquez, il m'a accueilli avec de la chevrotine 12/70. »

Plus ils approchaient du numéro 2 de la rue des Tourelles, plus les sensations que Wolf avait vécues chez Deborah-Lee se ravivaient. Le vide avant l'adrénaline, dont il fallait immédiatement polariser les effets vers l'extérieur et vers l'action au risque de brûler de l'intérieur. Cette fois, si la même situation devait se reproduire, il viserait Marquez au genou. Ou à la hanche.

Seule la sonnette du haut ne comportait pas de nom. Les autres affichaient plusieurs couches de morceaux de papier scotchés ou collés, ensevelissant les étiquettes originales. Wolf enfonça celle du bas, puis celle juste au-dessus. La porte s'ouvrit, il la poussa, enclencha la minuterie, et Klein le suivit jusqu'au dernier étage.

Ils débouchèrent au milieu d'un couloir. Quatre appartements en tout, deux de chaque côté, face à face. Pas question de se faire surprendre comme chez Deborah-Lee. Il étudia chaque porte à distance. De la musique parvenait de l'appartement immédiatement à gauche. Dos au mur, il s'approcha de la porte. Le volume sonore augmenta. Pas de nom. Un autocollant avec un symbole ésotérique indéchiffrable. Une photo de Lemmy Kilmister posant devant un fond rose vaporeux, punaisée de travers sur la peinture bordeaux.

Klein le tira par la manche et l'interrogea du regard, sourcils froncés. Wolf lui fit signe que tout était sous contrôle. Le brigadier sortit son Manurhin et acquiesça.

Wolf dégaina son SIG-Sauer et attendit le refrain de la chanson pour profiter d'une couverture sonore. Lorsque la batterie et les guitares s'emballèrent sur les cavalcades de basse, il avança le pied gauche vers le milieu du couloir, pivota sur lui-même et, accélérant encore l'élan produit par la rotation, balança le talon de son pied droit dans la porte, juste à côté de la poignée.

Sensation de fluidité, de mouvement parfaitement dosé et délié.

I'm a street walking cheetah…

La feuillure explosa et le montant claqua contre le mur intérieur.

Wolf bondit dans l'appartement inondé de lumière halogène et de death metal.

... with a heart full of napalm.

La surprise avait proprement éjecté le type du canapé. Mais il ne s'agissait pas d'Antoine Marquez. C'était juste un type pétrifié qui voyait un train foncer droit sur lui après avoir pulvérisé sa porte. Il leva les mains et dans son regard, Wolf décrypta la soumission totale, juste à temps pour arrêter son avant-bras qui allait lui coller une manchette en travers de la jugulaire.

« C'est clair », dit-il à Klein. « Fais les autres pièces. »

Le type était debout, immobile, bras levés. Même look que le Needle Boy que Wolf avait surpris chez Deborah-Lee, même look que celui qu'ils venaient de prendre pour Antoine Marquez, à Planet Connect. La vingtaine, cheveux longs crasses, barbe, tee-shirt et battle-dress noirs. Mais pas de tatouages.

« Éteins ce bordel.

— C'est Cradle of Filth », dit le type, sans raison, tout en s'exécutant. Wolf détailla la pièce du regard. Des ordinateurs, des tablettes, des smartphones, certains avec leur emballage d'origine.

« Antoine Marquez. »

Le type roula des yeux ronds en tenant toujours ses mains en l'air.

« C'est pas moi », dit-il avec une expression qui implorait qu'on le croie.

— Ne me dis pas ce que je sais déjà.

— OK », dit le type en acquiesçant. « Bien sûr.

— T'es qui ?

— Son coloc. Enfin, des fois. Il habite chez moi. Ici.

— Où il est ?

— Pas dans le coin, en tout cas », dit Klein en revenant de la cuisine.

« Et merde.

— Hé, pas de ta faute », dit Klein. « Ils se ressemblent tous. Nous les punks, on cherchait au moins à se différencier les uns des autres. Non ? »

Wolf procéda à l'interpellation la plus saugrenue de sa carrière : il menotta Jean-Hugues Bréat, qui hébergeait Antoine Marquez et jurait n'avoir jamais entendu parler de Human Final Solution, même avec le canon du SIG dans l'œil, puis il le ramena en métro au 36, quai des Orfèvres. Ligne onze jusqu'à Châtelet, avant de rejoindre l'île de la Cité par le boulevard du Palais.

Avant de quitter la rue des Tourelles, il avait fait un tour d'horizon. Pas de bar à proximité immédiate. Un local muré et cadenassé juste à côté de l'entrée du numéro 2. Une agence de location. Un magasin au rideau de fer baissé, plein de prospectus.

« Bon. Je m'organise pour te faire relayer », avait-il dit à Klein. « J'en informe Lacroix et on se tient au jus.

— OK.

— Courage.

— Ouais, c'est ça. Protéger et servir », ironisa Klein avec un haussement d'épaules.

Après avoir collé Bréat en cellule, Wolf se rendit à l'évidence : il n'avait aucune envie de faire de la paperasse. Au point où ils en étaient avec la procédure… Tant qu'à prendre des libertés, autant y aller grand large, s'était-il dit. Certes, les limites avaient reculé avec Lacroix, mais le risque de les franchir s'était accru d'autant. Et le jeu restait le même, fondamentalement. Simplement plus chargé en substances explosives. Avec un peu de chance, ils serreraient Marquez sous peu et son colocataire en serait pour une bonne frayeur. Mais il fallait tout de même en aviser Lacroix.

Le commissaire n'était pas dans son bureau.

Wolf continua vers celui de Marcus en évitant le cagibi de l'IGPN, car il ignorait si Faber et Jednak étaient encore dans les parages, ou s'ils avaient décidé qu'ils avaient de quoi boucler leur rapport pour la procureure.

Silver parut étonnée de voir son équipier. Il expliqua la situation. Marcus commença à détailler sa stratégie pour venir à bout de l'ordinateur de Karen, mais Wolf leva la main.

« Fais au mieux, Marcus. Fais au mieux. Mais surtout, vite. Et tiens-moi au courant.

— OK.

— Je préviens Lacroix pour Marquez et son pote. Je lui dis de faire relayer Klein, aussi », dit Silver.

« Merci.

— T'as une sale tête, Wolf. Rentre chez toi. Je passe te voir plus tard, si j'ai du nouveau. Pour l'ordinateur comme pour Marquez.

— OK. Je compte sur toi. Je reste près du téléphone. J'insiste : je veux être informé dans la seconde », dit-il en les regardant dans les yeux, l'un après l'autre. Mais surtout Silver.

Dans la rame de la ligne quatre qui le ramenait vers le 18e arrondissement, il sentit que chaque cahot de la cage de métal avait sur lui un effet plus sédatif que le précédent. Silver avait raison. Comme toujours. Il serait bientôt exténué s'il ne se reposait pas. Pourtant, cela n'avait rien à voir avec la fatigue des missions interminables qu'il avait menées, parfois sous tension pendant trente-six heures d'affilée. Ce n'était pas le même genre d'épuisement. Il ne s'agissait pas d'une fatigue physique. Il sentait qu'il s'agissait d'une vulnérabilité d'un autre ordre.

Sans l'avoir réellement prémédité, il sortit soudain de la rame à la station Barbès-Rochechouart, celle-là même dans laquelle il s'était précipité comme une furie, plus tôt dans la journée. Et il reprit la ligne deux, cette fois en direction de la porte Dauphine. Il avait l'impression de marcher comme un fantôme, un automate, ou un mélange des deux. Un zombie biomécanique. Une grenade perdue.

Il sortit place de Clichy et ses pas le menèrent jusqu'à l'appartement de Karen. Il enleva une seconde fois les scellés judiciaires et entra.

Les objets lui parlaient et Karen lui parlait au travers des objets.

Il joua un moment avec un éventail clair orné de pétales diaphanes, tout en regardant le raffinement des *saya* en bois de magnolia qui protégeaient les terribles lames des sabres. Et alors, il se souvint s'être dit que Karen était morte conformément à la réalité qu'elle s'était créée. Ou c'était peut-être elle qui le lui avait dit. Donc en harmonie avec la réalité tout court. « Pas de blâme », dirait l'oracle.

Le souvenir de sa rencontre intime avec Karen, qui avait eu lieu lors de son premier rêve, lui revint à la mémoire. L'odeur suave et boisée de sa peau, l'incroyable douceur de son sexe, la fermeté de son corps et de ses gestes, la profondeur surprenante de son regard, hypnotique. Elle avait dit : « J'ai déjà écrit mon poème d'adieu à la vie. » Elle voulait dire par là qu'elle avait agi conformément au rituel samouraï de la mort.

Sans chercher à comprendre d'où cela lui venait, il prit le katana au *sageo* rouge. La cordelette paraissait écarlate sur le noir laqué du fourreau. Il sortit la lame du *saya*, fit sauter le *mekugi*, la goupille de bambou qui traverse et scelle la lame et la poignée. Elle coulissa aisément, signe qu'elle avait été démontée peu de temps auparavant. Il désolidarisa le *tsuka* et le *nakago*, et découvrit exactement ce à quoi il s'attendait.

Il y avait bien une feuille de papier de riz glissée contre la soie d'acier.

Wolf inspira à fond, vida ses poumons et posa tous les éléments sur la table basse, devant le service à thé et les tasses fermées par leur couvercle en porcelaine.

Puis il déplia la feuille de papier de riz et lut :

la réalité
c'est ce que j'imagine
et que j'ignore

C'était un haïku de dix-sept syllabes et il constituait le poème d'adieu à la vie de Karen.

Il ferma les yeux et entendit la voix tendre et claire de son amante répéter : « La réalité, c'est ce que j'imagine, et que j'ignore. »

Il se laissa imprégner par cette phrase, jusqu'à se rendre compte qu'elle lui faisait voir les choses de manière radicalement différente. Il comprit également qu'il n'était pas prêt pour cela. Intuitivement, un sombre vertige l'alerta.

Il replia la feuille de papier de riz, la glissa contre la soie de la lame, remit en place la poignée et la goupille, puis rengaina la lame dans le *saya*, qu'il laissa posé sur la table.

Il respira calmement jusqu'à ce que les choses en lui retrouvent un certain équilibre.

Puis il se leva, s'approcha de l'étagère en bois noir et feuilleta le *Kojiki* et le *Hagakure*. Il consacra davantage de temps à un ouvrage qu'il n'avait pas remarqué la fois précédente, lorsqu'il était venu avec Silver durant leur mexicaine. C'était un beau livre de plusieurs centaines de pages et qui pesait au moins un kilo, avec de nombreuses illustrations en couleur. *L'imaginaire érotique au Japon*, d'Agnès Giard, racontait la société nippone au travers de ses représentations sexuelles, en étudiant scrupuleusement une foule de thèmes fantasmatiques. Tout en lisant le texte de quatrième de couverture, il entendit la voix de Karen prononcer chacune des phrases.

« Au Japon, les fantasmes érotiques et les apparences fluctuent, dans une culture qui valorise depuis des millénaires la notion d'impermanence. Par essence, l'identité des êtres est transitoire, le plaisir est fugace, la logique est floue, le réel est virtuel, la beauté est mortelle… Quant au sexe, forcément », continua Karen, « il est protéiforme, polymorphe et pervers. Il s'est imprégné de cette tradition qui prête à chaque chose une âme : homme, femme, papillon, pierre ou fleur, tout dans ce monde bouddhiste et shintô participe d'une universelle propension à faire l'amour de toutes les façons possibles. C'est-à-dire plus avec le cerveau qu'avec les organes génitaux. Il ne semble y avoir aucune barrière aux fantaisies érotiques dans ce pays qui ne connaît pas le système binaire, n'oppose pas l'homme à la femme, ni le bien au mal. »

Puis Karen se tut. Depuis le monde flottant des morts, elle lui laissa le temps de regarder quelques illustrations, toutes plus fascinantes et surprenantes les unes que les autres. Elle savait que Wolf venait de comprendre.

La décapitation de Stéphane Barres était un acte sexuel.

Lorsqu'il se réveilla, il faisait nuit. Il sentit la panique l'envahir lorsqu'il se rendit compte qu'il n'était pas chez lui, et aussitôt qu'il comprit là où il se trouvait, l'angoisse reflua. Il était chez Karen, allongé sur ses coussins noirs, blancs et rouges. Il avait l'impression que c'était un bruit qui l'avait réveillé. Il tendit l'oreille. Rien d'anormal. Les grondements de la rue. C'était tout. Juste le bruit ordinaire de la ville.

Puis il se leva et alla directement vers l'étagère où il prit l'un des carnets de Karen, muni d'un crayon de papier en bois brut, et revint s'asseoir face à la table basse, devant le service à thé et le katana, dont le poignée contenait le haïku d'adieu à la vie.

Il nota précisément ce qu'elle venait de lui dire. Car elle était revenue dans son rêve, dans son psychisme. Une nouvelle fois, il avait été englouti dans le monde de Karen.

« PAROLE À L'ACTE », écrit-il en lettres majuscules.

Être libéré de la prison de l'ego et de la peur

Être capable de vivre et de mourir avec la même volonté farouche

Avoir accès à une mémoire absolue et infinie

Avoir accès à des langages inédits et vivants

Avoir accès à des ressources physiques et mentales insoupçonnées

Maîtriser tout l'espace dans ses quatre dimensions

Appréhender aussi bien hier que l'éternité et le présent

Ressentir l'alignement comme l'axe du monde et l'axe de la relation de l'être à l'univers

Il savait qu'il s'agissait des lois psychiques de l'alignement.

Il voulut appeler Silver pour lui soumettre ces éléments et avoir son point de vue. Mais son téléphone était à nouveau déchargé, ce qui n'était pas normal.

Il chercha une horloge ou n'importe quoi qui puisse donner l'heure dans l'appartement de Karen. Il n'y avait rien de la sorte.

Il se rassit sur les coussins et repensa à la décapitation de Barres. Il revit chaque mouvement de Karen, et imagina ses pensées, en tenant compte de la révélation qu'elle lui avait faite. C'était un acte de nature sexuelle. Pour elle, à tout le moins.

19

Samedi 22 février, 15 heures 10

Après le départ de Wolf, Silver et Marcus s'étaient remis au travail. Lorsqu'il avait commencé à parler d'analyseur de protocole SPI pour les liaisons full-duplex, Silver s'était sentie aussi seule qu'inutile.

« C'est pour repérer toutes les liaisons maître-esclave », avait tenté de lui expliquer Marcus. « Désolé, c'est pas moi qui m'occupe de la nomenclature. Il y a plusieurs esclaves dans un même bus, mais il y a obligatoirement une ligne dédiée pour les quatre signaux logiques de chaque bus. Celui qui nous intéresse, c'est le SS, ou Slave Select, généré par le maître. En fait, tout est parfaitement logique, tu vas voir.

— Je crois que je ferais mieux de te laisser travailler, Marcus.

— Attends, je vais te l'expliquer autrement. Après, peu importent les détails techniques, ce qui compte, c'est la logique et l'intuition. On peut retrouver un milliard de choses, mais c'est parfaitement inutile tant qu'on ne sait pas ce qu'on cherche. Cette fille était architecte de réseaux, et je suis certain qu'elle a cru avoir trouvé une combine pour communiquer avec la Vipère. Plus que communiquer, d'ailleurs. Je pencherais pour le mot *fusionner*. Il suffit de s'y connaître un peu pour créer un NaaS ou un DaaS alternatif. Network as a Service ou Desktop as a Service. Comme des microréseaux privés, si tu veux. Sauf que rien n'est jamais privé sur Internet. OK, pardon, je t'embrouille pas avec ça. Ce que je veux te dire, c'est que même effacées, les liaisons demeurent. Il y a une mémoire de chaque événement, si tu préfères. Et même, on peut dire qu'il y a une mémoire de la mémoire. Donc, la première question à se poser ne concerne pas directement la technique. Et cette première question est ?

— Tu me prends de court. Je ne sais pas…

— Dommage, parce que ça, c'est *ton* boulot.

— OK. On cherche la Vipère. On cherche ce que Karen et la Vipère ont échangé, afin de trouver la Vipère. On cherche des informations sur la Vipère.

— Donc, on cherche l'espace qui a stocké ces informations dans l'ordinateur de Karen. Je parie qu'elle a créé un NaaS ou un DaaS dédié.

— Laos, chaos », soupira-t-elle. « Tu recommences, Marcus. Je vais aller…

— Attends. C'est comme… des animaux qui vont boire à la même source. Peut-être sans jamais se croiser. Ce qu'on cherche, c'est cette source. C'est mieux ?

— Certes. C'est plus clair. La source où vont boire les animaux.

— Sans jamais se croiser. Mais si on trouve la source, on peut remonter la piste de chaque animal. Cette source, c'est le NaaS. Ou le DaaS, je ne sais pas encore.

— Écoute, transfère-moi l'intégralité des dossiers des étoilés. De tous les trois. Je reprends tout depuis zéro dans mon bureau. Dès que tu trouves un zèbre, tu m'appelles.

— Une vipère, Silver. Ce qu'on cherche, c'est une vipère », dit Marcus avec un sourire ironique. « Il faut être très précis. Si on perd le but de vue, c'est foutu dès le départ. On a déjà perdu, même pas la peine de commencer. »

Silver repassa devant le bureau de Lacroix et constata qu'il était vide. Décidément. Elle alla prendre un café à la salle de repos et posa des questions. Personne n'avait vu le commissaire. Dans le couloir, elle demanda la même chose au responsable des cellules de garde à vue. Aucune information tangible, là non plus.

Depuis son bureau, elle envoya un SMS à Big Jim. En le tapant, elle eut une intuition, effaça tout et changea de destinataire. Elle écrivit à Marcus : « La Vipère a piraté le téléphone de Wolf. Est-ce que cela pourrait expliquer que son téléphone a fait fondre l'ordi de Karen ? Un singe dans la brousse. »

Puis elle alluma son ordinateur, et se demanda pourquoi Marcus n'avait pas demandé le smartphone de Wolf pour le sécuriser ou trouver un genre de source ou – ou faire quoi ? Exécuter un tour de magie et faire apparaître la Vipère dans un nuage de fumée couleur soufre, se dit-elle en souriant. Le fond d'écran et le bureau ne s'étaient pas encore affichés qu'elle recevait une réponse de Marcus : « Par court-circuit en full-triplex. Je plaisante. Le téléphone de Wolf est trop archaïque pour ça. » Elle secoua la tête et soupira. Il s'était acheté ce smartphone environ six mois plus tôt, peu après sa mise sur le marché.

Elle repensa à un livre que lui avait conseillé de lire Wolf. Elle se souvenait du titre : *L'Œil dans le ciel*. Le narrateur disait quelque chose comme : « Il lui fallut quatre prières différentes pour amener la voiture jusque sur la route de Belmont. En ce monde, la prière remplaçait la technique. » Et elle était parfaitement d'accord avec cette façon de voir les choses. Même si c'était les mots d'un Américain du milieu du siècle dernier, un auteur de science-fiction qui n'avait jamais énormément voyagé et n'était jamais allé en Asie, l'idée était vraiment claire. Elle sonnait juste. Une idée comme celles qu'elle percevait tout au long de la journée, à Vang Vieng. Une idée qui atteignait sa cible.

Cela la décida à abandonner les logiciels d'analyses croisées multiparamètres. Elle fit préchauffer l'imprimante, remplit le chargeur à ras bord et lança l'impression des trois dossiers complets. John Doe,

Deborah-Lee Henry, Lorenzo de Bradi. Papier, stylo et instinct. Point barre.

Pendant que les feuilles étaient avalées et recrachées par la machine, elle but son café en regardant le ciel. Un bleu très pur découpait de lourds nuages blancs et gris. Les bourrasques avaient cessé. Elle prit cela comme un présage favorable. Ou plutôt, elle décida qu'il devait en être ainsi.

Puis elle entreprit de lire et relire les trois dossiers, dans l'ordre, en surlignant chaque fait singulier et en le recopiant sur des feuilles séparées.

*

Après avoir quitté l'appartement de Diane, Meriem Drought longea à pied le cimetière du Père-Lachaise vers l'ouest, vent de face, puis rejoignit le boulevard Voltaire. L'instinct de la Vipère lui disait qu'il devait aller mettre de l'ordre dans son cabinet. Son activité de psychiatre et de psychothérapeute était fondamentalement une façade. Il fallait donc lui accorder le plus grand soin. La moindre faille pouvait être fatale au cœur de l'édifice. Tout comme un masque ne supportait pas la plus petite imperfection, le plus petit détail pouvait transformer un rôle en imposture criante. La négligence est une chose extrêmement néfaste, se dit-il en pensant à l'une des phrases préférées de Karen.

Boulevard Richard-Lenoir, les nuages d'étain irisés de feu sculptaient un alignement d'arbres aux branches noueuses et tordues. Il les vit comme des tragédies impuissantes à accrocher quelque bribe d'absolu. Des quêtes à ce point désespérées qu'elles n'avaient plus conscience d'elles-mêmes. Était-ce à cela que ressemblait la Vipère ? se demanda Meriem Drought. Il força le pas contre le vent qui venait de face, puis tourna à gauche rue Oberkampf. Il vira ensuite à droite et passa devant le Cirque d'Hiver, puis le nom de la station de métro juste en face lui sauta au visage. Filles du Calvaire. Était-ce un signe ?

S'agissait-il de Karen ? De Diane ? De Deborah-Lee ? De toutes les trois ?

Meriem Drought savait qu'il fallait se méfier. La mauvaise humeur était une faiblesse qui pouvait pousser à commettre des erreurs. La vigilance s'occupe de détails sans comprendre l'objet réel qui l'a alertée. L'irritation est une diversion, une perturbation. Mais surtout, un défaut d'alignement. Meriem pressentit qu'un signal d'alerte échappait à l'instinct de la Vipère.

Il pressa davantage le pas dans le boulevard du Temple, en direction de la place de la République. Son cabinet était à moins de cinquante mètres, maintenant. Le Calvaire était le nom de la montagne où, selon la Bible, ce traîne-savate psychotique de Jésus avait été crucifié. Soudain, la foule qui irriguait les trottoirs du samedi après-midi l'insupporta. Il pouvait largement atteindre son espace personnel en apnée physique et mentale. Ce qu'il fit.

En arrivant à son cabinet, le psychiatre désactiva l'alarme volumétrique et régla la luminosité dans la salle d'attente, où il alluma également les discrets spots à LED sous les deux tableaux d'Oskar Kokoschka, *Mann und Weib auf dem Sterbeweg* et *Der Sturm Neue Nummer*.

Il s'attarda devant ce tableau, avec lequel il vivait depuis tant d'années. Un être humain revenant de l'enfer de métal, torse nu, crâne rasé, visage marqué, bouche, yeux et oreilles tailladés, os saillants et sourire inquiétant. Il déchire de son index gauche les chairs de son flanc droit, depuis le foie jusqu'au téton. Une blessure noire, profonde. Une entaille à la fois saignante et en putréfaction. Une blessure ancienne et éternelle. Permanente. Derrière lui, un horizon bouché de feu rouge projette son ombre atomique. Les fantômes des morts endurées, prisonniers du brasier. Un être éternellement dépecé, infiniment tourmenté par mille morts passées et à venir.

Der Sturm Neue Nummer. Le nouveau numéro de la tempête. Il ne perdait jamais de vue qu'il s'agissait d'abord d'un autoportrait d'Oskar Kokoschka, et que tout le reste n'était que projections subjectives de désordre intérieur. Car c'était cela qu'avait réussi à faire émerger le peintre : un miroir de non-alignement. Albrecht Dürer, les deux Cranach, van Heemskerck et bien d'autres ont donné leur propre version de cette icône christique et de son calvaire. Une variation du flanc percé par la lance, une exhibition du stigmate archétypal. Pour Kokoschka, c'était la représentation de sa douleur de voir la société viennoise de son époque rejeter violemment son art. Pour Meriem Drought, *Der Sturm Neue Nummer* n'était pas ancré dans le temps ni dans un individu, aussi doué fût-il. C'était simplement le calvaire absolu, le défaut d'alignement vécu par quiconque se laissait avaler par l'organisme social et réduire à l'état de corps physique et esclave du monde matériel. Kokoschka avait porté la représentation de la destruction à un niveau industriel, et préfigurait la massification de la mort à venir. C'était simplement génial, et peu importait que le peintre en fût conscient ou non. Il avait peint quelque chose qui le dépassait. Comme tous les alignés.

Il y avait bien plus que l'éradication industrielle de l'humanité, dans ce tableau. Il y avait aussi la part irréductible de la vie qui avait survécu grâce à la force de l'esprit, et qui devait se recomposer avec l'acier pour dépasser la mort et déployer la phase suivante de la vie.

L'homme mille fois mort, l'homme au-delà de la mort, l'homme purifié par la mort, projeté dans les dimensions inconnues du temps, de la matière, de l'espace et de l'esprit, dans les champs psychiques infinis qui grouillaient sur cette planète, et sans doute dans ses dimensions parallèles.

Au-delà de la douleur, il n'y a plus rien de connu, avait dit Diane. Au-delà de la douleur, il y a la mutation. La transformation de l'espèce. Le saut quantique de la vie. La loi de l'alignement. L'alignement de l'humanité. Jamais son but ne lui était apparu aussi clair et aussi vain. Il tenta d'oublier Karen et de se concentrer sur Diane.

Dans son bureau, il déclencha l'ouverture des volets et suspendit sa veste gris acier au bois sec et patiné du perroquet. Si la décoration de la salle d'attente était cosy, celle du cabinet de consultation se résumait à du verre, du métal, du bois et du béton, les matériaux adéquats pour le travail élaboré du sexe et de la mort.

Dans la pièce attenante, qui servait de coin cuisine, de salle de bains et de dressing de secours, il alla chercher une bouteille d'eau minérale glacée. De retour dans son bureau, il prit place dans son fauteuil et alluma l'ordinateur.

Les flics bricolaient quelque chose autour des étoilés. Il ne savait pas quoi, mais il n'était pas question de prendre le moindre risque. En un sens, en ne reliant pas officiellement les trois affaires, ils lui rendaient service. Était-ce pour se cacher des médias ? Ou parce qu'ils n'avaient pas les moyens de se servir des médias comme d'une arme ? Toujours est-il qu'ils jouaient à fond la stratégie des pierres cachées dans un champ de pierres : cela restait des homicides, comme il s'en commettait un virgule quatre-vingt-six par jour. Ou disons un virgule quatre-vingt-huit, ces derniers jours.

Meriem Drought décida tout de même de mettre de l'ordre dans ses dossiers. Dès qu'il s'immergea dans le travail et que ses pensées trouvèrent à s'échapper par le biais de son panopticon, l'impression étrange qui le tenaillait commença à refluer, puis à disparaître.

*

Silver avait fermé la porte de son bureau pour pouvoir se concentrer.

John Doe était un cas à part, puisque la seule piste visible était celle de la neurotoxine hallucinogène, et c'était logiquement Marcus qui devait la suivre, puisqu'il était le seul à maîtriser les logiciels mathématiques de modélisations moléculaires. Par contre, le tueur avait laissé de nombreux éléments sur les deux autres cadavres, à commencer par l'étoile gravée dans leur front.

Elle reprit les clichés en macro de leur blessure, les posa devant elle sur le plateau du bureau. Sillons nets et épais, chairs rétractées et boursouflées, bleuies et noircies, os frontal mis à nu par la soude. La taille des blessures était identique. Le tueur devait se servir d'un outil d'acier pour graver ces étoiles. Le traumatisme faisait gonfler les chairs, puis l'exsanguination partielle locale qui se poursuivait après la mort les faisait se rétracter. Sans parler de la soude qui les creusait encore davantage. Comment appliquait-il la soude ? Est-ce que c'était l'outil d'acier lui-même qui la diffusait dans les chairs ? Et quelle folie il fallait avoir sous le crâne pour faire ça à des morts ?

L'outil en question était forcément plus petit que la blessure finale. Peut-être de moitié. L'étoile d'acier devait avoir le diamètre d'une pièce de deux euros, guère plus.

Silver ne pouvait aller plus loin. Mais en plus de l'étoile, le tueur avait laissé leur identité à ses deux dernières victimes. Et cela constituait la source primordiale, celle qui ouvrait toutes les pistes. Mais pour eux deux, c'était le contraire : il y avait beaucoup trop d'informations. Marcus avait même téléchargé l'intégralité de leurs publications sur les réseaux sociaux virtuels.

Gardant en mémoire l'image qu'il avait utilisée au sujet des animaux qui vont boire à la même source sans jamais se croiser, Silver avait noté toute une série de territoires communs entre Deborah-Lee et de Bradi. À commencer par les quartiers interlopes où elle trouvait sa dope, et lui ses proies. Mais cela ne correspondait pas vraiment au niveau temporel. Certes, ils avaient pu se croiser, voire, pourquoi pas, se rencontrer de façon plus soutenue lorsqu'elle avait eu recours à la prostitution, mais c'était quatre ou cinq ans plus tôt. Globalement, leurs territoires se chevauchaient parfois, mais n'avaient pas grand-chose en commun. Il s'agissait à chaque fois de singularités dans un ensemble plus vaste, chaotique et faiblement cohérent. Mais surtout, fortement disparate. Les personnes, les lieux et les dates étaient instables au possible.

Silver prit une nouvelle feuille de papier sur laquelle elle matérialisa deux colonnes. À gauche, les endroits fréquentés par Deborah-Lee. À droite, ceux fréquentés par de Bradi. En passant au crible les différents dossiers de l'un et de l'autre, elle aligna des noms et des lieux. Les ressources étaient principalement administratives pour Deborah-Lee, mais beaucoup de données émanaient de son profil Myspace, abandonné depuis plus de quatre ans, et de sa page Facebook, active encore récemment. Cures, suivis en addictologie, rendez-vous à la Maison des addictions, dossier d'assistante sociale : Marcus avait tout rassemblé. Idem pour Lorenzo de Bradi. Dossier professionnel, dossiers de la Brigade de répression du proxénétisme et de la Brigade de protection des mineurs, comptes Facebook officiel et officieux, liens sur les sites dédiés au sexe, contacts, rendez-vous, lieux spécialisés, etc.

Elle remarqua que suite à sa deuxième interpellation, de Bradi avait écopé d'une obligation de soins, et cela fit tilt dans l'esprit de Silver lorsqu'elle le nota dans la colonne dédiée au pervers sexuel. Quelques minutes auparavant, elle avait repéré, surligné et recopié quelque chose de similaire au sujet de la toxicomane. Une obligation de soins. Mais pas à la Maison des addictions. Elle retrouva le procès-verbal de chacun d'eux. Ça, c'était un croisement entre les pistes de deux animaux sauvages, ou elle ne s'y connaissait pas. Il fallait qu'elle aille voir Marcus pour en savoir davantage.

Elle était en train de rassembler les documents concernés lorsque son téléphone vibra. « RDV dans mon bureau. Big Jim. »

Elle fourra les feuilles dans une chemise, mit son ordinateur en veille et se rendit chez Lacroix.

« Je commence par la bonne nouvelle, ça ira plus vite », attaqua-t-il en l'invitant à s'asseoir d'un geste rapide.

Elle tira l'une des deux chaises et s'assit.

« Thierry Guedj, l'avocat commis d'office. »

Silver attendit qu'il ait terminé d'aligner les dossiers sur son bureau. Il la regarda dans les yeux, esquissa un bref sourire et poursuivit :

« On l'a retrouvé dans la rue, cette nuit. Une étoile à six branches gravée à la soude au milieu du front. »

Silver ouvrit la bouche, écarquilla les yeux.

« Mort ? »

Lacroix pinça les lèvres et secoua la tête.

« Non. Mais guère mieux.

— C'est-à-dire ? Hospitalisé ?

— Exact », dit Lacroix.

« Première victime qui s'en sort vivante. »

Lacroix acquiesça en silence.

« Alors, je file l'interroger », poursuivit Silver. « Il va nous aider à identifier le tueur. Il y a peut-être des témoins, il faut savoir où il a été agressé, relever les…

— Ils ont soigné son front sans problème. Ça, ça va. Oui, parce qu'il a une gravure à la soude, lui aussi », l'arrêta-t-il en levant la main. « Mais son cerveau n'a pas tenu le coup. Il est complètement fou. Un genre de choc traumatique, ou peut-être une drogue, on ne sait pas encore. Il est hospitalisé à Sainte-Anne. Service des urgences psychiatriques. Schizophrénie hébéphréno-catatonique », lut-il sur le rapport d'admission. « Soit il est complètement éteint, les yeux perdus quelque part dans le plafond, soit il hurle et se débat comme un possédé. ON / OFF. Rien à en tirer.

— Mince », dit Silver en assimilant les informations. Ce qui la ramena à sa propre découverte. « Justement, j'ai une piste à creuser avec Marcus. Pour relier Deborah-Lee et de Bradi. »

Lacroix ouvrit les mains : « Allez-y. »

Elle se leva et s'apprêtait à sortir du bureau lorsqu'elle se souvint de Wolf.

« Au fait, Hackman a collé un type en GAV. À l'arrache. Le colocataire de Marquez. Klein surveille toujours. C'est rue des Tourelles, numéro 2, dernier étage gauche. Si vous pouvez le faire relayer.

— Officiellement, il n'y a personne en garde à vue et il n'y a personne qui surveille Marquez. Je n'ai pas des types comme Klein en plusieurs exemplaires. Il devra se débrouiller seul.

— OK, je transmets. »

Dans le couloir qui la menait vers le bureau de Marcus, Silver téléphona à Wolf. Elle tomba directement sur son répondeur, mais ne laissa pas de message, se disant qu'il la rappellerait lorsqu'il se réveillerait. Puis elle téléphona à Klein pour l'informer qu'il devait continuer la planque tout seul.

« J'espère qu'il s'est pas tiré au Pérou, votre connard, sinon je vous le ramène en poudre dans une caisse de paquets de café. »

La remarque de Klein lui donna l'idée d'apporter un gobelet à Marcus.

« J'ai du nouveau », lui annonça-t-elle en entrant dans son bureau. « Enfin, peut-être une piste, ce qui est déjà énorme, vu d'où nous partons.

— Figure-toi que moi aussi », dit l'informaticien. « Merci pour le café. Bon, je n'ai pas trouvé l'identité, ni l'adresse, ni le téléphone, ni l'agenda, ni la photo du profil Facebook de la Vipère, ni ses photos de classe de neige. Mais j'ai réussi à isoler et à décrypter un bus full-duplex détruit. Détruit en apparence seulement. J'ai retracé les communications de Barres et de Karen Tilliez, jusqu'au deuxième et au troisième degré. Partiellement pour le troisième, je dois le concéder. Toujours est-il qu'elle disait vrai. Ils n'étaient plus en contact, la samurai girl et le décapité. Enfin, pas récemment, en tout cas. Mieux : ils n'avaient pas de contacts en commun. Aucun. Zéro.

— Elle aurait donc agi seule ? » demanda Silver. Mais la question s'adressait surtout à elle-même, pour lui laisser le temps d'assimiler tout ce que cela impliquait. Ni contrat, ni vengeance personnelle. Juste l'équinoxe de son alignement de samouraï. Elle leur avait dit la stricte et entière vérité. Le meilleur usage de la parole, c'est la vérité, se souvint-elle avoir ironisé.

« Et de ton côté ? » demanda Marcus.

« Une obligation de soins », dit-elle en sortant les feuilles de la chemise. « Pour Deborah-Lee Henry et pour Lorenzo de Bradi. C'est le seul point commun dans leurs itinéraires respectifs. Tu peux creuser ? »

Elle tira une chaise et s'assit pendant que Marcus commençait ses recherches et triait les informations surlignées sur les documents imprimés concernant les deux étoilés. Observant les nuages qui se dissolvaient en une couche uniforme et claire, elle pensa à ce que signifiait le fait que Karen ait dit la vérité. Une chose était évidente. Si elle avait dit la vérité sur toute la ligne, aussi scrupuleusement qu'elle avait suivi les préceptes du *Hagakure* et ceux de la loi de l'alignement, ils ne retrouveraient jamais la Vipère. C'était plus une intuition qu'une déduction logique, mais elle était mieux placée que quiconque pour connaître la puissance des intuitions et la précarité de la logique.

« C'est bizarre », dit Marcus.

« Je t'écoute.

— C'est peut-être un hasard, tu me diras. Mais les addictologues n'orientent pas les patients vers un psy en particulier. Question de déontologie. Ils les laissent choisir le thérapeute qu'ils veulent. Et le jugement du tribunal concernant de Bradi non plus. Il était simplement tenu de faire la preuve d'un suivi psychothérapeutique.

— Et donc ?

— Et donc », dit Marcus en se penchant en arrière sur son fauteuil, « le pur hasard a fait qu'ils ont tous les deux choisi le même psychiatre.

— Tu parles ! » s'exclama Silver, éjectée de sa chaise par la manifestation de son intuition. « Et on retrouve Guedj avec une étoile à six branches dans le front ? Et c'est un faux psy qui est venu voir Karen en garde à vue ? Appelle ça comme tu veux, mais surtout pas *hasard*. C'est une manipulation intégrale, oui ! C'est qui, ce psychiatre ? Tu as son adresse ? »

*

Les bourrasques avaient encore chamboulé le ciel. Les nuages étaient sombres, bas et épars, et le soleil de fin d'après-midi faisait briller un ciel haut et clair. Meriem avait fini de nettoyer les fichiers de ses patients sur sa base de données, et maintenant que tout était en ordre, il lança la lecture de la chanson “Computerwelt” de l’album éponyme de Kraftwerk. Il en possédait deux des quatre versions : l’allemande et l’anglaise. Mais il avait trouvé une édition de la version japonaise en vinyle, ornée d’un bandeau en soie, et l’avait offerte à Karen.

Elle avait comparé les paroles de “Computerwelt” à un haïku à la poésie de silicium :

Interpol and Deutsche Bank, FBI and Scotland Yard
Interpol and Deutsche Bank, FBI and Scotland Yard
Business, numbers, money, people
Business, numbers, money, people
Computer world
Computer world
Interpol and Deutsche Bank, FBI and Scotland Yard
Interpol and Deutsche Bank, FBI and Scotland Yard
Business, numbers, money, people
Business, numbers, money, people
Computer world
Computer world
Interpol and Deutsche Bank, FBI and Scotland Yard
Interpol and Deutsche Bank, FBI and Scotland Yard
Crime, travel, communication, entertainment
Crime, travel, communication, entertainment
Computer world
Computer world

Quoi de plus aligné que la musique de Kraftwerk ? Qui de plus aligné que Karen ? Rien, ni personne. Il ne devait plus penser à Karen. Il devait penser à Diane. Diane l’élue, Diane l’impératrice. Et Wolf. L’aligné alpha.

Drought poursuivit l’écoute de l’album.

Il était en train de consulter le dossier d’hospitalisation de Thierry Guedj et de s’amuser du hasard qui avait placé l’avocat dans la même chambre que Diane aux urgences psychiatriques, lorsqu’une alerte retentit. Un léger tintement émis par son ordinateur perturba les notes cristallines de "Dentaku". Il n'avait pas de rendez-vous prévu à cette heure-ci, mais trente-cinq minutes plus tard. L'instinct de la Vipère prit aussitôt le dessus sur tout le reste.

Il éteignit la musique, puis afficha l'image prise par la caméra de surveillance de la salle d'attente. C'était une femme, de dos. Mais ce n'était pas Anne Sitruk, son prochain rendez-vous. C'était une femme debout face à la fenêtre, décalquée dans un contre-jour vaporeux, immobile, les bras croisés dans le dos. Il ne fallut qu'une seconde à la Vipère pour l'identifier. Il s'agissait de Linh Schmitt. Et elle était seule, sans Hackman, ce qui lui parut étrange. Il scruta la pièce, hésita un instant, puis activa l'interphone et se pencha légèrement vers le micro.

« Bonjour, madame. Les consultations se font uniquement sur rendez-vous. Vous pouvez prendre une carte sur le rebord de la fenêtre devant vous et appeler pour en obtenir un ultérieurement. Ce cabinet ne traite pas les cas d'urgence. »

La femme se retourna vers la caméra en tendant sa plaque professionnelle.

« Major Schmitt, officier de police judiciaire, Brigade criminelle. Voici ma notification de rendez-vous, gravée dans le métal. »

La Vipère aurait pu réclamer la présentation d'une commission rogatoire, mais il savait que cela n'aurait servi à rien. Il pouvait au mieux retarder l'échéance. Ou bien agir. Et il décida de passer à l'action.

« Veuillez ouvrir cette porte, monsieur Drought », dit Silver.

« Très bien. »

Il se leva, enfila et ajusta sa veste de costume sur sa chemise bistre, et des bribes du haïku de Kraftwerk résonnèrent dans sa tête :

Crime, travel, communication, entertainment
Computer world

*

Silver attendit un instant, debout face à la porte du cabinet, en regardant le tableau accroché à sa gauche. *Der Sturm Neue Nummer.* Elle fronça les sourcils. Quelque chose en elle se méfiait instinctivement de cette représentation de la douleur et de l'agonie. Et pourtant, elle ne parvenait à en détacher le regard.

Lorsque la porte du cabinet s'ouvrit, elle découvrit un homme d'une petite quarantaine d'années, corpulence svelte et allure soignée, regard chaleureux et sourire affable.

« Meriem Drought », dit-il en lui tendant la main. Silver la serra et crut déceler une lueur étrange dans le regard du psychiatre. Il dégageait quelque chose de fascinant et d'indéfinissable. Elle se demanda soudain ce qu'elle faisait là.

« Mais vous le savez déjà, n'est-ce pas ? Major Schmitt. Je vous en prie », ajouta-t-il en lui ouvrant d'un geste élégant le chemin du cabinet de consultation.

Quelque chose l'exhortait à ne pas approcher, à se tenir à distance, voire à ne pas entrer dans le cabinet. Elle ignorait d'où venait ce message, cette mise en garde invisible, à peine perceptible, et se demanda si ce n'était pas une part étrange d'elle-même qui se manifestait soudain, une part d'elle-même qui lui était inconnue et qu'elle voulait fuir.

« Comme vous l'avez souligné, les consultations sont uniquement sur rendez-vous. Et je ne suis pas là pour une consultation. »

Le psychiatre eut un sourire d'impuissance. Il leva les paumes vers le plafond.

« Vous préférez que je laisse la porte ouverte ? Cela vous rassurerait ? » plaisanta-t-il.

Silver secoua la tête et entra dans le cabinet.

La pièce était neutre, fonctionnelle, décorée dans des teintes qui inspiraient chaleur et confort. D'ailleurs, la température était plutôt élevée. La composition des matériaux était manifestement étudiée. Bois, verre, métal, tissu. La pénétration et le mouvement de la lumière du soleil sur les différents espaces au cours de la journée n'avaient pas été laissés au hasard. Ni les suppléments de lumière artificielle, discrets et veloutés.

« Karen Tilliez est morte en garde à vue, par auto-asphyxie, peu après la visite d'un médecin psychiatrique envoyé par l'I3P. Or, nous n'avons pas trouvé trace du rapport d'expertise de Karen Tilliez auprès de l'Infirmerie psychiatrique », déclara-t-elle tandis que Drought contournait son bureau.

Il fit pivoter le fauteuil, s'assit et croisa les doigts, appuyé contre le dossier. Elle sentit son regard la sonder. Elle-même se demandait jusqu'où il savait. Ce qu'il connaissait de ses munitions. Au moins, elle avait passé sous silence la plupart des informations qu'elle avait concernant la fausse demande d'expertise. Le sourire de Meriem Drought disparut soudain.

« Cela fait longtemps que je ne suis plus expert auprès de l'I3P, major Schmitt. Mais je peux chercher dans mes archives. J'ai peut-être une copie. Quel nom, vous dites ?

— Tilliez. Karen Tilliez. Mise en cause pour le meurtre de Stéphane Barres. Elle a également arraché l'oreille du planton durant sa garde à vue. Elle a reçu la visite d'un médecin psychiatrique. Elle s'est suicidée dans sa cellule par auto-asphyxie. Jeudi soir. Soit il y a deux jours. Vous avez besoin de vos archives pour vous souvenir de ce qui s'est passé il y a deux jours, monsieur Drought ?

— Je croyais que vous n'étiez pas venue pour une consultation, madame Linh Schmitt.

— Je ne vous ai pas dit mon prénom », répliqua Silver. Au sourire de Drought, elle vit qu'elle venait de commettre une erreur. Elle n'aurait jamais dû se précipiter chez Meriem Drought. Chez la Vipère, lui disait son intuition de boxeuse rinzaï.

« Votre double, Luc Hackman. Étrange qu'il ne vous ait pas accompagnée. »

Silver se représenta mentalement une carapace de plomb, et se forgea un masque d'impassibilité.

« Avez-vous, oui ou non, procédé à l'expertise psychiatrique de Karen Tilliez, monsieur Drought ? »

La Vipère s'éclaircit la gorge.

« Oui. Oui, ce nom me dit quelque chose. C'était à l'époque où je travaillais aux urgences psychiatriques. Et effectivement, je l'ai eue comme patiente. Mais… Vous savez… Un fou chasse l'autre, comme on dit. »

Il se leva et parut très grand à Silver.

« Désolé d'apprendre sa mort. Sincèrement désolé. Vous savez, il se produit souvent un artefact irrationnel après un choc ou un traumatisme psychologique. Quelle qu'en soit la nature. Mais le plus déroutant, c'est que cet artefact peut mettre des mois, voire des années avant de se manifester. Est-ce de cela dont vous êtes venue me parler, madame Schmitt ? »

Le sourire de la Vipère était fascinant et insoutenable. Tout comme son regard.

« Non », dit-elle. La procédure, pensa-t-elle, la procédure, se raccrocher à la procédure. D'où est-ce qu'il tirait cette force de déstabilisation ? Son regard. Son comportement. Son sourire. Ses gestes.

Elle hocha la tête. La procédure. Quelle était la procédure ?

« Je vais vous notifier une convocation à la Brigade », trancha-t-elle.

« Je vous en prie », dit la Vipère. « Faites donc. »

Le vent s'était calmé et le ciel était partagé entre nuages très fins et fonderie sombre. Silver était essoufflée en arrivant place de la République. Elle ne savait pas ce qui l'énervait le plus. Son propre comportement, celui de Drought, ou le fait que Wolf ne réponde pas au téléphone. Cette fois, elle lui laissa un message.

« Luc. Je t'ai dit de te reposer, mais pas de dormir jusqu'à demain. Je suis sur un gros truc. Le tueur des étoilés, c'est un psychiatre. Ce psychiatre, c'est la Vipère. Je n'ai pas de preuve, mais ça ne fait pas un pli. Guedj s'est également fait décorer le front, cette nuit. Mais il n'est pas mort. Il est aux urgences psychiatriques. Impossible de l'entendre. De toute façon, *pas besoin* de l'entendre. Tu comprends ? Alors réveille-toi et rapplique. Je suis place de la République. Je vais m'asseoir à une terrasse et surveiller le cabinet de Drought. Je t'attends. Ce type est complètement… »

Elle ne termina pas sa phrase, car Meriem Drought sortait de son cabinet.

« Wolf. Il sort. Je le suis. Rappelle-moi. »

En suivant Meriem Drought dans la rue du Faubourg-du-Temple, Silver s'efforçait de ne pas réfléchir. Elle savait que Wolf lui passerait le plus fameux savon qui soit, mais elle savait également qu'il aurait fait exactement la même chose qu'elle. Évidemment, elle savait que c'était totalement proscrit par tout ce qu'on lui avait enseigné, qu'elle risquait de corrompre l'enquête et d'offrir sur un plateau un sauf-conduit au meurtrier. Elle savait enfin que c'était en contradiction avec ses principes. Mais également, et c'était le plus surprenant, même pour elle, d'un autre point de vue, le point de vue qu'elle avait commencé à développer à Vang Vieng, avec les sacs de frappe et les kôans, c'était totalement en accord avec d'autres principes. Avec lesquels elle était bien plus à l'aise.

Face au gouffre, un pas en avant.

Ce nœud d'indécision lui battait les tempes et le cœur. Elle retrouvait une excitation totalement enfantine, et au-delà de la Vipère, au-delà des étoilés et de Meriem Drought, c'était terriblement bon.

Drought tourna à gauche rue Saint-Maur, puis continua tout droit vers la place du Colonel-Fabien. Silver le suivait à une cinquantaine de mètres, anonyme parmi les passants du samedi soir. Certains étaient pressés, d'autres flânaient, seuls ou en groupe. Plusieurs masses, plusieurs vitesses, c'était un environnement de filature idéal. Elle vérifia son portable. Aucun signe de Wolf.

Arrivé sur la place, Drought bifurqua sur la droite et remonta le boulevard de la Villette. Ce qui n'était pas logique. Des rues transversales lui auraient évité ce détour. Elle réfléchit à nouveau. Rien ne justifiait ce détour. Il ne croisa ni ne rencontra personne, n'entra dans aucun magasin. Quelque chose de sombre et d'inquiétant émergea dans l'excitation irrationnelle qui l'avait poussée jusque-là. Elle se rassura en vérifiant discrètement son SIG-Sauer. L'arme était bien en place au-dessus de sa hanche droite, serrée dans son holster. Mais elle ne pouvait pas se douter que Meriem Drought passait expressément dans le champ des caméras de vidéosurveillance. Parce qu'il les avait piratées. Pour en faire sa surveillance personnelle, depuis son panopticon.

Lorsqu'elle le vit pousser une porte cochère et s'y engouffrer, elle se mit à courir. Le mécanisme de fermeture était si lent qu'elle put retenir la lourde masse de bois juste avant qu'elle n'ait fini de se rabattre. Elle tendit l'oreille. Les pas de Drought résonnaient dans l'entrée. Ils s'éloignèrent à un rythme régulier. Lorsqu'ils furent masqués par le bruit du boulevard, elle poussa la porte et entra. L'entrée était sombre. Sur la droite, il y avait un perron et une porte vitrée. Ce n'était pas là que Drought s'était dirigé. Il avait continué tout droit, vers la cour intérieure plongée dans la pénombre. Elle s'en approcha, à pas rapides et silencieux, puis jeta un œil. Quelques lumières, çà et là. Aucune entrée. Juste une cour intérieure et en diagonale, au fond à droite, une volée de marches en béton et une rampe d'acier qui menaient vers une autre entrée. De la lumière provenait du couloir, ce qui accentuait sa propre invisibilité.

Silver traversa la cour, tendit l'oreille au bas des escaliers, puis monta la demi-douzaine de marches. Toujours aucun bruit. Elle entra et s'arrêta à nouveau. Les murs en parpaings étaient tagués de formes colorées qu'elle n'identifia pas. D'immenses lettres, des signes de reconnaissance. Le bruit d'une serrure massive se fit entendre, en haut. Elle s'avança vers la cage d'escalier.

Au premier étage, aucune porte. Uniquement des marches qui

menaient au niveau suivant. Elle arriva au dernier étage sans voir aucune entrée, ni aucun couloir.

La minuterie s'éteignit dans un claquement sec. De la lumière provenait de la porte laissée ouverte. Toutes les sensations de Silver étaient décuplées. Elle avait conscience de se laisser aller à une irrépressible folie, mais elle avait la certitude de ne pouvoir agir autrement. Il était trop tard. Depuis le début, il est trop tard, se dit-elle. Cependant, une autre chose s'était également décuplée. Une sensation sombre et inquiétante qui était devenue très nette, compacte et tranchante. Elle sortit le SIG-Sauer de son holster, le tint à deux mains, contre sa cuisse droite, canon vers le bas. Et elle entra dans l'écozone de la Vipère.

Elle découvrit un immense plateau découpé en espaces distincts.

Gauche, droite, personne.

Elle avança encore de quelques pas, inspira à fond.

Gauche, droite, personne.

De hautes fenêtres que la nuit transformait en miroirs noirs, de l'air ionisé et une odeur étrange, à peine perceptible. Plancher, béton ciré, céramique, tissus variés, bois, verre et acier composaient les différents espaces, dans des teintes de gris, de marron et de vert allant du très clair au plus foncé. Une zone de travail, une zone de repos, une cuisine ouverte sur l'espace. À gauche, une cloison de pavés de verre masquait d'autres pièces. Un genre de territoire total, se dit Silver. Elle inspira à nouveau à fond, souffla doucement.

Gauche, droite, personne.

« Meriem Drought », dit-elle d'une voix forte. « Brigade criminelle. »

Ses mots se dissipèrent dans le silence.

Et la sensation sombre et inquiétante qui avait pris le dessus sur toutes les autres s'évapora également.

Elle assura ses doigts sur la crosse de son pistolet.

« Meriem Drought », répéta-t-elle, encore plus fort.

Elle comprit qu'il fallait qu'elle se calme. Qu'il fallait fermer les yeux un instant, respirer, visualiser, faire le vide.

« Linh Schmitt. Quelle surprise », dit la voix de la Vipère.

Silver fit volte-face vers la droite, le canon du SIG pointé vers la poitrine de Meriem Drought.

« Entrez, je vous en prie », continua-t-il. Elle le regarda s'approcher de l'espace où étaient disposés plusieurs sofas, suivit son déplacement aussi bien du regard que du canon de son arme. Cependant, Drought restait debout. Silver se sentait étrangement démunie.

« Comme je vous l'ai dit, un choc ou trauma psychologique crée toujours un artefact. Lequel peut s'exprimer, ou non. Sur le coup, ou avec des années de retard. Naturellement, ou en étant provoqué. Mon point de vue de psychiatre, c'est qu'il vaut mieux le provoquer. Il vaut toujours mieux agir plutôt que d'attendre que les choses nous détruisent de l'intérieur et nous décomposent lentement, non ? » dit-il en souriant.

« Je vois une singularité en vous », continua-t-il, « aussi nettement que les radiations d'un halo lumineux. C'est votre artefact. Comme une résonance, vous voyez. Un écho temporel. Et le temps n'atténue en rien sa violence. Au contraire, même. Il s'amplifie, en silence. Mais vous pouvez très bien mourir avant qu'il n'explose. Ou le contraire. C'est vous qui finirez par exploser, car lui est immortel. En fait, il vous domine déjà, mais vous ne vous en rendez pas compte. C'est comme si vous étiez complètement soumise à cet artefact, cette bombe à retardement. Il modifie toute votre perception de la réalité. Il a pris le contrôle. Ce qu'il vous fait percevoir comme réel est en fait un simulacre total. Il vous fait croire que vous êtes bien Linh Schmitt. Tout est complètement réorganisé autour de cet artefact et du choc traumatique originel. »

Silver voyait Drought sourire, mais elle percevait également des variations dans la luminosité de l'immense pièce. Elle se rendit compte qu'elle n'était plus en mesure de se poser de questions. Ses épaules lui faisaient mal, comme si le SIG pesait vingt fois son poids habituel. Elle inspira lentement. Visualiser, faire le vide, pour que la nature propre des choses reprenne son cours. Drought s'approcha d'un pas, souriant et fascinant.

« De nombreuses études ont montré une corrélation entre, d'une part, l'ampleur du phénomène, et d'autre part, le temps écoulé entre le choc traumatique initial et la manifestation de l'artefact. Il existe même des exemples analysés sur plusieurs décennies. Ce qu'il se passe alors, c'est que l'artefact irrationnel, une fois déclenché, possède une puissance quasiment infinie de substitution à la réalité ancrée du sujet. Pour le dire simplement, Linh, ou Liwayway, c'est assimilable à une violente crise de schizophrénie. Comme celle qui a cette nuit frappé cet avocat, Thierry Guedj. »

Silver vit la Vipère arquer un sourcil. Toujours son regard et son sourire, hypnotiques, qui l'empêchaient de réfléchir.

« Malheureusement, si on a pu constater ce phénomène à maintes reprises, on n'a jamais pu le guérir. Tout au plus, l'accompagner. Limiter les dégâts, en quelque sorte. En attachant le sujet à un lit de démence et en le bourrant de Valium. »

Liwayway. Elle se rendit compte, seulement à cet instant, qu'il l'avait appelée Liwayway.

« Toutefois, il est capital de considérer cela comme une expérience de transformation, et de ne pas le traiter comme une maladie mentale. Car il n'existe aucune maladie mentale. Ce sont des inventions de fous furieux, de déments hallucinés et paranoïaques. Ce dont je vous parle n'a rien à voir. Toute manifestation de l'artefact, même la plus irrationnelle, la plus effrayante et la plus violente, possède une signification. Il suffit de l'écouter. De la laisser venir à vous et d'écouter ce qu'elle a à vous dire. Bien sûr, il est normal que le premier réflexe soit la peur, mais il est impératif de dépasser la peur pour accéder à la compréhension. Toute peur découle de la peur de la mort. Il faut donc accepter de mourir pour comprendre. Il n'y a pas de limite. C'est ce que je veux vous dire. Tout est sensé, tout est logique, tout va de soi. Tout est en harmonie avec la loi de l'alignement. Même la mort. Surtout la mort. Une fois que vous aurez dépassé les automatismes archaïques mis en place par l'approche commune de la réalité, une recomposition infinie des structures devient possible. Les territoires physique, psychique et spirituel s'ouvrent à vous dans l'infinité de leur nature profonde. En d'autres termes, le délire que vous ressentez en ce moment n'existe pas. Pas plus que le réel. Ou bien, c'est aussi réel que vous et moi en train de discuter ici et maintenant, dans mon écozone. Car c'est bien là que nous sommes, n'est-ce pas ? Linh ? C'est bien là que nous sommes ? Dans mon écozone ? »

Silver était dans un espace mental clair et dégagé, qui vibrait de sa propre énergie. La lumière était douce et semblait venir de partout à la fois. Au loin, par-delà les nappes rose orangé, elle vit une petite silhouette marcher vers elle. C'était une fillette vêtue d'une robe légère dont la couleur pâle accentuait la matité de ses épaules, de son visage, de ses bras et de ses jambes. Cette fillette qui marchait vers elle, c'était Liwayway Lin Nai, et au fur et à mesure qu'elle approchait, Silver voyait augmenter l'intensité du rayonnement de son être.

« Je sais que tu es là », dit Liwayway. « Je ne te vois pas encore, mais je te sens à l'intérieur. Pas beaucoup, mais assez pour savoir que tu es là. »

Les nappes rose orangé, infinies, avaient changé de fréquence lumineuse. C'est le fait de Liwayway, se dit Silver. L'horizon était maintenant uniformément jaune et blanc, composé de différentes teintes plus ou moins dorées et marbrées de rivières transparentes. C'était l'aube à Vang Vieng.

« Je sais que tu es là et je sais ce que tu veux », dit Liwayway. « Tu as exclu une part du monde. Et c'est dans ce monde exclu que je vis.

— Je sais », dit Silver, les larmes aux yeux. « Je sais.

— Je t'ai apporté des fleurs », dit Liwayway en tendant ses mains en coupe, pleines de pétales couleur safran.

Silver se baissa pour se mettre à sa hauteur. Le visage de la gamine était beau et pur, ses yeux onyx paraissaient porter un regard infini.

« Merci », dit-elle à Liwayway en lui souriant, les joues pleines de larmes.

Liwayway écarta lentement ses mains et les pétales safran s'éparpillèrent en flottant comme des nénuphars éclatants, avant de se dissoudre dans les nappes d'air.

« Tu sais qui je suis ? » s'inquiéta Liwayway de sa voix enfantine, chantante et aiguë.

« Oui », répondit Silver, toujours en souriant. Elle pensa : tu es l'évidence qu'il est inutile de nommer. Tu es celle que j'ai perdue quand j'avais ton âge.

« C'est vrai », dit Liwayway en plongeant ses yeux noirs dans ceux de Silver.

Elle observait l'enfant. Elle était désarmante et magnifique, sublimée par sa spontanéité et son innocence. La pleine lune se reflétait sur sa peau douce.

« Je savais que tu allais venir », reprit Liwayway. « Et toi aussi, tu savais que tu allais venir.

— C'est vrai », répéta Silver en sentant sa gorge se serrer. « Je l'ai toujours su, Liwayway. Sans le savoir. Mais maintenant, c'est le moment que je vienne à ta rencontre.

— Est-ce que tu vas venir avec moi ou est-ce que tu vas rester ici ?

— Je ne sais pas encore, Liwayway. Je crois que cela dépend de ce que tu vas m'apprendre.

— Mais… », dit la fillette en penchant la tête, « tu sais déjà tout puisque tu es parvenue à me retrouver. »

Liwayway fronça les sourcils pour capter plus profondément le regard de Silver, qui avait de plus en plus de mal à respirer. Quelque chose gonflait dans sa poitrine et la comprimait de l'intérieur.

« Tu l'as toujours su, de toute façon », reprit Liwayway, inquiète.

« Sinon, je ne serais pas là. Et il y a longtemps que je t'attends, aussi. Mais maintenant, tu vas pouvoir le comprendre vraiment. »

Silver n'arrivait plus à respirer et sa tête lui faisait horriblement mal. Elle sentit un vertige l'envelopper, puis tout disparut.

C'était la nuit totale.

TROISIÈME PARTIE

L'ÉQUINOXE DE LA VIPÈRE

Derrière ce monde contrefait qui nous entoure se cache le monde réel, et la grande quête de l'homme consiste à crever cette contrefaçon étonnamment parfaite pour accéder au monde véritable qu'elle dissimule.

PHILIP K. DICK

L'expérience de la terreur

(3)

Voilà ce que je vais faire. Je vais arracher toute la réalité qui t'entoure. Qu'elle soit réelle ou simulacre. Et même si elle n'existe que dans ton esprit. Surtout si elle n'existe que dans ton esprit. Alors, tu seras bien obligé de devenir un être au-delà du réel et du simulacre, dans une réalité multiverselle de ton invention.

L'enfant savait, au fond de lui-même, qu'il n'y avait désormais plus d'autre solution. Mais surtout, c'était la première fois que quelqu'un lui parlait de ces choses-là. C'était la première fois que quelqu'un lui parlait vraiment sérieusement, en le comprenant et en considérant la chose terrible comme il le fallait.

Entends-moi bien. La question n'est pas de savoir si le monde est réel ou virtuel. Il faut que tu comprennes ça. Le réel est virtuel, par essence. Et inversement. Seule la mort valide le réel. Comprends bien cela. Seule la mort valide le réel. Et encore…

Le gamin comprenait, mais il n'avait pas de mots pour répondre, ni pour faire comprendre qu'il avait compris.

Parce que, qu'il soit réel ou virtuel, dis-moi : qu'est-ce que ça change ?

Ça ne change rien du tout, répondit le gamin, enhardi. Il y a quand même la chose terrible, il y a quand même la mort. Il y a quand même le cadavre pendu dans le cellier, même si je l'ai inventé, et même si je ne l'ai pas inventé. Ou même si c'est lui qui m'a inventé. Et que le monde soit réel ou simulacre, on croit quand même qu'on va mourir.

D'accord, petit. Donne-moi, par exemple, une seule preuve que le monde d'ici et maintenant est plus vrai que le monde d'hier, ou que le monde de tes rêves.

Il n'y a pas de preuve, dit le gamin. Cette preuve n'existe pas.

Exact. Par contre, dans tes rêves, est-ce que tu t'es jamais demandé, une seule fois, si le monde était réel?

L'enfant réfléchit, essaya de se souvenir de certains rêves.

Non, dit-il. Ils sont très réels. Tous.

Ce n'est pas la question. Bien sûr que tes rêves sont très réels. La question est : est-ce qu'en rêvant, tu te demandes si ce que tu vis est vrai, si le monde dans lequel tu vis est réel?

Non! dit le gamin en fronçant les sourcils.

Parce ce que ça t'est complètement égal, ou parce que la question ne se pose pas?

L'enfant réfléchit à nouveau, les mâchoires crispées, les mains froides.

Parce que la question ne se pose pas.

Exact. La question ne se pose pas, parce qu'au fond de toi, tu sais que cela n'a aucune importance. Que le monde dans lequel tu rêves soit réel ou pas, ça n'a aucune importance. Tout ce qui compte, c'est ce qui se passe, ce qui arrive, les choses qui vont et qui reviennent, la façon dont elles se composent, avec ou sans toi, pour ou contre toi. Et c'est la mort qui organise tout ce qui se passe.

Oui, c'est ça, dit le gamin.

Et tu es parfaitement aligné dans cette mécanique d'ensemble, qu'elle soit bonne ou mauvaise, agréable ou insupportable, constructive ou destructive.

Oui, répéta-t-il.

Alors, pourquoi est-ce qu'il n'en serait pas de même quand tu crois que tu ne rêves pas? Ici et maintenant, par exemple. Ou bien…

C'est juste, dit le gamin en se mordant à nouveau la lèvre. Il avait une intuition, mais n'osait pas la formuler. Il devait encore y réfléchir.

… ou bien dans le cellier ?

La chose terrible est la fin d'un monde, dit le gamin, surpris par sa propre réponse. Pas seulement par la vérité qu'elle contenait, mais surtout par la facilité avec laquelle il avait trouvé les mots pour l'exprimer.

La chose terrible a emporté le monde entier avec elle, dit-il. Sauf moi.

C'est très juste.

Et je suis forcément devenu différent, dans un monde différent.

Oui, on peut dire ça.

Je suis mort, en fait, dit l'enfant.

Il attendit, mais n'obtint aucune réponse.

Tu ne réponds pas, continua-t-il, parce que ça non plus, ça n'a aucune importance. C'est aussi une question qui ne pose pas, n'est-ce pas ?

Il cessa de se mordre la lèvre et son regard se durcit.

Et tu n'existes pas.

Bien sûr que si.

Pourquoi ?

Parce que tu m'entends.

C'est vrai. Et tu es qui ?

Tu es le seul à le savoir. Réfléchis. Qui suis-je ?

Tu es la Vipère.

Tu as compris. Je suis celui qui t'a sauvé de la chose terrible. Et qui t'a guidé vers la paix, l'harmonie, l'alignement intérieur et extérieur. Qui a chassé la terreur et la mort. Qui a chassé toutes les fausses représentations de toi et du monde. Mais il reste une question.

Laquelle ? demanda l'enfant.

Où est l'absolu ? demanda la Vipère.

20

(When the Whip Comes Down)

L'aube était fraîche et le disque du soleil émergeait à l'horizon en s'ouvrant comme un œil orange feu derrière un arbre immense. On aurait dit une divinité à mille bras, avec une conscience brûlante en son centre.

Tout autour, la lumière claire et les nuages partageaient le ciel blanc. Quelques oiseaux noirs filaient comme des flèches, mais la plupart restaient invisibles. Impossible de dire d'où provenaient ces dizaines de trilles aigus.

Sur le trottoir, le vent soulevait paresseusement quelques papiers, des feuilles mortes roulaient en grattant légèrement le macadam. Des pigeons, l'air perpétuellement étonnés, claudiquaient vers d'improbables miettes, s'envolaient, recommençaient leur ronde aléatoire. Perché sur un muret, un chat guettait les pigeons. Lorsque son regard surprenait la trajectoire d'un oiseau, il braquait la tête vers le ciel et scrutait de longs instants, quand bien même l'oiseau avait inéluctablement disparu.

Une balayeuse de la voirie déboucha de l'avenue, se cala contre le trottoir de la voie de bus et fila vers l'est en cahotant et ahanant.

Plus loin, une poule d'eau noire flottait sur les eaux encore sombres du canal. Son bec rouge brillait comme un point lumineux au milieu de la surface impénétrable. Plus loin encore, dans le parc, d'autres poules d'eau, des canards et des cygnes flottaient sur les eaux du lac, fouillaient les berges, rôdaient autour des poubelles. Malgré la fraîcheur de l'aube, une femme était assise sur un banc, au milieu de ce spectacle paisible. Les volatiles semblaient attendre quelque morceau de pain, hésitants et claudiquant d'une patte sur l'autre.

C'était un dimanche matin et Wolf était descendu jusqu'au canal Saint-Martin en guise d'échauffement. Foulées douces dans l'air matinal, lumière claire, ville endormie, plaisir toujours renouvelé de la course à pied. Il n'oubliait jamais à quel point il aimait ce genre d'effort, et pourtant il était à chaque fois étonné d'en ressentir les bienfaits. C'était tout simplement magique. Et il avait suffi pour cela qu'un hominoïde se mette debout, quelques millions d'années plus tôt. Il y avait forcément dans le corps et dans la mémoire de l'espèce la totalité de l'histoire de la bipédie, et la course à pied la faisait affleurer à la conscience. Tous les chamans qui s'étaient hypnotisés durant des heures, toutes les fuites dans la savane, les chasses sexuelles et prédatrices, tout cela se réveillait dans la conscience archaïque d'un *Homo sapiens* qui se mettait à courir. Wolf n'y avait jamais songé, mais cela lui paraissait maintenant évident.

Il commença par faire la grande boucle extérieure du parc des Buttes-Chaumont, enchaînant les tours de plus en plus rapidement. L'accélération était spontanée, la sollicitation et la réponse de son corps étaient naturelles et suivaient le cours de ses pensées. D'autres choses lui paraissaient évidentes. La course à pied était un exercice d'alignement, qu'il pratiquait depuis des années, bien avant d'entendre parler de la loi de l'alignement. Pour Karen, c'était l'iaidô, qui est une pratique du sabre sans adversaire. Visualiser, dégainer, trancher, rengainer en un seul mouvement, fluide comme l'eau et vif comme l'éclair. La version la plus pure de l'art du sabre. Mais elle pratiquait également le kenjutsu, avec des adversaires de chair et d'os, et des sabres en bois qui pouvaient fendre la peau et écraser les muscles. Il se demanda si, comme Miyamoto Musashi, elle combattait avec deux sabres, un katana et un wakizashi. Parce qu'il venait d'apprendre que c'était la spécialité du maître de Karen. Le katana comme arme d'attaque, le wakizashi comme arme de parade et de contre. Peu importe, se dit-il en passant près de la cascade. Ce qui comptait, c'est qu'il comprenait que l'art du sabre était une pratique d'alignement, à la fois physique, psychique et spirituelle. Exactement comme la course à pied.

Lors de la boucle suivante, alors que les premiers promeneurs et d'autres coureurs s'engageaient dans les allées et que le soleil faisait briller la végétation et miroiter des nappes de brume claire dans l'air frais, il se demanda si, durant toutes ces années, la course à pied avait eu sur lui un effet d'alignement, alors qu'il n'en avait jamais entendu parler et en ignorait tout. Cela lui rappela un paradoxe que lui avait raconté Silver au sujet du bouddhisme : si tu es attiré par le bouddha, est-ce parce que le bouddha est déjà entré en toi ? S'il pratiquait avec tant de ferveur la course à pied, était-ce parce qu'il portait déjà l'alignement en lui, même sans le connaître ? C'était possible, puisque, selon Karen, la loi de l'alignement était une loi parfaitement naturelle. Comme le bouddha.

Au bout d'une heure de course environ, il enfila la longue passerelle suspendue, à l'ouest du parc, et rejoignit l'île du Belvédère, où il courut jusqu'à atteindre son point culminant et le temple de la Sibylle. Depuis le kiosque entouré de rochers, il reprit son souffle et étira ses muscles en regardant l'ouest et la ville fumante, immense tapis de toitures brillantes et de recoins sombres, où le soleil déversait une fonderie de cristal.

Il se remémora tout ce que Karen lui avait appris sur les sphères physique et psychique de l'alignement, et constata que oui, la course à pied les dynamisait, les mettait en concordance de phase, créait des relations entre le corps et la conscience, des flux vitaux qui fonctionnaient dans les deux sens. Il avait pourtant le sentiment qu'il manquait quelque chose. Où était la place de la mort dans tout cela ? Comment est-ce que la mort s'articulait dans cet ensemble ? Il se dit que la question devait venir du fait qu'il ignorait tout du troisième niveau de l'alignement. La sphère spirituelle. Pourtant, en toute logique, il devait déjà la porter en lui. Il était impératif de s'en assurer. Car la mort, ça, il n'y avait aucun doute. Il la portait en lui, et le fardeau était sacrément chargé.

Tout comme il était impératif de traquer, trouver et affronter la Vipère.

Wolf eut un flash : charger, armer, épauler, jungle verminière infinie, charger, armer, épauler, viser, charger cent fois, épauler et viser cent fois, fournaise tropicale, équipement écrasant, la vue brouillée par la sueur, charger, viser, le bruit sec et mat des balles qui découpent l'épais feuillage d'argent de la jungle dans la nuit…

Soudain, son regard se figea. En bas, vers le sud. Il y avait quelque chose. Entre les feuilles des arbres, il distinguait un banc. Et sur ce banc, il y avait une femme. Elle portait un jean noir et un blouson d'hiver noir. Son cœur repartit à cent quatre-vingts pulsations par minute, alors qu'il venait à peine de commencer à dévaler le tertre vers le pont des Suicidés.

En bas, il se repéra et s'orienta par rapport au banc.

L'air lui brûlait les poumons, son crâne battait à tout rompre.

Et bien avant de l'atteindre, il avait compris.

Ses foulées s'allongeaient à un rythme frénétique et le banc se rapprochait à une vitesse folle, mais forcément, toujours trop lentement. Il avait compris.

La femme au blouson molletonné qui était assise dessus, le menton sur la poitrine, les cheveux de jais sur le visage, c'était Silver.

21

Dimanche 23 février

« Nous sommes le premier jour après le passage de la demi-lune vers la pleine lune », dit Diane.

Le soleil attaquait obliquement le cimetière du Père-Lachaise et cinglait la ville d'une lumière inexorable, de plus en plus intense et directe, consumant peu à peu chaque parcelle d'ombre.

« Sans la moindre hésitation », dit Diane. « Nous sommes le premier jour après le passage de Diane Lempereur à Diane l'Impératrice. L'Impératrice d'Or, chat. Toi comprendre ? Diane morte. Maintenant toujours plus que vivante et morte. Et Impératrice. Toi, toujours chat. »

Debout dans le salon, elle respirait avec un plaisir vorace l'air qui entrait par les deux fenêtres ouvertes.

un feu d'écumes
des navires solaires
horizon total

« L'Impératrice du Soleil. L'Impératrice d'Or. D'ailleurs, tu ne peux plus continuer à t'appeler chat. »

Elle ajusta la position de ses pieds nus sur le linoléum, dégagea ses longs cheveux sombres vers sa nuque, redressa ses épaules. Puis elle joignit ses paumes, les mains bien à plat l'une contre l'autre, phalange contre phalange, trouva leur position adéquate devant sa poitrine, ferma les yeux et visualisa le soleil qui entrait en elle à chacune de ses inspirations.

« Pose-toi la question des conditions de la pureté et de la perfection absolues », dit la Vipère.

C'est ce qu'elle s'appliqua à faire. L'air et la lumière entraient lentement en elle tandis qu'elle inspirait. Son corps se remplissait d'énergie et délogeait les parcelles de choses noires, les résidus de mort et les déchets psychiques qui se mettaient alors à flotter dans son corps, puis elle les crachait ensuite dans le soleil de tout son souffle, où cet amalgame toxique se consumait en crépitant. Et chacun de ces crépitements était un signe de sa naissance enfin réalisée et de sa vitalité enfin trouvée.

Elle visualisait tout le cycle des énergies entre le soleil et son corps, qui dans son esprit brillait d'une lumière bleue transparente. Elle inspirait et la vie entrait en elle, la purifiait, la construisait, la solidifiait. Elle expirait et toutes les scories s'enfuyaient vers le feu solaire, qui les détruisait.

Après plusieurs minutes, elle ressentit un genre de vertige ou d'ivresse. Elle flottait. Elle distillait en elle un être fondamental et indestructible. Un être de métal. Son corps était une raffinerie d'or.

Puis elle ouvrit les paupières et lentement, laissa ses bras tomber le long de son corps, comme deux lianes vides de toute tension.

« Hey ! » hurla-t-elle. Le son sortit sans qu'elle produise le moindre effort. « Hey ! Cat ! » Sa voix était forte, rayonnante.

La chatte la fixait, méfiante et curieuse, tassée sur ses pattes entre les deux fauteuils clubs, prête à bondir.

« Voilà comment tu t'appelles », continua Diane en souriant. « Hécate. C'est joli, non ? »

Elle décida de vérifier qui était Hécate, et tapa son nom sur un moteur de recherche.

« Déesse de la lune, chat ! » s'exclama Diane. « Incroyable… Déesse de la lune, Hécate. Tu te rends compte ? L'Impératrice du Soleil et la déesse de la lune. Le premier jour après le passage de la demi-lune vers la pleine lune. C'est un signe, ça, non? Hécate. Fille du titan Persès. On s'en branle. Et de la titanide Astéria, on s'en branle aussi. Ah. Non. Peut-être pas. Astéria est la nuit étoilée. C'est bon, ça. On garde ta mère. »

Diane fit un clin d'œil à la chatte, et lui dit d'une voix douce :

« Écoute, Hécate. C'est important. Je suis en train de te raconter l'histoire de ta vraie famille. »

Puis elle continua à lire :

« Hécate fait partie de la triade lunaire, avec Séléné et Artémis. Désolée, on s'en branle aussi. Hécate représente la nouvelle lune, ou lune noire, qui symbolise la mort, etc. Elle représente deux aspects opposés : déesse protectrice liée aux cultes de la fertilité, accordant richesse matérielle et spirituelle, honneurs et sagesse, conductrice des âmes emportées par la tempête, mais aussi déesse de l'ombre et des morts. OK. Ensuite, baratin, baratin, et bla, et bla… Ha. Hey, cat! Progressivement, tu te retrouves associée à la face sombre de l'astre lunaire, et tu te vois prêter des dons de divination et de sorcellerie. Tu es liée à la lignée de magiciennes comme Circé et Médée. On te connaît aussi sous le nom grec de "la déesse des enfers". La classe, Hécate. La classe », dit-elle en se retournant vers la chatte.

« Tu sais quoi? On est pareilles. Tu es la face sombre de l'astre de la mort, et je suis le feu du soleil. Hécate et l'Impératrice d'Or… »

Diane ferma la page du site, se déconnecta d'Internet et éteignit son ordinateur. Puis elle alla se changer. Elle enfila un jean noir, un pull noir léger avec un col en V, qui moulait incomparablement ses seins, et son long manteau. Elle passa dans la salle de bains pour se coiffer, se laver les dents et se maquiller, puis revint dans le salon où elle vérifia le contenu de son sac à main.

« Hey, cat! Tu sais quoi? Tu as de la chance. »

Elle quitta son appartement pour se rendre à l'épicerie de quartier où elle fit quelques achats.

Le caissier parut décontenancé en voyant approcher les articles qu'elle avait déposés sur le tapis roulant.

« Il y a un problème ? » demanda-t-elle.

Le type répondit que non, aucun problème, mais elle savait exactement à quoi il pensait. Ces articles ne ressemblaient en rien à ses achats habituels – nourriture industrielle et alcool. Seulement, il ne savait pas à qui il avait affaire, désormais, se dit-elle. Ce qui la conforta dans sa résolution.

« Tu es libre. Tu n'as plus peur. Invente-toi », dit la Vipère.

C'est exactement ce qu'elle comptait faire. Il n'était pas concevable de ne pas aller jusqu'au bout.

« Être aligné à quatre-vingt-dix-neuf virgule neuf pour cent est un échec complet, Diane. On est aligné à cent pour cent, ou on disparaît », dit encore la Vipère.

De retour chez elle, Diane étala ses achats sur la table basse.

Il y avait un pot de peinture dorée, cinq lots de douze piques à escargots à double pointe avec des boules de couleurs assorties, une boîte de Décoloril et une autre de coloration blond doré.

Elle lut attentivement le mode d'emploi de chacun des produits et se tourna vers Hécate :

« Tu as compris de quoi je voulais parler quand je disais que tu as de la chance ? Si je n'avais pas découvert que tu es Hécate, tu deviendrais blonde dorée, toi aussi. Mais tu es Hécate, et tu vas rester noire. Black is the color. »

Elle se lava les cheveux et appliqua le produit décolorant. Pendant qu'il agissait, elle enfila un peignoir et tria les piques à escargots dans le salon, en ne conservant que ceux à boule jaune et en jetant les autres.

« Hey, cat ! Il nous faut de la musique », décida-t-elle. Elle ralluma son ordinateur et le bureau qui s'afficha à l'écran n'était plus du tout le même que précédemment. Tous ses dossiers et fichiers personnels avaient disparu. Elle chercha la seule photo qu'elle avait de Diane Lempereur enfant. Elle n'avait plus le tirage original, seulement ce scan pas terrible.

C'était une photo en noir et blanc prise lorsqu'elle avait trois ou quatre ans. Diane ne savait pas qui avait pris ce cliché, et s'était parfois demandé si c'était bien elle qui figurait dessus. Il n'y avait pas vraiment de doutes possibles : c'était bien son regard noir, déjà teinté de ce mélange de velléité et de peur. Elle reconnaissait également le dessin de ses oreilles, et le poignet de la fillette portait une gourmette en or sur laquelle était gravé son prénom.

Peu importe pour le fichier, se dit Diane, je la visualise parfaitement, cette photo. Qu'il s'agisse de moi, ou pas. Puis elle chercha ses fichiers mp3 dans l'ordinateur. Rien. Plus aucun album de Siouxsie & the Banshees. Plus rien. Ce n'était pas grave, puisqu'elle pouvait tout retrouver en quelques secondes sur le net. Ce qui était grave, c'est que ce n'était pas elle qui les avait effacés. Ce n'était pas non plus elle qui avait réorganisé son bureau. Le fond d'écran montrait un genre de supernova repeinte en jaune orangé, et au milieu il avait une grosse étoile en or, en relief et à six branches. En haut à droite, il restait un unique dossier, qui portait le nom AE.

Dans l'immédiat, elle lança le nouveau navigateur, ouvrit les pages de plus d'une demi-douzaine de sites de musique en ligne. Sur chacune d'elles, elle tapa sa recherche. Gold+metal. Les premières réponses la découragèrent. Sur deux de ces sites, elle tomba même sur des vidéos de détecteurs de métaux. Elle abandonna toutes les plateformes de streaming. Elle fit défiler les réponses proposées par les pages restantes et n'en trouva qu'une seule qui correspondait à ce qu'elle cherchait : de la musique.

Gold Is the Metal (With the Broadest Shoulders), de Coil.

Elle lança la lecture de l'album entier, puis tapa Coil sur le nouveau moteur de recherche. Dès que montèrent les premières sonorités, elle sut que c'était exactement *sa* musique.

Elle alluma les haut-parleurs et le caisson de basses, puis connecta la prise jack à l'ordinateur et relança à partir de zéro l'écoute de *Gold Is the Metal.* En moins de trois minutes, elle fut soufflée. C'était *exactement ça*, se répétait-elle.

Au bout d'un quart d'heure de ravissement stupéfait, elle chercha des informations sur ce groupe. Coil.

« Groupe de musique industrielle et expérimentale formé par John Balance et Peter Christopherson. » Parfait. Elle parcourut plusieurs pages de discographies, de collaborations, emportée par les sons déstructurés et savamment mélodieux de la musique. C'était *exactement* ça, se répéta-t-elle : la mélodie du chaos, industrielle et expérimentale, imprévisible et cohérente. La musique des instincts divinatoires et des accidents, du cut-up et de la transcommunication, du rêve lucide et de la synthèse granulaire. C'était la musique des entrailles archaïques du futur. Elle venait de découvrir des génies. John Balance et Peter Christopherson. Ils avaient publié plusieurs albums par an depuis 1984. Ce qui en faisait des dizaines et des dizaines. Elle lut qu'il y avait de multiples connexions et des projets parallèles et d'autres groupes. C'était indiscutablement le premier filon d'une fabuleuse mine d'or.

« Hey, cat ! T'entends ça ? Écoute le mégaphone. *Held high to bring the sun, that burns in the sky, that burns in his eyes, and pierces a hole, like a negative sun, soleil noir, le soleil noir, all the time, that you have to burn in order to shine.* »

Elle revint au début du morceau "For Us They Will".

« C'est exactement ça », dit-elle à Hécate. « *Gold Is the Metal.* »

C'est alors qu'elle remarqua que John Balance et Peter Christopherson étaient tous les deux morts. Le premier en 2004, à Londres, le second en 2010, à Bangkok. Mais dans son psychisme, ils venaient de prendre une place indéracinable.

Elle programma la répétition de l'album.

Qu'elle écouta religieusement jusqu'au dix-huitième morceau, "The First Five Minutes After Violent Death", poursuivant ainsi le continuum de son épiphanie, comme dans un rêve trop parfait pour qu'il ne soit pas éveillé.

Puis elle alla se rincer et se laver les cheveux, sur lesquels elle appliqua ensuite le colorant blond doré.

Elle revint dans le salon et se concentra sur l'ordinateur.

Elle comprit que AE signifiait l'Alignée élue. C'était la Vipère qui avait reconfiguré son système. Et qui avait remis à niveau son compte en banque et son crédit. Supprimé ses comptes Facebook, Google et Instagram. Supprimé tout ce qui concernait Diane Lempereur, constata-t-elle.

« Tu es libre. Tu n'as plus peur. Invente-toi », dit la Vipère.

Elle créa différents comptes sur Facebook, Twitter, LinkedIn, Instagram, Tumblr et Pheed, mais aucun au nom de l'Impératrice d'Or.

Elle se leva et fit quelques pas vers les fenêtres. Elle se rendit compte que normalement, à cet instant, elle aurait fumé une cigarette. Une cigarette qui aurait joué le rôle de marqueur temporel entre maintenant et ensuite. Elle s'esclaffa.

« Quelle connerie… ! » dit-elle.

Puis elle regarda le soleil, détailla les mille indices de la vie des humains, des insectes, des oiseaux, du béton et du métal, de la ville elle-même.

« Tu dois quitter tous tes repères. Cesse même de regarder l'heure. Cesse de chercher des preuves stupides que tu existes. Oublie tous tes repères. Cesse d'exister. Une nouvelle vision naîtra d'elle-même », dit la Vipère.

Diane se tourna vers la chatte :

« Tu sais que les oiseaux sont des dinosaures ? Hécate, chasseuse de dinosaures. C'est bon, ça. »

« Tu dois quitter tous tes repères. Cesse de chercher des preuves stupides que tu existes. Cesse d'exister. Une nouvelle vision naîtra d'elle-même.

— Je sais. J'ai compris », répondit-elle doucement. « L'idée de réalité est une psychotoxine. La seule chose réelle, c'est la part sombre. Celle de l'univers et celle de la vie. C'est la part sombre qui est le matériau de base de la transfiguration. N'est-ce pas ? Ce sont les tordus, les désordonnés et les désaxés qui sont sensibles à la part soi-disant sombre, et eux seuls. Les mystiques du soleil. Ils doivent briller, ou brûler.

— Ne va pas trop vite », dit la Vipère en s'asseyant dans un fauteuil club. Hécate sauta sur ses genoux et frotta l'arrière de sa tête contre sa main. La Vipère la caressa du bout des doigts, sans quitter Diane des yeux.

« Exact. Pourtant, c'est bien cela, ma mission. La mission de l'Impératrice d'Or. N'est-ce pas ?

— Il y a mille façons de rencontrer l'absolu, Diane. Car c'est notre seul destin : l'absolu. C'est le seul destin qui soit. Certains mystiques bouddhistes l'atteignent en comptant les grains de sable au fond de l'océan, tandis que leur corps se décharne à l'ombre d'un temple, entouré de bols de riz desséché. Ils ont oublié la pratique du corps, ils ont oublié l'énergie de la conscience. Ils se focalisent uniquement sur la sphère spirituelle. Ils sont déjà morts. Et ils l'ignorent.

— Je suis vivante et vous êtes morts », dit Diane.

La Vipère s'esclaffa et Hécate sursauta. Il tranquillisa la chatte avec de soyeuses caresses.

« Tu ne crois pas si bien dire », sourit-il, énigmatique. « Et l'empire n'a jamais pris fin. »

Ils restèrent un moment sans parler. La Vipère caressait Hécate, et Diane les regardait.

Gold Is the Metal recommença depuis le début, avec “The Last Rites of Spring” et “Paradisiac”.

« Repense à ces moines bouddhistes dont je viens de te parler. Ils affirment que la pratique de l'éveil et l'éveil sont la même chose. Mais parcourir le chemin ne signifie pas se rapprocher de la destination, n'est-ce pas ? Puisque le chemin *est* la destination. Ils s'endorment en croyant basculer dans l'éveil. Ils perdent les deux tiers de la cargaison en route. Car il faut faire les choses dans l'ordre. Physique, psychique, spirituel. Ce sont les trois équinoxes qu'il faut atteindre et aligner, et pas seulement la dernière. Sinon, ce ne serait qu'une illusion incomplète de plus. Lorsque l'illusion est totale, c'est ça, le réel. »

La Vipère échangea un long regard avec Hécate, et Diane prit place sur le second fauteuil.

« J'ai aligné une bouddhiste, hier », dit la Vipère.

Diane attendit la suite.

« Tu en entendras peut-être parler. Ou pas. D'ailleurs, il faudrait que tu en saches plus sur Karen. L'alignée zéro. Son exemple est réellement stupéfiant. Et il faudrait aussi que tu en saches plus sur Daniel Atlan, Deborah-Lee Henry et Lorenzo de Bradi. Il ne faut pas oublier leurs trajectoires. Elles sont riches d'enseignement. Tu sais quoi, Diane ? »

Elle le dévisagea et lui découvrit un regard à la fois enthousiaste et dément.

« Je vais te créer un accès à mon dark web. Il y aura un léger décalage, mais nous serons totalement connectés. Comme deux jumeaux dans la voie de l'alignement. Tu auras accès à toute l'histoire de la loi. Nous formons une entité, désormais.

— OK pour ton dark web, je prends. Pour l'entité… Tu viens de dire quoi, il y a une minute. Ne va pas trop vite, c'est ça ?

— Bref. Revenons à l'essentiel. Tu es libre. Tu n'as plus peur. Invente-toi. Dans l'ordre. Physique, psychique, spirituel. Trie et classe tes intuitions dans chaque sphère. Tranquillement et méticuleusement.

— OK », dit Diane.

Hécate se dressa sur ses pattes et s'étira, le dos rond, puis sauta des genoux de la Vipère pour venir s'installer sur ceux de Diane.

« Ce qui me fait penser », dit-elle. « Il faut que j'aille enlever ma coloration. »

La Vipère s'esclaffa.

« Dont acte ! » dit-il en riant. Puis il se leva et épousseta les poils qu'Hécate avait dispersés sur le pantalon de son costume gris fer.

« Il faut que j'y aille. J'ai quelques affaires à régler. »

Il ajusta sa veste.

« À bientôt sur le dark web. »

Et il s'en alla.

Dans la salle de bains, Diane se lava les cheveux sous la douche, puis appliqua sur sa peau tous les soins corporels en sa possession, baumes exfoliants, dépilatoires, hydratants, nourrissants.

En séchant ses cheveux face au miroir et en regardant apparaître leur nouvelle teinte blond doré, elle remarqua qu'elle ne s'était pas décoloré les sourcils. Elle éteignit et posa le séchoir, examina son visage.

« Être aligné à quatre-vingt-dix-neuf virgule neuf pour cent est un échec complet », dit-elle à Hécate qui avait passé la tête par la porte entrouverte, attirée par le ronronnement du séchoir.

« On est aligné à cent pour cent », dit Diane. « Ou on disparaît. »

Elle fouilla dans sa trousse à maquillage, trouva sa pince et épila intégralement les deux arcs sombres de ses sourcils.

« Voilà qui est convenable », dit-elle à Hécate.

Elle se rendit dans sa chambre, nue.

Dans l'armoire, elle déplaça les piles du bas, jusqu'à découvrir un carton noir. Elle le sortit, remit les piles en place et posa le carton sur le lit.

« Hey, cat ! » appela-t-elle. « Viens voir un peu ça. »

Elle souleva le couvercle et étala le contenu du carton sur la couette.

« Si avec ça, on ne forme pas un beau duo… Qu'est-ce que tu en dis ? »

Hécate regarda sans comprendre. Sur le lit, l'Impératrice d'Or avait disposé une combinaison intégrale en latex noir, un gode-ceinture en silicone avec un sexe et des lanières noires, ainsi qu'un masque à gaz noir.

« Je devrais peut-être juste te teindre les cheveux en blond doré, non ? Juste les cheveux… », dit-elle en regardant la chatte.

« Pose-toi la question des conditions de la pureté et de la perfection absolues », dit la Vipère.

Coil jouait “Metal In the Head”.

« Viens », dit-elle à Hécate en prenant le gode-ceinture. « Je vais t'aligner. »

Diane enfila sa combinaison de latex noir, puis ajusta le sexe artificiel sur son pubis. Ses cheveux dorés cascadaient derrière son masque à gaz. Elle alla regarder sa silhouette dans le miroir en pied. Elle était Diane l'Impératrice. L'Impératrice d'Or. Mais elle trouva le gode-ceinture ridicule et l'enleva.

« On le garde pour les grandes occasions », dit-elle à Hécate.

Plus tard, le chat sur les genoux, elle écoutait encore et encore “For Us They Will”.

Les signaux sonores, le bruit de foreuse qui se transforme en nappe aiguë, les respirations artificielles, les bruits industriels et l'ambiance noire, glacée. Puis les frappes mates, sourdes, métalliques. Mais surtout cette voix qui disait au mégaphone :

« *Held high to bring the sun, that burns in the sky, that burns in his eyes, and pierces a hole, like a negative sun, soleil noir, le soleil noir, all the time, that you have to burn in order to shine.* »

Elle ouvrit un nouvel onglet de recherche sur l'écran de son ordinateur.

« Écoute ça, Hécate. Le soleil noir est une figure circulaire constituée d'une roue solaire à douze rayons, qui peut être vue comme composée de trois svastikas, un symbole religieux que l'on retrouve de l'Europe à l'Océanie, bla, bla, personnification du soleil dans la mythologie nordique. Tout comme le svastika, le soleil noir fut employé comme symbole par les nazis, bla, bla, symbole dessiné par la SS dans le château du Wewelsburg, dans le marbre de la salle des généraux de la tour nord. Bla et bla. Cependant, le soleil noir peut être perçu de façon totalement indépendante du mysticisme nazi. Manquerait plus que ça, non ? N'empêche. Qu'est-ce que tu en penses, Hécate ? C'est sulfureux ? Normal. C'est mon symbole. Le Soleil Noir de l'Impératrice d'Or ! »

Plus tard.

Le soir tombait et Diane l'observait en écoutant encore “Cardinal Points” de *Gold Is the Metal.*

Elle se tourna vers Hécate et dit :

« Tu sais quoi ? On va laisser tomber toutes ces conneries de symboles. C'est préhistorique, non ? »

Lorsque commença “The First Five Minutes After Violent Death”, cela faisait longtemps qu'il faisait nuit et Diane observait la lune, Hécate sur les genoux, ronronnant sur la combinaison de latex noir.

22

Lundi 24 février, 7 heures 44

Wolf avait multiplié par deux le nombre de répétitions de chaque série, dips, pompes inversées, tractions, *Raw Power* à fond dans l'appartement, des images de balles traçantes plein la tête.

Il s'était douché, avait avalé un café brûlant et, seulement une fois dans la rue, il avait jeté un œil à l'aurore. Lumière cotonneuse, atmosphère granuleuse, ceinture de pollution gris orangé. Il s'était engouffré dans le métro comme dans un convoi funéraire surpeuplé et frénétique.

Durant le trajet, il était resté facilement concentré et son esprit ne s'était pas transformé en un désordre d'énergie, ce qui le conforta quelque peu.

En débouchant sur l'île de la Cité, son téléphone sonna. L'appareil fonctionnait à nouveau. Il aurait été si facile de prendre une autre carte SIM, en sachant que la Vipère pouvait le pirater. Mais c'était surtout facile a posteriori. Il vérifia l'identité de l'appelant. C'était Klein. Ce qui voulait dire qu'il ne s'agissait pas de nouvelles de l'hôpital et de Linh. Pourtant, son esprit bouillait littéralement. Chaque seconde où il pensait à elle était un coup de matraque à la base de son cerveau. Wolf était une bombe ambulante. Il décrocha.

« J'ai logé ton gus », dit Klein, sans préambule.

« Excellent. Où ça ?

— Tu dois quelques bières à un pote à moi qui m'a relayé.

— Pas de problème. Où ?

— Dans le local muré juste à côté du numéro 2. Ce connard était à moins de trois mètres de nous.

— OK. Il y est toujours ?

— En ce moment même. Il vient de sortir acheter à bouffer, puis il est retourné se planquer. Et c'est pas à la vitesse à laquelle il se déplace qu'il aurait eu une chance de me semer.

— Écoute, si je viens tout de suite, je risque de lui éclater la gueule contre le mur avant de repeindre tout le local avec ses tripes.

— Pas de problème. Je te l'apporte.

— Merci. »

Savoir Marquez à sa disposition imminente donnait à Wolf l'impression d'avoir volé une roquette dans un dépôt de munitions. Il allait forcément en retirer quelque chose, même s'il ne savait pas encore quoi exactement. Pour le moment, il avait nettement plus urgent à faire.

Il passa en coup de vent l'entrée du 36, quai des Orfèvres, et fila directement au quatrième étage. La Brigade criminelle était à cran. Un flic aurait sauté à la gorge d'un suspect pour une remarque de travers. Toucher l'un des leurs, c'était les toucher tous. Cette communion dans la colère faisait ressortir toute la rage, le désespoir et les frustrations accumulés au quotidien, et donnait à l'air une saveur électrique. Cette ambiance décuplait l'énergie de Wolf. Et également son calme. Il avait le cœur qui débordait de napalm, comme rarement par le passé, mais il en avait également le contrôle total. Et ça, c'était inédit, du moins à cette intensité-là de fureur. Il aurait pu broyer une poignée d'air et la réduire en poudre azotée. Il savait aussi que c'eût été tout à fait inutile.

À l'angle du couloir, il aperçut Marcus qui entrait dans le bureau de Lacroix. Big Jim, se dit-il. Il était impatient d'apprendre comment il allait faire face à la situation concernant Silver. En tant que commissaire ou en tant que chef de réseau paradoxal ?

« Quelles nouvelles ? » demanda Lacroix lorsque Wolf entra dans son bureau.

Hackman adressa un bref signe de tête à Marcus et se tourna vers son supérieur – ce qu'il était de toute façon, Lacroix ou Big Jim, se dit-il.

« C'est plutôt à moi de poser la question, je crois », lâcha-t-il avant de se tourner vers le lieutenant stagiaire et de le transpercer du regard.

« Marcus n'y est pour rien », anticipa Lacroix.

« À moi de me faire mon avis sur la question. Elle était avec toi, il me semble. Alors ? Je t'écoute.

— Hackman ! » cingla le commissaire. « Arrête tout de suite ces conneries. »

Wolf pivota et scruta ses yeux de glace. Le côté inflexible du caractère de Lacroix y brillait comme des diamants en feu.

« Si je dis : Marcus n'y est pour rien, ça veut strictement dire : Marcus n'y est pour rien. Entendu, haut et clair ? »

Wolf soupira, relâcha ses épaules.

« OK. Excuse-moi, Marcus. Je suis aussi con que Perrin, en fait. N'empêche. J'ai un message de Silver sur mon portable. Un message envoyé samedi, et reçu ce matin. On est vraiment des buses, à côté de la Vipère. Elle dit qu'elle piste *seule* le tueur des étoilés, qui vient de graver la tronche de Guedj la nuit précédente. Tu peux m'expliquer ? Pourquoi était-elle *seule* ? Tu peux m'expliquer ça clairement ? » dit Wolf.

Il fixa le stagiaire, devenu encore plus pâle et nerveux qu'à son premier jour.

« Marcus, tu peux nous laisser une seconde, s'il te plaît », intervint le commissaire.

Lorsque Sommacal fut sorti et eut refermé la porte derrière lui, Lacroix se leva de son fauteuil, souffla et regarda Wolf dans les yeux, droit comme un I.

« Avec ton passé, tu es censé savoir ce que c'est, une équipe. Non ? » dit-il d'une voix dure.

« Justement. On parle de Silver, là.

— Exactement, de Silver, qui a la chance de faire partie de *notre* équipe. Sans quoi, je t'assure que la situation serait autrement plus compliquée. Si le psychiatre porte plainte, c'est tout simplement ter-mi-né. Quelles que soient les charges ou les présomptions que l'on a contre lui, c'est du beurre pour sa pomme. Et nous, on se fait massacrer dans les règles de l'art. Le ministère public nous lâche sans hésiter et l'IGPN sort le gravier pour nous fister. Dans le cas contraire, il nous reste une minuscule chance. Et c'est justement parce qu'on est une équipe. Et Marcus en fait partie autant que toi et moi, ainsi que mes rares amis du parquet et de la scientifique. Clair ? Et une dernière chose, qui va sans dire, mais tant qu'on y est, profitons-en : la même confiance et la même solidarité sont de mise pour chacun d'entre nous. Ainsi que la même implication. Sauf erreur de ma part, Marcus n'a jamais fait défaut à aucun de ces niveaux. »

Wolf leva la main pour signifier qu'il avait compris.

« OK, on est raccord. On s'y met ? »

Lacroix acquiesça en silence, Hackman ouvrit la porte et fit signe au lieutenant stagiaire d'entrer.

« Marcus », commença Lacroix. « Tu me disais ? »

Sommacal s'éclaircit la gorge, lança un sourire timide à Wolf.

« Oui », commença-t-il. « Je disais que j'ai fait venir un échantillon de sang de Silver de l'hôpital. »

Il jeta un œil à Wolf, mais se concentra sur Big Jim.

« Enfin, c'est pas un prélèvement officiel », poursuivit-il, « je ne l'ai pas fait enregistrer en tant qu'échantillon, rien. Je me suis dit que… » Il termina sa phrase par un geste évasif.

« Pas de problème. On fera ce qu'il faut en temps et en heure, si besoin est », l'encouragea Lacroix.

« J'ai juste eu le temps de passer l'échantillon en vitesse au chromatographe et au spectroscope. Le sang de Silver contient une substance singulière. J'obtiens une composition moléculaire incompréhensible et une structure tridimensionnelle inconnue. Exactement comme pour les métabolites du poison…

— Qui a tué John Doe », acheva Wolf.

« Tout à fait », dit Marcus en se tournant vers lui. « Mais les concentrations ne sont pas les mêmes. C'est la seule chose qui explique qu'elle ne soit – je veux dire, qu'elle soit encore en vie.

— Cette neurotoxine hallucinogène, c'est le lien avec les étoilés », dit Lacroix.

« C'est le lien avec John Doe », corrigea Wolf. « Ni Deborah-Lee ni de Bradi n'avaient ce poison dans le corps. Pourquoi les uns et pas les autres ? Et Guedj, il en a, de cette neurotoxine hallucinogène ?

— Je n'ai pas les analyses », dit Marcus. « Mais d'après son état mental, je dirais que oui. Auquel cas, comme pour Silver, la dose n'était pas mortelle.

— Il y a davantage que le poison entre Silver et les précédentes victimes », intervint Lacroix.

« Saleté », ragea Wolf en serrant les poings et les mâchoires. « C'est vrai », ajouta-t-il en pensant à la marque sur la joue gauche de Silver.

« C'est plus qu'un lien : c'est la preuve qu'elle avait vu juste, samedi », ajouta Marcus. Il eut soudain l'impression que s'il ne s'expliquait pas en vitesse, Hackman lui arracherait les mots de la gorge à mains nues. Il tira une chaise et s'assit. Wolf l'imita et Big Jim reprit place dans son fauteuil.

« Samedi », poursuivit Marcus, « je bossais sur l'ordinateur de Karen pour essayer de comprendre comment il s'était reconfiguré à partir de ton téléphone. Liaison bluetooth, évidemment. Il l'a détecté et tu connais la suite », dit-il en faisant un geste vers Wolf. « En fait, la sous-couche du système est en mode de détection permanent. Dès qu'elle repère une autre configuration, elle la substitue à la sienne propre. Je n'ai jamais vu de système de protection pareil. Ce qu'il nous faudrait donc, pour retrouver la configuration originelle, ce serait le smartphone de Karen Tilliez. Mais il est sous scellés à l'IGPN. Il va donc falloir faire autrement. Bref, je n'ai pas encore réussi à accéder à l'interface A0, mais j'ai pu retracer les communications entre Tilliez et Barres. Ils n'étaient plus en relation depuis longtemps et n'avaient pas de contacts communs, ni au deuxième, ni au troisième degré. Elle a donc agi totalement seule.

— Ça, je le sais déjà », dit Wolf.

Lacroix arqua un sourcil interrogateur.

« J'expliquerai plus tard », dit Hackman en se tournant vers Marcus.

« Pendant ce temps, de son côté, Silver avait repris les trois dossiers, ceux de chacun des étoilés, elle a tout relu en prenant des notes, et elle a trouvé quelque chose à propos des obligations de soins psychiatriques de Henry et de De Bradi. C'est en partant de là qu'on a trouvé qu'ils avaient un point commun. Ils avaient le même psy, un certain Meriem Drought. C'était vraiment leur seul point commun, dans tout leur curriculum, en plus des étoiles gravées à la soude sur leur front. Et là, Silver a percuté sur le fait que Guedj venait d'être retrouvé avec la même étoile sur le front. Vivant, mais en état de choc catatonique. Karen, Guedj, Meriem Drought, les étoiles. Ça suffisait largement. N'importe qui aurait parié que Drought devait être la Vipère. Dès que Silver est partie voir le psy à son cabinet, j'ai cherché des trucs sur Drought. Il a bel et bien été expert auprès de l'I3P. Avant ça, il travaillait aux urgences psychiatriques, où il s'occupait des gens en crise. Mais désormais, il a un cabinet près de République et c'est lui qui les choisit. Il a choisi Deborah-Lee et Lorenzo de Bradi par un système élaboré de surveillance informatique, je ne vois pas comment il aurait pu faire autrement. Et c'est sans doute pareil pour les autres aussi. Je ne peux pas vraiment le prouver pour le moment, mais j'en suis sûr. C'est exactement son profil. Voilà », dit-il en ouvrant les mains.

« C'est tout ? » demanda Wolf.

« C'est déjà énorme », dit Marcus en écarquillant les yeux.

« Meriem Drought a tué les trois étoilés, la Vipère est le mentor de Karen et a fait basculer Guedj dans un monde parallèle avec une étoile dans le front. Meriem Drought est la Vipère, d'après ces éléments logiques. Qu'est-ce que tu veux de plus ?

— Devine ? » railla Wolf.

« Ouais, mais ça, c'est ta partie », justifia Marcus.

« Exact. L'adresse du cabinet de Drought ?

— 42, boulevard du Temple.

— Attends », intervint Lacroix alors que Wolf s'était déjà mis debout. « Je te rappelle qu'on est lundi et qu'il n'est pas 8 heures. »

Il se tourna vers Sommacal.

« Autre chose, Marcus ?

— Oui. »

Wolf reprit sa place sur la chaise.

« Il faut prendre une décision. C'est au sujet de la neurotoxine. J'ai cherché parmi les poisons et les venins vraiment curieux, et à un moment, j'ai pensé à de la toxine botulique de type H, dont la séquence est tenue secrète. C'est la neurotoxine la plus redoutable, tout simplement parce qu'il n'existe aucun antidote. De la toxine botulique de type H mélangée à un puissant hallucinogène, a priori synthétique, mais rien ne me permet de l'affirmer. Je n'ai aucun moyen de le vérifier, évidemment. Du moins, pas tout seul. Il y a malgré tout une solution, et c'est là qu'il faut prendre une décision.

— Que tu deviennes chimiste ? » demanda Wolf d'une voix glacée.

« Pas besoin. Des milliers d'internautes le sont déjà. Les laboratoires des plus grandes universités de la planète sont connectés. Et je ne te parle pas des centres de recherche. Or, il se trouve que le web profond, ou deep web, est l'un de mes outils préférés. C'est la partie immergée de l'iceberg. Toute la partie qui n'est pas référencée par les moteurs de recherche du web surfacique. Bref, c'est une version cachée et incontrôlable d'Internet. À laquelle n'importe qui peut avoir accès, à condition d'en connaître l'existence et la porte d'entrée.

Ça sert surtout pour les trucs totalement illégaux, mais on peut aussi l'utiliser comme une plateforme souterraine pour aller d'un endroit à un autre. Tout ce dont on a besoin se trouve dans des bases de données qui sont à notre portée. Toutes les modélisations atomiques, ioniques et catalytiques sont là, stockées dans des serveurs spécialisés. Sans parler des logiciels de développement de séquences virtuelles.

— Fonce !

— C'est bien là le problème. C'est là qu'il faut faire un choix. On peut aller où on veut, chercher et trouver tout ce qu'on veut. Mais premièrement, la démarche est complètement illégale, du point de vue du Code de procédure pénale. Mais ce n'est pas le plus grave, à mon avis. Si on décide de se lancer là-dedans, ça ne passera pas inaperçu. Indirectement, ça revient à lâcher la neurotoxine hallucinogène en pleine nature, avec la possibilité que quelqu'un parvienne à recomposer la formule à notre place et à s'en servir comme bon lui semble. Alors qu'on ne sait pas ce que c'est. Sauf que ça tue. Quand ça ne rend pas complètement cinglé. »

Il y eut un moment de silence.

« Ouais », dit Wolf. « Vu comme ça. Ça calme.

— La question est plus simple, à mon avis », intervint Lacroix. « Est-ce qu'on a besoin de prendre ce risque pour mettre la main sur Meriem Drought ?

— La question est », ajouta Wolf, « est-ce que la formule de la neurotoxine hallucinogène pourrait nous aider à sauver Silver ? »

Personne ne répondit. Après un moment de réflexion, le commissaire reprit la parole :

« Marcus, tu me fous Drought à poil. Complètement à poil. Et tu continues sur la neurotoxine, mais sans le deep web. Tu gardes les éléments de recherche sous contrôle, autant que faire se peut. Wolf, tu vas faire du ménage dans tes cellules de garde à vue.

— Et ensuite ?

— Je vais te dire ce que tu as toujours rêvé d'entendre.

— C'est-à-dire ?

— Je lâche le fauve. Tu as carte blanche. À tes risques et périls, évidemment. En loup solitaire.

— Merci », dit Wolf en scellant du regard un pacte avec Lacroix. « Merci. »

Une fois dans le couloir, Wolf s'est arrêté, bloquant le passage à Marcus. Puis il s'est retourné et l'a fixé.

« Viens avec moi. Je te dois un café. Et des excuses », dit-il en prenant la direction de la salle de repos.

En chemin, il croisa des OPJ qui lui firent un signe de compassion, hochement de tête et lèvres serrées. L'un d'eux lui donna même une tape sur l'épaule, et Wolf ne lui fit pas de clé de bras.

Même scénario dans la salle de repos, mais les autres flics les laissèrent discuter tranquillement.

Wolf servit deux cafés noirs, sans sucre, et revint s'accouder à la table de bar où était Marcus.

« Désolé, j'ai réagi comme Perrin », commença-t-il. « Comme quoi, personne n'est à l'abri. Silver a essayé de me téléphoner. Au moins deux fois. Elle a laissé un message qui parlait d'un psychiatre, de la Vipère et de Guedj, et quand bien même je l'aurais reçu à temps, elle n'en a pas dit assez pour que je fasse le lien. Elle ne m'a même pas donné son nom. Et puis elle a dit qu'elle le filait, depuis la place de la République. »

Marcus touillait son café sans rien dire.

« J'aurais fait pareil, de toute façon. C'était une connerie, mais je l'aurais faite aussi.

— Je sais », dit Marcus. Il but une gorgée de café avant de se lancer, sur un ton d'excuse : « Je suis pas très bon avec les gens. Pas très à l'aise.

— On en est tous là », dit Wolf. « Bienvenue au club.

— Pas de la façon que tu imagines. Je suis plus à l'aise avec les algorithmes, les logiciels et les failles de sécurité, les systèmes de codage d'information. J'ai découvert le deep web quand j'avais quinze ans. C'était mon monde. Une vraie révélation, tu vois. Cet univers était fait pour moi. C'était là ma place. C'était là que je voulais vivre. Le genre de révélation qu'on a à quinze ans, tu imagines. Sauf que je l'ai prise très, très au sérieux.

— Je vois », dit Wolf. « Je connais. Dans un autre genre, mais je connais.

— Et c'est dans ce monde que j'ai vraiment fini par m'installer. Complètement. Je passais l'intégralité de mon temps à cartographier le web surfacique et le deep web. Même quand je dormais. Je découvrais des trucs jusque dans mes rêves. Et tu sais quoi ? Quand je me réveillais, je vérifiais mes trouvailles, et neuf fois sur dix, elles se révélaient exactes. Enfin, globalement exactes. Au niveau intuitif. J'ai fait sauter un nombre incroyable de serveurs. Juste pour le faire, alors que j'aurais pu me servir dans n'importe quel compte en banque ou paralyser des aéroports. Forcément, ça a fini par se gâter. Tendances asociales sévères, centre d'intérêt strictement exclusif, comportements répétitifs, délire pathologique, schizophrénie. Ça, c'était leur diagnostic. Autisme de haut niveau. Syndrome d'Asperger. Bref, ils m'ont défoncé aux antipsychotiques. Risperdal. R64776. »

Marcus fit une pause et but une nouvelle gorgée de café. Puis il regarda Wolf dans les yeux et conclut :

« Alors que j'étais simplement Mensan. Et paumé. »

Hackman regarda son gobelet, puis Marcus.

« Mensan ?

— Membre de l'association Mensa. Après guerre, des sociologues se sont rendu compte que les personnes au QI particulièrement élevé ont beaucoup de mal à s'intégrer dans la société, et ça peut déboucher sur la dépression, l'alcoolisme, toutes sortes d'addictions et de pathologies, et finalement, le suicide. Ce sont des Anglais qui ont créé l'organisation internationale appelée Mensa. Les deux centiles de la population au QI le plus élevé peuvent échanger, s'entraider, développer des synergies, des groupes d'intérêt commun, etc. Ou être accueillis à l'étranger. Aucun critère social. Juste faire partie des deux pour cent de la population avec un QI supérieur à 150 selon le test de Cattell. Ou 133 pour le test de Stanford-Binet. Isaac Asimov était M's. Il y a des boxeurs, des acteurs. Geena Davis. Une actrice porno russe. Le général Schwartzkopf, le planificateur de l'opération Tempête du désert. Une immense majorité d'anonymes. Bref, on est grosso modo cent vingt mille.

— Tu n'as pas à te justifier », dit Wolf. « Je te rappelle que c'est à moi de m'excuser. »

Du coin de l'œil, il vit Klein s'encadrer dans la porte du couloir, et il lui fit signe d'attendre une seconde.

« C'est juste pour que tu comprennes bien la situation », reprit Marcus. « Lorsque Silver a percuté, je voyais où elle voulait aller, je savais qu'il y avait une différence entre ce qu'elle *voulait* faire et ce qu'elle *devait* faire, mais en même temps, j'échafaudais des dizaines de conjonctions de données, beaucoup trop vite pour trouver les mots qu'il fallait dire, et une fois qu'elle n'était plus là, je me suis rassuré en me disant qu'elle ne ferait rien avant de t'appeler. Voilà », dit Marcus en ouvrant les mains.

« OK. T'as fait des merveilles, de toute façon. Alors, si tu pouvais continuer en foutant Drought à poil, ce serait parfait. Et en trouvant ce qu'est ce foutu poison qui a déconnecté Silver.

— Bien sûr. Merci pour le café. »

Wolf quitta la salle de repos et rejoignit Klein dans le couloir.

« T'as réussi à le ramener en un seul morceau ? » demanda-t-il.

« Pas super frais, mais pas en miettes non plus », confirma Klein. « La cellule juste à côté de son pote. Je te fais confiance pour effacer tout ça proprement.

— Bien sûr », dit Wolf. « Merci. Vraiment. Merci.

— À charge de revanche », dit le brigadier avant de filer dans le couloir avec sa dégaine de vieux punk.

Jean-Hugues Bréat était allongé dans sa cellule, sur la couverture en papier qui recouvrait son matelas. Ses grosses baskets sans lacets étaient rangées au pied de la couchette. Il sursauta lorsque Wolf ouvrit le verrou et la porte.

« Casse-toi. »

Il se mit en position assise et commença à se frotter les yeux.

« Finie, la sieste. Casse-toi.

— Comment ça ?

— Tu mets tes godasses, tu récupères tes lacets et tes affaires auprès de mon collègue qui est responsable des gardes à vue, juste là. Tu descends les quatre étages en faisant bien attention à pas te casser la gueule dans les escaliers, tu sors et tu disparais.

— Mais… », dit le type, interloqué et méfiant.

Wolf lui tourna le dos et quitta la cellule en laissant la porte ouverte, puis se dirigea vers celle où Klein avait encagé Marquez.

Celui-ci était assis sur la couchette, les deux mains sur la cuisse de sa jambe gauche, étendue sur la couverture. Il leva des yeux vifs et inquiets vers Hackman, qui entra et referma la porte derrière lui.

« Ça va, ta jambe ?

— Non. Je crois que ça s'infecte. Il me faut un médecin.

— Impossible.

— Comment ça, impossible ? Je vais faire un choc septique ou quelque chose dans le genre. Je me suis blindé d'antibiotiques et d'antalgiques, mais ça fait toujours un mal de chien. J'ai de la fièvre. Je ne sens plus ma jambe, jusqu'à la hanche. Il me faut un médecin », dit-il d'un ton qu'il voulait neutre et analytique, mais dans lequel perçaient la supplication et le désespoir.

« Impossible, je viens de te dire. Tu n'es pas en garde à vue, je ne t'ai pas transpercé le mollet avec une balle de 9 mm, mon collègue ne t'a pas serré dans ton trou à rat, tu n'étais pas chez Deborah-Lee et tu ne m'as pas tiré dessus à la chevrotine. »

Marquez baissa la tête, impuissant et résigné. Les mèches de ses cheveux masquèrent son visage.

« Et peut-être qu'en y regardant de plus près, on va s'apercevoir que tu n'existes même pas. »

Wolf laissa ses paroles produire leur effet dans l'esprit du blessé, qui passa une main tremblante sur les épaisseurs de pansements qui gonflaient la jambe de son pantalon.

« À moins que je me trompe complètement, et que tu me racontes une autre version de l'histoire. La vraie. »

Marquez acquiesça avec un mouvement d'abandon.

« OK », souffla-t-il. « OK. Et ensuite, je serai en garde à vue et j'aurai un médecin.

— Sans doute », dit Wolf. « En fait, ça dépend uniquement de toi. Si tu joues le jeu, je respecte les règles. Sinon… Alors. Deborah-Lee Henry.

— Je ne la connaissais pas », dit Marquez en le regardant droit dans les yeux.

— Et qu'est-ce que tu faisais chez elle ?

— À votre avis, je vis de quoi ?

— Du trafic de téléphones, de tablettes et d'ordinateurs portables d'origine douteuse stockés dans ton local et chez ton pote, Bréat.

— Ça suffit pas. On démarre à peine. Alors en attendant, je continue à tourner au radar et je repère des occasions de braquer quelques trucs. Il y a tellement de choses qui traînent. C'est même pas du vol. Sauf cette fois-là. Je me suis fait ouvrir la porte d'entrée et je faisais un tour dans les couloirs. J'ai vu une porte fracturée et mal refermée. Et personne à l'intérieur. Je suis entré, j'ai commencé à fouiller. Deux connards sont arrivés et m'ont dérouillé à cause d'une histoire de dope. J'ai joué le jeu, pas le choix. Ensuite, j'ai trouvé du matos de tox et un fusil. Vous êtes arrivés et j'ai improvisé. En fait, vu que les deux autres zonards m'avait passé une soufflante bien sévère, j'avais déjà une idée du film. Mettez-vous à ma place, c'était évident que vous aussi, vous faisiez partie de cette sale embrouille de dope.

— Et la meilleure façon de t'en sortir, c'était de balancer une décharge de chevrotine à travers la porte ?

— Pour vous faire fuir, oui. C'est la meilleure idée que j'ai eue.

— Non, loin de là.

— Ouais, je vois ça », dit Marquez en désignant son mollet d'un geste de la main.

« C'était ton fusil ?

— Non. Je l'ai réellement trouvé dans l'appart, tel quel. C'est vraiment facile à prouver, il n'y a qu'à le passer au labo », dit Marquez avec calme et assurance.

« Bon », dit Wolf en soupirant. Il avait l'impression d'être un taureau qui avait chargé un leurre. Un buffle d'eau qui a chargé son reflet dans un marais, aurait dit Silver. « Meriem Drought. La Vipère.

— Connais pas.

— Il y a un truc qui m'échappe », dit Wolf en fronçant les sourcils. « Comment tu savais, pour Deborah et la Maison des addictions ? »

Marquez haussa les épaules.

« À votre avis, ils vont où, les tox ? En cure thermale dans les Pyrénées ? Ils ont tous un plan là-bas avec un addictologue qui leur refile des ordonnances de Subutex en cas de panne.

— Et tout le reste ? Human Final Solution. Action Identité Radicale. Pierre Couvreur, le gynécologue que tu es allé voir. L'hydrochlorure de machin pour empoisonner les réserves d'eau. »

Le blessé soupira et secoua la tête avec un sourire amer.

« Rien à voir », dit-il.

« Ça, c'est à moi d'en juger. Toi, tu te contentes de répondre.

— Putain, j'ai quarante de fièvre et vous me tarabustez au sujet de ces conneries ? J'y crois pas.

— Comme tu veux », dit Wolf en faisant demi-tour.

« OK, OK », dit Marquez en levant la main.

Hackman se rapprocha de la couchette.

« Allons-y. Le chrome six, vous en avez entendu parler ? Ulcères, troubles respiratoires, affaiblissement du système immunitaire, attaques du foie et des reins, altération du matériel génétique, cancer des poumons, mort.

— Quel est le rapport ?

— Aucun, c'est juste un exemple parmi des dizaines et des dizaines. On trouve du chrome six, bien qu'interdit par une directive européenne, dans quatre-vingt-dix pour cent de l'acier et des textiles courants. Et dans cent pour cent des cigarettes, par exemple, planqué au milieu de quatre mille autres composés chimiques toxiques, à côté desquels la nicotine est quasiment inoffensive. Autre exemple : le syndrome d'effondrement des colonies d'abeilles, vous en avez entendu parler ? Je ne vous parle pas de tous ces titres accrocheurs qu'on trouve dans les médias, comme "L'industrie de la viande consomme quatre cinquièmes des antibiotiques", "Les abeilles et les plantes communiquent par signaux électriques", ou bien "Les dauphins s'appellent par leur prénom", etc. Tout est vrai, bien sûr. Mais la surinformation produit l'ignorance. L'indignation systématique et pavlovienne est totalement stérile, et ne génère qu'inaction et confusion. Multiplier les stimuli pour anesthésier la réponse : voilà la stratégie dominante. Mais concrètement, on a quoi ? Concrètement, plus de quatre-vingt-cinq pour cent des espèces végétales ont besoin de pollinisateurs pour exister. Cela représente cinquante-deux pour cent des produits ordinaires vendus dans n'importe quel supermarché. Cet hiver, un tiers des colonies d'abeilles ont été décimées aux États-Unis. Les pesticides, insecticides, fongicides, herbicides, dévastent les populations de pollinisateurs, les abeilles, les bourdons, les papillons, etc. Cruiser, Gaucho, Cheyenne, Poncho, Regent et des dizaines d'autres insecticides notoirement et hautement toxiques sont interdits d'utilisation pour les deux années à venir par l'Union européenne. Une décision qui bien évidemment ne tient pas compte de la persistance dans l'environnement des substances toxiques comme l'imidaclopride, le thiaméthoxame, la clothianidine. Décision inutile et inefficace. Décision foutage de gueule et appel au meurtre. Car les rapports qui paraîtront dans deux ans sont déjà rédigés par des fils de pute comme Monsanto, Bayer AG, Syngenta, Philagro. Une balle dans la nuque, oui. Et tout de suite ! À eux comme aux députés européens qui leur vendent leur vote. En Chine, des millions de paysans en sont réduits à polliniser à la main. Enfin, avec un plumeau. Certains ont même tenté de polliniser des cultures grâce aux rafales de vent provoquées par les pales d'un hélicoptère volant au ras du sol. Raté, évidemment. Alors, oui, quand j'entends, par exemple, que Monsanto programme de modifier génétiquement les abeilles pour qu'elles survivent à leurs pesticides, quand j'entends que les soixante-sept personnes les plus riches de la planète possèdent davantage que la moitié la plus pauvre de l'humanité, quand je constate que le programme d'éducation des pays soi-disant développés ne vise qu'à fabriquer des décérébrés en masse… Oui, je suis prêt au meurtre. Parce qu'à un moment ou à un autre, il faut arrêter de s'indigner. Il faut *agir*. Dans la nature, une espèce dégénérée meurt. Je défends la loi de la nature, qui dépasse de très, très loin la loi humaine. Mais là, il faudrait être aveugle pour ne pas se rendre compte que c'est l'espèce dégénérée qui impose sa loi et provoque le suicide de l'ensemble. Moi, je vise à nettoyer, et vous, à corriger. Mais laissez-moi deviner. Ça ne marche pas, hein ? »

Le long discours de Marquez avait intrigué Wolf, mais pas autant que sa surprenante conclusion. Constatant sa perplexité, Marquez poursuivit :

« Et encore. Vous me parlez de Human Final Solution. Pure provocation, évidemment. Du moins de ma part, mais je connais des activistes *sérieux* dans ce domaine. Et vous n'avez même pas découvert STK. Ça, c'est du concret. STK pour Shoot To Kill. Une liste de personnes à abattre froidement, disponible sur le site stk.com. Il y a les types de Monsanto et autres, des députés de tous bords vendus aux lobbies, les représentants de ces lobbies, des financiers, des dirigeants de multinationales, des journalistes, des banquiers, des inquisiteurs et des censeurs et des manipulateurs d'opinion. Tous des porcs foireux qui méritent une balle dans la nuque. Et je le pense sincèrement. Et ils habitent ici, là, à quelques rues. Photos et adresses de ces pourritures sont référencées sur le site. Les fossoyeurs de l'humanité, c'est eux. Si l'humanité est un organisme, elle n'a qu'une chose à faire, et c'est une pure évidence : se débarrasser de ces parasites mortels. Vous savez que ces fumiers de Bayer AG portent plainte contre la Commission européenne qui veut interdire ses pesticides toxiques. Sérieux, ces enculés veulent breveter le vivant, s'accaparer l'intégralité des ressources de nourriture mondiale et les coter en bourse. Si l'humanité a une chose à faire, c'est comprendre qui sont les véritables toxiques et les éradiquer. Shoot To Kill, choisissez votre cible et faites un geste pour la planète.

— Marquez, tu sais même pas tirer à la chevrotine », dit Wolf en secouant la tête.

Puis il considéra tout ce qu'il venait d'entendre. Et il devait bien admettre que tout au fond de lui, il ne pouvait pas donner entièrement tort à Marquez. *Corriger, ça ne marche pas, hein ?* Lacroix en était arrivé peu ou prou à la même conclusion en devenant Big Jim, chef de réseau paradoxal, et en ayant coopté Marcus pour dissimuler son double jeu. Et lui-même…

« Le capitalisme est un darwinisme », continua Marquez. « Mais si tu révèles ça aux gens, ils descendent dans la rue, ils pillent les magasins de télés, les pizzerias et les armureries, et puis ils s'entretuent, tellement on les a rendus cons. Il faut donc faire croire que le darwinisme, c'est mal. Tout le reste, c'est de l'enfumage de taupes. Et les taupes, c'est nous. Quatre-vingt-dix-neuf pour cent de la population mondiale.

— Ça n'explique pas tes conneries avec Action Identité Radicale et la stérilisation par les réserves d'eau.

— Un détail dans l'ensemble. Sans connaître intimement l'ennemi, inutile de songer à se battre. Il n'y a pas que AIR. Je m'intéresse à toutes les marges, toutes les failles. Je les infiltre. Je prends la température. J'essaie de comprendre les mécanismes et les scénarios.

C'est en manipulant les marges qu'on peut faire sauter le système, parce que c'est là que se trouve toute la réserve de poudre. »

Après un moment, Marquez demanda :

« Alors ? »

N'obtenant aucune réponse de Wolf, il s'allongea sur le matelas, et la couverture en papier émit un long bruit de froissement.

« Bayer AG est l'entreprise qui fabriquait le Zyklon B pour les chambres à gaz », poursuivit Marquez. « Monsanto, c'était l'Agent orange pour défolier le Viêt Nâm. Évidemment, vu la manne financière, ils n'ont pas pu se résoudre à fermer boutique après guerre. Ils ont trouvé une combine pour recycler le Zyklon B et l'Agent orange en pesticides. C'est ce que nous mangeons. Du Zyklon B et de l'Agent orange. Pour les enrichir. En nous tuant. »

Wolf devait prendre une décision. Et pour cela, il devait réfléchir.

Et pour réfléchir, il avait besoin de Silver.

Ce qui posait évidemment un énorme problème, dans l'immédiat.

23

Lundi 24 février, 11 heures 17

Le soleil s'alignait peu à peu dans l'axe de la rue où la lumière pénétrait comme dans un défilé fortement encaissé. Ainsi éclairés, les gaz d'échappement que les bus expulsaient en démarrant devenaient des nappes sombres, si denses qu'elles projetaient une ombre sur le macadam avant d'être dispersées par le vent. La circulation s'intensifiait, formant un genre de monde parallèle, régulé par sa propre logique et indépendant de tout ce qui l'entourait. Un monde parallèle et autiste. Du moins, du point de vue de quelqu'un qui regardait le soleil déplacer les ombres et qui attendait leur alignement parfait avec l'axe de la rue pour passer à l'action. C'est ce que se disait Wolf, assis à l'arrêt de bus, quasiment en face du cabinet de Meriem Drought. Immeubles, arbres, piétons, jusqu'à la moindre aspérité, chaque chose était un cadran solaire.

D'après Marcus, le psychiatre n'avait pas d'autre adresse connue. C'était possible, mais Wolf en doutait. Ce type était trop malin pour vivre dans une souricière. Et trop organisé, également. Cela faisait indéniablement un bon bout de temps qu'il agissait sans se faire repérer. Des mois, voire, plus probablement, des années. S'il avait réussi à effacer et modifier ses traces dans les fichiers que Marcus avait trouvés à son sujet dans les bases de données de l'administration hospitalière et médicale, il pouvait très bien vivre sous une fausse identité.

Cela faisait près d'une demi-heure que Wolf observait le cabinet, et il n'y avait perçu aucun mouvement. Personne n'en était entré ni sorti. Et pourtant, la pièce qui donnait sur la rue était éclairée. Des rideaux de mousseline empêchaient d'y distinguer clairement quoi que ce soit, mais s'il y avait eu des déplacements à l'intérieur, ils auraient tout de même projeté des ombres. Il n'avait rien remarqué de tel.

À l'instant où les rayons du soleil furent alignés dans l'axe de la rue, il se leva du banc et s'éloigna de l'arrêt de bus. En attendant de pouvoir traverser, il consulta son téléphone. Toujours aucune information concernant Silver. Les images de son corps inerte ne quittaient pas son esprit, de même que la sensation qu'il avait éprouvée en la serrant dans ses bras.

Un bouton commandait l'ouverture automatique de la porte d'entrée, qui donnait sur un couloir de quatre mètres de profondeur. Il l'ouvrit d'un tiers de l'épaule gauche, mit la main droite sur son holster. La minuterie s'enclencha, et, avec elle, le bruit lancinant du ressort qui accompagnait sa course vers son extinction. Deux portes face à face, et une troisième au fond. Une cage d'escalier, également au fond, sur la gauche. Il entra. Tout était clair et propre. La porte immédiatement à sa gauche était une simple porte de séparation, tandis que celle de droite était plus sécurisée, identique à celle du fond. Il l'ouvrit. Des toilettes. Propres et parfumées, avec un liseré bleu qui courait dans le carrelage blanc. Il pivota vers la porte sécurisée, qui était dotée d'une solide serrure. Il fallait attendre le passage du prochain bus, puis son démarrage laborieux, afin que le bruit du moteur couvre le raffut qu'il allait faire en forçant l'huisserie.

Wolf tendit l'oreille. Rien. Il ne remarqua pas de système de sécurité apparent. Il tenta le coup, actionna la poignée. Et la porte s'ouvrit. C'était une salle d'attente, et c'était de là que provenait la lumière que l'on devinait du dehors. Les rideaux tamisaient une légère pénombre. Une banquette à deux places, couleur rouille avec des broderies vertes et rouges. Le gris de la moquette était d'une teinte très douce et les murs, bleu roi.

Aucune alarme ne s'était déclenchée, mais il remarqua une minuscule caméra fixée au-dessus d'une autre porte qui devait mener au cabinet du psychiatre. Curieux. Ça, plus la salle d'attente qui n'était pas fermée à clé. D'une façon ou d'une autre, Wolf comprit qu'il était attendu. Immobile, il dégaina son SIG et le laissa pendre dans sa main droite, le bras souple et alerte. Ce faisant, il remarqua une particularité sur le mur de gauche. Au-dessus des discrets spots à LED allumés, il y avait un tableau, une lithographie montrant un homme et une femme marchant sur un cadavre qui symbolisait la mort, après un long périple sur un chemin de montagne escarpé. En y regardant de plus près, c'était le chemin lui-même qui se transformait en cadavre. Singulier tableau pour décorer la salle d'attente d'un psychiatre. Il lut le titre de l'œuvre. *Mann und Weib auf dem Sterbeweg*. Puis il eut l'idée saugrenue de vérifier s'il y avait une étoile gravée sur le front de la mort. Ce n'était pas le cas.

Il y avait un problème avec le deuxième tableau : il n'était plus là. Les spots éclairaient un rectangle de tapisserie bleu plus foncé et une cimaise argentée.

Peu importe, se dit-il. Ce qui compte, ce n'est pas un tableau qui a disparu, c'est ce qu'il y a derrière cette porte. Il inspira à fond, tout en essayant d'estimer les probabilités relatives à la présence de Drought. Les constatations directes restaient imprécises. Son instinct penchait pour l'absence du psychiatre. Et il entra.

La décoration de la pièce était savamment étudiée. Verre, métal, tissus et bois. Des couleurs qui inspiraient chaleur et confort. Des étagères noires, des livres et des objets symboliques, totémiques, ésotériques. Tous en acier. Aucun d'eux n'était en forme d'étoile à six branches, ni n'évoquait de près ou de loin la figure d'une étoile.

Sur le bureau en merisier dont le plateau était recouvert de cuir vert, il manquait un ordinateur. Le câble d'alimentation était encore en place. Wolf observa minutieusement la pièce. Il ne ressentit aucune manifestation singulière. Ni napalm dans les veines, ni hallucinations de Karen. Il n'y avait rien. Il comprit que Meriem Drought avait abandonné l'endroit. Lentement, il rengaina le SIG-Sauer dans son holster.

Il inspecta la pièce attenante. Coin cuisine, douche, dressing. Tous les costumes et toutes les chemises suspendus au portant métallique étaient identiques. Il y en avait une demi-douzaine, recouverts du film de protection du pressing. Gris fer et bistre. Aucun aliment d'origine animale dans le réfrigérateur en acier brossé, ni dans le placard. Tout était strictement fonctionnel, dans un ordre et un état de propreté irréprochables.

De retour dans le cabinet, il s'approcha de l'objet qu'il avait repéré sur la table basse, sur la droite de la porte. C'était un paquet soigneusement préparé. Le papier kraft était plié et scotché avec application. Avant même de s'en saisir, il sut ce qui était écrit dessus, et il ressentit cette profonde bouffée d'adrénaline incomparable à toute autre stimulation.

Lieutenant Luc Hackman, lut-il sur l'emballage.

Il sut qu'il s'agissait d'un livre avant d'avoir fini d'arracher le papier kraft. *Chaos compendium*, lut-il sur la couverture. Qui avait pour illustration une figure géométrique, blanche sur fond noir. Une sphère à partir de laquelle rayonnaient huit flèches. Rien à voir avec l'étoile gravée à la soude sur le front de John Doe, Deborah-Lee et de Bradi. Il feuilleta le livre et s'arrêta sur une représentation légendée de l'illustration de couverture : l'étoile à huit branches – l'étoile du chaos, lut-il.

« C'est une brisure créée volontairement dans le tissu de la réalité, grâce à laquelle la matière du chaos pénètre dans notre dimension. On peut la considérer également comme une démonstration du postulat selon lequel la croyance a le pouvoir de structurer la réalité. »

Dans l'immédiat, il décida de ne rien considérer du tout, ni étoile du chaos, ni brisure, ni postulat, ni croyance, ni réalité. Pas plus qu'il ne voulait considérer l'absence de Silver, depuis près de trente-six heures. Tout simplement parce qu'il ne se sentait pas capable d'affronter cette réalité, de faire face à ce constat sans risquer de s'effondrer tout à fait. C'est alors qu'il trouva du réconfort en pensant à Karen. Et il se rendit compte qu'il avait pensé *absence* au sujet de Silver, tandis que pour son amante samouraï, il s'agissait plutôt de… *non-manifestation*. L'esprit d'un mort qui va de Konoyo, le monde visible, à Anoyo, le monde invisible, le royaume des âmes si proche, tous deux séparés par une frontière infinie et perméable.

Le livre pendant au bout de son bras gauche, il prit le temps de détailler minutieusement la pièce, de s'imprégner de tout ce qu'elle dégageait.

« J'ai déjà écrit mon poème d'adieu à la vie », dit Karen.

« La réalité », récita-t-elle dans un souffle, « c'est ce que j'imagine, et que j'ignore. »

Il eut l'impression de commencer à y voir plus clair.

« C'est une brisure créée volontairement dans le tissu de la réalité », lut-il à nouveau. C'était ça, l'effet de la psychotoxine de Karen. La neurotoxine de la Vipère s'attaquait au système nerveux central, tandis que la drogue de Karen s'attaquait au psychisme.

Il ne pouvait pas se l'expliquer, c'était pour lui tout à fait irrationnel, mais c'était cependant ce qui s'imposait clairement à son esprit. Un genre de neutralisant psychique. La drogue, c'était Karen elle-même. Et c'était le rayonnement de l'équinoxe de son alignement qui l'avait tout entière transformée en psychotoxine. Comme l'emprise amoureuse sur la chimie du cerveau et la perception de la réalité. La même déformation hallucinée. La même transformation du monde en simulacre autosuggéré. Mais en immensément plus puissant.

« … la croyance a le pouvoir de structurer la réalité », relut-il encore.

Il fit un dernier tour d'horizon du cabinet et le quitta avec une certitude : Karen était au cœur de l'affaire. Elle était plus importante que les étoilés, plus importante que Drought et que la Vipère. Du moins, pour ce qui le concernait.

*

… et l'énergie est un enchantement éternel. Ses vibrations ondulatoires parcourent la vie et créent la matière et les formes, l'espace et le temps. Et notre esprit enchanté guide ces formes, modèle l'espace et l'écoulement du temps. Ne l'oublie pas…

Silver était à Vang Vieng et devinait le soleil qui allait basculer au sommet de la montagne verte pour remplir le lac de reflets d'ambre et de diamant. Avec Liwayway, elles avaient fait une longue marche sur les chemins qui serpentaient au flanc des collines. La main de la petite fille dans la sienne, elle s'était laissé guider dans les lacets dessinés dans la végétation riche et dense. Toutes deux étaient passées d'un versant à l'autre et avaient pleinement profité de la plénitude du paysage, de ses couleurs, de ses senteurs et de la douceur de ses lumières. Elles avaient longuement discuté, également. Cela faisait longtemps, des années et des années, que Silver n'avait pas parlé lao avec autant d'aisance et de fluidité. C'était agréable.

Puis elles avaient gravi une crête bien découpée, au sommet de laquelle elles avaient contemplé l'immense panorama de plaines et de montagnes, couvertes de végétation tropicale. De légères formations de brume montaient de la forêt et s'étiraient dans le ciel bleu gris. Cela avait duré un long moment, durant lequel Liwayway et Silver avaient gardé le silence. Elles se tenaient toujours par la main. L'air était humide et doux. Elles n'avaient pas besoin de mots pour se parler.

En se remettant debout, Silver se demanda où se trouvait Vang Vieng dans cet horizon infini de montagnes. Elle eut l'intuition d'une direction, mais cette intuition ne fut pas confirmée par le paysage qu'elle voyait.

Liwayway se releva à son tour, et glissa à nouveau sa petite main dans celle de Silver. Cette dernière regarda la fillette dans sa robe pâle, et vit son sourire s'effacer lentement. Puis elle observa ses yeux noirs. Liwayway avait le regard d'une adulte. Liwayway n'avait pas d'âge.

Silver comprit que la fillette pensait qu'il était temps d'y aller. Elles se remirent en chemin, vers le fond ombragé de la vallée.

Tout en marchant vers les eaux du lac, qui était fort encaissé et que le soleil n'atteignait qu'aux environs de son zénith, Silver constata que le chemin exigeait de plus en plus de vigilance. Dans un virage, elle se tordit la cheville en glissant sur une pierre boueuse. Alors qu'elle cherchait à se rattraper à une branche, une feuille de bananier lui entailla la joue gauche. Elle porta la main à son visage, et fut surprise de découvrir une telle quantité de sang sur sa paume et sur ses doigts. Il était d'un rouge lumineux, et très fluide. Elle ne ressentait pas vraiment de douleur, plutôt un picotement acide. Mais ce qu'elle avait pris pour une simple estafilade était en fait une profonde entaille.

Liwayway la regarda d'un air grave.

Et Silver comprit que Liwayway savait. Elle n'était qu'une gamine de quatre ans, mais elle savait. Elle possédait la conscience absolue des choses et des êtres.

La fillette ne dit pas un mot. Silver comprima sa joue entaillée de la paume de sa main, mais le sang ne cessait de couler, entre ses phalanges, vers son menton, le long de son avant-bras, filant jusqu'à son coude où il gouttait sur la terre sombre. Silver aperçut un minuscule ruisseau translucide et silencieux.

Elle s'y lava les bras, les mains, le visage. Liwayway lui tendit un bandeau rouge qu'elle plia en quatre et qu'elle appliqua sur sa joue. Et elles continuèrent à descendre vers le lac.

Plus elles marchaient, plus les souvenirs remontaient à la surface de la conscience de Silver. Des gens s'étaient battus dans cette forêt, dans ces montagnes et dans ces plaines. Des soldats, des rebelles et des paysans s'étaient affrontés à coups de machettes, de fusils et de pistolets russes, des corps étaient morts et avaient pourri dans l'humus que foulaient ses pas. Des Hmongs, des communistes, des loyalistes, des Français, des Vietnamiens, des Japonais, jeunes et vieux, fous de colère, d'idéal, de désespoir.

En arrivant aux abords du lac, elle comprit que c'était la pleine lune d'août. Haw Khao Padap Din, la fête des morts, au cours de laquelle on dépose des dons sur les tombes.

Le soleil franchit alors le sommet de la montagne vert sombre et commença à remplir le lac de reflets d'ambre et de diamant.

Liwayway serra la main de Silver.

Et elle voulut que le temps s'arrête à jamais.

Et le temps s'arrêta.

… et l'énergie est un enchantement éternel. Ses vibrations ondulatoires parcourent la vie et créent la matière et les formes, l'espace et le temps. Et notre esprit enchanté guide ces formes, modèle l'espace et l'écoulement du temps. Ne l'oublie pas…

La voix de Liwayway chantait, ondulait et résonnait, aiguë et claire.

*

En sortant du cabinet de Meriem Drought, Wolf appela Lacroix.

« Quelles nouvelles ? » demanda-t-il dès que le commissaire eut décroché, sans avoir besoin de préciser l'objet de sa question.

« Aucune », dit Big Jim. « Toujours en observation. État stable. Je t'aurais appelé si j'avais eu des infos significatives, de toute façon.

— OK… », soupira Wolf.

« De ton côté ?

— J'ai nettoyé les cellules. Rien pour les gardés à vue. Bréat est juste un paumé inoffensif et sans envergure. Marquez m'inquiète davantage, mais il n'a rien à voir avec le psychiatre ni avec les étoilés.

— Qu'est-ce que tu en as fait ?

— J'ai chargé Romènes de l'enregistrer en lui précisant bien de lui faire la totale. Fichier automatisé des empreintes digitales, fichier des brigades spécialisées, fichier judiciaire automatisé des auteurs d'infractions sexuelles ou violentes, fichier national des empreintes génétiques, fichier national du faux-monnayage, fichier national des objectifs en matière de stupéfiants… », récita Wolf. « Même le fichier des passagers aériens et le fichier des personnes recherchées. Plus un curriculum complet. Bref, il ne devrait plus tarder à le refiler à Klein, qui s'arrangera pour l'emmener à l'hôpital.

— Bien. Et Drought ?

— Zéro. Nada. Il sait qu'on est sur lui, évidemment. Qu'on est à ses trousses et qu'on ne le lâchera pas. Il ne mettra plus les pieds dans son cabinet. »

De sa main libre, Wolf se frotta le menton puis laissa retomber son bras.

« Ce type est… complètement cinglé », dit-il en secouant la tête.

« De quel genre ? Tu as trouvé des trucs dans son cabinet ?

— Rien de précis. Juste une impression générale. Je crois que mentalement, psychiquement ou psychologiquement, ce type est un concentré d'extrême toxicité. La neurotoxine hallucinogène, ça pourrait être sa salive ou sa transpiration.

— Des indices sur les trois étoilés ?

— Pas le moindre. Dans son cabinet, il ne reste que ce qu'il n'a pas pu emporter. Rien d'utile. Même pas d'archives personnelles, de diplômes ou de paperasse administrative. En fait, il n'a pris que son ordinateur et un tableau. Aucun disque dur externe, aucun dispositif de stockage, pas de serveur. Il doit avoir installé ça ailleurs, forcément. Rien dans les tiroirs, sinon des dossiers concernant ses patients. Dans lesquels ne figure évidemment aucune des personnes qui nous intéressent. Le cabinet de consultation donne l'impression d'un type très, très organisé. Comme s'il n'y avait pas un atome qui ne soit à sa place exacte. »

Il y eut un silence à l'autre bout du fil. Wolf en profita pour traverser et retourner à l'arrêt de bus. Puis il mit sa main en coupe autour du micro du téléphone afin de le protéger du flot de véhicules qui arrivaient, et dit :

« Tu sais ce que je crois ? Il n'y a que Marcus qui puisse trouver la faille. Nous aider à le localiser. Enfin », ajouta-t-il comme pour conjurer le sort. « Du moins, pour le moment.

— Exact. D'ailleurs, je viens de parler avec lui. Appelle-le ou bien repasse ici.

— OK.

— Au fait », reprit Lacroix avant que Wolf ne coupe la communication. « J'ai aussi reçu un appel de la procureure. Faber et Jednak, les types de l'IGPN, lui ont adressé par mail les conclusions de leur rapport. Mais elle n'a pas le rapport en lui-même, ils ne l'ont pas encore rédigé. Ça devrait prendre des semaines, comme d'habitude. Ou des mois.

— Lacroix, je m'en contrecarre dans les grandes largeurs, t'imagines bien.

— Juste pour te tenir informé. Chassepot m'a simplement prévenu qu'elle classera sans suite.

— Super. »

Arrivé au milieu de la place de la République, il abandonna l'idée de prendre le métro et coupa vers la rue de Turbigo pour rejoindre le boulevard de Sébastopol. Il avait certes envie de marcher, mais en outre il était capital de rester connecté au réseau pour ne pas rater l'appel qu'il attendait tant – au point de vérifier son téléphone à chaque carrefour, au cas où le vacarme de la rue en ait assourdi la sonnerie.

Le chaos de la foule absorbait une part de son propre chaos intérieur. Il y avait de lourdes décisions à prendre. Lancer la recherche sur la neurotoxine hallucinogène, ou pas ? Quelles ressources mettre en œuvre pour retrouver Meriem Drought, sans lui laisser la moindre chance, ni juridique, ni… – ni quoi ? Le débusquer et l'abattre ? Ou bien ? Le débusquer, lui demander l'alpha et l'oméga de la loi de l'alignement, comprendre enfin Karen, et ensuite l'abattre ? Lui graver une étoile à la soude sur le front ? Oublier tout ça, pour que tout continue comme avant, comme l'avait suggéré Karen, par provocation ? Elle savait, depuis le début. Elle savait tout ce qui allait arriver.

Enquêter, agir. Ça, c'était son sacerdoce. Enquêter sur les événements, agir sur leurs auteurs, participer à la *manifestation de la vérité*. À l'éradication des ombres. Sauf que là, il n'avait aucune idée de la forme que pouvait prendre la vérité, et avait l'impression d'être dans un paysage d'ombres mouvantes. À quoi bon traquer et arrêter Drought ? Parce qu'il avait rectifié trois tordus et leur avait gravé une étoile dans le front ? Oui, ça, c'était les raisons manifestes, apparentes. Mais ce n'était pas ce qui l'intéressait profondément, ce n'était pas ce qui le motivait. En agissant ainsi, il faisait de Drought une proie pour de mauvaises raisons, des raisons insincères. Car la vérité première, c'était qu'il faisait de Drought une proie pour des raisons personnelles, qui n'avaient rien à voir avec les trois étoilés. C'était clairement la mort de Karen qui motivait sa chasse de la Vipère. C'était l'agression de Silver. Et c'était aussi et surtout le désordre fondamental qui se manifestait en lui depuis qu'il était confronté à la vérité naturelle de la loi de l'alignement.

Drought avait tué John Doe, Deborah-Lee Henry, Lorenzo de Bradi. Et il n'arrivait pas à s'y intéresser. Et c'était la Vipère qui avait aligné Karen, et qui avait empoisonné Silver. C'était la Vipère qu'il voulait. Uniquement la Vipère, pour Karen et pour Silver.

Mais il y avait une autre question qu'il redoutait d'affronter. Voulait-il personnellement comprendre la loi de l'alignement ? En ressentait-il un besoin personnel, était-ce une solution à laquelle croyait Wolf l'ex-commando déphasé, ou Luc Hackman le flic paumé ?

Dans tous les cas de figure, il ne savait absolument pas quoi faire, ni comment agir, ni quelle résolution prendre. Ni même quel but concret se fixer, d'un point de vue stratégique. Quel plan de bataille ? C'était l'homme qui réagissait à la situation, pas le flic. Le flic Hackman était mort, ou à l'agonie. L'ex-commando Wolf était groggy, K.O. debout, voire sur le point de mourir lui aussi. Mourant depuis des années. Mourant depuis son affectation à la Brigade, mourant depuis les missions équatoriales, mourant depuis l'entrepôt et la gorge éclatée du colosse tatoué. Mais survivant grâce à Silver. Tout comme Luc Hackman : survivant grâce à Silver. Et Luc Hackman devait affronter la loi de l'alignement pour faire face à la Vipère. Mais il lui fallait retrouver Silver. Il ne concevait pas que quoi que ce soit fût possible sans elle.

Il s'assit sur le rebord de la fontaine du Palmier, place du Châtelet, sous la colonne de la Victoire, avec ses ailes angéliques et ses deux couronnes de laurier brandies devant elle. Dos au sphinx qui crachait de l'eau, il observait le carrefour, véritable nœud de circulation de la capitale, le pont au Change et, au-delà, la tour de l'Horloge, la Conciergerie et la ligne de toit du Palais de justice, du 36, quai des Orfèvres, les trois tourelles, qu'il trouva bizarrement incongrues.

« Sans connaître intimement l'ennemi, inutile de songer à se battre. »

C'est ce qu'avait dit Marquez, au sujet de son ennemi à lui.

« C'est par les failles qu'on peut faire sauter le système », avait-il ajouté. « Parce que c'est là qu'il y a toutes les réserves de poudre. »

Au milieu des passants, des bruits de la ville et du clapotis de l'eau de la fontaine du Palmier, il se posa la question des failles de la Vipère. Sa faille évidente, c'était Meriem Drought. C'était le psychiatre. L'hubris du psychiatre. Sa volonté de souligner ses actes, de leur donner du sens, de leur imprimer une signification en gravant à la soude une étoile dans le front de ses victimes. C'était là ses trois premières failles. Bien que les meurtres soient complexes, seules les étoiles les reliaient. Sans les étoiles, pas de dénominateur commun. Trois macchabées dans une liste interminable de macchabées. Point barre, macchabée suivant. Mais Drought n'avait pu résister au besoin irrépressible et irrationnel d'imprimer sa marque, sa signature. De donner du sens. Et ça ne s'arrêtait pas là.

Drought n'était pas le seul à avoir des failles. La Vipère en avait également. Cette nécessité de lui signifier qu'il savait, pour lui et Karen, en lui envoyant ce SMS sordide, NI FLEURS, NI COURONNES. Et maintenant, ce livre, *Chaos compendium*. Oui, Wolf allait le lire. Il n'allait même faire que ça en attendant d'avoir des nouvelles concernant Silver. Et pas plus tard que tout de suite. Parce que s'il ne s'immergeait pas immédiatement dans sa lecture, il allait encore revivre la découverte de Silver sur le banc du parc des Buttes-Chaumont, où la Vipère ne l'avait pas laissée au hasard. Les images de son visage blême, de sa joue blessée et de ses yeux perdus allaient encore créer ce tourbillon d'angoisse totale dans son esprit et dans son corps, et ces images appelleraient à nouveau celles du sourire cyanosé de Karen. C'était plus qu'il ne pouvait en supporter sans péter les plombs. Il touchait ses limites de résistance psychique. Le parc, se répéta-t-il, le parc où il allait courir cinq fois par semaine… La Vipère avait plusieurs coups d'avance.

Si le livre lui était destiné, pas en tant que provocation symbolique mais bel et bien en tant que livre, ce qui était manifestement le cas, alors il constituait la faille principale de la Vipère. La Vipère lui lançait un défi. Et ce défi était l'alignement.

Wolf feuilleta quelques débuts de chapitres, au hasard.

Si la loi de l'alignement était parfaite et absolue, pourquoi nécessitait-elle un *enseignement*? Pourquoi n'était-elle pas spontanée? Puisque ce n'était visiblement pas le cas, cela voulait dire qu'il fallait redresser ce qui était tordu. Que la loi de l'alignement était une réparation. Et que la Vipère était en mission.

La logique pure est illogique.

Ça, c'est un sujet de réflexion pour Marcus, se dit-il avant d'entamer la lecture de *Chaos compendium*.

Il eut le temps de lire trois chapitres, « La magie du chaos », « Changements de paradigmes » et « La chaosphère », avant que son téléphone ne sonne.

Et avant même qu'il ait décroché, son sang s'était mis à bouillonner de napalm.

24

Lundi 24 février, 12 heures 10

Attablé à une terrasse de la place de la République, Meriem Drought avait une vue oblique sur l'entrée de son cabinet. Sa tasse de café était vide et son ordinateur portable était maintenant éteint et rangé dans sa sacoche posée sur la chaise, à côté de lui.

Tout s'était passé comme il l'avait anticipé – bien qu'il ait pensé que Hackman se serait rendu bien plus tôt à son cabinet. Le commissaire Lacroix avait probablement dû modérer son tempérament de bête sauvage. Ou bien il était allé s'occuper de Linh Schmitt. Ce qui, vu le dosage et la durée des effets de la neurotoxine, semblait peu probable. Il n'y avait strictement rien d'autre à faire que d'attendre. Le contrôle des paramètres physiologiques pouvait certes rassurer les médecins et les proches, mais ils ne pouvaient rien faire de plus qu'attendre. Lui tenir la main et mettre un bouquet de fleurs dans sa chambre, si ça pouvait leur faire du bien. Mais à moins d'être inconscients ou de vouloir frôler l'erreur médicale, les médecins devaient l'avoir compris : perfusion de liquide physiologique à neuf pour mille et patience.

Ah, oui : soigner sa joue gauche, se dit Meriem Drought. Ça, ça pouvait les occuper le temps que la neurotoxine hallucinogène nettoie et libère les champs de conscience de son psychisme. Et au bout de la démence, Linh Schmitt trouverait la voie de l'alignement de ses équinoxes. Ou la voie du néant. Mais ça, ce serait son choix et sa responsabilité personnels.

Quoi qu'il en soit, le flic avait fini par se montrer – Drought avait déjà bu trois cafés dans la partie encore ombragée de la terrasse, à l'écart des fumeurs qui sortaient brûler leurs cigarettes près des tables étincelantes de soleil.

Lorsque l'alerte de son smartphone avait tinté, générée par l'alarme volumétrique de sa salle d'attente, il avait activé son ordinateur et réglé la luminosité de l'écran afin de voir clairement les images retransmises par la caméra de surveillance de son cabinet. Quelques secondes plus tard, il avait vu la silhouette sombre de Hackman se découper sur le bois clair de la porte d'entrée, ouverte en grand. Le lieutenant avait sondé l'endroit du regard depuis le seuil avant d'y pénétrer. En le voyant faire quelques pas vers le centre de la pièce, la Vipère reconnut l'animal en alerte, à la fois calme, lent et cependant prêt à réagir avec une promptitude foudroyante, pour se défendre comme pour attaquer. Le flic avait tout du prédateur qui s'aventure en territoire inconnu – et qu'il sait dangereux.

La Vipère le vit repérer d'un coup d'œil la caméra de sécurité. Il lui avait fallu moins de deux secondes. Aucun de ses gestes ne trahissait ce qu'il pensait ou ce qu'il ressentait, même lorsqu'il délogea le SIG-Sauer de son holster et le laissa pendre au bout de son bras, canon vers le sol. Hackman continua son inspection silencieuse de la salle d'attente, puis s'attarda sur le tableau de Kokoschka qu'il avait laissé, *Mann und Weib auf dem Sterbeweg.* Sa réaction fut infime, mais tout de même suffisante pour que la Vipère la remarque. Puis il finit par s'approcher de la lithographie en fronçant les sourcils, pour vérifier un détail. Drought aurait payé cher pour savoir ce qu'il s'était passé dans la tête du flic.

Hackman considéra ensuite l'espace laissé vacant par *Der Sturm Neue Nummer*, pour l'instant emballé et caché sous le bac de la douche. Puis le flic prit une inspiration, considéra la porte du cabinet et se dirigea vers elle, le SIG à la main.

Drought changea de caméra.

Sur l'écran de son ordinateur, une nouvelle fenêtre montrait le cabinet, et il voyait maintenant l'épaule et le bras de Hackman en plan serré. Il était en train d'examiner les sculptures en acier disposées sur l'étagère. Soudain, l'image trembla, bougea, pivota dans tous les sens. Le flic venait de saisir la caméra wifi incrustée au cœur de son objet fétiche, la structure formée par les trois anneaux borroméens en acier. Mais il la reposa de travers, et désormais Drought devait suivre la scène en inclinant la tête à quatre-vingt-dix degrés – du moins le temps de faire basculer la fenêtre dans le bon sens sur l'écran. Par chance, le cadrage restait correct.

Après avoir détaillé le bureau en merisier, Hackman rangea son arme, les épaules basses. Il inspecta et fouilla chacun des tiroirs puis, les mains sur les hanches, observa l'ensemble du cabinet. Son regard s'arrêta sur la petite table, mais il fit comme si de rien n'était et alla inspecter la pièce attenante. Il en ressortit moins de trois minutes plus tard, et alla enfin prendre le paquet que la Vipère avait laissé à son intention sur la table basse.

Il déballa et feuilleta le livre, immobile, et la Vipère perçut chez lui le net rayonnement de tension provoqué par la décharge d'adrénaline. Tout dans la posture de Hackman indiquait que ses récepteurs alpha étaient saturés d'épinéphrine. Vasoconstriction, soudaine hypertension, dilatation des bronches et des pupilles – le lieutenant était particulièrement sensible et réactif à sa drogue favorite. Là encore, Drought aurait payé cher pour savoir ce qu'il se passait dans la tête du flic. Karen, évidemment. Karen et ses équinoxes, qui troublaient et désorientaient toutes ses polarisations psychiques. À cela aussi, Hackman était particulièrement sensible et réactif. Karen l'avait désorienté. La Vipère voyait là la confirmation d'une excellente nouvelle. L'alignée zéro savait, depuis le début. Le potentiel d'alignement du flic était énorme. Il serait l'équilibre de Diane dans leur grand projet. Le paramètre stabilisateur et dévastateur. EQUINOX. Æ-N. Æquus Noctis.

Lorsque Wolf quitta le cabinet, Drought éteignit et rangea son ordinateur dans sa sacoche. Le soleil prenait peu à peu possession de la totalité de la terrasse qui donnait sur la place de la République. Il attendit. Un quart d'heure plus tard, le psychiatre se levait et regagnait son cabinet, dans lequel il prit la précaution de s'enfermer.

*

Diane avait dormi sans compter, et en se réveillant, elle sut exactement où elle était et ce qu'elle faisait. Comme si ses rêves l'avaient lentement et doucement menée du sommeil à la veille dans une transition parfaite. Elle prit le temps de regarder les nuages gonflés de lumière blanche. Le vent était nul et la sculpture du ciel paraissait très ancienne. Quasiment immuable. Elle s'étira sous la couette, écouta son corps et sut exactement ce dont celui-ci avait besoin. De même, elle lut sa propre conscience et sut exactement ce dont celle-ci avait besoin. Elle interrogea, sonda et expérimenta son état d'alignement. Elle savait précisément ce qu'il fallait faire pour commencer à le réaliser.

L'acte fondateur de l'Impératrice d'Or, c'est maintenant, se dit-elle.

Elle s'étira à nouveau, puis céda au caprice irrépressible de faire un pari. Comme un accès de gourmandise ou une manifestation d'orgueil, de confiance en soi teintée de grotesque. Elle se concentra du mieux qu'elle put et réfléchit intensément. Dix-sept, trente-trois. Dix-sept. Trente-trois. Dix-sept. Ou trente-trois ? Elle visualisa les chiffres, s'efforça de pénétrer en esprit leur substance et leur nature profonde, l'un après l'autre, comme s'ils étaient vivants. Dix-sept… Trente-quatre ! décida-t-elle. Elle vérifia l'heure. Il était 11 heures 34. Diane sourit.

Elle se leva, ouvrit la fenêtre et fila dans la salle de bains. Le reflet de la grande fille blonde dans le miroir l'étonna, en même temps qu'il lui paraissait profondément familier. Elle enleva son tee-shirt

RAWHEAD & BLOODYBONES et sa culotte, et regarda le reflet de la silhouette. Elle se dit qu'elle avait de la chance. Que malgré des années de toxiques en tout genre, ce corps n'avait souffert ni dans sa texture, ni dans ses proportions. Qu'elle aimait la longueur de ses jambes, la forme de ses seins et de ses fesses. Et de sa vulve. Et de son visage. De ses yeux, de ses oreilles, de ses lèvres et de ses arcades sourcilières épilées. Elle regarda ses mains, ses bras, ses doigts, ses orteils. Elle scruta les yeux de la grande fille blonde dans le miroir et se dit que c'était bien cette fille-là qu'elle avait toujours été.

« Hey, cat! » appela-t-elle. En se douchant, elle se demanda où elle avait passé toutes ces années, tout ce temps où elle n'avait pas été la grande fille blonde, où elle n'avait pas été elle-même, l'Impératrice d'Or, où elle n'avait été personne – et s'en était lamentablement contentée.

« Depuis quand suis-je morte ? » demanda-t-elle à Hécate en attrapant la serviette-éponge.

« Non, ce n'est pas comme ça qu'il faut poser la question », précisa-t-elle immédiatement. « Combien de temps m'a-t-il fallu pour me rendre compte que je suis morte ? Et pourquoi avoir refusé d'être morte aussi longtemps ? Alors que tout est beaucoup, beaucoup plus facile, une fois que l'on a accepté le fait que l'on est mort. C'est ça, l'enfer, Hécate. Refuser d'admettre qu'on est mort. C'est exactement ça, l'enfer. »

Elle sécha son corps, puis ses cheveux. La coloration blond doré n'avait pas bougé. « En plus », dit-elle à Hécate, « l'avantage, quand on est mort, c'est qu'on est vivant au-delà de la vie. C'est pareil. Ce ne sont que des mots. Tu ne peux pas comprendre.

— Tu es libre. Tu n'as plus peur. Invente-toi », dit Hécate en cessant un instant de se lécher la patte avant gauche.

« Exact. Tu sais que par définition, une impératrice possède un empire. C'est donc ce à quoi nous allons nous atteler, Hécate. »

Diane enfila son épais peignoir blanc et prépara un petit déjeuner avec les achats que la Vipère avait faits pour elle. C'était exactement ce dont son corps avait besoin. Fibres, sucres lents, vitamines, dont D et B12, calcium, fer, etc.

« Et pour posséder un Empire, il faut bien évidemment commencer par buter ces saloperies de barbares. »

Elle prit sa tasse de thé et alla s'installer devant l'ordinateur, qu'elle alluma. Aucune nouvelle de la Vipère. Aucun message. Pas trace de ce dont il avait parlé. Cette interface. Cet accès à son mystérieux dark web.

« Être aligné à quatre-vingt-dix-neuf virgule neuf pour cent, c'est un échec complet », fit remarquer Hécate.

« C'est bien ce que j'étais en train de me dire, figure-toi », répondit Diane. « Tu sais quoi, Hécate ?

— Vas-y, je t'écoute.

— Toutes les questions restent aveugles et muettes tant qu'on n'a pas eu le courage de comprendre qu'on est déjà mort. Une taupe est aveugle et muette. Elle raisonne avec des questions aveugles et muettes. Une taupe est un tunnel dans un tunnel. Mais ensuite, toute ta perception de l'espace, du temps et des choses change. Parce que l'espace, le temps et les choses ont eux-mêmes changé. Ils deviennent infinis, plastiques et fragiles. Ils deviennent toi, ton être profond doué de vie. C'est pour ça que les mots acquièrent une telle importance. La parole doit devenir magique, Hécate. La parole magique, c'est la parole qui agit directement sur les choses. Puisqu'une chose dite doit absolument être une chose faite. Ça, c'est le langage aligné, Hécate. La parole magique. Les mots agissent directement sur les choses, et celui qui les prononce devient entièrement le relais qui transforme la parole en acte. Dans le cas contraire, on a incontestablement affaire à un défaut d'alignement. »

Elle fit quelques recherches sur le thème de l'impératrice. Elle ne trouva pas de grandes histoires de lignées de souveraines absolues. Il y avait des pages didactiques sur l'impératrice en tant que troisième carte du tarot de Marseille. Lame extrêmement puissante, rassemblant le bateleur et la papesse…

« Hécate ! Écoute ! “L’action est canalisée par le but spirituel.” C’est bon, ça. “L’aigle qui figure à sa droite représente la conscience des sphères supérieures et lui transmet sa puissance.” Et bla, et bla, toujours le même baratin pseudo-cabalistique. Peu importe, j’ai le soleil noir et le gode-ceinture. Je n’ai besoin de rien d’autre. “L’action est canalisée par le but spirituel.” N’oublie jamais ça, Hécate. »

Elle mit l’ordinateur en mode veille, fit la vaisselle et rangea ce dont elle s’était servi pour prendre son petit déjeuner, puis alla se laver les dents.

Dans sa chambre, elle s’approcha de la fenêtre, observa le ciel. Elle enleva son peignoir et se tint debout dans l’air froid, face au ciel.

Inspirer le soleil, souffler la cendre.

Emplir son corps d’or, cracher du soufre.

Purifier son être physique, psychique, spirituel.

Sortir de son être, du temps et de l’espace.

un feu d’écumes

des navires solaires

horizon total

Elle se promena dans l’histoire de toute chose, mais son long vol fut troublé par les incursions de l’aigle sombre qu’elle avait vu dans le tarot de Marseille. Et il était négatif. Cependant, elle savait de qui il s’agissait. Et elle allait régler ça. Putain de barbare.

Elle referma la fenêtre, enfila sa combinaison noire en latex, fixa autour de son bassin les attaches du gode-ceinture noir, mit le masque à gaz dans son sac à main rouge, puis alla se coiffer et se maquiller.

De retour dans le salon, elle ajouta dans son sac les achats qu’elle avait soigneusement préparés. Les piques à escargots et la poire à lavement pleine de peinture, soigneusement bouchée, et le reste.

Elle enfila son long manteau noir, dit au revoir à Hécate et sortit.

En traversant le cimetière du Père-Lachaise par l’avenue Circulaire, vers l’ouest, Diane écoutait l’album de Coil *Gold is the Metal* qu'elle avait transféré sur son smartphone. Elle observait une traînée d'avion particulièrement éclatante dans le ciel bleu clair, au-dessus d'une bande de nuages gris. Elle y vit une cicatrice d'or qui déchirait les cieux et qui lui ouvrait l'infini.

Elle prit le métro à la station Père-Lachaise et dans la rame, elle remarqua une fille qui avait environ son âge. Cheveux, vêtements, regard, attitude : Diane ne perçut que fadeur et tristesse. Une fille qui avait peur d'être engloutie par le monde, d'une seconde à l'autre. Alors que le monde l'avait déjà avalée depuis longtemps, et la laissait macérer dans une angoisse permanente qui n'était ni la vie, ni la mort, mais l'enfer. Elle eut l'impression de voir une réplique passée d'elle-même.

« Dans la multiplicité des couches de la réalité, je suis sans doute cette fille », murmura-t-elle à Hécate. Elle regarda les ongles de la fille, rongés par l'anxiété. Elle lut son esprit, hanté par la peur. Elle pensa à Philip K. Dick et à Charles Manson. Pour l'écrivain supralucide, les multiples simulacres de réalité sont si retors, et la vérité ultime qu'ils recouvrent si affreuse, qu'ils génèrent la peur. Ils sont des outils de terreur métaphysique. Et pour le gourou, c'est exactement l'inverse. La peur est un outil pour maintenir le simulacre de réalité sociale. Le premier croit à l'Empire infini de la prison de fer noir. Le second au chaos et au Helter Skelter. Il faudra que j'en parle à la Vipère, se dit-elle.

Diane descendit à la station Sentier, rejoignit la rue du Louvre et la descendit vers la Seine. Elle avait l'impression d'évoluer hors du monde, de faire partie de la cohorte des nuages gris fer qui filaient dans le ciel perle. Elle distinguait plusieurs traînées d'avion éclairées par le soleil, stigmates purificateurs et étincelants d'or vénitien et de soufre. Elle marchait, légère et dorée.

Près de la rue de Rivoli, elle acheta un sachet de marrons au vendeur qui s'époumonait en attirant le chaland. Puis elle reprit son chemin et tourna à gauche. L'épais rideau rouge du sex-shop ondulait négligemment dans le vent. Elle s'en approcha et, levant très haut la main gauche, comme une artiste entrant en scène, elle l'écarta et entra.

Immédiatement sur la droite, elle se tourna vers les mannequins en perruques et nuisettes flashy, accrocha son sac au poignet de l'un d'eux, en sortit son masque à gaz qu'elle enfila et ajusta soigneusement, avant de dégager ses cheveux blond doré des lanières en plastique. Elle enleva son long manteau noir qu'elle suspendit également sur le mannequin aux yeux vides. Dans son sac, elle prit l'attirail dont elle avait besoin, puis se mit à marcher dans le sex-shop, gainée de latex brillant, avec un épais pénis de silicone noir qui se balançait devant son pubis.

Wendy sortit des toilettes à ce moment-là et resta interdite. Diane remarqua qu'elle portait la même nuisette que le mannequin dont elle s'était servi de portemanteau, mais elle l'ignora et poursuivit son chemin.

Khader leva les yeux de la caisse, sans la reconnaître. L'étonnement étouffait la perspicacité dont il aurait eu tant besoin à cet instant.

Dans le fond du magasin, deux clients regardaient des jaquettes de DVD, dans l'attente de n'importe quelle opportunité sexuelle. Ils remarquèrent Diane mais n'osèrent pas la regarder franchement. Dès qu'elle les eut dépassés, l'un d'eux quitta le sex-shop. L'espace détente, avec ses fauteuils et ses deux canapés, était désert. Le gérant se leva et l'interpella.

Diane tourna vers le bar, au fond à droite. Perchée sur un tabouret, Sam la vit arriver et fronça les sourcils. Elle lui lança le sachet de marrons, et Samantha le rattrapa à deux mains, la bouche bée et les yeux ronds. Puis Diane se tourna, considéra une demi-seconde la porte ornée de la pancarte PRIVÉ et entra dans le bureau de Khader, qui maintenant vitupérait depuis le couloir.

Diane referma la porte derrière elle, fit deux pas et s'immobilisa dans le noir. Quelques lampes à LED brillaient, rouges et vertes. Une odeur de renfermé régnait dans le bureau. Le cloaque désordonné habituel, et sa pénombre.

Elle pivota face à la porte et écouta les pas approcher, puis, quand la poignée se baissa et qu'elle commença à s'ouvrir, Diane se décala sur la droite. Elle prit une profonde inspiration. Elle était l'Impératrice d'Or.

Lorsque le gérant pénétra dans le bureau, elle le saisit à la gorge de la main droite et le plaqua contre le mur de gauche. Du pied, elle fit claquer la porte et contracta tous ses muscles, depuis ses jambes jusqu'à l'épaule et l'avant-bras, comme pour soulever Khader. Elle n'y parvint pas, mais la surprise du gérant rendait les choses beaucoup plus faciles. La trachée comprimée, il lui était impossible de hurler. Elle voyait les lampes à LED rouges et vertes se refléter dans ses yeux écarquillés. Ils n'étaient pas encore habitués à la pénombre. Des petits bruits d'étouffement s'échappaient de sa gorge, des gargouillis liquides.

« Diane ? » parvint-il à bredouiller.

« Non, connard. Je suis l'Impératrice d'Or. Je suis la réalité absolue. »

À ce moment, il devint clairement lisible dans les yeux de Khader qu'il avait compris. Il ne s'en tirerait pas avec un tabassage et un racket. C'était bien plus terrible que cela. Ce qui se produisait maintenant, c'était l'inéluctable.

À l'instant même où la main droite de l'Impératrice d'Or lâchait la gorge de Khader, le pic à glace doré qu'elle tenait solidement dans sa main gauche fendait l'air et se plantait d'un seul coup dans sa pomme d'Adam. La pointe d'acier buta contre l'os du sommet de son crâne. Il eut un terrible spasme. Ses yeux faillirent sauter de leurs orbites et son corps, soudain flasque, s'affala sur la gauche, renversant une petite étagère pleine de DVD dont les jaquettes montraient des photos de naines, d'obèses et de cinglées couvertes de merde.

Et alors, l'Impératrice d'Or s'occupa sérieusement de Khader.

La traînée d'avion avait la couleur du diamant et des nuages dorés filaient vers l'est comme une armada de conquistadors.

Diane avait l'impression d'être de la même nature qu'eux. Légère, omniprésente, intouchable. Son sac à main rouge battait son flanc tandis qu'elle traversait les Halles.

« Non, Khader, ce n'était pas Diane. C'était la réalité absolue, qui obéit en fait à différentes lois spatiales et temporelles. Et qui obéit surtout aux différents impacts que produit ma volonté », murmura-t-elle en respirant l'air scintillant.

« N'est-ce pas, Hécate ? La réalité obéit à l'Impératrice d'Or. Et l'Impératrice d'Or est la divinité du Soleil noir. Mais tout en conservant une large part d'autonomie, de probabilités aléatoires, de vie propre et de matière sombre, hein. »

Elle prit le métro à la station Réaumur-Sébastopol.

« Je suis devenue le territoire et la réalité. Une volonté errante dans le chaos. Exactement comme les nuages. Je suis une pensée et une énergie. »

Quelques passagers s'écartèrent d'elle et en retour, elle leur adressa un sourire.

Puis elle eut une autre idée.

Elle descendit à la station République et prit le chemin du cabinet de consultation de Meriem Drought.

Au dernier moment, elle hésita. Elle eut l'impression de faire face à une situation soudain indécidable, à laquelle elle n'était ni préparée, ni en mesure de faire face.

Elle s'installa à la terrasse d'un café, en plein soleil, qui n'était plus vraiment hivernal et pas encore printanier, mais qui était le soleil tout de même. Son royaume. Et elle observa le cabinet du psychiatre.

Tandis qu'elle buvait un café, une part d'elle-même ne cessait de lui répéter qu'elle n'avait plus rien à voir avec Meriem Drought. Pas plus que l'Impératrice d'Or n'avait quelque chose à voir avec Diane Lempereur. Qu'auraient-ils pu se dire ? Quels étaient désormais leurs rapports ? Avaient-ils encore quelque chose à voir ? Quelque chose en commun ? Quelque chose à se dire ? La Vipère n'avait rien précisé à ce sujet.

Elle avait commencé à accumuler de sa puissance d'Impératrice en éliminant Khader. Très bien. Et maintenant ? Il lui fallait encore plus de puissance. Plus elle éliminerait de ténèbres, plus son rayonnement solaire serait important.

« Quel sera ma prochaine nourriture sombre, Hécate ? » demanda-t-elle.

Et lorsqu'elle vit le psychiatre quitter son cabinet, un grand emballage rectangle sous le bras, elle décida de le suivre. Évidemment, Meriem Drought allait la mener dans l'antre de la Vipère, au cœur de l'empire de l'alignement.

« Tout à fait, Hécate. Être aligné à quatre-vingt-dix-neuf virgule neuf pour cent est un échec complet. »

25

Lundi 24 février, 13 heures 45

Dès qu'il avait quitté l'île de la Cité, une voiture avait failli défoncer la rambarde de sécurité pour l'éviter. Il avait contre-braqué puis braqué à nouveau, s'était retrouvé sur la file de gauche après un rebond sur le trottoir et, heureusement, les conducteurs qui venaient en sens inverse avaient eu le temps de s'écarter vers la voie du milieu. Il avait perdu au moins un demi-centimètre de gomme à chaque pneu, en moins de trois cents mètres.

Arrivé de l'autre côté du pont, il revint à un peu plus de raison, rétrograda en troisième pour relancer le moteur à fond, et coupa le carrefour vers les quais, avertisseur enfoncé. Dans le premier tunnel, les autres conducteurs réagirent promptement à ses appels de phares et au vacarme du klaxon, décuplé par la résonance du souterrain de béton, ce qui lui permit de slalomer de façon plutôt fluide. Du moins dans son esprit. Ses sens anticipaient le moindre mouvement des autres véhicules, changement de vitesse ou de trajectoire, et il adaptait les siennes instantanément. Lorsqu'il faillit frôler le mur – *rebondir* contre le mur, en fait –, il rétrograda à nouveau et fut bloqué par un camion. Il ne pouvait absolument rien faire d'autre qu'attendre que le passage se libère, et ce délai forcé l'obligea à réguler la tension qui faisait frémir son esprit.

Avant d'atteindre l'hôpital, il avait cependant commis à peu près toutes les infractions possibles au code de la route, mais avec toutes les ressources de prudence et d'anticipation dont il était capable, dans ses accélérations forcenées comme dans ses freinages impitoyables. Et sans causer d'autres dommages que quelques accès de terreur et de panique. Les mots que Lacroix avait prononcés au téléphone résonnaient en boucle dans son esprit. « Silver est en train de se réveiller. » Wolf n'en avait pas écouté davantage.

*

Les paroles de Liwayway n'étaient plus des mots qui résonnaient dans l'esprit de Linh-Silver, mais de la matière qui avait investi son corps et son être pensant.

Elle pouvait fermer les yeux et entendre le murmure de la rivière, et la voix de la fillette était une mélodie un peu lointaine. Elle savait qu'il avait fallu faire un choix. Aller avec Liwayway, ou emmener Liwayway avec elle. Elle était incapable de se rappeler ce qu'elle avait choisi. Pas plus qu'elle ne se souvenait de ce qu'en avait pensé la fillette, ou si elle avait exprimé une préférence ou un désir personnel sur la question.

Elle pensa soudain à Guedj, enfermé dans sa prison de folie et de terreur. Elle leva sa main et toucha son front. La pulpe de ses doigts glissait sur sa peau qui paraissait brûlante, mais qui ne portait pas la gravure de l'étoile d'acier et de la soude. Elle soupira. Elle pensa à John Doe, dont la mort était tout simplement muette. Mais des trois étoilés, c'était Deborah-Lee Henry qui lui semblait avoir subi le sort le plus injuste.

Elle se souvint de son corps nu et bleuissant. Ce n'était pas parce que ce corps dégageait de la vie, de la beauté et de la force. Ce n'était pas parce qu'il portait sur le front cette marque infâme à six branches. Non, c'était injuste parce que, manifestement, Deborah-Lee se battait réellement pour son alignement. L'infirmière de la Maison des addictions l'avait confirmé. Mais elle avait également mentionné le fait qu'elle consommait de la drogue de façon récréative. Pour méditer, avait-elle dit. Ce qui contrevenait aux lois de l'alignement telles que les avait énoncées Karen. Cependant, pour le reste, pour ce qui concernait les sphères psychique et spirituelle, Deborah-Lee était en accord avec l'alignement. Silver en avait désormais la certitude. Si Deborah-Lee avait été initiée à la neurotoxine hallucinogène, si le poison avait libéré son esprit des métastases psychiques occidentales qui la tenaient précisément enfermée dans le cycle infernal de la terreur et de l'apaisement par l'autodestruction, alors la jeune femme n'avait pu que se vouer à la loi de l'alignement de façon tout à fait sincère et lucide. Dès lors, pourquoi l'éliminer ? Pour quelques milligrammes d'héroïne ? De son point de vue zen rinzaï, l'incompatibilité le disputait à la tolérance.

À moins qu'il s'agisse d'autre chose. Peut-être que la Vipère avait une raison précise d'utiliser ses proies avant de s'en débarrasser.

Elle soupira, tourna la tête vers la fenêtre et s'efforça de se souvenir de ce qu'il s'était passé avant sa rencontre avec Liwayway, avant leur longue promenade dans les montagnes, puis vers le lac. Elle ne trouva qu'un gouffre. Un espace sans mots, privé de tout, totalement vide. Silver ne se souvenait de rien.

Sa mémoire à court terme était effacée. Mais il lui en restait un registre sensoriel quasi inépuisable, sur lequel il lui faudrait beaucoup travailler pour y mettre des images, des événements, des idées claires, des mots. Cependant, dans l'immédiat, elle n'en voyait pas l'utilité.

Soudain, une pensée lui fit écarquiller les yeux. Elle leva la main et l'approcha de sa joue gauche. Elle était brûlante, elle aussi. Mais ce que le bout de ses doigts touchait, c'était un pansement. Pas une cicatrice. Un pansement.

Elle eut alors la vision d'une crosse métallique amovible de vieille mitraillette russe qui s'abattait violemment sur le visage de Liwayway. Tous ses muscles se contractèrent, comme pour essorer la douleur de son corps, et des larmes coulèrent sur ses joues. Liwayway, se dit-elle.

Elle roula en boule sur le côté et laissa ses pleurs mouiller le pansement et l'oreiller.

Peu à peu, elle se décontracta et sentit la douleur refluer, aussi loin que son esprit était capable de la chasser.

Linh-Silver ferma les yeux et entendit la fillette chanter. Elle jouait avec une feuille de bananier, dont elle découpait les limbes fibreuses en suivant les nervures sombres, avant de les tresser en forme de conque verte.

Ce ne fut que lorsqu'elle vit Wolf entrer dans sa chambre que quelque chose se remit en marche dans son esprit. Des repères spatio-temporels précis se structurèrent et elle eut la sensation physique de basculer dans le présent, assez semblable à la sensation de passer de la position allongée à la position verticale. Ou d'un degré de conscience à un autre. Elle lui sourit.

Il avait l'air aussi fatigué que la dernière fois qu'elle l'avait vu, et ses yeux brillants fixaient les siens.

Elle lui fit signe d'approcher, et il s'assit près d'elle. Il n'avait pas prononcé un mot, mais ne l'avait pas quittée du regard. Elle avait envie de se blottir dans ses bras, mais elle se contenta de glisser sa main dans les siennes. Il la serra doucement.

« Comment tu te sens ? » demanda-t-il.

Elle cligna les deux yeux simultanément et sourit à nouveau.

« Pleine forme. Et toi ?

— Pareil », dit-il en exerçant une pression sur sa main. « Tu comptes rester là longtemps ?

— Bof. La vue est pas super. Et j'aime pas les couleurs de la chambre. Le personnel est sympa, mais la bouffe est vraiment toxique. Et ça manque singulièrement d'activités.

— Tant mieux. Parce que le séjour touche à sa fin. Je te ramène chez toi. »

Un médecin et deux infirmiers entrèrent dans la chambre, firent le point des paramètres physiologiques de Silver et convinrent que rien, a priori, ne justifiait de la garder en observation. Wolf remarqua les deux brancards stationnés dans le couloir en attendant qu'une place se libère.

Ils ne dirent pas un mot durant le trajet. Wolf roulait avec une prudence excessive, comme s'il transportait un vase en porcelaine fissuré. Finalement, ce fut Silver qui prit la parole pour lui demander d'appuyer un peu sur l'accélérateur. Sans quoi elle allait finir par croire qu'elle était vraiment malade, ajouta-t-elle.

Il fut surpris par le nombre de fois où elle posa sa main sur la sienne, soudée au levier de changement de vitesses, en accompagnant son geste d'un sourire. À trois reprises, compta-t-il. Il se demanda ce qu'il lui était arrivé, parce que ce n'était pas vraiment son genre de manifester ses émotions.

C'était la première fois qu'il entrait dans l'appartement de Silver. Autant elle était chez lui presque comme chez elle, et y passait aussi régulièrement que naturellement, autant l'inverse ne s'était jamais produit. Pas une fois, elle ne l'avait accueilli chez elle. Il le comprenait de la même façon qu'il comprenait son besoin de périmètre de sécurité spatial, cette notion de territoire vital qui la poussait à tenir tout le monde à l'écart. Et il l'acceptait d'autant mieux que sa propre nature était identique. Sauf en ce qui concernait Silver, qui était l'exception qui confirmait sa règle personnelle. Et cette fois, il semblait que l'inverse devenait non seulement valide, mais également inévitable. S'ils ne parlaient pas maintenant, ils ne le feraient jamais.

« Alors ? » demanda-t-il.

« Alors, je vais faire du thé. Installe-toi. »

Et elle disparut dans la cuisine.

Il fit quelques pas dans le salon et s'amusa à détailler la décoration intérieure de Silver, à deviner ce que l'intimité de son appartement disait d'elle. Si on l'avait drogué et amené là, il n'aurait su dire en se réveillant où il était. L'ambiance était de toute évidence exotique. Même les livres n'étaient pas en français. Il savait qu'il s'agissait d'un intérieur laotien, mais il joua quand même le jeu. Il observa le bois des étagères, les formes, hauteurs et agencements des meubles, les couleurs, la décoration générale. Les chaussures à l'entrée, l'encens, les statuettes, les symboles, les fleurs, les drapés et les motifs des tissus. OK, c'était l'Asie. Manifestement bouddhiste. Mais c'était tout ce qu'il était capable de deviner, et c'était assez maigre.

Il se rendit compte à quel point il était ignorant au sujet de l'Asie du Sud-Est. En calculant le nombre d'années qu'il avait passées aux côtés de Silver, il eut le sentiment d'une anomalie. La première fois qu'il l'avait vue, lorsque Lacroix lui avait présenté Linh Schmitt, qui était encore brigadier-chef à l'époque, il avait instantanément eu la vision animale du dessin de sa vulve, de l'arrondi de ses seins et du cercle érectile de ses petits mamelons sombres. Et cela s'était arrêté là. La vision avait été fugace et ne s'était jamais renouvelée. Puis, peu à peu, chacun avait apprivoisé le territoire de l'autre, mais pas réellement l'individu qui vivait en son cœur. Pourtant, ces deux territoires solitaires et farouches possédaient de nombreuses zones communes. Ils ne s'y étaient cependant jamais vraiment rencontrés.

Il s'approcha d'une tenture murale dans les tons écrus, intrigué par les figures qui y étaient dessinées avec des pigments ocre foncé, marron, noir. Des animaux réels, comme des tigres ou des serpents, et d'autres, fantastiques, comme des chimères de l'imaginaire spirituel asiatique. Les représentations étaient simplifiées ou stylisées, ordonnées dans des figures plus vastes qui formaient des triangles ou des carrés.

« Ce sont des prières », dit Silver en revenant de la cuisine avec une théière fumante et deux petits bols en terre cuite. « Ou des pentacles bouddhistes. On appelle ça des *yant*. Des figures symboliques. Devant toi, c'est le carré magique. Il y a aussi l'armure de diamant. Et des *nath* magiques, tirés des livres mystiques. Des *krama* magiques… Bref, il y a du monde », sourit-elle. « Et beaucoup de magie… »

« Impressionnant », commenta Wolf en regardant un globe à la surface duquel était représenté un couple dans toutes sortes de positions sexuelles.

« On trace des *yant* à peu près partout. Sur les taxis, des peaux de tigres, des ustensiles de cuisine, des vêtements, des maisons. Des plaques de laiton, beaucoup. Et des tatouages. »

Il se tourna vers elle et l'observa, assise sur le canapé drapé de rouge. Elle remplit un bol de thé noir, le remua, observa sa couleur puis le versa à nouveau dans la théière, sans cesser de parler, avant de recommencer l'opération.

« Les plus beaux tatouages de *yant* sont faits par des moines, dans les temples. Il faut faire la queue pendant des heures, parfois, et ensuite le moine te tatoue ce qu'il veut. Enfin, c'est l'image fondamentale de ton karma, et qui est déjà inscrite en toi. Il la rend visible.

— Silver », dit-il en allant s'asseoir à côté d'elle.

« Certains tatouages sont très complexes. Ils peuvent remplir tout le dos, les épaules, les côtes… Là non plus, tu ne choisis pas. Tu laisses le Vénérable agir. Avec ses bambous, il peut tatouer des constellations complètes, où les tigres sont dessinés avec des lettres magiques, au milieu de cercles et de cycles ésotériques et…

— Linh. »

Elle servit les deux bols et laissa finalement la théière tranquille.

« OK », dit-elle avant de basculer en arrière contre le drapé rouge du dossier du canapé. Elle leva les yeux vers ceux de Wolf.

Ils ne dirent pas un mot. Lire et laisser lire, c'est ce que firent leurs regards durant un assez long moment. Ils échangeaient toute la confiance et toute l'intimité dont ils étaient capables.

Puis Linh-Silver esquissa un sourire et, par réflexe, leva sa main vers le pansement de sa joue gauche, mais Wolf retint son bras.

« C'est superficiel », dit-il. « Du moins, par rapport aux autres. Pas de soude. Juste un bon coup avec l'étoile d'acier.

— Pile sur ma cicatrice », dit Linh. « Quelle ironie, non ?

— C'est moi qui t'ai trouvée dans le parc des Buttes-Chaumont.

La Vipère t'a déposée là parce qu'il sait que je vais y courir cinq jours par semaine.

— OK », dit Silver en se redressant. « Allons-y, alors. »

Wolf se redressa également sur le canapé. Et il commença :

« Samedi après-midi, je t'ai laissée avec Marcus, en pleine forme, et je t'ai retrouvée dimanche matin sur un banc du parc des Buttes-Chaumont, en face du lac artificiel, complètement défoncée. Comateuse, en fait. Qu'est-ce qu'il s'est passé ? » demanda-t-il.

Elle prit une inspiration en regardant les volutes de vapeur qui s'élevaient de la surface sombre du thé, et fit une moue avant de répondre.

« Je n'en sais rien. »

Puis elle se pencha en avant pour prendre entre ses mains un bol brûlant, et il l'imita.

« J'étais avec Marcus. Il travaillait sur l'ordinateur de Karen. Je travaillais sur les dossiers des trois étoilés. J'ai découvert une obligation de soins pour Deborah-Lee et pour de Bradi. Marcus a trouvé que c'était le même psychiatre qui les avait pris en charge. Je t'ai appelé. Tu n'as pas répondu.

— Je n'ai pas reçu d'appel.

— Je suis allée chez ce psychiatre. Et tu aurais fait pareil », anticipa-t-elle en levant sa main droite.

« Je sais. Meriem Drought », dit Wolf en avalant une gorgée de thé.

« Il m'a fait un effet étrange. Pas un menteur. Pas les types habituels, qui ne sont ni vraiment mythos, ni vraiment schizos. Pas non plus un manipulateur de base. Ou alors un manipulateur avec des enjeux et une capacité de pénétration vraiment élevés. Quasiment de niveau magique. Bref, il m'a décontenancée. Je lui ai laissé une convocation. Ce qui, après tout, est la stricte application du Code de procédure pénale, non ?

— Certes. Sauf que…

— Mais il l'ignore », coupa-t-elle. « Il ignore que nous ne sommes suivis par aucun procureur, que le parquet n'est même pas au courant d'une enquête à son sujet.

— N'en sois pas si sûre, Silver. Je pencherais même carrément pour l'hypothèse inverse. Il a court-circuité l'I3P pour venir faire la fausse expertise de Karen, sous l'identité d'un vrai médecin, il a piraté mon smartphone. C'est peut-être même lui qui a reconfiguré à distance l'ordinateur de Karen. Ça ne m'étonnerait pas de découvrir qu'il t'attendait. D'où son aplomb.

— Oui. Tu as sans doute raison », dit-elle, pensive, avant de porter son bol à ses lèvres. « Ce qui lui donne une ou plusieurs longueurs d'avance. Et à nous, moins de chances de le choper.

— Et ensuite ?

— Je suis sortie, je t'ai téléphoné. Cette fois, je t'ai laissé un message.

— Que je n'ai reçu que ce matin », précisa Wolf.

« Et après ça, je l'ai suivi.

— Et ?

— Et c'est tout », dit-elle en tournant la tête pour le regarder dans les yeux.

« D'après Marcus, il t'a injecté la même neurotoxine hallucinogène qu'à John Doe. Seule la concentration change. C'est ce qui t'a sauvé la vie. On n'en sait pas davantage. Et on n'a aucune adresse connue pour Drought, à part son cabinet.

— Wolf, je ne me souviens vraiment plus de rien. Trou noir. Entre le moment où je marchais dans la rue et… Attends. »

Silver posa son bol sur la table basse, ferma les yeux et joignit ses mains devant sa bouche.

« On a pris vers le nord. Non. Attends. Le soleil. L'est. On a pris la rue du Faubourg-du-Temple, sans doute. Et je me souviens… »

Elle ouvrit les yeux pour regarder Wolf à nouveau.

« Je me souviens que je me suis retrouvée dans une période de ma vie où je voyais dans la matière. Pas *la* matière. Je voyais *dans* la matière. L'invisible superposé au visible. Comme dans les toiles de

Paul Klee. Je voyais les montagnes de Vang Vieng et les forces telluriques qui les avaient modelées. Les architectures et les structures internes des choses, des événements et des êtres. Les mouvements immenses et infimes de la vie…

— Mouais… Un sacré trip. »

Il allait boire une gorgée de thé noir lorsque son téléphone sonna. C'était Marcus.

« Non, Wolf », dit-elle. « Ce n'était pas seulement un trip hallucinogène. Il y a eu autre chose. Autre chose de bien plus profond que ça.

— Marcus ? » dit Wolf au téléphone.

« Salut, Wolf. Comment va Silver ?

— Ça va, je m'en occupe, merci.

— Content de l'apprendre. Tu peux me rappeler depuis son portable ?

— OK. »

Il coupa la communication et regarda Silver.

« Et c'est quoi, cette autre chose ?

— Tu dois rappeler Marcus », dit-elle en lui tendant son téléphone.

Elle vit dans son regard qu'il n'arrivait pas vraiment à la prendre au sérieux. Elle y lut à la fois l'hésitation et le désir sincère de comprendre.

« Appelle-le », insista-t-elle. « Je te raconterai ensuite. Rien ne presse, je t'assure.

— Niet. Pas question. Toi d'abord », dit-il en posant le téléphone sur la table.

Silver quitta le canapé et marcha lentement vers sa chambre. Deux minutes plus tard, elle revenait vêtue d'un sarong bleu moiré et d'un tee-shirt blanc moulant. Elle reprit place à côté de Wolf.

« Je suis née à Vientiane, la capitale du Laos, où j'ai vécu avec mes parents jusqu'à l'âge de quatre ans », dit-elle. Son expression donnait à ses mots le poids d'une confession. Mais Wolf ne comprenait pas.

« Tes parents ? Je croyais que…

— Que j'avais grandi dans un orphelinat ? C'est vrai. Mais c'est après que… »

Elle s'interrompit et plia un genou qu'elle remonta sur le canapé pour se tourner vers lui.

« Mon vrai prénom, celui que m'ont donné mes parents, ce n'est pas Linh. Et Schmitt, c'est le nom de famille des amis de mon oncle qui m'ont adoptée. Mon vrai nom, c'est Liwayway Lin Nai. J'ai vécu avec mes parents à Vientiane jusqu'en 1979. J'avais quatre ans. Le pouvoir était aux mains du parti unique marxiste-léniniste depuis ma naissance. Le Parti populaire révolutionnaire lao. Pour je ne sais quelles raisons, et peut-être même sans raison du tout, ou des raisons vraiment moches, ils ont décidé que mes parents étaient des ennemis du peuple. Des paysans pauvres venus travailler à la capitale ! Mes parents ont résisté. Parce que la seule chose qui les attendait, c'était le camp d'internement, les travaux forcés. Ce qu'ils auraient peut-être accepté de subir si je n'avais pas été là. Les choses étaient si aléatoires et si instables… Mais je suis persuadée que l'idée de me laisser derrière eux leur était insupportable. Et dans un acte aussi désespéré que suicidaire, ils ont résisté. Jusqu'à ce que les soldats les fassent sortir et les abattent dans la rue. Ils s'appelaient Kye et Aulii. Mais ces lâches, ces traîtres n'ont pas eu le courage de me tuer. Un soldat s'est approché de moi et m'a frappée avec la crosse de sa mitraillette. Sur la joue gauche », précisa-t-elle en tournant légèrement la tête.

« Je me suis réveillée dans un orphelinat, avec une compresse de feuilles de bananier en travers de la tête. Et Liwayway était morte à l'intérieur de moi. Je n'étais plus Liwayway, la fille de Kye et Aulii. J'étais un numéro dans un centre de rééducation, en gros, où la journée était partagée entre les heures de cours et les travaux. Les gamins qui étaient jugés trop intelligents n'avaient pas le droit d'aller en cours. Trop dangereux pour le futur. Ils étaient de simples esclaves. Même logique que les Khmers rouges, tu vois, qui abattaient ceux qui portaient des lunettes parce qu'ils étaient perçus comme des intellectuels, donc des menaces. En outre, les cours en question n'étaient que de grossiers exercices de lavage de cerveau. J'ai appris à devenir invisible. Une bête sauvage invisible. Jusqu'à ce que le système se fissure de l'intérieur et soit sur le point de s'écrouler sur lui-même. Toutes les ressources, économiques et humaines, étaient épuisées. Il fallait de l'argent étranger. Les "nouveaux mécanismes économiques", comme ils ont appelé ça. La tension s'est un peu relâchée. En 1986, j'avais onze ans et l'un de mes oncles m'a retrouvée et a pu m'emmener vivre avec lui à Vang Vieng, une petite ville montagneuse, à deux heures de route de la capitale. Tout près du lac Nam Ngum. Kyle, mon oncle, était médecin. Il a essayé de me réparer avec le muay lai lao et le bouddhisme zen rinzaï. Pendant sept ans, c'est exactement ce que j'ai fait, de tout mon cœur, de toute ma rage, de toute mon incompréhension. La Voie de la maîtrise du corps et de l'esprit, qui doit être parfaite. Comme la loi de l'alignement », ajouta-t-elle en souriant, pour dédramatiser son récit. Wolf esquissa également un sourire en retour.

« Ma seule ouverture sur le monde occidental, c'était des amis de mon oncle, qui venaient travailler deux mois par an à l'hôpital de Vang Vieng. Bernard et Lydia Schmitt, qui me ramenaient à chaque fois des livres pour que je continue à étudier le français. Le week-end, ils m'emmenaient au bord du lac, on pique-niquait et Bernard et moi on jouait dans l'eau avec une grosse chambre à air de roue de tracteur. Je ne sais pas au juste quand la question s'est posée sérieusement, mais ils ont dû en parler bien avant avec mon oncle, j'imagine. De mon adoption, je veux dire. Pour moi, ce n'était qu'une procédure administrative et l'opportunité de découvrir ce merveilleux Occident pavé d'or et de miracles. Tout au fond de moi, c'était ce que je croyais, malgré les mises en garde de Bernard et de Lydia. Gérard Depardieu, la tour Eiffel, le Mont-Saint-Michel, toutes ces conneries », dit-elle en souriant. « Et pour eux, il s'agissait de me donner une chance loin de l'un des pays les plus pauvres du monde. Comme mon oncle était d'accord, j'ai dit oui, évidemment. Je ne voyais pas le danger. Je me croyais armée. Et alors, à dix-sept ans et dix mois, le fantôme de la Laotienne Liwayway Lin Nai est devenu la Parisienne Linh Schmitt. Je parlais trois langues, plus un peu de chinois et de russe. J'étais imbattable au muay lai lao et le bouddhisme zen rinzaï était ma seule armature. Pour tout le reste, j'étais complètement perdue. Mais grâce à Bernard et Lydia, je me suis accrochée. J'ai passé le bac, que j'ai eu du premier coup. J'ai fait l'école de la police nationale, sans trop réfléchir. Un choix inconscient, je pense, mais n'entrons pas dans ce territoire. La suite, tu la connais. J'ai déboulé dans ton bureau du 36 un beau matin, et je suis devenue Silver. »

Elle adressa un nouveau sourire à Wolf. Plus insistant celui-là, et profondément sincère. Chargé de tous les sentiments qu'elle éprouvait pour lui.

« Alors, tu vois », reprit-elle en faisant un geste de la main, « la Vipère ne m'a pas seulement envoyée planer dans un trip hallucinogène. Il s'est réellement passé autre chose. Il m'a envoyée aux fondements de moi-même. Les retrouvailles avec Liwayway Lin Nai. »

Elle marqua une pause, ajusta sa position sur le canapé et planta ses yeux noirs dans ceux de Wolf.

« J'ai rencontré Liwayway. Dans les montagnes, dans les alentours de Vang Vieng. Nous avons beaucoup marché. Liwayway a continué à vivre la part de ma vie que j'ai refusée. Elle m'a tout dit, tout raconté, tout expliqué. Nous avons… Je ne sais comment le dire. Nous nous sommes réunies. »

Silver sourit à Wolf, avec beaucoup de douceur et d'apaisement.

« Tu comprends ? »

Il essaya de lui exprimer tout ce qu'il ressentait dans un regard, puis leva sa main pour caresser son menton. Il remit en place une mèche de ses cheveux de jais derrière son oreille.

« Je comprends. Je comprends très bien.

— Je sais. »

Silver quitta sa position, tourna le dos à Wolf et s'allongea pour poser sa tête sur sa cuisse. Ils gardèrent le silence pendant un moment.

Et il lui raconta son histoire à lui, qui était étrangement similaire. Même si les faits concrets avaient leurs propres particularités, les faits intimes et sensibles étaient identiques. Ils avaient été forgés par les mêmes flammes.

Rage et incompréhension. Solitude et mort.

Après s'être tu un moment, Wolf se demanda s'il devait raconter à Silver la psychotoxine de Karen. Il se demanda surtout comment raconter une chose que l'on n'a soi-même comprise que de façon intuitive. Comment la cerner de mots sans la briser à jamais ? Il l'ignorait.

Ils passèrent un long moment sans bouger. Chacun essayait de cerner ce qu'il ressentait. Wolf aurait voulu jouer avec une mèche de cheveux de Silver. Et surtout être capable de lui parler. Il sentait qu'il ne manquait presque rien. Silver aurait voulu que Wolf la prenne dans ses bras. Ce qui se serait sûrement produit si un téléphone ne s'était pas mis à sonner.

Merde, se dit Wolf.

« C'est le mien », dit Silver en se relevant. « Mais je suis sûre que c'est pour toi. Tu devais rappeler Marcus. »

Il prit une grande inspiration et décrocha.

« Je t'écoute, Marcus.

— C'est Lacroix, au téléphone.

— Salut, Big Jim.

— Bien. Plusieurs choses. D'abord, Silver. Comment va-t-elle ?

— Quelques petits problèmes de mémoire dus à la drogue – enfin, au poison ou à quoi que ce soit. Mais ça va. Elle est entière », ajouta-t-il en faisant un clin d'œil à Silver.

« Des nouvelles de Drought ? Tu en es où ?

— Aucune.

— On vient d'intercepter une conversation sur la radio de l'état-major. Le commissariat central du premier a réagi tout de suite. Ils sont dessus. Un truc salé, qui a l'air de compliquer nos histoires. Tu devrais rejoindre l'équipe qui est sur place, pour jeter un œil. Le sex-shop de la rue de Rivoli, à l'angle de la rue du Louvre. Ça ressemble salement aux meurtres rituels de nos trois étoilés. Mais en pire. C'est à n'y rien comprendre, Wolf. Je t'assure. Fonce et tiens-moi au courant. Attends. Marcus veut te demander quelque chose.

— Wolf, c'est Marcus. J'ai une idée pour l'ordinateur de Karen, mais je voulais d'abord te demander…

— Quoi que ce soit, Marcus, c'est d'accord. Je n'y connais strictement rien et je te fais confiance. Alors, fonce. Moi, je file au sex-shop. On se voit plus tard. »

Il raccrocha puis se leva, enfila sa veste et revint vers Silver.

« Tu files au sex-shop, hein ? » dit-elle avec malice.

Il la fixa avec l'air de chercher quelque chose dans son regard, puis il prit son visage entre ses mains et dit doucement :

« On se voit plus tard ? »

Elle ferma les yeux et acquiesça. Il regarda ses lèvres sombres, puis le pansement blanc sur sa joue.

« Jette un œil là-dessus en attendant, si ça te dit », dit-il en sortant l'exemplaire de *Chaos compendium* de la poche de sa veste. « Meriem Drought l'a laissé pour moi dans son cabinet. Ça doit bien vouloir dire quelque chose… »

Il lui adressa un clin d'œil et s'en alla.

Avec ceux du SMUR, cela faisait au total cinq véhicules qui assiégeaient le sex-shop, comme si un forcené s'y était retranché après une course-poursuite, et que les types étaient en train de le traquer à la mitrailleuse tactique et au poignard de chasse.

Mais la réalité était bien plus calme. Et beaucoup plus sinistre, également. Dans le premier véhicule de médecine d'urgence, une fille était allongée sur un brancard, blanche comme un linge, une perfusion dans le bras droit. La couverture qui la recouvrait dissimulait mal son flanc et laissait deviner une nuisette mauve criarde.

Wolf présenta sa plaque à l'entrée du sex-shop et un gardien de la paix lui ouvrit l'épais rideau rouge qui masquait l'intérieur. La première chose qu'il remarqua, ce fut une forte odeur de désodorisant chimique. À gauche, deux mannequins en nuisettes et perruques, ainsi que des étagères pleines de gadgets sexuels, stimulants, godes, colliers, menottes et autres raffinements de cuir.

Dans le fond du magasin, après une rangée de cabines de visionnage, à côté d'interminables présentoirs de DVD, trois flics interrogeaient un type assis sur un canapé, et ce type avait l'air complètement chaviré. Sur un fauteuil voisin, une autre fille en nuisette rouge regardait droit devant elle, les yeux dans le vague, le maquillage étalé autour des paupières et sur les pommettes. Un capitaine que Wolf connaissait s'approcha de lui. Maréchal, un type costaud et brut de décoffrage que pas grand-chose ne faisait trembler, à part le whisky.

« Si tu viens pour le snuff, c'est trop tard. Mais il reste plein d'autres choses croustillantes, fais ton choix.

— C'est quoi, l'histoire ?

— La fille dehors, dans l'ambulance. Elle travaille ici. Elle a vu une fille entrer, puis sortir, et ensuite sa collègue s'est mise à hurler. Elle est allée voir, elle a flanché.

— Et le type, là ? » demanda Wolf. Le capitaine se retourna.

« Un client. Quand il a entendu la fille hurler, il s'est barré à toutes jambes. Puis il est revenu, et il a appelé le 18. Et toi ? Qu'est-ce que tu fais là ?

— Aucune idée », dit Wolf, en sachant au fond de lui-même qu'il ne mentait pas. « Le taulier aussi a reçu l'appel radio. Ça lui a fait penser à l'un de nos dossiers. Il m'envoie vérifier.

— Fais comme chez toi.

— Mais qu'est-ce qu'il s'est passé, au juste ?

— Ah, ça. Le meilleur pour la fin. Je t'en prie », dit le capitaine en lui désignant le couloir, sur la droite.

Wolf passa devant la fille à la nuisette rouge et au regard dans le vague. Il l'observa, sans s'arrêter. Elle ne lui fit aucune impression. Rien n'émanait d'elle.

Au fond du couloir à droite, il y avait une petite pièce qui servait de bar. “Happy”, une chanson de neo soul que l’on avait entendue partout sur la planète, un ou deux ans plus tôt, tournait à volume réduit. Des OPJ et des flics de police-secours étaient regroupés autour d’une table.

Sur la gauche, derrière la porte ornée d’une pancarte marquée PRIVÉ, des types de la scientifique faisaient des prélèvements, récupéraient les indices et traces, prenaient des photos, des mesures, des empreintes, des résidus liquides et solides…

Une odeur de renfermé et d’excréments empuantissait le bureau. Une étagère était renversée et des dizaines de DVD étaient dispersés au sol. Un type était allongé par terre, les bras en croix. Environ trente-cinq ans. Et nu.

« Khader Latrèche », dit Maréchal, qui avait rejoint Wolf. « Le gérant. Clean, d’après nos fiches. »

En plus d’être complètement nu, le type avait le manche d’un pic à glace qui sortait de sa gorge. Un bâillon-boule rouge et noir fortement serré comprimait ses joues. Il semblait avoir vomi une bonne quantité de substance dorée.

« C’est de la peinture », dit un type de la scientifique. « Apparemment introduite de force avec cette poire à lavement, là », ajouta-t-il en faisant un geste vers la gauche. « Au moins un demi-litre, je dirais. »

Mais le plus sordide, c’était les deux piques à escargots à boules jaunes plantées dans ses globes oculaires exorbités.

« Wouaw.

— Comme tu dis », approuva Maréchal.

« Celui qui a fait ça est plutôt en colère. Et sacrément méchant.

— Celle. *Celle* qui a fait ça.

— C’est vrai. En voyant le résultat, j’en ai oublié que tu m’as parlé d’une fille. Quelque chose ? Des traces particulières, une signature, une marque bizarre ?

— Non. Rien d’autre que ce que tu vois là. »

Wolf accrocha le regard de l'un des flics de la PTS.

« Des traces de poison ? » demanda-t-il.

Le type regarda ses notes, fit ce qu'il put pour observer de près ce qu'il restait des yeux du gérant, examina ses gencives ainsi que les lunules de ses ongles, puis secoua la tête. Négativement.

« Les témoignages des filles et du client concordent », reprit Maréchal. « La tueuse portait une combinaison noire et un masque à gaz. Et un gode-ceinture. Et elle est blonde. L'autre fille, celle qui est sur le fauteuil, dit qu'elle lui a donné un sachet de marrons. Mais figure-toi que les caméras de vidéosurveillance fonctionnent », dit le flic en désignant le bar avec un sourire. « Qu'est-ce que tu crois qu'ils font tous, autour de cette table ? »

Wolf se tourna vers la table en question où la demi-douzaine de flics étaient regroupés.

Depuis le fond du magasin – la caisse, déduisit Wolf –, on voyait une grande fille blonde écarter le rideau rouge et entrer en scène comme une comédienne. Sans hésiter – et il comprit alors qu'elle connaissait les lieux –, elle se tourna vers la droite et se servit d'un mannequin comme d'un valet de chambre. Elle enleva son manteau pour découvrir un corps parfait moulé dans du latex noir, équipé du membre en silicone dont avait parlé Maréchal. Une chevelure blond doré, un visage que l'on n'apercevait que quelques secondes, bientôt recouvert d'un masque à gaz noir.

On voyait la fille de l'ambulance sortir des toilettes et rester pétrifiée sur place, comme une statue en nuisette, tandis que la tueuse blonde s'éloignait de l'entrée. Ce passage suffisait à Wolf. La suite était évidente.

« Vous êtes connectés au réseau ? » demanda-t-il aux OPJ qui regardaient en boucle la vidéo sur l'écran de l'ordinateur.

Vu la taille du fichier, il l'envoya directement sur le serveur de la brigade et prévint Marcus par téléphone.

En roulant vers l'appartement de Silver, il se rendit compte que l'image de la grande fille blonde s'était imprimée dans son esprit.

Tout comme chacun de ses gestes. Les quelques secondes de vidéo avaient aimanté sa conscience, comme un attracteur étrange.

Qu'est-ce que c'est encore que cette tarée ? se demanda-t-il.

Et il avait l'impression qu'il ne tarderait pas à avoir la réponse.

Sexe, violence, symbolique post mortem.

Il y avait tellement d'indices que ce serait un jeu d'enfant pour Marcus.

26

Lundi 24 février, après-midi

« La réalité obéit à l'Impératrice d'Or. Et l'Impératrice d'Or est la déesse du Soleil noir. N'est-ce pas, Hécate ? »

Plus elle marchait, plus elle sentait l'existence de ces mots s'incarner et se consolider, plonger des racines d'or dans les multiples couches terrestres et déployer des tentacules prédateurs dans l'espace.

« Je suis devenue la réalité absolue et le territoire. Une volonté errante dans le chaos. Je suis une pensée et une énergie. »

Vent dans le dos, elle marchait sans perdre de vue la Vipère et le paquet qu'il tenait sous le bras. Le ciel était de plus en plus théâtral. Des coulées d'or pur sur l'éclat métallique des nuages, du bleu étincelant, des brumes sanguines.

Vers le milieu de la rue du Faubourg-du-Temple, au niveau de la station Goncourt, il tourna à gauche. Elle le suivit de loin, accéléra un peu au passage du coude de l'avenue Vellefaux, puis ralentit à nouveau, soudain méfiante. Quelque chose n'allait pas de soi. Instinctivement, elle sut qu'il fallait être sur ses gardes. Tous ses sens analysaient la situation.

« La réalité obéit à l'Impératrice d'Or, et l'Impératrice d'Or est la déesse du Soleil noir », se répéta-t-elle plusieurs fois, comme un mantra capable de faire jaillir sa prescience des événements. Quelque chose allait de travers, lui disaient ses sens en éveil. Et son intuition devait mater ce désordre.

À une trentaine de mètres de la place du Colonel-Fabien, elle fit soudain demi-tour et revint précipitamment sur ses pas. Elle bifurqua à gauche et rejoignit le boulevard de la Villette, à l'angle duquel elle s'immobilisa pour en surveiller la portion qui remontait depuis la place. Et quelques dizaines de secondes plus tard, la Vipère apparut, marchant dans sa direction sur le trottoir d'en face. Cela n'avait pas de sens. Ou plutôt, corrigea-t-elle, cela avait un sens qui lui échappait. Elle se mordit la lèvre en plissant les paupières, comme pour mieux observer et lire chaque geste de la Vipère. Et puis elle comprit.

« Tu vois ça, Hécate ? L'Impératrice d'Or, chasseuse de serpents. »

Elle se recula et suivit la Vipère dans le reflet de la vitrine qui faisait l'angle.

« Je te tiens », ajouta-t-elle.

*

En remontant la rue du Faubourg-du-Temple, le vent dans le dos, la Vipère remarqua le spectacle étonnant et rare du ciel. Lumière éclatante, nuages d'acier et de sang, ciel bleu très pur.

Toutes les informations officielles et légales concernant l'activité médicale de Meriem Drought étaient effacées des bases de données. Banque, assurance, location, liens professionnels, patientèle : il ne restait plus rien. Le psychiatre Meriem Drought n'avait jamais existé. Le dark web l'avait avalé aussi sûrement que le cœur d'un trou noir fait disparaître la lumière. Mis à part *Der Sturm Neue Nummer*, qui était resté caché sous le bac à douche, l'intégralité du cabinet avait été nettoyé à l'alcool à brûler. Le bidon de cinq litres prévu à cet effet y était passé. Toute trace avait été effacée, jusqu'aux câbles de l'ordinateur, aux prises électriques, aux sculptures d'acier de l'étagère, à l'intérieur des tiroirs du bureau de merisier. Même la surface des lampes à LED. Du sol au plafond, tout était en ordre. Et tout était parfaitement neutre. Éteint. Muet. Meriem Drought n'avait jamais mis les pieds dans ce cabinet, désormais – et à jamais – fantôme.

Bifurquer à gauche pour éviter les lignes droites, quand bien même cela rallongeait le trajet. Cela ne ferait plus partie de ses habitudes. Mais d'autres précautions s'imposeraient bientôt, selon les nouvelles circonstances. De nouvelles sécurités, de nouveaux automatismes. Place du Colonel-Fabien, il prit deux fois à droite et remonta le boulevard de la Villette jusqu'à l'entrée de son écozone. Il traversa le corridor du premier corps de bâtiment, puis la cour intérieure, gravit les escaliers. Une fois arrivé, il déposa le Kokoschka sans le déballer et se rendit directement au panopticon. Sur le dark web, il vérifia les enregistrements des caméras de vidéosurveillance de la place et du début du boulevard. Personne ne l'avait suivi.

La Vipère lança la lecture de "Kometenmelodie 1" dans toutes les enceintes de l'écozone. Il écouta la musique, concentré, durant plusieurs minutes. Les ondes sphériques illuminaient peu à peu l'espace.

Puis il se leva et déballa *Der Sturm Neue Nummer*. Il posa le tableau au pied du mur, en face de l'espace détente, et s'assit sur un canapé pour le contempler.

Une part de lui interrogeait le passé tandis qu'une autre écoutait ses échos dans le futur.

Il était prêt. Tout était en ordre. Il était prêt à passer à l'action. Tous les horizons étaient débarrassés et il ne restait que Meriem Drought et Luc Hackman.

La Vipère et Wolf.

Æ-N. Æquus Noctis. La nuit égale.

Il attendait le début de "Kometenmelodie 2" et l'explosion des harmonies d'étoiles. Il avait conscience de vivre un moment particulier, et il savait qu'il devait le vivre à fond. La pureté parfaite du moment de l'alignement des équinoxes. Il se demanda quel goût aurait ce moment, plus tard. Quelle serait sa texture, son impression dans ses chairs et dans sa conscience.

C'est alors qu'on frappa à la porte de l'écozone.

La Vipère s'immobilisa et tendit l'oreille. Les coups redoublèrent. Il alla jusqu'au panopticon, arrêta la musique de Kraftwerk et ouvrit la fenêtre de la caméra.

« Qu'est-ce que c'est que ça ? » souffla-t-il lentement entre ses dents.

Une grande femme blonde, gainée de latex noir et portant un masque à gaz, faisait signe à la caméra de surveillance.

La Vipère commanda l'ouverture de la porte blindée et l'entendit presque aussitôt pivoter sur ses gonds d'acier. Il alla prestement se placer au centre de l'écozone, où il attendit l'arrivée de sa visiteuse.

Bientôt, elle marchait vers lui.

« Diane. Bonjour. »

Elle s'arrêta à deux mètres de lui, magnifique, rayonnante.

« La Vipère. Bonjour.

— Où en es-tu ? » lui demanda-t-il.

« Cent », dit Diane, le regard lumineux. « Sur les trois niveaux. »

Elle posa ses mains gantées de latex sur ses hanches noires, campée sur ses longues jambes.

« Et toi ? » demanda-t-elle.

La Vipère s'esclaffa bruyamment, et son rire rebondit contre les murs de l'écozone.

« Enlève ton masque à gaz, Diane, si tu veux que je t'entende.

— L'Impératrice d'Or. Je suis l'Impératrice d'Or, Meriem. Et tu m'entends parfaitement.

— Jolie couleur de cheveux, Diane », dit la Vipère en se dirigeant vers un canapé et en l'invitant à faire de même. « Que me vaut cette visite ?

— Tu sais combien il existe de couleurs d'or différentes, Meriem ? » demanda l'Impératrice d'Or pour poursuivre le jeu de l'agacement. Elle se mit à contourner le canapé qui était en face de la Vipère, en faisant lentement claquer ses talons sur le bois dur et sombre du parquet. Assis, il la suivait du regard. « Une seule, vas-tu me répondre. Et tu auras raison. L'or est *doré*. L'or est une couleur en soi. Comme le rouge ou le noir. Mais on peut obtenir de l'or blanc ou de l'or gris, en ajoutant du palladium ou du nickel. Ce qui est complètement débile, je sais. Ou de l'or rose par adjonction de cuivre et d'argent. Ou de l'or bleu, avec du fer et une oxydation thermique. Ou saumon, avec du platine. Ou vert, avec de l'argent et du cadmium. Ou violet-pourpre, avec de l'aluminium.

— Tu as bien changé, Diane. Mais dis-moi, pour qui te prends-tu ?

— Ou rouge, avec cinquante-cinq pour mille de cuivre. En feuilles uniquement », continua-t-elle sans cesser de tourner autour du canapé, à pas lents et sonores. « Mais tout cela est un genre de dénaturation d'un métal noble, n'est-ce pas, Meriem ?

— Certainement, Diane. Et ainsi que tu n'auras pas manqué de le remarquer, nous ne sommes pas dans le cabinet de consultation de Meriem Drought, ici », dit la Vipère en se laissant aller contre le dossier du canapé, bras écartés et mains ouvertes.

« Réponds à ma question. Tu sais pourquoi on ne dénature pas un métal noble ?

— Tu as l'air de t'y connaître. Fais-toi plaisir. Je t'écoute.

— Parce qu'être aligné à quatre-vingt-dix-neuf virgule neuf pour cent est un échec complet, Drought. »

La Vipère s'éclaircit la gorge, ajusta sa position sur le canapé, avant-bras sur les genoux, prêt à bondir.

« J'ai obtenu une grande réussite avec Karen », commença-t-il. « Arrête de te balader avec ton gode qui remue à chacun de tes pas, tu es vraiment ridicule. Assieds-toi. J'ai obtenu une grande réussite avec Karen. Elle a tout de suite compris, adopté et mis en œuvre les mécanismes abstraits de la loi de l'alignement. Elle a très vite choisi et suivi sa voie. Elle a très vite volé de ses propres ailes. Je suivais son parcours ascensionnel, et j'étais assez émerveillé, je dois le dire. Même si je savais que son équinoxe mettrait en péril ma propre tranquillité. Mais c'était le prix à payer et je l'acceptais. J'aurais tout accepté d'elle. Elle était confondante de pureté et de fanatisme. Elle était parfaite. Alors, il est devenu évident que nous devions nous associer. Développer un grand projet commun. Quelque chose qui transcende nos dons respectifs. La nature de ce projet ne te regarde pas pour l'instant, vu ton attitude. Mais sache qu'il existe, et qu'il dépasse tout ce que tu peux imaginer, avec ton accoutrement débile. »

La Vipère obtint alors la première chose qu'il voulait : que Diane s'assoie sur le canapé en face du sien. Il s'efforça de ne manifester aucune émotion lorsqu'elle y prit place, de ne contracter aucun muscle, même le plus infime, en réaction à son déplacement. Il poursuivit :

« Mais avant Karen, il y a eu Daniel Atlan, qui n'a jamais su se débarrasser de son reflet social. Il n'est jamais sorti de la prison de son ego. Pour le lui faire comprendre, je l'ai dépouillé de son identité. De son moi. De ses empreintes digitales, de tout ce qui faisait de lui un individu dans la société. C'est-à-dire de personne. Car un individu parfaitement inséré dans la société, c'est *personne*, n'est-ce pas ? Ce type se servait de l'alignement pour se vautrer comme un porc dans son reflet social du néant. À l'heure qu'il est, les flics ne l'ont toujours pas identifié. Ils l'appellent John Doe. C'est comme ça que les autorités américaines nomment une personne dont on ignore l'identité. Les flics de la Brigade criminelle ont fait pareil. John Doe, le non-aligné anonyme, l'étoilé qui n'est personne. Lorenzo de Bradi, lui, connaissait des hauts et des bas. Des très, très bas. J'ai vite compris que tôt ou tard, je devrais le ramener là où je l'avais trouvé : dans le territoire de la solitude et de la mort », dit la Vipère en faisant tourner sa bague d'acier autour du majeur de sa main droite. « Mais j'avais besoin de lui pour notre projet. Et puis, un jour, je n'ai plus eu besoin de lui, et l'équilibre s'est rompu. Il a basculé dans le néant. »

La Vipère observa l'effet de ses paroles sur Diane.

« Alors », poursuivit-il en lui souriant, « vu l'exceptionnelle réussite de Karen et les échecs exceptionnels d'Atlan et de De Bradi, et vu que le cas de Deborah-Lee était à ce moment-là indécidable, puisque son alignement avait encore besoin de la béquille de la dope, je me suis dit que je devais trouver des femmes. Me concentrer sur les femmes, plus aptes à comprendre, à recevoir et à réaliser la loi de l'alignement. Et c'est là que je suis tombé sur toi, Diane. Jamais je n'avais rencontré de paumée aussi ravagée que toi. Et pleine d'énergie, d'énergie si pure, intacte, malgré tes saisons en enfer. Tu étais la candidate idéale, rêvée. Réparable physiquement, malléable psychiquement, totalement vide et avide spirituellement. Et ton alignement a été une réussite totale. Cependant », dit la Vipère en prenant une inspiration, les mains ouvertes, « il y a une chose qui ne colle pas », et d'un bond fulgurant, détendant tout son corps comme un seul muscle souple et vif, il se projeta en avant.

Diane eut à peine le temps de commencer à lever les bras et à tourner la tête pour se protéger, mais c'était trop tard. La main de la Vipère, cinglant comme un fouet, lui arracha violemment son masque à gaz. Elle expulsa un cri et se réfugia contre le dossier du canapé. La Vipère était debout devant elle, le masque à la main, souriant et triomphant.

« Voilà qui est mieux », dit-il. Puis il se rassit calmement sur le canapé, face à elle.

« Donc. J'ai pressenti ton alignement, et tu étais celle qui allait incarner et piloter le grand projet sur lequel nous travaillions, Karen et moi. Tu étais l'élue en ce monde, pas cette espèce de foutaise sadomaso », dit-il en désignant son accoutrement, et spécifiquement son gode-ceinture. Il jeta le masque à gaz de côté, qui s'immobilisa sur le plancher de l'écozone.

« Nous allons donc tout reprendre depuis zéro. Respire à fond », dit-il en prenant lui-même une grande inspiration nasale.

« T'es cintré, Meriem. Ta théorie t'a rendu complètement taré. Les serpents ne supportent pas le feu. Ils s'y brûlent.

— Darling, tu te crois intouchable, mais c'est moi qui peux te brûler d'un claquement de doigts. Ce que j'ai créé, je peux le détruire », dit-il en souriant.

Diane éprouva soudain le besoin d'une position plus confortable sur le canapé. Elle réajusta son assise, croisa les bras et les jambes.

« Un verre d'eau ? » proposa la Vipère en souriant.

Elle fit non de la tête.

« Bien. Reprenons. Remettons les choses à leur place. Dans les perspectives de la loi de l'alignement. Ton déguisement, OK, c'est drôle. Tu débarques chez moi et tu veux que je te reconnaisse comme mon égale, que j'adoube tes pouvoirs et abdique les miens. Mais il ne s'agit pas de jouer à l'Impératrice d'Or. Il s'agit d'*être* l'Impératrice d'Or. Ce n'est pas un jeu. Je *suis* la Vipère. Et c'est Meriem Drought mon déguisement. Est-ce que tu me comprends bien ? Je *suis* de *venin* et de *sang*. Et je porte des costumes à mille balles pour me fondre dans la ville et dans la foule, et je m'occupe d'un cabinet de psychothérapie pour me dissimuler dans la société, tout en l'observant. Et en repérant mes candidats à l'alignement. Tu comprends ? Je *suis* la Vipère. Je *joue* à Meriem Drought. Et toi, Diane, tu vas devenir complètement cinglée si tu continues à jouer à l'Impératrice d'Or de cette façon. Ce n'est pas ça, la voie de ton alignement. Ton alignement, c'est de te fondre dans notre projet. Æquus Noctis, ma chérie. Il dépasse tout ce que tes fantasmes ont jamais pu concevoir, Diane.

— D'or », dit Diane. « L'Impératrice d'Or », et sa voix lui parut lente, son débit fastidieux. Elle ne comprenait pas ce qu'il lui arrivait, mais elle s'efforça de continuer à lutter contre les brumes qui gagnaient son esprit. « Point de fusion : mille soixante-quatre virgule dix-huit degrés Celsius. Point d'ébullition : deux mille huit cent cinquante-six degrés Celsius. Et je ne joue à être personne, puisque je ne suis personne. Je suis l'or. Au-delà d'un milliard de degrés, l'or ne fond pas mais devient encore plus résistant que le diamant. Car il n'y a plus rien au-delà de la douleur, la Vipère, plus rien de réel…

— Je sais. Tu es comme l'or. Inoxydable. C'est pour ça que je t'ai choisie. C'est pour ça que tu es l'élue. Inoxydable. Mais également ductile et malléable. Alors, on va tout reprendre depuis zéro. »

Ce furent les derniers mots de la Vipère que Diane entendit. Car immédiatement après, elle perdit connaissance.

Cette irruption irritait la Vipère pour plusieurs raisons. D'abord, l'élue était vraiment l'élue. Ça, c'était une bonne chose, car il ne s'était pas trompé dans l'estimation de sa puissance. Mais si cette puissance était mal dirigée, elle deviendrait son plus grand échec. Sans doute fatal. Diane était la première alignée à le débusquer dans son écozone, malgré ses procédures de sécurité. Sans compter qu'il y avait attiré Linh Schmitt deux jours plus tôt. Ensuite, cette irruption engendrait une perte de temps. Il fallait s'occuper de Diane, alors que c'était le moment pour lui de s'occuper de Wolf et de ses propres équinoxes. Avec l'alignement de Silver, Wolf était dans les dispositions psychiques idéales, et la fenêtre temporelle pour passer à l'action n'était pas ouverte à l'infini.

La Vipère décida de ramener Diane chez elle. Pas en taxi, trop surveillé et totalement tracé par GPS, mais en faisant appel à un chauffeur privé qui, grassement payé, ne poserait pas de questions et garderait le silence. De gré ou de force.

Durant le trajet dans le monospace aux vitres teintées, il serra Diane contre lui, immobile dans son manteau noir, son sac rouge sur les genoux. Il se demanda s'il l'avait laissée aller trop loin dans la souffrance, dans ces territoires de l'esprit qui l'avaient définitivement déboussolée et rendue inaccessible à tout repère. C'était possible, mais il n'y croyait guère. Elle vivait une phase d'équilibrage. D'instabilité et, paradoxalement, de stabilisation. Tout chez elle était particulièrement intense et extrême. Il ne concevait pas de s'être trompé à son sujet.

Il retourna la question dans tous les sens. Aucun doute. Après cet ultime aiguillage à la neurotoxine, Diane serait l'élue. La représentante des alignés dans ce monde. Mais ce qu'il fallait faire maintenant, c'était retourner dans l'écozone. La Vipère devait opérer sa mue. Il était temps.

Il déposa Diane chez elle et dit au chauffeur de le déposer là où il l'avait chargé, place du Colonel-Fabien.

Debout au centre de l'écozone, nu et détendu, la Vipère ferma les yeux, ralentit son biorythme. D'abord, sa respiration et sa fréquence cardiaque, puis ses ondes cérébrales, qui diminuèrent en nombre comme en amplitude.

Il se retrouva bientôt dans un espace mental clair et dégagé, qui vibrait de sa propre énergie. Ses inspirations et expirations rythmaient les espaces-temps des sphères physique, psychique et spirituelle. Il y invita l'énergie de Wolf et visualisa au loin, par-delà les nappes de brume et d'essence gélifiée de palmitate de sodium prêtes à s'enflammer, une silhouette de guerrier qui marchait vers lui.

27

Lundi 24 février, 16 heures 55

Le SMS disait simplement : « White Trash. 18:00. Big Jim. »

Ils avaient largement le temps de s'y rendre, et Linh-Silver avait même eu tout loisir de préparer un mélange de thé vert et de thé blanc, l'idéal selon elle pour détoxifier son organisme. Wolf avait décliné la proposition et peu après, pendant qu'elle mangeait des céréales au lait de soja, il s'était changé les idées en faisant des recherches sur le smartphone de Silver. N'importe quoi, tant que ça ne le faisait pas tergiverser, ni sur la tueuse du sex-shop, ni sur la localisation de Meriem Drought, ni sur les infos que Big Jim allait leur donner au White Trash. N'importe quoi, tant que ça lui changeait les idées.

Il trouva un article titré « L'Univers n'a pas besoin de Dieu pour exister », et l'envoya à Lacroix. Puis il le lut à Silver.

« Écoute ça. L'Inde place sa conquête spatiale sous la protection des dieux, et simultanément, Stephen Hawking écrit que l'Univers n'a pas besoin de Dieu pour exister. Il défend la théorie justifiant sa création spontanée. Écoute : "Nous ne vivons que pendant un bref laps de temps au cours duquel nous ne visitons qu'une infime partie de l'Univers, et cætera. Prisonniers de ce vaste monde tour à tour accueillant et cruel, les hommes se sont toujours posé quantité de questions : comment comprendre le monde dans lequel nous vivons ?

Comment se comporte l'Univers ? Quelle est la nature de la réalité ?" C'est bon, ça. "Quelle est la nature de la réalité ?" Et voilà, envoyé.

— Stephen Hawking est bouddhiste », dit Linh-Silver en prenant une cuillerée de céréales.

« Carrément ? » demanda Wolf. « Et… il le sait ?

— Évidemment, puisque le bouddha s'adresse à toutes les catégories d'êtres venus de tous les points de l'Univers. En outre, il faut être dépouillé de son corps et de son esprit pour appréhender l'Univers, puisqu'il est le joyau de la fleur du vide.

— Eh… Tu parles de Stephen Hawking, là. Le plus grand visionnaire de l'astrophysique, qui ne peut plus bouger un muscle depuis des décennies.

— Des décennies de zazen », souligna-t-elle.

« Vu comme ça… Tiens », dit Wolf. « Big Jim vient de répondre. J'ouvre le lien… qu'il envoie… Voilà. "Une étude montre que le nombre de personnes atteintes de démence a augmenté de vingt-deux pour cent en trois ans. Ce nombre sera multiplié par trois d'ici 2050, et cætera. C'est une épidémie mondiale, et ça ne fait qu'empirer." T'entends ça ? C'est le directeur exécutif de Mental Health International qui parle. "C'est une épidémie mondiale, et ça ne fait qu'empirer." Une épidémie mondiale de folie ?

— Il parle de qui, au travers de cet article ? » demanda Silver en se resservant du thé. « Je veux dire, Big Jim. Lacroix.

— Il a des infos sur la Vipère. Sur son réseau. Sur l'étendue de la psychopathologie de l'alignement. Ou sur la fille de la vidéo du sex-shop. De toute façon, on ne va pas tarder à le savoir. Rendez-vous dans quarante-cinq minutes. »

Ils étaient arrivés au White Trash un peu en avance, pour jouer l'effet de dispersion. Ils avaient admis qu'ils ignoraient tout de l'étendue du cybercontrôle qu'exerçait sur eux la Vipère, et ils avaient choisi d'arriver plus tôt pour minimiser leur visibilité. Éclater le groupe. Fragmenter les unités. Progression en arc de cercle.

Observation et communication. Analyse et action. Une partie du cerveau de Wolf avait continué à développer des schémas tactiques, en roue libre.

Son habitude d'utiliser des informations saugrenues pour faire référence à une situation présente se révélait utile, finalement. L'allusion était après tout une forme de codage. De cryptographie de l'imaginaire. Si la précision de la communication entre Lacroix et lui n'était pas forcément d'une clarté diamantaire, au moins l'idée essentielle était transmise. Et si la Vipère interceptait les messages, il ne pouvait qu'être déboussolé. Le plus étonnant, c'est que tous ces articles trouvés sur Internet étaient bien réels. Les sources étaient authentiques et les informations, quoique improbablement surréalistes, provenaient bien de ce monde-ci. Et elles le décrivaient très bien.

Sur le comptoir, quelques Asiatiques mangeaient de la soupe aux nouilles avec des gestes très économes et très lents. D'autres bols fumants étaient alignés à côté d'eux, devant des tabourets vides.

Au fond de la salle, deux tables étaient rassemblées pour accueillir les joueurs d'une partie de lao pengh. Wolf nota que c'était un gamin qui répartissait les cartes en trois tas, et que les adultes cachaient leur concentration sous un masque souriant et détendu. Ils laissèrent l'espace d'une table entre eux et les joueurs, et s'installèrent face à l'entrée, comme lors de la première réunion du gang paradoxal de Big Jim.

Linh commanda deux thés perlés au jeune serveur.

« Tu as jeté un œil sur le bouquin que m'a laissé la Vipère ?

— Oui », dit-elle, et il comprit instantanément que dans ce oui, il n'y avait ni engouement, ni étonnement d'aucune sorte.

« Un ramassis de conneries, ou quoi ? Complètement cinglé ?

— Non, pas du tout. Bon, il y a tout le côté mage en chef, sous-mage, haut visionnaire et tout le cirque... Ça décrédibilise pas mal le propos, je dois dire.

— Karen t'a fait exactement la même remarque à propos du

bouddhisme. Les huit, les trente-sept et les quatre-vingt-quatre mille catégories d'êtres, les trois degrés de sagesse et les dix degrés de sainteté, l'éveil égal et l'éveil sublime... Bon... "Face au gouffre, un pas en avant, puisque tout existe et que rien n'est réel." C'est comme ça qu'elle résumait les choses, non ?

— N'oublie pas le proverbe lao dont je t'ai déjà parlé : quand on a entendu, il faut voir, et quand on a vu, il faut juger avec son cœur.

— Exact », dit Wolf en se redressant tandis que le serveur déposait leurs verres sur la table. « Merci. Et ton cœur, il dit quoi à propos de cette magie du chaos ?

— Tu verras par toi-même. Pour ma part, j'ai l'impression que c'est un syncrétisme de plein de choses intéressantes, y compris des méthodes de respiration. Sincèrement, en tant que pratiquante du rinzaï, qui est quand même, je te le rappelle, la version hardcore du zen, catégorie commando...

— Commando ? Carrément...

— Faut bien que je trouve les mots qui t'accrochent. Mais oui, c'est la version commando hardcore du zen. Bref, je n'ai rien appris dans ce bouquin par rapport au rinzaï, mais quand même. La formulation des idées est intéressante. Et pour un commando du désert spirituel comme toi, ça devrait être l'éclate totale. D'ailleurs, à un moment, je me suis dit que la Vipère t'avait donné ce livre pour te parler de lui. Surtout le passage où il est écrit : "Dans les limites permises par la réalité – et ces limites sont plus grandes et plus malléables qu'on ne le croit généralement –, on peut rendre réelle n'importe quelle croyance, y compris des croyances contradictoires. Le magicien ne court pas après une réalité déterminée, il cherche plutôt une méta-identité le rendant capable de tout". »

Elle avait insisté sur ces derniers mots en regardant Wolf.

« Tu vois, c'est comme le but de l'alchimiste, qui n'est pas de transformer le plomb en or, mais de transformer l'alchimiste lui-même.

— En quoi ? », demanda-t-il, et il se rendit compte de l'inanité de sa question au moment même où les mots sortaient de sa bouche.

Et Big Jim et Marcus poussèrent la porte du White Trash. Il était 18 heures 00.

« Comment vas-tu, Silver ? » demanda Lacroix, à peine assis, tandis que Marcus les saluait tous deux d'un signe de la tête. Wolf remarqua qu'il avait emporté avec lui l'ordinateur de Karen.

« Un trou noir de quelques heures, mais globalement, ça va », dit-elle en affichant un sourire contrarié. Puis elle secoua la tête. « Désolée, je ne me souviens vraiment plus... Même lorsque les urgences m'ont emmenée à l'hôpital. Rien. Tout au plus, j'ai le souvenir de quelques lueurs bleu électrique et d'être secouée dans tous les sens...

— C'est pas grave », dit Lacroix. « Je t'assure. L'essentiel, c'est toi. Pour le reste, Marcus a fait des miracles. Comme prévu », ajouta-t-il en se tournant vers Wolf.

« Je n'en ai jamais douté une seconde », dit-il en regardant Marcus. Et pour détendre l'atmosphère, après cette allusion de Lacroix, pas très fair-play à son goût, il ajouta : « Vous buvez quelque chose ?

— Pareil que vous.

— Alors, Marcus, ce miracle ? » demanda Silver.

« Tu as été empoisonnée par l'air ambiant, chez la Vipère.

— Mais... Drought respirait le même air que moi...

— Le *fugu* aussi est immunisé contre la neurotoxine qu'il secrète.

— Attends, Drought n'est pas un poisson-globe, et ce n'est pas son corps qui secrète le poison, quand même ?

— Certes, le parallèle a des limites. Soit Drought a un antidote, comme il en existe pour la grande majorité des neurotoxiques connus, soit il s'est immunisé depuis des années en s'inoculant de minuscules doses...

— Ce qui l'aurait rendu complètement taré », intervint Wolf. « Avec ces trips hallucinogènes à répétition...

— Je ne sais pas », tempéra Marcus. « Ce n'est pas vraiment compatible avec sa pensée qui, elle, est très structurée. Quoi qu'on en pense. Toujours est-il que par inhalation, le poison agit très rapidement. Les premiers effets se font sentir en moins de vingt secondes. Il ne passe pas par le système porte hépatique, il n'est pas filtré et attaque directement le système nerveux central. Ses concentrations dans le plasma artériel…

— En gros, on a compris, je t'assure », coupa Lacroix.

« Bref, tu n'as aucune trace de piqûre et ton lavage d'estomac n'a rien donné. Donc c'est par l'air ambiant que tu as été empoisonnée. »

Tout en l'écoutant, Wolf ne parvenait pas à détacher une partie de son esprit des derniers mots de Marcus. La pensée de la Vipère est très structurée, venait-il de dire. Il pensa à nouveau à Karen. Et à l'effet que Karen avait eu sur lui. Avait *encore* sur lui. Un effet quasiment semblable au neurotoxique, au fond. Il devinait l'effet d'alignement que le poison avait eu sur Silver. Sur Liwayway. Mais Karen ? Sa psychotoxine ? Où voulait-elle en venir avec lui ? Et s'il s'agissait encore d'alignement, quels en étaient les effets ? Les buts ? Les conséquences ?

« Tu es avec nous, Wolf ? » demanda Lacroix.

« Bien sûr », dit-il en s'éclaircissant la gorge. « Bien sûr.

— Quelque chose à ajouter sur le sujet ? » insista Big Jim.

« Niet.

— OK. Marcus, la suite, s'il te plaît.

— Bien sûr. Tu te souviens que je t'ai dit que j'avais eu une idée, pour l'ordinateur de Karen ? » demanda-t-il en regardant Wolf. « Je l'ai emmené chez moi. Ma chambre est protégée par un isolant anti-ondes électromagnétiques. L'idée, c'était de réinitialiser l'ordinateur sans qu'il puisse capter la moindre source pour se configurer. Bingo, j'ai réussi à entrer dans le système d'exploitation, qui est un modèle libre Ubuntu, fondé sur la distribution Linux Debian. C'est important de le préciser, parce qu'ainsi on comprend que ce truc peut gérer tout un écosystème de connexions virtuelles. Mais surtout, j'ai accédé à un truc dément. Elle a bien un NaaS, comme je l'ai expliqué à Silver. »

Elle leva les deux mains en signe d'impuissance.

« Bref, c'est comme si un réseau personnel devenait un outil de communication et de recherche omnipotent. Et le plus beau, c'est qu'il est taillé sur mesure pour le web profond. Là, j'ai su que j'avais découvert un truc. Je suis sûr que la Vipère possède le même, mais en beaucoup, beaucoup plus puissant. C'est la seule façon d'expliquer la vitesse à laquelle il nous suit, nous court-circuite et nous pirate. Et ça, je ne le comprends pas. Bref, restons sur l'ordinateur de Karen », dit-il en posant la main sur la coque d'aluminium. « Il y a largement de quoi faire. Il m'a permis de mettre Drought à poil. Et savez-vous qui est Drought ? »

Marcus leur jeta un œil pour lire le degré de tension dans leurs yeux. En croisant le regard de Wolf, il comprit qu'il ne devait pas trop jouer à ce jeu. Il ouvrit les mains vers le plafond et dit :

« Un fantôme. »

Wolf baissa la tête et soupira. Silver leva les yeux et dit :

« Bingo. Tu avais commencé par dire "Bingo", Marcus…

— Attends », tempéra Lacroix. « Tu vas voir.

— Accrochez-vous. Meriem Drought. Diplômes de troisième cycle en chimie analytique, en biochimie, en cristallographie, en science informatique, ainsi qu'en psychiatrie clinique et en psychopathologie. Mais presque tout est inventé. Meriem Drought n'existe que depuis son inscription à la fac. Ceci dit, en l'état de mes recherches, seuls les diplômes de chimie et d'informatique sont réels.

— Attends », dit Wolf. « Une seconde. Je décroche, là. En quoi est-ce que le fait de découvrir que ce type est un fantôme nous fait avancer ?

— Le schéma », dit Marcus, comme s'il énonçait une évidence à un gosse étourdi. « Tout n'est que schémas. Depuis la frontière infinie des fractales jusqu'au cycle brownien de l'eau qui bout.

— Évidemment », grinça Wolf. « Sérieux, je n'ai rien d'un scientifique, alors parle ma langue, s'il te plaît.

— Ça consolide notre schéma. Un type seul, asocial, obsessionnel, dévoré par une quête illusoire…

— Pourquoi illusoire ? » coupa Wolf.

« Toutes les quêtes sont illusoires », intervint Silver. « Sans quoi elles ne vaudraient pas le coup. Continue.

— Psychorigide, organisé jusqu'au délire. C'est la définition d'un orthopathe.

— OK. Orthopathe ou tout ce que tu voudras, je vois pas en quoi on avance d'un millimètre. Moi, cet après-midi, je suis allé sur une scène de crime et…

— Justement. J'ai analysé la vidéo que tu m'as envoyée depuis le sex-shop. Mais une seconde. Le schéma de la Vipère nous dit que d'un côté, il châtie. Nos trois étoilés. Et d'un autre côté, il…

Wolf pensa : Il aligne des tordus.

Et Lacroix dit : « … il fabrique des tueuses. »

Ni Silver, ni Wolf ne firent la moindre remarque.

« Et d'après ta description, la fille correspond pile au schéma d'une élève de la Vipère.

— OK », dit Wolf. « J'ai pas eu besoin d'un ordinateur et d'un réseau cryptique pour comprendre ça.

— Non. Mais pour trouver la fille, oui. Tu en aurais eu besoin.

— Tu as trouvé la fille ? » demanda Wolf en se penchant en avant.

« Avec un logiciel d'identification faciale. *Cryptique*, évidemment », souligna Marcus. « Diane Lempereur. Et j'ai son adresse, rue de la Réunion, dans le vingtième. Enfin, si on parle de la grande blonde qui est entrée dans le sex-shop à 13 heures 09, et qui en est ressortie à 13 heures 32. »

Wolf regarda Silver. Puis Lacroix et enfin, Marcus.

« L'ordinateur de Karen », expliqua celui-ci. « L'accès au web profond. Le schéma psychopathologique de la Vipère. La vidéo du sex-shop. Son visage avant qu'elle n'enfile son masque à gaz. Le logiciel d'identification faciale. Elle figure sur plusieurs bases de données. Ses comptes sur les réseaux sociaux ont été fermés très récemment, mais on peut toujours retrouver ce qu'elle y a posté. Je l'ai retrouvée grâce aux photos. Aucun doute. La tueuse du sex-shop, c'est Diane Lempereur. »

Il fut convenu que Lacroix devait remettre les choses sur les rails avec la procureure et le parquet, que Marcus devait raccompagner Silver, et que Wolf fonçait rue de la Réunion, chez la tueuse au masque à gaz.

Rechignant à se servir de l'application GPS de son smartphone, au cas où la Vipère serait en mesure de le traquer, il dut se contenter de l'itinéraire que lui avait détaillé oralement Marcus.

En prenant la rue de Bagnolet à partir du boulevard de Charonne, à gauche au niveau du club de gym. C'était une impasse qui donnait sur le cimetière du Père-Lachaise. Original, pour une tueuse. Mais c'était également à moins de trois cents mètres de l'appartement où Karen avait décapité Barres. Cela ne pouvait être qu'une coïncidence.

C'est alors qu'une autre question le surprit : et si Karen et Diane Lempereur se connaissaient ? Toutes deux étaient des élèves de la Vipère. Et les patientes de Drought, à n'en pas douter. En approchant de l'immeuble de la tueuse, il se dit que cela n'avait aucun sens d'extrapoler sur cette hypothèse, pour le moment. Dans l'immédiat, cela ne lui apporterait strictement rien de concret.

La dernière porte, avait dit Marcus, se remémora-t-il en atteignant le cinquième étage. Il approcha l'oreille de la porte et perçut une musique étrange, des sonorités inhabituelles et des bribes de mélodies enchevêtrées. Il ôta la sécurité de son holster et tourna la poignée en silence.

Wolf avançait lentement dans le couloir de l'appartement, le souffle lent, les sens en alerte. Comme à chaque montée d'adrénaline, la même tension irradiait sa conscience, augmentait ses perceptions, dilatait le temps et l'espace.

I am a world's forgotten boy
The one who searches and destroys

La seule lumière provenait des fenêtres du salon et il distinguait deux fauteuils clubs dans un léger contre-jour. Sur celui de droite, la grande fille blonde gainée de latex noir était allongée, presque avachie. La position de son corps sculptural et immobile avait quelque chose de négligé et de lascif à la fois.

Honey gotta help me please
Somebody gotta save my soul

Sur le fauteuil de gauche, Wolf vit un chat en train de jouer avec... Il écarquilla les yeux en levant un sourcil. Oui, le chat mordillait bien l'extrémité du pénis d'un gode-ceinture.

Il jeta un œil sur la table basse, vérifia le périmètre immédiat de Diane Lempereur. Aucune arme à portée de main, ni pic à glace ou pique à escargots.

« Il y a quelqu'un ? » demanda-t-il, bien plus fort que le volume sonore de la musique – un truc totalement déstabilisant.

Elle tourna lentement son visage vers lui, et il accepta aussitôt l'évidence en observant sa bouche et son regard : cette fille avait un pouvoir d'attraction sexuelle hors normes. Elle aurait pu arracher de violentes vibrations de désir à tout ce qui était vivant et sexué. Il vit ses lèvres rouge sombre et brillantes s'animer dans la légère pénombre.

« Et vous êtes ?

— Lieutenant Luc Hackman. Brigade criminelle.

— Wolf », dit-elle. Diane afficha un sourire de satisfaction, narquois et défiant. Régalien et carnassier. « Pas encore aligné, hein ? »

Il fronça les sourcils et se recula.

Sa voix avait quelque chose d'épais et de grave qui le fit tiquer. Son esprit tournait à toute vitesse. Il émanait d'elle quelque chose de violent et d'incontrôlable.

« Vous êtes défoncée ? La neurotoxine de la Vipère, j'imagine.

— L'alignement », dit-elle. « On est en train d'assassiner la part sombre de la vie. Méthodiquement. Jour après jour. Ici. Partout », ajouta-t-elle en ouvrant largement les bras, paumes vers le plafond. « D'éteindre la part sombre de l'humanité. »

Elle parlait d'une voix lente, profonde et précise.

« L'Impératrice d'Or doit mettre la part sombre en pleine lumière, lui rendre sa part de vie. L'Impératrice d'Or est le règne du Soleil noir.

— Est-ce que vous connaissiez Karen Tilliez ? Stéphane Barres ? Où se trouve la Vipère ?

— Wolf, le Soleil noir. L'Impératrice d'Or et la part sombre. Wolf et le Soleil noir. »

Il s'approcha pour la secouer et la tirer de son délire halluciné lorsqu'elle se redressa soudain, avec plus de vivacité qu'il ne l'aurait soupçonné.

« Stop », dit-elle sèchement.

« OK », dit-il en levant une main. Puis il enleva le gode-ceinture du fauteuil de gauche pour le poser sur la table basse. Le chat sauta sur le linoléum, se lécha le poitrail, et Wolf s'assit.

« Où est la Vipère ? »

Diane tourna la tête vers lui, un sourire rouge sombre au coin des lèvres.

« Qui t'a aligné ?

— Personne », dit-il.

« Tu n'es pas achevé. *Ne pas mentir*. Tu te souviens, ça fait partie des lois de base du territoire physique.

— Je les connais par cœur. Où se trouve la Vipère ?

— Écoute, Wolf. Écoute-moi bien. Je ne sais pas ce que tu me veux, au juste. J'ai le pressentiment que la Vipère n'est qu'un prétexte. Il y a autre chose, mais tu ne me le diras pas. Puisque tu refuses d'appliquer les lois de l'alignement, respectons au moins celles de la clarté. Il existe trois genres de personnes. Celles qui sont avec toi, celles qui sont contre toi, et les neutres.

— J'ai déjà entendu ça quelque part.

— Parfait, on va gagner du temps. Les neutres ne sont ni des ressources, ni des nuisances. Elles ne comptent pas. Accessoirement, elles peuvent divertir. C'est leur seule manifestation possible. Sans quoi, elles constituent une masse informe et négligeable, dont la seule fonction est de te servir de camouflage, au besoin. Ensuite, il y a tes ennemis. Ce sont les meilleurs. La catégorie bénie. En s'opposant à toi, en te contrariant et en te mettant à l'épreuve, ils te forcent à t'améliorer. Ils sont indispensables. On n'est rien sans eux. Et puis, il y a tes amis. Les plus dangereux de tous. Parce qu'ils font entrer en jeu le paramètre de la fiabilité, voire de la confiance. Si un ennemi n'est pas fiable, il devient neutre et tu trouveras toujours un nouvel ennemi à la hauteur de tes ambitions. Mais un ami qui n'est pas fiable… C'est lui le véritable ennemi, paradoxalement. La faiblesse fatale. Tu ne dois pas réfléchir. Tu ne dois pas tenter de le comprendre. Tu ne dois montrer aucune empathie. Aucune humanité. Car un ami non fiable déroge à tous les principes élémentaires et n'a, de fait, plus rien d'humain. Tu dois simplement l'éliminer et réparer sa faillite. Sans quoi tu es toi-même mort, car son échec est devenu le tien.

— J'ai déjà entendu ça », répéta-t-il en regardant ses yeux brillants dans la lumière déclinante. Les mèches de ses cheveux prenaient des nuances ambrées et vieil or.

— Évidemment », dit Diane. « La question est donc la suivante, Wolf. Tu n'appartiens manifestement pas à la catégorie neutre. Donc. Es-tu un ami ou un ennemi ?

— Quelle différence ?

— J'ai besoin d'un ennemi exceptionnel. Pas d'un ami.

— Encore une fois : quelle différence ?

— Les rapports sont plus forts avec un ennemi », dit-elle en tapotant ses ongles sur le latex noir qui gainait sa cuisse. « Plus intenses. Plus intéressants. »

Elle inspira profondément. Puis elle le fixa.

« N'oublie pas. C'est la part sombre qui est en jeu. Sans elle et sans lumière, pas d'alignement. Alors ? »

Malgré lui, son regard suivit les courbes noires et brillantes de son corps, depuis ses seins légèrement comprimés dans le latex, son ventre plat, le renflement de son pubis, ses hanches, jusqu'à ses chevilles. Puis il regarda ses yeux.

« Tu as tué un type, aujourd'hui. Plutôt salement. C'était un ami ou un ennemi ?

— Ni l'un, ni l'autre. C'était un symbole. Le passé. C'était un prédateur qui se servait de Diane Lempereur. L'Impératrice d'Or a dû l'éliminer pour prendre toute la place.

— Être libéré de la prison de l'ego. Sphère psychique. Tu te souviens ? »

Elle soupira et fit un geste de lassitude.

« J'en connais et j'en comprends chaque mot. Des trois sphères. Et toi ? Pas encore, hein ?

— Où est la Vipère ? » demanda Wolf.

— Dans son écozone, j'imagine. Qui a commencé à t'aligner ? Karen ? Ça ne peut être que Karen. Les autres étaient trop cinglés pour faire quoi que ce soit d'intéressant. Enfin, en dehors d'Æquus Noctis, j'imagine. »

Wolf ne savait pas quelle priorité donner à tout ce dont il percevait de cette femme. Elle était loin d'être neutre, et pourtant il ne parvenait à la percevoir ni comme amie, ni comme ennemie. Elle regorgeait de tout un tas de choses sans doute passionnantes, mais il n'avait pas le temps.

« Où est la Vipère ? » répéta Wolf d'une voix tendue. Il avait crispé les poings et les mâchoires sans même s'en rendre compte. Mais Diane, elle, avait tout de suite remarqué cette violente montée de tension. Et elle comprit à quel point Wolf pouvait lui rendre service.

Il ne songea même pas à prévenir Silver ou Big Jim. Cela ne faisait pas partie de l'enjeu. Du reste, Silver avait agi exactement de la même façon : elle y était allée seule. Et quelque part, les faits lui avaient donné raison. Volontairement ou pas, la Vipère lui avait permis de rencontrer Liwayway. Mais ce n'était pas comme cela qu'il fallait réfléchir. C'était une logique de victime. Et lui, il était un combattant. Et surtout, il possédait un avantage qui ne permettrait pas à la Vipère d'avoir le dessus. Il connaissait beaucoup mieux que Silver ce à quoi il s'attaquait. Et en outre, il avait le masque à gaz de Diane, pour éviter le poison.

« N'oublie pas ce qui est en jeu, pour ce qui nous concerne », avait dit Diane tandis qu'il la menottait à son radiateur.

I'm a street walking cheetah

« L'Impératrice d'Or et le Soleil noir… »

With a heart full of napalm

« C'est toi, le Soleil noir, Wolf. C'est toi. » Cela avait été ses derniers mots.

Sur les conseils de l'Impératrice, il avait évité la place du Colonel-Fabien et le boulevard de la Villette, pour attaquer directement l'écozone par son flanc le plus faible, ce qui minimiserait le temps de réaction dont disposerait la Vipère. En rôdant dans le sud-est du 10e arrondissement, il trouva son chemin dans les rues qui l'amenaient au plus près de l'immeuble de la Vipère, sans emprunter une seule fois le boulevard.

L'air avait fraîchi et les nuages avaient des teintes d'acier brut. Il enfonça toutes les sonnettes du premier corps de bâtiment jusqu'à ce que la porte s'ouvre, puis il s'avança vers la cour intérieure. Son portable était éteint. Il sortit son SIG-Sauer, vérifia la culasse, tira le marteau en arrière pour passer en simple action. Puis il inspira à fond, enfila le masque à gaz et traversa la cour en priant pour que l'Impératrice n'ait pas pensé à en empoisonner le filtre.

Somebody gotta save my soul
Baby detonates for me

Il atteignit les quelques marches de béton et les survola. Puis il s'engagea dans la cage d'escalier, tenant le SIG à deux mains, canon vers le sol. Comme une ombre sur les murs, il glissa vers le premier étage. Le palier ne distribuait rien. Pas de couloir, pas la moindre porte. Pareil à l'étage supérieur. Même pas une armoire technique qui lui aurait permis de neutraliser l'électricité de l'écozone. Bien pensé, constata-t-il.

Look out honey, 'cause I'm using technology

Ain't no time to make no apology

Au dernier niveau, les parpaings de la cage d'escalier étaient recouverts d'une épaisse peinture grise. Une seule porte, blindée qui plus est. Il repéra également une caméra de surveillance et passa aussitôt à l'action. Une alarme stridente se déclencha.

Soul radiation in the dead of night

Love in the middle of a fire fight

Le dos bien droit et le menton en appui sur les phalanges de ses poings fermés, la Vipère observait Wolf sur l'écran. Il portait le masque à gaz de Diane, et il ne sut qu'en penser.

La porte blindée avait une résistance certifiée BP3, le niveau maximal. Même après avoir détruit deux gonds avec onze cartouches de 9 mm, il fallait une force bestiale pour parvenir à l'enfoncer.

Lorsque Wolf se tourna vers la caméra de sécurité, la Vipère capta son regard. À ce moment-là, il n'était plus humain. Il aurait été incapable de compter jusqu'à deux, de se souvenir de son nom ou d'éprouver la moindre douleur, quand bien même une mine lui aurait arraché la jambe à partir du genou. Il était pure énergie et pure volonté, capable de transformer le réel selon ses désirs impérieux. D'un formidable mouvement d'épaule, il défonça la porte dégondée.

Après les détonations des onze cartouches et les échos qui avaient grondé comme des furies dans la cage d'escalier, le hurlement de l'alarme était assourdissant, mais Wolf le dominait complètement par la magnitude d'énergie qui irradiait son esprit. Il prit quatre pas d'élan et se propulsa de toutes ses forces et de tout le poids de son corps contre l'épais battant de la porte. Il sentit l'écrasement de ses muscles contre ses os, la pression exercée contre sa clavicule. Des charnières grincèrent et du bois se déchira. Finalement, il roula à l'intérieur du loft en même temps que la porte s'écrasait avec fracas contre le sol.

Honey gotta strike me blind

Somebody gotta save my soul

Il découvrit un plateau organisé en espaces distincts. En quelques secondes à peine, il avait cartographié le territoire. Technologie et fonctionnalité. Il repéra des caméras. Puis il s'arrêta net.

L'endroit était vide.

Il se mit à réfléchir.

La Vipère n'était pas là. Mais il était tout près. Très près.

La Vipère ferma la fenêtre qui diffusait les images des caméras de l'écozone sur l'écran de son ordinateur.

Le moment de l'alignement des équinoxes, c'est maintenant, se dit-il.

Et il procéda à son ultime mue.

28

Lundi 24 février, soirée

Le quatrième étage était quasiment désert. L'équipe de permanence était partie traquer un type qui avait tenté de supprimer sa famille avant de disparaître à l'arrivée de police-secours en leur tirant dessus. Deux membres de la famille étaient blessés. Un autre était mort. Le responsable des gardes à vue, qui avait intégré le 36 quand celui-ci était encore en noir et blanc, avait sévèrement vissé les suspects pour se ménager une nuit calme avec le planton, parties de cartes et diverses distractions sur Internet. Les quatre membres du gang paradoxal pouvaient s'affairer dans une sécurité et une discrétion relatives, et sans grande crainte d'être dérangés.

Lacroix était plus circonspect que jamais. Les manches de sa chemise argile impeccablement retroussées, il parlait avec l'économie de mots et la précision d'un chirurgien. Assis sur le fauteuil de son bureau, la nuque droite et les avant-bras sur le bord du plateau, il observait de ses yeux bleu glace, contrôlait, corrigeait les manœuvres. À sa perpendiculaire gauche, sur un plan dégagé du bureau, Marcus pianotait sur le clavier de l'ordinateur de Karen, qu'il avait connecté à l'écran vingt-sept pouces de Lacroix, installé face à lui, sur l'autre extrémité du plateau, de façon à ce que tout le monde le voie, y compris Silver et Wolf, installés sur les deux chaises en face du commissaire.

Et au milieu du bureau se trouvait un flacon de neurotoxine hallucinogène.

Wolf avait inspecté l'écozone dans les moindres détails. Dans l'ensemble, il n'apprit rien qu'il ne sût déjà sur la Vipère. Le repaire était ordonné avec une précision maniaque. Orthopathe, avait dit Marcus. C'était bien ça. Un malade de l'ordre. Au point que rien ne parlait de l'individu qui vivait là, aucun objet personnel, aucun souvenir, aucun fétiche, rien qui ne soit purement pratique, utilitaire. L'endroit déclinait plusieurs teintes de gris, de marron et de vert, du très clair au plus foncé, sur différents types de matériaux. Béton ciré, céramique, tissus variés, bois, verre et acier, sur plus de cent dix mètres carrés idéalement fonctionnels qui formaient un genre de territoire total et hors du monde. Un bunker, un repaire, un asile, un refuge, un terrier, un sanctuaire. Une écozone, se dit Wolf.

Un endroit totalement muet, sauf en ce qui concernait l'espace bains, délimité par un mur courbe de pavés de verre. Dans la grande vasque, également en verre bleuté, il y avait du sang. C'était une anomalie criante dans un endroit si… futuriste, se dit Wolf. Aseptisé, en tout cas. Ces gouttes de sang accentuaient par contraste l'aspect inhumain de l'écozone. Il en imbiba un mouchoir en papier qu'il replia soigneusement avant de l'empocher.

Dans un autre espace qu'il n'aurait su nommer – les arrière-cuisines du châtiment, se dit-il –, composé d'un plan de travail métallique surmonté d'une rampe d'éclairage et surplombant de larges tiroirs, il trouva des scalpels, des flacons de soude, des seringues hypodermiques, des sachets de poudre, des compresses stériles, d'autres flacons contenant un liquide translucide légèrement irisé. Il y avait là tout ce qui était nécessaire à l'élimination des trois étoilés, John Doe, Deborah-Lee Henry et Lorenzo de Bradi. Mais aucune trace d'étoile à six branches en acier pour marquer le front des victimes.

Puis il chercha, trouva et inspecta les systèmes de filtrage d'air, au nombre de trois. Il y avait un puissant ioniseur, ainsi qu'un filtrage par plasma. Même la moindre particule d'air était sous contrôle, pensa-t-il. Enfin, il trouva le troisième système, qui était de diffusion, celui-là. Il était éteint. Des cartouches pleines du même liquide irisé que les flacons, encore scellées, étaient rangées à côté, et l'une d'elles était chargée dans l'appareil, dont la gaine principale se perdait sous le placoplâtre. Au plafond, il remarqua trois rangées de diffuseurs circulaires. Marcus avait vu juste. C'est par l'air ambiant que Silver avait été empoisonnée. Il avait alors jeté le masque à gaz de Diane à travers la pièce, dans un geste de colère, avant de mettre dans sa poche un flacon de poison.

Plus tard, lorsqu'il l'avait posé sur le bureau de Lacroix, il lut clairement la réaction des trois autres. S'il leur avait apporté un échantillon de Zyklon B, ils auraient eu le même air déconcerté. Marcus fut le premier à manifester une réponse, et Wolf comprit que si Silver et Lacroix étaient prêts à sceller le flacon dans un container de béton armé et de plomb avant de l'enterrer sur une autre planète, le surdoué quant à lui ne résisterait pas à la curiosité intellectuelle d'en déchiffrer la composition moléculaire. Du moins, tel fut son premier réflexe.

Il poursuivit son inspection de l'écozone. Derrière le grand panneau de verre teinté qui servait de bureau à la Vipère, le confortable fauteuil noir aux pieds et bras en bois massif avait l'air aussi abandonné qu'on puisse l'être. Il restait des câbles et des répéteurs, des routeurs et des onduleurs, mais pas trace d'ordinateur. La seule chose d'utilité pour Marcus était le serveur, mais il était trop massif pour que Wolf le transportât dans l'immédiat. Et pour bien faire, il aurait également fallu embarquer tout le reste. Il enverrait une équipe se charger de ça.

C'est alors qu'il remarqua le tableau – comment ne l'avait-il pas vu plus tôt : ce fut là sa première surprise. C'était le seul objet doué d'expression et de signification claires de toute l'écozone – et dans ce contexte, la peinture de Kokoschka était quasiment douée de parole.

Der Sturm Neue Nummer. Il ne comprenait pas le sens des mots, mais l'homme au crâne rasé et au visage marqué, torse nu et sanguinolent, recraché par un enfer de métal, les lui traduisit. Le tableau de la salle d'attente du cabinet du psychiatre, se dit Wolf. Il secoua la tête. Tout ça était vraiment cinglé.

Lorsque Marcus dit : « Karen est avec nous », il parlait des facilités que leur apportait son ordinateur, mais Wolf l'entendit au sens littéral.

L'otaku avait récupéré les plans architecturaux de l'écozone, qui n'étaient finalement pas d'une grande utilité. Ils ne dévoilaient aucune aire de repli secondaire en cas de retraite urgente et forcée. En outre, l'endroit ne possédait qu'un seul accès – et la vérification des plans de la cour intérieure et du premier corps de bâtiment confirmait qu'il ne possédait également qu'une seule issue.

« Tu peux sortir la liste de tous les habitants de l'immeuble ? » demanda Lacroix.

Marcus avait listé l'intégralité des locataires et des propriétaires, ainsi que les employés de la société de graphisme du premier corps de bâtiment, les employés de la société de nettoyage qui s'occupait des lieux, les dirigeants et les actionnaires de ces sociétés et du syndic qui gérait l'immeuble. Tout. L'école des gamins, les horaires des femmes de ménage et des nounous. Il avait croisé toutes les bases de données possibles, grâce aux ressources du deep web.

« S'il n'existe nulle part de Meriem Drought », dit Wolf, « il doit forcément exister une *faille* qui a permis à Meriem Drought de faire surface. Alors, trouve cette faille. »

Rien n'y fit. Ni l'intelligence de Marcus, ni les ressources de l'ordinateur de Karen. La Vipère avait verrouillé la non-existence de Meriem Drought.

Et pourtant, comme venait de le déclarer l'otaku du web, Karen était avec eux. Wolf en était persuadé. Pas parce qu'il voyait les fenêtres affichant les caméras de vidéosurveillance s'ouvrir une à une sur l'écran de Lacroix. Mais parce qu'il entendait la voix de Karen.

Tandis que Marcus affichait des images du boulevard de la Villette en cadrant de plus en plus près la double porte cochère qui marquait l'entrée vers l'écozone, le grain particulier de la voix de la samouraï émergea dans les vibrations de l'air ambiant.

Un serpent est le gardien de cet amas de richesses. Se lovant, étroitement enroulé sur soi, il déploie les anneaux de sa queue et agite l'air de leur spirale tourbillonnante en vomissant force venin. Si tu veux le vaincre, façonne avec des cuirs tendus le bouclier dont tu dois te servir, et préserve ton corps de…

Il s'efforça de rester concentré sur les images de vidéosurveillance. Lorsque Marcus eut trouvé le cadrage adéquat, il se redressa sur sa chaise et croisa les bras. Des hommes, femmes et enfants, seuls ou en groupes diversement composés, passaient devant la double porte cochère comme si elle n'existait pas.

Wolf voyait l'air se compacter et onduler devant ses yeux, et cet air comprimé avait la forme des lèvres de Karen et remuait comme s'il s'agissait des lèvres de Karen.

Il s'efforça de se rappeler, comme un mantra, les principes de la loi de l'alignement, comme pour mieux se concentrer sur l'écran. La dimension physique repose sur un principe de pureté. Pas de cadavres, pas de toxines. Corps sain, esprit clair. Exercice permanent, progression permanente. Pas de relations sexuelles, pas de mensonges, pas de désirs personnels, pas d'ego, pas d'affect, pas d'amour. État d'ouverture totale sur les autres sphères, conditions de perception optimales.

« Tu peux aller récupérer l'enregistrement dans la base de données ? » demanda Lacroix.

Il se revit alors en train de noter les principes psychiques de l'alignement, assis chez Karen, dans son salon japonais, après qu'elle fut venue les lui révéler.

Être libéré de la prison de l'ego et de la peur
Être capable de vivre et de mourir avec la même volonté farouche
Avoir accès à une mémoire absolue et infinie

Avoir accès à des langages inédits et vivants

Avoir accès à des ressources physiques et mentales insoupçonnées

Maîtriser tout l'espace dans ses quatre dimensions

Appréhender aussi bien hier que l'éternité et culminer dans le présent

Ressentir l'alignement comme l'axe du monde et l'axe de la relation de l'être à l'univers

« Ça en fait, du monde... », dit Silver en commentant les images de vidéosurveillance.

« Pas tant que ça », répondit Marcus. « Deux personnes. »

Wolf eut l'impression d'avoir décroché du cours du temps durant une fraction de seconde, qui contenait en elle-même une infinité d'autres fractions de seconde et ouvrait sur de multiples mondes.

Il se frotta les yeux. Des relents de poison dans l'écozone ? Le diffuseur était arrêté et les deux systèmes de filtrage, celui à plasma et l'ioniseur, étaient en marche. Mais il eut tout de même un doute lorsque Marcus captura le moment où une grande fille blonde poussait la porte cochère qui donnait accès à l'écozone.

« De quand datent ces images ? » demanda-t-il.

« Un peu plus de deux heures », dit Silver.

« Voilà », dit Marcus en séparant un autre segment de vidéosurveillance. « Là, il ressortent tous les deux. Elle est dans le gaz, visiblement. Et puis là, il revient. Seul. Les autres personnes qui entrent, là, c'est un père et ses gamins, et là, une vieille avec son cabas. C'est tout. Et puis cet autre type qui sort. »

Tous quatre regardèrent le type en question. Chapeau feutre, pardessus noir, gestes lents et mal assurés. Il mettait un temps fou à accompagner la fermeture automatique de la porte.

Wolf se souvint subitement du sang retrouvé dans l'écozone. Il sortit de sa poche le mouchoir en papier qui en était imbibé et le confia à Marcus.

« Du sang trouvé chez la Vipère.

— OK. Plus tard », dit Marcus en restant concentré sur l'écran.

« Je peux établir un protocole de recherche biométrique à partir des images où on le voit sortir avec Diane », dit Marcus. « Lancer un script comparatif avec les images de toutes les caméras de vidéosurveillance en étendant la recherche par cercles concentriques. Le problème, c'est que l'ordinateur de Karen a certes énormément de capacités, mais pas vraiment la puissance qui va avec. Et pourtant, le double processeur est sacrément fréquencé. C'est comme un trente-deux cylindres avec un carburateur d'antan…

— Wolf? » demanda Lacroix.

Hackman prit une longue inspiration, lèvres serrées.

« C'est clair qu'il n'a pas disparu dans les canalisations de sa salle de bains. Malgré les traces de sang », ironisa-t-il. « Et il ne s'est pas non plus caché sous le placoplâtre. Il a changé son apparence. Le parkinsonien qu'on a vu sortir péniblement…

— Je peux le suivre », dit Marcus.

… une île aux pentes douces dont les collines abritent un trésor qu'elles protègent, tel un receleur son précieux butin, dit la voix de Karen.

Et comme s'il venait d'inspirer des flammes, Wolf déclara :

« Pas la peine! C'est limpide! »

Il n'avait pas fini de prononcer ces mots qu'il n'était déjà plus dans le bureau de Lacroix.

Alors qu'il dévalait les quatre étages en coup de vent, il entendit la voix de Silver qui l'appelait. Il sentit les regards incrédules du planton et du responsable des gardes à vue dans son dos durant la fraction de seconde où il vérifiait la fixation de son holster en attendant l'ouverture de la double porte automatique.

Silver l'appela encore.

Mais il avait disparu.

De larges bandes de nuages sombres bouchaient l'horizon et par-delà, une brume orange se répandait dans le ciel de plomb. Il survola les rues comme dans un rêve en accéléré, et ne reprit vraiment conscience des choses et de la situation qu'en foulant les pavés de la ruelle calme et silencieuse. Il ne se souvenait même pas être passé prendre les clés dans le tiroir du bureau de Silver.

… une île aux pentes douces dont les collines abritent un trésor qu'elles protègent, tel un receleur son précieux butin. Un serpent est le gardien de cet amas de richesses. Se lovant, étroitement enroulé sur soi, il déploie les anneaux de sa queue et agite l'air de leur spirale tourbillonnante en vomissant force venin. Si tu veux le vaincre, façonne avec des cuirs tendus le bouclier dont tu dois te servir, et préserve ton corps de la même peau de bœuf pour que les jets acides ne touchent pas tes membres nus, car la sanie brûle tout ce qu'elle atteint de sa bave. Même si la langue triple et vibrante de la bête s'échappe de sa gueule ouverte en bondissant et que d'horribles crochets font peser sur toi la menace d'affreuses blessures…

Vieux immeubles de cinq étages, passage étroit, circulation malaisée, plusieurs sorties, en retrait des voies principales – Wolf analysait à nouveau la configuration des lieux, qu'il trouvait parfaits pour une guérilla urbaine ou une traque sans pitié. Le terrain idéal pour le jeu de la mort.

I'm a street walking cheetah
With a heart full of napalm
I'm a runaway son of the nuclear A-bomb
I am a world's forgotten boy
The one who searches and destroys

Les images crépitaient dans son esprit – le bras du gamin brisé d'un coup de botte, en pleine nuit – son bras à lui –, les yeux terrorisés du colosse dans l'entrepôt alors que son genou enfonçait sa trachée – son genou à lui –, charger, armer, épauler, jungle verminière infinie, charger, armer, épauler, viser, charger cent fois, épauler et viser cent fois, fournaise tropicale, équipement écrasant, la vue brouillée par la sueur, charger, le bruit des balles qui déchiquettent l'épaisse végétation, qui déchiquettent les chairs chaudes – ses chairs à lui…

Et aujourd'hui, sa vie qui n'avait pour horizons que les égouts de la société, la compagnie des cadavres, des voleurs, des violeurs, des psychopathes et des tueurs. Et Silver. Il y avait Silver. Linh. Qui possédait cette grâce et cette fluidité qu'il ne comprenait pas, cette chose profonde et immatérielle qu'il ne possédait pas. Et Karen, qui d'un coup de sabre avait ouvert une faille vers l'absolu, un appel d'air formidable et irrésistible. Il était la carlingue éventrée d'un bombardier.

L'appartement de Karen, au troisième étage.

Honey gotta help me please
Somebody gotta save my soul
Baby penetrates my mind
I'm a world's forgotten boy

La porte n'était pas fermée à clé. Il eut l'impression de l'ouvrir par la seule force de sa pensée, tant son corps et son esprit fusionnaient en une singularité d'énergie et de mouvement. Il avait l'impression d'être devenu tout entier une pensée lucide et agissante. Dans le vestibule, il vit les paires de chaussures alignées, et les *geta* en bois aux lanières ornées de motifs fleuris, rouges et noirs. Il revit les pieds de Karen, ses chevilles, ses jambes nouées autour de sa taille, et tout cela se superposait à la vision des rideaux blancs qui filtraient la lumière du jour et posaient un éclairage doux sur le séjour à l'ameublement et à la décoration japonais. Quelque chose en elle hurlait comme le feu, et sans que ses lèvres ne bougent, il entendait sa voix.

Tu es dans une prison irrationnelle. Apprête-toi à traverser l'enfer. Sans garantie d'en sortir.

Une infime odeur d'encens flottait dans l'air. Une table basse en bois noir laqué, entourée de coussins blancs, noirs et rouges, sur laquelle étaient disposées une théière et deux tasses avec leur couvercle, une boîte à thé et quelques bougies.

Ain't no time to make no apology
Soul radiation in the dead of night
Love in the middle of a fire fight
Honey gotta strike me blind

Les rouleaux de *kanji* accrochés aux murs, les estampes encadrées de fines baguettes de bois noir, ponctuées d'éventails. Et de sabres. Des katanas, des wakizashis, des *tantô*, derrière lesquels de longs roseaux gris bleu et gris vert étaient arqués par le vent du soir.

« Wolf. Bonjour. »

Somebody gotta save my soul...

La voix de la Vipère le ramena instantanément au napalm qui battait dans son cœur et pulsait dans ses artères, et cette fois, il atteignait son point de combustion.

Baby penetrates my mind...

« La Vipère. Enfin. »

Il n'avait pas rechargé le magasin de son SIG-Sauer, mais les quatre cartouches qui restaient auraient largement suffi à faire exploser le crâne de la Vipère.

« Enfin. C'est exactement le mot. Tu es sur le point de trouver ce que tu cherches depuis si longtemps, Wolf. Est-ce que ça, au moins, tu l'as assimilé, maintenant ? »

Meriem Drought était debout dans le salon, en léger contre-jour, à côté de la table basse. Dès qu'il avait posé les yeux sur lui, Wolf avait compris l'origine du sang qu'il avait trouvé dans la vasque en verre de la salle de bains de l'écozone.

Le psychiatre était nu, solide squelette bardé de puissants muscles longilignes. Son corps était une arme, son esprit était une arme. Des plaies zébraient son crâne et ses arcades étaient entaillées. Ce que Wolf avait devant les yeux, c'était *Der Sturm Neue Nummer*, un être humain revenant de l'enfer de métal, torse nu, crâne rasé, visage marqué, bouche, yeux et oreilles tailladés, os saillants et sourire inquiétant. Il déchire de son index gauche les chairs de son flanc droit, depuis le foie jusqu'au téton. Une blessure noire, profonde. Une entaille à la fois saignante et en putréfaction. Une blessure ancienne et éternelle. Permanente. Derrière lui, un horizon bouché de feu rouge projette son ombre atomique. Les fantômes des morts endurées, prisonniers du brasier. Un être éternellement dépecé, infiniment tourmenté par mille morts passées et à venir.

« Parce que ce que tu cherches depuis si longtemps », dit la Vipère, « c'est moi. »

Wolf enleva sa veste, la plia et la posa sur la table basse. Puis il décrocha son holster et le posa, avec le SIG, sur sa veste. Il remonta ses manches sur ses avant-bras et se tourna vers le psychiatre, bien campé sur ses jambes, à la tête de toutes ses armées de violence et de mort, appuyé par les armées rinzaï de Silver et les armées de samouraïs de Karen. Deux bêtes de combats libres, avec un avantage d'une quinzaine de kilos de muscles pour Wolf. À moins de trois mètres de distance. Mais son adversaire avait pris un avantage de terrain : il avait la lumière du jour dans le dos.

« Tout ce temps, Wolf. Tout ce temps qui a fait une vie. La tienne. Tu vois, le temps est la dimension primordiale, le paramètre premier du psychisme. Il permet les conditions de la maîtrise de l'énergie, des ressources physiques, mais aussi des dimensions spirituelles. Le temps est le pivot central au cœur de toute la grande et belle mécanique, celle qui inclut ton être et l'univers. Ton être aligné est un équinoxe dans l'univers. Tu es l'univers. Et tu n'es pas. De l'alignement découlent toutes les configurations de la réalité, toute préhension de l'esprit et toute identité de l'être. Toute singularité et toute unicité. Mais ça, tu commences seulement à le comprendre. Tu entres à peine dans la frontière infinie. Et tu n'en ressortiras jamais. Les quatre cartouches qui restent dans ton chargeur, par exemple. Combien de temps mettront-elles à exploser ma boîte crânienne ? Combien de temps ? Un temps inexistant, qui est aussi le temps de vivre mille vies, Wolf. Tu verras. Tu verras par toi-même. Mais seul, cette fois. Sans Karen. »

Lentement, Hackman se déplaça vers la gauche pour faire pivoter la Vipère. Celui-ci s'esclaffa brièvement, comme un maître d'échecs amusé par l'attaque d'un débutant et qui consent à le laisser déployer sa stratégie inoffensive. Le psychiatre pivota légèrement.

« Ne me dis pas que tu te demandes encore qui je suis, Wolf. Je suis la Vipère, je suis une hybridation entre le réel innommable et l'imagination infinie. Exactement comme la réalité. Pour partie universel, pour partie soliptique. Étant, tout en n'étant pas. Demande à Karen », dit la Vipère en tendant son bras vers la droite de Wolf.

De la cuisine provenaient des bruits de fanfare. Une fanfare qui jouait à l'envers. Des fracas métalliques, répétitifs, de plus en plus fort. Et puis des sons, ou des voix imitant des rires déments, accompagnés de bruits de métallophone ou de xylophone.

« Est-ce qu'à tout hasard, Karen ne serait pas justement *là* ? » insista la Vipère.

Wolf tourna la tête et vit une ombre glisser sur le sol rouge de la cuisine. L'ombre grandit et Karen apparut dans l'encadrement de la porte. Elle posa les deux mains sur l'huisserie et les larges manches de son kimono à motif traditionnel de l'époque d'Edo, un complexe maillage bleu sur un fond de coton blanc, dévoilèrent la finesse de ses poignets et de ses avant-bras. Sa ceinture en soie noire prenait délicatement et fermement son ventre et ses hanches. Ses cheveux châtains aux reflets clairs étaient relevés en un chignon maintenu par des baguettes vernies d'où s'échappaient quelques mèches. Elle lui souriait, hypnotique et terriblement attirante.

« Wolf. Bonjour. *Ogenki desu ka ?* »

Des bruits de scies circulaires découpaient la réalité. Il ressentit un appel caverneux, enfoui dans le temps et dans l'espace. La température de son corps montait en flèche. Le napalm entrait en ébullition. Derrière elle, il voyait des nuages de poudre d'or traversés de lames d'acier et de projections de sang.

Somebody gotta save my soul

Baby penetrates my mind…

« Bonjour, Karen.

— Il nous reste une sphère à explorer », dit-elle, les yeux profonds comme un lac de montagne, le sourire dévastateur.

Il voulait se taire, il essaya de penser à Linh-Silver pour convoquer sa force, mais ne put résister.

« La sphère spirituelle de la loi de l'alignement », dit-il.

Karen fit un pas vers lui, lentement, puis un autre, légère et voluptueuse. Il remarqua que ses pieds étaient nus.

« Être libéré des réalités illusoires », dit-elle. « Évoluer dans les multiples dimensions du temps, de l'énergie, de la matière, du vide, de l'être, du non-être, du temps noir, de l'énergie noire, de la matière noire, de l'esprit.

— Être télépathe ou ubique », traduisit la Vipère, « dédoubler les réalités, créer des multivers, voyager dans des trous de vers spatiaux ou temporels, transréels…

— Être un conducteur multidimensionnel entre ici, maintenant, et l'Univers…

— Comme une anémone des fonds océaniques déployée dans le cosmos…

— Être affranchi de la vie et de la mort, de la souffrance de vivre et de la souffrance de mourir », poursuivit Karen.

Elle était à deux mètres de lui maintenant, à côté de la table basse.

« La mort est la continuité éternelle », dit-elle.

Et le napalm explosa en un formidable incendie brûlant et aveuglant, emportant et dévastant le corps et l'esprit de Wolf.

Il plongea en avant vers la table basse, saisit le holster de la main gauche et la crosse du SIG de la main droite. D'un coup de reins, il se campa sur ses jambes en position basse et visa le cœur de Karen. Avant même d'appuyer sur la queue de détente, il voyait la trajectoire des balles dans l'air épais et comprimé, et ressentait dans ses chairs les brûlures rectilignes qui traversaient les chairs de Karen. Deux détonations sèches emplirent la pièce d'ondes violentes, et lorsqu'il accepta de ressentir la mort entrer en lui, il vécut une libération totale, dans un temps suspendu, tandis que les yeux de Karen roulaient, blancs et électriques, et que ses lèvres affichaient un sourire d'extase.

Un choc violent contre sa pommette gauche emporta sa tête vers la droite. Il se rattrapa en roulant sur les épaules avant de retrouver appui sur ses jambes. Le corps de Karen avait disparu. Aussitôt, il pressentit un danger sur sa droite, et eut à peine le temps d'exécuter une parade désordonnée au coup de pied circulaire que la Vipère lui portait aux côtes. Il répondit par un uppercut du gauche au plexus, mais c'était davantage un coup défensif qu'une véritable attaque, et son adversaire essayait déjà d'empoigner le SIG qu'il tenait dans la main droite. Wolf doubla l'uppercut au plexus solaire par un coup de genou, mais le corps souple de son adversaire lui permit d'encaisser la plus grande partie de l'impact en l'amortissant. Mieux : la Vipère accentua la force d'inertie initiée par le coup de genou pour balancer tout son corps en avant, vers la droite de Wolf, et parvint à lui arracher le SIG des mains.

La Vipère recula de deux pas, l'arme à la main.

Il y eut des bruits de foule, de cohue, un brouhaha inextricable.

« Wolf. Tu viens de tuer Karen », dit la Vipère. « Lui as-tu donné toute ta pureté ? »

Son souffle était court, ses muscles tendus. Sa pommette gauche brûlait et il sentait un liquide chaud couler sur le muscle de sa mâchoire puis se perdre dans son cou.

« Ce n'était pas Karen », dit Wolf. « C'était un effet de sa drogue, de sa psychotoxine.

— Tu n'as jamais été drogué. La psychotoxine n'est pas une drogue, c'est un révélateur. Ton trouble vient du fait que tu luttes contre l'alignement. Tu comprends désormais que c'est inutile, n'est-ce pas ? D'ailleurs, c'est trop tard. Il n'y a plus de conflit en toi, Wolf. Tu es libre. »

C'est alors qu'il remarqua la bague d'acier au majeur droit de la Vipère. Une étoile à six branches, la signature des cadavres. Il porta à nouveau la main à sa pommette gauche.

« Tu ne t'es jamais questionné sur l'infinité des interactions entre le cerveau humain, le temps, l'espace et la matière ?

— Principalement quand ces interactions génèrent la mort », dit Wolf.

« L'écoulement du temps est fonction de la vitesse d'expansion et de la densité de l'Univers, même à notre échelle infime. Tu entends ce gamin pleurer ? Wolf, tu entends ce gamin au bras cassé par le coup de botte de son père, qui pleure davantage de peur que de douleur ? C'est toi, ce gamin. Il est ici, avec nous. Tout comme Liwayway n'a jamais quitté Silver. Mais rassure-toi. C'est pareil pour tous les prétendants à l'alignement. Moi, par exemple. Ou plutôt Meriem Drought. Sa mère est morte en 1945 dans un wagon qui partait pour un camp. Puis elle est morte une autre fois quand Meriem avait six ans. Il construisait un petit chalet en bois pendant que sa mère est allée se pendre dans le cellier de la cave. Ou Diane. Je suis impatient que tu la connaisses vraiment. Diane a été violée par son père, pendant des années. Le point commun entre tous les alignés, c'est qu'ils se sont tous demandé pendant une éternité comment accéder à la réalité. Ceux-là seuls peuvent être réceptifs à la loi de l'alignement.

— Comme les trois cadavres à l'étoile gravée sur le front ?

— Ils ont échoué », dit la Vipère avec une expression de sincère désolation.

« Comme Karen ?

— Karen a fait le choix de son propre équinoxe, comme il appartient à chaque aligné de le faire. Dans la mesure où le choix est possible, bien sûr. Mais parlons du futur. Le futur, c'est toi et Diane. C'est en vous que je vais renaître. Que j'ai déjà commencé à renaître. Je ne suis plus ici et maintenant, Wolf. J'ai déjà gagné. J'ai déjà remporté la partie. Je suis en vous. L'équinoxe de mon alignement, c'est vous deux. »

Il regardait les yeux indescriptibles de la Vipère, comprenait parfaitement le sens de ses paroles, et il entendait également la voix de Karen.

Un serpent qui se mord la queue est hors d'atteinte. Préservé de tout, sauf de lui-même. Hors de portée de toute action du monde, puisqu'il contient en lui-même sa propre vie, sa propre destruction et sa propre mort.

Il s'efforça d'emprisonner la Vipère dans cette idée et dans ces mots, et le psychiatre leva le SIG-Sauer.

« L'Univers est un arc de réalité entre deux extrêmes impossibles : l'être et le non-être », dit la Vipère.

« Mais tu n'as pas répondu à ma question, Wolf », continua-t-il en appliquant le canon du SIG sous son menton.

« Combien de temps est-ce que ces deux balles mettront pour faire exploser la boîte crânienne de Meriem Drought ? »

Wolf vit l'index du psychiatre glisser dans le pontet et se poser sur la queue de détente.

« Hein ? Combien de temps ? »

Dans le bruit assourdissant de la détonation, Luc Hackman vit la balle emporter la moitié du cerveau de Meriem Drought vers le plafond, dans un épais nuage rouge et noir.

Il y eut quelques accords répétitifs de guitares saturées, lentement absorbés dans un bruit crépusculaire.

« La mort n'existe pas, Wolf. Car elle n'existe pas dans notre connaissance de la réalité. »

Des projections de sang et de matière cérébrale crépitèrent sur les murs japonais de l'appartement de Karen. Puis le corps nu du psychiatre s'écroula. Le SIG heurta lourdement le sol.

« Le multivers a engendré le cerveau humain à son image », dit la Vipère.

Wolf recula, fit quelques pas vers la table basse. Il se tourna vers le mur où étaient exposés les sabres.

Il se souvint du poème d'adieu à la vie composé par Karen sur la feuille de papier de riz cachée dans la garde du wakizashi.

la réalité
c'est ce que j'imagine
et que j'ignore
Puis il porta sa main gauche à sa pommette et en essuya le sang.

Sous la pulpe de ses doigts, il sentit la boursouflure de ses chairs gravées d'une étoile à six branches.

29

Épilogue

Cela faisait trois jours que le soleil ne s'était quasiment pas montré, caché par un voile de nuages clairs et doux. Le printemps commençait doucement, mais il était bien là. Dans les parcs, les bourgeons en fleur l'attestaient. Ils étaient à peine entrés dans le Blossom Bodoi qu'une pluie très fine s'était mise à tomber, soulevant des odeurs de macadam, de poussière et d'essence. C'était la fin de l'après-midi, des gens filaient à un dernier rendez-vous, regagnaient leur bureau, trimballaient des gosses entre l'école et la maison, ou le supermarché, ou le cours de danse, ou n'importe quoi d'autre.

Wolf avait commandé une bière, bien fraîche et en grand format, et Silver une bouteille de kombucha au gingembre, arguant que le thé fermenté soignait à peu près tout ce que la médecine avait découvert comme maladies.

« Et même les maladies inventées par les lobbies pharmaceutiques », avait ajouté Doris. « Eh, pure logique du monde dans lequel on vit, non ? Les laboratoires pharmaceutiques n'échappent pas aux lois du capitalisme, que je sache. Leur ressource à eux, c'est l'individu malade. Leur fantasme orgasmique, c'est sept milliards et demi d'individus malades. Et pour qu'on soit tous malades, il faut bien qu'il y ait sans cesse de nouvelles maladies pour qu'ils vendent de nouveaux médicaments. Tu comprends bien ? Des types découvrent un nouveau composé moléculaire et en déposent illico le brevet. Le vivant intégralement breveté, ça aussi c'est un truc qui leur fait palpiter le fion. Ensuite, ils doivent se creuser les méninges pour inventer la maladie qui va avec ce nouveau composé. Normal, ils raisonnent aussi en termes de facteurs de croissance et d'indices boursiers. Tu te rends compte qu'il existe une cotation et des stratégies de plus-values sur la santé, les épidémies, les nouveaux virus et les probabilités de pandémies ? C'est incroyable ? Est-ce que c'est incroyable ? Pas du tout, c'est juste logique. La logique capitaliste. Alors que la solution est simplissime : quand tu es végé, tu n'es quasiment jamais malade. Écroulement du système, c'est mathématique. On pourrait décliner ça à l'infini. Enfin bref. T'as une petite mine. Qu'est-ce qui t'est arrivé ?

— J'ai dû respirer un truc pas frais », dit Silver avec un sourire et un clin d'œil.

« Tu devrais retourner dans tes montagnes du Laos, chérie. À ta place, c'est ce que je ferais. C'est foutu, ici. Créer une BAD dans un endroit encore relativement intact. Une base autonome de développement. J'ai des livres sur le sujet, si ça vous intéresse », dit-elle en les regardant tour à tour.

« Justement, on va y penser », dit Wolf.

Doris s'éloigna et il regarda la rue qui brillait de soleil.

« Tu y penses vraiment, ou c'était juste une façon de parler ? » demanda Linh en se servant un verre de kombucha.

« Santé », répondit Wolf en levant son pichet de bière. Il regarda les yeux d'onyx de Silver avec insistance, puis lui rendit son sourire. Et il but une longue gorgée de bière, toujours en la fixant.

« Je ne sais pas », finit-il par dire. « On verra bien. Dans les mois qui viennent. Voir comment les choses vont se décanter. Ce que tout ça va donner. »

Il avait en fait une idée un peu plus précise de la forme que pouvaient prendre les événements, mais n'eut pas le temps d'entamer sérieusement la conversation. Antoine Marquez venait d'entrer dans le Blossom Bodoi.

Wolf se recula sur sa chaise et l'observa.

Le chaos ambulant s'était arrêté à l'entrée et tournait la tête dans tous les sens pour se faire une idée de l'endroit. Son regard s'arrêta sur la vache et le slogan EAT PUSSY, NOT COW, et Wolf le vit hausser les épaules et esquisser un sourire en coin. Puis il s'approcha de leur table.

« On dirait que tu fais des progrès », dit-il en désignant sa jambe gauche.

« Ah ! Mes tortionnaires préférés », dit Marquez en tirant une chaise à côté de Wolf. Il adressa un signe de tête et un sourire crispé à Silver. « D'après les toubibs, c'est un tir parfait. L'os n'est pas touché, ni les tendons, ni l'artère. Le muscle perforé de part en part, propre et net. Bravo. »

Il regarda Wolf.

« Mais ça fait quand même un putain de mal de chien », ajouta-t-il.

« C'était le but » dit Wolf en prenant une gorgée de bière. « Tu bois quelque chose ? » demanda-t-il alors que Doris arrivait.

Marquez commanda également une bière et, seulement ensuite, parut se rendre compte que cela impliquait de passer un certain temps avec les deux flics.

« Alors ? » demanda-t-il après un moment de silence.

Doris revint avec son pichet de bière.

« Vous en êtes où avec vos terroristes végans ? » demanda-t-elle.

« Justement », dit Wolf. « Antoine, le jeune homme que tu vois là, déborde d'énergie et d'idées mal canalisées. Donc, forcément, il accumule les conneries. On l'a pincé alors qu'il était en train de développer un projet visant à sauver la planète de la destruction.

— Vraiment ? » demanda Doris, à peine amusée.

« Tout à fait », confirma Silver. « En la débarrassant de l'humanité.

— Pas con. Un peu extrême. Mais parfois, on ne peut pas s'empêcher de penser que c'est la seule solution, hein ? » dit-elle à Marquez.

« Certes », dit Wolf. « Mais je me suis dit qu'avant d'en arriver là, il serait peut-être possible de tenter d'autres trucs. Et je me suis aussi dit que sur ce sujet, vous devriez bien vous entendre, tous les deux.

— Clair. Le véganisme est une révolution totale », sourit-elle.

« On fait cent cinquante repas sur le cadavre d'une vache malade blindée de produits toxiques », dit Marquez. « Et les végétaux nécessaires à la nutrition de ladite vache représentent mille huit cents repas, en agriculture biologique. Le choix n'existe pas. Tout comme l'oxymore agriculture biologique ne devrait pas exister.

— Pur bon sens », ajouta Doris.

En captant le bref regard qu'ils échangèrent, Wolf comprit qu'ils prenaient tous les deux la chose très au sérieux.

Ensuite, Marquez se mit à leur expliquer que les marges radicales, quelles qu'elles soient, et surtout les marges politiques, jouaient le rôle de digues mises en place par le système pour contenir l'exaspération légitime de la société. Et qu'en faisant sauter ces digues pleines d'exaspération et de poudre, il pensait libérer le système tout entier de l'esclavage capitaliste.

« Mais il vaut sans doute mieux que l'action concrète soit positive dans sa vision à long terme, c'est clair », conclut-il. « Tout en étant destructrice dans son développement, bien sûr. La résurrection par la destruction. Pas le choix.

— Ça ne change rien aux mesures actuelles », dit Wolf. « Un pas de travers, et je te fais sauter la hanche, la prochaine fois. »

Marquez secoua la tête et regarda Silver.

« Je t'assure qu'il ne déconne absolument pas », dit-elle.

Lorsque Silver signala à Wolf l'arrivée de Lacroix et de Marcus sur le trottoir d'en face, celui-ci conseilla à Marquez de se carapater en douce. Il alla payer sa bière au comptoir, et ils le virent entrer en discussion avec Doris.

« Quelles nouvelles ? » demanda Lacroix.

« Tu n'as pas reçu mon message ? » demanda Wolf.

Le commissaire enleva sa veste, la posa soigneusement sur le dossier de sa chaise et s'assit à côté de Silver. Marcus les salua et prit place à côté de Wolf.

« La comète Ison », dit Big Jim. « Ce gros bloc de glace qui devait disparaître en passant derrière le soleil ?

— En fait », intervint Marcus, « Ison est un gros bloc de glace et de roche, qui devait frôler la surface du Soleil au plus près à 1,17 million de kilomètres le lundi 24 vers 18 heures 30 GMT, subissant des températures de 2 700 degrés et perdant trois millions de tonnes par seconde. La majorité des astronomes avaient prédit qu'Ison ne survivrait pas à ce survol rapproché du Soleil.

— Je parle de l'autre article », dit Wolf. « Celui qui a été publié ensuite.

— Exact », dit Marcus. « Hier, on croyait la comète brûlée par le soleil. Et ce matin, changement de programme. Ça dit : "La comète Ison a fait une grosse frayeur aux astronomes qui suivaient attentivement son passage au plus près du Soleil dans la soirée de lundi. Deux heures après s'être approchée à un peu moins d'un million de kilomètres de la surface de notre étoile, une distance extrêmement proche, puisque cela représente moins d'un diamètre solaire, Ison n'est pas réapparue dans le champ des deux sondes Soho et Stereo qui observent le voisinage du Soleil. Ce passage rapproché s'est fait à une vitesse inouïe, qui a atteint 1,4 million de km/h. Les premières conclusions ont été que cette grosse boule de glace et de poussières venue des confins du système solaire n'avait pas survécu aux milliers de degrés lors de son passage et s'était désintégrée. Une issue tragique que certains astronomes avaient prédite. Mais ce matin, surprise, une tache brillante a fait sa réapparition sur les images de Soho, exactement à l'endroit où la trajectoire d'Ison était attendue.

— Bravo », dit Lacroix. « Mais ensuite ?

— Je ne sais pas ce que les enquêteurs vont trouver », dit Wolf. « Procédons par ordre. Faisons le tri. Et ensuite, la conduite à tenir s'imposera d'elle-même. »

Ils commandèrent d'autres pichets de bière et Marcus imita Silver qui reprit une bouteille de kombucha au gingembre.

« On reprend depuis zéro », dit Big Jim. « Il nous faut une histoire simple et sans faille pour la procureure. Sachant que nous avons une légère marge de manœuvre. N'est-ce pas ? »

Les membres du gang paradoxal acquiescèrent.

Ils réussirent à tenir Karen Tilliez hors du coup. Elle était une samurai girl qui avait dévissé et décapité un ancien amant, Stéphane Barres. Une fanatique absolue de l'éthique des guerriers japonais, infusée jusqu'à l'ADN par les préceptes du *Hagakure* et la mythologie du *Kojiki*, la *Chronique des choses anciennes*.

« Une collectionneuse de sabres de la période Tokugawa qui a confondu fantasmes et réalité », conclut Lacroix. « Et qui, prenant la mesure de son épisode délirant, s'est suicidée par auto-asphyxie lors de sa garde à vue.

— Il n'y a plus aucune trace de demande d'expertise sur le serveur de l'Infirmerie psychiatrique », dit Marcus. « Ni de la fausse réponse de Philippe Brun.

— Aucun rapport d'expertise n'a été rédigé, donc ?

— Aucun. On en reste là. Comme je vous l'ai dit, la proc ne donnera pas suite au rapport de l'IGPN. »

Restait le cas des trois étoilés, plus sérieux, car il était censé avoir débouché sur le suicide de Meriem Drought lors de son interpellation. Or, s'il était possible d'aller l'interpeller durant l'enquête de flagrance, il leur fallait une commission rogatoire. Et là, ils étaient coincés.

« Je suis allé lui remettre une convocation ? » suggéra Wolf. « Si on reprend l'histoire à partir de la découverte de Marcus. Deborah-

Lee et de Bradi ont le même psy. On veut entendre ce psy. Je vais le convoquer et il pète un câble…

— Tu vas lui filer sa convoc chez Karen Tilliez ? C'est ça ? » demanda Silver, les yeux écarquillés.

« Non, ça tient pas la route. Qu'est-ce qu'il foutait chez Karen ? C'est la première question qu'on va nous poser », dit Big Jim.

« Merde.

— On va être obligés de la mouiller, finalement. »

Wolf et Big Jim burent leur bière, Silver et Marcus leur kombucha. Ils réfléchirent en silence un moment. Ce fut Wolf qui le brisa, lorsqu'il se rendit compte que Lacroix attendait qu'il se rende à l'évidence.

« On dit la vérité. Ou à peu près. Karen était une ancienne patiente. J'ai suivi Drought jusque chez elle. Il venait fouiller son appartement, ou je ne sais quoi. J'ai voulu l'interpeller et ça a mal tourné, il a eu une crise de démence ou quelque chose du genre. On a largement de quoi démontrer que sa conduite était totalement incohérente, non ?

— Si nécessaire, je peux faire ce qu'il faut pour ça », dit Marcus.

Ils se turent encore un moment, chacun déroulant le scénario dans sa tête.

« OK », dit Lacroix. « De Bradi et Henry nous mettent vaguement sur la piste de Meriem Drought. Il faut qu'on reste sur deux victimes, pas trois. Déjà qu'on est limites, on ne peut pas en plus déroger aux pressions qui viennent de tout en haut. Or le psy est cintré et tu le trouves chez Karen, jusqu'où tu l'as suivi, et où tu l'as surpris en train de se branler dans ses kimonos en soie. Il a pété un câble, il t'a foutu une dérouillée et t'a piqué ton SIG pour se flinguer. Et dans les affaires de Drought, on finira bien par trouver qui est l'étoilé numéro un. John Doe. »

Il réfléchit une seconde à peine avant de dire :

« Non, on oublie John Doe. Pas le choix.

— Il y a un hic », dit Marcus.

« Gérable ou pas ? »

L'otaku se redressa sur sa chaise en prenant une profonde inspiration.

« Aucune idée. Dans le permafrost sibérien, une équipe de chercheurs vient de réveiller un virus géant de trente mille ans, vieux comme Neandertal. »

Il les regarda tour à tour. Wolf fit un effort en se souvenant de ce que lui avait confié Marcus. Son passé de Mensan au QI surélevé, traité aux antipsychotiques. Il attendit, comme les autres.

« Depuis le pôle Sud », reprit-il, « la collaboration américaine Bicep2 a capté de violents mouvements de l'espace-temps datant de 13,8 milliards d'années…

— Marcus… », dit Lacroix.

« C'est le Big Bang ! Je veux dire par là que les virus géants néandertaliens comme le Big Bang sont captés par les recherches actuelles… Alors, Diane Lempereur…

— Quoi, Diane Lempereur ?

— Parce qu'à mon avis, on peut la retrouver plus facilement qu'un virus géant ou que les premières projections d'espace-temps du Big Bang. Surtout qu'elle est au courant pour la Vipère. Mais à part elle, le scénario est impeccable », dit Marcus.

Lorsqu'ils étaient retournés à son appartement, elle n'était plus menottée à son radiateur. Et pour cause : elle avait réussi à en arracher le tuyau d'alimentation.

« C'est un coup de poker », dit Big Jim.

« Il faut voir la configuration des intérêts, des ressources et des buts en présence », dit Marcus.

« Diane Lempereur a une équipe du commissariat du vingtième aux fesses pour le meurtre du gérant du sex-shop », dit Lacroix.

« On n'a donc pas intérêt à ce qu'elle se fasse choper », dit Wolf.

« Pure logique, en effet », convint Marcus.

« Oubliez ça, les mecs », dit Big Jim. « Le mieux… »

Il regarda Wolf.

« Le mieux, c'est qu'elle se débrouille toute seule pour disparaître. Ou bien… »

Lacroix regarda les trois autres.

« Ou bien on la chope avant eux », dit-il.

« Poker », dit Wolf. « Au pire, s'ils la choppent et qu'elle parle, ce sera la parole de quatre flics contre la sienne. »

Ils burent leurs verres en réglant quelques détails, tandis que dans les rues, la bruine s'émaillait de rayons de soleil. Même Silver retrouvait assez d'énergie pour rire. Seul Marcus paraissait absorbé par d'insondables préoccupations, lorsque Doris leur apporta leurs plats.

Ils avaient dévoré des aubergines panées au four et un couscous de légumes. Ils avaient passé la majeure partie du repas à détailler la nouvelle version du Code de procédure pénale, des changements qui leur compliquaient notoirement la tâche et, implicitement, justifiaient pleinement la souplesse qu'ils s'accordaient avec leur gang paradoxal. Pourtant, même après la troisième bouteille de vin, jamais Lacroix ne dit un mot sur ses accointances au parquet. Finalement, ce fut Marcus qui changea de sujet :

« Alors. Raconte-nous un peu, cette loi de l'alignement. »

Wolf sourit. Il comprenait que la question intéressât Marcus. Mais il fut plus étonné de constater que Lacroix lui prêtait également toute son attention.

« Vous êtes sûrs de vouloir savoir ? Parce que c'est ce qui a tué les trois étoilés. À cause de leur échec… », dit-il en souriant.

Plus tard dans la soirée, Linh-Silver avait proposé à Wolf de prendre une tasse de thé noir dans son appartement, et il avait accepté. Pourtant, ni l'un ni l'autre n'étaient bien certains que ce soit une bonne idée.

Assis dans son salon, il regardait les *yant* sacrés sur les tentures accrochées au mur. Il était fasciné par la puissance avec laquelle ces dessins captaient l'esprit et le faisaient voyager dans des dimensions sidérales. Il comprit qu'elle y passait des heures, et qu'elle y voyait beaucoup plus de choses que sur les sept cents chaînes d'une télévision – que d'ailleurs elle n'avait pas.

Lorsqu'elle revint avec la théière et les bols en terre cuite, il lui demanda de but en blanc, n'y tenant plus :

« Qu'est-ce que tu as appris, Linh ? »

Elle prit le temps de s'asseoir, de vérifier l'infusion des feuilles de thé et de servir les deux bols.

« Quelque chose qu'il me manquait à mon sujet. Un conflit que je savais devoir régler un jour. Ce genre de chose. »

Il réfléchit à ses paroles en regardant les *yant*.

« Et toi ? »

Il inspira puis expira doucement. Et se tourna vers elle :

« Karen m'avait dit : "Apprête-toi à traverser l'enfer, sans garantie d'en sortir." Je crois que quelque chose est mort en cours de route. Et tu as raison, ça s'appelle sans doute un conflit, ce qui est mort en chemin. Tu te souviens de la définition d'un wakizashi ?

— Un sabre de combat intérieur », dit Silver.

« Ouais », dit-il après un moment. « Un sabre de combat intérieur. C'est exactement ça. »

Il se pencha pour prendre son bol de thé noir. Mais finalement, sans qu'il s'en rende vraiment compte, ce fut Silver qu'il prit dans ses bras, avec une tendresse infinie.

Elle regarda la joue gauche de Wolf, qui portait comme la sienne la cicatrice rose d'une étoile à six branches, et elle sourit en secouant la tête.

« On dirait qu'on a traversé l'enfer, non ?

— Et d'après toi, on en est sortis ? » demanda-t-il.

FIN DU PREMIER LIVRE

Extrait de Sagittarius, *deuxième livre de*
L'alignement des équinoxes, *à paraître en 2016*

New dawn fades

Wolf esquiva et le gant de Pheteak dérapa sur son épaule couverte de sueur, puis il se décala sur la gauche en passant en position de fausse garde. Il secoua rageusement la tête et la douleur rebondit à l'intérieur de son crâne comme une masse informe dans une cavité tapissée de nerfs à vif. Des gouttes de transpiration mêlées de sang giclèrent de son arcade, de l'arête de son nez et de son menton.

Il cracha, puis expira bruyamment en contractant tous ses muscles, qui semblaient peser le double de leur poids habituel. Chaque coup porté par son adversaire lui donnait l'impression d'avaler un nuage de chlore.

Faire le point, se dit-il. *Il faut faire le point.*

La seule pensée stable qu'il parvenait à former était celle du wakizashi de Karen. Une image parfaitement fidèle, depuis les détails de la poignée tressée jusqu'à la pointe de la lame, acérée et brillante. *Comment était formulé son poème d'adieu à la vie ?*

Il inspira à fond et remplit ses poumons d'un air épais, chaud et humide, affermit sa garde et crispa ses phalanges à l'intérieur de ses gants. Sans une hésitation, il chercha à provoquer un contretemps en envoyant un crochet instinctif du gauche qui passa au-dessus de la nuque de son adversaire, et l'arbitre déclara la fin du round.

Wolf souffla, adressa un bref signe de tête à l'autre boxeur, s'essuya les yeux avec ses avant-bras ruisselants et balaya la salle du regard.

Le Lumpinee Boxing Stadium. Le temple vibrant de la boxe thaï, au cœur de Bangkok. C'était encore l'heure des combats amateurs du début de soirée, mais la foule était déjà chauffée à blanc et hurlait des paris abstrus en agitant à bout de bras des liasses de billets froissés. Au fond de l'allée qui menait aux vestiaires, Wolf aperçut les danseuses de cabaret qui assuraient le spectacle durant les entractes.

Dans son coin du ring, il s'accroupit sur le plancher toilé, posa les bras sur la rangée de cordes du bas. Ses épaules et ses deltoïdes brûlaient, mais il était encore loin d'avoir des soucis de garde. Le problème n'était pas là. Le problème, c'était que dans toute cette foule convulsive et surexcitée, il ne voyait pas Silver.

Faire le point, se répéta-t-il, en sentant son esprit menacé par un vortex incontrôlable.

Des visages furtifs et luisants de sueur, des cris stridents dans le brouhaha, de la musique, des billets humides brandis vers les preneurs de paris, des invectives qui étaient adressées aux combattants et dont il ne comprenait pas le sens – menaces, imprécations, malédictions, encouragements, impossible d'en deviner la nature exacte dans les milliers de paires d'yeux noirs, dans ce tourbillon de dents blanches, de vêtements trempés et collés sur des peaux cuivrées, mates, brillantes.

Il cessa de chercher Silver dans la foule, car il éprouva soudain la peur irraisonnée de reconnaître un visage particulier, un visage qui aurait transformé la réalité en cauchemar. Comme celui de Karen. Son sourire indéchiffrable et son regard de jade. Son soleil noir. Ou bien là, sur la gauche, au milieu de la salle, le rictus de la Vipère, crâne rasé et arcades entaillées à la lame de rasoir, son regard dément juste avant qu'il ne se pulvérise la boîte crânienne avec son SIG-Sauer. Ou juste à ses pieds, au premier rang, les trois étoilés et leur front gravé à l'acier et à la soude. Il voulut vérifier mais à ce moment précis, l'arbitre annonça le round suivant et une vibration parcourut la foule, qui décupla l'intensité de ses cris et de ses sifflements. Il n'était toujours pas parvenu à repérer Silver.

Wolf appuya ses avant-bras sur les cordes, prit une puissante inspiration et bondit sur ses jambes. Puis il fit volte-face, frappa ses gants l'un contre l'autre et se dirigea vers le centre du ring, où l'air moite brûlait sous les projecteurs.

Son adversaire était un fouet de bambou. Plus petit que lui, plus jeune également, il lui rendait dans les quinze kilos et était terriblement sec et rapide, tout en muscles longilignes, saillants et satinés de sueur. Son nom, Pheteak, était brodé en noir sur la ceinture blanche de son short rouge, le même rouge sang que les *prajeet* noués autour de ses biceps.

Pheteak répéta quelques pas de ram muay, la danse rituelle qui convoque la protection des esprits, puis il se figea subitement en position de garde, son regard noir et dur cherchant à découper l'esprit de Wolf. Ce dernier eut l'impression que son adversaire lisait en lui comme dans un livre ouvert, rédigé dans une langue bouddhiste sacrée que lui-même ne comprenait pas. Pheteak semblait connaître précisément l'état de tension et de fatigue de chacun des muscles de Wolf, percevoir chacune de ses pensées et le détail de toutes les combinaisons tactiques qu'il envisageait d'appliquer. Il eut soudain l'idée aussi lumineuse que saugrenue que Pheteak était lui aussi un disciple de la Vipère, un aligné de la trempe de Karen. Pour un combattant de muay-thaï amateur, il possédait des capacités physiques, psychiques et spirituelles tout à fait singulières.

Pheteak feinta un balayage et enchaîna deux coups de pied sautés. Wolf esquiva le premier d'entre eux, bloqua le second en repoussant la jambe lancée comme une matraque pour tenter de déséquilibrer son assaillant. Son enchaînement avec un crochet aux reins et un direct à la face manquait de spontanéité et de fluidité. Or, il était censé être chez lui sur un ring. Quelque chose le perturbait. Une intoxication psychique. Son corps était censé vibrer dans le territoire du combat. La psychotoxine de Karen. L'adrénaline était censée enflammer le napalm qui coulait dans ses veines. Mais chaque coup porté par Pheteak le plongeait dans une apnée chlorée.

Il décida de tenter sa technique d'attaque fétiche, jouant le tout pour le tout.

I'm a street walking cheetah
With a heart full of…
I am a world's forgotten boy
The one who searches and…

Ça ne prenait pas. La machine ne se mettait pas en marche. Wolf possédait l'expérience, la force, l'endurance et la technique, mais pas l'atout fondamental : le rythme. Lequel découlait de l'énergie psychique et de l'esprit éclatant de la victoire. Il fut pris de panique. Il ne savait plus où il était. Il revit les frondaisons, la jungle, la chaleur étouffante, le bruit des balles qui déchiquetaient les feuilles épaisses, le goût du sang et de la nuit. Il revit le colosse s'écrouler, la trachée défoncée. Soudain, il n'était plus chez lui dans le territoire du combat et de la mort. Il était nu, dépouillé.

Sa vue se brouilla et les clameurs de la foule l'assaillirent. Il s'essuya les yeux avec son avant-bras dégoulinant de sang et de sueur. Il inspira et se concentra, mais il ne voyait plus que les radiations d'énergie et de volonté du boxeur thaï. Il ne savait plus contre qui ou contre quoi il boxait, s'il avait en face de lui un corps, puissant et animal, ou un esprit combattant, infini et insaisissable. Un flot d'images, de paroles et de souvenirs tournait autour de lui. Un tourbillon inquiétant était sur le point de l'engloutir. Il ne sentait pas la présence de Silver. Il aurait voulu l'appeler en hurlant.

Une vision jaillit alors de ce vortex qui l'attirait aux lisières sombres de son propre esprit.

C'était Diane.

L'espace d'un instant, c'est elle que Wolf aperçut dans les yeux de Pheteak.

L'Impératrice d'Or.

Rayonnante et fascinante.

Incompréhensible et menaçante.

Lorsqu'il vit le subtil transfert de forces opéré par le bassin du boxeur thaï, il sut instantanément que le coup de pied qui suivrait lui serait fatal. La position de sa garde et sa propre énergie cinétique ne lui permettraient pas de parer cette attaque fulgurante et à la puissance monstrueuse, qui serait la dernière et signerait sa fin. Côtes brisées, organes vitaux éclatés, hémorragies internes. Et il se demanda soudain si tout cela était bien réel, il sentait déjà l'explosion de vapeurs toxiques et suffocantes.

Il ouvrit les yeux en s'étouffant avec une énorme bouffée d'air.

Il était couvert de sueur.

Il s'efforça de calmer sa respiration et de détendre ses muscles douloureux.

Peu à peu, ses pulsations cardiaques se stabilisèrent.

Il écarquilla les paupières et mit sa vision au point.

Il était chez Silver. Et elle n'était pas là.

L'appartement était silencieux. Il tourna la tête vers le radio-réveil.

6 heures 47.

Une lumière brillante provenait de la fenêtre entrouverte et des chants d'oiseaux résonnaient dans la cour intérieure de l'immeuble.

Faire le point, se dit-il. *Il faut faire le point.*

Remerciements

à Aurélien Masson, qui a lu ce livre avant qu'il ne soit écrit,

à Benoit Farcy, qui a permis au texte d'atteindre sa forme définitive,

à Christelle Mata, *catapult-girl* de la Série Noire,

à Emmanuelle F. et Marc X., pour leurs 36 précieux conseils,

à Gérard Guégan,

aux Stooges, à Kraftwerk et à Coil,

à Y. Mishima, W. S. Burroughs et Ph. K. Dick,

à *Let It Bleed*,

à tous ceux qui alignent des équinoxes, de l'autre côté du miroir,

et à Sachiyo Raizer, 私の素晴らしい妻.

Déjà parus dans la même collection

Thomas Sanchez, *King Bongo*
Norman Green, *Dr Jack*
Patrick Pécherot, *Boulevard des Branques*
Ken Bruen, *Toxic Blues*
Larry Beinhart, *Le bibliothécaire*
Batya Gour, *Meurtre en direct*
Arkadi et Gueorgui Vaïner, *La corde et la pierre*
Jan Costin Wagner, *Lune de glace*
Thomas H. Cook, *La preuve de sang*
Jo Nesbø, *L'étoile du diable*
Newton Thornburg, *Mourir en Californie*
Victor Gischler, *Poésie à bout portant*
Matti Yrjänä Joensuu, *Harjunpää et le prêtre du mal*
Äsa Larsson, *Horreur boréale*
Ken Bruen, *R&B — Les Mac Cabées*
Christopher Moore, *Le secret du chant des baleines*
Jamie Harrison, *Sous la neige*
Rob Roberge, *Panne sèche*
James Sallis, *Bois mort*
Franz Bartelt, *Chaos de famille*
Ken Bruen, *Le martyre des Magdalènes*
Jonathan Trigell, *Jeux d'enfants*
George Harrar, *L'homme-toupie*
Domenic Stansberry, *Les vestiges de North Beach*
Kjell Ola Dahl, *L'homme dans la vitrine*
Shannon Burke, *Manhattan Grand-Angle*
Thomas H. Cook, *Les ombres du passé*
DOA, *Citoyens clandestins*
Adrian McKinty, *Le fleuve caché*
Charlie Williams, *Les allongés*
David Ellis, *La comédie des menteurs*

Antoine Chainas, *Aime-moi, Casanova*
Jo Nesbø, *Le sauveur*
Ken Bruen, *R&B — Blitz*
Colin Bateman, *Turbulences catholiques*
Joe R. Lansdale, *Tsunami mexicain*
Eoin McNamee, *00h23. Pont de l'Alma*
Norman Green, *L'ange de Montague Street*
Ken Bruen, *Le dramaturge*
James Sallis, *Cripple Creek*
Robert McGill, *Mystères*
Patrick Pécherot, *Soleil noir*
Alessandro Perissinotto, *À mon juge*
Peter Temple, *Séquelles*
Nick Stone, *Tonton Clarinette*
Antoine Chainas, *Versus*
Charlie Williams, *Des clopes et de la binouze*
Adrian McKinty, *Le fils de la mort*
Caryl Férey, *Zulu*
Marek Krajewski, *Les fantômes de Breslau*
Ken Bruen, *R&B — Vixen*
Jo Nesbø, *Le bonhomme de neige*
Thomas H. Cook, *Les feuilles mortes*
Chantal Pelletier, *Montmartre, Mont des Martyrs*
Ken Bruen, *La main droite du diable*
Hervé Prudon, *La langue chienne*
Kjell Ola Dahl, *Le quatrième homme*
Patrick Pécherot, *Tranchecaille*
Thierry Marignac, *Renegade Boxing Club*
Charlie Williams, *Le roi du macadam*
Ken Bruen, *Cauchemar américain*
DOA, *Le serpent aux mille coupures*
Jo Nesbø, *Chasseurs de têtes*
Antoine Chainas, *Anaisthêsia*
Alessandro Perissinotto, *Une petite histoire sordide*

Dashiell Hammett, *Moisson rouge*
Marek Krajewski, *La peste à Breslau*
Adrian McKinty, *Retour de flammes*
Ken Bruen, *Chemins de croix*
Bernard Mathieu, *Du fond des temps*
Thomas H. Cook, *Les liens du sang*
Ingrid Astier, *Quai des enfers*
Dominique Manotti, *Bien connu des services de police*
Stefán Máni, *Noir Océan*
Marin Ledun, *La guerre des vanités*
Larry Beinhart, *L'évangile du billet vert*
Antoine Chainas, *Une histoire d'amour radioactive*
James Sallis, *Salt River*
Elsa Marpeau, *Les yeux des morts*
Declan Hughes, *Coup de sang*
Kjetil Try, *Noël sanglant*
Ken Bruen, *En ce sanctuaire*
Alessandro Perissinotto, *La dernière nuit blanche*
Marcus Malte, *Les harmoniques*
Attica Locke, *Marée noire*
Jo Nesbø, *Le léopard*
Élmer Mendoza, *Balles d'argent*
Dominique Manotti - DOA, *L'honorable société*
Nick Stone, *Voodoo Land*
Thierry Di Rollo, *Préparer l'enfer*
Marek Krajewski, *Fin du monde à Breslau*
Ken Bruen, *R&B — Calibre*
Gene Kerrigan, *L'impasse*
Jérôme Leroy, *Le Bloc*
Karim Madani, *Le jour du fléau*
Kjell Ola Dahl, *Faux-semblants*
Elsa Marpeau, *Black Blocs*
Matthew Stokoe, *La belle vie*
Paul Harper, *L'intrus*

Stefán Máni, *Noir Karma*
Marek Krajewski, *La mort à Breslau*
Eoin Colfer, *Prise directe*
Caryl Férey, *Mapuche*
Alix Deniger, *I cursini*
Ævar Örn Jósepsson, *Les anges noirs*
Ken Bruen, *Munitions*
S.G. Browne, *Heureux veinard*
Marek Krajewski, *La forteresse de Breslau*
Ingrid Astier, *Angle mort*
Frank Bill, *Chiennes de vies*
Nick Stone, *Cuba Libre*
Elsa Marpeau, *L'expatriée*
Noah Hawley, *Le bon père*
Frédéric Jaccaud, *La nuit*
Jo Nesbø, *Fantôme*
Dominique Manotti, *L'évasion*
Bill Guttentag, *Boulevard*
Antoine Chainas, *Pur*
Michael Olson, *L'autre chair*
Stefán Máni, *Présages*
Pierric Guittaut, *La fille de la Pluie*
Frédéric Jaccaud, *Hécate*
Matthew Stokoe, *Empty Mile*
Frank Bill, *Donnybrook*
Kjell Ola Dahl, *Le noyé dans la glace*
Éric Maravélias, *La faux soyeuse*
Jo Nesbø, *Police*
Michael Kardos, *Une affaire de trois jours*
Attica Locke, *Dernière récolte*
Jérôme Leroy, *L'ange gardien*
Lars Pettersson, *La loi des Sames*
Sylvain Kermici, *Hors la nuit*
Lawrence Block, *Balade entre les tombes*

Joy Castro, *Après le déluge*
Thomas Bronnec, *Les initiés*
Elsa Marpeau, *Et ils oublieront la colère*
Elizabeth L. Silver, *L'exécution de Noa P. Singleton*
Marcus Sakey, *Les Brillants*
Dominique Manotti, *Or noir*
Jean-Bernard Pouy, *Tout doit disparaître*
DOA, *Pukhtu. Primo*
Jo Nesbø, *Du sang sur la glace*
Sébastien Raizer, *L'alignement des équinoxes*

Composition : APS-Chromostyle.
Achevé d'imprimer
sur Roto-Page
par l'Imprimerie Floch
à Mayenne, le 25 avril 2015.
Dépôt légal : avril 2015.
Numéro d'imprimeur : 88361.
ISBN 978-2-07-014825-7 / Imprimé en France.

279089